李熙/著

宋代僧传
文学研究

四川大学出版社
SICHUAN UNIVERSITY PRESS

图书在版编目（CIP）数据

宋代僧传文学研究 / 李熙著 . 一 成都 : 四川大学
出版社，2022.7
ISBN 978-7-5690-5616-7

Ⅰ. ①宋… Ⅱ. ①李… Ⅲ. ①宗教文学－传记文学－
古典文学研究－中国－宋代 Ⅳ. ① I207.99

中国版本图书馆 CIP 数据核字（2022）第 142624 号

书　　名：宋代僧传文学研究
　　　　　Songdai Sengzhuan Wenxue Yanjiu
著　　者：李　熙

选题策划：罗永平
责任编辑：罗永平
责任校对：张伊伊
装帧设计：胜翔设计
责任印制：王　炜

出版发行：四川大学出版社有限责任公司
　　　　　地址：成都市一环路南一段 24 号（610065）
　　　　　电话：（028）85408311（发行部）、85400276（总编室）
　　　　　电子邮箱：scupress@vip.163.com
　　　　　网址：https://press.scu.edu.cn
印前制作：四川胜翔数码印务设计有限公司
印刷装订：四川盛图彩色印刷有限公司

成品尺寸：170mm×240mm
印　　张：30.75
字　　数：520 千字

版　　次：2022 年 8 月 第 1 版
印　　次：2022 年 8 月 第 1 次印刷
定　　价：139.00 元

本社图书如有印装质量问题，请联系发行部调换

四川大学出版社
微信公众号

目　录

下篇 南宋禅僧传研究

上篇　《宋高僧传》研究

绪论　宋代僧传研究的问题、思路、方法：以《宋高僧传》为中心

一、"僧传"概说

关于"僧传"，首先应注意佛教徒自己的看法和做法。梁僧慧皎《高僧传序》就对之前的僧传做过评论，称众家或叙高逸、志节、游方等一行一科，或撰传论而在文辞和记叙上有所欠缺；齐竟陵文宣王《三宝记传》混杂滥收；王巾《僧史》有综合意识，但文体上还有缺陷；僧祐《三藏记》只为三十余僧立传；《东山僧传》等只是为某地僧人立传而无时间意识，或只叙述一方面的高行而不及其他。至于其他方面的问题也不少①。相比而言，《高僧传》总揽汉明帝永平以来此土高而不名之僧而分十科、以赞论考察源流斟酌取舍，在立意、文体等方面更为完备。但慧皎所举这些先例也说明其在某些方面可被视为《高僧传》的范例。其中特别值得注意的是王巾《僧史》一书。该书已佚，但隋唐时期还多有著录或引用，如《历代三宝纪》《大唐内典录》《集神州三宝感通录》《破邪论》。但僧史在当时并不特指一部书，像皎然就还提到孙绰《僧史》。时人常用"僧史"泛指佛教史籍，如道宣《续高僧传》卷一《梁扬都庄严寺金陵沙门释宝唱传》载，宝唱《名僧传》"序"称该书为僧史；《续高僧传》卷三〇"论"称梁代以降无僧史，似"僧传""僧史"最初异名同实，僧传即僧史。中唐时，天台沙门湛然在《法华玄义释签》卷一中指出，王巾《僧史》是依

---

① 尽管有批评，但慧皎《高僧传》的很多史料实则都来自以上书籍，以及他没明确提到的《名僧传》。相关研究参见纪赟：《慧皎〈高僧传〉研究》，上海：上海古籍出版社，2009 年，第151-252 页。

照世俗史书记事记言之法编纂的，凡是这样的都照例称为僧史，后又提到慧皎《高僧传》，大概也是因为其与僧史相近①。可见，"僧史""僧传"是被湛然视为采用世俗史书那样记言记事之法的佛教史籍的通称。

关于僧传、僧史还有其他说法。《梁书》卷三〇《裴子野》说传主有《众僧传》二十卷；《隋书》卷三四《经籍三》著录裴子野《众僧传》二十卷、虞孝敬《高僧传》六卷等；《南史》卷三三《裴松之》所附《裴子野》亦称裴子野撰《众僧传》二十卷。道宣《集古今佛道论衡》也曾引用裴子野《高僧传》的内容，《集神州三宝感通录》也提到裴子野《高僧传》、宝唱《名僧传》等书，《大唐内典录》卷一〇称裴子野撰《沙门传》三十卷（其十卷为刘璆续）。因此，道宣《续高僧传序》将宝唱《名僧传》、慧皎《高僧传》视为创始之作，并未提到裴子野所撰僧传，这并非疏忽：《续高僧传》卷六《梁会稽嘉祥寺释慧皎传》提到裴子野《高僧传》，只不过因为后者太过简省而没有视之为创始之作。总之，何谓僧传创始之作并不完全出于客观实情，而是取决于后来的编纂者主观上是否认同该类作品。

此外，智升《开元释教录》卷一七著录慧立等《大唐慈恩寺三藏法师传》十卷，义净《大唐西域求法高僧传》二卷，法显《法显传》一卷，慧皎《高僧传》十四卷，道宣《续高僧传》三十卷。五代时，《旧唐书》卷五〇《经籍》乙部（史部）"杂传"（纪先圣人物）著录高僧十家，其中包括虞孝敬《高僧传》六卷、释宝唱《名僧传》三十卷、惠皎《高僧传》十四卷、道宣《续高僧传》二十（三十）卷、义净《大唐西域求法高僧传》二卷。由此也可看出，正史对僧人传的归类是将其置于记人杂传中，当然我们知道像《大唐西域求法高僧传》这样的典籍因根据求法归类而与其他几类僧传有所不同，而慧皎《高僧传》、道宣《续高僧传》都采用十科、论等体例编纂。

到北宋，将"僧传"称为"僧史"的趋势变得更加明显，这一点首先与赞宁追求像史书中列传一样的"僧史"有密切关联。本来，中国本土历代纪传体正史很少专门为僧人立传，即便收录也出现在"艺术传""方技传"等类传中，其中强调的是僧人的某些相关特质、技能，不免遗落。其原因还与史官的儒家思想、华夷观念等有关，可以看出佛教在正史中地位

---

① 湛然：《法华玄义释签》卷一，《大正新修大藏经》第33册，第815页。

不高①。而赞宁则有意识地使僧传编纂向史传靠拢，不仅专门为僧人立传，而且注重在文体上与史传保持一致。赞宁在《大宋僧史略》序中指出，《弘明集》乃记言之书，前代《高僧传》《名僧传》乃记事之书，而言事兼备才算是史传，则"高僧传"与史传还是存在区别，而他追求的显然是像史传一样的"僧史"。他在《宋高僧传》序中也指出，要言事兼备和撰写史论。而其《进高僧传表》亦可证明其《宋高僧传》被视为"僧史"。另外，他在《宋高僧传》序中还说阿难记事而载言，这是用中国本土史学观念说明佛典撰述的起源，并为其僧传编纂提供经典依据。其实从佛教史角度来看，佛典第一次结集是阿难凭借记忆诵出，其所闻佛法有直接听闻和间接听闻两方面，此后还经过了僧众审定、编辑②；其中还有一些问题存在争论，比如结集的性质和详情③。在这方面，赞宁显然是有意汉化的，是在取法本土史传。在体例典范上，《宋高僧传》序认为王巾《僧史》等都是效仿史籍之列传或世家，而裴子野《众僧传》、法济《高逸沙门传》等都是僧传的草创之作，这比道宣所立典范取径要宽。该书"后序"又说，前代诸家僧传、僧史、记录等名称不一，传主声望事迹也有所不同；到慧皎《高僧传》才以"高"而非"名"来选传主，分十科，而《续高僧传》《宋高僧传》都取法于该书④。可以看出，赞宁认为僧传有其来源，但体例、标准完备的还是《高僧传》《续高僧传》《宋高僧传》，特别是他自己的《宋高僧传》：言事兼备，僧分十科，附以系论。此外，赞宁还在《宋高僧传》序中明确指出所选高僧是优中选优，希望读者见贤思齐，进而领悟佛法，可见该书既有传记记人的共通性，又体现出宗教传记颂扬高僧典范、弘扬佛法的特殊性。

在宋代，僧传或特指《高僧传》，或作为记录高僧事迹的典籍的通称。按照北宋中期律学僧元照的说法，所谓《僧传》特指慧皎《梁高僧传》，所引《僧传》为语本慧皎《高僧传序》，但他认为僧人事迹遍在诸文，故

---

① 黄敬家：《赞宁〈宋高僧传〉叙事研究》，台北：台湾学生书局，2008年，第57页。

② 参周贵华：《世界佛教通史》卷一《印度佛教：从佛教起源至公元7世纪》，北京：中国社会科学出版社，2015年，第204—218页。

③ S. R. 戈耶尔：《印度佛教史》，黄宝生译，北京：中国社会科学出版社，2020年，第183—185页。

④ 赞宁撰，范祥雍点校：《宋高僧传》卷末《后序》，北京：中华书局，1987年，第759页。

"僧传"又为通指①。同样是在北宋，契嵩《评唐续僧传可禅祖事》记慧可"遭贼断臂"事，又称之为唐《续高僧传》，指道宣《续高僧传》卷一六《齐邺中释僧可传》所记慧可遭贼斫臂事；其《传法正宗记》亦提及"唐僧传""唐传"叙慧可此事。可见，在契嵩那里"续僧传""唐僧传""唐传"指的是《（续）高僧传》。

赞宁所撰僧传也被视为"僧史"的同义词。惠洪《冷斋夜话》卷九"痴人说梦梦中说梦"条记僧伽事，引赞宁"僧史"诸语本《宋高僧传》卷一八《唐泗州普光王寺僧伽传》，可证惠洪就将（高）僧传视为"僧史"。再如其《栽松庵记》引赞宁"僧史"记五祖弘忍身世，亦见《宋高僧传》卷八《唐蕲州东山弘忍传》。类似看法也见于惠洪《题修僧史》《题佛鉴僧宝传》等文。根据所述具体内容，唐宋"僧史"亦指唐宋"（高）僧传"。尽管至南宋尤袤《遂初堂书目》还将《僧宝传》《续僧宝传》《僧史》《僧史略》《高僧传》并列，表明这些称谓依然可以专指书名，但总的来看，"僧传"，特别是"高僧传"与"僧史"可以等同，志磐《佛祖统纪》卷四三《法运通塞志第十七之十》所载尤其值得注意。按照志磐的说法，僧传始于慧皎《高僧传》（这与慧皎、道宣等人的看法略有不同），继之乃唐代道宣《续高僧传》、宋代赞宁《宋高僧传》（这里简称《宋传》）。而如前所论，所谓"僧传"，到惠洪那里亦称为"僧史"，而从"觉范之论何其至耶"来看，志磐显然赞同惠洪对前代"僧史"的评论，所引黄庭坚对"僧传"的批评，同样引用的是惠洪《题修僧史》中的说法，"僧史"亦指记录"前言往行"的历代高僧传。从惠洪《禅林僧宝传》等撰述来看，他着眼于纠正赞宁《宋高僧传》文辞、文体等方面的问题，不仅言事兼备，而且特别注重禅师世系、入道之由和临终之效等主题，另外还废除了赞宁采用的十科分类而完全效仿世俗史传，融合材料并整体上采用散语。志磐又称惠洪撰写《禅林僧宝传》乃赞宁之后唯一立传修僧史之人②。据《嘉泰普灯录》卷七《筠州清凉寂音慧洪禅师》，惠洪撰《僧宝传》三十卷、《僧史》十二卷，前者今存，后者当是根据惠洪本人《题修

---

① 元照：《四分律行事钞资持记》卷中·一·上，《大正新修大藏经》第 40 册，第 266 页。
② 志磐撰，释道法校注：《佛祖统纪》卷四六《法运通塞志第十七之十三》，上海：上海古籍出版社，2012 年，第 1113 页。

僧史》自称撰《僧史》十二卷而言，该书亦仿效史传，今不存。另外，祖琇《僧宝正续传》卷二《明白洪禅师》称惠洪著《僧宝传》三十卷、《高僧传》十二卷，后者不知何据，但根据"十二卷"以及为传记体来看，或许就是指其《僧史》。无论如何，志磐《佛祖统纪》表明赞宁《宋高僧传》和惠洪《禅林僧宝传》被视为宋代的两部"僧传"或"僧史"。

志磐没有提及灯录、语录等佛教史籍。事实上，宋代人提及僧史、僧传时极少明确包括灯录、语录这类书籍。早在杨亿《景德传灯录序》中，就将"僧史"所载区别于"禅诠"所载。五代以来还有地方性、某寺院或单人的僧人传，例如惟劲《南岳高僧传》、遵式《天竺高僧传》、苏轼《僧圆泽传》、孙觌《圆悟禅师传》、元敬与元复《武林西湖高僧事略》，但除了《僧圆泽传》《圆悟禅师传》《武林西湖高僧事略》，多已亡佚。而且按照慧皎、赞宁的标准，这类偏重地方、寺院或单人的僧人传在体例上多少存在缺陷，即便如《武林西湖高僧事略》记言记事之外还系以赞。又据道璨《西湖高僧传序》，唐代僧人有列传者均出自太史氏之手，宋初有赞宁修僧史，而欧阳修编《唐书》时将僧传一概删去，从此僧人之名不入史馆；此后则有惠洪个人为禅林高僧立传①。在这里，僧史、僧传既可以泛指僧人单传，也可以指《宋高僧传》《禅林僧宝传》这样的僧人总传②。另外，此文还隐然有将《西湖高僧传》视为《宋高僧传》《禅林僧宝传》的续作之意，但认为还需要其他人的工作"以成一世之大典"③，也就是说这还是一部有待完成的僧人传。

考虑到研究范围、僧传标准、材料来源等因素，笔者将重点研究《宋高僧传》《禅林僧宝传》④这类僧人总传，对那些僧人单传（如苏轼《僧圆泽传》、孙觌《圆悟禅师传》）和地方性、概述性的高僧传（如《武林西湖

---

　　①　道璨撰，黄锦君校注：《道璨全集校注·无文印》卷九《西湖高僧传序》，成都：巴蜀书社，2014年，第304页。

　　②　但道璨所谓惠洪为高僧立传不取《传灯录》的说法有误。参李熙：《僧史与圣传：〈禅林僧宝传〉的历史书写》，北京：中国社会科学出版社，2014年，第85—116页。

　　③　黄锦君校注：《道璨全集校注·无文印》卷九《西湖高僧传序》，成都：巴蜀书社，2014年，第304页。

　　④　关于该书笔者已有研究，见李熙：《僧史与圣传：〈禅林僧宝传〉的历史书写》，北京：中国社会科学出版社，2014年。

高僧事略》1卷）则不做专门探讨①，而是在对僧人总传的具体论述中涉及。此外，笔者也在此基础上采取更为宽泛的说法，将《补禅林僧宝传》《僧宝正续传》视为僧传。首先，既以惠洪《禅林僧宝传》为僧史、僧传，那么庆老的续作《补禅林僧宝传》亦属同类。晓莹就以《续僧宝传》指称庆老《补禅林僧宝传》②。其次，在宋人看来祖琇《僧宝正续传》亦为《禅林僧宝传》的续作。祖琇初撰成《僧宝正续传》后，曾寄给正贤，正贤称赞祖琇此书补写"前传"③，所谓"前传"当指祖琇熟悉并批评过的《禅林僧宝传》。晓莹批评《续僧宝传》以系南为首而不得其详④，亦指祖琇《僧宝正续传》卷一《罗汉南禅师》为该书第一篇传记。此外，正受《嘉泰普灯录》卷七《筠州清凉寂音慧洪禅师》"郡之新昌人，族彭氏"句下小注曰："《续僧宝传》误作喻。"⑤ 小注的说法亦出自祖琇《僧宝正续传》⑥。总之，《补禅林僧宝传》《僧宝正续传》又被视为僧史、僧传《禅林僧宝传》的续作，它们也都言事兼备、注重传主入道之由、临终之效，而文体也基本一致，具有总传性质，从这些角度看它们也可归于同类。当然，即便不考虑这些情况，宽泛地说僧人传都是僧传，因此《补禅林僧宝传》《僧宝正续传》也属于这一门类。

二、《宋高僧传》的研究价值

正如道璨在《西湖高僧传》序中所指出的，《新唐书》删除了僧传。关于这一点，笔者将在具体章节中展开论述，并指出欧阳修的做法可能是针对赞宁《宋高僧传》等书，虽有其编纂体例和儒家思想等方面的考虑，但显然失之偏颇。就重要性而言，赞宁《宋高僧传》是继《续高僧传》之后编纂的一部僧人总传，而《旧唐书·方伎传》仅列玄奘等数僧而又侧重

---

① 另外本书也不专门研究那些并非为僧人立传的"传"，比如《罗湖野录》卷下提到的"凡禅门正法眼藏皆见于传"的《法宝传》。见晓莹：《罗湖野录》卷下，《卍续藏经》第142册，第995页。

② 晓莹：《云卧纪谈》卷下附《云卧庵主书》，《卍续藏经》第148册，第49页。

③ 祖琇：《僧宝正续传》卷五《云居真牧禅师》"赞"，《卍续藏经》第137册，第608页。

④ 晓莹：《云卧纪谈》卷上，《卍续藏经》第148册，第12页。

⑤ 正受：《嘉泰普灯录》卷七《筠州清凉寂音慧洪禅师》，《卍续藏经》第137册，第128页。

⑥ 祖琇：《僧宝正续传》卷二《明白洪禅师》，《卍续藏经》第137册，第581页。

于术数、占相，至于唐五代其他非总传性质的僧传，与之相比则存在体例上的明显差别。从宗教角度来说，赞宁《宋高僧传》在体例上坚持十科分类，并且他认为这样做完全符合佛教实情，理所应当①。尽管这种做法在后世遭到质疑和纠正，但从该书也可看出他的各种考虑，进而发现其编纂思想。事实上编纂者赞宁有其宗教身份、知识结构、历史观念、政治处境，因此研究该书也有助于研究赞宁本人。在选取传主的问题上就很典型：赞宁实际上延续了前代僧传的风格，注重的还是"高而不名"，这也体现在史料中，那么和其经常遭到指责的媚世作风有何关系、如何解释，也是值得考察的问题。在笔者看来，赞宁的思想除了受到传统佛教思想的影响，还深受历史进程特别是佛教史进程本身的影响，历史与佛教思想的互动互融构成了其解释的重要特点，这一点比前代僧传更突出，具有特殊价值。

在内容上，该书搜集的主要是唐、五代、宋初（还有少数属于刘宋、元魏、隋代）高僧的事迹，而这段时间正是中国佛教发展的重要阶段，富于佛教史研究价值。书中所叙也较为广泛，涉及高僧家世、出家、学习、师资、弘法、撰述、宗教行为、政教关系、社会交往等诸多方面。考虑到赞宁采用的不少材料已经亡佚，该书颇有史料价值，有助于后人考察隋、唐、五代、宋初佛教发展趋势的实际情况，获得更为丰富的历史认识。考虑到该书编纂前后大藏编纂正在进行，印刷术开始盛行，该书的宗教文献价值也相当重要②。对修行者来说该书传主更具有人物典范的重要价值，而文学研究者也可从中发掘种种传递宗教意义的文学价值，因此该书可为人们提供宗教与文学结合等问题的某些答案。从文学角度来看，该书还是记载佛教典故的重要典籍，富于考证价值；一些类书往往也利用该书并再分类，体现出新的特点。当然如果综合考虑以上问题，我们还可从中取得更多的学术创获。

---

① 赞宁撰，范祥雍点校：《宋高僧传》卷三〇《论》，北京：中华书局，1987年，第758页。

② 关于该书在大藏中的收录情况，参童玮：《二十二种大藏经通检》，北京：中华书局，1997年，第274页；何梅：《历代汉文大藏经目录新考》，北京：社会科学文献出版社，2014年，第1306-1307页。

三、《宋高僧传》的研究现状

对《宋高僧传》的研究，目前已有三部专著问世。黄敬家的《赞宁〈宋高僧传〉叙事研究》（以下简称黄著）主要采取文学叙事学的方法，从中国僧传叙事传统的源流发展、《宋高僧传》的产生背景、取材、叙事结构、叙事视角、高僧形象、宗教生活、叙事主题、宗教现象、"论"、"系"、"通"及其史观等来探讨该书的成就和价值①。金建锋的《弘道与垂范：释赞宁〈宋高僧传〉研究》（以下简称金著）在具体方法上采用史学、文学、文献学、地理学、统计学和宗教学相结合的方法，并注意前后僧传的比较，侧重于作者、成书时间和背景、文本体例、作品内容等方面的研究②。杨志飞的《赞宁〈宋高僧传〉研究》（以下简称杨著）主要采取文献比较、量化统计和史源学的方法，就该书成书缘起、作者情况、文献学研究、编纂思想和体例、"论"、"系"、"通"、史源等展开探讨③。这三部著作的价值还在于，黄著回顾了佛教文学、僧传研究、僧人研究、僧史研究四个面向的佛教传记研究情况，而金著和杨著回顾了学术史上关于《宋高僧传》的一些单篇研究成果并对各时期的特征加以概括。此外，浙江大学宋良和 2009 年的硕士学位论文《赞宁及其〈宋高僧传〉研究》也采用量化统计、地理分析、著述考证的方法来研究《宋高僧传》。

除了这些专著和学位论文，还有一些著作中的章节或单篇论文探讨了《宋高僧传》。陈垣《中国佛教史籍概论》、陈士强《佛典精解》、苏晋仁《佛教文化与历史》、李国玲《宋僧著述考》等具有概要性质的论著介绍了该书版本、体例、主旨、史料等内容。单篇论文则侧重于具体问题的考察。一是聚焦于考察中华书局标点本《宋高僧传》存在的问题，如校点（王邦维）、标线（张兆英）、校勘（张小艳）、标点错误（董志翘、王绍峰、曹祝兵、郭绍林、陈瑾渊）。二是对该书体例的研究，如石井修道认为《宋高僧传》十科分类体系瓦解的原因在于该体系不能适应禅宗的兴起。三是对该书编纂内容的研究，包括撰者的思想构成问题（圣圆、隆

---

① 黄敬家：《赞宁〈宋高僧传〉叙事研究》，台北：台湾学生书局，2008 年。
② 金建锋：《弘道与垂范：释赞宁〈宋高僧传〉研究》，北京：中国社会科学出版社，2014 年，第 1—11 页。
③ 杨志飞：《赞宁〈宋高僧传〉研究》，成都：巴蜀书社，2016 年，第 18 页。

德、陈金凤、梁琼）、部分传记之误（周一良、陈金华、李小荣、王振国、任林豪等）、文学史料价值（李剑亮）、人称代词问题（查永山）、翻译学问题（张松涛、于应机、程春松、刘壮、江智利）、某地域的戒律学问题（介永强）、汉语学习（莫丹）。柯嘉豪认为《宋高僧传》等圣徒传体现的是人们认为僧人实际的和理想的宗教形象①，其思路有借鉴意义，但也存在将僧传研究简单化的问题。此外，还有一些虽未专门研究但也零星涉及《宋高僧传》的海外学术著作，笔者将在具体章节中加以援引和探讨，此处不赘。

以上研究都取得了一定的成果。但笔者也发现，相关研究者涉及多个学科，一些论文限于篇幅等往往侧重于描述赞宁本人学问上的贡献、价值或相关学术问题，不过将《宋高僧传》视为取材对象，更多属于宗教学、翻译学、语言学、文献学等学科的内容，多少脱离了《宋高僧传》本身的体例、结构、撰写等内容；一些论文虽涉及具体传记，但未从整体上探讨《宋高僧传》。真正较为全面地考察《宋高僧传》的，还是黄敬家、金建锋、杨志飞的著作，以及陈垣、陈士强等提要钩玄式从整体上描述《宋高僧传》的相关著作。笔者接下来的研究，将以这几部著作为主要研究背景展开进一步探讨，同时也会顾及一些论文的相关论述。

四、《宋高僧传》研究问题、思路和方法

应该说，目前关于《宋高僧传》的研究各有其方法上的适当之处，并取得了相当多的进展。笔者不打算再次面面俱到地条分缕析，而是准备从几个具体问题着手，在既有研究成果基础上提出自己研究《宋高僧传》的方案。

（一）对作者赞宁及其撰述的研究

以上著述对赞宁生平的研究已经相当充分，但也存在一点问题，那就是比较强调赞宁顺应时势的一面，而没有注意到赞宁处理政教关系时的各种考虑。另外，以上著述比较注重赞宁与文人士大夫的交游，尤其是金著对此做了考证。而从赞宁自己的撰述可以看出，赞宁主张接近王臣，这是

---

① John Kieschnick, *The Eminent Monk: Buddhist Ideals in Medieval Chinese Hagiography*. Honolulu: University of Hawaii Press, 1997.

因清楚地认识到佛教面临教法委在王臣等方面问题而不得不然，但根本上还是存在兴显佛教的护法动机，而护法又被他视为修行。赞宁也清楚，修行最终又会获得宗教利益，即福报。除了这种政治上、佛教上的考虑，笔者还特别突出思想史上的原因，比如赞宁所受儒家思想的影响。又如孙郃《春秋无贤臣论》在五代颇有影响，赞宁反驳其中春秋无尊王之臣之说，而这反过来证明了赞宁对《春秋》尊王室之说的尊崇，这也是针对五代乱世的解决方案。换言之，在后来学者看来有些媚世的地方，也许在赞宁本人那里恰恰有其尊王室的考虑，不是简单的性格问题或顺应时代的问题，而是有学说的支撑，当然今天的学者对此也可以非议。另外，以韩愈为首的中晚唐儒学思潮的影响不应忽视，赞宁在其撰述中对此也有回应，而且不只是无原则的顺从——赞宁并不认为仅仅顺从就能护持佛教。在这个问题上，赞宁的举动有护法之意，表面上看仿佛他就是一味崇儒重道，对儒学、诗学、文章等外学等都很有造诣，而与士大夫的交往也可以加深这种印象，进而可以得出这类活动提升其地位的结论，但其实这些外在的行迹和结果并不能简单地等同于赞宁内在的思想和意图。在护法意图上，值得重视的文献除了《宋高僧传》，还包括《大宋僧史略》卷上《外学》、卷中《僧道班位》、卷下《对王者称谓》《总论》，由此可见赞宁所认识到的佛教面临的历史形势、政治局面和应对策略。换言之，赞宁的外在行为有其内在的理智思考和认识依据。尽管这也可能存在自我辩护的因素，但无论如何，我们最好不要简单地将赞宁理解成为了个人名利而媚世的僧侣。另外还有一点值得注意，赞宁其实对笔下的高僧还是有高度认同的，这些高僧中不乏与政权疏离者。因此，赞宁固然有其宗教目的，但这并没有导致他故意歪曲与其不同的高僧的基本生平史实，在这一点上，传统史家强调而赞宁本人也赞同的实录精神显然还是在起作用，而佛教理念在塑造赞宁与其他高僧之间的认同感方面也值得讨论。换言之，我们需要采用更多更独特的贴合赞宁的语境、材料、视角、思考方法来认识他，而不必在任何问题上都叠加采用各学科的方法。

与此相关的是《宋高僧传》的版本研究。该书版本研究颇多，其中杨著对一些版本有介绍。笔者将利用诸本并指出该书版本和理解、校勘等方面的关系。一般而言，对版本的研究会避免涉及作者这样一个变化不定的因素，或者说仅仅根据版本无法完全确定作者的撰写情况。但事实上，某些版本存在一些常识性错误，而这类错误是否可能为学识渊博的赞宁所犯？某些版本存在一些浅易的说法，但也有版本同一处文字较典雅，应采用哪种说法？判断标准是什么？《宋高僧传》在缮写、刊刻、流传过程中也会出现错误，即便是后世所谓宋刻本可能也不例外，那些错误是否都能追溯到赞宁本人那里？从赞宁所在时代（五代宋初）看其所据中古时期材料可能多不是刻本而是写本，难免存在传抄、误改等造成的问题；但正如《石林燕语》卷八所言，唐代写本不多而藏者精于雠对，故往往有善本，倒是五代北宋以后流行的版本初不订正而不无讹误，因此简单以刻本为标准进行校勘可能也走向了另一个极端。该书还有以同音字、形近字、通假字或古字、俗字等代替本字的情况，这也不能简单地用正误加以区判。当然，赞宁虽精通内外学，但并非无所不知，具体编纂事务亦有弟子参与，而赞宁虽重实录却不严格强调史料考证，有可能存在误抄或笔误等现象，事实上从早期的崇宁藏（配补毗卢藏）本、此后诸多刻本和范祥雍点校本可看出该书人名、地名、时间等方面的确存在某些问题。因此，对该书文本的校勘问题同样离不开理解问题，特别是我们如何看待自有其文本环境的撰者的方法论和知识素养的覆盖范围，并以此判断各版本异文的性质。这意味着作者的回归。在既有研究中，作者问题与版本校勘等文献学问题常常是相互隔离的，后者主要重视对版本本身的描述和考证，这一点无疑体现出严谨客观的学术精神。其实将对作者的研究纳入对版本、校勘等问题的考察，这是否能给我们带来新的东西？笔者认为值得重新考虑。当然，即便是同一个作者也会有多方面的知识、思想和意图，因此我们同样可能会面临难以取舍文字的问题，特别是在各个版本的异文恰好都能分别与之相适应或能得到解释的情况下更是如此。就此而言，将作者的主体因素纳入考虑会以增加变数作为代价，但如果缺乏这一点，那就只能得到一些较为平面、苍白的观点，而在笔者看来这不太符合"人文学科"的特点。因此笔者认为，为了获得更深刻的、可理解的思想性知识，以承担个别异文的不确定性为代价是值得的尝试。这意味着版本权威的相对化而更注重作者权威和知识权威。当然，这二者的关系并不一定矛盾，完全可以重合：一旦我们注意到更多版本特别是更早的版本，也有可能从中发现更具权威、更符合作者学养的知识。同理，运用本校、他校也是如此，在任何一个环节都可能存在理解、判断等因素。另外还存在文体等其他辅助因素，其中某些情况并不一定涉及作者，比如看是否文从字顺；但有的则关系到作者本人，特别是作者的用语习惯等因素可以帮助我们确定某处异文，而这同样涉及作者的回归。这里也有文体存在不确定性的问题：我们将难以完全确定，历史上那些版本的编纂者是否抱有对赞宁《宋高僧传》文体的某种固定看法来确定该书的异文。更重要的问题在于，赞宁既受到骈文观念的影响，也受到古文观念的某些影响，却又不是某种单一文体观念的信奉者，并不将古文、骈文视为相互对立的文体。此外，后出版本往往看起来更为"正确"，更为通顺、工整，这也可能是基于对撰者和文献的某种理解或解读。

同样，《宋高僧传》的编纂形式问题也值得更多的考虑。该书采取史传式的实录原则，这不仅与经史、小说有关，而且有佛教观念的支撑；另外，这种实录原则的盛行本身就有历史性，特别是与刘知几等人的史学有关。该书的传记命名问题向来也缺乏深入研究，其实其中同样蕴含诸多观念，特别是该书的朝代命名、驻锡地命名等问题值得探讨，从中可以窥见赞宁的命名原则。笔者认为，这样的问题在今天的学术研究中被忽视、压低了，但实际上在赞宁撰史过程中起到了不可低估的作用，而古代学者已经注意到这一点，《四库全书总目》就批评该书将武后时人皆系于周朝。当然我们也可以发现其实并不尽然，该书即便将传主系于周朝也有着更多考虑，类似的问题也存在于该书对五代十国高僧传记命名问题的处理中。总之，上述研究旨在于既有研究成果基础上对作者赞宁做进一步研究，并将这个问题与《宋高僧传》的版本、校勘、文体、命名、实录观念等问题联系起来，从而构建一个更丰富、立体的整体。

（二）对《宋高僧传》十科分类体例的研究

关于这方面的内容，黄著、金著、杨著已有不少研究，特别是各篇排位、卷数、系和通的采用、传主人数、正附传关系、传记标题、传主选录标准。笔者在这里无意重复既有研究，只想从多个方面、根据十科分类体例情况来继续探讨其中某些没有深入讨论的问题，特别是一些与文学相关的问题。对于"译经篇"和"义解篇"中的问题，笔者不再做统计，而是试图搞清楚其中对高僧译经行为的描述、高僧来华翻经的原因、高僧的治学对象、高僧擅长经典和撰写义疏的原因或解释等问题。但相比而言，笔者更关心的是十科分类与高僧分类、现象分类的关系问题，如"习禅篇"

刻画诸多神异，涉及学习经律论、授戒、讲法和兴福事业，还涉及政教关系、游方朝圣、机缘语句、宗派传承等主题。赞宁也采取诸多方法来叙述禅师故事，其解释、评论也涉及诸多方面，从中可见其采取的诸多内外学观念。实际上，高僧本就存在多种特质，因此高僧的分类存在多种可能，究竟分入哪一科目不只是属于惠洪曾提到过、金著特别论述的功德、品德、学识等客观范畴，而是依赖于撰者的认识和视角，而后者也有其他客观依据，这也就不难理解不同撰者不同撰述会将高僧置于不同的科目。这个问题其实也与研究者对撰者的理解有关，可以发现，赞宁当然清楚传主的多方面特质，但他并非无所取舍，有可能只是因为高僧符合该科某一点就收入该科，而不是根据其全面成就归类。另一个值得考虑的问题是，既然某一现象存在于各科，那么某一科目究竟有什么独特之处？将传主置于某一科目中，这是否会对材料取舍产生影响？特别是对材料的宗教性有何影响？这与撰者本人的宗教观念和撰述观念有何关系？以护法为例，其他科目中也有类似行为，但显得更为灵活、通达，而"护法篇"涉及的往往是作为整体的佛教与佛教之外世界的关系这一重大主题，并不都从佛教立场考虑传主最主要的功绩和效果，而是注重传主本人的意图和行为的重大价值。并且，"护法篇"为了将传主与护法这一科目相互关联，不仅强调传主的对手的崇高地位，而且强调传主本人受到来自儒者和文人的尊重，这就与赞宁本人试图通过崇儒来护教的目的一致，实际上这并不完全为其材料来源明白叙述（如神悟传），因此不仅是实录，还多少带有叙事建构的意味，而这种建构与材料解读和撰述意图都有关，从而也使得"护法"这一宗教科目具有了叙事主题的意味——材料解读和护法这一撰述意图导致叙事建构更贴合科目。当然，笔者不否认的确存在其本身不须修改就贴合护法这一科目或主题的材料，因此撰者只是在忠实抄录，但实际上，我们的确可发现有些记叙有利于护法，而撰者要么并未提供材料来源，要么难以确定其提供的材料来源是否记载了类似言论（如元崇传）。这都意味着文学性的凸显：不仅仅是实录，而且有着护法、解读材料、叙事和分科等方面的考虑，所有这些考虑都可能会对所采用的材料造成影响，当然这些考虑可能也是无意识的，因此撰者并不认为那样做与实录原则相冲突。"明律篇"和戒律学、律宗的关系也值得重视，从该书可以总结隋唐以来戒律学的发展趋势和特点，其中还包括感通、政教交涉、外学、读经、习禅、念佛、往生、文艺等诸多内容，也可发现分科的确是实用性而非实质性的。"感通篇"最引人注目的是他对感通的解释，显然在他那里解释优于证据，而他的解释资源同样来自儒释道三教，从而为高僧的行为提供理由，同样带有护法的意味。

在分科问题上，还可以发现某科实际上是诸多主题的结合，而这些主题也可进入其他科目中，特别是"读诵篇"中的故事往往就是读诵和灵验两大主题的结合，"兴福篇"也存在兴福与感应神异等主题的结合。这种情况往往不是赞宁造成的，而是在其采用的材料中就已存在，这些材料的叙述者或撰者可能并未考虑入僧传之后的分科。赞宁将这类故事的传主置于某科，但出于叙事首尾完整等考虑又没有删除与该科不同的部分。当然，为了追求完整的传记形式，某些传记会简单介绍人物法名、籍贯和死亡等情况，主体则如灵验记。但无论如何，"读诵篇""兴福篇"这两类传记的突出特点都是以主题故事为主，而不是以传主生平为主。这也迫使我们考虑，僧传内部其实本就存在不同的类型。另外，赞宁为高僧立传，并不等于他完全赞同其观点或做法，他本人的论议也就体现在"系""通""论"中，由此可见僧传叙事和解释、评论之间的分合关系。

（三）《宋高僧传》的文学维度

十科分类主要是该书自身的分类，文学维度则主要处理一些文学主题在该书中的体现以及和史学的关涉。第一个主题是赞宁处理材料的方法、原则和实际做法，这有助于我们深入认识赞宁的编纂情况。与处理材料相关的是第二个主题，即该书的骈体问题。陈垣称该书采用史家之法，聚集众碣而不做一体化的功夫，由此可进一步提出以下问题：某些取材来源是否导致骈句大量出现，某些取材来源则不是？而这又与十科是否构成了对应关系？是否与唐代儒学复兴思潮有关？事实上在赞宁那里骈句为主、骈散结合、散句为主的传记都存在，这当然与取材来源有关；但是，我们也不必过于强调这一点，因为赞宁还有文体意识，对碑志、传、行状等不同文体的性质很可能有不同看法、不同处理，即认为传的正文参用散体和骈体，而碑志尤其是序、表、论等文体更常用骈体，这种文体意识与前代各种文体有各种关联，具有历史性，但不能简化为某单一因素的产物。总之，赞宁的撰述与这种文体意识有更多关系，而不只是与唐代儒学复兴思潮有关，更不只是实录而已。第三个主题是动物与高僧，撰者赞宁以博物著称，撰有《物类相感志》等博物学著作，本书写入诸多动物，究竟出于何种动因或意图？动物如何与高僧互动，高僧以什么观念来看待动物，如何叙述和处理动物？高僧与动物的相遇与时间分配有何关系？异域中的动物是什么情况？如何通过动物塑造高僧并分科？这都是饶有趣味的问题。第四个主题是时间分配与神异叙事。唐代关于犯夜的执行情况众说纷纭，而《宋高僧传》可以证明虽然这种制度对佛教有效，但官员自己的信仰等因素会导致此制度并未对僧侣严格执行，另外相比于犯夜本身，官方更重视危害统治秩序的因素。僧侣，尤其是高僧的时间分配也与世俗有所不同，其中存在僧侣作为一个群体相对独立于世俗的因素，但同样也存在感通、神异等信仰因素，由传主处理时间的宗教方式也塑造出高僧典范。第五个主题是关乎朝圣的圣地空间叙事，其中存在宗教性、空间性和叙事性相结合的因素，也与材料来源相关，由此体现出宗教传记的某些独特性。第六个主题是该书在后世典籍中的接受问题。宋代以后，非佛教典籍分门别类的趋势愈发加强，或援引《宋高僧传》作为考据之资，但常常与赞宁本人的着眼点不同（尽管也有相似相同者），往往舍弃那些可用来说明赞宁特定看法的材料，消减了宗教色彩和博物学色彩，并根据后来者自身的需要，将《宋高僧传》中的材料用在诸如考察事物原委、选取辞藻典故以便押韵等实用目的上。在这方面，笔者特别注意材料、文体、事件、人物、动物、时间、空间等因素，并重视对以上主题的阐释、理解和叙述。

（四）对《宋高僧传》涉及中国佛教发展问题的研究

这主要涉及《宋高僧传》作为一个历史阶段的产物所关联的诸多现象，首先是中国佛教诸宗的发展及其在该书中的表现。《宋高僧传》主要反映了隋唐五代的情况，其中涉及一些重要问题，特别是诸宗发展究竟涉及的仅仅是宗派思想、教法传承，还是存在庙产继承、争夺等因素。另外，宋代以来佛教所争夺的还包括一套关于祖宗、法嗣、正传、正统、道统和高僧尊号的语言修辞，相应的是将对立者视为异端；而这又不仅是语言修辞，而且与当时社会思潮，比如儒家就有诸多关联。笔者将证明，"宗"的成立取决于佛教社会、群体的行为、认知、叙述、修辞，而不是一个机构实体的建立，带来的是宗教身份的确立，但并不一定会直接带来实际利益。赞宁不是按照"宗"而是按照人来组织传记的，像"习禅篇"与"禅师""禅门""禅宗"之间就没有紧密挂钩，不是"禅宗"的宗派史。不过，我们也需要在十科分类之下注意他在具体传记中对禅宗谱系的建构，注意他对禅宗、达摩的重视、贬斥以及禅门的宗法性等问题，并从其与惠洪的跨时代对话中寻找不为文偃立传等问题的答案。事实上，在诸宗中禅宗可能是最重宗法性的，中国佛教内部的宗派说正是盛行于禅宗而得以兴起，而其他诸宗在这一点上虽然也存在，但并不特别明显，如华严宗在相当长一段时间里缺乏传承和宗法性建构。总之，在这个问题上，一方面是要注重佛教诸宗自身的演变，另一方面也要注意其与本土思想、习俗的纠缠。

这个问题还存在政治的牵扯。就《宋高僧传》而言，所涉及的是唐武宗废佛和周世宗废佛，尤其是前者在该书中留下了很深的痕迹。该书的重要贡献，就是记载了唐宣宗兴佛的种种措施，这有助于纠正过去一向认为武宗废佛之后佛教一蹶不振的刻板印象。不仅如此，我们还可从中发现，现代学者往往采取由盛转衰的固定的、线性的视角来看待武宗废佛，认为这一趋势是不可逆转的。但从《宋高僧传》可以看出，赞宁认为这一过程是反复的，即便武宗废佛，宣宗也可以大肆兴起它；当然这一过程中某些环节是不可逆转的，那就是僧侣向帝王称臣，但这并不始于武宗朝，而是在肃宗朝就已如此，正是这一点表征了佛教一往无复式的衰微①。但事实上，今天的学者论述佛教的衰微时很少仅仅立足于僧人向帝王称臣这一取消佛教独立性的角度。而且总的来看，赞宁一方面坚持"生住异灭""四相迁移"的佛教历史观②，另一方面又采用盛衰循环的历史观③，这与我们关于佛教在武宗朝由盛转衰的历史认识不同。实际上正是抱着中兴佛道的意图和认识，赞宁才主张接近王臣。这些都表明，僧人和我们现代学者的历史认识存在一些不同④，值得探究。当然宣宗兴佛背后还有深刻的信仰因素，这也向来为人所忽视。该书整体上非常重视政教关系，这表明赞

① 赞宁撰，范祥雍点校：《宋高僧传》卷一五《唐常州兴宁寺义宣传》"通"，北京：中华书局，1987 年，第 364 页。

② 赞宁撰，范祥雍点校：《宋高僧传》卷一九《唐成都郫县法定寺惟忠传》"系"，北京：中华书局，1987 年，第 498 页。

③ 赞宁撰，富世平校注：《大宋僧史略》卷二《僧道班位》，北京：中华书局，2015 年，第 136 页。

④ 一些学者意识到宋代佛教富有生命力，但运用的历史观不同于赞宁。参 Peter N. Gregory，"The Vitality of Buddhism in the Sung"，in Peter N. Gregory，Daniel A. Getz Jr.，eds.，*Buddhism in the Sung*. Honolulu：University of Hawaii Press，1999，pp. 1—20.

宁看问题的角度与通常远离政治的高僧不同，但这与其说是思想观念的转变，不如说是一种审时度势的智慧，从中可以看出所谓"佛教中国化"或"佛教汉化"其实在像赞宁那样的历史当事人那里带有应对策略上的考虑。另外，赞宁也非常清楚，佛教诸宗的兴衰与否也与政治有关，包括一向被视为远离政治的禅宗也是如此：禅宗在武宗废佛中得以幸存，而其兴盛则常常与唐五代帝王、官员和地方割据政权统治者的崇奉相关①。这一史实也再次与我们长久以来的认识出现距离：我们通常想当然地认为禅宗因不依赖于经典和寺院而在会昌废佛中得以幸存，并在诸宗衰落后一枝独秀。总之，宗教思想、宗法性、政治性和一套符合正统的思想、语言对寺院佛教条件下的禅宗等诸宗的兴起发展都起到了重要作用，这也意味着中国佛教越来越融入中国文化而不是作为外来的印度佛教存在。

---

① 相关研究另参 Albert Welter, *Monks, Rulers, and Literati: The Political Ascendancy of Chan Buddhism*. New York：Oxford University Press，2006.

第一章 赞宁及其撰述

第一节 赞宁、"我"与《宋高僧传》的编纂

关于赞宁的生平，目前学界已有很多研究①。与此相关的是赞宁的身份与《宋高僧传》的关系问题，特别是注意到赞宁与统治者的关联及该书的官修性质。这种说法当然有根据，不过也有进一步探讨的必要，比如赞宁是否是官方意志的代表者的问题。我们可以提问：根据王臣身份判定《宋高僧传》具有官修性质是否完全妥当？除了僧统、翰林等身份，赞宁还有其他身份吗？如何来界定其身份？这些身份是否都与该书的编纂有关？赞宁对自己的身份是如何看待的？有怎样的自我意识？又如何体现在《宋高僧传》的编纂过程中？上述问题的提出意在解答赞宁身份与僧史编纂的关系问题，而且特别注意赞宁的自我身份意识，试图摆脱那种刻板地看待赞宁僧史编纂的倾向，呈现其中更丰富的层面，并进而为解释其僧史编纂奠定良好的基础。

---

① 涉及这方面内容的著作或论文主要有：陈垣：《中国佛教史籍概论》卷二，上海：上海书店出版社，2001年，第31—38页；牧田谛亮：《赞宁与其时代》，载张曼涛主编：《佛教人物史话》，台北：大乘文化出版社，1978年；闻人军：《宋初博物名僧赞宁事迹著作考评》，载徐规主编：《宋史研究集刊》，杭州：浙江古籍出版社，1986年，第217—258页；陈士强：《佛典精解》，上海：上海古籍出版社，1992年，第340—352页；黄敬家：《赞宁〈宋高僧传〉叙事研究》，台北：台湾学生书局，2008年；金建锋：《弘道与垂范：释赞宁〈宋高僧传〉研究》，北京：中国社会科学出版社，2014年；杨志飞：《赞宁〈宋高僧传〉研究》，成都：巴蜀书社，2016年。

一、"赞宁"是谁？——从史料看"赞宁"的身份

关于赞宁的身份，这里首先依据的是王禹偁《左街僧录通惠大师文集序》（以下简称《序》）①，这是因为王禹偁是赞宁的好友，了解其人其事，该《序》又有留下信史之意，应是比较可靠的原始材料。这篇《序》开端就指出了赞宁的几个重要特点：精通佛书、儒书、诗、文。因此，根据赞宁的知识背景来界定他的身份是僧人、儒者、诗人、文人，似乎显得合情合理。但是，问题是不是就这样简单？

先看佛教方面。赞宁传南山律宗：《序》称赞宁入天台山受具足戒，习四分律，通南山律。又，赞宁师从希觉，希觉师从慧则；慧则之师玄畅得知西明寺有道宣律师旧院，为学习律法，便至惠正门下②。从生活年代来看，惠正虽不可能直承道宣，但堪称其后学。因此，惠正—玄畅—慧则—希觉—赞宁一系也都可算作道宣之后学。又时人称赞宁为律虎，其有多部律学著作被当时各种著述提及，可知其最擅长者为律学，特别是南山律。《序》也提到其撰僧传等撰述，可知其有佛教史著作，是一位佛教史家。

在佛教方面，赞宁与禅宗的关系需稍加考辨。据《序》，赞宁受苏易简之命著《鹫岭圣贤录》，又集《圣贤事迹》凡一百卷。宋敏求《春明退朝录》卷下记此事，称翰林承旨苏易简、道士韩德纯、僧赞宁集《三教圣贤事迹》，各五十卷，其书不传。《佛祖统纪》卷四三《法运通塞志第十七之十》称此乃淳化元年（990）事。另据契嵩《传法正宗论》卷下，赞宁撰有《鹫峰圣贤录》。《鹫岭圣贤录》和《鹫峰圣贤录》当为同一书，盖鹫岭、鹫峰有一字之差，而二山均指灵鹫山，乃佛陀居住说法之地。宋敏求称该书不传，但到北宋中期契嵩还能得见，声称该书依傍《付法藏因缘传》《宝林传》③。后二书均关系到传法诸祖，尤其是后者有西天佛祖、大迦叶至东土达摩、慧可、僧璨等传，可见《鹫岭（峰）圣贤录》涉及禅门

---

① 王禹偁：《小畜集》卷二〇《左街僧录通惠大师文集序》，四部丛刊初编影宋本配吕无党钞本，第137—138页。
② 赞宁撰，范祥雍点校：《宋高僧传》卷一七《唐京兆福寿寺玄畅传》，北京：中华书局，1987年，第430页。
③ 契嵩：《传法正宗论》卷下，《大正新修大藏经》第51册，第783页。

传法世系，而据王禹偁《宁公新拜首座因赠》，似乎赞宁亦曾习禅。但习禅是僧人一项基本的修行方式，很常见，并不一定与法系有关；从赞宁批评禅僧注重言说而不注重实修的立场看，我们亦不能简单认为其信崇禅宗。契嵩的议论也值得注意①。他称赞宁为"吾宗赞宁僧录"，乃是根据其尊崇禅法、心教和达摩一宗而言；而在契嵩那里，是以禅为宗。看来，契嵩将赞宁视为"禅宗"中人。其实从《宋高僧传》"习禅篇"来看，尽管赞宁尊崇达摩一宗，但赞宁只是将之视为禅中最上乘的，也未将自己视为达摩传人。北宋后期惠洪多次批评赞宁《宋高僧传》以义学冠首、禅师分科不当等问题，清代纪荫《宗统编年》卷一九也批评他不懂禅宗。故赞宁是否为"禅宗"中人还存在一定疑问。

次看外学。按照赞宁的说法，希觉擅长外学，特别是擅长《周易》，并付授给他；另外希觉还撰有诗赋十五卷②。可见，赞宁的外学也得希觉之传，并不是儒者教导的结果。《宋高僧传》多次提及《春秋》《毛诗》《孝经》《论语》《孟子》《周礼》《礼记》等儒家经典，《通志·艺文略》著录赞宁《论语陈说》一卷，亦可见赞宁对儒学颇为热衷。事实上，赞宁本人确有很强的儒家观念，其《大宋僧史略》明确持三教调和之论，主张三教是一家之物，力主借助儒道二家来显扬佛教。不过，既然是"为佛事"，则还是立足于佛教本位，因此称之为儒者或儒僧是否合适，也有待商榷。

再看诗文。赞宁能为诗，今《全宋诗》录诗八首，另录残句若干。但赞宁是否是诗人，不仅取决于赞宁本人是否作诗，也取决于关于"诗人"的标准。事实上"诗人"的一个基本含义就是指《诗经》的作者，另外也有与赋比兴的手法和风教美刺等政治功能联系在一起的"作诗者"这一含义。当然，我们也可以找出指其他写诗者的例子，表明"诗人"并不一定与《诗经》六义相关，比如白居易有名的《与元九书》就提到唐二百年间诗人不可胜数，但像李白诗就少有风雅比兴。对熟悉儒家文献的赞宁来说，其不可能不知道"诗人"与《诗经》六义之间的关联，像《宋高僧传》清江传就提到"诗人兴咏，用意不伦"，并举慧休《怨别》、陆机《牵

---

① 契嵩：《传法正宗论》卷下，《大正新修大藏经》第51册，第783页。
② 赞宁撰，范祥雍点校：《宋高僧传》卷一六《汉钱塘千佛寺希觉传》，北京：中华书局，1987年，第403页。

牛星》等为例说明①，而慧休、陆机这样的诗人不是《诗经》的作者。又据《西清诗话》卷中记载，赞宁还擅长诗歌评论、辞辩，这类故事散见于各种笔记小说之中。

又据《序》，赞宁与忠懿王钱俶等钱氏公族以文义切磋，与士大夫相互唱和，得文格于彙征，授诗诀于龚霖。龚霖不详其人，但《遂初堂书目》著录其集，《老学庵笔记》引唐代以来人诗中有其诗句，《宋史·艺文志》著录其诗一卷，可知其大抵以诗见长，乃晚唐五代人。而彙征多次被赞宁提及。彙征为温州永嘉人，活跃于越地②，忠懿王钱俶命其为僧正③。彙征年寿颇长，曾为天福丁酉（937）示灭的道怤撰塔铭；又为全付撰塔铭，建隆二年（961）立。《十国春秋》卷八九《彙征》称其善诗文，有集七卷；《全唐文》收其《上天竺寺经幢记》一文，属于以骈语写成的带有典型救赎论特征的佛教文章。可见，彙征在当时受吴越皇室器重，擅长诗文，与赞宁、钱俶都有交往。

《荆溪林下偶谈》将赞宁的诗句归入"诗人""以草为讽谕"之列，可以表明有宋人承认他作为"诗人"的身份，事实上也符合《诗经》六义中的"讽"义。《青箱杂记》卷六亦称赞宁和那些只知道吟诗的佛教徒不同，他撰写过很多儒学文章，得到王禹偁赏识，不过归根到底还是用来"为佛事"而已。据《序》，时人显然认为其最突出的是律学，而不是文章俊捷。事实上，赞宁从未以文人或诗人自命或自期，尽管他能诗能文。换言之，赞宁的诗人身份更多属于他人、社会所认可的身份，而可能不是从其自我意识出发强调的身份。

当然，我们不应忽视赞宁的官方身份。据《序》，赞宁为两浙僧统。赞宁自己很清楚这一官职的来历④，其职责是统领全国僧侣，是最高僧

---

① 赞宁撰，范祥雍点校：《宋高僧传》卷一五《唐襄州辩觉寺清江传》"通"，北京：中华书局，1987年，第369页。

② 赞宁撰，范祥雍点校：《宋高僧传》卷二八《宋杭州报恩寺永安传》，北京：中华书局，1987年，第707—708页。

③ 道原：《景德传灯录》卷二六《杭州报恩永安禅师》，《大正新修大藏经》第51册，第423页。

④ 赞宁撰，富世平校注：《大宋僧史略》卷二《僧统》，北京：中华书局，2015年，第97页。

官。据《序》，其后赞宁随钱俶归宋，改师号曰通惠（慧）①。又《释门正统》称赞宁除翰苑，与陶毂同职。《佛祖统纪》卷四三《法运通塞志第十七之十》引《国朝会要》记载尤详，称其与学士陶毂同为翰林，与人讨论喜援引经史，为人所畏服，王禹偁、徐铉等均以师礼相待。可知赞宁对经史的熟悉程度令王禹偁等晚辈儒者也佩服不已。今《宋会要辑稿》已不载此事；其中记载史实可能有误，因为赞宁入宋是在太平兴国三年（978），而陶毂开宝三年（970）已去世，因此二人不可能见面。不过，鉴于其所据为会要，不能完全排除其他相关记载可能也有史实的成分。

太平兴国八年（983），赞宁奉诏归杭州旧寺修《大宋高僧传》，成书②三十卷，于端拱元年（988）上表进纳。玺书褒美，令编入大藏，敕住汴京天寿寺。从《进高僧传表》中赞宁的自称来看，其既是僧人，又是大宋臣子。《佛祖统纪》卷四三《法运通塞志第十七之十》称"翰林通慧大师赞宁"上表进《宋高僧传》三十卷，似是以翰林学士的身份撰写僧史。而从《大宋高僧传序》来看，进书的时间乾明节是特意选择的，因为这是宋太宗的生日，即"圣节"。据纪荫《宗统编年》卷一九，有人认为臣僧之称始于赞宁，而纪荫为之辩诬，指出称臣不始于赞宁，文偃已然如此。惠洪《林间录》引契嵩语，认为僧人见天子无称臣礼，僧人称臣乃僭越，唐令瑫缺乏见识，开了先例，于是历代因袭而不疑③。其实唐令瑫此事在赞宁笔下就有记载，赞宁也认为这是开了一个头④。他也很清楚，臣下是很卑微的称呼。无论如何，尽管以臣自称不始于赞宁，但这一称谓意味着他不得不将自己视为宋朝帝王统治下的一员，似无异议。不过，赞宁本是奉诏修僧史之人，如果非要说是臣的话，在当时人看来恐怕主要还是史臣的意思。以王禹偁《寄赞宁上人》为例，所谓"上人"，有诸多佛教意义；而从此诗的内容来看，王禹偁不仅将刚进《宋高僧传》的赞宁称为

---

① 时人常用此师号称呼赞宁，除了王禹偁《左街僧录通惠大师文集序》等，值得注意的还包括记赞宁修龙门石道事的一篇《石道记》亦以此称呼他，见张乃翥：《龙门〈石道记〉碑与宋释赞宁》，《文物》，1988年第4期。

② 张乃翥据《龙门石道记》"首尾三载"推测《宋高僧传》初稿可能完成于雍熙四年（987）二月之前，这一论点尚需其他材料佐证。见张乃翥：《龙门〈石道记〉碑与宋释赞宁》，《文物》，1988年第4期。

③ 惠洪：《林间录》卷上，《卍续藏经》第148册，第608页。

④ 赞宁撰，富世平校注：《大宋僧史略》卷三《对王者称谓》，北京：中华书局，2015年，第191页。

高僧，比作支道林，而且将其比作敢于直书的太史董狐，所撰为史传。王禹偁《赠赞宁大师》同样将修僧史的赞宁比作支道林这类高僧和孔子这类完成《春秋》的圣人。可以说，王禹偁将他视为良史/高僧合二为一的人物。事实上宋代的翰林与历史编纂有密切关系①，王禹偁也曾为翰林，不可能不了解后者的职掌。

赞宁不仅曾为翰林，而且在撰成《宋高僧传》后确曾入史馆。据《湘山野录》卷三，赞宁曾充史馆编修，但时间不详。《释门正统》《咸淳临安志》《释氏稽古略》等均称赞宁淳化二年（991）充史馆编修。《佛祖统纪》则提到他于端拱二年（989）任史馆编修。根据史料出现先后原则，《释门正统》等说法更为可靠。但《佛祖统纪》后出而言之凿凿，其或另有所据，姑且存疑。无论如何，赞宁入史馆应无疑义。据《春明退朝录》卷下称翰林承旨苏易简、赞宁编《圣贤事迹》及《宋史》卷二六六等所载淳化二年（991）苏易简充承旨等史实，赞宁史馆所编之书当包括《鹫岭圣贤录》和《圣贤事迹》凡一百卷。

据《序》，其后又制署"左街讲经首座"。据赞宁《大宋僧史略》，首座即上座，处僧之上，故曰首座。唐宣宗时有三教首座，是官方所立，但未必该通内外学，也并不固定，其后或有经论首座，也是官方所立僧录之外又一僧官②。又据《序》，至道元年（995），赞宁知西京教门事；咸平元年，诏充右街僧录。但据《宋高僧传》后序，其知西京教门事在至道二年（996），充右街僧录在咸平初，不久又为左街僧录③。《佛祖统纪》卷四四《法运通塞志第十七之十一》亦称赞宁充右街僧录乃咸平元年（998）事，迁左街僧录为咸平二年（999）事。关于左右街僧录的来历和职掌，赞宁本人说得最清楚。他指出，此官职始于唐元和年间，端甫掌内殿法仪，录左街僧事。录有晋宋录，录其经法傍教传翻译人物等事。录公乃是僧曹总录，犹言录事。④ 赞宁曾在正式场合采用此类官方身份：其作《净

---

① 参唐春生：《翰林学士与宋代士人文化》，北京：中国社会科学出版社，2011年。

② 赞宁撰，富世平校注：《大宋僧史略》卷二《讲经论首座》，北京：中华书局，2015年，第111—112页。

③ 赞宁撰，范祥雍点校：《宋高僧传》卷末《后序》，北京：中华书局，1987年，第759页。

④ 赞宁撰，富世平校注：《大宋僧史略》卷二《左右街僧录》，北京：中华书局，1987年，第103—104页。

光大师赞》，署名"左街僧录应史馆编修通慧大师（赞宁）"①。

最后，赞宁撰有《物类相感志》等著作，在宋代被视为博物的学者。据说王禹偁、徐铉有疑问就向他请教，甚至宋初古文代表人物柳开也向他请教博物学问题，这似乎令人惊讶，因为后者向来排佛。然而，柳开在得到圆满回答后称他为空门张华，可见赞宁是因被视为博物学者而得到尊重②。据周必大《文忠集》卷一八二《牛鱼》，赞宁《物类相感志》确曾引《博物志》等博物类书籍。《湘山野录》卷三还记载了另一个故事，说是徐知谔得画牛一轴，白天牛在牛栏外吃草，夜晚则卧牛栏中，他将此图献给李煜，李煜复献给宋太宗。宋太宗和群臣都不清楚其中的奥妙，只有赞宁引张骞《海外异记》解释此事，亦可见赞宁之博物。当然，这个故事很可能也是附会，因为李煜归宋（976）之前赞宁没有归宋，他不可能出现在这个故事的场合里，更别提李煜归宋之前、称臣期间的上贡行为了。但无论如何，这样的记载可以表明赞宁在这方面确有造诣，以至于被视为代表人物而被附会。事实上《玉壶清话》等撰述也讲过赞宁类似的故事。又法道从佛教眼光来看《物类相感志》，认为赞宁博通一切法③。《郡斋读书志》卷一二杂家类著录《物类相感志》十卷，称该书记录经籍传记物类相感者，分天、地、人、物四门。晁公武距赞宁时代不远，《郡斋读书志》又根据藏书而撰，这里也谈到该书内容，当有所据。《通志·艺文略》《直斋书录解题》《宋史·艺文志》等亦著录该书，卷数不一，或入杂家类，或入小说家类。宋人朱胜非《绀珠集》卷一〇引赞宁此书数条，如灵夔鼓、枫人等均可证该书之"博物"，也包含不少神异内容。不仅如此，欧阳修《六一诗话》、祖士衡《西斋话记》、元敬等《武林西湖高僧事略·宋僧统宁法师》等都称赞他的学问和博物，可见其在这方面的才华。而在《新续高僧传》中，赞宁被置于"杂识篇"，就是根据其杂学多识而所归之类。

---

① 元悟编：《螺溪振祖集》，《大正新修大藏经》第46册，第927页。
② 文莹：《湘山野录》卷下，北京：中华书局，1984年，第46页。
③ 赞宁撰，富世平校注：《大宋僧史略》卷首《重开僧史略序》，北京：中华书局，1987年，第5页。

二、《宋高僧传》中"我"与"赞宁"的分合

赞宁以上政治、社会身份都是立足于其外部活动，而并未探讨编纂《宋高僧传》这部书时的赞宁。其中存在的关键问题就在于，赞宁的政治、社会身份是否影响甚至决定了《宋高僧传》这部书的性质？如果说赞宁的这些身份导致《宋高僧传》具有官修性质，那么首先就要证明《宋高僧传》内外的"赞宁"是同一的，所说的都是真实的，不会分离成其他身份，否则就需要对二者间的关系做出更多说明。当然这一问题初看颇为奇怪——鉴于《宋高僧传》是一部僧史、僧传（而非小说或其他文类），似乎书内外的"赞宁"同一看来只需简单推论即可。但是，典型例证是赞宁虽自称为"臣"，却又谦称自己并非最佳的史臣人选①，不具备董狐、司马迁那样的史才②。看来，如果说赞宁是史臣的话，那么他并不自认为能够与董狐等人相提并论，这与王禹偁等人对他的赞美显然有所不同，体现出赞宁的谦逊。此外，赞宁以辞辩纵横著称，虽然重视"实""实录"，却认为梦想有征、神游不谬，主张做梦与觉醒一样，都是一心所生，梦想和觉醒相反而又相互作用③。尽管赞宁这是用佛教观念来解释自己为何记载入冥、梦游之类的事情，但也提醒我们，不能想当然地用通常意义上区分真实、虚妄的方式来看待赞宁所说的"实"。

如果说这些问题似乎纯属荒谬无稽之谈，那么笔者还认为，书中大量出现的"我""吾""赞宁"可以为赞宁和僧传的关系问题再提供一个切入点，因为这不仅关系到僧侣的自我称谓，而且关系到僧侣的自我意识问题。现代叙事理论往往强调实际作者和隐含作者的分离，但这并不完全适合于《宋高僧传》等佛教历史文献，因为后者更多地属于编纂而非虚构写作，编纂者赞宁即"我"。在《宋高僧传》的《后序》中"赞宁"直接出现，称重又修治僧传，又借孔子之语表达自己对该书价值的看法。这里的

---

① 赞宁撰，范祥雍点校：《宋高僧传》卷首《进高僧传表》，北京：中华书局，1987年，第2页。

② 赞宁撰，范祥雍点校：《宋高僧传》卷首《大宋高僧传序》，北京：中华书局，1987年，第2页。

③ 赞宁撰，范祥雍点校：《宋高僧传》卷二一《唐凤翔府宁师传》"系"，北京：中华书局，1987年，第556页。

"我"就是僧传的编纂者，而"赞宁"就是这样一个编纂者，因此"我"与编纂者"赞宁"同一。另一个原因在于，即便不出现"赞宁"，"我"这一自称也是一个声音、一个主体，其发出者在《宋高僧传》中不是别人，只能与"赞宁"相关。另外，《宋高僧传》中的"我"有时也会与"赞宁"本人的身份挂钩或相关，如文益与赞宁一样，都曾师从希觉律师，赞宁为其作传，乃称"我门"，此当指佛门，或说律门也未尝不可，都表现出赞宁本人的归属意识。因此，这个"我门"是与孔门分开的，否则擅长文笔的文益不能与子游、子夏这样的孔门弟子相提并论。

　　然而更多时候，"我""赞宁"常常又是分离的。例如："出家之志，人莫我移。"① 赞宁并非生活在唐代，这里的"我"如果说是"赞宁"就显得极为荒谬，也没有出现其他人，因此只能是传主道因，但借助叙事语言说出来。类似例子甚多，如深入窥基的意识，称其认为是弥勒佛令"我"制疏②，这个"我"当然就是窥基本人。这个意义上的"我"有时是与他人、与群体分开的，强调的是僧人的自我，例如《唐东京封禅寺圆绍传》将邻家游玩的儿童与沉静的"我"区别开来，显然是为了说明圆绍性格中的独特性而采用的技巧③。那样一个"我"也是多才多能的，不仅善于绘画，而且善于弹琴，还能讲习，总之是一位爱好艺术的学问僧④。"吾"对勘定律宗二宗也有看法，认为自己善用多，这也不局限于"赞宁"作为南山律宗后人这一身份。这个"吾"也赞同亲近官方，只不过"吾"并非一味迎合官方，如《唐光州道岸传》中的"吾"见皇帝时晏然方坐，皇帝见其高尚，赐衣钵，特彰荣宠。总的来看，尽管分"十科"，但"我"或"吾"在每一科中都可以出现，可以代表任何类型的僧侣说话、表达意见。换言之，"我"极为自由地出入"十科"，不局限于任何特定人，但又

---

① 赞宁撰，范祥雍点校：《宋高僧传》卷二《唐益州多宝寺道因传》，北京：中华书局，1987年，第25页。

② 赞宁撰，范祥雍点校：《宋高僧传》卷四《唐京兆大慈恩寺窥基传》，北京：中华书局，1987年，第53、54、57、58页。

③ 然而这种塑造独特性的技巧本身不是独特的。相关研究参 Miriam Levering, "The Precocious Child in Chinese Buddhism", in Vanessa R. Sasson ed., *Little Buddhas: Children and Childhoods in Buddhist Texts and Traditions*. Oxford & New York: Oxford University Press, 2012, pp. 124−156.

④ 赞宁撰，范祥雍点校：《宋高僧传》卷三〇《后唐灵州广福寺无迹传》，北京：中华书局，1987年，第752页。

随时可以化现为任何人：翻经沙门、禅师、律师、神僧、兴福僧、读诵者……而这之中只有律师与"赞宁"本人的社会身份重合。可以说，在上述例子中"我""吾"算是僧人的通称，也可以特指任何一名具体的僧人。

不消说，上述"我""吾"不是赞宁本人的回忆或经验，因为不同于赞宁本人生活的年代、地方、地位、行履等；赞宁尽管以博学著称，但也不是出入诸科。但"我""吾"常常深入传主意识并为之代言，这样做的背景和基础是什么呢？尽管从现存史料中找不到直接解释，但赞宁对内外学都谙熟于心，而在中国本就存在将"我"与其他人、物等同起来，一身而数任，或借他人之口寄托自己的心中所想，或"我"可以一念之间洞察别人的思想①。然而，接下来笔者将要证明，从佛教中寻找他这样做的根据似乎更为恰当。

第一，赞宁清楚印度、西域僧人的自我称谓。他指出，西域人多自称"我"；对东土君主则自称名、我或贫道，但都还未成规；南朝刘宋时期，僧人因武帝之命自称名；唐朝以来，僧人才不得不称臣②。因此，赞宁仅仅在《进高僧传表》和《大宋高僧传序》中自称臣僧、臣，而在其他情况下则自称"我""吾""赞宁"，可见他一方面尊崇皇室，另一方面其实保持着早期佛教僧人的本来身份，由此我们可以反驳那种单纯从媚世等角度解读和批判赞宁言行的习惯性说法。

第二，为什么高僧都是"我"，其原因还可能是赞宁认同佛教。《宋高僧传》里的高僧是赞宁选出来的，他们在僧人中出类拔萃，赞宁希望别人能够见贤思齐，都能成正等正觉，获一切种智③。这意味着，尽管赞宁在大宋皇帝面前称臣，但这并不导致卑躬屈膝式的自我贬低，而是依然认同佛教并为之感到自豪。这种认同感似乎可视为他将高僧称作"我"的某种心理基础。另外，他有时用"我制"代替"佛制"④，也可看出这种认同感。

---

① 参钱锺书：《管锥编》（第二册），北京：中华书局，1979 年，第 598—600 页。
② 赞宁撰，富世平校注：《大宋僧史略》卷下《对王者称谓》，北京：中华书局，2015 年，第 190 页。
③ 赞宁撰，范祥雍点校：《宋高僧传》卷首《大宋高僧传序》，北京：中华书局，1987 年，第 2 页。
④ 赞宁撰，范祥雍点校：《宋高僧传》卷一五《唐常州兴宁寺义宣传》"通"，北京：中华书局，1987 年，第 364 页。

第三，佛教高僧往往具有神异感通能力。赞宁曾撰《物类相感志》，记载万事万物相互感通之事。赞宁也像慧皎、道宣一样崇奉神异感通，认为神异感通虽有悖常理不合人情，但其实在圣人那里谓之"通"，是果证，故有应现、分身等现象①。而所谓"分身之圣"不拘地点、身体变化，都是菩萨、阿罗汉的游戏神通②，这样一来不同的两个人可以并无差别，因为只是分身而已。另外，像"化身""化形""变化"等说法在《宋高僧传》中也都有出现。他又称《智度论》中此感通有四③，认为"触物皆心，方了心性……知一切即心自性……心境如如，则平等无碍"④，则"我""吾"能自由无碍地深入任何传主内心并代表传主说话是十分自然之事。像义寂感觉自己与观音身成为一体，有人解释说，这是觉悟最高的缘故，群灵都混成一法⑤。因此，尽管"我"未必都等于赞宁，但这个"我"可以是任何高僧或深入任何高僧内心，这种不加区别的混合者观念与赞宁等佛教徒的观念绝非毫无关系。

第四，"我"是二分法之一，是一个被佛理化的概念。赞宁笔下有一种平等的观念——消除或遗忘物与我、物质和本质等之间存在的诸多区别、对待，这当然是道行崇高的表现。这样的说法往往也是在深入传主内心，但是用佛理来解释，而这种解释是很多佛教徒共有的，如认为玄觉清楚"我""无我"这对相对的概念⑥。佛教认为实际上根本"无我"，因为"我"乃五蕴假合、诸法因缘和合而生，并无固定之本质。按照赞宁的叙述，高僧显然知道这一点，如道一就认为"我"根本上是没有的⑦。另如

---

① 赞宁撰，范祥雍点校：《宋高僧传》卷二二"论"，北京：中华书局，1987年，第576、57、578页。

② 赞宁撰，范祥雍点校：《宋高僧传》卷二《唐五台山佛陀波利传》"系"，北京：中华书局，1987年，第29页。

③ 赞宁撰，范祥雍点校：《宋高僧传》卷一八《唐虢州阌乡万回传》"系"，中华书局，1987年，第456页。

④ 赞宁撰，范祥雍点校：《宋高僧传》卷二二《宋魏府卯斋院法圆传》附《李通玄》"系"，北京：中华书局，1987年，第575页。

⑤ 赞宁撰，范祥雍点校：《宋高僧传》卷七《宋天台山螺溪传教院义寂传》，北京：中华书局，1987年，第163页。

⑥ 赞宁撰，范祥雍点校：《宋高僧传》卷八《唐温州龙兴寺玄觉传》，北京：中华书局，1987年，第184页。

⑦ 赞宁撰，范祥雍点校：《宋高僧传》卷一〇《唐洪州开元寺道一传》，北京：中华书局，1987年，第222页。

一些高僧表达过"无我"或"非我","我慢"也作为受到否定、批评的概念数次出现,尤其值得注意的是元珪的观点:他认为佛陀与众生等,身体与空性等,吾与汝等①,不仅是物我平等,更明确地说是物我等同。赞宁既然将高僧视为见贤思齐的对象,那么他似乎也会认可元珪这样的看法。既然如此,《宋高僧传》中的高僧都是"我"并不奇怪。

第五,在并非传记正文的"论""系"中,"我"也多次出现。据《大宋高僧传序》,作为"臣僧""传家"的"赞宁"等明确宣称了自己与该书"论""系"的关系②。然而,当"论""系"中出现"我"时,"我"同样不一定与"赞宁"是同一个人,二者之间有分有合——其中的"我"既可能是叙事者所交代的传记人物,也可能指编纂者赞宁,或者干脆只是二分化的概念之一方面,同样需要具体分析。

在《宋高僧传》卷三"论"中,"彼""我"可以指古时的梵客和华僧,不是赞宁自己;"得之在我"的"我"指本书的一位传主彦琮;"繁尽我意"的"我"则是译经者,称"我"皇帝"敕造译经院"中的"我"从上下文来看并无他人,而《大宋僧史略》卷上《此土僧游西域》提到太平兴国七年(982)诏立译经院,此乃太宗朝,可见"我皇帝"就是太宗皇帝。既然如此,这里的"我"显然就是(包括)赞宁本人,自视为臣③。"遗身篇"中的"论"云"我圣上""我朝",这类措辞也同样表明了"我"的臣下身份,这与《大宋高僧传序》中赞宁的自我身份意识是一致的。而"我之佛道"④里的"我"显然是一个佛教徒,与赞宁的另一自我身份意识一致。臣下与佛教徒这两种身份有时在本书中结合起来,从而现出更复杂的光谱。他曾以"吾"的口吻反驳那些讥诮宗密不应结交公卿、拜见帝王的人,则可见"吾"赞同接近皇权的佛教徒身份。另外,"论"中的"我"也有代孔门立言的,比如"护法篇"的"论"中的"我有仲由"乃孔子之语,这里用来说明佛家"护法",因此"我"并不是赞宁,而是赞宁借用

---

① 赞宁撰,范祥雍点校:《宋高僧传》卷一九《唐嵩岳闲居寺元珪传》,北京:中华书局,1987年,第474页。

② 赞宁撰,范祥雍点校:《宋高僧传》卷首《大宋高僧传序》,北京:中华书局,1987年,第2页。

③ 赞宁撰,范祥雍点校:《宋高僧传》卷三"论",北京:中华书局,1987年,第53、54、57、58页。

④ 赞宁撰,范祥雍点校:《宋高僧传》卷七"论",北京:中华书局,1987年,第164页。

儒家典故。但该"论"还说唐武宗废"我法",这里的"我法"就是佛法,因此"我"显然又成了佛教徒。不仅如此,接下来"我"又成了传家①。考虑到"赞宁"自称"传家",因此这里的"我"就是(包括)作为"传家"的"赞宁"。有时候,这个"我"更为狭隘。如"习禅篇"的"论"中的"我""吾徒"就是指与习禅僧相互区分的其他佛教徒②。此外,"论"中的"我"也有被二分化的。如"读诵篇"中的"我宗""我真他谬"就是如此,但不是代表整个佛教徒或佛教诸宗,而是根据派流、师资不同所分,无论"我"与"他"其实都是佛教徒。再如《唐寿春三峰山道树传》中的"吾"与"汝"、"物"与"我"都不是具体到某个人,而是二分法所分的一方面。无疑,既然万法唯心,诸相非相,那么"吾"与"汝"、"物"与"我"都一样是幻,没什么分别,可以画等号③。

因此,"论""系"中"我"的身份是不断变动的、短暂的④,与"赞宁"的关系若即若离,这一点不能完全从《宋高僧传序》中"赞宁"声称与该书"论""系"的关系中推导出来。不过,对这类现象的解释依然可以找到与"赞宁"的某些关联。就概念化的"我"而言,说出他们/它们的人仍然是一副佛教徒的口吻,最后还用佛言来解释说明,这不能与"赞宁"的观念分开。就臣下身份而言,不仅与"赞宁"当时的实际政治身份和自我身份意识一致,也在于僧侣称臣不符合佛制,是不得已而为之,因为佛教衰微不得不依靠皇权,故沿袭唐时做法⑤。就"我"既可以是儒者,也可以是僧人而言,说明儒释之间并无一道不可逾越的界限,尽管"我"不是赞宁,但这可以用赞宁"尊崇儒术为佛事"、精通外学、主张三教循环终而复始、三教是一家之物等观念来解释。另外,按照他在《大宋

---

① 赞宁撰,范祥雍点校:《宋高僧传》卷一七"论",北京:中华书局,1987年,第434、435、436页。

② 赞宁撰,范祥雍点校:《宋高僧传》卷一三"论",北京:中华书局,1987年,第319、320页。

③ 赞宁撰,范祥雍点校:《宋高僧传》卷九《唐寿春三峰山道树传》"系",北京:中华书局,1987年,第213页。

④ 参 Brain Lewis,"The newest Social History: Crisis and Renewal", in Nancy Partner, Sarah Foot, eds., *The SAGE Handbook of Historical Theory*. London: SAGE Publications Ltd, 2013, p. 227.

⑤ 赞宁撰,范祥雍点校:《宋高僧传》卷一五《唐常州兴宁寺义宣传》"通",北京:中华书局,1987年,第364页。

僧史略》卷上《外学》中的说法，他主张博学，不仅是为了增广知识，还存在知己知彼以护法的动机①。显然，赞宁引用"我有仲由"的儒家典故同样是博学的结果，但经过了一番类比后，用来为佛教护法服务。

三、赞宁的身份、自我意识和僧史编纂

如前所论，赞宁作为佛教僧侣的身份是人所共知的，其翰林学士、史臣、僧官等身份也史有明载，也是"博物"的学者，还被视为诗人。不过，尽管他尊崇儒术，也为契嵩禅师所认同，但如果说他是儒士、禅师，似乎缺乏充分的依据；至于"诗人"这一身份虽得到他人的认同，但赞宁本人并不沉溺于作诗。另外，除了僧人，其他身份要么是官职，要么是他人描述、评价赞宁时用到的称谓，那么当赞宁撰写《宋高僧传》时，他自己有这样的身份意识吗？其僧统或翰林等王臣身份是否导致《宋高僧传》具有官修性质呢？

在将《宋高僧传》中频频出现的"我""吾"等更具有自我意识意味的概念引入讨论后，我们会发现一个比外在史料所呈现的更丰富、有时也更有局限性的赞宁。在该书中，赞宁尽管自称奉诏修僧史，但并不像王禹偁称赞的那样自命为董狐之类良史和孔子之类圣人，这是面对皇权自我谦逊的态度；当他进《宋高僧传》时，其自称表明其身份是臣下和有师号的僧人，并未自称翰林学士。其后掌洛京教门事时定本，因此与其说他是以僧官的身份撰写《宋高僧传》，不如说他任宋朝僧官时做的是点窜改定《宋高僧传》的工作。当然，《宋高僧传》中的"赞宁"多次以"都僧正""僧正""两浙都僧正"的身份出现，与王禹偁《序》称其为两浙僧统，都指赞宁在吴越所任僧官。其实赞宁清楚，五代诸朝均有录而无统，只有他自己原先所处吴越私授官职有僧统，后来也为避免僭越而称僧正②。可见，赞宁在入宋之后同样小心翼翼地避免僭越的发生，其谨慎程度甚至超过了王禹偁这样的宋朝大臣，这也再度表明他对宋朝的臣服。另外，他担任僧官时也未撰写《宋高僧传》。换言之，僧正这一僧官身份是赞宁编纂

---

① 赞宁撰，富世平校注：《大宋僧史略》卷一《外学》，北京：中华书局，1987年，第66页。

② 赞宁撰，富世平校注：《大宋僧史略》卷二《沙门都统》，北京：中华书局，2015年，第100页。

《宋高僧传》时追述出来的，并非其作为《宋高僧传》编纂者的身份。他编纂该书时的真正身份是"左街天寿寺通慧大师赐紫臣僧赞宁"，而不是两浙僧统、僧正等身份，尽管从该书的具体内容来看后一身份可能有助于其编纂该书。

同时，书中大量出现"我""吾"等第一人称，可进而为赞宁的自我身份意识与僧史编纂之间的关系问题提供一个切入点。首先，"我""吾"遍及《宋高僧传》全书，不局限于任何特定身份，但又随时可以变现为任何特定身份，可以译经、义解、习禅、明律、兴福、感通、读诵……"我"也不都等于赞宁，但这个"我"与赞宁本人的佛教观不无关系。其次，"我"是二分法之一方面，是一个佛理化的概念，不具体到某个人，但仍然以一副佛教僧侣的口吻说出，不仅物我平等，而且物我等同，同样与赞宁的佛教观相关，从中可以看出其佛教徒的身份意识是相当牢固的。最后，当并非传记正文的"论"中出现"我"时，其中既有为传记中人物代言的，也有就是撰者"赞宁"本人的，在后一种情况中"赞宁"的自我身份意识体现得更明显，是臣下、僧人、学律者、传家。作为臣下拥护皇权，其中也有无奈的成分；作为僧人常常与儒者、学士相对而言；作为学律者与习禅僧相互区分；他并未解释"传家"一词，大概是因《宋高僧传》效仿史传，但又只为高僧立传而无纪、表、志等，故自称传家。这些身份也不是固定不变的，而是流动的、短暂的，常常在同一"论"的上下文中"我"就会变现不同的身份。这意味着，赞宁的王臣身份与《宋高僧传》有关联，但我们不能简单地将《宋高僧传》视为赞宁王臣身份的产物。事实上，赞宁在该书中呈现出多方面的自己，除了博物学者、诗人等身份较少体现，他通常以多种意识观照书中人物，特别是佛教意识更为明显，可以说是一个佛教化的"我"，而这可为我们进一步理解赞宁在书中所叙内容提供一个重要基础。当然，这一自我与赞宁的王臣身份是并存的，只不过后者在一系列记录外在形迹的史料中体现得更为明显，而前者在《宋高僧传》的具体内容中体现得更为明显。何况无论赞宁的身份是什么，在钱惟演看来赞宁"中含晬和，外峻方格"①，简化为政治人物并不

————

① 钱惟演：《通惠大师影堂记》，载曾枣庄、刘琳主编：《全宋文》（第9册），上海：上海辞书出版社，2006年，第393页。

完全恰当。这样的结论并非无关紧要，因为这涉及我们最终解读《宋高僧传》的根据究竟是其政治化的身份，还是需要更重视体现其自我的佛教徒身份并兼重其王臣身份。换言之，与赞宁在该书中题名"臣僧"略有不同，他真正的自我显然首先是僧，其次才是臣，当然这并不妨碍在政治性等外在活动中他依然是一位"臣僧"。

第二节　儒学思潮与《宋高僧传》的编纂

从目前学界研究情况来看，无论是对唐宋思想转变的研究还是对《宋高僧传》的研究都有不少成果。但很少有人注意到，儒学思潮与《宋高僧传》之间有颇多关联。如前所论，赞宁既崇儒又立足于佛教本位。本节将进一步说明，编纂者赞宁[①]并不是儒学的简单接受者，而是处在唐宋之际政治和思想的各种视域中来看待原始儒家思想和后世儒家思想的。他意识到，佛教需要为其存在价值辩护，而某些儒家思想能够提供奥援，某些儒家思想则不能达到这一目的；他还认为佛教依然存在优越之处，在这方面不应迎合皇权和儒家思想。此外，中国文学传统中的文体因素也值得重视。当然赞宁归根到底还是一个佛教徒，他并不否认一切事物都要经历生起、成长、衰落、灭亡四个阶段这一佛教教义同样对佛法本身这一有为法有效，不过他还受到兴衰循环而无终始等中国本土思想和宋初重视三教的政局等的影响[②]，并不持纯然悲观的历史观，而是试图在这一过程中借助多种因素来重新定位并振兴备受争议的佛教，由此可窥见佛教在唐宋之际的某些遭遇、应对方法和思想特征。

一、儒家义理、文辞与《宋高僧传》

关于赞宁的思想，已有不少学者做过研究。这些研究表明，赞宁力主

---

① 从《进高僧传表》《宋高僧传序》"臣僧赞宁等""臣等""谨令弟子赐紫显忠同元受敕相国寺赐紫智轮进纳"等措辞来看，参加本书编纂的不只赞宁一人。但鉴于赞宁为主其事者，这里依然以其为编纂者。

② 赞宁撰，富世平校注：《大宋僧史略校注》卷二《僧道班位》、卷三《总论》，北京：中华书局，2015年，第136、228页。

向皇权靠近，致力于在宋初本土文化的复兴进程中为佛教寻求一席之地①，他又尊崇儒术，试图借助儒道二教兴显佛教，认为三教一家，自己好儒重道，那么对方也不会轻慢自己。尽管这些都不乏理由，但其中也有值得进一步考察之处，那就是赞宁本人是否就那样趋时？

其实，不能简单说宋初的政治环境就导致了赞宁的上述立场。据王禹偁《左街僧录通惠大师文集序》，赞宁早在吴越时期就擅长儒学等外学，其中特别值得注意的是，赞宁曾向彙征学习为文。又据智圆《佛氏彙征别集序》，五代儒道不振，而彙征向乐安孙邰学习古文、发扬儒道；《宋高僧传》卷二八《宋杭州报恩寺永安传》也说彙征出自乐安孙邰之门，可印证僧人向文人学习古文确为事实。在律宗内部，僧人也传授儒学，赞宁的老师希觉就偏重外学并将周易学传给赞宁②。钱惟演《通惠大师影堂记》甚至说赞宁于"六经百氏，深探乎妙域"③。因此，不能说赞宁对儒学的热衷都来自宋初政治的推动，而应看到五代儒佛交涉中的儒学传承和佛教内部的儒学传承。不仅如此，从《青箱杂记》卷六所载来看，赞宁的儒学视野非常广，不仅不限于五代宋初，也并非都赞同汉唐以来的儒者之说，而是一面继承注经传统，一面有看重原始儒学的态势。因此，这里有必要进一步提出问题：赞宁的儒学观念是否体现在《宋高僧传》中，如果有体现，那么它是如何体现的，与历代儒学思潮有何关系？

众所周知，唐代出现了儒学复兴思潮，这一思潮激烈排佛的特征对思想界有深远影响；而唐武宗、周世宗的废佛更是对佛教产生了剧烈而深远的影响；至于与佛教兴衰相关的经济、文化等因素也多被研究者论及。这些都表明，佛教不能仅仅按照其固有的步伐来运行，而不得不在官方和主流思潮的支配下存在。不要说宋朝佛教，当时那些偏霸之国也不免受此影响。但是，这并不意味着僧侣就会完全认同韩愈、李翱等儒学复兴提倡者和官方的主张。应该说，二者之间的关系还是复杂多样的。

---

① Albert Welter, "A Buddhist Response to the Confucian Revival: Tsan-ning and the Debate over Wen in the Early Sung", in Peter N. Gregory, Daniel A. Getz eds., *Buddhism in the Sung*. Honolulu: University of Hawaii Press, 1999, pp. 21—61.

② 赞宁撰，范祥雍点校：《宋高僧传》卷一六《汉钱塘千佛寺希觉传》，北京：中华书局，1987年，第403页。

③ 钱惟演：《通惠大师影堂记》，载曾枣庄、刘琳主编：《全宋文》（第9册），上海：上海辞书出版社，2006年，第393页。

如前所述，彙征师从孙郃学古文。根据二人的活动年代，此事发生在五代十国时期而非宋初。据《郡斋读书志》卷一八、《唐诗纪事》卷六一等记载，孙郃为晚唐进士，字希韩，学韩愈为文，好荀况、扬雄、孟轲之书。然而，这种看似紧密的关系并不意味着赞宁完全赞同孙郃、彙征——事实证明，赞宁不是古文运动的拥趸。孙郃文集佚失不存，但他最有名的一篇文章《春秋无贤臣论》还是留存了下来，大致认为春秋乱世风教大坏，诸侯不知有王，其臣不能正君以尊王室，虽管晏亦如此，即便孔子也不过是家臣。赞宁是彙征的学生，他又在撰述中多次提到孙郃，不可能不知道孙郃的儒学倾向，并且非常明显他不是要等到宋初才突然了解；根据《青箱杂记》卷六所载他写《抑春秋无贤臣论》的情况看，他也不赞同孙郃那篇颇有影响的《春秋无贤臣论》。而《宋高僧传》未给彙征立传，智圆《佛氏彙征别集序》对此也提出质疑，认为是"蔽贤"，但后者也提到彙征迫于僧吏故于所述有应事随时不能正名等缺点，显然不是无的放矢。事实上赞宁虽被陈垣等人批评为媚世[1]，其《宋高僧传》却依然像前代高僧传那样崇尚"高"，宣称要记载高僧可观的言行，而书中提到彙征也只是注重其文辞、学识和叙述其塔铭写作等方面的佛教事务，或许赞宁虽习其文辞，但并不完全称许彙征的某些思想或言行[2]。

另外，赞宁在《宋高僧传》中数次以《旧唐书》为权威，可能清楚其中所载韩愈等人的排佛言论。在《宋高僧传》中，韩愈引领的儒学复兴思潮也曾直接出现，但出现的方式是不同的。惟俨传叙李翱最初与韩愈等人为友，发誓要重振尧舜之道，并引用了韩愈的一段攻击杨墨、佛教等"异端"的话，但接下来却说李翱参惟俨后成为佛教信徒。韩愈在这里成为李翱的背景，而赞宁在"系"中评论说，李翱《复性书》暗用佛理而明引儒典，这符合佛经"治世语言皆成正法"的说法[3]。吊诡的是，赞宁十分赞赏李翱的这一做法，但背后的理由却是本土儒道式的——他用《周易正义》《周易略例·明象》的话评议。而通过"治世语言皆成正法"，儒释道

---

① 陈垣：《中国佛教史籍概论》卷二，上海：上海书店出版社，2001年，第42页。

② 在某些方面赞宁和彙征相似，比如彙征《上天竺寺经幢记》宣称佛教事业有利于家国、君亲、滞魄孤魂、自己等就是如此。但赞宁并未据此将彙征纳入僧传。

③ 赞宁撰，范祥雍点校：《宋高僧传》卷一七《唐朗州药山惟俨传》"系"，北京：中华书局，1987年，第425页。

三教的冲突被消解了，韩愈对佛教的批评也遭到反驳——佛教其实有益于政治治理。因此，韩愈等排佛论者的批评似乎让赞宁试图从佛教内部寻找并非佛教思想系统本身直接点明、却能够与儒道思想和世俗政权统治相契合的内容，这意味着佛教是在借助儒道思想辩护自身存在的合理性。换言之，在赞宁这里经典儒道思想更为优先、权威，并被用来驳斥韩愈等儒者。

然而，如果说"赞宁仅仅迎合儒道思想"也是错误的。在《宋高僧传》"遗身篇"的"论"中，韩愈再次出现。有人质疑说，佛教恐怕就是韩愈所说的非杨即墨、攻乎异端，贻害无穷。赞宁批驳了这一说法。他以佛教的遗身为例，赋予其利他主义的崇高价值。赞宁也注意到，儒家有为追求大善而不计小过的人，有杀身成仁的事例，这已接近于成佛之道；至于道家学说更是与佛教十分接近。但赞宁还是强调，利他的佛教舍身行为与自私自利的杨朱和爱惜父母所予身体的儒者截然不同，借此可以验证不同教义的深浅和行为的是非①。

总之，在赞宁看来，佛教不仅可以融合儒道思想，而且可以弥补儒道思想的不足。另外，他对废佛的周武帝、周世宗的议论也表明他坚持佛教最基本的业报观念。在更为根本的层面上，赞宁也继承了唐代高僧的说法，认为佛教比儒道二家更优越：他赞扬神悟的护法行为，而按照后者的观点，儒学注重心外世界无法验证，而佛教注重心的世界能够验证。

除了思想，《宋高僧传》的语言也与儒学颇多关联。从《大宋高僧传序》来看，赞宁对十科的解释加入了中土各家思想，比如解释"护法篇"的"外御其侮"就语出《诗·小雅·常棣》。这表明，儒家思想虽未改变此书十科分类的体例，却影响到对体例的具体解释。至于具体内容则出现了更多儒家语言。当然《宋高僧传》这样一部高僧总传采用的材料很多，赞宁又自称是繁略有据地进行"实录"，表明赞宁并不是随便添加所据材料中没有的成分来撰写传记。考虑到该书的史料来源如今多已佚失，我们更应谨慎下定论，不应将任何儒家化的描写都归到尊崇儒家的赞宁头上。赞宁曾采纳某些材料来源中将传主儒家化、本土化的描写，可能是因为唐

---

① 赞宁撰，范祥雍点校：《宋高僧传》卷二三"论"，北京：中华书局，1987年，第603－605页。

五代高僧的确认为佛儒二家相似或相通，或其碑志塔铭等传记资料的作者有儒学素养，或那样写已成为文体惯例。

纵览全书，赞宁的确反复使用儒学术语。尽管不能因此就证明高僧被儒家化了，但的确可以表明赞宁有使用儒典语言的偏好，这与他本人的学养也是分不开的。检视可知，这类儒家术语涉及从世界本源到人生的各个方面，表明儒典语言对赞宁的影响非常深刻，以至于被他用来描写僧侣，甚至可以说赞宁有时候是不自觉地用儒家的眼光来看待传主的。但就赞宁本人来说，他读儒家经书的一个动机是为了广见闻，而更根本的还是为了护法[1]。传统上，所谓佛教护法的方法往往是攻击其他宗教的缺陷、说明自身的优点，最终战胜对手；但赞宁发现，相互冲突只会导致相互损害，因此最好的护法方法是不要袒护，调和三教，崇奉儒道，以使正法久住。对赞宁来说，这样做还存在心理互动的考虑：认为崇儒也会带来对方对佛教的尊重[2]。当然，儒家思想偏于人文，言行并重，这与通过记言记事等来记人的僧传有可关联之处，何况僧人本来就有多方面特质，出家前不乏出身儒家式家庭或习儒者，即便出家也可能觉察到儒佛二家之间的相似性，或至少抱有融合儒佛二家的思想意图，因此用儒典来描写传主未尝不可。然而，这依然可能是"外部"的或后起的观察，没有证据表明传记中的这类描写符合传主本人对自己出家前后情况的认知。实际上，屡屡对僧人出家行为本身及之后的所作所为以儒家语言来表述，似乎不是一个单纯的语言习惯问题。如本寂传称其受到本地儒学的影响，故勤奋学习而试图出家修行，在赞宁之前和此后似乎都没有像这样形容本寂的；接下来赞宁用儒典描写本寂，似乎本寂剃度后向良价学佛就和儒家的洙泗问学一样。又如法慎和不同的人交往时会采用不同的儒家原则，儒家和佛教融于一体，而这并不违背佛法，因为一切法都是佛法[3]。如果说这最早出自唐人李华笔下，并非赞宁所说，那么最典型的例子则是，乘恩训导门人也采用

---

① 赞宁撰，富世平校注：《大宋僧史略校注》卷上《外学》，北京：中华书局，2015年，第66页。

② 赞宁撰，富世平校注：《大宋僧史略校注》卷下《总论》，北京：中华书局，2015年，第229、230页。

③ 赞宁撰，范祥雍点校：《宋高僧传》卷一四《唐扬州龙兴寺法慎传》，北京：中华书局，1987年，第346-347页。

儒家语言，将结合学习与实践的儒家思想视为得菩萨道的前提①。对这些情况较为有力的解释可能是：儒家的做法被延伸、移植到佛门中。换言之，这是一种描述的程式，代表了儒家理念的渗入，其背后是儒家理念的先在性、权威性，表示即便传主已剃度出家，依然崇奉儒家学说，儒佛二家没有冲突。当然考虑到唐代佛教的特点，这样的说法也可表示当时的寺院的确可传授各种知识、学问②，并非只有佛学。

儒家语言对《宋高僧传》的影响不只是语言术语，也包括叙事程式。例如，弘忍传中弘忍通过命其弟子"各言其志"来验证各自的禅悟水准以确定法嗣的叙述，这显然是在效仿儒典中孔子命其弟子各言其志的故事。佛教典籍通常注重慧能、神秀呈禅偈和弘忍夜半传衣的"密传"故事，并未采用儒家文献的模式描写，因此这种描写手法似乎应归于赞宁本人，尽管《宋高僧传》也叙述过道信、弘忍、慧能等"密付"衣钵的事实。在弘忍传这里，弘忍、慧能之间的传付好比儒家圣人孔子与其弟子之间的传付，这可能意在回应、反驳排佛论者和其他具有强烈本土意识的批评者对向来被认为具有神秘性、夷狄性的佛教的批评，试图让人们理解和认同僧人之间带有一定公开性的传付方法和性质，以达到护法目的。另一个典型例子是圆观传：圆观和李源关于究竟从长安、斜谷还是从荆州入川的对话充斥着儒家语言，最后李源提出自己不愿走前面一条路的理由是"不事王侯"，典出《周易》；圆观接受了这一理由，并以《论语》中的"行无固必"作答。这样，两人都从儒典中找到了自己行动的依据。其实，在更早的材料如《甘泽谣》中，李源自称绝世事，而圆观则说是行固不由人；其后苏轼《僧圆泽传》、惠洪《冷斋夜话》卷一〇也有类似描述。比较可知，赞宁显然有意识地用儒家典故描写二人的对话，从文体上来说更为典雅。尽管不能简单说高僧因此就改变了身份成为儒者，但的确可看出这样写显得更为意味深长，仿佛高僧也崇儒，也以儒典作为自己行动的根据。可以说，赞宁的这种描写是一种儒家化的解读和说明。

这样的叙述不可避免地引向其他问题，那就是考虑到赞宁《宋高僧

---

① 赞宁撰，范祥雍点校：《宋高僧传》卷六《唐京师西明寺乘恩传》，北京：中华书局，1987 年，第 128 页。

② 参 Mark Halperin，*Out of the Cloister: Literati Perspectives on Buddhism in Sung China*，*960—1279*. Cambridge：Harvard University Press，2006，p. 59.

传》乃奉诏而作，那么太宗朝对佛教态度究竟如何，是如何处理儒佛关系的？赞宁及该书与之有何程度的关联？

事实上，宋太祖、宋太宗采取大量措施来复兴佛教，但也对佛教有一些限制。特别值得注意的是，宋太宗认为佛教的"利他"有裨政治，声称帝王当政就是修行，这被赵普归纳为"以尧舜之道治世，以如来之行修心"①。"佛（道）内儒外"这一思想本身并不新鲜，它是中古时期士大夫的共同看法②。新鲜的是，宋太宗君臣不再持中古时期那样身心分离、儒释各司其职的世界观，而是既融合儒释，又对其作用分别对待并应用于治国理政。鉴于唐五代部分皇帝对佛教采取的废佛政策在前，宋太宗这样的做法应该会得到佛教界的支持。但必须强调的是，宋太宗读过包括唐代在内前代的相关史籍，可能清楚唐代的儒学状况、佛教状况和相关论争。而从其采取的诸多政治措施来看③，宋太宗是政治层面上儒家的信奉者。

赞宁于太平兴国三年（978）随钱俶入宋④，得到宋太宗礼遇，延问终日，别赐紫方袍，又得到重臣卢多逊、李穆礼重。在此之前，崇佛的钱俶因慕阿育王造塔而造八万四千塔，其中藏有如来真身舍利。赞宁入宋的一个重要任务就是进阿育王塔，而他在吴越时期所写的《宝塔传》已经从佛教政治理念上承认了宋朝皇帝的统治地位，又强调佛塔的政治功能和带来的利益。该塔还存在感通现象，而赞宁向宋朝进阿育王塔后，这类现象还在宋朝宫廷中继续出现，他也用佛教菩萨等名号来称赞太宗⑤。至于宋太宗宣问赞宁的情况，从普岸传来看似乎涉及佛教方面的具体事务。考虑

① 张践：《中国古代政教关系史》（下卷），北京：中国社会科学出版社，2012 年，第820—834 页。

② 陈弱水：《柳宗元与唐代思想变迁》，郭英剑、徐承向译，南京：江苏教育出版社，2010 年，第 16—19 页。

③ 包弼德：《斯文：唐宋思想的转型》，刘宁译，南京：译林出版社，2017 年，第 189—195 页；徐洪兴：《唐宋之际儒学转型研究》，上海：上海人民出版社，2018 年，第 201 页。

④ 按照陈瓘《智觉禅师延寿赞》的说法，钱俶因延寿的劝谕而纳土于宋，得以保全一方。见虞淳熙：《智觉塔树亭崇报志》，载际祥：《敕建净慈寺志》卷一一，清嘉庆十年（1805）原刊本、清光绪十四年（1888）钱塘嘉惠堂丁氏重刊本。这一说法不见于宋代史传，聊备一说。赞宁与以德韶、延寿等为代表的吴越禅宗密切关联，参 Albert Welter, *The Linji Lu and the Creation of Chan Orthodoxy: The Development of Chan's Records of Sayings Literature*. New York: Oxford University Press, 2008, pp. 36—38.

⑤ 赞宁撰，范祥雍点校：《宋高僧传》卷二三"论"，北京：中华书局，1987 年，第 605 页。

到赞宁后来奉诏撰写《宋高僧传》，宋太宗还可能接受了他关于佛教有益于政治的某些观点。根据钱惟演《通惠大师影堂记》的说法，在吴越忠懿王"逢图请史，举国还朝"后，神宗（这里当指宋太宗）不仅向赞宁询问有关佛教的问题，而且向他询问儒学方面的问题①，再次证明赞宁的儒学修养早在归宋之前就有高名，并非归宋之后因媚世才进行儒学研究。当然，宋初二帝虽尊崇佛教，相对而言毕竟更重视儒家，特别是在政治方面，随着时间的推移，这种崇儒倾向愈发明显。另外，众所周知宋朝皇帝加强了个人的集权统治。相形之下，吴越统治阶层更崇奉佛教②，主张"释道儒，总摄归一之理"，并赞同"撮尽元枢，乃指引一心"③，两者间的不同不可能不被接近王臣又身任僧职的赞宁注意。在赞宁笔下，宋朝呈现出象征性的等级秩序，无论哪家学说都要服从帝王，而帝王采取的是儒家式的统治。鉴于赞宁原本就有深厚的儒家学识，又认为佛法委于帝王④，而在此之前宋太宗已有崇儒之举，因此很难简单说这是赞宁调整其立场以迎合变化了的局势；但至少可以说，相比于他在吴越时期多律学撰述，他入宋后的态度是沿着原本就有的另一倾向而有了更明确、更进一步的发展：那就是依靠崇儒的君主来护法，因此其《宋高僧传》采用儒家化的描写自有原因。

但是，尽管北宋东京律宗三宗都很兴盛⑤，赞宁在宋朝也继续得到优待，也未受卢多逊失势和李穆等礼敬他的大臣去世的影响，其外重儒学而心崇佛教的思想倾向与宋太宗也不无相似之处，但就佛教自身而言，律宗

---

① 钱惟演：《通惠大师影堂记》，载曾枣庄、刘琳主编：《全宋文》（第9册），上海：上海辞书出版社，2006年，第393页。

② 钱惟演：《通惠大师影堂记》，载曾枣庄、刘琳主编：《全宋文》（第9册），上海：上海辞书出版社，2006年，第393页。

③ 释际祥：《敕建净慈寺志》卷二八，清嘉庆十年（1805）原刊本、清光绪十四年（1888）钱塘嘉惠堂丁氏重刊本。

④ 赞宁的类似态度常遭到批评，其实也应看到佛教固有的方外性，但佛教和官方如何处理政教关系是影响佛教如何保持方外性的重要因素。赞宁的态度并非绝无仅有，更非首例，中古时期的中国佛教就依赖统治者。参芮沃寿：《中国历史中的佛教》，常蕾译，北京：北京大学出版社，2017年，第58、99页。在佛典中，佛陀咐嘱君主王臣等护法的记载不罕见；在历史上，印度等地佛教因王室恩宠而得以兴盛也是一个突出的现象。参S. R. 戈耶尔：《印度佛教史》，黄宝生译，北京：中国社会科学出版社，2020年，第219页。

⑤ 赞宁撰，范祥雍点校：《宋高僧传》卷一六"论"，北京：中华书局，1987年，第406页。

或戒律学并非最受宋太宗重视的对象。的确，赞宁与太宗有较多关联，他既了解后者的佛教活动，也了解并参与后者的佛教写作。但我们不应夸大这种关联的作用，更不应仅从这方面解读宋太宗这类帝王的思想状况。应该注意到，相比于小乘律学，宋太宗更欣赏大乘佛教（《缘识》其三），他了解大乘思想，特别关注禅门①。据《明州阿育王山续志》卷一一，其为如来真身舍利作赞，欣赏的也是作为"定果熏修真秘密"的舍利，并用《礼记·大学》式的"正心"加以解读。这一说法值得注意，它表明宋太宗可能受到唐代以来开始注重《礼记·大学》心性论的儒家思潮的影响。而赞宁虽熟稔外学，但并不特别注意《礼记·大学》心性论。他注重戒律作为佛法代表的基础性地位，用法家思想来解释"明律篇"，也受到戒律学重视心的发展趋势的影响，意识到小乘律学的严苛，大乘佛教的平等、包容，以及怀海所立禅林规制的优点。相比而言，宋初二帝在政治层面上行尧舜之道，虽重视法律但又对严刑峻法持怀疑态度②。还值得一提的是，隋唐五代以来帝王、公侯往往接受大乘菩萨戒，这在赞宁笔下屡有记载；而宋初二帝无这方面的记载，不过宋太宗曾派遣内侍、省官、台守入山请義寂授菩萨戒③，似乎反映了他既重视佛教戒律，又与之保持一定距离的立场④。赞宁深知政治对佛教的重大影响，《宋高僧传》"习禅篇"等亦多涉及禅宗与政治的关联，尽管他批评一些禅僧不注重戒律的缺点，但还是主张互相推重。可以说，赞宁的态度再度表明他不是为了个人或律宗，而是注重整个佛教的团结和发展。

---

① 道原：《景德传灯录》卷五《第三十三祖慧能大师》，《大正新修大藏经》第 51 册，第 237 页。

② 脱脱等撰：《宋史》卷三《太祖本纪》，北京：中华书局，1977 年，第 50 页；李焘撰，上海师范大学古籍所、华东师范大学古籍所点校：《续资治通鉴长编》卷二二，北京：中华书局，2004 年（第二版），第 505 页。此后宋真宗意识到佛教戒律之书和周孔之道相同并加以推崇，但那已在赞宁晚年。见李焘撰，上海师范大学古籍所、华东师范大学古籍所点校：《续资治通鉴长编》卷四五，北京：中华书局，2004 年，第 961 页。

③ 元悟编：《螺溪振祖集》，《大正新修大藏经》第 46 册，第 926 页。

④ 宋太宗不只是对戒律如此，和那些佞佛的帝王不同，他虽做佛事（如诏两街供奉僧于内殿建道场）以表勤祷之意，但并不盲信佛教的护佑作用。参汪圣铎：《宋代政教关系研究》，北京：人民出版社，2010 年，第 15—16 页。

二、儒家人物与《宋高僧传》

除了儒家义理和语言，儒家人物也对《宋高僧传》的编修产生了重要影响。在这里我们首先需要注意佛教自身长期以来的圣人崇拜传统和圣人菩萨化传统，而不是简单归之为唐宋儒学复兴思潮或政治形势的产物。在赞宁之前，《史记》等书中的孔子"圣传"就曾被视为典范用来塑造慧能等禅宗祖师①。另外，孔子的弟子也多得到崇拜，尤其是亚圣颜回得到推重，乃至出现了一些相关俗语，比如《比丘尼传序》就以"希颜"指代佛门典范。至于《论语》等儒典中形容颜回的语言也在佛教典籍中屡有体现，实际上已为僧人践行，或成为描写僧人中类似人物的俗语。《大宋高僧传序》也称高僧是"希颜之者"，可见赞宁遵循了先例，书中所写的是亚圣一样的高僧。不仅如此，他还用孔子和颜回之间的师承关系来类比佛教师徒之间的传承：僧彻之于知玄、神会之于慧能、本寂之于良价等均被这样类比。如果说这还是撰者自己对师徒关系的比附，那么还有例子表明，类似的说法甚至被视为书中高僧对其弟子的评价②。另外，《宋高僧传》还用颜回式的"人不堪其忧"来形容高僧；玄览的"无一息之间违仁"③同样令人想到《论语》中孔子的说法及其对颜回的相关称赞。

赞宁选择颜回作为师徒传承的典范，当然是看重颜回的崇高地位，希望佛门中类似的高僧得到世人的认可，正如他将"仲尼谓颜子亚圣"与"然灯与释迦授记"并列作为高僧证果而赢得盛名的例证一样④。在佛教典籍中，孔子、颜回的师徒关系往往被转化为菩萨之间的关系或菩萨和童

---

① John Jorgensen, Inventing Hui-neng, *The Sixth Patriarch: Hagiography and Biography in Early Ch'an*. Leiden·Boston：Brill，2005，p. 71，pp. 361—368.

② 赞宁撰，范祥雍点校：《宋高僧传》卷六《唐苏州开元寺元浩传》，北京：中华书局，1987年，第120页。在同一篇传记中，元浩、澄观还被比作"孔门之游、夏"，而子游、子夏也被列入"四科"中的"文学"。类似高僧还包括法诜、文益、丹甫，甚至作传者都被比作"游、夏"。也有人将高僧比作孔子的弟子、位列"四科"中"政事"的子路，如《唐京兆魏国寺惠立传》中的柳宣评惠立就是如此。再加上全书中多次提到的颜回，可发现孔门四科除了"言语"，其代表人物都曾作为典范出现。

③ 赞宁撰，范祥雍点校：《宋高僧传》卷二六《唐杭州华严寺玄览传》，北京：中华书局，1987年，第660页。

④ 赞宁撰，范祥雍点校：《宋高僧传》卷一〇《唐荆州天皇寺道悟传》，北京：中华书局，1987年，第232页。

子之间的关系，以此来说明二圣也传播佛教、教化众生，从而自尊其教。尽管将圣人菩萨化似乎也是一种提升，但无论如何这都是以佛教自身标准衡量儒家圣人，意味着佛教更加优越。与此相反，赞宁将孔子、颜回作为典范来衡量高僧，意味着儒家更加优越，再度证明了他的崇儒立场。这种立场也可能是政治上的：如果将这一点联系到宋初朝廷对孔子、颜回的尊奉①，那么情况就更加清楚；至于官员上书言事，也往往着意于颜回式的德行，而德行在宋初已成为朝廷取士、荐人、赐爵等的重要条件。不过，颜回被尊为亚圣出现在汉代之后，尤其是唐开元年间唐玄宗在国家层面上确立了颜回的亚圣地位，此事记载于《旧唐书》等典籍中。赞宁称"仲尼谓颜子亚圣"，其说无据。但宋初似未专门为颜回另作封赐，而孔子本人亲自给予颜回这一名号显然更为庄严，因此无论是赞宁本人所为还是其所据材料已然如此，这样写都有助于假托颜回之名为高僧提供权威证明。

但原因还不止于此。众所周知佛教往往因为来自"夷狄"、佛事耗费大量资财人力、僧人不交税不称臣不孝等而遭到方方面面的指责，相关事例在《旧唐书》等史籍中都有记载，比如被比作颜回的僧彻，在《旧唐书·李蔚传》中就因为接受唐懿宗所赐旃檀高座而遭到李蔚上疏劝谏，后者就以佛事费官财、苦人力等为由批评这类做法，而熟悉《旧唐书》等史籍的赞宁也在《唐京兆大安国寺僧彻传》里提到唐懿宗以旃檀木高座赐僧彻这件事，不可能不知道类似记载。另外，儒家思想虽不是一味无条件地强调节俭，但相对于奢靡而言的确更肯定"俭"的价值。在这方面，颜回同样能够称为典范。而宋初二帝禀性节俭，又以五代以来帝王始俭勤、终逸豫为戒，提倡并厉行节约。赞宁来自降国吴越，《宋高僧传》乃奉诏而作，他又以为沙门德薄，教法委于帝王，不能不按照朝廷定下的规矩办事，哪怕这不符合佛制。因此他将部分高僧比作颜回，一方面表明这些高僧具有儒家亚圣颜回那样好学、安贫乐道的德行，是值得学习的典范；另一方面是借此就奉佛耗费资财的习惯性指责进行委婉的辩解，可能也受到儒家和宋初帝王推崇的节俭之风的影响。另外，考虑到中古以来中国人习惯于用华夷观念指责佛教，而赞宁也明确提到中国将印度蔑称为胡国这一

---

① 徐松辑：《宋会要辑稿·崇儒一》，北京：中华书局，1957年，第2177页。

错误说法①，他这样写或许也是意在消除佛教作为外来宗教通常给人留下的夷狄化印象。

此外，这可能还更为敏锐地回应了长时段中儒学思潮的变化。直到初唐学者还是对孟子之学（特别是其中那些心性论述）不感兴趣；古文运动以降韩愈将孟子视为孔子的继承人，但他在义理层面并不将之视为权威②。韩愈虽也尊崇颜回，但在《与李翱书》等文中又指出，颜回毕竟有圣者为依靠，因此不忧而乐容易做到。言外之意，颜回的境界不难达到。不过，虽然韩愈的道统说在后世很有反响，孟子的地位在中晚唐以后逐渐上升，但直到赞宁的时代孟子的地位还不及颜回，后者还是公认的亚圣。赞宁的看法也与韩愈有所不同。赞宁虽屡屡提到孟子，但常觉传称礼让之化不胜于好利之心，梁王、孟子同世而不同心，孟子不能扬孔子之道，倒是高僧能行法王之教③。在本传中这虽是陶穀之语，如前所考赞宁也不可能与陶穀见面，但陶穀笔下常觉秉持公正之心以财富弘法的观念却是赞宁赞同的，事实上《大宋高僧传序》就强调了佛教的富贵④。其实，《宋高僧传》固然赞扬甘于清苦的高僧，而这也符合《涅槃经》否定僧人蓄积财富的论述，但该书内容也多次涉及商人、财富，尤其赞赏有利他行为或注重僧伽整体利益的高僧。他甚至将获田园之利的圆规称为空门猗顿，这就比《甘泽谣》的"富僧"之说更能证明叙述的正当性，因为猗顿历来被视为富商的典范。相应地，那位以言语和财富闻名却在儒家内部遭到一些批评的子贡只是以一种自我谦卑的姿态出现，尽管在赞宁看来子贡也可归入颜回一类⑤。在这个问题上，赞宁既注意到财富对于寺院佛教的重要性和某些高僧对于财富的追逐，但往往又会强调高僧个人面对金钱时的廉介，

---

① 赞宁撰，范祥雍点校：《宋高僧传》卷三"论"，北京：中华书局，1987年，第53页。

② 麦大维：《唐代中国的国家与学者》，张达志、蔡明琼译，北京：中国社会科学出版社，2019年，第59—60、76—81页。

③ 赞宁撰，范祥雍点校：《宋高僧传》卷二八《大宋东京普净院常觉传》，北京：中华书局，1987年，第707页。

④ 赞宁撰，范祥雍点校：《宋高僧传》卷首《大宋高僧传序》，北京：中华书局，1987年，第2页。"知佛家之富贵"这类说法据称来自《华严经》，南唐僧人就曾据此为佛事辩护，导致佛事更为奢靡。见李焘撰，上海师范大学古籍所、华东师范大学古籍所点校：《续资治通鉴长编》卷八，北京：中华书局，2004年，第193页。这也证明奉诏修史的赞宁写入《宋高僧传》的这类说法反映的还是佛教观念而非末朝官方的观念。

⑤ 赞宁撰，范祥雍点校：《宋高僧传》卷四《唐京兆大慈恩寺彦悰传》，北京：中华书局，1987年，第74页。

更反对单纯为了牟利而不顾佛教宗旨，似乎在善和利之间有所区分并追求一种互治的平衡，而一味重义不言利（至少在语言层面上不言利）的孟子在这个意义上遭到批评。除了物质利益，赞宁还从佛教意义上称赞诸多佛教行为均可获"利"，尤其是用"为己为他，福生罪灭。有为之善，其利博哉"①解释"兴福篇"，就明确强调善带来利。这明显不同于孟子，但与其他儒典某些主张道德为先而兼重利益的说法却不无相似："其利博哉"典出《左传·昭公三年》，后者就指出仁人之言利益甚大，二者之间的区别仅在于赞宁赋予世俗道德以更多的佛教意义，或者说为佛教行为提供了世俗道德的支撑。另外赞宁之前的一些僧人也用此语称赞佛教事业带来的利益。赞宁这种更宽泛的重利态度还采用了修辞形式，比如商人求利和贫女开宝藏等佛经中的典故都作为领悟佛法的象征而得到肯定，而"遗身篇"的"论"更是借助利息隐喻鼓吹舍身行为可获得佛教利益②。这表明，赞宁没有遵从韩愈的说法。从赞宁提到孟子的其他方面来看，即便赞同孟子，赞宁也是站在不同于批判佛教的韩愈的立场上的。也许，赞宁甚至还有贬斥赵岐的孟子亚圣说或韩愈的孔孟道统说而为颜回亚圣说辩解的意味，故将颜回亚圣的说法归于孔子本人。当然，赞宁并非没有与韩愈相通的地方，但他对那些儒家认为的异端相对而言更为包容、平等③。

　　总之，《宋高僧传》中的人物描写不只是采用儒家语言，也具有思想价值。

三、儒家制度与《宋高僧传》

　　最后一个与儒学相关的方面，是赞宁还用儒典中所载本土国家制度、文化传统等来表述佛教事务。首先，他以周代分封制下基于血缘亲疏尊卑

---

　　① 赞宁撰，范祥雍点校：《宋高僧传》卷首《大宋高僧传序》，北京：中华书局，1987 年，第 3 页。

　　② 不过，尽管赞宁认为儒家宣扬的杀身成仁与佛教舍身行为类似，但在后世一些儒者看来，儒佛二家还是存在重义和重利的区别。参黄士毅编，徐时仪、杨艳汇校：《朱子语类汇校》卷一二四《陆子静》，上海：上海古籍出版社，2016 年，第 2987 页。

　　③ 赞宁撰，范祥雍点校：《宋高僧传》卷二二《大宋魏府卯斋院法圆传》"系"，北京：中华书局，1987 年，第 576 页。

的"分器"来说明佛教基于得法与否的师徒传承①。这一中国古代政治制度不仅充当了理解中国佛教事务的媒介，而且充当了理解印度政治活动的媒介②。"分器"这一说法及其解释见于诸多经书，指周武王等将宗庙之器分给诸侯以作赏赐。根据这些经书及其儒家化的解释，"分器"是将珍玉分给同姓诸侯以表诚心，而以远方之物赐给异姓诸侯③。凭借这个典故，赞宁宣称禅宗内部的衣法传承具有"分器"那样区别性的功能和作用。此外赞宁还用其他一些儒典和诗文中的典故来解释达摩游历中土的前后经过，并在记叙禅宗师资传承时同样采用了分器这一典故④。在这些记叙中，禅宗的兴起和传承被比作一个国家的兴起和权力交接。

其次，赞宁还用宗法制下的宗族传承来表述师徒传承。这类情况主要涉及被尊为显教或天台宗、唯识宗、密宗、禅宗、日本律宗等诸宗开山祖师的高僧与其后学的关系，会出现始祖、法子、裔孙、五世孙、开创之祖、述作之宗等称谓。在禅宗传承宗族中，不仅有嫡子而且有庶出，而那些被视为庶子的高僧不能与那些被视为嫡长子的高僧相比，其中出现的相关典故也出自儒家经典，其含义也鲜明地体现出宗法制下嫡长子的地位。禅门世系的延展扩大，也被比作宗族子孙的繁衍，而门人北上京师弘传心法也采用宗族术语表达⑤。因此，僧人之间的关系也用宗族辈分来表达，俨然在俗家之外构成了另一种宗族关系。这种写法当然不是赞宁的随口胡说，不仅因为其有材料来源，而且因为佛典中其实就有一些类似的说法，并且唐代朝廷制定的法律就曾通过比拟血亲来看待佛教僧人之间的师徒关系⑥。这类法律并非一纸空文，因为有材料的确证明，僧侣间的传付宗系

---

① 赞宁撰，范祥雍点校：《宋高僧传》卷八《唐韶州今南华寺慧能传》"通"，北京：中华书局，1987年，第176页。

② 赞宁撰，范祥雍点校：《宋高僧传》卷二《唐洛京圣善寺善无畏传》，北京：中华书局，1987年，第17页。

③ 至于"分器"的历史实情，另参罗新慧：《周代宗法家族支庶祭祀再认识》，《历史研究》，2021年第2期。

④ 赞宁撰，范祥雍点校：《宋高僧传》卷一三"论"，北京：中华书局，1987年，第318页。

⑤ 赞宁撰，范祥雍点校：《宋高僧传》卷九《唐南岳观音台怀让传》，北京：中华书局，1987年，第200页。

⑥ 道悟：《唐代律法与寺院安养制度》，《中国佛学》，2015年第2期。

被记载于僧牒上①，根据僧牒作为僧人身份证件的性质，可以推断僧人间的拟血缘关系已被官方认定。

总之，无论是分封还是宗法，一定程度上赞宁都借助包括儒家在内特别注重的基于血缘关系的政治、法律制度和文化传统解读佛教僧侣之间的关系，其中除了说明传主的方外世系，往往还强调其是某高僧的嫡传，这并不是说儒佛二家完全相同，而是借儒家来求得道俗对佛教传承的理解和认同，以维持佛教内部的等级秩序和维护佛教学术等方面的相关利益，这使得作为出世间法的佛教越来越和中国文化结合在一起。有的学者认为禅宗反映了中国的宗族制度②，这固然是禅宗的典型特点，但通过该书以上内容可以看出，其实中土诸宗都强调祖先崇拜或基于宗族世系关系的法嗣身份。当然，这毕竟是假拟的而非真实的宗族制度，赞同者、批判者均不乏其人，前者如余靖称赞其优点③，后者如朱熹批判说这表明人伦关系不可逃，即便佛老也要建立哪怕是假的人伦关系④。明清以降，更有太虚大师等人的严厉批判。但关于这些内容的讨论已牵连到中国佛教近代化等其他问题，非笔者学力能及，亦非本节范围所能包括，故在此暂且略过。

第三节　从宋前史料看《宋高僧传》中的"实录"观念

如果说《宋高僧传》的儒家思想体现了赞宁与本土学术主流的互动，那么本书中的实录原则则主要体现了赞宁与本土史学主流思想的互动。一般来说，学界对赞宁采用实录原则持肯定态度，但是，这类肯定往往没能揭示"实录"对《宋高僧传》这样的佛教史籍具有的特殊意义，也没能揭

① 郑愚：《潭州大沩山同庆寺大圆禅师碑铭》，载董诰等编：《全唐文》卷八二○，上海：上海古籍出版社，1990年，第3833页。

② Albert Welter, *Yongming Yanshou's Conception of Chan in the Zongjing Lu: A Special Transmission within the Scriptures*. New York: Oxford University Press, 2011, p. 49.

③ 余靖：《武溪集》卷八《韶州白云山延寿禅院传法记》，长春：吉林出版集团有限责任公司，2005年，第74页。

④ 黄士毅编，徐时仪、杨艳汇校：《朱子语类汇校》卷一二六《释氏》，上海：上海古籍出版社，2016年，第3029页。

示赞宁"实录"时的意图，因此给人的印象是，佛教史籍在"实录"上体现出近乎一致的特质。笔者这里试图将赞宁"繁略有据，名实录也"的观点放在"实录"观的发展演变这一视野中来加以考察，注重此说及《宋高僧传》中相关观点与其他史家观点之间的关联性、区别性，考察其所据材料在知识分类、书目分类中的位置，即将之置于古代知识文化系统中来加以考察，以便更清楚地了解赞宁"实录"观的意图和特殊意义。另外，本节还将探讨其实录观与儒家学说之间的各种关联。

一、宋前"实录"观念略说

众所周知，班固《汉书·司马迁传赞》引扬雄、刘向之言，称赞司马迁"其文直，其事核，不虚美，不隐恶，故谓之实录"。其意在否定虚美、隐恶，肯定《史记》行文叙事坚实、公正，不仅是撰史原则，也包含着道德观。在扬雄、班固那里，"实录"这一概念还与史官挂钩，后来常璩讥讽史官缺乏实录之才也表明这一观念一直存在，以至于成了评判史官的标准。

但从曹植《与杨德祖书》来看，"实录"已不限于史官所为，其他一般的"庶官"亦可"实录"。到晋代，"实录"的含义、主体和指称对象包含了更多的内容。例如，傅咸《镜赋》将镜子比作良史实录，善恶必彰；李充《起居戒》将述德纪功的碑志归于实录。《春秋》之义"信以传信，疑以传疑"，范宁《春秋穀梁传》注不仅多次引用，而且与"实录"联系起来。葛洪《抱朴子内篇》卷一一《仙药》引《孝经援神契》中的药物，首次将"方术"与"实录"概念联系起来，视为对方术的实录。又如陶潜《五柳先生传》，时人谓之实录，陶潜不是史官，《五柳先生传》也不是史传，可见在时人的理解里，"实录"不限于某一种文类，像《五柳先生传》这样自况的也可叫作"实录"。

南北朝时期值得注意的是裴松之《三国志》注体现的"实录"观。他认为，试图以少见奇并非实录[1]。早在扬雄笔下就指出司马迁爱奇，但并未就此否定其"实录"；而在裴松之之后，刘勰《文心雕龙》卷四《史传》

---

① 陈寿撰，裴松之注：《三国志》卷一《魏书一·武帝纪第一》，北京：中华书局，1982年，第20页。

评述了司马迁"实录"和"爱奇"两方面特质，也未将二者对立起来。相形之下，裴松之认为不合理地追求"见奇"并非"实录"，尽管这里不是指司马迁，但显然对"实录"提出了更为严格的要求。

实录不仅是一种史学概念，而且还发展成为一种杂取编年、纪传之法的"实录体"。有学者认为，十六国时期开始出现实录体，其证据是出现了《敦煌实录》这类书籍，但也有学者主张这不过是郡国之书，乃地方人物志，实录体当起源于萧梁皇帝实录①。无论如何，这一时期"实录"的指称范围继续扩大，乃至用来指称某地面积，如陶弘景《真诰》就称金陵之地方十余顷是实录。此外，萧子显《南齐书》卷五〇将诏书称为实录，卷五二《文学·卞彬》又称《蚤虱赋序》所言为实录，则实录的指称对象拓展到更多文类。史书则也不是自然而然地成其为实录。杨衒之《洛阳伽蓝记》卷二《城东》指出，永嘉以来史书都不是实录，其中将过错推给别人，而自以为善；那些碑文墓志也往往将如盗跖般的人吹捧成伯夷、叔齐，其中充斥着假话和与史实不符的华丽之辞。而在魏收《魏书》那里，卷五九《萧宝夤传》记上表将考功曹的记录对共裁量，认为如此可少存"实录"；又卷五七《高祐传》称《尚书》记言，《春秋》录事，明确指出实录包括言语和行动两方面。《魏书》又载，当时的"实录"不是单纯的记录，而是与对历书和志书等的考证结果有关②，现在看来具有史料批判的意味。

《汉书·司马迁传赞》以来"实录"与"虚辞""虚言"等之间的对立到唐代得到延续。这种对立甚至影响到成玄英这样的道教学者解释《南华真经》。在"新乐府"中，这种对立还加入了对现实的批判，而这种批判又涉及各种文体，比如白居易《青石》将官方所立德政碑上镌刻的文字视作虚辞。白居易《白氏六帖事类集》所载丧葬令中，实录与褒饰亦被对立起来。唐人也明确提到"实录"言语或行事，如褚亮《十八学士赞·文学姚思廉》、李延寿《北史》卷三一《高祐传》。此外，这个意义上的实录有时还不是泛指记言或记事，而是指称那种具有排比史实、叙述事情性质的

---

① 相关争论参看谢贵安：《中国已佚实录研究》，上海：上海古籍出版社，2013年，第7—11页。

② 魏收：《魏书》卷六七《崔鸿传》，北京：中华书局，1974年，第1504页。

故事，这体现在梁肃《常州刺史独孤及集后序》、权德舆《唐故尚书右仆射赠太子太保姚公集序》、韩愈《元和圣德诗序》等文中。值得注意的还包括韩愈的另一说法，他抛弃《春秋》褒贬之法，主张据事迹实录而善恶自见①，这与扬雄、刘向、班固等都有所不同。

实录的主体、指称对象在唐代进一步扩大，以至于远远超出了史官所撰史书范围。举凡人与人之间赠诗、经方义事、评论、评价、纪年、称谓、无虚誉的谥号、所闻所见、舞曲、一时俚言、小说、仙传、经、律、论、传、记、文集、墓志、经典等均可能被视为"实录"。一些人甚至进一步提出了构成实录的要件。如严挺之《大智禅师碑铭》将根据众人知见所记而非传闻的内容视为实录；白居易《唐故银青光禄大夫太子少保安定皇甫公墓志铭》将交往熟悉程度视为实录的前提；李德裕《次柳氏旧闻》也强调目睹而非出自传闻才是信而有征的实录。这三种意见略有不同，但共同点也很明显：强调信息来源的可靠性、直接性而非间接性。

在唐代，刘知几是最重要的"实录"论者。他强调信息来源的可靠性、直接性，将当时之简与实录联系起来。他重复和延伸了班固等人的观点，主张史书叙事应注重明白、质朴、公正、真实，反对语言上的虚假、俚俗和雕琢；他将如实书写善恶这一道德原则与实录相关联，而并不认为那些避免触犯当时禁忌的史书、纪传属于实录。因此，实录不仅与内容的虚假、避忌等对立，而且与语言上的华丽、俚俗等对立。此外，他还从文体角度严格区分了寓言、假说、虚词与实录的区别。② 他还强调史书记载应重视亲见，不应听信传闻③，当然这也是唐代史学的突出特点。

"实录说"不仅流行于世俗，而且逐渐进入佛教领域，这是本土观念影响力的体现，但在此过程中也改变了"实录"的一些用法和指称对象，有的说法颇有新意。比如慧皎《高僧传》就佛贤摈黜之迹考诸"实录"，后者当为一部史书性质的典籍；慧远《观无量寿经义疏》考察了经中"如

---

① 韩愈撰，马其昶校注：《韩昌黎文集校注·文外集》卷上《答刘秀才论史书》，上海：上海古籍出版社，1986 年，第 667 页。

② 详见浦起龙：《史通通释》卷五《采撰》、卷七《鉴识》、卷一一《史官建置》、卷一二《古今正史》、卷一八《杂说下》，上海：上海古籍出版社，2009 年，第 108、191、301、321、347、487 页。

③ 伍安祖、王晴佳：《世鉴：中国传统史学》，孙卫国、秦丽译，北京：中国人民大学出版社，2014 年，第 128 页。

是我闻，一时佛在"云云的"一时"，认为"实录"本应说明听法的具体时间是何年何月，不过为翻译所省，这似乎也认为存在原始文献；灌顶《摩诃止观》卷三将"权实"的"权"解释为权谋，暂用还废，将"实"解释成实录，乃根本旨归，通过字义发挥、表述思想；湛然《维摩经略疏》卷二认为凡夫外道的直心如人"实录"无有欺诳，这也是发挥实录的比喻意义、功能意义。道宣的著述尤其注重实录，其实录观念涉及撰述为文记事的可信性，又将实录与虚浮的言辞、传闻等对立，强调亲眼所见，不仅表明实录观念对他有深刻影响，而且他的这类强调信息来源直接性的观点还早于刘知几等人。其他如法琳、玄奘等高僧的撰述中同样存在着"实录"与虚妄、浮夸、雕华、芜杂之辞之间的对立，这种观念与刘知几等人没有太大区别。

总之，"实录"最初用来评价司马迁及其《太史公书》，但后来"实录"的主体和指称对象不断变化：不仅史官，其他"庶官"，乃至一般文人学者也可以"实录"；不仅《太史公书》或其他史书，举凡各种文体文字都可能是"实录"。而究其含义而言，"实录"一方面常常与言辞内容的虚假对立，另一方面也与言辞形式本身的浮华对立，这特别与刘知几等唐代史家相关，包括唐代佛教学者也持有类似观点。另外，从信息源来看，实录观念开始重视材料本身的可靠性和直接性，从而与间接性的传闻对立，这一点也不仅在一般史家，而且在佛教学者那里也有体现，是更值得注意的新变。

二、作为辩护的"实录"观

如前所论，"实录"这一概念的基本含义是清楚的，但其主体、指称对象处在变化中，另外还开始出现重视信息来源的趋向。北宋之初，身为佛教徒的赞宁也在其奉诏编纂的《宋高僧传》中鼓吹"实录"，这同样反映了其试图将佛教纳入本土文化复兴进程的倾向。不过，其中也有值得探讨的特殊意味。

首先，赞宁数次声称自己效法史传"实录"，但典范并不是司马迁，而是陈寿。如前所论，实录本为称赞司马迁语。陈寿《三国志》也提及刘向、扬雄赞扬司马迁"实录"，不过并未自称所撰史书为实录。检视可知，房玄龄《晋书》卷三九《王沈传》首称陈寿"实录"，故赞宁此说实受唐代史学影响。其次，《宋高僧传》卷一八《唐泗州普光王寺僧伽传》提到"僧伽实录"。如前所论，"实录"作为一种专门的著述体裁始于《敦煌实录》，至唐此体裁大兴，所谓"僧伽实录"可能是一部僧人效仿实录体而编纂的佛教史籍。最后，赞宁在《唐钟陵龙兴寺清彻传》中对"实录"下了一个新的定义："繁略有据，名实录也。"①

管见所及，"繁略有据，名实录也"的观点在赞宁之前似乎无人明确道出。当然，赞宁非常敬重的道宣律师在《续高僧传序》中曾提出"言约繁简"②，表明他对繁简问题有过考量，只是未直接视之为"实录"；更早的慧皎《高僧传序》则提到前代僧人传各有繁简，而他曾考稽其行事。另外，在赞宁之前不少佛教典籍也主张文句或言语的"有据"或考虑繁简问题，但都未用来证成实录之说。不能排除赞宁可能受这些佛教撰述的影响，但相形之下可以看出，赞宁更注重与中国经史典籍的对话，并试图从中为自己的史学观寻找依据。在《唐钟陵龙兴寺清彻传》中，他将"有据"与"实录"相联系，为此他以司马迁不能广记三皇五帝之事为证，可见他也以司马迁《史记》为实录，不过这些说法的提出是为了替《宋高僧传》各传不够详略不一辩护。赞宁在《周宋州广寿院智江传》"系"中又认为创著述者有四，不仅包括僻见谬解等问题，也包括乐繁嫌略，而他不是一味好繁，又明确反对毫无道理的变革，赞同遵循有用的古德义章和旧规。

赞宁的这些说法不是就原始材料，而是就《史记》《宋高僧传》这样有更早史料为依据的史书而言的。《宋高僧传》卷一八《隋洺州钦师传》"通"强调史氏是否编集是传家的依据，与赞宁"实录"观可相互印证，至于其根据同样来自儒典。同时，这也可以解释为什么赞宁提出的"实录"典范是陈寿，以及在"实录"的什么意义上模仿陈寿的——《三国志》同样不是原始材料，又据旧史而书，旧史所无则略③。事实上，这也是赞赏《三国志》编次可观、但又不满意其简略的裴松之注释该书的原

---

① 赞宁撰，范祥雍点校：《宋高僧传》卷一六《唐钟陵龙兴寺清彻传》，北京：中华书局，1987 年，第 389 页。
② 道宣撰，郭绍林点校：《续高僧传序》，北京：中华书局，2014 年，第 2 页。
③ 赵翼著，王树民校证：《廿二史札记校证》卷六《三国志立传繁简不同处》，北京：中华书局，1984 年，第 127 页。

因。裴松之的观点后来也有同道，如刘知几《史通·古今正史》也称《三国志》伤于简略。其实，裴松之之前无人嫌《三国志》简略；从两汉到东晋，经学领域、史学领域先后出现了尚简的风气，故《三国志》广受欢迎；只有到重视"事"和知识风气的时代，才会出现追求史实丰富的裴注，直到唐代刘知几还批评当时存在的叙事繁杂的风尚，由此可以理解为何当时会出现批评《三国志》的声音①。而从赞宁的观点来看，其与裴松之、刘知几这类《三国志》批评者的说法颇为不同。据《青箱杂记》卷六，赞宁曾撰《非史通》六篇，可证他明确反对刘知几《史通》中提出的观点②。当然，刘知几只是反对太过简略，强调文尚简要、叙事之工以简要为主，推崇文字简约而所叙内容丰富，主张既简要又详细。但《史通·二体》也注意到三皇五帝时期史料不详的问题，唐、虞以下有《古文尚书》，但其时淳质，为文简略。赞宁《唐钟陵龙兴寺清彻传》的说法与之有相似之处。不过，刘知几强调的是一些早期史学体裁的缺点，接下来就指出《左传》为编年之祖，《史记》为纪传之祖。与刘知几不同，赞宁不是论说繁简或史学体裁的问题，而是注意繁略的根据问题，在赞宁看来《史记》《三国志》等没有简略的缺陷，因为后者即便简略也是有根据的，而这正是他师法的。

　　赞宁"实录"观与《春秋》的关系也值得注意。如前所述，赞宁精通外学，熟悉儒家经典。儒家经书中，赞宁尤重《春秋》。从《青箱杂记》卷六引其文章篇名来看，他反对一些学者有关《春秋》的论说，得到王禹偁赞赏。王禹偁《赠赞宁大师》还将后者撰写《宋高僧传》比作孔子撰写《春秋》。赞宁《宋高僧传后序》也隐然将自己撰写该书比附为孔子撰《春秋》。《宋高僧传》卷一六《唐钟陵龙兴寺清彻传》"系"所谓"无乃太简"，其语本《论语·雍也》，而在赞宁之前将之用来评价《春秋》者，从现存史料看只有刘知几《史通·模拟》，乃是批评《春秋》记载之阙；而《唐钟陵龙兴寺清彻传》"系"提到的"弗来赴告不书"，正是《春秋》书法，也被赞宁用来为自己的说法辩护，可见赞宁对《春秋》的尊

---

　　① 此间学术风气的变化，详见胡宝国：《汉唐间史学的发展》（修订本），北京：北京大学出版社，2014年，第69—90页。

　　② 宋初批评《史通》的儒者不乏其人，比如孙何就著《驳史通》十余篇批判《史通》逆经叛道，他也被赞宁的好友王禹偁赏识。

崇，或许正是其实录观的一个根据①。这种态度还表现在他对《春秋·桓公十四年》"无冰。夏五"的论议上。在他看来，《春秋》"夏五"不敢加一"月"字，佛教也应该这样，不应胡乱掺杂。他进一步指出，后来注释者敬畏圣人之言、不刊之典而不敢加字，因为圣人看到过史书的阙疑之文，不加字自有其原因。他也举了翻译佛典中的类似例子：慧严重译《泥洹经》而加上评论，有神人斥责他轻加斟酌，他为此证明了为避罪也不要添字的重要性②。相反，刘知几《史通·惑经》主张实录直书，批评《春秋》未谕者十二、虚美五，并指出《春秋》多有不实的原因正在于赴告者所言不实却因袭其说。这种非议儒家经典的态度在后世招来了很多反批评③；赞宁"弗来赴告不书"、以繁略有据为实录就继承《春秋》而与刘知几的相关论议明显对立，从中可以发现赞宁著书立说的某些意图：不仅尊崇《春秋》体现的儒家圣人之道，而且尊崇其包含的历史编纂原则，并将之用来为僧史编纂提供理据。

总之，赞宁明确奉为"实录"典范的是陈寿；对"实录"的定义也不是《汉书》以来的旧说，而是指"繁略有据"。这可能与陈寿《三国志》等史书内容简略、无材料则不立传等有关。《三国志》的简略遭到裴松之、刘知几等人的批评，而赞宁反对刘知几史学，不是像后者那样关注简与要、详与略的关系问题，而是注意繁略的根据问题，这正是陈寿《三国志》被赞宁视为典范的原因，或者说为其观点提供了依据。此外，赞宁"实录"观还受到《春秋》《论语》《史记》等的影响，这都与刘知几的实录观有所不同。

不过，刘知几的看法其实也提醒我们注意以下问题："实录"仅仅就是繁略有据吗？难道赞宁从不怀疑《春秋》的史料来源问题吗？其《宋高僧传》遵循这样的观念意味着什么？

三、《宋高僧传》中的"实录"与依据

从赞宁《宋高僧传序》来看，其所据的并非都是书面文献，也包括传

---

① 另外，赞宁行文简略还有受孔子"不语怪力乱神"观念影响的地方，这在《唐荆州天皇寺道悟传》中有体现。

② 赞宁撰，范祥雍点校：《宋高僧传》卷二八"论"，北京：中华书局，1987 年，第 712 页。

③ 详见王嘉川：《清前〈史通〉学研究》，北京：社会科学文献出版社，2013 年。

闻，实际上是沿袭前代僧传的做法。有研究者考察说，赞宁所据为塔铭碑记、别传志记、征之耆旧（探访高僧弟子等）、亲身见闻等①；也有研究者指出，赞宁还曾利用传主著述、国家档案资料和一些史书，处理文献时除基本袭用原始文献外，还对所搜集文献进行综合整理工作（如增添、删减、改写等）②，所论允当，笔者不再赘述。这里试图进一步考察的是，他所利用的这些材料、见闻本身的性质及其在当时书目分类中的位置。

第一，赞宁所据主要为碑志塔铭，但传记里还出现了某些传闻性、解释性的内容。这些内容要么是感通菩萨现身，要么是神异的作法，要么是身体仿佛器物不受兵器损害，而它们最初很可能是口头流传，只是一种传闻，即便有看似原始的碑铭等材料证明，依然不能改变这些内容并非碑铭撰者目睹，而是来自传闻的性质。如齐安传记传主出生祥瑞和"异僧"的预见本诸卢简求《杭州盐官县海昌院禅门大师塔碑》，即便"异僧"之语也照抄不误。像这类故事从唐宋时人的实录观念来看也许信息来源较为直接，但最初毕竟只能是当事人或其他熟悉的人所说而在传主死后写入碑记，而当事人并不具有现代人的科学或唯物观念，并不是简单地叙述事实，而是有可能会用转生、神异等佛教观念来解释自己的身世。如藏奂对僧众说，昙粹是其前生，有坟塔，别人对此感到怀疑，及追验事实，果然如此。其事本崔琪《心镜大师碑》，据此碑，藏奂弟子戒休撰其行状，又请崔琪撰碑文，崔琪乃直书其事③。我们当然只能相信戒休的记载，因为再往前追述，也只能得出此事为藏奂等当事人所述的结论。换言之，即便是塔铭碑记，即便其中某些材料有可靠的直接的信息来源、详略有据，其中依然存有包含浓厚佛教色彩的内容，而这些内容在当时被视为可信的实录，这丝毫不能苛求碑铭撰者和僧传撰者。

第二，早前有多种史料可据而择其一。如《唐京兆慈恩寺义福传》④

---

① 黄敬家：《赞宁〈宋高僧传〉叙事研究》，台北：台湾学生书局，2008年，第114—129页。

② 金建锋：《弘道与垂范：释赞宁〈宋高僧传〉研究》，北京：中国社会科学出版社，2014年，第170—188页。

③ 崔琪：《心镜大师碑》，载董诰等编：《全唐文》卷八〇四，上海：上海古籍出版社，1990年，第3746页。

④ 关于本传材料来源，参杨志飞：《赞宁〈宋高僧传〉研究》，成都：巴蜀书社，2016年，第405页。

提到严挺之撰碑文，当指严挺之《大智禅师碑铭》；《旧唐书·方伎传》亦称严挺之撰碑文，似乎参考了《大智禅师碑铭》。然而，《唐京兆慈恩寺义福传》称义福去世于开元二十年（732），其说与《旧唐书·方伎传》同，却不同于《大智禅师碑铭》（和杜昱撰写的《大唐故大智禅师塔铭》）。因此，从本传的说法来看，难以简单说赞宁是否看到过《大智禅师碑铭》，或许赞宁所据就是《旧唐书》。

第三，所据为杂史故事和小说，多出自辗转传闻。据《唐京兆慈恩寺义福传》，义福先预言自己的去世日期，到了那一天兵部侍郎张均、太尉房琯、礼部侍郎韦陟都前往。义福于是升堂，为门人演说，其间，张均托故离开。义福乃预测张均此后会遭罪，名节皆亏，又称房琯必为中兴名臣，后果如其言。《太平广记》卷九七《异僧》引《明皇杂录》曾记此事，表现出义福预言的神奇。从文字上看，二者基本相同，但都没提供可靠、直接的信息来源，大概是传闻。欧阳修《新唐书》卷一六五《郑处诲传》称《明皇杂录》为时盛传。《新唐书》《郡斋读书志》《遂初堂书目》《直斋书录解题》等著录于杂史类，而《郡斋读书志》等曾提到"杂史"闻见卑浅、记录失实等问题。要之，赞宁此类记叙有其根据，按其说法这的确是实录，但未采取当时最严格的实录观，也就是并不十分重视信息来源的可靠性、直接性。

由于涉及神异现象，《宋高僧传》"感通篇"的传闻性质更为明显。在赞宁看来，类似的事情很多，并非相互改作，而是因圣人之作相同，有如门内造车，门外合辙。卷一八《唐齐州灵岩寺道鉴传》记道鉴神异之事，传闻异辞，都加记载，其中所记发生于元和年间事者与《太平广记》卷九七《异僧》引《宣室志》相同，可知为小说。对于传闻异辞，赞宁解释为见闻不同所以记录有别，又进一步用佛教观念中圣人有不同应身、随缘赴感之类说法来解释闻见有殊、传闻异辞（语出《春秋公羊传》）①，实际上是为其采用小说辩护，可见其辞辩纵横。当然这也再次证明，赞宁采取实录观，并不是一种简单的摆脱佛教观念的史学观念，相反，佛教观念为他采用传闻提供了理据，佛教与儒家公羊学在这里也得到了结合。

---

① 赞宁撰，范祥雍点校：《宋高僧传》卷一八《唐齐州灵岩寺道鉴传》"系"，北京：中华书局，1987 年，第 459 页。

　　根据范祥雍先生的点校本《宋高僧传》可知，该书"感通篇"中神僧的事迹很多还可与《集异记》《甘泽谣》相互参证，它们在唐宋以来书目中也往往被置于小说家类。与《宋高僧传》关系尤为密切的是《酉阳杂俎》，如《宋高僧传》卷二五《唐江州开元寺法正传》记载法正以诵经之功德令阎王送还人间的故事，意在劝人植福田获善果，从"起述其事"来看，乃法正自己所叙。此事早载于《酉阳杂俎·续集》卷七，称荆州僧常靖亲见其事。但常靖并未随法正历阴间，其所见闻，当是指法正暴卒不冷及苏醒后之事。赞宁与法正生活的时代邈不相及，所叙故事与《酉阳杂俎》一致，有些文字甚至完全相同。但赞宁大概觉得常靖亲见其事不完全合理，故改为法正自己醒来后讲述阴间见闻。总之，尽管本传的确有据，但这种依据建立在《酉阳杂俎》的记载之上，后者又建立在法正、常靖所见所闻的基础上，而法正在地狱中所见所闻具有典型的甚至是模式化的佛教灵验记的特征：可因诵经功德而延长寿命、返回阳间。据《酉阳杂俎序》，该书亦为"志怪小说之书"，历来著录在小说家类，多记谲怪之事。像晁公武认为近时小说多变是非之实，撰史"采小说以为异闻逸事""事悉凿空妄言"者，无异于庄周鮒鱼之辞、贾生鹏之对①，可见在这些学者眼中小说不那么"实"。因此，在这个问题上我们可以说，赞宁采用小说并视之为僧传的可靠材料，这只能代表部分像他这样的佛教徒的看法，他的实录观联系着他的小说观、传闻观和儒学观。

　　汉唐以来，尽管"丛残小语"（《新论》）、"街谈巷语，道听途说"、"刍荛狂夫之议"（《汉书·艺文志》）等小道不经之说意义上的"小说"观念是最为常见的②，这对熟悉外学的赞宁来说不可能一无所知，但值得注意的是，《宋高僧传》所利用的唐代小说多有出自晚唐者。据《旧唐书》本传，段成式《酉阳杂俎》流传一时。比段成式生活年代稍晚的陆希声《北户录序》称，近日小说多鬼神变怪荒唐诞妄之事，认为晚唐小说很多都存在问题。赞宁在寰中传中提到过段成式，在辩光传中又叙传主与陆希声交往的故事。作为赞宁的批判对象，刘知几《史通》也多次强调传闻失

──────────

　　①　孙猛：《郡斋读书志校证》卷九《传记类》，上海：上海古籍出版社，2011年，第386页。

　　②　关于汉唐时期的小说观念，详见罗宁：《汉唐小说观念论稿》，成都：巴蜀书社，2009年。

真、传闻不如所见等问题，尽管声称"小说"自成一家，能与正史参行，但他又贬低小说，热衷于委巷小说劳而无功，街谈巷议危害事实，像访诸故老、以乌荛鄙说刊为竹帛正言者也不能与五《经》方驾，三《志》竞爽①。而赞宁本人就采用这类性质的材料，只不过其另有解释。《宋高僧传》卷二一《唐代州北台山隐峰传》云：

> 或曰：淮西之役，《唐书》胡弗载隐峰飞锡解阵邪？通曰：小说所传，或得其实。是故《春秋》一经，五家作传，可得同乎？②

赞宁从佛教观念出发来解释僧侣神通，故而像隐峰飞锡解阵这样的"小说"虽不载于《旧唐书》，但在他看来可能是属实的（当然这也意味着他并不认为所有小说都属实）。在这里，赞宁再次体现出他对传闻信息来源的直接性的忽视。相反，赞宁乃以《春秋》五家作传各不相同证明其观点，可进一步帮助我们理解他崇尚《春秋》的用意。应该说，强调小说纪实性的学者并不少见。重视小说更是五代人治学的一个特点，这在徐铉《御制杂说序》一文中已有体现。李昉、李穆、徐铉等奉诏编纂《太平广记》，这是宋初朝廷重视文治、笼络文臣的文化事业的一部分，为此他们搜集了大量文献，其中就征引了很多宣扬佛道之说的小说，包括宋太宗也对稗官之说颇有兴趣，可见一时风气③。此外，不少《太平广记》的编纂者都与赞宁有交往：徐铉与赞宁曾同任翰林之职，事以师礼，李穆对赞宁也非常恭谨。如前所述，《宋高僧传》采用的不少晚唐小说也为《太平广记》所征引。作为这一时风的体现者和推进者，赞宁与徐铉等人自不像刘知几等人那样将"实录"与作为"虚词"的"小说"、传闻对立起来。赞宁的"实录"观与其"小说"观有兼容之处，这可反过来帮助我们理解他为何将很多得自传闻的"小说"用到《宋高僧传》中，当然先秦儒学观念和佛教观念都可以提供某些方面的支撑。可以说，赞宁的实录观与其某些小说观、传闻观、佛教观和儒学观相互关联，由此与其他史家拉开了

---

① 浦起龙：《史通通释》卷五《采撰》《补注》，上海：上海古籍出版社，2009 年，第 109、123 页。

② 赞宁撰，范祥雍点校：《宋高僧传》卷二一《唐代州北台山隐峰传》"通"，北京：中华书局，1987 年，第 548 页。

③ 参牛景丽：《〈太平广记〉的成书缘起》，《古籍整理研究学刊》，2004 年第 5 期，第 33—38 页。

距离。

总的来看，相比于唐人注重目睹或强调考证等的"实录"观、刘知几等批判访诸故老和运用"小说"传闻的"实录"观，赞宁的"实录"观相对弱化，不注重信息来源的直接性和可考证性，没有体现史学发展中出现的新理念，但也更有兼容性，注重小说和传闻，并从早期儒学和佛教那里寻求到理念支持；相比于推崇史文简要的刘知几，赞宁更强调"繁略有据"，后者要求对史家自身的行文做更多的限制，同样有早期儒学和佛教理念的依据。简而言之，赞宁的"实录"观不是纯粹另立新义，而可能是总结、整合前代僧传等佛教典籍和《春秋》《论语》《三国志》等经史编纂原则的产物，有着特定的意图——暗里反驳包括刘知几在内的学者的史学观点，为《宋高僧传》的材料依据和运用辩护，这种辩护背后体现出融合儒释、回归本土文化的倾向。

第四节　《宋高僧传》的传记命名

如前所论，从撰者的身份、自我意识和史学原则等方面来看，《宋高僧传》是一部根本上深具佛教色彩的典籍，同时也试图积极回应官方立场、儒学思潮和史学思潮。接下来笔者转到另一个较为微观的形式问题，那就是关于该书的传记命名。这是一个饶有兴味的问题，研究者对此已有所探讨①，但还留下了一些空白，特别是朝代命名的原因和驻锡道场命名的原因这两个问题值得进一步探讨。本节接下来的分析旨在更加具体地了解赞宁在处理这两个问题上的根据、意图和原则，从而进一步验证该书的某些特点在传记命名这一编纂形式上的体现。我们将发现，前面几节的论述依然适用，但本节的论述可以进一步丰富这些论述。

一、朝代命名

我们首先排除在所属朝代问题上毫无争议的唐代高僧，这里讨论的主要问题是，那些传主的生活年代跨越了武周或五代等的传记如何命名的问

---

① 杨志飞：《赞宁〈宋高僧传〉研究》，成都：巴蜀书社，2016年，第177—224页。

题。总体来看，《宋高僧传》传记的朝代命名取决于多种原则。

一是传主去世于某朝，则曰某朝僧。传主去世时期一般都有明确记载，但也可能存在推测的情况。典型例子是法宝：长安三年（703）他还在参与义净的翻译事业，其后经历无所叙述，而武则天神龙元年（705）就去世，因此若无意外法宝会生活到中宗时期，换言之本传冠以"唐京兆大慈恩寺法宝传"可能有材料或其他根据；另一种可能性还在于，法宝虽然主要活动在武则天时期，但本传并未叙述其受到武后礼遇的事件，与武周政权关联并不密切。某些外国僧，即便来华时主要活动在武则天称帝时，也并不以武周为号，而是依然冠以唐朝之名，如实叉难陀就是如此；鉴于实叉难陀去世于李唐复国之后，我们似乎有根据说，《宋高僧传》的朝代名称是根据传主去世所处时代而定的。圆测冠以唐僧，同样也不清楚其去世时间，而他在高宗末、武后初都有活动。另如彦晖生于唐代，去世于后梁乾化元年（911），故被视为梁代僧。巨岷则受到后汉高祖恩遇，圆寂时间也在后汉，被视为后汉僧。恒超同样活动在晚唐五代，但得到后汉皇帝恩遇，去世于后汉，被视为后汉僧。类似的以圆寂时间所在朝代而定的情况比较普遍，其中包括后梁僧从审，后唐僧令谙、诚慧、无迹、可止、贞诲、贞峻，后晋僧息尘、怀浚、行遵、善静、景超、道舟、光嗣、遵诲、智朗，后汉僧僧照、从隐、亡名、师会，后周僧澄楚、普静、智佺、行瑶、智江、光屿、道丕，大宋僧守贤、继伦、义楚、傅章、法圆、怀德、守真、岩俊、从彦、常觉、义庄、普胜、师律、宗渊，加上前面提到的几位高僧，共 47 位。很显然赞宁在这里还是首先注重惯常的做法，即根据传主去世朝代而定其朝代，也就是遵循自然时间以定传记名称。

二是传主生活年代跨越数朝而主要活动于某朝，则被视为某朝僧。在《宋高僧传》中，这涉及多个朝代。（1）从三国南北朝到唐朝。慧昭历经南朝隋唐诸代、后僧会从三国吴到唐的化形，都被视为唐僧。（2）武周。天智主要活动在武则天时期，本传以"周洛京魏国东寺天智传"命名，其实并不清楚其去世时期。这似乎意味着，天智的朝代是根据其主要活动时代而定。本传又说他曾谒见武后，其进行翻译活动也是武后的敕命。因此，同样可能是因为这种翻译活动与武后相关而确定其生活时代。还可发现，赞宁甚至不是从武则天真正称帝开始的天授元年（690）考虑其统治时期，而是从武则天实际当政算起，因此僧瑗这样永昌元年（689）就已去世的高僧也被视为周代僧。日照、慧智、明佺、寂友的情况也是如此：主要活动在武则天当国或武周时期，参与的是当时朝廷下令的翻译活动。法藏这样的华严宗高僧也因为其主要活动在武后时期而被视为周代僧，其实他活到了李唐复国之后，只不过本传没有叙述这之后的行迹而已，因此算作周代僧。神楷情况略有不同：其疏行于武周时期，同样不清楚其去世时间而以周代僧命名。这里牵扯到前面提到的一个问题，那就是赞宁标榜的实录原则及其在朝代名称上的体现。正如人们熟知的，司马迁在撰《史记》时并不一定根据人物的头衔，而是根据其实际功绩而定其入本纪、世家还是列传，比如实际当政的吕后就入本纪。而在《旧唐书》卷六中也有武后之本纪。实际上，人们常常将吕后和武后一同视为女性篡权的代表，尽管有的学者并不认为这是公允的说法①。赞宁在传记命名时似乎也考虑到这类问题，尤其在考虑到他强调正名或名实相符的情况下更是如此。无论如何，这种情况的高僧传记命名，都体现出武后的政治权力及其对佛教活动的支持。不过，尽管赞宁颇为重视武周这一短暂的崇佛朝代，但"译经篇"后的"论"提到的十五代里，隋唐之后就是五代②，并无武周。这意味着赞宁虽重视历史实际，但又没有寻求武周政权的正统性。其实在传统政治话语的大环境下，特别是在宋初儒家复兴的大趋势下，鉴于武后的女性身份、政治行为等情况，人们很难视之为正统。赞宁也了解这一点：据惟俨传，韩愈等人就批评武后当政；而赞宁熟悉的《旧唐书》也批评她是牝鸡司晨，赞同她晚年将权力还给李唐。（3）五代诸朝。鸿楚并不以其去世的后唐长兴三年（932）而定，而是根据其主要活动的、赐紫的后梁而定。归屿同样生于唐代，圆寂于后唐清泰三年（936），但因他主要活动于后梁，又与梁后主为同学，受后者恩宠，故以梁代僧命名，这再次体现出赞宁在传记名称上追求实际情形的倾向。至于冠以后唐僧的也存在类似情况：活动在，尤其是去世在后唐。如贞辩因为李克用的恩遇而被视为后唐僧，其实本传根本没说明其去世时间。类似的卒年不详而根据活动年代

---

① 赵翼著，王树民校证：《廿二史札记校证》卷三《吕武不当并称》，北京：中华书局，1984年，第59页。

② 据钱若水《宋太宗实录》卷二九，太平兴国九年（984）四月徐铉奏议，后梁（朱梁）篡代，如后羿、王莽之徒，不可为正统，五代中只以后唐以下为正统，宋太宗从之。但从《宋高僧传》看，赞宁将五代那些地方割据政权视为"伪"，却未将"革于唐命"的后梁视为"伪"。

而定的高僧还包括智一、慧凝、法智、慧警、国道者、智宣、智晖（根据《景德传灯录》，他去世于周显德三年）、法成、行坚、檀特师、河秀师、钦师、头陀、全玭、金和尚。这三种情况的高僧加起来共 28 位，不应忽视。其中存在争议的并且与《宋高僧传》版本问题相关的是慧警：永乐北藏本、龙藏本、大正藏本、四库全书本等称其为唐代僧，而资福藏本、碛砂藏本、普宁藏本等则称其为周代僧。从版本产生的先后年代来看，资福藏本等宋元本更早；而据本传，慧警因能够背诵武后看重的《大云经》而得到优待，因此被视为周代僧完全是合理的。

这里还需要注意的是一种反向的情况——高僧主要活动在某朝，却拒绝朝廷的赏赐；或经历改朝换代，却疏远新政权——其传记标题中的朝代如何命名？像慧能活动在武后时期，却谢绝武后邀请，就被视为唐代僧；而神秀虽得到武后恩遇，但中宗时期尤其得到宠遇，去世时间也在中宗神龙二年（706），故冠以唐代僧。昙璀去世于武后天授三年（692），但他谢绝了武后的邀请而隐遁，在本书中也被视为唐代僧。法持甚至圆寂于武周时期，但与帝王无太大关联，故也被视为唐代僧。至于其他先后得到武后和李唐皇帝恩宠的高僧，同样也以唐代僧命名。宁师传则提到王建天祐丁卯（907）僭伪号，其行为显得他并不拥护朱温后梁政权，故被视为唐代僧。进一步归纳起来可以看出，在这里赞宁采取的原则是，与其说是根据传主的主要活动时代，不如说是根据传主与官方，尤其是与政权和帝王的亲疏关系来决定其传记标题中的朝代名。就此而言，不仅再次坐实了前面提到的赞宁主张接近王臣和注重政权实际执掌者的立场，而且也证实了他注重传主本人政治认同的命名原则。

另外，当传主生活年代跨越数朝时，第二种原则并不一定取代第一种原则，前者有时也可能会让步于后者。如澄楚受到后晋高祖礼遇，但去世在后周，被视为周代僧，而在其传记的朝代命名这一点上现存多个版本的《宋高僧传》都无异词。按照第二种原则，就主要活动、与政权的亲疏关系、政权性质而言，澄楚应被视为后晋僧；按照第一种原则，就去世时间而言，澄楚应为后周僧。而这里表明，赞宁遵循的是第一种原则。如果不是赞宁自相矛盾，那么我们也可以解释为，这是该书的其他编纂者、赞宁的弟子所为；但考虑到赞宁晚年曾修订该书，其自述修订时注意是否违背大义，因此这一可能性不大，更大可能性还是赞宁遵循的是传主圆寂时间这一惯常做法。类似的是怀浚、行遵，他们都经历晚唐五代而去世在后晋，故被视为后晋僧，因此也未遵循第二种原则，而遵循了第一种原则。

三是传主主要活动或去世于偏霸之国，一概以去世时的中原王朝命名。这类传主的传记标题中如果出现偏霸之国，往往加以伪字，如僧缄、亡名所处的"周伪蜀"，另一位高僧贯休也活动于吴越、蜀国等南方诸国而被视为梁代僧。"梁乾化五年，吴越国王尚父钱氏表请"① 这样的表述也表明，赞宁是以中原王朝为正朔，尽管传主鉴宗主要活动地区并不在五代后梁所在的北方而是在吴越。关于这方面的情况已有详细统计②，这些情况表明，赞宁也并非完全以实际情况为准，或者说在他看来最大的实际情况还要看政权本身的性质是正统还是偏霸。

四是不符合以上原则，传记所标朝代名与传主主要活动和去世时间相矛盾。如本寂被视为梁代僧就不知何据，因为根据《祖堂集》等记载，他去世于天复辛酉（901），还是唐代，这种纪年或许是根据朱温是年实际上已经掌控政权，但赞宁并未点明这一点，何况即便朱温是年开始掌控政权也与本寂无太大关系，本寂也未声明其拥护朱温。其他值得商榷的还包括，传主并未去世却确定其生存时代。僧缄本唐文宗大和初生，活到后周显德二年（955）还没去世，被称为周代僧；点点师的主要故事发生在后蜀，却被视为宋僧，亦不知何据，因为本传根本没有说明其去世时间。

二、驻锡道场

众所周知，高僧平生所居往往不止一处，但本传名称中一般只出现一个道场名，因此问题就是，其中的命名取决于什么因素？

第一种情况是，根据传主做出重要宗教贡献所居寺院或最后所居寺院命名。这类情况不好截然分开，因为很多高僧最后所居寺院就是其做出最突出贡献所居的寺院。如义净传名称只提到京兆大荐福寺，其实据本传，他在多个寺院居住和工作过，最后至荐福寺翻经。金刚智先后居住在慈恩寺、荐福寺，最后居住在广福寺，而本传名《唐洛阳广福寺金刚智传》。

---

① 赞宁撰，范祥雍点校：《宋高僧传》卷一二《唐洛京广爱寺从谏传鉴宗》，北京：中华书局，1987年，第660页。

② 金建锋：《弘道与垂范：释赞宁〈宋高僧传〉研究》，北京：中国社会科学出版社，2014年，第188—201页。

某些传记命名与传记内容也有不一致的模糊之处。据《唐洛京圣善寺善无畏传》，传主所居先后有兴福寺、西明寺、菩提院等，却未说其何时居圣善寺。另外，传记名称中出现的道场并不一定是传主住持的寺院，这一点也是唐五代佛教的一个特点。如《唐玉华寺玄觉传》中的传主只是在玉华寺参与翻译，并不是他在此担任寺主、上座、维那或其他职务。总之这类情况最普遍，但其中又存在模糊性，即很多时候很难明确指出究竟是根据哪一点来确定传记标题，因为传主做出重要宗教贡献时所居和最后所居可能是同一座寺院。实际上，僧传很少对高僧说法传法的经历进行分期，也不侧重于我们现在所谓的思想发展等主题，在这种情况下，高僧所居不同寺院的地位虽有不同，但往往很难有明显的高下之分，硬性进一步划分没有太大必要。另外，高僧最后所居寺院出现在传记标题中还出于一种书写传统、政治实情和宗教意识，因为在中国本土传统里"老成"就是一种典型，这对僧传产生了影响，赞宁就曾用这一词语来称赞年轻僧人，就可看出其特别重视年老有德的高僧；而高僧传记标题中的寺院往往是其中晚年所居，这又往往与政治人物和道俗的迎请有关，而高僧又曾为该寺院或在该寺院做出译经、传法、护法、兴福、感通等各种宗教贡献，最后又归寂于该寺院，此后关于高僧生平的原始文献往往又和在该寺院参学的僧人、社会名流有关，因此势必要强调高僧生平的这一最后阶段，以凸显高僧及相关人物和寺院本身。当然，赞宁本人也许只是按照繁略有据的实录原则编纂，因此只是采用了记载高僧圆寂时所处寺院的塔铭碑志等材料。

　　第二种情况是，传记名称中根本没有出现任何寺院名。其中又可分为两种情况：第一，无论传记名称还是传记内容都没有直接出现传主所居寺院名，但可能清楚传主的确住在某座山、某座寺院或其他地方。这样的传主很多，包括智贤、尊法、寂友、莲华、满月、顺璟、慧沼、义湘、礼宗、法海、道通、灵默、圆寂、甄叔、怀海、思公、自在、天然、太毓、圆修（曾住在松巅）、圆智、法常、玄策、寰中、寰普、日照、良价、藏廙、庆诸、道膺、元安、慧寂、惟靖、法普、智闲、光仁、本寂、行因、德韶、道岸、诠律师、神皓、法明、神悟、元崇、惟俨、檀特师、河秃师、玄光、法喜、钦师、万回、智慧、岸、法秀、破窰堕、安静、如一、亡名、抱玉、阿足师、辛七师、明瓚、普化、法炯、难陀、玄宗、广敷、圆震、神暄、怀空、法藏、鉴空、道行、普满、些些、食油师、义师、神鉴、希运、常遇、永安、隐峰、罗僧、契此、宁师、全宰、怀浚、狂僧、曹和尚、李通玄、僧藏、文辇、行坚、法智、僧炫、启芳、圆果、志玄、大行、雄俊、会宗、文照、法照、东京客僧、鸿莒、道贤、若虚、弥伽（上天）、道荫、法成、道遵、智颟、文质、海云（住在林谷）、行严、慧凝、神鼎、泓师、进平、道晤、欢喜、皎然、怀空、慧演、澄心、法如、宁贲、元表、全清、全玭、无作、智宣、自新、宗渊等共 135 位高僧，约占该书高僧总数的 20%。这个不容忽视的百分比数字可以让我们思考《宋高僧传》所写的宋代之前佛教高僧的某些特性，那就是其体制化、官方化特征还不那么明显，而撰者赞宁的确还是继承了僧传强调"高而不名"的编纂传统，注重高僧的道行成就，而不是注重其所居寺院本身的名号或其在寺院担任的职务。其中有一些高僧居处无恒、随处而眠（如法照、曹和尚、志玄、契此），但相关传记内容显示他们其实往往还是住在寺院、讲肆、僧堂、庵舍、茅舍、神祠、岩窟、精舍、瓦窑、土屋、石室、废寺等地，只不过撰者可能不清楚或本就没有这些建筑的具体名称而已，因此并不一定因无依止之寺而以所居之山命名①。第二，传记名称中没出现寺院名，但传记内容明确出现传主所居寺院名。这包括佛陀波利（住在金刚般若寺）、居遁（住在妙济禅院）、贞干（曾住灵光寺）、全豁（住在岩头院）、华严和尚（来自竹林寺）、封干（本居国清寺）、灵祐（住在同庆寺）、楚南（住在慈云院）等 8 位高僧②。这类例子可进一步证明赞宁不是简单地因为传主没有驻锡寺院而以山或地命名。

　　第三种情况是，传主圆寂时所在地点不同于传记标题中出现的寺院。这类传主包括：实叉难陀、道因、法诜、普光、法宝、良贲、一行、神楷、义楚、慧空、恒政、鉴真、神皓、崇惠、无名、上恒、惠秀、道义、僧瑗、慧则、行遵、息尘、志通、神智、神秀、义福、法钦、道通、自在、有缘、惟靖、休静、文益、名恪、守直、灵一、无名、僧伽、鉴空、牛云、全宰、宗合、志通、守贤、法融、慧沐。值得一提的是，这 46 篇传记的内容也可再次证明，赞宁是根据传主从事重要工作或做出重要贡献

---

① 杨志飞：《赞宁〈宋高僧传〉研究》，成都：巴蜀书社，2016 年，第 225 页。

② 这里考虑的是在传记标题通常出现寺院或道场名的背景下缺乏寺院或道场名的例外情况，因此，笔者没有考虑那些不是专门立传而是出现在附传中的高僧，因为在《宋高僧传》中附传就都只出现高僧名，与这里的情况不同。

时所居寺院为传记标题的。

第四种情况是，传主曾住在某寺院或某地，但最终不知下落。无极高、天智、慧智、明佺、智通、智严、怀迪、般若力、善部末摩、莲华精进、飞锡、子邻、般若、满月、智慧轮、道世、法宝、胜庄、普满、荐福寺老僧、法照、慧闻、宝达、本净、圆测、薄尘、灵辩、元康、靖迈、顺璟、嘉尚、慧沼、大愿、尘外、彦悰、智升、圆晖、会隐、宗哲、良秀、玄逸、惟悫、慧震、弘沇、法海、慧苑、智威、慧威、乘恩、僧彻、虚受、掘多、超岸、寰普、义宣、灵嶟、满意、爱同、玄通、如净、鉴源、慧观、志鸿、清江、灵澈、省躬、神皓、藏用、昙清、清彻、丹甫、元表、威秀、复礼、玄嶷、法明、利涉、崇惠、智常、河秃师、玄光、钦师、慧昭、道英、法秀、破窑堕、惠安、徐果师、如一、亡名、辛七师、封干师、木师、寒山子、拾得、怀信、智诜、和和、怀道、圆寂、法炯、难陀、普满、些些、憨狂、食油师、证智、荐福寺老僧、清观、物外、道义、永安、慧闻、宝达、雉鸠和尚、本净、法江、兴善寺异僧、罗僧、智辩、行遵、狂僧、曹和尚、僧缄、定兰、元慧、点点师、行坚、明慧、洪正、守贤、志玄、元皎、明度、清虚、会宗、守素、文照、法照、东京客僧、灵幽、神智、道荫、法成、僧竭、定光、贞干、含光、惟则、明准、智广、智晖、智一、慧凝、神鼎、泓师、神迥、无侧、云邃、法真、头陀、全玼、金和尚等 165 位高僧最后不知下落，约占该书高僧总数的 25％。这也可进一步证明，传记名称中所标寺院显然未必是传主最后所居之地。赞宁不清楚某些传主的最后下落，最明显的原因可能是因为无人知道传主的下落并做记载：材料本身就不是完整记录传主生平，而只是围绕传主某一方面或某些方面的突出表现展开记叙，至于传主卒年终所等信息则被忽略，或者从来没人说清楚，因为某些传主本就避免提到这方面情况（当然这也不等于自述生平的传主就能够完全叙述自己的生平），而其他人也不得其详。应该说各篇都有这样的高僧，但习禅、感通、读诵等篇更是普遍，其中往往还涉及灵验故事等文学类型。正如前面提到的，赞宁注重繁略有据的实录观，因此像这样生平信息不完整的情况，可能正好反过来证明其没有相关材料。但还存在一种情况：存在相关材料，但他未接触到或利用到。例如，灵澈传并未说明其下落，而刘禹锡《澈上人文集序》称灵澈去世于宣州开元寺，可见灵澈并非去世在本传标题中所说的云门寺；

智晖传称其不知所终，而《景德传灯录》卷二〇《京兆重云智晖禅师》称其去世于重云山。这两个例子可进一步说明，赞宁缺乏相关材料也可能限制了其对传记的命名。智慧轮的情况更明显，研究者已发现其传记中存在很多谬误并试图用其他碑志材料加以纠正①。笔者也将在第二章中对这类问题进行具体考察，此处不赘。

总的来看，赞宁在给传记命名时考虑了前面论述的实录原则，注重高僧圆寂时所在的朝代、主要活动年代、高僧做出的重要贡献以及相关的寺院，并由于材料、根据等原因而导致高僧最后所居寺院特别得到重视或导致高僧生平信息交代不够完整；另外他也考虑到政治至上原则，注重正统性，因此拥护中原王朝并用来为那些实际上与中原王朝无太大关系的高僧传记命名，这二者之间有时不免矛盾。

第五节　撰者与《宋高僧传》校勘中的版本

《宋高僧传》有范祥雍先生的点校本（以下简称范校本），其中存在一些校勘经验可供归纳总结。范校本以碛砂藏本为底本而以扬州本、大正藏本参校，这遭到一些研究者的批评，认为碛砂藏本是元本，又非佳本，其中存在不少问题，甚至不如晚出的《永乐北藏》《龙藏》②。故笔者利用其他一些《宋高僧传》的版本对校，利用他书校勘该书文字，就此问题做出回答。在此过程中，笔者还试图探讨校勘与撰者撰述意图、知识素养等方面的关系问题，这有助于结合前面几节论述内容以凸显理解和解释的重要性。我们将发现，撰者对于校勘并不是无关紧要的，因为理解撰者，有助于更宏观、更细致地理解其撰述，继而为文字勘定提供保证。另外，我们还能进一步探讨章节设置上经常出现的将撰者研究与版本流传研究相互隔开导致的问题，从而重视撰者研究对于版本校勘的价值。

研究者认为，《宋高僧传》编纂完成后诏入大藏，但该书其实并未收

---

① 陈金华：《"胡僧"面具下的中土僧人：智慧轮（？—876）与晚唐密教》，载《汉语佛学评论》（第四辑），上海：上海古籍出版社，2014年，第181—223页。
② 杨志飞：《赞宁〈宋高僧传〉研究》，成都：巴蜀书社，2016年，第143—155页。

入开宝藏，首次入藏是在资福藏（思溪藏）①。这一说法有误。实则崇宁藏（现藏于日本宫内厅书陵部图书寮文库）就收有该书。自入藏以来，该书存在很多不同版本，不同版本也对该书做了校勘，首先要承认的是其中存在很多异文，并不是任何情况下撰者都能帮助我们解决问题。典型例子是卷一义净传，崇宁藏、资福藏本、碛砂藏本、普宁藏本等作"睿宗唐隆元年庚戌（出《浴像功德经》等）"，永乐北藏本、径山藏本、龙藏本、大正藏本等作"睿宗永隆元年庚戌"，四库全书本等作"睿宗景云元年庚戌"。范校本称永隆不是睿宗年号而是高宗年号，应以唐隆为是，唯不当云睿宗②。的确，唐隆（710）并非睿宗年号，睿宗元年当作景云元年（710），据本传下文和赞宁《大宋僧史略》卷中《僧道班位》，亦作"睿宗景云"。可见，在这个涉及年号的问题上倒是四库全书本与历史知识相合。另外，《续古今译经图纪》和《开元释教录》卷九均称义净景龙四年（710）译《浴像功德经》等，而《开元释教录》卷九、《贞元新定释教目录》卷一三等均称景龙四年（710）四月十五日于大荐福寺翻经院译该经，但不详本传所言义净所译诸经完成时间。景龙、唐隆、景云都在同一年，而睿宗即位于唐隆元年六月甲戌，七月己巳改元景云，故作"睿宗唐隆元年庚戌"亦无大错。尽管赞宁笔下多次出现景云，但这都无法确定赞宁在当时的下笔及其意图，也不清楚赞宁面对同一年有几个年号这一情况的处理规则，考虑到其实录原则，或许另有所据。有些问题则存在模糊性。如不空传，崇宁藏本、资福藏本、碛砂藏本、普宁藏本等作"罗时时反手搔背，空曰：借尊师如意"，而永乐北藏本、径山藏本、龙藏本、大正藏本、四库全书本等作"空时时反手搔背，罗曰：借尊师如意"，从上下文看，前者文义更顺，但后者也可通。

　　尽管如此，我们的确可以发现，某些版本中的错误不大可能出自赞宁笔下或出自其主观意图。如前所论，赞宁博通内外学，擅长写文章，甚至一些大儒都向他请教。从这一点出发，我们可以为该书版本校勘提供一个相对较为坚实的基础。如智慧传，碛砂藏本等作"常闻文那大国"，而崇

---

　　①　何梅：《历代汉文大藏经目录新考》，北京：社会科学文献出版社，2014 年，第 41、75 页。

　　②　赞宁撰，范祥雍点校：《宋高僧传》卷一《唐京兆大荐福寺义净传》，北京：中华书局，1987 年，第 13 页。

宁藏本、永乐北藏本、径山藏本、龙藏本、大正藏本、四库全书本等作"常闻支那大国";又如藏用传,碛砂藏本等作"挥尘开谈",而崇宁藏本、永乐北藏本、龙藏本、大正藏本、四库全书本等作"挥麈开谈"。像"文那""挥尘"就很可能是传写或刻工之误,而很难相信以博学、工文著称的赞宁会犯下这类错误或有此意图。再如慧能传,崇宁藏本、径山藏本、大正藏本等作"如是劳乎井臼",碛砂藏本等作"如是劳乎井曰","井曰"不辞,应作"井臼",盖王维《能禅师碑》早已说慧能在弘忍门下"安于井臼"。因此,碛砂藏本明显有误,并且这样明显不合理的错误不大可能出自赞宁笔下,至少不大可能出自赞宁的主观意图。

事实上,一个具有很高知识素养、文字表达能力的撰者,其撰述在刊刻、流传过程中出现的错误不能都追溯到撰者本人那里;相反,一个知识水平不高、文理欠通顺的撰者却可能犯下知识、文理上的错误。根据前面几节的论述可知赞宁属于前者而非后者。此外,我们所见的版本只是历史上流传下来的,即便时间甚早而富于校勘意义,也未必都具有校勘价值,何况僧传往往利用更早的史料,更早的史料本身也能够为校勘提供判断标准。这也意味着,我们不能仅仅根据版本做判断,因为版本本身未必能够提供判断的标准,不应将之视为绝对的权威,这为我们将其中一些权威让渡给撰者本人和知识素养提供了依据。换言之,校勘问题离不开理解撰者的问题,即我们如何看待撰者,并以此来判断某个版本文字错误的性质。当然,版本、知识、撰者等因素是结合起来的,笔者此论并无主张分离三者之意。

为了具体探讨这些问题并进一步提炼学理性的论述,下面将根据一些现存版本的《宋高僧传》[①],从几个方面来分别考察。

一、不辞

这个问题是传统校勘学注重的内容,但文字表达问题也为赞宁所看重,因此有必要借助多个版本之外的其他相关典籍和《宋高僧传》的内证重点探讨。

---

① 鉴于条件,笔者采用了大正藏本和中华大藏经本《宋高僧传》校勘记中都曾采用的资福藏本、普宁藏本的相关文字。

善无畏传：碛砂藏本、永乐北藏本、径山藏本、龙藏本、大正藏本、四库全书本等作"畏现其钵中"，崇宁藏本、资福藏本等作"畏视其钵中"。前者不辞，或涉形近而误，当以后者为是。

佛陀波利传：碛砂藏本等作"举头之项不见老人"，崇宁藏本、永乐北藏本、径山藏本、龙藏本、大正藏本、四库全书本等作"举头之顷不见老人"。前者当涉形近而误，后者义顺。另外，后者不仅文理通顺，而且可得到《佛顶尊胜陀罗尼经序》《开元释教录》《续古今译经图纪》等唐代诸多关于佛陀波利的文献的支持，其中后两部文献明确为赞宁所提及，也正是本传的材料来源，当以此为准判断。

知玄传：碛砂藏本、普宁藏本等作"筑高台以所羽化"，崇宁藏本、永乐北藏本、径山藏本、龙藏本、大正藏本、四库全书本等作"筑高台以祈羽化"。前者不辞，当涉形近而误，后者义顺。此段文字虽无法根据赞宁在本传中提的原始文献判断正误，但《蜀中广记》《锦江禅灯》《高僧摘要》《古今图书集成》等引此段文字均同后者，可作佐证。

希圆传：碛砂藏本、永乐北藏本、径山藏本、龙藏本、大正藏本、四库全书本等作"山之家有井"，崇宁藏本、资福藏本等作"山之冢有井"。前者不辞，后者版本更古，且语出《诗》《尔雅》等儒典，山之冢即山顶，与上文所述相符，范校本亦作"山之冢"。再从前面提到的赞宁本人的儒学修养来说，后者也与这一点完全吻合，因此也更可能出自其笔下。然宋人引本传文字者甚多，四部丛刊初编影嘉兴沈氏藏宋刊本《豫章黄先生文集》卷二六《书徐会稽禹庙诗后》、《（嘉泰）会稽志》卷一九《杂纪》等均作"山下有井"，或别有所据，抑或辗转抄刻而误。

贞海传：碛砂藏本、普宁藏本、永乐北藏本等作"二时仁道"，崇宁藏本、径山藏本、龙藏本、大正藏本、四库全书本等作"二时行道"。前者不辞，后者又早见于圆照《贞元新定释教目录》，故后者为是。

巨岷传：崇宁藏本、碛砂藏本、永乐北藏本、龙藏本等作"其舒徐姿制"，径山藏本、四库全书本等作"其舒徐恣制"。"姿制"指姿态。"恣制"见《四分律》《十诵律》，为律学基本术语，据上下文应以后者为是。赞宁为南山律宗律师，对律学撰述非常熟悉。姿、恣二字可通，但与"制"连用时通作"恣制"。

玄素传：碛砂藏本等作"入希瞻礼"，崇宁藏本、永乐北藏本、径山藏本、大正藏本、四库全书本等作"人希瞻礼"。前者当涉形近而误，后者义顺。

灵默传：碛砂藏本等作"茅苫略无少损"，而崇宁藏本、永乐北藏本、径山藏本、大正藏本、四库全书本等作"茅苦略无少损"。从上下文来看，"茅苦"不辞，当作"茅苫"，指茅舍。

恒政传：碛砂藏本作"政之先见，若答符节焉"，崇宁藏本、永乐北藏本、径山藏本、龙藏本、大正藏本、四库全书本等作"政之先见，若合符节焉"。"若答符节"不辞，当作"若合符节"，后者语出《孟子》。另外，赞宁本人数次明用或暗用《孟子》，对此语应不陌生。

法普传：碛砂藏本、普宁藏本等作"后以香泥涂绩之"，崇宁藏本、永乐北藏本、径山藏本、龙藏本、大正藏本、四库全书本等作"后以香泥涂缋之"。前者似乎想强调将传主遗体涂满香泥后捆成麻线；而后者说用香泥涂绘传主遗体，似乎更为义顺。《唐蕲州广济县清著禅院慧普传》有"弟子以香泥缠饰，迁于山椒塔中"，可佐证后者为是。

全付传：碛砂藏本等作"吾非匏爪，岂系于此而旷于彼乎"，崇宁藏本、永乐北藏本、径山藏本、龙藏本、大正藏本、四库全书本等均作"吾非匏瓜，岂系于此而旷于彼乎"。当以后者为是，语出《论语》。赞宁有过关于《论语》的撰述，《宋高僧传》亦多用《论语》等儒典典故。

圆照传：崇宁藏本、碛砂藏本等作"遣中官赵凤诠敕尚食局"，永乐北藏本、径山藏本、龙藏本、大正藏本、四库全书本等作"遣中官赵凤诠敕尚食局"。前者不辞，当以"尚食局"为是，盖"尚食局"为负责皇室饮食的机构。本传所据圆照《大唐贞元续开元释教录》卷中正作"尚食局"，可证。

大光传：碛砂藏本、永乐北藏本、径山藏本、龙藏本、大正藏本等作"后诏住资圣等"，资福藏本、四库全书本等作"后诏住资圣寺"，据下文，后者为是。又据《文苑英华》卷八六五《湖州法华寺大光天师碑》，亦作"后诏住资圣寺"。

惟恭传：碛砂藏本、永乐北藏本、径山藏本、龙藏本、大正藏本、四库全书本等作"多狎非法之友"，崇宁藏（配补毗卢藏）本、资福藏本、普宁藏本等作"多狎非益之友"。二者均可通，而更早相关文献《酉阳杂俎·金刚经鸠异》《太平广记》卷一〇七引此事，但称惟恭多是非。可见，非法和非益都缺乏材料方面的直接根据。但是，"益者三友"语出《论语》，这符合赞宁崇尚儒学的特点，即便赞宁所据并非用儒典，但如前所论，《宋高僧传》的一个重要特点就是有意识地用儒学典故代替所据材料中与之意义或意味等相近或相关的其他文字，何况从下文看尽管传主的朋友道德品行低下，但并未提及违法行为，因此"益"更可能是本字。事实上，智威传、灵一传也曾提到"三益"，均为朋友之意，可作一旁证。

慧云传：碛砂藏本、普宁藏本等作"或去造塔僧能分身行化"，崇宁藏（配补毗卢藏）本、永乐北藏本、径山藏本、龙藏本、大正藏本、四库全书本等作"或云造塔僧能分身行化"。后者义顺，作"去"可能是涉形近而误。

增忍传：崇宁藏（配补毗卢藏）本等作"瑞花椀一枝"，碛砂藏本、普宁藏本等作"瑞华碗一枝"，永乐北藏本、径山藏本、龙藏本、大正藏本、四库全书本等作"瑞华碗（椀）一枚"，永乐北藏本以下诸本义顺为是。

以上问题往往可通过本校、他校的方式解决，不同版本间亦可对校。前者往往涉及材料来源、知识权威问题，但与后者也有重合，都在判断过程中起作用，有时候知识权威甚至更重于版本权威。另外，根据是否义顺的原则也可判断一些问题的是非。而范校本虽未采用更多版本，但其在以上问题上基本是正确的。除此之外，这里笔者强调了以下原则，那就是要注意赞宁的知识结构、撰写《宋高僧传》的特定意图、文字表达能力，以此来对某些难以简单通过本校、对校、他校等方法判断的问题加以判断，从而将阐释学某些注重撰者主体的原则运用到文献学上。在这一点上，最突出的当然是赞宁采用儒学典故，这不仅关系其博学，而且关系到本章第二节论述到的赞宁采用儒学典故的各种意图。

二、地名

良秀传：碛砂藏本等作"乃往中条山柏梯持披削"，崇宁藏本、永乐北藏本、径山藏本、龙藏本、大正藏本、四库全书本等作"乃往中条山柏梯寺披削"。按《续高僧传》卷二五有《蒲州柏梯寺释昙献传》，即该寺。

灵祐传：碛砂藏本等作"及入天合，遇寒山子于途中"，崇宁藏本、永乐北藏本、径山藏本、龙藏本、大正藏本、四库全书本等作"及入天台，遇寒山子于途中"，但永乐北藏本"台"字极易与"合"字相混。寒山子，《宋高僧传》本传称其隐天台。因此，此处也不应是赞宁本人的知识错误或意图使之然，而是笔误或刊刻形近而讹的问题。

庆诸传附洪諲传：碛砂藏本等作"功巨院令达"，崇宁藏本、永乐北藏本、径山藏本、龙藏本、大正藏本、四库全书本等作"功臣院令达"。从本传上下文来看，令达传法于两浙，所居寺院当在此地域。按古似无功巨院之名，而欧阳修《五代史记注》卷七一、陈思《宝刻丛编》卷一四、潜说友《（咸淳）临安志》卷九二等都提到《功臣禅院记》，该禅院在临安县（今临安市），与后者相符，当以后者为是。

玄俨传：崇宁藏本、资福藏本、普宁藏本等作"故洺州刺史徐峤"，碛砂藏本、永乐北藏本、径山藏本、龙藏本、大正藏本、四库全书本等作"故洛州刺史徐峤"，范校本称洺州、洛州不同，不详孰是。林宝《元和姓纂》卷二称洺州刺史徐峤之居会稽，即玄俨所住之越州。据岑仲勉考证，"洛"为"洺"之讹，"徐峤"当作"徐峤之"。① 另据本传，玄俨活跃于开元天宝年间，其中曾明确提到开元二十四年（736）；而据《大唐新语》，开元二十三年（735）中书舍人徐峤等曾迎张果老，则为同时期人。当作前者。

遵诲传：崇宁藏（配补毗卢藏）本、永乐北藏本、径山藏本、龙藏本、大正藏本、四库全书本等作"亳城开元寺"，碛砂藏本作"毫城开元寺"。据本传上文，遵诲为谯郡人，治所在今安徽亳州，故当作"亳城开元寺"。

自新传：崇宁藏（配补毗卢藏）本、碛砂藏本、永乐北藏本、径山藏本、龙藏本、大正藏本、四库全书本等作"征苑陵，入山寺"。苑陵在今河南，范校本称当作宛陵，即宣城、宣州。本传上文称传主隐广德山中，该山在宣州。宋人范垌《吴越备史》卷二称王复率骑兵攻宣州广德县，而自新住广德山院，可证当作"宛陵"。

由此可以看出，某些问题单凭本校和对比多个歧异版本的对校无法判断，而应将之与知识考证等结合起来考虑，事实上也正是在版本基础上进行考证，才能最终解决疑问，有时甚至可凭考证结果推翻各个版本的错误

---

① 详见岑仲勉：《元和姓纂四校记》卷二，上海：商务印书馆，1948 年，第 199－200 页。

说法。在笔者看来，版本权威难以完全确定现存各个版本与撰者的直接关系，有时即便有多个版本也不能解决问题，而且各个版本虽可能有所校勘，但依然存在知识局限等方面的问题，版本的刊刻者、制作者水平也可能参差不齐，不能一概采用，也就是对各个版本应持有一定的怀疑意识，而更多地将权威赋予学识。另外，在地名这个问题上有时也难以判断其与撰者的关联，因为赞宁并不以精通地理知识著称，其实录观又重详略有据而未严格考虑信息来源的直接性和可考证性，就此而言笔者亦更注重知识考证的结论。

三、人名

道因传：碛砂藏本等作"慧日寺主相法师"，而崇宁藏本、永乐北藏本、径山藏本、龙藏本、大正藏本、四库全书本等作"慧日寺主楷法师"，唐人李俨《益州多宝寺道因法师碑文》亦同后者，可证碛砂藏本之误。

法持传：崇宁藏本、碛砂藏本等作"谓弟子玄颐曰"，永乐北藏本、径山藏本、龙藏本、大正藏本、四库全书本等作"谓弟子玄赜曰"。从上下文来看，该僧为五祖弘忍弟子，而据《楞伽师资记》等记载，弘忍弟子中有玄赜，故应以后者为是。赵城金藏本、四部丛刊三编影宋本《景德传灯录》卷四《第四世法持禅师》均作"玄赜"，亦可证。

玄素传：碛砂藏本等作"僧注密请至京口"，崇宁藏本、永乐北藏本、径山藏本、龙藏本、大正藏本、四库全书本等作"僧汪密请至京口"。均不可为据。四部丛刊影元翻宋小字本《唐文粹》卷六四《润州鹤林寺故径山大师碑铭》作"法密"，是。

文喜传：碛砂藏本、永乐北藏本、径山藏本、龙藏本、大正藏本、四库全书本等作"杭将计思"，崇宁藏本、资福藏本等作"杭将许思"。赵城金藏本、四部丛刊三编影宋本《景德传灯录》亦作"许思"。当以后者为是。

真乘传：碛砂藏本、永乐北藏本、径山藏本、龙藏本、大正藏本等作"浙东率薛公戒"，崇宁藏本、资福藏本、普宁藏本、四库全书本等作"浙东率薛公戎"。据本传，该人为浙东帅时在贞元十一年（795）之后。考宋蜀本《昌黎先生文集》卷三二《唐故朝散大夫越州刺史薛公墓志铭》，薛戎元和年间拜越州刺史，兼御史中丞、浙东观察使，时间、事履等大致相合，当以崇宁藏本等为是，作"薛戒"。范校本据碛砂藏本等作"薛戒"，失考。

据此，有些人名问题同样不能单凭版本对校解决，需要与他校等相结合，特别是需要其他相关记载作为依据。

四、避讳

封干师传：崇宁藏（配补毗卢藏）本、资福藏本、碛砂藏本、普宁藏本等作"时间丘生名犯太祖庙讳，生字代之出牧丹丘"，四库全书本"胤"缺笔，永乐北藏本、龙藏本、大正藏本等作"时间丘胤出牧丹丘"，径山藏本作"时间丘𦙝出牧丹丘"。崇宁藏（配补毗卢藏）本等当是避宋太祖赵匡胤之讳，其后元本或沿袭未改。通常认为宋人避讳甚严，然天息灾的佛典翻译就奉太宗诏不回避庙讳御名①。《宋高僧传》的编纂是否受此类恩典无明确记载，然崇宁藏等宋本里的"义净"之"义"皆未避讳，可知该书似亦不须回避宋太宗本人名讳，但其（或其门下参编者）笔下仍回避宋太祖名讳而作"间丘生"。

延寿传：崇宁藏（配补毗卢藏）本、碛砂藏本等作"《宗鑑》等录数千万言"，永乐北藏本、径山藏本、龙藏本、大正藏本、四库全书本等作"《宗镜》等录数千万言"。范校本称本作《宗镜录》，因避宋庙讳而改《宗鑑录》。据陈垣《史讳举例》，赵匡胤的祖父名敬，故"镜"改为"鑑"。②考虑到赞宁拥护宋朝皇室的政治立场，这一避讳可能出自他或其门下参编者之手，表示了其臣下的身份；当然这多少有些无奈的意味：（避讳）本非佛制，不过为了清净不得不行③。

类似例子还包括杨著提到的齐安传"武宗恒惮忌之"和智恒传中的"恒"，该书认为作为元刻本的碛砂藏本或因避宋真宗之名而缺笔，但时避时不避，避讳不严格④。而崇宁藏（配补毗卢藏）本等宋本在这几个例子

① 关于宋初的翻经事业，参 Tansen Sen, "The Revival and Failure of Buddhist Translations during the Song Dynasty", *T'oung Pao*, 2002, Vol. 88, Fasc. 1/3, pp. 27−80.
② 陈垣：《史讳举例》，上海：上海书店出版社，1997 年，第 36、113 页。
③ 赞宁撰，范祥雍点校：《宋高僧传》卷一五《唐常州兴宁寺义宣传》"通"，北京：中华书局，1987 年，第 364 页。
④ 杨志飞：《赞宁〈宋高僧传〉研究》，成都：巴蜀书社，2016 年，第 102 页。

中均缺笔，包括辩光传那个被范校本认为大正藏本等为避宋讳而以"常人"代"恒人"的例子，在崇宁藏（配补毗卢藏）本中其实是以"恒"缺笔体现（该本全书于"恒"字或用他字代替，间或不缺笔，不知该本是否经后世修改或补版①），再次证明赞宁及其弟子（据《宋高僧传》后序，赞宁于宋真宗咸平初缮写该书）或宋本避讳相对较严。

五、文体

志远传：碛砂藏本等作"业精道邈，志若神和"，崇宁藏本、永乐北藏本、径山藏本、龙藏本、大正藏本、四库全书本等作"业精道邈，志苦神和"。从文体来看，后者组成偶句，符合赞宁的用语习惯。同样在本传中，碛砂藏本等作"风惨云愁，山皆水咽"，崇宁藏本、永乐北藏本、径山藏本、龙藏本、大正藏本、四库全书本等作"风惨云愁，山昏水咽"，后者语义更为通顺，形式上对偶，这也更符合赞宁依然好用骈体偶句的习惯。关于赞宁的文体习惯，笔者将在第三章第二节探讨，此不赘。无论如何这里也再次证明，校勘结果的判定离不开对撰者本人的研究，最好是有撰者本人的文体习惯为证，否则可能只是理校。

玄朗传：碛砂藏本等作"梦垂羊车，飞空蹑虚"，崇宁藏（配补毗卢藏）本、永乐北藏本、径山藏本、龙藏本、大正藏本、四库全书本等作"梦乘羊车，飞空蹑虚"。似应以"梦乘"为是，不仅语义通顺，而且"梦乘"数次在《宋高僧传》中出现，符合撰者的用语习惯。

息尘传"系"：碛砂藏本、永乐北藏本、径山藏本、龙藏本、大正藏本、四库全书本等作"色黄而矣，则真金谢其色。香芬而远，则牛头愧其香"，崇宁藏（配补毗卢藏）本、资福藏本等作"色黄而美，则真金谢其色。香芬而远，则牛头愧其香"。范校本作后者，但未说明理据。赞宁虽崇儒，却不是唐代古文运动的拥趸，其《宋高僧传》有骈句，此"系"又是其自撰，应作后者为是，从句意看也更通顺。

六、碛砂藏本《宋高僧传》的优劣

如前所论，碛砂藏本等早期版本存在一些错误，不得以其为早期版本

---

① 相关问题参陈恒：《史讳举例》，上海：上海书店出版社，1997年，第80、83页。

而奉为权威，而应考虑知识权威和撰者权威。不过，我们也不应走向另一个极端，即认为碛砂藏本问题甚多，根本无法采用，其实也不尽然。兹举数例：

金刚智传：碛砂藏本、永乐北藏本、径山藏本、龙藏本、大正藏本、四库全书本等作"立期以开光，明日定随雨焉"，崇宁藏本、资福藏本、普宁藏本等作"立期以开光，明日定降雨焉"，看来后者义更顺，其实前者所谓"随雨"在古代亦为常用词。另外，《神僧传》《古今图书集成》引此亦作"随雨"。

神楷传：崇宁藏本、资福藏本、碛砂藏本、普宁藏本等作"因慈恩西明等寺度公王出家"，永乐北藏本、径山藏本、龙藏本、大正藏本、四库全书本等作"因慈恩西明等寺度公者出家"，前者义顺。

法诜传：崇宁藏本、资福藏本、碛砂藏本、普宁藏本等作"峰竦竦而忽焉，云溶溶而在下"，永乐北藏本、径山藏本、龙藏本、大正藏本、四库全书本等作"峰竦竦而忽高，云溶溶而在下"。四部丛刊影宋钞本《昼上人集》卷九《唐杭州灵隐山天竺寺大德诜法师塔铭》、《全唐文》卷九一八《唐杭州灵隐山天竺寺大德诜法师塔铭》均同前者。又"忽焉"有快速而过意，语出《论语·子罕》"瞻之在前，忽焉在后"，亦为赞宁注重的儒典，与语出《庄子·逍遥游》的"在下"一用儒典，一用道书；"忽焉"在《宋高僧传》中也经常出现，可作内证。相反，作"忽高"诸本皆晚出，与"在下"对文，或许是为凑合成更贴切的偶句而改。这个例子表明，尽管多方面都符合撰者本人情况，但其中还有可进一步优化排序之处，比如赞宁可能认为儒典根据、文理通顺优先于采用骈句这样的文体习惯，即便现存最古的崇宁藏本在这里也可支持这种看法。实际上，赞宁并不是简单崇奉骈体，该书中也多有散体，笔者将在后面章节中说明，将赞宁《宋高僧传》的文体理解为从骈体偶句到散体散句的过渡更为合适。因此，完全从骈体这一方面来判断并不合适。

湛然传：崇宁藏本、资福藏本、碛砂藏本、普宁藏本等作"善利利人"，永乐北藏本、径山藏本、龙藏本、大正藏本、四库全书本等作"自利利人"。尽管后者义顺，也更为常见，但"善利"见于《老子》和佛典，本就成词，亦可佐证赞宁注重外学的观念。《涅槃经疏三德指归》《金刚锌显性录》《天台九祖传》《释门正统》等关于湛然的叙述亦作前者，可证。

光瑶传：崇宁藏本、资福藏本、碛砂藏本、普宁藏本、永乐北藏本、龙藏本等作"奏署额号宝真"，而径山藏本、大正藏本、四库全书本等作"奏著额号宝真"。宝真为寺院名，故当作前者。

甄公传：崇宁藏本、资福藏本、碛砂藏本、普宁藏本等作"遂坚请出流水寺"，永乐北藏本、径山藏本、龙藏本、大正藏本、四库全书本等作"遂坚请出水流寺"。据上文，该寺位于苏州。水流寺无其名，佛典中凡出现苏州该寺名者多引自《宋高僧传》，不可为据。《续高僧传》卷二〇、《弘赞法华传》卷三、《释氏六帖》卷一一等均提到"苏州流水寺"僧人玄璧，宋人谈钥《（嘉泰）吴兴志》卷一七也提到该寺，陆广微《吴地记》称流水寺乃吴郡陆襄舍宅而置，均可证前者为是。

玄光传"系"：崇宁藏（配补毗卢藏）本、资福藏本、碛砂藏本、普宁藏本、永乐北藏本、龙藏本等作"行布修行"，径山藏本、大正藏本、四库全书本等作"行布施行"。范校本据扬州本、大正藏本等作后者，不确，应作前者。盖"行布"乃菩萨修行，该书卷一三"论"云"云何修菩萨行？此行布修行也"，崇宁藏本、资福藏本、碛砂藏本、普宁藏本、永乐北藏本、径山藏本、龙藏本、大正藏本、四库全书本等均无异词，可互证。从上下文看，若作"理佛具足，行布施行，曾未尝述行佛"，"布施"二字不仅突兀，而且涵盖范围较小，只是"六度"之一；若作"理佛具足，行布修行，曾未尝述行佛"，"行布修行"能较好地反映"教、理、行、果"里的"行"，表明众生理论上虽具佛性，仍需渐次修行以达佛地。

慧琳传：碛砂藏本、永乐北藏本、径山藏本、龙藏本、大正藏本、四库全书本等作"太守礼部员外城南杜陟"，崇宁藏本、资福藏本、普宁藏本等作"太守礼部员外城南社陟"。当以前者为是，盖唐人中知名者似无"社陟"，而段成式《酉阳杂俎》卷十曾提到水部员外郎杜陟，劳格《唐尚书省郎官石柱题名考》卷一三称杜陟为杜济之子，均可证；《（咸淳）临安志》卷七〇《人物》提到元和初杜陟请慧琳至永福寺登坛，与《宋高僧传》所叙时间、事履相合，亦可证即此人。另外，赞宁该书多次采用《酉阳杂俎》的故事或与之相出入，他也提到过段成式，亦可作一旁证。

怀浚传：崇宁藏（配补毗卢藏）本、碛砂藏本等作"乃画一人荷校"，永乐北藏本、径山藏本、龙藏本、大正藏本、四库全书本等作"乃画一人荷杖"。从下文来看，指刑讼之事，前者是。《太平广记》卷九八《异僧十二》引《北梦琐言》作"乃画一人荷校"，"校"同"校"。

隐峰传：崇宁藏（配补毗卢藏）本、碛砂藏本等作"其妹尼之让也，若屈平为女媭之骂焉"，永乐北藏本、径山藏本、龙藏本、大正藏本、四库全书本等作"其妹尼之攘也，若屈平为女媭之骂焉"。二者均可通，"让"的古字为"攘"。然以前者"责备"义为优。

传记标题：碛砂藏本、径山藏本、永乐北藏本、龙藏本、大正藏本、四库全书本等作《唐越州诸暨保寿院神智传》，崇宁藏（配补毗卢藏）本、资福藏本等作《唐越州诸暨保圣院神智传》。施宿《（嘉泰）会稽志》卷八《寺院》称唐大中八年（854）神智建号大中圣寿寺，咸通十年（869）改赐额保寿寺，在诸暨县（今诸暨市），与本传所说相符，故当以前者为是。

在以上情况中，以碛砂藏本为底本的范校本限于当时文献检索条件和版本选择的考虑，有时以大正藏本等后出版本为证，有时未说明其所参考版本之外的根据。但结合多种校勘方法可以发现，范校本虽有疏失，但大多还是正确的，特别是在有崇宁藏（配补毗卢藏）本等更早版本为据或他书印证的情况下。

另外，有些歧异是非实质性的：

无迹传：碛砂藏本等作"太尉韩公创修广福寺，奏迹任持"，崇宁藏（配补毗卢藏）本、永乐北藏本、径山藏本、龙藏本、大正藏本、四库全书本等作"太尉韩公创修广福寺，奏迹住持"。任、住二字形近，但任持亦有主持、维持之意。

思公传：崇宁藏本、资福藏本、碛砂藏本、普宁藏本、永乐北藏本、龙藏本等作"少小随父往彭门"，径山藏本、大正藏本、四库全书本等作"少小随父往彭城"，彭门、彭城名异实同。

怀空传：崇宁藏（配补毗卢藏）本、资福藏本、碛砂藏本、普宁藏本等作"人咸瞻睹"，永乐北藏本、径山藏本、龙藏本、大正藏本、四库全书本等作"人或瞻睹"，据上文，指一僧乘空而至，展现出各种神通，为众人所见，无论作"咸"还是"或"都可通。但崇宁藏（配补毗卢藏）本等作"咸"更能体现该僧神通造成的轰动效果。

而后来的版本有时看起来比早期版本更为通顺，其中或许加入了理解因素，比如：

如会传：崇宁藏本、资福藏本、碛砂藏本、普宁藏本、永乐北藏本等作"时号折床会，犹言凿佛休也"，径山藏本、龙藏本、大正藏本、四库全书本等作"时号折床会，犹言凿佛床也"。前者无他证可据，语意难晓；后者与上文相应，可能正是根据上文而改。

慧则传：崇宁藏本、资福藏本、碛砂藏本、普宁藏本、永乐北藏本、径山藏本、大正藏本等作"条然厌俗"，龙藏本、四库全书本等作"倏然厌俗"。尽管有"条条然"之语，前者版本也更古，但后者更为义顺，表示传主迅然厌俗。在用"倏然""忽然"等表达行为的突然性上，《宋高僧传》多有体现，故笔者更倾向于后者。

通过以上考察可以发现，以上文字的歧异大多有版本之别，崇宁藏（配补毗卢藏）本等较古版本也与撰者本人存在一定的时间距离，尽管应充分肯定其校勘价值，但也并非没有错误；而后出诸本的校勘虽可能改正了碛砂藏本等版本的一些错误，但也继承了先前版本的某些错误①，甚至可能出现新的错误，因此我们同样不能简单地倚重晚出版本的权威。作为一部僧传，《宋高僧传》涉及佛教历史、碑记志铭、文字训诂、历史地理、职官人物、年号避讳等多方面内容，因此书中的问题相应地也需诉诸知识和材料权威来解决，当然这也需要注意版本依据，因为他书的记载也可能因版本不同而有历史性变化。总之，应结合版本和考证权威来解决一些校勘问题，并且在前者的基础上后者更可能成为判断标准，但这依然未必能解决所有问题。在这个问题上，我们显然不能只关注版本和学识，但也不能宽泛地运用理校法而缺乏具体环节。如上所述，校勘《宋高僧传》也常涉及对撰者撰述意图、知识素养、用语习惯、文字表述等方面的理解问题，因为这些关系到撰者的因素都会对文本面目起作用，对赞宁这样曾专门学习撰写文章的僧人来说更是如此，由此可对多个版本的异文加以判断，这实际上多少涉及推论，但根本目的还是在结合原有版本权威的基础上对异文做进一步精确化的理解和阐释。当然，赞宁虽博通内外学，但也并非精通所有领域，可能因存在某些知识盲点（特别是在人名、地名、时

---

① 参何梅、魏文星：《元代〈普宁藏〉雕印考》，《佛学研究》，1999年第1期。

间等方面)① 而出现错误，故我们也不能一味倚重撰者权威而不顾及其他因素。换言之，这不意味着都能妥善解决一切问题，这里也无法列举所有例证（有些异文无法简单判断），笔者只是希望有更多因素能在校勘中起到实际作用，希望对该书方方面面的研究能对校勘本身做出贡献，而不是研究归研究，校勘归校勘。

---

① 研究者曾论述《三国演义》人物、地理、职官、历法等方面的"技术性错误"，应该说在校勘过程中这些错误带有一定的普遍性，详见沈伯俊：《重新校理〈三国演义〉的几个问题》，《社会科学研究》，1990 年第 6 期。但赞宁《宋高僧传》并非小说，通过校勘可发现该书存在并非小说类型的问题，特别是考虑到赞宁博通内外学、意在护法、擅长文章、并不拥护古文运动但又兼用骈散、由吴越归宋等方面情况，如何回答这类问题值得探讨。

第二章 十科分类体例中的《宋高僧传》：内容、叙事和评论

上一章论述了撰者和本书的编纂原则、命名、校勘等方面的问题，这一章将就僧传的编纂体例——十科分类加以具体探讨。既有研究都会涉及这一体例，特别是金著论及较多，总体来说较为宏观。笔者将在既有研究的基础上，主要就此体例中呈现的内容、记言记事、解释评论等问题展开进一步探讨。

第一节 "译经篇"与"义解篇"

在《宋高僧传》中，"译经篇"冠于首位。这种位置与重要性直接相关，毕竟佛教是外来宗教，功劳应首先归于经律论的翻译。赞宁这样做也是沿袭僧传的传统做法，他在序言中也强调了佛经对于佛教信仰的重要性；又将译经视为佛法根本，从而解释了以"译经篇"冠首的原因①。与"译经篇"紧密相关的是"义解篇"。如果说"译经篇"涉及的是翻译佛典的译学，那么"义解篇"涉及的就是解读佛典的义学，而赞宁对此做了得意忘言的道家化解释，又强调闻法、思考与修行的结合②。如前所述，赞宁强调三教调和，这里再次显现出来。不过我们也不应设想一种单一的情况，似乎"译经篇""义解篇"完全围绕学问这一主题展开。事实上，和

---

① 赞宁撰，范祥雍点校：《宋高僧传》卷三"论"，北京：中华书局，1987年，第58页。
② 赞宁撰，范祥雍点校：《宋高僧传》卷首《大宋高僧传序》，北京：中华书局，1987年，第2页。

其他诸科一样，"译经篇""义解篇"同样关注诸多方面的内容。接下来笔者将对此进行探讨。

一、"译经篇"的诸问题

既然是"译经篇"，那么翻译本身无疑是首要的考察对象。然而，"译经篇"并不都涉及译学问题，即便讲述高僧的翻译行为也是概略性的，往往涉及这类行为的外在表现而不深入内在过程——外在行为一方面是朝廷对于译经事业的支持，另一方面是翻译的经律论名称、参与人员等基本信息；至于如何翻译，翻译的思维、方法、性质、功能、风格等，一般不做太多展示。这提醒我们，"译经篇"对译学问题的探讨是有限的。笔者在这里先考察"译经篇"对高僧译经行为特点的描述，见表 2−1：

表 2−1　"译经篇"对高僧译经行为特点的描述[①]

具体事迹或行为	高僧	人数
遍翻三藏，而偏攻律部	义净	1 人
补足旧本章句空缺	金刚智	1 人
摘取要点翻译	善无畏、无极高	2 人
文质相半，妙谐深趣。上符佛意，下契根缘	善无畏	1 人
前后两次翻译，稍有异同	佛陀波利	1 人
懂得梵语、汉文或方言，善于传达佛意	日照、慧智、智通、怀迪、尸罗达摩、满月、智慧轮	7 人
考定语音的清浊	菩提流志	1 人

第一，多数情况下，《宋高僧传》只是简要描述翻译情况，对翻译行为本身并无深入描述。上表属于探讨翻译的 14 个例子，其中义净、金刚智都未明确说明其翻译本身的情况。善无畏、无极高属于真正涉及问题核心的例子：撮要翻译，而非全文翻译，这种翻译方法有助于我们了解经论翻译的实际情况，并破除那种对汉译佛典一一对应印度原典的想象，其实

---

① 翻译过程中还涉及笔受、证义、润文等情况，这类情况虽重要，但太普遍，故没有列入。

采取这种方法的未必只有这二人①。善无畏的"文质相半"处理的是中国佛教翻译学的基本问题——文质关系问题，这在"义解篇"潜真传中也得到了肯定的描述。日照等 6 僧懂得华、梵语言而从事翻译则是最引人注目的现象，这似乎有利于翻译质量的提升，在赞宁看来有利于"变梵为华"②。赞宁在义净传后的"系"中特别以尼拘律陀树/杨柳为例说明名异而体同，称直到梵僧东来和东僧西行才发现这一点，并总结说既要懂得梵书又要懂得印度风俗政治才两全可信，而义净就是这样的僧侣。显然，赞宁最关注的还是高僧对华、梵两种语言的精通程度，其次是翻译方法和其他方面的内容。

第二，"译经篇"最常见的是描述高僧所见所携梵本经论名称和参与翻译者、翻译时间、地点等情况的说明。如义净传说他到西域后遍寻胜迹，带回了诸多梵本典籍，至于归国后的翻译，则多列举其所译经律论名、翻译时间、地点，参与者以及帝王所作序言和其他佐助，间或也说到翻译的原因③。至于这些经典本身的内容、其翻译的特点，都没有具体提及。这类情况较普通，因此这里不做统计。

第三，印度高僧来到中国也有各自的原因，弘法无疑是最为常见的理由或动机。到《宋高僧传》传主主要活动的隋唐五代，尽管仍有证据支持这种印象，但也有高僧来华原因不详，认为其来华是为了弘法，这不过是根据佛教传播大致情况和来华译经僧这一身份等想当然的说法。笔者梳理了该书中高僧行动的特定缘由，见表 2-2：

---

① 《宋高僧传》"义解篇"还有一个例子说明翻译中主观因素的存在：玄奘初译《婆沙论》成，法宝质疑其中二句四句为梵本有无，玄奘承认乃其"以义意酌情作"。见赞宁撰，范祥雍点校：《宋高僧传》卷四《唐京兆大慈恩寺法宝传》，北京：中华书局，1987 年，第 68 页。

② 赞宁撰，范祥雍点校：《宋高僧传》卷首《大宋高僧传序》，北京：中华书局，1987 年，第 2 页。

③ 赞宁撰，范祥雍点校：《宋高僧传》卷一《唐京兆大荐福寺义净传》，北京：中华书局，1987 年，第 2 页。

表 2-2　高僧来华翻经的原因

类别	高僧	人数
弘法度生	智慧、佛陀多罗、佛陀波利、尊法、寂友、宝思惟、满月	7 人
政治原因	善无畏、实叉难陀、地婆诃罗、智严、菩提流志、勿提提羼鱼、尸罗达摩	7 人
求钟	莲华	1 人
随缘教化	善无畏、极量	2 人
中国僧人的请求	若那跋陀罗、无极高	2 人
文殊菩萨在中国	智慧、佛陀波利	2 人
向中国高僧学习	玄觉	1 人
听闻中国佛法崇盛	金刚智	1 人
随师来华	不空	1 人
声誉所及	善无畏	1 人
仰望归化	般若力、善部末摩、舍那	3 人

由此可见，《宋高僧传》"译经篇"并未普遍支持外来僧仅仅为传法而来到中国这种传统观点。事实上，"译经篇"中只有 7 人明确是基于这一目的来到中国的，其他人却无这样的说法；相反，"译经篇"中外来僧共30 人，其中 21 人来华存在传法度生之外的原因。这有助于改变我们对于高僧来华是为了传法度生的刻板印象，表明唐代中国本身也有吸引他们的因素，像中国佛法地位高、向中国高僧学习、文殊菩萨在中国、求钟等原因就体现出这一点，共有 8 位高僧如此。高僧来华翻经是为了弘法度生，除了主观因素和中国的吸引力，另一重要因素是中国官方的迎请，有 7 人是这种情况，这表明中国当时对于佛教的热衷促进了外来僧的来华，而这方面除了勿提提羼鱼、尸罗达摩分别是因为唐朝使节车奉朝和北庭节度使、僧侣祈请，其他 5 人都是因为帝王的信仰或诏命而译经，其中最热衷译经事业的当然还是武则天，如菩提流志、实叉难陀、地婆诃罗翻经都存在其支持的因素。可以说，官方因素促进了高僧来华和译经事业的开展，这些事业很大程度上属于政治佛教的一部分，其背景是唐代中国浓厚的佛教信仰氛围。不过，还有高僧不是"意志论者"，而是采取随缘任运的态度，因此来到中国既不是其预先设计的，也不是中国的迎请，而是各种机

缘巧合的结果，如极量；而善无畏来到中国则是因为声誉所及，这反映了声誉带来的反应，即中国方面希望他来华，最终来华是各方面共同作用的结果，绝非单方面的原因。

第四，"译经篇"涉及高僧译经之外的诸多内容。金刚智就是一个很好的例子。他出家是因为宿习，而来到中国是因为中国盛行佛法，本传接下来讲述了他诸多先知先觉的故事。这类神异很可能代表了当时中国人对印度僧人的一种观感或想象，其中涉及金刚智以不思议力令二女持敕诣阎王、阎王复遣回公主的故事，可见其潜通幽冥的能力。至于其经论、戒律、秘咒等方面的能力，本传只是说他根据不同的问题而给予不同的论说，这类说法现在看来是修辞性的，表明金刚智的论说风格不是主观的、独断的，而是采取问题导向。当然，本传也不缺乏关于他译经等方面的叙述，也提到了他的某些行为，比如对旧本中缺失的章句加以补充。然而，本传多少也偏离了"译经篇"的主题：并不是单纯讲述金刚智译经方面的才华，而是热衷于其秘法，称金刚智所译咒语、印契都有灵验，最为流行，遗憾后世用曼拏罗法图身口之利而寡验，故不再流行。在不空传"系"中，金刚智被视为东夏传教令轮的始祖，与不空、慧朗等形成了传承谱系，可见撰者之着眼点所在。显然，撰者在金刚智传中并不仅仅注意他的翻译，也注意到密教传承等诸多方面。对于这一谱系中的另一位高僧不空，本传也并非强调其译经方面的具体才华，而是夸耀其学习能力，比如说他六个月就学成《声明论》，两个晚上就能诵《文殊普贤行愿》①。本传接下来出现了关于不空的神异传说，其中体现了他的学习结果。此外，本传还描述了他与帝王的过从，比如为玄宗灌顶，立孔雀王坛，为肃宗授秘法，为之授转轮王位、七宝灌顶，代宗朝立坛求雨，以及得到皇家赏赐等事件，尤其强调他在总持门方面的能力。总之，本传更多地强调了实际的传授而非翻译本身。这可能与僧传侧重记事和本传材料来源有关，但也可能与密宗本身的特质有关：密宗主要不是重视沉思冥想而是重视僧人做了什么②，当然也有古人对不空此类神异的解释不是强调乃咒力幻术所致，而强调是其

---

① 《文殊普贤行愿》本指普贤菩萨的十大愿，但后来与文殊相混淆。见周一良：《唐代密宗》，钱文忠译，上海：上海远东出版社，2012 年，第 58 页。

② 周一良：《唐代密宗》，钱文忠译，上海：上海远东出版社，2012 年，第 90 页。

"功行成熟，契彻心源，自觉本智，现量发圣"的结果①。

如前所述，译经活动往往得到官方支持，涉及与帝王的交往。《宋高僧传》的撰者赞宁也赞同与官方来往，因此也注意叙述这方面的内容，尤其注意高僧得到的赏赐、礼遇。如对智慧的翻译，就描写官方举行的相关活动的排场②。这再次充分表明，唐代的翻译佛教具有政治性，帝王和官方的支持为佛教带来了荣耀和利益。另外，译经僧也有多方面的学问，如菩提流志精通历数、咒术、阴阳、谶纬。子邻的传记则更像是灵验记，至于他参与翻译事业所做的则是担任证义工作。这都表明，僧传的"译经篇"不只关注翻译本身，也对僧侣言行和诸多方面的活动做了整体叙述和解释。

第五，"译经篇"多描写高僧在各种情况下感通神异或不寻常的事迹。感通神异不只出现在"感通篇"中，而是遍布全书，"译经篇"中的类似现象与译经本身没有直接关系，可以说此类故事并不构成传主被置于本篇的原因，属于逸出的旁枝末节，见表2-3：

表2-3 出现在"译经篇"中的感通神异或其他不寻常的事迹

出现的场合或背景	高僧	人数
得法过程中	善无畏	1人
朝圣或行旅途中	不空、善无畏、智慧、道因、佛陀波利、悟空	6人
佛法交锋中	善无畏	1人
梦的征兆	玄觉	1人
授戒	不空	1人
建立法坛	金刚智、不空、无极高	3人
舍利祥瑞	实叉难陀	1人
礼佛诵经等修善行为	宝思惟	1人
入冥	金刚智、子邻	2人
所传之法有神奇的效验	满月	1人

---

① 祖琇：《隆兴佛教编年通论》卷一六，《卍续藏经》第130册，第578页。

② 赞宁撰，范祥雍点校：《宋高僧传》卷二《唐洛京智慧传》，北京：中华书局，1987年，第23页。

需要说明的是，感通神异或不寻常事迹共涉及 18 人次，但都出现在与译经无关的部分。最典型的是宝思惟，本传说他神龙之后不再翻译，却因精诚所感出现灵验事迹。这表明，译经事业虽被认为非常重要，却没有或不需要神化，而更强调译经本身的能力①。相反，感通神异事迹往往出现在朝圣、行旅途中，这表明一个人在充满各种变数的行旅中最可能遭遇来自自然界和不同的政治环境、人、风俗等方面的困难，并需要神异感通能力来解救。换言之，对该书的译经僧来说，感通神异的效力不是普遍的，而是具有一定的特殊性。另外，建法坛尤其体现出密教高僧的法力，金刚智、不空均是如此。正反两面表明，"译经篇"与神异感通没有密不可分的关联，后者主要不是为了凸显译经，而是为了凸显作为传主的高僧的生平行迹。

第六，是撰者的各类评论。赞宁在一些传记后的"系""通"中就表述了自己的看法，其中可证实他在译经外关注的其他内容，比如叙述密教传承，解释佛陀波利的神异，赞赏菩提流志去世后采用中国式官方规格的厚葬等就是如此，即佛教传承、译经僧的感通、佛教汉化等问题。赞宁对译经本身的看法则集中体现在"译经篇"后的"论"中。赞宁简要描述了华梵彼此如何理解语言的过程：一开始是根据语言揣摩意义，然后是彼此领会了一些语言，之后是中国僧人西行，创立翻译之例，就好比《左传》发凡。而赞宁本人也创立了六例，有的学者将之概括成三类②。也有学者从中发现了翻译概念的变化、翻译的性质和功能、翻译方法，认为赞宁六例是带数字形态的概括性结构，以佛教四句逻辑论述，其折中思想体现了佛教中道哲学③。另外，赞宁此论还涉及译场分工、翻译家各自的翻译风格、翻译本土化等问题④。此类研究成果颇多，鉴于笔者研究对象、研究能力和重点所在，此不赘。

①　这一点和道宣《续高僧传》有所不同：后者常用的一种记叙手段是，将部分僧侣的译经才能等说成是神授、宿习或感通，而不是后天的努力、求学或其他人的证明。后者赋予了高僧和相关经典一种神圣的地位，也暗示着译文究竟准确与否并非完全取决于僧侣或其他人。参 John Kieschnick, *The Eminent Monk: Buddhist Ideals in Medieval Chinese Hagiography.* Honolulu: University of Hawaii Press, 1997, pp. 112−138.

②　刘壮、江智利：《〈宋高僧传·译经篇〉所涉译学问题初探》，《四川外语学院学报》，2006 年第 6 期，第 117−120 页。

③　于应机、程春松：《北宋僧人赞宁的译学思想》，《宁波大学学报（人文科学版）》，2008 年第 1 期，第 51−55 页。

④　周裕锴：《中国古代阐释学研究》，上海：上海人民出版社，2003 年，第 163−164 页。

二、"译经篇""义解篇"中的义学高僧

除了翻经沙门，《宋高僧传》还为一批精通经律论的义学高僧立传。关于义学，"义解篇"的"论"集中体现出赞宁的相关看法。其中值得注意的是，赞宁认为义解各有不同，需要教理来折中，主张亲得自体而有精妙义理，并因义理而得到真正的解悟和领会，从而消除迷情和业障，得殊胜之佛果。这就印证了赞宁在《大宋高僧传序》、"感通篇"之"论"等文中提出的重视义解与解悟、修证之间紧密关系的观点。他又指出，尽管佛教经典已经翻译过来，但经典中所诠释的义理还很难领悟，需要多生所熏的智慧，需要亲近佛菩萨和善慧法师，另外师承对义解来说也很重要。需要强调的是，赞宁提到的高僧行为中并不局限于疏解经律论。例如，他提到道世编《法苑珠林》、靖迈编《译经图纪》；至于普光、法宝、圆测、慧沼，也只是说他们擅长章句之学，从其传记看，往往提到他们在译场中充当证义等职务。另外，讲经、成疏、缀文等也都属于本篇"论"提到的内容。

按照赞宁的这些看法，义学高僧不仅出现在"义解篇"，也出现在"译经篇"。笔者这里先就"译经篇""义解篇"义学高僧所研治的佛教经律论加以统计，见表2-4，接下来就义学涉及的其他方面继续阐述，以便说明义学高僧主要的学问倾向，并进一步揭示这种倾向背后体现的问题①。

表2-4　"译经篇""义解篇"中义学高僧所研治的经律论

经律论名	义学高僧	人数
《华严经》	道因、莲华、义湘、法藏、法诜、澄观、慧苑、智藏、宗密	9人
《法华经》	窥基、义忠、道氤、澄观、湛然、神清、志远、虚受、可周、贞海、僧照、继伦、晤恩、义寂	14人
《维摩经》	道因、神楷、湛然、令谭、归屿、虚受、僧照	7人

---

① 需要说明的是，该书中宽泛地说传主学习经论的情况很常见，这里不予统计；另外，并非"译经篇""义解篇"传主而在义学上有贡献的，这里也暂且不统计。

续表2－4

经律论名	义学高僧	人数
《金光明经》	皓端、晤恩、义寂	3人
《梵网经》	义寂	1人
《金刚经》	道世、道氤、宗密、知玄、归屿、可止	6人
《金刚三昧经》	元晓	1人
《般若波罗蜜多心经》	法藏、知玄、宗季	3人
《涅槃经》	道因、印宗、礼宗、湛然、元浩、端甫、宗密、知玄、虚受、巨岷	10人
《胜鬘经》	知玄、僧彻	2人
《大无量寿经》	知玄、僧彻	2人
《如来藏经》	知玄、僧彻	2人
《仁王护国经》	良贲、子邻、飞锡等	3人
《佛说大方广师子吼经》	僧彻	1人
《大宝积经》	慧沼、大愿、尘外	3人
《大悲经》	僧照、义楚	2人
《金光明最胜王经》	僧照	1人
《楞伽经》	道因、澄观	2人
《无垢称经》	义忠	1人
《楞严经》	怀迪、惟愨	2人
《大般若经》	嘉尚	1人
《佛说阿弥陀经》	令谭、从隐	2人
《本事经》	靖迈	1人
《大乘理趣六波罗蜜经》	圆照、良秀、巨岷	3人
《弥勒上生经》	窥基、归屿、令谭、贞辩、虚受、宗季	6人
《佛说弥勒成佛经》	宗季	1人
《守护国界主经》	圆照、澄观	2人
《圆觉经》	宗密	1人
《盂兰盆经》	宗密	1人
《文殊授记》等	法宝、恒景	2人
《四分律》	道因、道世、义忠、宗密	4人

经律论名	义学高僧	人数
《俱舍论》	智慧、弥陀山、普光、法宝、义忠、圆晖、神楷、神清、知玄、玄约、归屿、虚受、义楚	13人
《华严经法界无差别论》	恒景	1人
《百法论》	义忠、道氲、乘恩、彦晖、虚受、从隐、梦江、智佺	8人
《中观论》	元康、澄观、僧瑗、令谞、从隐	5人
《百论》	元康、僧瑗	2人
《十二门论》	元康、僧瑗	2人
《识心论》	神清	1人
《澄观论》	神清	1人
《摄论》	道因、神楷	2人
《地持论》	道因	1人
《大智度论》	道因	1人
《瑜伽论》	智慧、玄奘、窥基、圆测、嘉尚、德感、浮丘、道氲、潜真	9人
《唯识论》	智慧、玄奘、窥基、圆测、顺璟、嘉尚、义忠、道氲、端甫、宗密、归屿、虚受、傅章、继伦	14人
《大乘起信论》	法诜、澄观、神清、宗密	4人
《中边论》	智慧	1人
《佛地论》	道因、嘉尚	2人
《十地论》	道因	1人
《大乘显识经》《大乘五蕴论》等十八部	嘉尚、圆测、薄尘、灵辩、明恂	5人
《大毗卢遮那成佛神变加持经》	一行	1人
《曼殊室利五字心陀罗尼》	一行	1人
《观自在瑜伽法要》	一行	1人
《善知识入不思议解脱境界普贤行愿品》	智通、圆照、澄观	3人
经律论七十五部	普光	1人

　　据表 2-4 可知，《宋高僧传》以义学著称的高僧，其主要精通的佛经为《法华经》，其次为《涅槃经》，再次为《华严经》和《维摩经》；律学方面主要是《四分律》（在这里撰者没有将之专门放在"明律篇"说明）；论典方面，高僧最精通《唯识论》，其次是《俱舍论》，再次是《瑜伽论》和《百法论》。

　　在佛经中，以最受高僧重视的《法华经》为例，我们可将相关义学研究划分为三种不同的情况。第一种是没有明确的师承关系，主要是传主自己的研习，如道因、窥基、道氤、神清、贞诲；第二种是有师承，如义忠向窥基学《法华经》，元浩、澄观向湛然学《法华经》，可周向云表学《法华经》；第三种是有师承但无明确记载，如志远、僧照、继伦、义寂等。天台一宗以《法华经》为根本经典，对该经极为重视，因此研习该经的必定远远多于《宋高僧传》所载。另外，研习该经的未必会被后世列入天台宗法系，如窥基、义忠就是如此，表明治一佛经者的师承情况与基于该经形成的法宗并非简单等同。其他佛经也有类似情况。如治《华严经》僧中，义湘、法藏师从智俨，慧苑师从法藏，法诜师从地恩贞，澄观师从法诜。而智藏的华严学似乎并无明确师承；宗密因病僧付《华严》句义，也无明确师承。后世确立的华严宗法系应该说也与《宋高僧传》的师承情况不乏出入，这也是宗史与僧传的差别所在。治《维摩经》高僧中，澄观师从湛然习《维摩经》，归屿师承不详，道因、令谝、虚受、傅章、僧照并无明确师承。《金刚经》因为与禅宗的关系而为今人所熟知，但实际上这部经典在隋唐时期已广为人知，它和《法华经》等经一样广受信仰，专治《金刚经》者也并非专门与禅宗高僧相关，从《宋高僧传》就可看出：道世、道氤、知玄、归屿、可止等均是学问僧，他们从来没有被归入后世的禅宗灯录或禅宗史传中；唯有宗密算是禅师，但宗密撰写的《金刚经》等疏钞似是义解著作，他也因这类著作而被视为讲家。《楞伽经》也是如此：治《楞伽经》的道因、澄观同样不是禅宗僧，澄观甚至被后世奉为华严四祖，换句话说，是否治《楞伽经》不是划分所谓宗派的标准，不是禅宗独特的标志。至于治《金光明经》的皓端、晤恩，他们虽然学天台，但后来也不被列为天台宗祖师，他们与义寂也不构成师承关系。治《如来藏经》《大无量寿经》《胜鬘经》的主要是知玄、僧彻，二人是师徒关系，但并未因此形成学派或宗派。法藏、知玄、宗季等僧治《般若波罗蜜多心经》，窥基、归屿、令諲、贞辩、虚受、宗季等僧治《弥勒上生经》，他们同样都没有直接的师承关系。另外，像《盂兰盆经》《圆觉经》是因为宗密的提倡而广为人知，但也未因此形成学派或宗派。道因、印宗、礼宗、湛然、元浩、端甫、宗密、知玄、虚受、巨岷等僧治《涅槃经》，除了元浩师从湛然，其他人之间都无直接的师承关系。治《弥勒上生经》的人数不少，但同样没有紧密的师承关系，可看作当时流行的弥勒信仰的一部分。

律学著作较少，但治《四分律》的道因、道世、义忠、宗密同样不构成师承关系，南山律宗也从不包括这些僧人；而《宋高僧传》"明律篇"中的律师修习的是戒律学"毗尼"，并非单纯地对《四分律》做义解。

在论典中，最为盛行的是《唯识论》，其中玄奘、窥基、圆测、顺璟、嘉尚、义忠之间确有比较明显的师承关系，其他人则另有师承或师承不详。治《俱舍论》僧中，普光、法宝师从玄奘，义忠师从窥基，有较为清晰的师承关系，但圆晖从小就重视该论，神清、知玄、归屿等另有师承或师承不详。修《瑜伽论》者，玄奘传窥基，圆测偷听，嘉尚也曾师从玄奘，但潜真师从不空，德感、浮丘不详师承，可知修习此论的人员涉及广泛。《大乘起信论》的情况也是如此：几位高僧之间甚至没有直接关联。修习《百法论》诸僧中，义忠师从窥基，而其他人要么师承不详，要么是自己治该论而无明确师承。另外，有的论典似乎只有一位高僧修习，当然也没有进一步的法脉发展。

从表2-4还可以看出，所谓学问，不能简单地等同于学问的传授、师承，更不能等同于以学问为基础形成的所谓法系。僧传的历史性由此凸显：不是一味追求目的性的论证（像禅宗某些支派的撰述那样），而是呈现出诸多斑驳的历史层面。接下来，笔者进一步具体探讨《宋高僧传》"译经篇""义解篇"中的学问问题。

第一，的确有对学问内容、宗旨、方法等方面的介绍。如慧苑传介绍他依照《宝性论》立四种教。慧苑的学问不止于此，但这是最受批判的方面，赞宁也认为慧苑的看法只是一家之说。然而，在慧苑最大的批判者澄观的传中，却根本没有提到这一桩公案。这表明，赞宁并未将对于这一义理的争论视为僧传的头号关注点。元晓称《金刚三昧经》以本觉、始觉为宗，这也是对其疏论的概括，但对比其《金刚三昧经论》，就知道这显然是简单的概括，说明撰述内容的还包括神清。高僧的学问也不局限于表

2—4中的经律论，而是包括诸如类书、目录、训诂、音义以及从经律论推演出来的某些学说，玄逸、彦悰的撰述被比作郑玄笺毛诗都是例子。慧琳传除去其生平部分，就像是其《大藏音义》的书目提要：包括作者的学问、这部书的撰写方法、材料来源、撰写时间、入藏时间等信息。智升所撰《开元释教录》为撰者所激赏，撰者对该书内容做了简要介绍，并与圆照《贞元新定释教目录》相对比。在方法上，法藏以金狮子为喻讲华严宗旨。道世传则说明了他编纂《法苑珠林》的意图或者说心理活动：以为古今作品于传记有所不足，故以类编次成书。有时，本书也直接采用传主本人的言论来阐述传主的主张和意图，如神楷为《净名经》撰疏，就是因为他感叹古代法师判语未能尽善。另外，还有些传记采用传主的表、疏、序来阐明传主关于某部经典诸多方面的认识和看法，包括良贲、潜真、良秀、元浩。最后，高僧的学问也可能不是直接展现，而是通过某种探讨、商榷学问的方式来展现，比如法宝对玄奘译经添字的行为提出质疑，本传主要就是通过这个故事来体现法宝的学问。

　　第二，关于高僧擅长经典的原因，往往解释为高僧的好学、才具或有师承。但赞宁也注意到其他方面，包括天生的悟性、前世修来的智慧、神明或佛菩萨的护佑或赋予、感通故事、生平逸事、梦的预示，等等。这类事例见表2—5：

表2—5　高僧擅长经律论或撰写经律论义疏的原因

类别	高僧	人数
刻苦善学、才智聪颖或得到传授	高僧的一般共性	
获得不常见的书籍	义寂	1人
梦、相貌、地震等的预示	窥基、法藏、法诜、澄观、湛然、元浩、端甫、知玄、义寂	9人
出于天然、宿殖的悟性	顺璟、潜真、澄观、义楚、智佺、继伦、晤恩、梦江	8人
感通神明、动物，或得到佛菩萨、神明、天人的护佑或赠予	窥基、元康、元晓、义湘、惟悫、怀感、宗季、澄观、礼宗	9人
异人或异僧的帮助	一行	1人

并非神异就与经典相关，像元晓等高僧身上体现出的神异特征就并不与经典有关，尽管他的《金刚三昧经》得自龙宫。但总的来看，义解高僧多有类似情况。神异事迹主要不是强调高僧本人后天培养形成的义学方面的才华，而是注重先天的、外在的、自然的、非人间的因素的影响或预兆，以体现高僧的不凡才华。即便《宋高僧传》不直接说明这方面的因素，我们也可以根据传记行文推测出这一点，何况该书并未囊括高僧的所有类似情况，有的高僧在其他著作中就显得更为神异，如志远在《法华经传记》卷三中就被视为一位感动天地雨华的高僧，而《宋高僧传》却没有提到此事。按照赞宁的实录观，他的这类记载大概有所依据，尽管现在已经不能看到其所有来源，不过像端甫梦僧白昼入室预言他大兴法教就出自裴休笔下。至于《宋高僧传》中这类材料的来源为什么如此神化高僧，如今很难一一确知，但即便未必与史实相联系，也可能与高僧的学识、才华、地位、声望、权威甚至权力等相关。例如，顺璟能够掌握其他人很难掌握的译学、因明学，因此就被推测为是天生的、宿习的力量使然；惟愨善于疏通经义，被理解为诵菩萨名号所致感应；宗季目盲而能撰写义疏，也被解释为感通神光为之导引。在"感通篇"的"论"中，赞宁指出义解属于悟解，而神异感通属于果证，可见因义解致感通是果证的体现，这些感通事迹在他看来显然是成立的。

第三，在《宋高僧传》中，学问不仅体现为书面著述，也体现为讲学①。傅章等讲学二十年，但似乎并无撰述。贞诲、可止、恒超、从隐、梦江、智佺、浮丘等都不是因为注疏，而是因其讲学上的才华而归入"义解篇"。当然，这未必意味着他们不能注疏，不过是说他们的学问并不体现在这方面，或虽有注疏而没有记载。义学不等于书面撰疏，也包括口头论说，这一点可通过法诜的事例得到说明：法诜讲大经十遍，撰义记十二卷，一并被提出来写入传记。更特殊的是浮丘，本传明确说未听说他有什么著述，却依然列入"义解篇"，这是因为他虽不善于言说解析，却能通晓理解义理，得到宗哲的拜服。从用例来看，高僧的"赡学"或"学通"一般都表示他已理解领悟某经典，但并不意味着他已经撰写了义疏，反过

———————

① 清僧源谅《律宗灯谱》卷三已指出赞宁《宋高僧传》里的"义解"即儒家之"讲学"，又以宋儒"学必讲而后明"为证，可见该"讲学"亦有论说、谈论等义。

来也成立：并未撰写义疏，却理解了经典。当然，这类高僧不占主流，对后来影响也不大。

第四，《宋高僧传》也讲述传主义学之外的其他方面的成就。如智藏精通律学，又师承马祖道一，撰有《华严经妙义》，可以说较为全面，列入他科也未尝不可。知玄传不仅称他出家后学经论义疏、听毗尼、习外典、诵大悲咒，而且注重他在武宗废佛期间的护法举动、宣宗兴佛前后的相关功绩，另外还讲述其前身故事，追述其戒律方面的修行，与裴休、李商隐等王公文人的交往，最后录其义学撰述。澄观传同样讲述他精通律学、禅学、经论。道氤传侧重其出家前后经过、学习和撰述等方面的才华，也包括其护法方面的才华，真正与义学相关的则是他参译《毗卢遮那佛经》、为所翻之经著疏七卷，可知其不仅懂得《法华经》《百法论》，还擅长近体声律。这类情况表明"传"在体例上的普遍要求超越了僧传十科分类中"义解篇"的独特要求，需要展现高僧懂得多方面学问的人生整体，而非局限于高僧的义学才华本身。

丰富的学问也意味着分类的困难。宗密无论对经律论还是对禅学都很精通，本传称他用一心贯穿诸法，因此对他的分类也有争议，然而至少撰者没发觉任何困难，因为当时的禅者本就认为宗密是讲家，而赞宁也辩称达摩自称其法合了义教。就宗密的师承来说，在《宋高僧传》中宗密不过是在道圆那里削染受教，并未说明宗密究竟是在哪位禅师那里开悟的。其实宗密承认自己与道圆契合①，而《景德传灯录》也说宗密在道圆门下契会，后者似乎是为了将宗密列为禅门中人而按照禅宗惯例强调了他在禅师门下的契悟。《宋高僧传》中另一位义学高僧印宗曾向弘忍、慧能学习禅法，所撰《心要集》也似为禅学撰述；曾开戒坛，这属于戒律的范畴；最像是义学撰述的，是他将百家或儒士三教文意重新结集，另外他还精讲《涅槃经》。而到《景德传灯录》中他就成了慧能的弟子。这表明，相对而言，禅宗史传、灯录非常重视开悟和唯一的师承，而僧传更重视传主的整个人生经历，这也反映到材料取舍上来。可以说，佛教发展过程中出现了某宗自己编纂的史书，其宗派性、倾向性会曲折地体现为编纂手段、编纂方法，重新塑造一位高僧的"唯一"身份，从而一定程度上偏离了史实，

---

① 关于宗密的师承，参冉云华：《宗密》，台北：东大图书公司，2015年，第8—20页。

或者说不仅仅以追寻史实为旨归。

　　然而，这种情况丝毫不应夸大：这并不意味着"义解篇"中所有习禅高僧都被灯录转变为禅师。如僧瑗传讲述他的出家和学习，尤其是师从江宁融禅师（当即法融）学习心法，以及坐禅修行的情况，还包括其撰述，但并不是一般的义学著作，而是僧人传记、文集、子书等撰述。然而，《景德传灯录》中有法融却无此僧，这或许是因为法融的牛头宗并非禅宗主流派系，僧瑗的法系后来也不显。另一位高僧会隐从大藏中抄玄文，号称《禅林要钞》，但他没有禅宗师承，灯录似乎从来就没有将他列入禅宗法系。这表明，禅宗不仅与他宗存在区别，而且也有自身的各种派别，不仅具有倾向性，而且存在传承性的问题，后者同样可能影响到灯录编纂，从而导致某些高僧并未被转化为禅师。

　　第五，"义解篇"不仅着眼于义学高僧的言论、撰述、观念或思想意识，而且也注意刻画外部世界的诸多方面，着力于高僧生平的诸多方面。本来，高僧被归入"译经篇"或"义解篇"，这是撰者的归类，但撰者很清楚高僧绝非仅仅适应这样的归类。因此，对高僧的归类并没有导致材料被过度裁剪删削。如一行虽入"义解篇"，但本传就像任何传记一样叙其整个生平经历，尤其注重叙其出家师事北宗普寂、与卢鸿交往、至天台国清寺、与玄宗交往、在天文方面的才能和临终前后等方面的情况。这种情况是非常普遍的，它说明"传"这一文类体例上的要求从整体上规定了其大致外观，这不会因为"僧传"十科分类的体例而出现剧烈的变化。另外，一些义学高僧与政治有很深的瓜葛，这也表明"义解"之名没有排除高僧这方面的重要事件。赞宁注意到当时人非议宗密等僧接近王臣、屡谒君王，他力主僧人为佛法而接近王臣，认为教法委在王臣，与王臣不接则不能兴显宗教①。

　　事实上，赞宁在《进高僧传表》《大宋高僧传序》中都强调记言记事这一"传"通常强调的体例，它并未因为"义解篇"而有所改变；像一行天文学方面的才华，就通过记言、记事来加以表现，完全融入了"传"的传统体例，而绝非别出心裁地单独提出来加以叙述。从赞宁重视的佛教内

---

①　赞宁撰，范祥雍点校：《宋高僧传》卷六《唐圭峰草堂寺宗密传》"系"，北京：中华书局，1987年，第128页。

部观念来看，也是智解与修行等并重，这不会因为十科分类的体例而加以割裂或仅仅在"义解篇"中注重义解这一方面。如晤恩就被撰者视为学问和实践兼重的典型，而这也是天台宗的特点。慧威传修辞性地说明其修止观的情况，同样赞赏其言说和行解并行。这种反复出现的事例表明，"义解篇"包含了超越义学文字的方面，这也印证了赞宁《大宋高僧传序》兼重义理和修行的说法。再联系赞宁对禅僧单纯注重言说而不注重实修的批评，可知他这样的说法暗含着对当时他所认为的天台、禅宗高下的区分，也可能暗含了将"义解篇"置于"习禅篇"之前的用意或解释，当然禅门中人对此看法不同①。可以说，赞宁并非执着于经论文字，而是强调得意忘言以及闻、思、修的全备，而在"义解篇"的"论"中宗密等人就被视为可以求备的高僧，这就包含了赞宁对擅长诸多领域的宗密的称赞。

因此，《宋高僧传》"义解篇"是根据传记体例的普遍性要求和重视义理、解悟乃至修行的佛教理念来选择高僧的结果。

第二节　"习禅篇"

"习禅篇"共6卷，其中传主共132位，在《宋高僧传》中数量最多。本篇最崇尚无念②，而无念是南宗禅，特别是神会禅学中的核心观念。赞宁又在"习禅篇"的"论"中用这一观念来解释"禅那"，从中可看出其尊崇的还是达摩以下的禅，尤其是慧能、神会一路的禅（尽管神会也遭到他的批评）。不过，这只是对本篇禅学观点的解释，其实本篇涉及主题甚多，另外还包括叙事和评论上的若干特点值得探讨。

一、内容

除了习禅，本篇涉及多方面内容，这些内容可用一些主题简要说明，其中最主要的是以下主题。（1）神异和感通。涉及此主题的传主有：义

---

① 详见本书第四章第三节的论述。
② 赞宁撰，范祥雍点校：《宋高僧传》卷首《大宋高僧传序》，北京：中华书局，1987年，第2页。

福、普寂、道一、志满、灵坦、智威、灵默、道悟、玄素、元观、法钦、自在、昙藏、明觉、圆修、慧朗、普愿、法常、恒政、寰中、藏奂、从谏、慧寂、慧恭、惟靖、法普、光仁、师彦、善静、行因、道潜，共 31 僧。这一主题涉及禅僧至多，再次表明不可简单根据十科分类来判断高僧的成就；而按照赞宁的观点，感通属于高僧修行有证所致的果报，那么这些禅僧也属于这种情况，也再次证明习禅这一被赞宁视为"悟解"的方式与感通之间颇有关联。（2）与官方的交涉。这主要是指高僧生前得到官方的支持、供奉，或与官员士大夫有交往。涉及此主题的传主有：慧能、神秀、神会、义福、普寂、道一、智藏、光瑶、道坚、灵坦、道通、怀晖、惟宽、宝修、灵默、道悟、崇信、真亮、思公、昙真、石藏、法钦、如会、天然、太毓、灵象、无等、明觉、圆修、普愿、甄公、从谂、智藏、恒政、灵祐、法钦、慧忠、慧空、崇珪、全植、崇演、道亮、齐安、寰中、鉴宗、宣鉴、藏廙、藏奂、大安、洪諲、道膺、有缘、义存、恒通、慧恭、惟靖、文喜、道俊、本净、慧朗、圆绍、居遁、师备、存寿、师彦、桂琛、慧棱、巨方、香育、道怤、全付、休静、善静、灵照、文益、行因、道潜、缘德、德韶，共 79 僧，几近本篇高僧总数的 60%，可见为数甚多。其中也有不同的，那就是像昙璀、无业这样避免与官方交涉的高僧，前者甚至抗旨不遵而遁，但这种情况为数不多。鉴于本篇的传主大多生活在禅宗初兴时期的唐五代，因此可以肯定，那种认为唐代禅宗完全远离世俗、远离政治权力的浪漫说法是靠不住的。当然，我们同样不能据此说明高僧主动接近政治，本篇中的这些高僧几乎没有主动投靠的行为，基本上都是因其道行崇高而得到官方崇奉。即便高僧有所要求，那也是希望官方护法。可以说，本篇中的高僧与那些追名逐利的俗僧存在区别。（3）游方、朝圣、游览山水等行旅主题或山居主题。涉及此主题的传主有：神会、文喜、惟实、遗则、灵默、道悟、自在、玄觉、无业、甄公、藏廙、智常、岩俊、道通、玄策、义存、圆绍、法普、行因，共 19 僧。应该说禅僧多有游方饱参的经历，本篇的这类记载显然不完全，不可简单作为根据。单从以上数例来看，所涉及的主要是基于热爱山水奇秀、游方参禅、山水有利于修道、礼拜祖塔圣迹、效仿善财童子遍参等原因而行动或栖止，其内容往往还与神异、感通等主题相关。（4）学习经律论、授戒。受戒、习律是每个僧人出家的必由之路，所以那些没有明确提到这类经历的传记根本不意味着传主缺乏这方面的表现，只不过这些明确提到的更便于探讨。因此，笔者并未具体统计这类情况。不过，从本篇来看，这种情况又可细分为两种：一是在学习经律论与习禅之间并无明显的区分，二者之间呈现为时间上较为自然的前后连续甚至前后相互交错，或没有缘由的、忽然的转变，但即便是转变也并不描写传主本人的主观意图，更不体现为革命性的反律法主义，至多体现出禅门的重要性、影响力，实际上大多数传主都是如此；二是传主从学习经律论转向习禅是一个剧烈的转折，体现为传主主观意识、言语中对前者的批判、怀疑、排斥或对终极证悟的强烈追求，符合这种情况的包括行思、智封、藏廙、庆诸、道膺、桂琛等少数禅僧。第二种情况基本上符合禅籍关于禅僧破碎律法、自信本心的描述，但在赞宁这里遭到批判，因为他恰恰主张戒律、禅法并行不悖，强调戒律作为佛法代表的基础性地位，可以说他本人倾向于第一种情况。再考虑赞宁的实录原则，他描写的这两种情况可能都符合原始材料的实情，其中第一种情况还占主流。据此，我们有必要充分考虑唐五代禅宗中传统因素的分量。（5）创寺、立堂等寺院建设。这包括南印、灵祐、全付、如会。（6）收录机缘语句、诗偈乃至著述。这包括智封、希迁、元安、光仁、居遁、师备、师彦、本寂、慧棱、文益，共 10 僧。唐五代时禅宗兴起，其中一个引人注目的方面就是机缘语句的出现，而在《宋高僧传》之前已有先例①，尤其是《祖堂集》堪称机缘语句的集成。相比而言《宋高僧传》没有详细记录禅师的语句，但多提到有别录、语录等存在，因此同样不应以此说明禅师机缘语句的数量，而应注意这已经作为一个重要主题被纳入僧传这一文体。

此外，其他还有一些零碎的内容值得注意。掘多批判神秀的禅学，体现出自然主义的禅修立场；神会的弟子志满具有如来藏思想，认为虎有佛性；道一的弟子甄叔、无业也都体现出鲜明的如来藏思想；而无相禅师的弟子神会同样主张即心是佛，尽管他还主张不见有身，但其观点显然还是重视心的如来藏思想；庆诸修行的是独特的枯木禅；从谏传、桂琛传中有师徒之间如孝子和父母的隐喻；师备传中有关于传承的生育隐喻；全植有

---

① 详见约翰·R.马克瑞：《中国禅宗"机缘问答"的先例》，刘梁剑译，载吴言生主编：《中国禅学》（第五卷），北京：中国社会科学出版社，2011 年，第 175—192 页。

武宗废佛的预言。当然，作为"习禅篇"，禅僧习禅是最基本的内容。另外南北二宗的传承也是一个引人注目的重要主题，它多为学者注意，这里不再做具体数量考察。无论如何，从以上内容可以看出，"习禅篇"的内容关涉主题甚多，并不仅仅是习禅本身，这也再次反映出僧传属于"传"，具有后者的一般属性。

在编纂内容上，还有一个特点值得注意，那就是传记中提到传主的很多墓志、塔铭、行状、行录等材料，今天大多已不得而见，但很可能为赞宁所采用，由此可见《宋高僧传》具有很大的史料价值。关于该书与碑刻等方面史料的关系已多有研究①，这里可补充几条。包括：间丘均为弘忍撰塔碑，韦绶追问智藏言行编入图经，刘轲为天然、普愿撰文，陆亘为恒月撰文，段成式为寰中撰真赞，沈修为鉴宗撰赞记，司空相国为大安撰文，玄泰撰庆诸言行，武肃王为洪谞真赞，无作为恒通撰行录，王瓒为圆绍立碑，师彦有别录。这些作者部分就是僧人或佛教信徒，还有一些属于与佛教关系密切或有佛教素养的帝王、官员、文人。此外，还存在虽未明确提及上述资料，但有上奏谥号等情况，而谥议中可能包括对传主言行的叙述或评价，比如秦琢为慧明奏谥号就可能属于这种情况。

二、叙事

如前所论，赞宁强调繁简有据的实录原则，但又注重小说和传闻，而不完全重视信息来源的直接性和可验证性，既限制行文又为材料的广泛采用提供儒家和佛教的理念支持，另外他还具有深厚的外学素养，努力回归中国本土文化，特别尊崇儒道二家，试图凭借王臣护法。这些观念在其僧传编纂的实践中带来了不同结果：一是可能导致其单纯抄录材料或采用传闻；二是可能导致其的确有相关依据但又并非简单照抄，而是常常采用意思相关或相近的儒道经典或其他外学术语来代替，尽管不能就此认定其笔下的高僧成了儒者或道士，然而的确在语言上体现出鲜明的本土文化色彩。考虑到赞宁所采用材料文字特质的不同情况——碑铭、行状、墓志等较为典雅而传闻小说较为质实甚至俚俗——以及他自己偏于典雅的文字特质，这还导致《宋高僧传》的文字叙述既有典雅的一面也有相对质实的一

① 杨志飞：《赞宁〈宋高僧传〉研究》，成都：巴蜀书社，2016年，第336—339页。

面。具体到本篇，赞宁的这类做法还有以下特点。

第一，赞宁亲近官方，这一立场影响到他对材料的取舍和态度。义福传反复宣传说，义福身前死后得到道俗的崇奉，这在《大智禅师碑铭》《大唐故大智禅师塔铭》和《旧唐书》中虽有所体现，但毕竟不像本传这样特别叙述严挺之等官员穿孝服送葬的情况；普寂传叙裴宽送葬的礼节，也比《旧唐书》所叙更为庄重虔诚。因此，这可能是他特别在叙事上加以突出的内容，体现出他在《大宋高僧传序》中所宣传的佛家之富贵，以及凭借王臣护法的观念。当然，赞宁并不都津津乐道于传主的这类故事，他也坚持传主面对官方赏赐时所持的较为独立的立场，并用儒家高尚其事的观念来为之辩护。如称义存受紫袈裟是受之如不受、衣之如不衣，这就在后者的碑铭中早有体现；无业传采用杨潜的碑志，声称无业不愿亲近国王大臣，也写出了他避居山林的情况。

第二，赞宁还可能根据材料或传闻增添了一些不能证明是高僧说过的话。怀让传中道一将家族观念带进禅宗传承，这种说法不见于早先相关材料，很可能是后来的说法或赞宁根据唐代其他佛教材料中既有的家族式说法而做的推测，何况他也认为神秀、慧能之后的禅门就是《礼记》亲亲式的发展。从谏传与《三水小牍》的记载多有重合，但在记录从谏圆寂前的言语上二者有所不同：《三水小牍》中的从谏强调修行以便在龙华会上与门人重逢，从佛教史料来看，这是中古时代典型的佛教信仰观念；而本传强调的是无心。

第三，赞宁还可能根据材料或传闻增添了一些评价性言论，或改动一些评价性言论，从而将传主置于某种传记或儒家观念类型中。玄素被人称为婴儿行菩萨，又被呼为弥勒下生，这都不见于《润州鹤林寺故径山大师碑铭》。通过这种方式，赞宁或其所依据的传闻或材料提升了玄素的崇高地位。藏奂传叙其母去世后庐墓间颇有征祥的孝感，这就与崔琪《心镜大师碑》在文字上略有不同：后者叙述此事只说是吉兆。显然，本传有意无意地用儒家术语将传主置于孝子这一类型中，而孝子传是中古以来的流行文体，孝也是典型的儒家观念并得到官方提倡①。

————————

① 参南恺时：《中古中国的孝子和社会秩序》，戴卫红译，北京：中国社会科学出版社，2021年。

第四，赞宁还增添了一些传主的祥瑞、神异传说。典型事例是，尽管弘忍传可能根据了开元年间间丘均所撰塔碑，但相比于同样提到这块塔碑的《历代法宝记》，本传多出弘忍出生祥瑞、长相如佛、传顿渐之法等内容，这和《历代法宝记》明显不同，也和其他较早材料有明显区别，倒是与《祖堂集》卷二《弘忍和尚》关乎弘忍的出生祥瑞、长相等内容相近。更具时代意味的是，本传还叙述大宋开宝年间弘忍肉身堕泪的神异，声称这是对南唐亡国的感应。法钦传称其母亲梦见莲花，也不见于《杭州径山寺大觉禅师碑铭》，事实上后者并不将法钦视为感通僧，而本传加强了这方面的内容。再如灵坦传也颇载传主的感通神异故事，而《扬州华林寺大悲禅师碑铭》尽管提到神通自在，但在具体叙述中并不强调传主这方面的特质，而更重视处在普寂和神会之争时代中的灵坦的禅法传承。当然需要说明的是，可能本传和其他材料都有共同的来源，只不过这一最初来源已经消失，像无业传关于传主的出生祥瑞就在《祖堂集》卷一五《汾州和尚》中有记载，这可能都来自杨潜碑志。按照赞宁的记叙，这些内容都可能有其来历，不过如今已不得见而已。

第五，赞宁还采用后起的一些关于丛林制度的说法。典型例证是怀海所立丛林制度的内容在本书中首次得到明确记载。尽管这些规制是否出自怀海本人、最初是否存在文字形式在学界尚有争议[①]，其内容也未必都背叛律制，如怀海的同门智常、怀海的弟子灵祐和义存等禅师就也立有包容了传统律制的禅林制度[②]。但如果考虑赞宁本人强调的实录精神、其对戒律学的了解以及怀海之后其他禅林规制的实情，其说法即便因缺乏核实和验证而存在错误，也可能有其来源而非毫无根据，其实规制中的立法堂就的确体现出反对偶像崇拜而主张心证的禅宗精神，重视节俭则很能体现中国文化的精神，而重视作务更是与印度传统戒律禁止劳动形成鲜明对比[③]。

第六，关于传主习禅本身，赞宁很少具体描述，一般只是概括性地说

---

① 屈大成：《百丈清规之考察》，载吴言生主编：《中国禅学》（第五卷），北京：中国社会科学出版社，2011年，第376—393页。

② Mario Poceski, "Xuefeng's Code and the Chan School's Participation in the Development of Monastic Regulations", *Asia Major*, 2003, Vol. 16, No. 2, pp. 33—56.

③ 冲本克己、菅野博史：《兴盛开展的佛教——中国Ⅱ 隋唐》，释果镜译，台北：法鼓文化，2016年，第323页。

明传主求法、证悟、承嗣、传法，有时也大致说明传主得法前后的宗教情况和传主本人的根机、志向、闻见、意图、身份、言语、行为等，宣称传主最终开悟而承嗣传法，间或修辞性地形容传主得法后的境界、状态，描写传主说法的方式、盛况、效果等情况。鉴于《宋高僧传》很少采用机缘语句，因此传主证悟得法的具体情形并不太清楚，但赞宁将悟解视为习禅篇的特征，本篇也注重师徒之间的问学，慧能参弘忍、神会参慧能等还是可具体看出禅僧的某些悟解。

第七，传承这一主题是本篇记事的一大内容，尤其是考虑到本书叙述的禅宗史恰好处于南北分宗前后的时段。同样，本篇对这一主题的采纳也考虑了其他内容，尤其是后出的材料。例如，弘忍传关于南北二宗、牛头一支的叙述就和《历代法宝记》等不同，很可能采用了后出的说法。神秀传则强调了衣钵的重要性，尽管这在前面诸传中已有体现，尤其是在慧能传中还与皇室的关注相纠缠。慧明传则出现了慧能关于其驻锡地的谶记，而衣钵再度成为叙述主题。神会则被描写成善财南参，尤其强调其北上宣传六祖禅风，其中掺杂着他与政治的纠缠。对神会的研究近现代以来有很多，特别是胡适的研究强调了神会的禅学革命意义。《宋高僧传》本传的特点是，并不完全依从唐代材料，比如不突出其七祖的名号（尽管在圆绍传中提到了这一点）；至于北宗七祖之说，则更是加以忽略。这可能与赞宁对南北二宗分宗的批判态度有关：他认为弘忍之后所传禅法已不完整，南北二宗各有偏颇。本篇也具体提到南北二宗的顿渐之别问题，总体上还是认为南宗是顿门而北宗是渐门。其实，本篇也记载说，巨方这位神秀的弟子门下也多顿悟者，可见南北二宗不能简单以顿渐分别；降魔藏先学南宗，后参神秀而开悟，同样可说明南北二宗之间的交错关系；赞宁采用的唐代禅门史料的确会提到传主的顿悟，但他在道悟传中采用的符载碑文指出说法者虽往往不提及循序渐进，其实还是有用功深浅等差别，因此渐修是必然的[①]，这也意味着言说佛法与习禅实践存在一些区别。另外，尽管神会北上挑战北宗成功而盛传南宗禅法，但他因政治策略错误而被贬，其

---

① 赞宁撰，范祥雍点校：《宋高僧传》卷一〇《唐荆州天皇寺道悟传》，北京：中华书局，1987 年，第 231 页。

弟子灵坦也因此不得不离开他，一度感叹大法凌夷①；北宗也并未因神会北上而立即绝嗣，一段时间里仍有传人，某些禅师的传法情况一度还颇为兴盛，其最终瓦解可能源自政治和内部纷争而非南宗禅的传播②；而南宗乃是因慧能另外两位弟子行思、怀让而得以传承，其中怀让、道一一系的怀晖、惟宽曾传法到长安，著名的义玄禅师得法后也回到北方传法，但总体来讲南宗主要还是盛行于南方，尽管整体上南宗的影响力逐渐大于北宗。赞宁记载这些内容，可见他清楚南北二宗之分背后的诸多情形。如今学界的研究也表明，北宗颇有顿悟色彩的文献，顿与渐并非体现出南北宗所追求的终极目标的不同，而是体现出二者修行途径或修辞策略的差别③。

　　与传承相关的另一主题在慧能传中展开：语言文字与禅的关系问题。慧能否定了二者之间的关系，由此也就否定了禅与佛经的关系，相应地突出了心地，这种激进立场是唐代以来禅宗发展的产物，在《坛经》等与慧能相关的材料中就有体现，而赞宁对这种倾向并不完全赞同。如前所述，当时禅僧往往还精通经律论。像本净与人论法引佛经为证，可见这位慧能的弟子就并不排斥经论。赞宁的这类记载，同样多少呈现了当时禅宗的实情。另外，近现代以来学界对禅宗的研究大都表明，禅宗后来的发展导致禅宗文献的不断产出和对自身历史的不断重写，而重视材料、传闻却不一味重视信息来源直接性的赞宁正是这类禅宗文献的接受者，从而在《宋高僧传》中更多地呈现了达摩以降，特别是慧能、道一以降南禅宗对自身历史的重新描述，比如法如禅师在早期禅宗史料中被视为弘忍的传人，而赞宁在《宋高僧传》中就完全没有提到他。再者，前面提到的叙述儒典化、宗族化等现象也存在，本篇也不像禅宗灯录那样抄录很多机缘对话。

---

① 赞宁撰，范祥雍点校：《宋高僧传》卷一〇《唐扬州华林寺灵坦传》，北京：中华书局，1987 年，第 225 页。

② 葛兆光：《增订本中国禅思想史：从六世纪到十世纪》，上海：上海古籍出版社，2008年，第 212—222 页。

③ 关于南顿北渐的讨论，详见彼得·N. 格里高瑞：《顿与渐：中国思想中通往觉悟的不同法门》，冯焕珍等译，上海：上海古籍出版社，2010 年；马克瑞：《北宗禅与早期禅宗的形成》，韩传强译，上海：上海古籍出版社，2015 年；韩传强：《禅宗北宗研究》，北京：宗教文化出版社，2013 年。

三、评论

本篇的评论也值得注意。第一，关于慧能传承弘忍衣法的问题，赞宁用三力士射箭做比喻，认为慧能胜出；又认为弘忍早就识别其心，而嗣法者也不局限于僧侣，故将衣法传给慧能这样一位白衣居士；至于慧能不再传衣法，那是因为弘忍有谶记：得此者命若悬丝，而神会行化不足，不传正可看出慧能的先见。这些都没有确凿的证据，显然应被视为赞宁的思考、判断和辩护。这一点也可再次反驳一种基于宗派立场的偏见，那就是认为赞宁作为律僧反对禅僧，其实如前所论赞宁的真实态度是诸宗并进，由此亦可见一斑。但他对南宗的确有批评，即认为慧能、神会一味传播顿法，又认为禅法传播须得到官方支持并把握时机，神会在这些方面做得不够好，故遭到放逐，这就再次体现出赞宁那种一以贯之的倚重官方护法的态度。赞宁也注意到，在弘忍那里顿渐皆备，弘忍之后神秀、慧能分别偏于渐和顿，自此以后各有亲党，而他认为应该为法重人而非因人损法，意思就是顿渐都是佛法，不应偏废。可见，他对禅宗那种家族式的各自发展并不是没有意见，他最崇尚的还是弘忍以上既有顿法又有渐法的更加完整的禅法。达摩以下初期禅宗以四卷本《楞伽经》相传授，而《楞伽经》有四渐四顿之说，《楞伽师资记》等唐人著述亦将弘忍纳入传《楞伽经》的禅师之列，故虽不能确定赞宁关于弘忍顿渐皆备说的具体来源，但可知其说并非无据。

第二，赞宁还用儒家的正名等观念来护法。他指出，玄素号称马祖，后者乃是俗姓，为流俗所传，可见其名声很大，但这种称呼其实是错误的。正如赞宁注意到的，中国高僧道安和《增一阿含经》都认为，出家人应该以释为姓。因此，这里再次体现出其尊崇儒术以护法的意图：借助儒家正名观念坚守中印佛教的一些基本观念，强调一种以佛陀为中心的基础性的更广大的拟血缘关系。

赞宁还为护法王臣辩护。比如对于河南尹裴宽以弟子礼节为普寂送葬等事，他就认为裴宽既然真实得道而又有出家之志，也无不可，裴宽不辞官也未违背孔门礼教，为此他还以贾谊《鵩鸟赋》达人大观、物无不可的说法为其辩护。的确，孔子反对攻乎异端，一些注疏者（如邢昺）以为异端指的就是诸子百家之道，但在孔子那个时代杨朱、墨子之学还未产生，因此不可能成为孔子本人的批判对象，更不用说在当时还没有传入中国的佛教了。至于韩愈等儒者认为佛教是异端，赞宁也在"遗身篇"中指出佛教可补充儒家的不足。另外赞宁的用意还在于，佛教并不违背儒教，因此裴宽不必因此辞官。鉴于其借助王臣护法的观念，其为王臣辩护也不奇怪。

第三，赞宁以般若思想看待外道神通。如道树遇野人，后者化作佛形、菩萨等，道树视之为眩惑；赞宁则根据《金刚经》般若思想指出诸相非相、所见相都是见心，又认为幻化的虚实不可执着一端，其中道理一样，故主张无心。这里也可再次看出，《金刚经》作为经典广为信受，并不只是禅宗经典，赞宁作为一位律学僧同样重视它。

第四，关于禅门制度的"变法"，赞宁也从佛教根本目的和中国文化内部寻找判断标准。实际上，他主张的是是否行得通、是否有利。典型例证是他认为怀海所创禅林制度是一种方便，是简易之业，是自我作古，如果事情做成，就从此开始，如果不成功，那就应否定，而怀海的做法为天下人遵从而有所损益，显然属于前一种。他还从制度变革是否有利的角度来看待怀海的这种做法，赞许其利益很多，认为即便不符合佛制，为了清静这一根本目的也不得不行。这里再次可以看出赞宁的变通态度，他并不是仅仅立足于律宗立场反对怀海不循律制、别立禅居的做法，而是从戒律学和更广大的中国文化，特别是《周易》《左传》《商君书》等来看待丛林制度的"变法"，体现出重利的实用思维。当然，尽管赞同怀海这一做法，赞宁《大宋僧史略》卷上《别立禅居》仍认为，完全遵循佛制，正法才会永住，这种观念还是可以看出他更倾向于本宗，而认为怀海的禅规严格说并不属于佛制。

第五，赞宁还注意到禅门内部不同的禅学倾向，并从戒律学出发加以评论。在他看来，义存和其弟子就有所不同：义存注重杜嘿禅坐，偏重戒律，而师备从《楞严经》入道，又安立三句，崇尚虚通，偏重智慧。他主张，二者结合起来才够完整。关于玄沙三句，研究者已有探讨①；而从文益传文益舍慧棱而师从桂琛、此后化行南唐，从师备传称其宗流行于浙中的情况来看，赞宁已注意到师备的禅学比义存更受推崇，但他个人出于重

---

① 　土屋太祐：《北宋禅宗思想及其渊源》，成都：巴蜀书社，2008年，第68—90页。

视戒律的原因而兼重二人，如果比较义存传和师备传的篇幅，会发现他个人还更重视义存。因此，他的看法坚持了律学本位，不同于一些禅僧激烈反律法的主张，也未必迎合禅宗发展趋势。至于对各种禅法高低程度的判断，赞宁受到宗密的影响，认为达摩所传的即心即佛为最上乘禅，也就是如来藏思想，这也被他视为达摩为反驳沉溺名相而特意主张的观点。另外，他也探讨了佛教内部禅学与经论学之间的争执，主张兼重而非偏废。

第六，赞宁还以业报、感通等佛教观念来看待禅僧。关于自在传中的冥判故事，他认为阳间有戒法、阴间有鬼神。他也对昙晟生来有胎衣右袒发表看法，认为难以化教理之世。他还对传主的圆寂方式很感兴趣，如行因行步而化，他认为只有僧会等少数人能做到。对于不可思议的感通，如蜃蛤中得菩萨像，他也以南唐的类似现象作证，并以佛经为证。他注意到高僧临死前预言时日的现象，认为古已有之，但又声称只有良价能够来去自由。所有这些都表明，赞宁是一位博学的僧侣，不仅引经据典，而且注重历史证据，而这些又都与业报、感通、神异等佛教观念一致，不仅用神异感通之佛理证明神异感通之史事，而且用后者来证明前者，可以说神异感通之事和相关佛理为彼此都提供了根据，互为依存。

第三节　"明律篇"

"明律篇"有 3 卷，共 68 僧。与前面诸篇一样，本篇不仅关涉戒律，也包括其他诸多内容。本节就其内容、叙事、评论分别进行说明和阐述，同时就其中某些问题做进一步探讨，以便在前面结论的基础上，在具体传记中继续认识赞宁的观点。

一、内容

除了"明律"本身是本篇第一重要内容，这里还举出了其中特别值得注意的政教交涉、习禅、感通、外学等内容。（1）政教交涉。相关高僧有：道宣、道成、文纲、怀素、道岸、秀公、崇业、玄俨、法慎、鉴真、严峻、昙一、朗然、大义、辩秀、乘如、清江、灵澈、省躬、神皓、藏用、真乘、道标、昙清、圆照、辩才、道澄、上恒、慧琳、神凑、慧灵、常达、法相、允文、慧则、彦偁、寿阇梨、从礼、景霄、希觉、澄楚，共41僧。这个数字证明，戒律学和官方有相当紧密的关联。不过，和习禅高僧一样，本篇大多数高僧并不是主动接近官方，而是因其修行成就得到官方邀请、礼遇、崇敬，而这背后也有宗教制度、宗教信仰的因素，如官方或帝王希求律学僧做法事、决定宗教事务等；另外，这种交往还有友情的因素，如律僧与文人士大夫相互唱和；即便接近官方，也是出于护法等方面的考虑，如上恒。可以说，既然选入的都是高僧，那么其中就不存在追求名利的凡庸者，所谓政教交涉大多还是以佛教事务本身为中心而不是基于政治。（2）习禅。明确提到的包括道宣、守直、严峻、辩秀、清江、藏用、常达。虽然高僧数量不多，但清江等高僧得禅法心传，可见习禅和律法不是绝对对立的，从而与习禅篇的情况可前后印证。（3）神异、感通。包括道宣、文纲、怀素、真表、玄俨、德秀、诠律师、道光、鉴真、守直、昙一、齐翰、大义、辩秀、鉴源、神皓、真乘、辩才、道澄、法相、从礼，共21僧。其数量和比例也可再次证明，不能简单用科目本身来代替高僧自己的各方面修行成就。（4）外学。包括文纲、道岸、法慎、昙一、义宣、如净、乘如、清江、灵澈、道标、圆照、慧琳、常达、允文、慧则、元表、希觉，共17僧。这一数字值得注意，因为这再度表明，有相当数量的高僧不仅研习佛学，也研习儒道等外学。从这些高僧的情况来看，有的是家世习儒，有的是从小学习外学，还有的甚至出家之后仍有余力学习外学，可见高僧对各种学问的热忱。另外，部分高僧还参与译经事业，如爱同。

二、叙事

本篇在叙事上同样体现出前面诸篇的特点，即同样是行文颇有依据。在这个前提下，我们需要进一步探讨本篇叙事的独特之处。

第一，文字改动。本篇有文字删减，但删除的往往是一些议论性、修饰性、重复性的文字。也有文字替换，不过是更具体与更概括之间的区别，因此这种替换没有实质性的区别。有些替换再度体现出赞宁本人的内外学修养和思想倾向，比如上恒传用出自《论语》的"志学之年"替代本传所据碑铭中的十五岁；用埙篪、水乳等儒家和佛教典故替换碑铭中关于上恒与其他高僧交游的说法，意思似乎还深入一层，表达出僧人之间的深情厚谊。当然，不能简单说传主本人就因为这类儒家典故而变成儒者，何况有时赞宁也会删去某些儒家化的但较为累赘的文句，可见他并不是有意地将高僧改装成儒生。他有些添加的说法还不知来历，比如说神凑生而奇秀，就不见于白居易《唐江州兴果寺律大德凑公塔碣铭》，或许是一种惯常的语言修饰，当然考虑到他言必有据的自诩，对这一点并不好下决定性判断。

第二，在具体叙事中体现戒律的地位或功用。在赞宁笔下有部分高僧鄙弃戒律，尤其是"习禅篇"有时会在叙事中突出禅师鄙弃戒律而转到习禅的戏剧化过程；而"感通篇"中的部分神异僧则通过违背戒律呈现其多方面特质，尤其是狂放性格和面对批评者的语言性、神通性表现更引人注目。像这样具有冲突性、转折性的叙事往往构成了相关传记叙事的动力。但相比而言，"明律篇"中的戒律更有正面意义，比如第一篇道宣传写道宣想习禅，后听从律师教导而罢就是如此。总的来看，在赞宁笔下，戒律在三学中占有基本地位；他也言说戒德、戒本、戒范；形容戒律基本地位的术语"戒足"也多次出现在《宋高僧传》中。他笔下的高僧传，并不一味叙述受戒之类内容，这一点并不意味着戒律不重要，而是表明这是僧人出家后需遵循的惯常规矩①；如有叙述，也侧重于说明修习戒律、度僧受戒等方面的时间、数量等信息，或强调习律高僧精神上的虔诚、坚定、勤勉和研习程度的深入，描写高僧律范威仪的表率，叙述高僧论说、言谈、传授律法的盛况、效果，说明高僧懂得戒律的义理并用著述加以阐明（尽管一般来说并不具体说明其义理性内容）等情况；一些传记还强调传主习律前后的感通，这不是简单地阑入他科，因为习律确可导致感通，赞宁在"感通篇"的"论"中也明确指出明律属于修行，而出现神异感通是高僧修行有证的体现。此外，"明律篇"中那些高僧，即便有过修禅经历，也无一例外地不否定戒律，撰者显然未将从律到禅的转变处理为"明律篇"的叙事主题。

第三，本篇中最值得注意的还是律宗的传承问题。现当代佛教史家盛称的律宗三宗——南山宗、东塔宗、相部宗至少到唐代还无人熟知；即便

① 赞宁撰，范祥雍点校：《宋高僧传》卷一三《后唐漳州罗汉院桂琛传》，北京：中华书局，1987年，第308页。

有类似称谓，也另有他义。从现存史料来看，最早采用"律宗"之名的是唐代道宣，但在其《四分律删繁补阙行事钞序》《四分律删繁补阙行事钞》《续高僧传》等中的"律宗"大都是指律学宗旨、宗要，特别是将"律宗"一词加诸道宣之前的律师具有追述意味；稍晚时候，怀素撰《开四分律宗记》《开四分律宗拾遗钞》，"律宗"之名似系怀素由道宣那里沿袭而来；再据灵澈《律宗引源》，可见此名早已出现，并被用作书名；清昼《唐洞庭山福愿寺律和尚坟塔铭》提到"南山律宗"，指道宣律学，盖道宣久居终南山。至于东塔（律）宗、相部（律）宗，则无人提及。像何筹《唐云居寺故寺主律大德神道碑铭》以"南山"代指道宣，以"东塔"代指怀素，就没有提到南山宗、东塔宗的名称。如果宗派需要强调开创性和权威的"宗主"的话，那么唐穆宗将道宣奉为开创律学的"宗主"的《南山律师赞》就跨越了律学的界限而具有了模糊的派别意味，当然，"宗派"一词在这里仍未出现。

在赞宁笔下，"律宗"的上述含义依然存在，表明语义的历史延续性，但相比于唐代，《宋高僧传》中的"律宗"还出现了更多的新变。

（1）该书区分了"南山律宗""相部律宗""东西塔律宗"三宗，提出了三宗各自的宗主。从如净传[1]的说法来看，"宗派"指当时各律学派别相互竞争，因此分为三宗，似乎是根据大历年间各律学派别相互攻击、议论怀素新章和法砺旧疏之是非来区分的。而"律宗"一词的派别意味，因区别"三宗"而得到增强。这一事件的结果是二疏并行，因此法砺、怀素、道宣律学都得到传承，并一直延续到赞宁活动的年代[2]。从现有材料看，如净传杂合了当时既有的和后来出现的某些名称术语，用这些名称术语重建有关唐代律学纷争的历史叙述。当然，鉴于赞宁材料有据，而今天我们所见有限，如净传的来源我们不得而知，因此很难完全比对。

《宋高僧传》中"三宗"的具体名称，与后代的说法（南山宗、相部宗、东塔宗）略有不同。如前所述，清昼的《唐洞庭山福愿寺律和尚坟塔铭》明确提出"南山律宗"，而《宋高僧传》神皓传提到此塔铭，神皓传

---

① 赞宁撰，范祥雍点校：《宋高僧传》卷一五《唐京师安国寺如净传》，北京：中华书局，1987年，第365页。

② 赞宁撰，范祥雍点校：《宋高僧传》卷一六"论"，北京：中华书局，1987年，第406页。

文字又多据塔铭,当知塔铭中有这一说法。但《宋高僧传》其他地方也数次出现这一说法,如道宣传、道岸传。道宣传提到李邕、严厚本为碑,道岸传也提到姚奕为碑,考虑到赞宁的一贯做法,也可能依据于此。但是,在赞宁笔下也有他自己后来添加的情况;笔者怀疑所谓"故号"就是追述标志,并非道宣本人有此说法。另外昙清传首次出现了"南山宗"的说法,而从本传叙法砺旧疏、怀素新章和道宣"三宗"之间的争斗来看,所谓"南山宗"依然与道宣律学的宗旨、宗趣紧密相关。

"南山律宗"一词不仅影响到"南山宗"的命名,而且影响到与之对应的其他二宗的命名——根据赞宁的说法,"南山律宗"是根据道宣居处来命名其律学要旨,而从赞宁所立"东西塔律宗"和"相部律宗"来看,同样是按照类似的方式命名的,是类比思维在起作用。

先看"东西塔律宗"。据怀素传,怀素不认同法砺、道宣"二宗"而自撰疏,谓之"新章",后定宾撰《饰宗记》解释《开四分律宗记》,将之与法砺的旧疏区别开。而从怀素《开四分律宗记》来看,只有"旧章""旧疏"等说法,而且"旧疏"并非特指。定宾《饰宗记》中的"旧疏"亦非特指,同时该书也无"新章""新疏"之说。倒是《大唐贞元续开元释教录》称"今称旧疏""今称新疏""新章有理,义准新章"、大历十三年(778)宣敕令如净等"四分律旧疏、新疏"金定一本流行,则所谓怀素新章、法砺旧疏的相对说法是后来的事情,尤其是大历年间相互攻击争论情况下的称谓。事实上赞宁清楚"新章"是后出的称谓[1],并非怀素生前就有此自称。至于怀素传称之为"东西塔律宗",同样是根据其传授律学的地方命名,但未说明究竟是谁命名。据本传,为怀素立传的正是如净,该传当为赞宁所本,当然从现存史料来看,如净并未提到"东西塔律宗"之类说法。无论如何,上面这段引文表面上叙述的是当时发生的史实,实际上却混合了当时就有和后来才有的概念、术语;并且,即便有些术语当时就有,其涵盖范围也被赞宁改变了:"旧疏"从泛指旧有律疏似乎变成了对法砺《四分律疏》的特指。

再看"相部律宗"。现当代佛教史家认为相部宗是律宗三家中最早立

---

① 赞宁撰,范祥雍点校:《宋高僧传》卷一五《唐京师安国寺如净传》,北京:中华书局,1987年,第365页。

宗的①，但就名称而言，"相部律宗"的得名并非在法砺生活的年代，而很可能更晚一些。《宋高僧传》中，关于"相部"的各种说法相当常见，值得注意的是大历十二年（777）普愿受具后"习相部旧章"②，由于大历年间已有新章、旧章之分，因此这里的说法基本是符合当时实情的，当然这并不能证实普愿曾用"旧章"称呼相部律，因为本传所云刘轲所撰碑志之类文字不得而见。管见所及，这一说法亦是赞宁笔下首次出现的；即便刘轲曾经提到，这一术语依然是追述性的，因为其文撰写于普愿去世之后，不可能早于大历十二年。此外，包括《续高僧传》卷二二、《大唐贞元续开元释教录》卷中等唐代史料均称法砺住相州日光寺；至于称"相州"为"相部"，见《隋书·循吏传》等史传；称"相部义"者，唐代清昼《唐苏州东武邱寺律师塔铭》等已提到。而据本书怀素传，怀素亦用"相部"来代指法砺；同卷《唐会稽开元寺昙一传》亦出现类似称谓③。因此，"相部律宗"也是用法砺居处来命名其律学要旨的④。

（2）《宋高僧传》一定程度上记叙了"律宗"的历史渊源和传承，但习律者师从对象甚多，也可能只是学习、传讲律钞，并不一定亲见宗主，也无狭隘的宗派嗣法意味，"明律篇"中的律师也并非都可归入律宗三宗。赞宁在"明律篇"的"论"中说，翻译《义决律》《羯磨》《僧祇戒本》是本土戒律之始，从此《萨婆多律》《五分》《僧祇》先后流行。然而，法显带回来的《僧祇》遭到了各种质疑，《四分律》译本问题也聚讼纷纭，直到法聪出现，口授道覆。此事早见于《续高僧传》卷二二"明律篇"之"论"。而"四分之宗"的传授，颜真卿《抚州宝应寺律藏院戒坛记》等就已提及（具体传承有所不同），亦称之为"口相授受"。又《宋高僧传》卷一四《唐会稽开元寺昙一传》对四分律相部义的传授情况有着大致但并不连贯的讲述：梵僧佛陀耶舍与罗什法师翻译《四分律》，法聪授道覆，覆授慧光，法砺作《四分律疏》，满意律师盛传此《四分律疏》并付授大亮，大亮授昙一；其中从法砺到昙一实际上是"相部律宗"的传承，至于慧光

---

①　王建光：《中国律宗通史》，南京：凤凰出版社，2008年，第243页。

②　赞宁撰，范祥雍点校：《宋高僧传》卷一一《唐池州南泉院普愿传》，北京：中华书局，1987年，第255页。

③　赞宁撰，范祥雍点校：《宋高僧传》卷一四《唐会稽开元寺昙一传》，北京：中华书局，1987年，第353页。

④　王建光：《中国律宗通史》，南京：凤凰出版社，2008年，第243页。

和法砺之间是连续还是断裂，却没有清楚地说明。关于四分律师造疏的情况，本书圆照传载大历十三年（778）圆照上奏说得更详，其中道覆、慧光、道云、道晖、法愿、智首、慧满造疏，均载《续高僧传》，圆照所本当即此类史料；接下来，圆照还提到法砺旧疏、怀素新章，以及如净等判定二家旧疏、新疏并行的情况①。圆照的说法早就记载于圆照《大唐贞元续开元释教录》卷中，圆照也是历史当事人，因此赞宁的叙述有比较可靠的史料根据。

另外，从《宋高僧传》来看，律师学无常师，不拘常所，往往先后师从多人求学。文纲先依道宣习律文，又登道成之堂奥。名恪曾厕身于道宣法筵，又附文纲之门。灵崿身处道宣法席，但他来去不常，或近文纲，或亲大慈，皆往求益。玄俨从道岸受具戒，后又遇满意、融济，共所印可。法慎从遥台成律师受具戒，依怀素领悟律文。鉴真从道岸受菩萨戒，后于恒景法席下得戒。守直参圆大师受具足律仪，后依真公，见无畏三藏为受菩萨戒。朗然受具于光律师，后依远律师通《四分律钞》，依昙一律师精研律部。大义从吴郡圆律师受具，复依深律师学四分律指训，又师从玄俨，再依朗禅师学止观。清江礼昙一为亲教师，又与同学清源为守直的弟子。再如上恒、常达、彦俏传道宣律学，但他们都没见过道宣；贞峻学新章，也没见过怀素。不仅如此，《宋高僧传》"明律篇"还有很多律师，从其当时师从情况来看不能纳入"律宗"三宗，诠律师、严峻、灵澈、藏用、真乘、道标、圆照、辩才、慧琳、法相等都是这种情况。事实上赞宁也很少明确说某人嗣法于某律师或属于三宗某一宗，似乎反映了当时的实情。可见，如要说明律宗三宗的传承关系，不仅需要史料支撑，而且需要一套说法、根据来解释。

在《宋高僧传》之后，志磐《佛祖统纪》卷二九《诸宗立教志第十三·南山律学》正式建立了南山律宗的祖师谱系。从三祖法聪、四祖道覆、五祖慧光、六祖道云、七祖道洪到八祖智首②，事具道宣《续高僧传》；九祖道宣本人的师承，见其《量处轻重仪》。因此，《佛祖统纪》实

---

① 赞宁撰，范祥雍点校：《宋高僧传》卷一五《唐京师西明寺圆照传》，北京：中华书局，1987年，第377—379页。

② 八祖中，汤用彤据道宣《续高僧传》及智首《续萨婆多毗尼毗婆沙序》，认为道洪即静洪。见汤用彤：《隋唐佛教史稿》，北京：北京大学出版社，2010年，第144页。

际上是将道宣的各种记叙糅合起来。而昙摩迦罗尊者远承昙无德，法聪远承昙摩迦罗，则称之为"远承"，其传承并非亲见亲传，而是根据学四分律而追认的师承关系。而昙摩迦罗尊者始依《四分》，《大宋高僧传》卷上《译律》等虽有记叙，但在更早的《高僧传》中，只提到他译《僧祇戒心》、请梵僧立羯磨法受戒等事。另外，这里的谱系不能解释为只是根据一般印象而定——排除法砺、怀素法系的传承，乃是为了满足建构南山律学单传谱系的需要，或许还受到禅宗单传心印之说的影响。

这一说法也并非天台宗僧志磐首创，而是承袭北宋南山律宗僧元照《芝园遗编》卷下《南山律宗祖承图录》的说法。后者提到，法明立五祖，仁岳立十祖，守仁立七祖，允堪亦立七祖。但元照否定了对律宗诸祖的这类说法，根据"一者本乎相承，二乃尊其功德"的原则重新厘定律宗九祖谱系。从《南山律宗祖承图录》来看，的确体现了这样的原则，也就是结合了实际师承和追尊其人两种情况①。

总之，"律宗"的建立经过了一个相当长的时期：唐代出现了"律宗""南山律宗"等词，唐穆宗《南山律师赞》开始树立宗主，另外当时的律学论争也可能有助于确立三宗；到《宋高僧传》，"律宗"一词一方面延续了律学宗要之意，另一方面在相互攻击的语境中作为律学派别的含义开始强化，不仅确立了"律宗"三宗，而且一定程度上记叙了律学的历史渊源和传承；到志磐《佛祖统纪》，不仅承认"律宗"，而且进一步根据《南山律宗祖承图录》确立了南山律学的九祖谱系。如果将谱系建立视为中国佛教诸宗成立的重要标志，那么这一点在《南山律宗祖承图录》和《佛祖统纪》中已经体现得很明显，而《宋高僧传》是其中一个重要的中间阶段。

三、评论

赞宁是南山律宗的传人，写过诸多戒律学撰述，可惜没有流传下来。因此，《宋高僧传》关于戒律的某些评论就很能代表现存史料中赞宁的看法，尽管仍然可能只是他的部分看法。

第一，赞宁强调了戒律的紧要性、重要性。在"明律篇"的"论"

---

① 关于"南山祖统"和《南山律宗祖承图录》的情况，详见王建光：《中国律宗通史》，南京：凤凰出版社，2008 年，第 526—530 页。

中，赞宁强调戒律的功用。他宣称，戒、定、慧三学中，毗尼资乎急用，可防止造业，圣贤都由此来修行履行。对他来说，尽管戒、定、慧三学要相互配合才能取得最好的修行效果，但遵守戒律是解脱的因，戒律是最基本的，好比捉贼；相反，不重视戒律、胡意乱为导致缺乏规范，结果是教法凌夷，行果微亡，年龄减少，符合《洪范》之说。他又将律仪与佛教兴衰紧密联系起来，认为通过变犯成持，众主劝修，名师训导，借助王臣外护，佛教必定会中兴，如同"五福"之说。另外，他还将戒律与《周易·家人》联系起来，以律制和中国家庭规训一致说明律制是佛的家法。他又引《韩非子》之说，宣称毗尼是正法之寿命。可以看出，他处处注意以儒家等中国本土思想来为其观点作证。当然在这个问题上，他不仅旨在佛法本身长久流传，而且仍然注重追求宗教利益，声称制定一戒就能获十种利益①。

赞宁的戒律观念在《大宋高僧传序》中早有体现，特别值得注意的是用《太史公自序》中形容法家的术语"严而少恩"来形容明律，但《太史公自序》进一步解释说，法家不注重亲疏贵贱的区别，可以行一时而不可长用，有批评之意。赞宁似乎更注重习律的正面价值，但"急护"表明戒律其实同样具有急用的性质。"急护"一语典出道宣《四分律删繁补阙行事钞》，后者就强调戒律的急用性，认为根本贪嗔不能禁心无逸。正如研究者注意到的，道宣认为三业善恶皆由本心，以心为体②。赞宁为南山律宗的杰出继承者，似乎知晓道宣的这一思想。

第二，赞宁的律学观重视心的主导性、根本性。在"明律篇"的"论"中，赞宁不仅认为戒律可用来防范三业之罪，也同样提到了心难以解脱而用戒律使之解脱。在"明律篇"第一篇道宣传后的"系"中，赞宁就宣称，心有虚实，因此是否违背戒律要问心，何况道宣并未自述天使诵佛牙，或许是寓言。至于不符合律制的情况，他声称虽不合佛制，但为了清净不得不行，实际上是与现实情况妥协；而当他发现这有利于彰善瘅恶时，他又表现出支持的态度。在戒律学的发展趋势上，心的凸显到唐代已

①　赞宁撰，范祥雍点校：《宋高僧传》卷一六"论"，北京：中华书局，1987年，第404、407页。

②　王建光：《中国律宗通史》，南京：凤凰出版社，2008年，第295页。

变成一个重要现象，不只是道宣如此。如《宋高僧传》圆照传提到戒、定、慧三学都以心印相传，而无上菩提以戒法为根本，此语已见于《大唐贞元续开元释教录》卷中，可见这属于唐代已有的观念，表明心传在戒律学传承中的重要性。

应该说，对心的尊崇是当时佛教诸宗的共同特征，这也体现在《宋高僧传》中。"习禅篇"中的高僧自不待言，其他科目的高僧也是如此。并且，凸显心的地位的文献并不是赞宁的创造，而是在唐代就有，法诜、法海、宗密、元浩、甄叔、神悟、皎然、慧明等僧的情况都可找到相关的材料来源。特别是"护法篇"中的神悟，作为一位习律和修习观佛三昧的禅师，他比较佛教与孔老二教时特别指出后者是心外法，这表明佛教是心法，而神悟的材料来自皎然所撰塔铭，表明这是唐人既有的观念。赞宁本人的论议，则说是心遍布一切处，平等无碍①。他又认为"所作在心"②，也可看出一种心法意味。普遍如此，习律也不例外。赞宁在《护塔灵鳗菩萨传》中还指出，众生与佛心无差别相，这也是典型的大乘佛教思想。在《大宋僧史略》中，卷中《僧道班位》指出心为苦因，更是指出了心的根本性。另外，对赞宁影响更大的唐代高僧是禅师宗密，而裴休评价说一心分而为戒定慧，这类观点记载于宗密传中，联系赞宁的观点，很可能其认同这种强调统一于心的观点。他还指出《僧祇戒心》主张戒律之心要，认为律宗从其自然，也是值得注意的观点。

第三，赞宁辨析了根缘与戒律的关系。赞宁指出，戒律在大小乘中有所不同，大乘佛教的戒律更松弛、开放而不看重根缘，而小乘佛教的戒律更严格③。在《宋高僧传》中，高僧出家、修行、成道等的原因被解释为宿植的道根、福根、善根、利根等，而高僧也往往根据学人的根机授法。赞宁赞同随缘的观念并多次申说：无论是出家、游方、觉悟、嗣法、住持、传法、教化、感应、捐资、造像、供养舍利、圆寂、建塔，抑或高僧与帝王、官员、文人、其他高僧之间的交游，还是身份、家庭出身等世间

---

① 赞宁撰，范祥雍点校：《宋高僧传》卷二二《宋魏府卯斋院法圆传》"通"，北京：中华书局，1987年，第575页。

② 赞宁撰，范祥雍点校：《宋高僧传》卷二二《宋卬州大邑灵鹫山寺点点师传》"通"，北京：中华书局，1987年，第571页。

③ 赞宁撰，富世平校注：《大宋僧史略校注》卷下《方等戒坛》，北京：中华书局，2015年，第183页。

问题，都往往用这一观念来解释，其中也包括十二因缘这一佛教基本教义；至于传法不利或人与人之间的交往不能契合，同样也用无缘来解释；他还以"法空不坏因缘""因缘有之，孝行曷伤于道"解释慧恭的门人为其崇塔庙①，而这类有助于伸张世俗观念的说法在《大般若波罗蜜多经》卷三八九、《华严经》卷二八等佛典中已有体现，只不过不像赞宁这样明确为中土孝道观念辩护。但同时，其传记中的人物也对"攀缘""俗缘"等持批判态度，因为这表明心随外境而变，未持守一心。可见，"缘"在他笔下完全可以是两种不同的甚至相反的含义，褒贬色彩也有所不同。按照他的这类观念，出家受戒也有缘的因素在内，习律也是基本因素，只不过最根本的还是心为主导。

第四，尽管"明律篇"包括诸多内容，但赞宁对习律守戒本身充满赞赏之情，这不仅体现在评论中，而且体现在行文修辞化的赞美之中，比如那些并不直接出现撰者本人之名而只是叙述时人看法的句子②。其中也包括那些不是为官方，而是为僧人争利益的高僧，如夸赞主张出家比丘财产在其迁化后归僧的乘如立下了不朽功勋③。对于那些通过戒律来救度众生的高僧，他更是在行文中流露出赞赏之意。赞宁又特别重视行解相应，心口不违，在他笔下慧灵就是这样的代表。对于律宗内部的论争，他也反对相互争夺导致两败俱伤。另外，赞宁以赞赏语气叙述辩才学习律学，声称后者无所不通，又说后者晚年特别留心于大乘顿教，可见他并不认为戒律与大乘佛教相互对立，尽管这种区别似乎意味着律学不是大乘。

第五，法名是否避讳、律僧咏诗之类问题。赞宁在义宣传后以《春秋公羊传》的说法为义宣辩解，表示可不避讳道宣的法名，又认为出家者都是释氏故无妨，而佛教所自来的西域也不讲究避讳，即便在中国古代夏商时期也不讲究避讳，到周代避讳是为了尊事鬼神，而道宣生兜率天，并非鬼神，因此尊师不用以尊事鬼神的方式对待。但这又面临另一个问题，那就是既然不讲究避讳、都是释氏，却为何又对君主称臣？赞宁再次宣称，

① 赞宁撰，范祥雍点校：《宋高僧传》卷一二《唐天台紫凝山慧恭传》，北京：中华书局，1987 年，第 292 页。

② 赞宁撰，范祥雍点校：《宋高僧传》卷一五《唐常州兴宁寺义宣传》，北京：中华书局，1987 年，第 363 页。

③ 赞宁撰，范祥雍点校：《宋高僧传》卷一五《唐京兆安国寺乘如传》，北京：中华书局，1987 年，第 368 页。

这是到唐肃宗朝才开始的，是因为沙门德薄，佛教需要依靠皇室，为了清净不得不然。这意味着，赞宁非常清楚什么符合佛制，依照世俗只不过是为了清净，属于俗谛，其实并不符合佛制。关于律僧咏诗，他也加以辩护。如清江为七夕诗，《云溪友议》称之为四背之一，认为不合情理，而赞宁以屈原等人为例，说明诗人不过是寓言兴类，清江此诗的目的是警世无常，引入佛智。可以看出，赞宁辩才无碍，善于借用内外学为其观点辩护。他的其他评议也同样如此，比如怀疑道宣见天之使者等事并非其自述，乃以律制为之辩护，又怀疑这是寓言，同时驳斥批评者是嫉妒贤者，这可能是针对怀素就道宣此类不可信故事的批评；对相部宗、东塔宗，他看到了后者借鉴、学习前者而又试图借助王臣之力摧毁前者的自利，乃引内外学典籍为证，赞同诸大德二宗双行的建议；关于律宗三宗，他采用阿含经典里的宗主一词，表示古有可考；另外对那些经典没有明文说明的现象，他从是否有利的角度出发判断。

　　总之，赞宁的论议既注重内外学经典的根据，又注重实用性、功利性，并且后者有时甚至比前者更重要，当然这种实利性还是以佛教利益为出发点的。在这一点上，吴处厚《青箱杂记》卷六称其尊崇儒术以为佛事的观点基本上还是正确的，只不过不必太过紧密地关联这两种情况，因为赞宁的确常常将当时占主导的儒家等本土思想作为说明自己或书中人物言行等的合法化根据，但有时也只是仅仅单纯注重佛教利益，有时他还认为采取儒家语言不过是出于文体上的考虑而非思想信仰上的考虑①，因此不必那样意识形态化地看待赞宁笔下论议中采用的儒家等外学术语，或者说不必将"尊崇儒术"理解成赞宁变身儒者身份的标志，如前所述这也反映了赞宁试图增广闻见、强调心理互动等多方面的动因。

第四节　"护法篇"

　　在中古时期，佛教僧团与佛教之外世界的关系是个引人注目的重要话

---

　　①　参赞宁撰，范祥雍点校：《宋高僧传》卷三"论"，北京：中华书局，1987 年，第 55—56 页。

题。尽管有不少人崇佛，但也有很多人发出抑佛甚至废佛的言论，官方也数次出台抑佛、废佛的政治决策。作为一部高僧总传，《宋高僧传》"护法篇"也呈现了这方面的内容。此外，本篇还涉及佛教与文人士大夫和儒道二教的关系。而从赞宁的角度看本篇，还可从中发现历史经验和鉴戒，其观点与书中高僧的看法略有不同。

一、内容

本篇 1 卷，共 19 僧，除了"护法"及与之相关的政教交涉是本篇最重要的内容而不必单独列出外，这里举出了其中特别值得注意的学问、习禅等内容。（1）翻译、道教等方面的学问。包括复礼、惠立、玄嶷、法明、元崇、利涉、神邕、惟劲，共 8 僧。高僧的学问实际上常常成为其护法的基石。（2）习禅。包括元崇、惟俨、崇惠、楚南、玄泰、惟劲，共 6 僧。值得一提的是，惟俨作为禅僧反律法可与"习禅篇"部分内容呼应；道丕感应父亲遗骸从战场上跃出可与"感通篇"呼应。此外，像受戒习律也是僧人的必修课，故此处不列出。

二、叙事和评论

在"护法篇"之外赞宁也提到过僧人的护法行为，至于为何没有收入"护法篇"，这涉及《宋高僧传》各"科"收录标准问题，即根据撰者判断的传主主要贡献、关涉范围等将传主收入不同的"科"。比如端甫于德宗朝常出入禁中与儒道议论，但他被归于"义解篇"，这主要着眼于其义学上的贡献。知玄在武宗朝与道士辩论，认为神仙之术不适合王者，违背了皇帝的旨意，据此知玄入"护法篇"亦可，但本传同样着眼于其义解的一面。唐宣宗微时曾谒齐安禅师，得到后者礼遇，并被嘱咐佛法后事，这同样具有护法意味，但齐安还是被放在"习禅篇"里。其实高僧与官方、文人士大夫交往，宽泛地讲很难说完全没有护法目的或功能，如上恒仿佛知道与王臣交往对佛教很重要，故与之交往；类似的还包括诗僧皎然，他以诗句令公卿士大夫入佛智，无论唐人还是赞宁都说他存行教化之意。高僧中还有以神通著名的，像怀信以神力护持佛塔，处寂令出身道士的太守毙命，等等，都不能说全无护法意味，只不过这类情况大多属个别现象。

事实上，"护法篇"中高僧的宗教成就主要涉及三类关系：一是佛教与皇室、官方的关系，二是佛教与文人士大夫和官僚的关系，三是佛教与儒道二教的关系。

第一，佛教与皇室、官方的关系。隋唐五代宋初佛教的兴衰随着政治局势的变化而变化。唐初，高宗对佛教没有太多兴趣，却像隋炀帝一样做出了强迫僧侣礼敬帝王的命令，以此来强化世俗政权对宗教的权威，这激发了反弹。据威秀传①，唐高宗龙朔二年（662）四月十五日，敕僧道采取俗拜，威秀乃上表反对，其理由是出家人不应遵守俗仪。由于被告知事情尚在商议中，威秀、道宣等僧集中在西明寺谋议，并向达官贵戚求助。道宣为不拜君亲提供了两个理由，一是历代帝王承认佛教超越于世俗政权；二是唐代僧侣剃度时使用的《梵网经》等经典都指出，僧侣礼拜俗人违反戒律，不得被视为僧伽的一员，而强迫僧侣这样做的帝王将遭到业报的惩罚②。威秀《沙门不合拜俗表》也说，沙门拜君亲不载于经典，这样做是失礼。威秀、道宣和达官贵戚的努力收到了效果，唐高宗最终收回了成命。作为一位重视佛教经典尤其是戒律的律师，赞宁如果赞同僧人不拜君亲，恐怕并不奇怪，他在本传中也称赞威秀为法忘躯。他也批评了称臣顿首自我卑下的现象③。但是，到赞宁的时代他本人也不得不自称臣，这也是他无法逃避的、不合律制却不得不遵照的做法。也许更悖谬的是，《宋高僧传》采用的儒家典故中，像《唐余杭宜丰寺灵一传》里的"作者七人"就是用儒典中贤臣的典故来称呼高僧，而这不见于其取材的相关碑志，可以肯定说是他本人增添的。或许赞宁可以用语言本不具有身份含义来为他自己辩解，但这的确容易遭人误解。

威秀的成功只是暂时的。众所周知，唐代政治对佛教影响最大的是"会昌法难"。除了政治、经济上的考虑，唐武宗喜道教，对于道教总是被佛教压住一头深感不满，这促使他对佛教采取打压政策。"会昌法难"中佛教界同样有抗争，但这已不足以通过影响皇帝和高官来达到影响政治决

---

① 赞宁撰，范祥雍点校：《宋高僧传》卷一七《唐京师大庄严寺威秀传》，北京：中华书局，1987 年，第 411—412 页。

② 斯坦利·威斯坦因：《唐代佛教》，张煜译，上海：上海古籍出版社，2010 年，第 33 页。

③ 赞宁撰，富世平校注：《大宋僧史略校注》卷三《对王者称谓》，北京：中华书局，2015 年，第 190 页。

策的目的——律学高僧玄畅被推举出来上表论陈，唐武宗却没有接受建议，故玄畅等人不得不顺从唐武宗采取的宗教政策。而玄畅传从本土文化中的"待时"观念来看玄畅的举动，这一点也符合赞宁的一贯做法，但考虑到本传提到崔沆为传主撰写碑志，难以确定究竟是谁的看法。至于后来玄畅得到奉佛的宣宗、懿宗的重视及撰写其他著述等事，很难简单说是本着护法的目的。因此，玄畅入"护法篇"并不是着眼于其护法成功的效果，而是从佛教立场来看待其在武宗、宣宗诸朝佛教面临各种变故之时的护法活动本身的价值。赞宁也承认，武宗宠信赵归真等道士，而赵归真之术非常罕见，玄畅的行动已堪称英勇，在当时的严峻局势下再如何努力也无法逆转。赞宁也注意到，僧人中有人讥讽玄畅，而他的评论①表明，他将玄畅列入"护法篇"注重的是其行为本身的高尚价值和付出的代价。作为五代宋初时人，赞宁的说法可能反映了当时的一些情况。而汤用彤等学者根据玄畅等僧的抗议不如周武帝时的僧人推断当时佛教势力已经衰退②，其实这也要考虑到唐武宗对僧人的压制非常严厉，赞宁也承认当时僧人都受到震动、感到畏惧；而左右唐武宗排佛的势力却很强大——不仅有道士赵归真、刘玄靖，而且有宰相李德裕"影助"③。特别是赵归真不仅利用华夷之辨、经济因素排佛，而且利用所谓"黑衣人得天下"的谣言攻击僧人威胁唐朝统治④。要之，佛道二教势力此消彼长，不可一概而论。

"会昌法难"后，周世宗也有一次针对佛教的政治活动。据本书道丕传，早在世宗尹厘府政时，就厌恶佛门繁杂而意图沙汰，召道丕同议。道丕在五代声望颇重，时为左街僧录，掌管僧人名籍，这是他能接近帝王和起到护法作用的职务条件。道丕承认，僧侣中鱼龙混杂，有凶顽者偏游于世上，但如果加以淘澄，很可能玉石俱焚。他又进一步申言，淘澄对皇帝、君亲无益，也不利于政治稳定，为此他还用《老子》"治大国如烹小

---

① 赞宁撰，范祥雍点校：《宋高僧传》卷一七"论"，北京：中华书局，1987年，第435－436页。

② 汤用彤：《隋唐佛教史稿》，北京：北京大学出版社，2010年，第38页。

③ 赞宁撰，富世平校注：《大宋僧史略校注》卷三《总论》，北京：中华书局，2015年，第229页。

④ 斯坦利·威斯坦因：《唐代佛教》，张煜译，上海：上海古籍出版社，2010年，第133页。

鲜”的观点来为自己的观点作证。据载，周世宗听从了他的话。世宗即位后，道丕告诫僧人当相警护持，自己坚决要求归洛阳，又立礼《首楞严经》。周世宗后果敕毁僧寺，并立僧帐，对佛教加以限制。赞宁认为，周世宗毁教程度有限，这要归功于道丕①。赞宁对道丕的上述言论很可能是赞成的，因为他曾指出会昌法难导致玉石同焚②，而护法言论的确也是道丕对佛教最重要的贡献，由此树立起其护法高僧的典范。

比较特殊的是玄泰。他以善作塔铭、碑志、歌行、偈颂闻名于世，之所以入"护法篇"，是着眼于他因衡山之阳多被山民莫傜辈斩木烧山而作《畲山谣》，最终因皇帝下令禁止烧山而得以保存岳中寺院。《南岳总胜集》《五灯会元》等均收录了这首《畲山谣》，其中体现出对国家"寿域"衡山的保护意识。但对佛教来说，却是因此保护了山中寺庙，故据此入"护法篇"。在这里，赞宁的编排并不单纯取决于传主本人的意图和主要贡献，而是更多地从佛教立场考虑传主最主要的功绩和效果，具体到玄泰，就是赞扬他"作谣而占衡山"③。换言之，这类叙事大多关涉传主和政治的互动，但其背后并不采取单一的视角和评判尺度看待护法的成败，而是根据实际情况多方面考虑，既注重功利价值也注重道德价值。

第二，佛教与文人士大夫和官僚的关系。《宋高僧传》中这类关系主要体现在交往和答疑两种情况里。在这两种情况中，赞宁的立场同样与传主的立场相近，有时甚至会直接为传主、为佛教解释和辩护。如太子文学权无二述《释典稽疑》十条，请复礼解答，复礼撰成《十门辩惑论》作为答复，权文学所谓矛盾在赞宁看来即佛教所谓权实。事实上我们在《十门辩惑论》中也看到复礼常用权实之说解释、说明佛经的记载，因此赞宁与复礼的看法是相近的。智常禅师与江州司马白居易、江州刺史李渤交往，则是通过巧妙回答李渤的疑问而将之折服，这可能也正是智常入"护法篇"的原因。尽管相关故事似乎到《祖堂集》卷一五《归宗和尚》中才有书面记载，但据朱遵度《栖贤寺碑》引张密《九江新旧录》，唐宝历初，

---

①　赞宁撰，范祥雍点校：《宋高僧传》卷一七《周洛京福先寺道丕传》，北京：中华书局，1987 年，第 433—434 页。

②　赞宁撰，范祥雍点校：《宋高僧传》卷一七《唐京兆福寿寺玄畅传》，北京：中华书局，1987 年，第 430 页。

③　赞宁撰，范祥雍点校：《宋高僧传》卷一七"论"，北京：中华书局，1987 年，第 435 页。

给事中李渤舍旧宅以建精蓝，请智常禅师居栖贤寺，可见李渤的确礼敬智常。而元崇与王维的交往，本传的相关描写虽找不到更早的史料来源，但其弟子等曾立碑，或许为本传所本。元崇与王维的交往过程，也都用叙述语言交代，最后王维的评议表明他完全为元崇所折服①，由此树立起元崇护法高僧的典范。

如果从唐宋思想史来看佛教与文人士大夫的关系，最重要的事件很可能是药山惟俨和李翱的交往。惟俨的生平，最早见于唐伸《澧州药山故惟俨大师碑铭》（以下简称《碑铭》）。《宋高僧传》惟俨传②某些地方与《碑铭》一致，但也有不一样的地方。比如惟俨的籍贯，《碑铭》说他生于南康信丰县；而《宋高僧传》说他俗姓寒，绛县人。《碑铭》又称惟俨先后参希迁、道一等人，尤其强调他在道一门下的经历，似说明他是当时声名赫奕的道一的法嗣；而《宋高僧传》则说他证心法于希迁，根据晚唐以来禅宗的传法系谱，这意味着惟俨从南岳系改宗到了青原系。这种改宗不是从《宋高僧传》开始的：《祖堂集》卷四《药山和尚》就说，惟俨俗姓韩，绛州人，后徙南康，谒希迁而领玄旨。其后《景德传灯录》也有类似说法。但这个问题并未就此解决，北宋临济宗僧慧南编《江西马祖道一禅师语录》，又说惟俨参希迁不悟，往谒道一得悟，后来像著名的临济宗僧宗杲也反复宣扬这种说法。这个问题在现代学者这里也存在分歧：一些学者认为唐伸《澧州药山故惟俨大师碑铭》是伪碑，但相反的说法也存在③。

更大的区别在于，《碑铭》并不强调惟俨与文人的交往，甚至说硕臣重官未有及其门闼者，故不列之于篇。而《宋高僧传》则极力强调这种联系，如称相国崔群、常侍温造相继问道。其中最重要的则是惟俨与朗州刺史李翱的交往。《祖堂集》卷四《药山和尚》最早记此事。《碑铭》未记此事，或许当时尚未流传，或许是因为撰者不愿将李翱等达官贵人写入《碑铭》。不过，《祖堂集》只是记录惟俨与李翱的交往，至多表明惟俨对官员施以教化。本传则不止此，进一步将这种教化与唐代反佛思潮和李翱

<hr />

① 赞宁撰，范祥雍点校：《宋高僧传》卷一七《唐金陵钟山元崇传》，北京：中华书局，1987年，第418页。

② 赞宁撰，范祥雍点校：《宋高僧传》卷一七《唐朗州药山唯俨传》，北京：中华书局，1987年，第423—425页。

③ 参贾晋华：《古典禅研究：中唐至五代禅宗发展新探》，上海：上海人民出版社，2013年，第62—65页。

《复性书》等著作联系起来，声称韩愈、李翱等人最初都极力排佛，而李翱不久遇惟俨等僧，著《复性书》，虽引《周易》《中庸》等儒书而不明言来自佛教，实际上却与佛教相出入。据此，惟俨等僧有助于李翱思想观念的转变。在赞宁看来，或许从思想观念上影响文人士大夫是最好的护法行为，惟俨禅学思想影响李翱《复性书》就是其入"护法篇"的根据，由此树立了其护法高僧的典范。但今天的研究者指出，《复性书》写于李翱早年，不能说受到惟俨影响，不过该书的确受到佛教影响，与惟俨"穷本绝外"的观念暗合，后来可能有修改。不同的地方在于，惟俨强调色相令人产生执着，产生妄念，从而遮蔽清净本心，而李翱强调对外相的执着产生七情，破坏本性；惟俨"穷本"追求解脱和超越，而李翱的"复性"旨在重建道德秩序①。后来契嵩在《劝书》中也指出，李翱似有得于佛经，不过文字有所不同。而赞宁也指出，李翱尽管在文字上绝口不引佛教，但道理上、意义上是佛教的。当然，《宋高僧传》关于惟俨、李翱交往的记载可能来自后起的传闻，尤其可能受晚唐五代青原系兴起后对自身历史重新塑造的影响，其可靠性与否难以判定。

第三，佛教与儒道二教的关系。神悟传记录神悟在李华、崔益面前捍卫佛教的言论早在皎然《唐石坖山故大禅师塔铭》中就有记载，但接下来的一番话则是赞宁添加的，像"无以抗敌"语出崔恭《唐右补阙梁肃文集序》，本是说梁肃所撰僧人塔铭、碑铭等作品为僧人的相关写作所不及，是夸赞梁肃的话，而到赞宁这里却用来赞美神悟的答复令李华、崔益倾倒。当然，赞宁的夸赞也很有技巧，他并未贬低李华等人；相反，他极力夸赞李华是"文宗"，无人能够匹敌，而神悟却令他佩服，由此更可拔高神悟。故这也是赞宁的护法言论，却是有很高修辞性的护法言论，也就是前面提到的通过尊重儒家来达到护法的目的。

这些传记还有一种倾向，即高僧有护法行为，但在这背后也有官员的支持。楚南传通篇讲述的是楚南生平经历，尤其是其得到官僚供养的情况；篇末提到，楚南通过著述抵御他宗外教而见重于时，只有这件事足以

---

① 徐文明：《唐五代曹洞宗研究》，北京：中国社会科学出版社，2012 年，第 37 页。

成为楚南入"护法篇"的根据，赞宁也特别称赞这一点①。法明则质疑《化胡成佛经》的真伪，提出老子身为中国人是采用汉语还是胡语化胡的问题——若是前者，则胡人听不懂；若是后者，则该经流传到中国就需要翻译，却不知翻译年代、译者、笔受等信息，言外之意是《化胡成佛经》为伪经，而最后官方也接受了法明的意见。赞宁赞赏法明说到了要害，同时也称赞法明的问题包含两种意思，正面说是化胡成佛，侧面说则是天仙言语不同于人而质疑谁能翻译。其实这个问题在中古时期多有争议，是非徒惹纷争。还值得注意的是，本传收录中宗敕令，其中批评佛教诞妄而无典据，由此可以看出赞宁主张《宋高僧传》详略有据的实录观的另一政治背景，也可佐证他读儒家经书的必要性：为了广见闻，而更根本的还是为了护法②。再如神邕也得到很多官员的支持，被迎请住寺。本传提到神邕与道士吴筠的辩论，并用战争隐喻来说明二者的交锋，最终神邕取得了胜利。佛道之争以佛教胜利告终的故事很常见，但我们找不到其他材料，尤其是由道士撰写的相关记录。《旧唐书》本传透露了一些信息：吴筠在翰林时遭到僧人妒忌，素来信佛的高力士就在玄宗面前说吴筠的坏话，吴筠乃求还山，故为文极力诋毁佛教，为通达之人所讥。可见吴筠的确撰写过批评佛教的著作并遭到他人批评，但具体情况不明。另外，安史之乱后，吴筠游会稽、天台，而神邕大历年间也到明州，因此在时间上可能的确发生过神邕、吴筠之间的争论，只不过不能确定《宋高僧传》是否夸大了神邕的胜利。

除了教义，佛道之争也体现在法术的较量上。典型的例子是崇惠与史华之间的较量。圆照所集《代宗朝赠司空大辨正广智三藏和上表制集》卷六记载了崇惠诸多神功；该书还收录了崇惠《登刀梯歌》等作品，根据这些作品可知崇惠奉观军容使宣进止令于章敬寺登剑树渡火坑，他的不伤不损被视为具有大悲解脱力，又被解释为感通佛所护念，皇帝至诚所感。不过，该书并未提到道士史华。而《宋高僧传》崇惠传③则说，这场较量是

---

① 赞宁撰，范祥雍点校：《宋高僧传》卷一七"论"，北京：中华书局，1987年，第435页。

② 赞宁撰，富世平校注：《大宋僧史略校注》卷上《外学》，北京：中华书局，2015年，第66页。

③ 赞宁撰，范祥雍点校：《宋高僧传》卷一七《唐京师章信寺崇惠传》，北京：中华书局，1987年，第425—426页。

因道士愤恨僧人受宠而起，并且史华先于东明观坛前履刀梯，此后崇惠于章敬寺树立比史华东明观刀梯还高百尺的刀梯而履之，后者又有蹈烈火、探油汤等举动，令史华等折服。赞宁的评论也有所不同，他先区别了神通和虚幻，然后肯定崇惠持三密瑜伽护魔法助其正定故能如此神变，这并非虚幻；其实本传开端就说，崇惠经常修习三密教和佛顶咒，又有神告诉崇惠外教压制佛法待其解救，崇惠遂西上。于是，崇惠与史华的较量就不是一场没有前因后果的偶然出现的法术较量，而是一个具有目的性的故事的环节，在此过程中崇惠被密教化。根据"护法篇"后的"论"，崇惠与史华之间的这场斗争也是崇惠入"护法篇"最主要的原因。当然这都是《宋高僧传》的说法，不清楚此前有无其他明确记录。记录本身也有可疑处，如说崇惠师从法钦禅师，但并无证据表明后者学三密教，崇惠所学何来并不清楚。尽管赞宁有各种条件接触各种材料，但是笔者还是倾向于认为崇惠传的这类记载可能还是有出自传闻的成分。

佛道之争也体现在某些佛教资源被道教利用、高僧力证其本属佛教上。惟劲传就是一例。惟劲光化年间见法藏鉴灯，了悟法界缘起重重相涉之义，而岳道观中本来也有此灯，却因废教而移入仙坛。于是他作五字颂，根据观者的评论，这体现出华严哲学理事相融等方面的特点，与道教不同。《鉴灯颂》，当即《祖堂集》卷一一《惟劲禅师》所载其为镜灯所作颂。赞宁评论说疑似之物难以区别，而惟劲《鉴灯颂》如同使遗失的物品重回本家[1]，"护法篇"的"论"也有类似议论，这大概正是将惟劲归入"护法篇"的原因。《祖堂集》卷一一《惟劲禅师》称惟劲所编《续宝林传》《镜灯》等流传于世，尽管现已不存，但从《崇文总目》《释门正统》等的记载来看，惟劲的作品入宋之后依然在流传。因此，赞宁有可能看过惟劲的作品。至于惟劲创作这些作品后面的护法动机，赞宁可能另有所据。此外，惟劲在晚唐五代也是一位重要的禅师，他嗣法于当时势力很大的义存禅师，所编《续宝林传》续道一一系《宝林传》而作，它和《祖堂集》等一起体现出义存一系接续晚唐五代声势浩大的道一一系之正宗的意

_____

[1] 赞宁撰，范祥雍点校：《宋高僧传》卷一七《后唐南岳般舟道场惟劲传》，北京：中华书局，1987年，第431页。

图①。赞宁说《续宝林传》录贞元以后禅门世系，可见他其实也意识到这一点，不过在编排上，还是将惟劲的护法视为归类的依据，其实这在《祖堂集》《景德传灯录》等禅籍中并未特别体现，惟劲对禅宗的意义很可能还在护法之上。

在唐代特殊的政治环境中，还出现了道士改宗佛教的情况。一个有名的个案是武则天当政时期的玄嶷。据玄嶷传②，玄嶷从小就学道，在道士中颇有威望。武则天崇佛，玄嶷恳求剃度为僧，下诏许之。《开元释教录》卷九中有类似的说法，表明赞宁所述有所本。然而，赞宁的叙述也有为玄嶷回护的地方。他一方面重视玄嶷本人的领悟，仿佛玄嶷是比较佛道二教的优劣后才由道入佛的，从而将其改宗行为解释得合情合理；另一方面又说这是"反初服"，依据的可能是玄嶷关于生死迅速，应早加预谋这类言论，仿佛玄嶷最初就有崇佛之意，因此其改宗佛教其实是回归佛教，这就更具有正当性。赞宁又说玄嶷最初只是暂时"寄寓"于道教③，同样是在为玄嶷的改宗辩护。不仅如此，在赞宁看来玄嶷是由道入佛，对道教的虚妄性更加了解，所造《甄正论》一部也更有说服力，在护法上有着重要贡献，赞宁在"护法篇"的"论"中也特别赞扬了玄嶷的护法勇气。

总的来看，"护法篇"往往涉及作为整体的佛教与佛教之外世界的关系这一重大主题。在以上三种具体情形中，高僧面对皇室、官方时的护法往往借助内外学等多方面学识和政治局势据理力争或劝谏，面对文人士大夫的护法则侧重日常交往和佛理论辩，面对儒家多为倚重，面对道教则多为相互争竞。尽管护法是根本目的，但赞宁的编排并非一味看重传主本人的意图和行为的效果，而是更多地从护法立场考虑传主最主要的行为及其价值，由此树立起护法高僧之典范。赞宁的主观识见对传主归类也起到了重要作用，对某些僧侣（如惟劲）主要宗教贡献的判断未必没有争议，赞宁的编排也受到后起传闻、宗教书写的影响，在此过程中某些传主（如崇惠）被进一步提升，被叙事化、神化，这使得传主的言行与护法这一重大

---

① 参 Albert Welter, *Monks, Rulers, and Literati: The Political Ascendancy of Chan Buddhism*. New York: Oxford University Press, 2006, p. 66.

② 赞宁撰，范祥雍点校：《宋高僧传》卷一七《唐洛京佛授记寺玄嶷传》，北京：中华书局，1987年，第414页。

③ 赞宁撰，范祥雍点校：《宋高僧传》卷一七《唐洛京佛授记寺玄嶷传》"系"，北京：中华书局，1987年，第414页。

主题更紧密地关联起来。赞宁的论议，除了上面提到的，其他方面也大都站在佛教立场上赞赏高僧，批判主张废佛或对佛教心怀恶意的帝王、官员、文人士大夫（如道丕传），也像其他科目一样，借用儒道等外学知识来为高僧证明或辩护（如惟俨传）；而在本篇"论"中，赞宁的认识更为全面，他历数历代护法行为，同时警戒于武宗废佛，主张佛道调和，告诫僧侣不要攻击对方，更反对后生亢直敢言。总之，"护法篇"不仅展现了护法高僧的典范，而且展现了一个维护佛教整体利益的赞宁：赞宁的视角比其笔下那些护法高僧的视角更为宏观，不单是着眼于护法斗争的胜利，而且着眼于诸教之间的和平并以此来护法，而这也导致赞宁的评论和记事之间呈现出稍许差别。

三、"护法篇"之外赞宁的护法言论

赞宁的护法言论不仅出现在《宋高僧传》"护法篇"中，在《大宋僧史略》中，赞宁同样提到了与护法相关的行为——御侮，并特别强调了博学的重要性，但这并不是为了学问本身，而是为了知己知彼以便抵御外侮。在他所举例子中，比如复礼正是出现在"护法篇"中，但皎然出现在"杂科声德篇"中，赞宁肯定清楚皎然的某些行为具有护法性质，只不过根据其主要贡献分到了他"科"中，但无论如何他们都有学问根基，才能达到抵御外侮的目的[1]。应该说在这一点上与"护法篇"是一致的。

此外，赞宁也有随顺官方、亲近王臣、调和儒释道的一面，这同样有护法的用意。三武一宗对佛教的重大打击，儒释道三教之间的冲突，赞宁作为一位佛教史家对此深有了解。赞宁生活的宋初在中国思想史上也是一个重要的转折点，古文运动的倡导者不断批判佛教，试图限制乃至排斥佛教，同时重新重视本土文化、本土价值观。赞宁不仅精通佛学，也精通外学，后一方面甚至在包括像王禹偁、柳开、徐铉等儒家学者那里得到了承认和尊重[2]。放在更为具体的历史情境来看，赞宁审时度势地主张佛教应

---

[1]　赞宁撰，富世平校注：《大宋僧史略校注》卷一《外学》，北京：中华书局，2015 年，第 66 页。

[2]　参 Albert Welter，"A Buddhist Response to the Confucian Revival: Tsan-ning and the Debate over Wen in the Early Sung"，in Peter N. Gregory，Daniel A. Getz，Jr.，eds.，*Buddhism in the Sung*. Honolulu: University of Hawaii Press，1999，pp. 21—61.

随顺官方和本土文化。第一，佛教徒是否应该对皇帝称臣，在中古时期一直是个争论不休的问题，赞宁在"护法篇"中赞赏威秀等人不对皇帝称臣和直言犯上，而在"明律篇"中则说这种情况从唐肃宗起开始成为定局，认为沙门德衰，佛法委国王，为了清净不得不顺应现实①。赞宁的做法也更接近"明律篇"：他在《进高僧传表》《大宋高僧传序》中就自称"臣僧""臣"。换言之，他赞赏威秀，而他所做的却与威秀不同。第二，赞宁还强调，要依靠君主、王臣扶翼佛教，就要亲近他们。并不是从赞宁开始才意识到王臣外护对于佛教兴衰有重要影响，而赞宁却是很明确地用这一点来评判僧侣，正面典型是宗密：不是为了利名而是为了宗教亲近王臣②；反面典型是神会：后者北上传顿法，外护未成而遭到放逐③。由此可看出这一点确实是其真实的护法策略。第三，关于儒释道的关系问题，赞宁在"护法篇"的"论"中已指出三教都是圣人实施教化，不是佛教压倒其他宗教就是护法，而是诸教彼此相安无事才是真正的护法，这需要审时度势，临机施设④。他在《大宋僧史略》中又说三教好比一家，而帝王就好比一家之主，就像对待一家人不应有所偏爱一样，三教和睦才能护法。而为了护法就要崇儒重道，以此换来对方对自己的尊重。在这里，赞宁为了佛教根本利益，明确表示对中国本土文化做出妥协和让步。当然赞宁也强调说，历史上的那些抑佛、灭佛的皇帝都很快遭到报应，打压佛道二教的政治决策未能收到想要的效果，二教很快复兴，从中可以看出赞宁对三教关系、对帝王宗教政策的复杂看法⑤。

总之，在"护法篇"外的赞宁，有着比"护法篇"更为通达、灵活的态度，不仅赞赏面对外来疑问、对抗、竞争、敌对、压制等情形时高僧的护法，而且强调佛教面临的现实、历史上三教冲突带来的后果，主张对皇

---

① 赞宁撰，范祥雍点校：《宋高僧传》卷一五《唐常州兴宁寺义宣传》"通"，北京：中华书局，1987年，第364页。

② 赞宁撰，范祥雍点校：《宋高僧传》卷六《唐圭峰草堂寺宗密传》"系"，北京：中华书局，1987年，第128页。

③ 赞宁撰，范祥雍点校：《宋高僧传》卷八《唐洛京荷泽寺神会传》"系"，北京：中华书局，1987年，第180页。

④ 赞宁撰，范祥雍点校：《宋高僧传》卷一七"论"，北京：中华书局，1987年，第436页。

⑤ 赞宁撰，富世平校注：《大宋僧史略校注》卷下《总论》，北京：中华书局，2015年，第229—230页。

权和中国本土文化做出妥协和让步，并通过博通外学、随顺官方、调和儒释道、亲近王臣等来达到护法目的。后一面容易遭到批评，但对赞宁而言其实也是一种审时度势的智慧，从中可看出具体语境中的"佛教中国化"或"佛教汉化"带有应对策略上的考虑。当然这两方面也有相同之处，那就是从佛教根本利益出发考虑问题。

第五节　"感通篇"

道宣《续高僧传》将慧皎《高僧传》的"神异篇"改为"感通篇"，他的其他撰述也以"感通"为书名（《神州三宝感通录》《道宣律师感通录》），这一改变意在强调僧侣与佛菩萨、自然和世界的相互感应，而不是单纯注重修为很高的僧侣超现实超自然的神异能力。在这方面，道宣有着别人不可比拟的鉴别能力①。《宋高僧传》承袭了"感通"这一命名，但也有所不同。据《大宋高僧传序》，"感通篇"更强调不合常理、感而遂通、化导世间、变化莫测的内容。但赞宁也是一位博通内外学的学者，相关论议也显示了其博学。他还有较强的儒家倾向，而儒家有较强的理性倾向，因此如何解释这类有时难以解释的事件，也成了"感通篇"中赞宁本人论议的一个重要方面。

一、内容

感通在僧传中历来占有较大比重，《宋高僧传》也不例外：本篇多达5卷，共112僧。值得注意的是，第一，"感通篇"的一个重要内容，就是具有感通能力的高僧与政治之间的关联。这种关联当然源于政治人物对禄位、生死、政治前途、国家安宁等方面事务的关切，而具有占卜、预言、变身等能力的高僧往往给人以提前知晓答案的印象，因此他们往往得到重视或主动接近政治人物，尽管部分僧人因预言太准确有时会为人畏惧、厌恶而远离（如法喜）。这些神异高僧往往对一些重大的政治历史事

---

① John Kieschnick, *The Eminent Monk: Buddhist Ideals in Medieval Chinese Hagiography*. Honolulu: University of Hawaii Press, 1997, pp. 67—111.

件有预言，甚或参与其中。这包括：檀特、僧伽、万回、道鉴、怀信、慧昭、法秀、亡名、普满、隐峰、曹和尚、怀濬。其中，参与政治的高僧可能遇险，但因其有文化方面的才能而脱险，如怀濬；部分高僧预见和参与的不是政治事件，而是牵扯到帝王陵墓的建造，如狂僧。另外，一些传主还涉及其他一些社会历史事件。

第二，更常见的是高僧牵扯到文化和社会生活。比如，岸禅师想往生西天，却由观音、势至菩萨来迎接。传主与山神、仙人等的遭遇也是一个重要主题（元珪、亡名、大慈寺僧、如敏）；相关的还包括，高僧的神迹体现在他们能够摧伏山神、仙人、神僧等难以确定的人物，或感动神灵、妖怪、动物，令后者为其所用、造福百姓而不是为非作歹，有时还呈现出业力的作用（广敷、圆震、地藏、神暄、道行、怀空、法藏、鉴空、神鉴、希运、全宰、惠符、无相、惟忠、无漏、文爽），特别是驯虎（玄宗、神鉴、本净、惠忠、明瓒、李通玄、慧闻）。也有僧人认出前人后身（亡名），预言火灾（惠秀），转化物质（难陀），制止灾害（宝达），摧伏道士（兴善寺异僧），吃腐烂死尸（亡名），再生（法圆），预先知道自己的托身之所（圆观），饮食如常人却从不如厕（无漏师永安），预见到他人的科举前途、死亡等信息（僧缄）。还有部分高僧与五台山、与文殊菩萨有特殊关联，包括神英、牛云、道义、法照、常遇。还值得一提的是，本篇的神通也容纳了本土神通，比如义师能致远于瞬息间，这在道家那里就有同样的法术。

第三，传主获得神通能力的来源。佛教通常认为这是习禅等修行方法或信仰的力量所致①。《宋高僧传》很少直接说明高僧感通能力的来源，我们知道的只是他们这种能力的表现；只有个别高僧明确提到了原因，如玄光因为跟随慧思大师证法华三昧而入龙宫说法。鉴于僧侣普遍习禅，我们也可以根据传统说法推断是禅定使他们获得了神通，但是传记中明确提到参禅、习禅或懂得禅法的只有慧安、岸、普明、破灶堕、元珪、惠符、智诜、广陵大师、明瓒、惠忠、惠秀、处寂、普化、玄宗、广敷、圆震、怀空、法藏、道行、神鉴、清观、希运、物外、神英、隐峰、本净、如

---

① 道宣撰、郭绍林点校：《续高僧传》卷二一"论"，北京：中华书局，2014 年，第 811、812—813 页；圣严法师：《正信的佛教》，北京：华文出版社，2015 年，第 71 页。

敏、全宰，共 28 僧，数量不多，当然这只是材料给人的印象。还有读经
等导致感通的出现（怀道），但是其他高僧也有修习经律论的，却没有直
接说明这一点，因此难以通过这一点来判断习经与感通之间的关系。另有
高僧持咒，这同样可以获得神通。在很多情况下，对高僧感通能力的获得
并无明确记叙，这似乎是因为本篇部分高僧的传记资料不完整，甚至连其
籍贯、家世、俗姓、卒年等信息都一无所知；有的高僧来自异国，亦不详
其事迹；还有部分高僧行踪神秘，如隋文帝时条括僧尼而慧安本无名姓、
逃进山谷；还有高僧忘记了自己的生辰年月，因为他认为此心流注、生死
循环，其间无间，起灭的都是妄想（慧安）；有的高僧则不愿透露相关信
息（行遵）。但是，是否都有相关记载对撰者来说也许并不那么重要，因
为他认定神异感通是果证的体现，而他显然不是都根据材料做此论断——
根据赞宁的实录观，以及现今还能追溯的部分史料，可发现其所据材料同
样并不详细解释高僧神通的来源，而只是记录传主生平中的片段，特别是
那些类似于感通灵验记的片段，但这并不妨碍他在传记和本篇后的"论"
中谈论传主的神通。

　　第四，我们从中还可发现一个问题，那就是某些高僧是否应该入"感
通篇"。处寂在面见太守王晔时并未体现出任何神通，却将王晔的死归因
于他想祸害僧人。无著与其说是他自己显现神通，不如说是他看到了别人
的神通。而大川则是因其死后显现的灵验故事而为人津津乐道，其身前主
要是一位苦行僧，身后神迹很难说是不是附会，尤其是将山神的行为也和
大川联系起来，更是难以说通。当然，某些僧人究竟应放在什么科目，这
本就是一个见仁见智的问题，比如希运禅师，撰者知道他是怀海的弟子，
而怀海置于"习禅篇"，因此本可顺理成章地将希运置于"习禅篇"，而将
他置于"感通篇"主要是着眼于他降服神僧，并不意味着撰者不清楚希运
习禅。其中还有一种值得注意的行为，那就是看起来似乎不是神通而是出
格的奇特举止：认为内心清净的传主亡名，却做出食用腐烂死尸的事，而
他自己却并不认为是逆行。佛教在洁净与不净之间有非常明显的区分，
佛、菩萨、天人等都不存在凡夫那样生处不净、食啖不净、究竟不净之类
的问题，而死尸、血被划到后者一边遭到厌弃，血成了划分伟大觉悟和低

劣凡庸的分界线之一①，为人熟知的不净观就是通过观死尸之血等不净现象以起修行。故吃腐尸未必符合传统佛教观念，也似乎与神通不沾边。但在赞宁看来，这的确是神通，因为佛教经论中提到菩萨示现食力。这一点更像是体现了赞宁自己的博学、博物，因为很少有其他人这样来解释僧侣的行为，至少在中国僧传中没有先例，而经论中佛菩萨实不受食，不过是顺世间而示现受食，从亡名的同伴掩鼻唾地而走的情况来看，很难说他们认为这种行为属于示现食力。显然，赞宁的解释并不简单根据材料本身，而是以佛教理念来为传主辩护，而这也成为传主入选本篇乃至本书的根据。

二、叙事

第一，我们从中能察觉到传主内外的一些反差。比如，有些传主的早期经历给人以智力低下的白痴感，这与其神通形成反差，万回就是其中的典型代表；广陵大师这种喜欢喝酒吃肉、并不守戒的僧人，其神力竟然体现在与人斗殴上。有这种情况的还包括师简、点点师。在这方面，本篇那些不遵律法而有神通的高僧与明律篇那些通过戒律得到解脱的高僧可谓对比鲜明。当然，本篇也有遵守律法但也具有预言能力或其他感通的，如徐果师、惠秀。另外，有些高僧虽以谶记、预言出名，但并不是他们说的每一句话都是预言或谶记，因此才有当时人并未意识到、事过乃知的情形（万回、难陀），才有在预言实现之后说明预言含义的情况。换言之，部分谶记乃是在事后的追述中被视为谶记的，而在事件发生之前人们并不一定视之为谶记，而可能视之为一般言语。这可能也有保护自身的意图，因为

---

① 参 Alan Cole, "Buddhism", in Don S. Browning, M. Christian Green, John Witte Jr., eds., *Sex, Marriage, and Family in World Religions*. New York: Columbia University Press, 2006, p. 363. 与之不同，中国文化和中国佛教中存在血崇拜的现象，血往往存在正面价值，如《宋高僧传》中的道丕就明确认同滴血认亲。中国佛教还对佛典中血的观念做了重要改造，血不再是被厌弃、贬斥为低级凡俗之物，而开始带有褒义性，转变为更具精神实质意味的词语，甚至成为中国佛教尤其是禅宗某些关键概念的标志，特别是用"血脉"等中国文化里强调血缘关系的词语指示禅僧之间精神传承的情况日益常见。另外，中国禅宗在将强调顿悟的观念绝对化并推向佛典中并未企及，甚至并不完全吻合的地方时不惜颠覆佛典对佛菩萨等所做的崇高、神圣描述，故将被视为禁忌的"出佛身血""血溅梵天""行筑观音鼻血出""金刚脚下流出血""波旬眼滴血"等在语言上正面化。另参 Albert Welter, "Lineage", in Robert E. Buswell, Jr., ed., *Encyclopedia of Buddhism*. New York: MacMillan Reference, 2004, pp. 461—465.

历朝都对民间的图谶有所禁止或规范化。

第二，本篇中还有一种特殊的现象，那就是在更早材料中并无僧名或其他名号，而《宋高僧传》有僧名或其他名号。如惠安传叙其预先知道休璟将有大祸而为之计谋，而《宣室志》叙此事并无僧名，赞宁大概另有所据，但并无说明或提供考证细节。就像《宋高僧传》其他科目一样，"感通篇"也喜欢将哪怕寂寂无闻的僧人比作某个世俗人物，如圆观传叙当时人说圆观是空门猗顿；而在《甘泽谣》中有相似的内容，但只是说时人称之为富僧，却并无"空门猗顿"的称谓，在赞宁之后引用《甘泽谣》此类故事的文献中，也未出现类似的称谓。僧侣治生多少不大符合世人的看法和戒律的相关规定，赞宁这样写可能是为了便于将佛门人物的身份正当化。另外，某些高僧并非他人所取名，而是因为他自己发出的声音得以命名，如"些些"和"万回"。

第三，本篇感通故事的一大特征，就是记叙空间体验。这类记事大多渲染所见之地不同于人间的富丽堂皇，给人以震撼，如玄光入不似人间官府的龙宫的经历就是如此。另外，"感通篇"还善于描写菩萨出现前后的自然景象，如无著传描写传主所见般若寺消失、唯见山林土石而山翁变身菩萨的场景神乎其神，最后菩萨的消失也很缥缈。在赞宁看来，神通是果证的证明，但传主无著说自己有修无证，于大小二乘只是染指而已，后听山翁诗偈而有所开悟。因此，赞宁所论神通倒是更符合山翁的情况：后者显然是果证圣人；如果说指的是无著的话，那是因为他感应来了菩萨，因此他本人是感通高僧。希运与神通僧渡河，神通僧自渡河，希运骂他是自了汉，该僧感叹希运是大乘法器，忽然消失。这里展现的不是希运本人的神通，而是希运所见神通，并且希运还对其加以批判，似乎与"感通篇"主旨相反，但撰者曾用"遇仙之士亦仙之士"来评价入竹林寺僧①，也就可将希运这位遇见神通僧的禅师置于"感通篇"，何况希运自称斫其胫，可见希运其实在神通方面比神通僧层次更高。

第四，本篇叙事最值得称道之处在于，往往一开始并不说明高僧拥有神通，善于保持一定程度的限知，叙述事态的变化显得很自然。如玄宗化

---

① 赞宁撰，范祥雍点校：《宋高僧传》卷二二《晋襄州亡名传》"通"，北京：中华书局，1987年，第565页。

虎故事，一开始并不直接说明玄宗遇到的是老虎，老虎以老父的形象出现。其他如神仙以人的面目出现、高僧托身妇人之手的故事都是如此，往往先保持一定程度的限知，最后由传主本人或由叙述者说明实情，因此呈现出神秘的宗教世界。最典型的是高僧入五台山见文殊菩萨的情形：文殊菩萨一般是以老人或老僧的面目出现，甚至在高僧怀疑他是文殊时依然加以否定，却有种种神通，最后才显示其作为菩萨的身份。当然，也有叙述开端就说明是仙人或拥有神通的情况，如难陀命三少尼歌舞，后杀之，众人不解，而难陀举起三少尼，方知是笻竹杖，所流之血乃是酒。叙述一开始就说明他自称有如幻三昧，只不过并不直接说明这一神通在什么时刻、地点、事件中开始展现，而是在最后通过幻术幻化的对象来呈现。这种情况也可概括为，高僧本人知道而其他人不知道，直到前后事件相互印证，大家才清楚高僧的用意。

三、评论

第一，赞宁重视感通，原因在于他认为感通代表的是一种能力，是修行果证的体现，或者说通过果证可验证高僧的修行境界。在玄光传"系"中，他将理佛与行佛、禅理与禅行进行对比，又以火界三昧、水界三昧为证，强调修行的价值。他又以神通为游戏，或将之视为菩萨应机缘而现身，可以利益国君①。他甚至以儒家观念为证，通过万回生平无邪行判断其不是鬼神，又以《大智度论》为证，认为万回是证了如意通。关于难陀自称得如幻三昧，他亦表示赞同，并认为无此三昧则不能化俗，可见他赞成用神通，只不过强调其佛教教化方面的功能。另外，他还强调神通是菩萨应物现形所致，而又如水中月不可执着，这就解释了某些高僧的感通难以目击、无法估量其确切与否的困难。

在对感通本身的解释上，赞宁和前代僧传的说法有交叉，也有所不同。慧皎《高僧传》强调反常而合道、利用以成务，更有功利意味。而在《续高僧传》"感通篇"中，道宣认为世俗中所陈那些灵相往往不确，多属感情泛滥，语意彼此无关，多想象、虚指，假借隐微的三世因缘，但在他

① 赞宁撰，范祥雍点校：《宋高僧传》卷一八《隋洺州钦师传》"系"，北京：中华书局，1987年，第448页。

看来不是什么三世之道，而是业感才产生报果。所谓业，也就是儒家所谓命，这二者最终还是系于一心，因此善恶荣枯祸福都是一心。其中又可分为两种情况：因信仰修行等善业而产生不可思议的神异感通；因宿债等恶业而招来恶报。其背后的逻辑是相同的：业报是主宰世界运行的普遍规律，不可逃避。故业报不只是出现在一般僧人身上，也会体现在高僧身上，只不过高僧清楚业报是必然的而欣然接受它，故不避死亡或其他灾难，从而凸显了崇信业报的高僧典范。具有高度佛教修养的高僧尚不能逃避业业报，可证明业报的根本性，可进一步证明修善因的必要性，从而起到佛教意义上的教化作用。赞宁尽管不否认业力的存在，但并不在"感通篇"中特别强调业感带来的灾难性的一面，也并不认为业力那样牢固，而是更强调感通乃是悟解修行的果证，是依正法而修致，显示的是无漏果位中之运用，在人情看来叫作怪的，在圣人看来则叫作通，其实是更注重具有神异感通能力的高僧通过修行所感现的各种宗教奇迹、宗教利益。

此外，如前所述，本篇正文中的部分高僧可能是通过禅定、持咒、读经等手段产生感通，而其他高僧则并未明确表明其神通的来源；赞宁本篇的评论则表明他采取了一个更为宽泛的解释，因为"修行"可将这些手段都包括进去①，当然他也清楚禅定正是产生神通的原因，这一点也继承了前代僧传。赞宁还以儒家感而遂通、道家虚室生白之说为根据来解释神通的来源。在这个意义上，他再度融合了三教，或者说他再度借用儒道二家来为佛教神通提供理论支撑。

第二，感通神异现象传闻异辞的问题。据法秀传，有人发现法秀入迥回寺事与其他两件事名殊事一，有人怀疑这个传闻故事是相互改写而成，而赞宁认为事情相似很正常，现实中多有，因为圣人之作本就如同闭门造车、门外合辙，不足为怪。他也承认某些传闻确实而某些传闻不确实，只不过在道宣传中，他将那些可能不大可靠的传闻解释为随心而说的寓言，而这可以得到戒律的说明并赦免。道鉴的相关传闻所说不一，对此赞宁认为，史官笔下多有这种情况，又以为道鉴这种情况是因为见闻不同，记录

① 赞宁在"读诵篇"的"论"中指出受持、读诵、解说、书写、如法修行，强调这一点可能继承了道宣或《无量义经》等佛典，见道宣撰，郭绍林点校：《续高僧传》卷二九"论"，北京：中华书局，2014 年，第 1191 页。

有别，何况圣人应化本就不拘地方，再加上传说因素，自然有多种说法，尽管如此，在他看来其基本的核心内容没有变化，不同的只是一些附属的背景性因素。这样，佛教史学问题不是用证据来解决，而是用佛教观念来解决。对这些唐代高僧的传记，赞宁按照《公羊传》所传闻异辞的说法来解释，同时也再度说明其采用这种实录观的限度所在：虽有根据，却有多种根据，而这难以完全通过见证者直接证实，因此有必要寻求非直接性但更具理论性的说法。当然，《宋高僧传》在某些地方的确声称感通现象存在目击或有如目击；他还强调儒家式的通过观察行为来判断其为人的观念，以此说明传主所为的确属于神通。但这类完全倚重视觉的说法似乎不能避免传闻异辞的情况。

第三，赞宁还经常解释传记中人物的行事，有时这表明他非常认同这些人物，并试图从佛典中寻找根据来重新为之证明，但有时他也不完全认同传主。如安静传记安静寻丁居士墓，认为丁居士乃在家菩萨，发墓一看，其骨皆金色，连环若锁。但他认为，这是因为凡夫、菩萨、佛的身体各有不同，其中十地菩萨骨节解盘龙相结，而丁居士的骨有钩锁形，不同于凡夫，但又未阶十地，或许是八臂那罗延，身骨节头相钩。这意味着丁居士还不是菩萨，而是力士那罗延。这种看法和传主安静禅师的看法有所不同。再如他对闾丘、寒山、拾得生存年代不明的看法，怀疑是年寿太长或隐没显现无常，而用《周易》的说法来解释。关于永安的绰号"无漏师"，他从佛教观念出发加以质疑，因为无漏的意思是没有烦恼增长，而不是没有排泄，而永安是否如此也没有定论。但他又以经论为证，说明永安是示现依止住食，虽食而不食，可见他还是相信永安的神通能力。

第四，赞宁的具体解释也采用儒道或其他世俗观念，这表明了他心中的权威观念。比如关于会昌废佛，他在《唐成都郫县法定寺惟忠传》"系"中认为在此之前就有各种预兆，又认为教法是有为之法，不免迁变，而根本上又是由运数决定的，而运数说是中国古代的流行学说。关于宁师入冥的故事，他用梦觉反用之类说法来解释，认为无论睡梦还是觉醒都是心识的产物，又以多眠的古莽国为证，说明醒来时所为为梦的先兆，而取实于梦中真实。于圆观未死先寄胎的说法，他不视之为违背了圣教，而是引同类故事为证，并以《庄子》的相关说法来批评怀疑这类现象的人，又称圆观是有我宗，果证高深。关于法藏与二仙人谈论，他也借重《列仙传》

《诗经》辩护。鉴空食梵僧之枣而知宿命，在他看来也是《周易》那样的藏往考来。关于隐峰飞锡解阵的故事不载于《旧唐书》，撰者也以儒家经典为之辩护，显然认为后者地位高于前者，而所谓立逝坐亡的神通，也被他解释为修习三昧的结果。总而言之，在他那里解释优于证据：无论如何实录，能证实的还是有限的，至于那些不能说明的则让位给内外学的各种解释，而这些解释一般都不能还原为他笔下高僧本人的解释，可以说中国本土佛道二家之说（以及同类故事）便于赞宁将那些并不完全符合传统佛教观念的神通现象纳入其中，或者说为后者提供了学理或经典等方面的根据。

在佛教传统中，感通不是修行的目的，也容易从内在落到外在的奇迹现象上，因此高僧不大乐意示现它；但感通被赞宁视为高僧内在修为的体现，这就为感通正了名，并进一步赋予其正面价值①。当然，感通篇的存在对赞宁来说还有一个意图，那就是作为修行的果证，感通还被用来批评当时流行的只谈禅理的禅宗，具有兼重谈禅与修行的重要价值，而修行中包含了赞宁看重的戒律②。另外，它有时还被解释为具有教化世俗的功能③，这就进一步说明了其社会价值。

第六节　"遗身篇"

本篇1卷，共24僧。据赞宁《宋高僧传序》，本篇称赞捐弃臭秽肉身以获得巨大的果报——得金刚不坏之身。道宣在《续高僧传》"遗身篇"的"论"中指出，肉身乃假合而成，并无自性，唯心有生灭，可借舍身行为清除心头迷惑，最终消除对实存自我的执着，以此换来金刚法身。赞宁的说法或许本乎道宣。但相比于前代僧传的亡身篇或遗身篇，《宋高僧传》"遗身篇"不只强调利生，而且更强调自利，即遗身带来的佛教利益，赞

---

① 黄敬家：《赞宁〈宋高僧传〉叙事研究》，台北：台湾学生书局，2008年，第326、329页。

② 赞宁撰，范祥雍点校：《宋高僧传》卷一八《陈新罗国玄光传》，北京：中华书局，1987年，第445页。

③ 赞宁撰，范祥雍点校：《宋高僧传》卷二〇《唐西域难陀传》"系"，北京：中华书局，1987年，第513页。

宁对此也做了评论。

一、内容

除了覆盖全篇的遗身，本篇还涉及多方面内容。（1）习禅，包括正寿、愲禅师、全豁、惠明、守贤、师蕴、绍岩、文辇。（2）感通，包括无染、定兰、行明、志通、道舟、绍岩、怀德。（3）擅长义学，如息尘、惠明。此外，还有高僧擅长经律论、持守戒律、注重读诵，另外也记叙了高僧的一些行旅经验。

二、叙事与归类

本篇叙事上与其他科目无太大区别，那就是按照传主生平先后顺序叙述，间或有所倒叙，在具体叙述上则刻画传主舍身是基于各种宗教信仰的动力（详后）而做出相关行为。归类有识见、判断起作用——只有高僧去世或舍弃部分肢体才算是遗身，而在此之前高僧有其他言行，本篇中没有哪一位高僧生来就可以算作"遗身"这一类型的，只有从该"科"的标准出发来看高僧一生言行中某些符合该"科"的方面，才能说高僧是"遗身"。因此我们可以发现，在不同僧传中，同一高僧分在了不同的"科"中。为了清楚认识这一点，我们对为同一高僧立传的《宋高僧传》和《新修科分六学僧传》做一比较。

第一，两部僧传对同一高僧的看法和归类相同。（1）无染。从《宋高僧传》本传前半部分来看，他在五台山见到很多化现的神迹，最后见到了文殊菩萨，几乎可以入"感通篇"。但是，随后他遵文殊之命供僧，乃烧一个指头以为记验，供完千万僧后，十指也燃完，后来又燃身供养诸佛[1]。从无染后来的志愿、言语、行动和结果来看，他的遗身不是偶然的、突发的事件，而是早有此意，入"遗身篇"是很合适的。其后《新修科分六学僧传》更加简练地叙述了其生平行迹，同样放入"遗身篇"，也是基于他这方面的情况。（2）怀德。他焚身供养佛舍利，其主要成就如此明显，而其他方面似乎还不足以成名，因此被《宋高僧传》《新修科分六

---

[1] 赞宁撰，范祥雍点校：《宋高僧传》卷二三《唐五台山善住阁院无染传》，北京：中华书局，1987年，第586页。

学僧传》同样列入"遗身科"几乎毫无争议。

第二，两部僧传对同一高僧的看法和归类也有不同。相比而言，《宋高僧传》"遗身篇"通过传主外在行为展现其修为，而《新修科分六学僧传》等更重视其修为本身和行为效果等方面，故部分高僧出现了从"遗身篇"到"证悟科"的转变。（1）僧藏。据《宋高僧传》僧藏传，他颇持戒，对佛寺、大德都很礼敬，也喜欢帮助他人。尤其骇人的是，他夏天脱衣任凭蚊虫撕咬。他预先知道自己报尽，便合掌念佛愿往净土，得天人来迎。僧藏入本篇，大概正是考虑到他这方面的情况。不过，鉴于僧藏口念阿弥陀佛，又往生净土，《净土往生传》《新修往生传》等书便收录了他，并对他圆寂前后的言行做了进一步渲染；《新修科分六学僧传》又将僧藏归入定学"证悟科"，因为他认为证悟来自定学，至于僧藏舍身为蚊虫等撕咬的事情则删去不提。这些都表明，归类不仅取决于材料，而且取决于编纂者对传主最突出的宗教贡献的看法。（2）正寿。正寿是愷禅师的弟子，而后者出五祖弘忍门下。正寿之所以入《宋高僧传》"遗身篇"，是因为谯王为病危的愷禅师造生藏塔，听说正寿可继承他，便遣使召至，正寿自愿先试，就合掌入塔灭度。其实，鉴于正寿出于禅门，入"习禅篇"也无问题，比如后来《景德传灯录》就收录了正寿，但称无机缘语句不录。而昙噩《新修科分六学僧传》采用了几乎相同的材料，却将正寿归入定学"证悟科"，虽未说明理由，但大概也是认为能如此生死自由，是因为已有证悟。这都表明，传主归类常常取决于撰者特别的眼光，注重的是其最突出的某方面宗教贡献，而非材料本身就预先给定了归类；当然，这背后也存在宗派立场等因素的作用。（3）师蕴。他与遗身相关，乃是因他曾对人说自愿舍身，早预贤圣之俦，但被劝止；开宝六年（973）他无疾而终，荼毗多祥瑞。因此，师蕴入《宋高僧传》"遗身篇"多少显得勉强。而《新修科分六学僧传》将他置于"证悟科"，着力强调德韶对他的高度评价，以及通过其坐化后的祥瑞来判断其道行，即所谓"密行力"。这意味着对师蕴的分科不是基于其外在的言行，而是基于其内在的修行，所以入"证悟科"。因此，记录其言行、愿望的材料本身就变得并不是那么重要。

第三，在分科上，部分高僧则出现了从"遗身篇"到"持志科"的转变。（1）定兰。定兰父母早亡，他为了报答父母的辛劳而舍内财，又刺血写经，实行《善戒经》中的无上施，最终焚身而绝。有意思的是，在其身前，唐宣宗曾召他入宫供养，原因在于尊仰其用眼睛饲养鸟兽、南天王还眼感通①，据此似乎也可以入"感通篇"。其后，《新修科分六学僧传》却将定兰归于忍辱学之"持志科"，大概着眼于其持守志向的缘故。（2）道育。道育大概也同样是因饲蚊蚋虻蛭杂色虫等行为而入《宋高僧传》"遗身篇"，而《新修科分六学僧传》也将他归于忍辱学之"持志科"。（3）鸿休。鸿休声称自己有前世之债要偿，后遇黄巢军，乃无所畏惧，引颈待刃②。正是着眼于其舍身，赞宁将他归入"遗身篇"。然而，《新修科分六学僧传》同样将鸿休归于忍辱学之"持志科"，事迹基本一样，但突出了其偿还宿债的志向。（4）元慧。其事迹也被收入《法华经显应录》《法华经持验记》中，依据的还是《宋高僧传》，但强调的是立志持三白法、口诵《法华经》等行为，以及其炼左拇指不久重生的"利益"；《新修科分六学僧传》则将他归于忍辱学之"持志科"，事迹同样来自《宋高僧传》，大概也是着眼于其立志、还俗而隐等，不过"持志"这一点已经表明其分科根据不是外在的，而是内在的，因此即便记载言行也终究要通过内在志向得以确定其分科。事实上，高僧常有多方面的表现，分科并不一定意味着与传主相关的其他材料的删减，如息尘就是如此。赞宁清楚息尘多方面的贡献，本传"系"中的评论也说息尘"多名生乎一体"③。因此，本传的叙述并未因为传主被收入"遗身篇"而不记载其其他方面的成就。而《新修科分六学僧传》本传材料相近，但更注重的是息尘的精进，比如对于息尘的六时礼佛、剩下两根指头，就称赞其勤劳，大概因此将他归于忍辱学之"持志科"。

一些高僧则出现了从"遗身篇"到"弘法科"的转变。（1）景超。景超为礼《华严经》《法华经》而烧指为灯供养，但他并未舍弃整个身体。这类高僧在《宋高僧传》"遗身篇"中为数不少。对此赞宁解释说，舍弃身体的一部分是遗身中的方便，在像法、末法时代这已经很难得，好比稍

---

① 赞宁撰，范祥雍点校：《宋高僧传》卷二三《唐成都府福感寺定兰传》，北京：中华书局，1987 年，第 587 页。

② 赞宁撰，范祥雍点校：《宋高僧传》卷二三《唐福州黄檗山建福寺鸿休传》，北京：中华书局，1987 年，第 588 页。

③ 赞宁撰，范祥雍点校：《宋高僧传》卷二三《晋太原永和三学院息尘传》"系"，北京：中华书局，1987 年，第 593 页。

微廉正者就入正史中的《循吏传》①。由此可以看出，"遗身篇"对遗身的理解多少比较宽泛，而赞宁更是借助正史的权威性来类比式地为自己的编排辩解。相比而言，《新修科分六学僧传》将景超归入戒学"弘法科"，其实并未增加新材料，只不过着眼于景超日诵佛经而已，这再次表明分科与传主的行为并非那么严格对应，而是与编纂者的着眼点，特别是对传主宗教成就的认识有关。（2）志通。志通的行为不仅属于遗身，而且属于神异不测之事，志通圆寂前房地又生白色物，圆寂后有五色烟、异香，因此如入"感通篇"也无问题。而《新修科分六学僧传》将志通归入戒学"弘法科"，着眼点在于其传瑜伽教法，其实这在《宋高僧传》中就有记叙，不过未据此分科——十科中无专门针对传法的科目；至于志通志求往生之事，《新修科分六学僧传》则做了淡化处理。（3）道舟。《宋高僧传》着眼于他截左耳为民祈雨、绝食七日请雪等行为，故入"遗身篇"。《新修科分六学僧传》同样将他归入戒学"弘法科"，其实并无新材料，或许是着眼于其遗身行为导致人们虔诚信佛的结果。

有些高僧后来的分科不可理解。洪真因其欲焚身供养佛塔和施舍行为等而被归入"遗身篇"，而《新修科分六学僧传》将他归入侧重内在修为的忍辱学"摄念科"，同样无新材料，不知其分科依据。

第四，即便两部僧传对同一高僧的归类基本一致，其背后的叙述、根据、议论等因素也有不同。（1）束草师。赞宁说他是起三昧火二自焚；赞宁又说，菩萨禅定摄意入火界三昧，而比丘未及此。这意味着束草师达到的果位很高。但在赞宁之前，《酉阳杂俎》卷五《寺塔记上·平康坊菩提寺》中并无三昧火的说法，也没有记载其言语。另外，《酉阳杂俎》记载的不过是束草师一生中恰好在平康坊菩提寺焚身前后的片段，可想而知其还有其他经历，不过缺乏记载而已，像这样依据小说而缺乏完整性的情况在《宋高僧传》中绝非个案。其后，《新修科分六学僧传》也将他放入"遗身科"，材料无增加，并进一步发挥了赞宁的意见，说是"夫以束草之微，而毁七尺之躯，且无郁勃之气、爆裂之声，是非入三昧、以金刚力摧

---

① 赞宁撰，范祥雍点校：《宋高僧传》卷二三《晋江州庐山香积庵景超传》"通"，北京：中华书局，1987年，第595页。

血肉之身者不能也"①。(2) 行明。《宋高僧传》根据其效仿萨埵太子若舍身饲虎而收入"遗身篇",赞宁也像其祭文作者玄泰那样,赞赏他捐内财、破悭法、成檀度,能取大果。《新修科分六学僧传》也将他放入"遗身科",同样是着眼于他这方面的行为。不同的是,《宋高僧传》还提到行明礼金色、银色世界菩萨而得随心变现的各种圣迹,而《新修科分六学僧传》不过概述其事。其实,从行明自称他愿学萨埵太子来看,他这样做显然也有立志发大愿的因素。(3) 普静。普静同样有多方面的表现,但《宋高僧传》本传着力强调的,还是他早有焚身志愿并最终将志愿付诸实施,入"遗身篇"很恰当。而《新修科分六学僧传》同样将他放入"遗身科",材料并无多少区别,不过将普静早先的发愿略加改写,又说成是普静焚身前所发之愿,其实《宋高僧传》的说法更能体现传主的德行。(4) 守贤。《新修科分六学僧传》同样将守贤放入"遗身科",材料也无多少区别,但改写了守贤告众之语,又讲述了诸子弟辈最初的不知其意,后于草石间见其骨,方信其投身饲虎,叙事上更有曲折。(5) 文辇。文辇曾师承明昭禅师、德韶禅师,但《宋高僧传》更看重其焚身供养十方诸佛圣贤、声称自己愿往生的行为,故入"遗身篇",赞宁在本传"系"中也为往生自杀辩解。后来,《新修科分六学僧传》着眼于其焚身供佛而将他列入"遗身科",《净土圣贤录》则据其发愿往生净土将其收入该书,奇怪的倒是禅门灯录并未收入。

第五,唐代以后禅宗壮大,《宋高僧传》中一些禅师分入本篇容易遭到非议。(1) 全豁。《宋高僧传》本传叙述其受戒、明律、习禅等行迹,而最后遇贼舍身成为其入本篇的根据。全豁的名字出现在五代、宋代灯录中,被理所当然地视为禅师,惠洪批评赞宁对全豁的归类属于识见不明。到《新修科分六学僧传》,全豁归入"传宗科",属慧学。"传宗科"多华严、唯识、禅、律、天台诸宗高僧,因此这种安排也体现了对全豁宗教身份的确认。事实上,《新修科分六学僧传》本传不仅讲述了其行迹,而且用更多篇幅记录了其说法语句,以便体现其禅师身份,从而便于收入"传宗科"。这表明,撰者用材料选取的方式来达到重新分科的目的。(2) 慧明。《宋高僧传》本传说他礼文益悟道而改宗,却又着眼于其遗身行为而

① 昙噩:《新修科分六学僧传》卷九《唐束草者》,《卍续藏经》第 133 册,第 590 页。

未入"习禅篇"。而《景德传灯录》卷二五将他系于文益禅师门下，不仅记其求法过程，而且多载机缘语句，至于其烧指供养之事则删去不提。《新修科分六学僧传》将他归入"传宗科"，同样不提其炼指供养，单纯着眼于其在禅宗方面的成就，特别强调翠岩参公率诸禅德勘辩他而他酬对皆合宗旨这一点。（3）绍岩。绍岩也是文益的弟子，但《宋高僧传》着眼于其数次欲焚身供佛而将他列入"遗身篇"。其实，绍岩最终未能做到焚身，列入本篇不免遭人论议。后来，像《景德传灯录》等灯录将他列为文益的法嗣，其中收录了他的一些说法语句；《新修往生传》《净土往生传》特别强调了绍岩发誓焚身供养弥陀、建净土院等事件；而《法华经显应录》《法华经持验记》等则强调了其诵经及二万部、以赡养为期；《新修科分六学僧传》将他归入"传宗科"，着眼于其传文益禅法。这都表明，传主身上有各种因素，后来人出于不同立场、视角、宗派，往往会看重其中某些因素，其分科也会出现变化。其实，将这些禅师纳入传宗科尽管突出了宗派层面，但多少显得千人一面，就此而言，《宋高僧传》将禅师放在不同科目也有其优点，至少可以看出其某些特别突出的宗教成就。

三、评论

对赞宁来说，遗身问题不仅与佛法联系在一起，而且与三教都有关联。在"遗身篇"后的"论"[①]中，他指出众生系缚于欲、色、无色三界之法，有着牢不可破的为我所有之观念，把自己看得比别人重要，增长了吝惜贪厌之心。正如前面提到的，他注意到遗身与儒家爱惜身体的观念不同，但并不以此来论证两家的冲突，而是转而说，儒家的某些观念和佛道相似。至于道家的某些观念更是与佛教非常接近。因此在遗身问题上赞宁也有和合三教的意图，或者这也是为了回应世俗对佛教宣扬杀身、违背儒家教理的指责。他还强调说，佛教的遗身具有利他主义价值。但是，这似乎并不是赞宁所欲达到的最终目的。赞宁接下来采用了贷款获得利息这样一个商业比喻，这表明赞宁看到了遗身这一利他主义事业转而为高僧带来的利益。在其他地方，赞宁也数次采用佛典中的其他类似典故和比喻说明

---

① 赞宁撰，范祥雍点校：《宋高僧传》卷二三"论"，北京：中华书局，1987年，第603—606页。

遗身带来的巨大果报，并用儒典的说法强调这种说法属实。当然，《宋高僧传》在很多地方都提到高僧摒弃名利，但摒弃的更多还是指世俗意义上的名利，至于像通过遗身获得功德这个意义上的佛教利益则是他肯定的。此外，那些看似轻而易举的遗身行为最终都在佛教内得到了圆满的解释。在他看来，能够轻松放弃内财（身体）的是菩萨，三世诸佛都称赞此门是真实修，是第一施。赞宁还说，那些传主之所以如此轻易地遗身，是因累世如此和身口意的修行而得到正果。显然，高僧典范由此得到树立。

在这个问题上，还有人举例说，有些人不善，并不真正虔诚，不过是效仿他人或为了欺骗世人而遗身，并没有种下善根。显然，这种看法强调遗身行为需要心意的诚挚和内外的一致。而赞宁认为，这也有相应的善因善报，不过虚浮不实，但凭借际遇最终也能成道。因此，赞宁并不是绝对严格要求心意和行为的一致，而是看到不同情况带来的不同果报，以及最终果报的相同之处。

在具体传记后的评论中，赞宁还通过正寿能够生死自由证其登上果位，通过解释三白等说明元慧名声的来历，通过舍身远离悭吝说明行明得到巨大果报，通过区分畏杀和愿往生说明文辇的自焚并未违反小乘戒律。他还通过比较息尘多方面的宗教贡献说明其归类，表明本传并不是简单根据宗教贡献本身的性质高低而定，因为从他的说法看，喻息尘之精进、义解的真金、牛头树相比于喻其遗身的瞻蔔花在佛教话语系统中更高级，但赞宁认为息尘在遗身上的表现和影响超过了其在精进、义解上的表现，故而归入本篇。此外，他也依然采用前面多次出现的论证策略，那就是借助儒典中的类似表述来为高僧的遗身行为正名，比如将鸿休、全豁面对贼寇无所畏惧而死解释为《礼记》式的临难无苟免；他也采用佛道二家的说法来证明二僧也证得果位，此身灭而换来坚固之身，因此即便不能寿终也不足为耻。

第七节　"读诵篇"

本篇共 2 卷，50 僧。据《宋高僧传序》，本篇根据《阿毗达磨俱舍论》等的一些说法，用枸橼花果之喻说明善恶之缘引起异熟心，从此相续转变、差别，实际上是说明因业力所引起的业报、业果。本篇虽侧重读诵带来的感通，但具体情况不单一。

一、内容

本篇内容主要包括：念佛及其感通神异（法智、僧衔、启芳、圆果、雄俊、少康、守真、怀玉、大行）；持经、持咒等及其感通神异（行坚、慧悟、弥伽、思睿、法朗、神智、玄奘、华严和尚、守素、遂端、鸿楚、亡名、从审、明慧、志玄、元皎、楚金、大光、鸿莒、怀玉、三刀法师、洪正、法正、会宗、智灯、东京客僧、灵幽、明度、清虚、法照、亡名、文照、惟恭、灵岿、道贤、若虚、道荫）；诵经为时所重（慧警、崇政、元皎、慧普、行瑫、崇政、元皎、楚金、大行、大光、鸿楚、若虚、神智、玄奘）。这些现象表明本篇并不都侧重读诵的宗教性，也注重其社会性。此外，个别僧人本身并无感通，却是感通僧的见证者，如守贤。

二、叙事

本篇主要包括念佛诵经所得灵验或所现神通的故事，其中有的具有较为完整的传记形式，但凡籍贯、性情、生平及与政治的关联都有说明。但是，还有部分传记并不具有完整的传记形式，其来源可能就是灵验故事形式，只不过属于读诵和灵验感通的结合。比如，行坚传完全没有一般僧传介绍生平、驻锡地、卒年等信息的形式，而只是叙述他路过泰山入岳庙时端坐诵经而遇神，后为已故同学僧写《法华经》令生人间的故事。这则故事来自《冥报记》，其中甚至没有提到传主的法名。又如法智也不清楚其何许人，本传的主要内容就是念佛感应；明慧同样不知何许人，他的材料可能来自《大唐大慈恩寺三藏法师传》；明度的故事来自《酉阳杂俎》，基本形式就是灵验记。这种情况的传主还包括法正、灵幽、惟恭、遂端、弥伽、道荫、文照、亡名、智灯等。还有一种传介于二者之间，那就是只有简单的人物法名、籍贯介绍或死亡说明，而主体则是灵验记，如大行、志玄等传。

除了叙述高僧读诵之后获得某种感通，本篇的另一种叙事方式是加入入冥故事证明读诵之灵验，如传主入冥见到各种惨状，希望救出受难者，而阎王或其他神灵告诉他写经、诵经或念佛号可以做到。相比而言，这一种叙述方式更具惊悚效果，也更具有教化意味。由于这些内容成为叙述焦点，传主的其他生平经历就较为简略。当然，还有传记叙述高僧感通及其社会效果，只不过相对而言，读诵的社会轰动效应有时并非高僧所愿，有的甚至会拒绝来自官方的邀请，这包括若虚、行瑶，这也体现出传主的"高"。

除了这些故事，传记更注重描述和修辞化的刻画。常规的是描写传主读诵时采取趺坐等佛教方式，态度严正庄严，用心专一虔诚。但叙事上值得一提的还是视角转换问题。首先，对于传主的感应，有时不是直接写出，而是从另一个僧人的角度来看，惟恭传中的灵岿就是这样一个角色。其次，对于传主遭遇的对象，传记一开始说是鬼神，具体叙述中却聚焦于传主的视觉和听觉，如清虚听到牛斗声的描写就是如此，实际上直到叙事结束也只是通过传主之口猜测说是鬼物。最后，一开始就交代持经等感通的原因，而书中人物却对此无知。如三刀法师传一开始就说他持诵《金刚经》，再写他逃兵役，被抓住后刀不能害，然后才写他告诉刺史自己诵经，其实读者完全可以根据传主诵经而按照灵验故事的叙事程式猜到传主后来所致的某些感应，而这甚至可能比传记中其他并不知晓其诵经的官员更先知道，这意味着读者的认知在时间上先于本传中的人物。在开端就交代某些情况的实情这一点上，《宋高僧传》显得不像某些小说：《广异记》叙三刀师此事，就没有在一开始交代其诵经，而只是写他刀不能害，然后自叙曾诵经，因此读者和书中其他人物几乎同时知道原因，从而给故事留足了悬念。

三、评论

关于读诵，赞宁在传记后的"系""通"中提出了自己的看法。首先，传主作为模范受到推崇。守素呵斥青桐发汗而绝迹，就被他用来教导出家弟子改过悔罪。他还认为，诵经不贵多，关键在于神解。这种强调解悟的观点更接近于禅，而在他看来书中传主就体现出这类特点，他还以《增一阿含经》的相关说法为证说明解悟的重要性，指出解悟之后经书如同舍筏登岸，不再取用。其次，赞宁虽然本着详略有据的原则记载传主行事，但并不一定都赞同传记中人物的观点。智灯传的"系"就表明，他并不认同传记中冥官关于戒律的观点，认为冥官是因机设教而严加警戒，故不许吃荤茹，实则不然。最后，他还对传主行为做进一步的探讨或解释。对洪正诵经而鬼使只好抓捕同名者塞责之事，赞宁就认为业报本不可转移，但此故事中业报可移，则阎王乃是菩萨，故不抓捕洪正，其目的是教化；雄俊入冥念佛而往生，赞宁就进一步说口诵佛号，不如心持往生；对于少康念佛，他也认为此念佛声是附会郑卫之音而加以改变，曲韵处中，这是一种方便做法，目的是诱导众生做佛事到彼岸；至于华严和尚诵经远近皆知，他也用善法之力和一音演说等来做解释；他也主张不可随便增添佛经中的文字，除非像灵幽这样有石经对照的情况；对于身处像法、末法时代的遂端口出优昙钵这件事，他认为这种感应应验于人而不拘时代，好比麒麟因圣王而出现，这不禁令人想起他在"遗身篇"的"论"中提到舍利祥瑞出现于轮王太宗时代的说法，在那里他根本没说这是像法、末法时代，可见他是就人论事，更强调感通本身而非佛教意义上的时代，而我们也可再次看出赞宁的评论并不遵照传主的原意，而是遵循佛教的教理。

对于"读诵篇"，他在"论"中还有整体性的看法。他认为修习三慧中的闻持，最好的办法是读诵，这是根本。他注意到读诵方法、派别很多，各以师资相竞，而他总结说，那些能够感动龙神能生物善的才是读诵的正音。这意味着，读诵的效果成为标准，而这种效果就是感通。从他随后所举例子来看，也侧重于读诵导致的神异或感通。当然，"感通篇"声称禅定等可导致感通，而本篇则侧重于读诵和如法修行导致感通，这是二者间的不同，由此也就彰显了二者所树立的略有不同的高僧典范。另外，他还论说了梵语梵音用汉语歌唱的新声是为了舍筏登岸，最高境界乃是领悟佛法根本；至于度戒试经的问题，他指出上根虽不需经书考试也有果证，但下根若无读诵，则入法的都是庸劣之徒，乃引道宣《续高僧传》关于读诵的说法，宣称读经通义为入道阶梯。最后，他还以佛的八辩和《诗经》关于伐柯的典故鼓励学人向传主学习。

第八节　"兴福篇"

本篇3卷，共56僧。正如《宋高僧传序》所言，本篇鼓吹的是善行带来的利益——佛教意义上的利益。在具体叙述和论述上，赞宁的说法和前面几篇有近似之处，也有其自身特点。

一、内容

本篇内容主要是传主从事的兴福事业，具体包括：放生（法成、玄览、延寿），护生（僧竭），礼忏（延寿、义庄、玄朗），修寺、庵（业方、光仪、慧云、玄览、守如、玄朗、慧明、惟实、增忍、怀玉、僧竭、定光、贞干、道遵、寂然、普岸、惟则、幽玄、宗亮、智广、昙休、法藏、法兴、愿诚、光嗣、智江、岩俊、常觉、师律），造佛殿（文质），画卢舍那阁（增忍），营浴室（守如、智晖、常觉），祈雨（自觉、代病），设施食道场（代病），造像、画像（自觉、玄览、玄朗、怀玉、僧竭、道遵、普岸、文质、智广、法兴、智江、延寿、师律），造塔（道遵、延寿），写经（玄览、增忍、无辙、明准、文质、宗亮、法藏），转经（诚慧），删补佛经（怀玉、普胜），刻经（遵海、永安），礼佛（子瑀、光屿），设无遮会（文赞），校雠《大藏经》（怀玉），为山神授戒（代病），救饥荒（代病），修功德（含光），供僧（智颛、行严、彦求、智朗、师会、光屿、岩俊、从彦、师律），治病（智晖），散舍利（法成）。本篇部分高僧还有其他一些值得注意的地方，比如玄朗的内外学、习禅，自觉的内学，惟实、普岸、彦求、智朗、师会、从彦、常觉、永安、师律的禅学，文赞的翻译，道遵的天台学，智颛、文质、愿诚、遵海、智江、光屿、普胜的经论，诚慧、行严、光嗣的内外学，智晖的禅学、外学，延寿的禅学、外学，等等。

尽管也涉及其他情况，但大体而言传主多利人济物而为人信服、归向；传主的兴福事业也常常得到帝王、官员和文人士大夫的支持或封赏，双方的过从也成为叙述的重点之一，如岩俊传涉及传主与周高祖、周世宗的交往，类似的传主还包括自觉、慧云、玄览、子瑀、增忍、代病、定光、道遵、含光、寂然、普岸、惟则、幽玄、文质、智广、愿诚、诚慧、光嗣、遵海、彦求、师会、常觉、永安、延寿、义庄、普胜；此外还有一般的社会交往，传主多与文人唱和或得到赠诗，如宗亮之与方干。另外，高僧之间的机缘问答这一形式在《祖堂集》中就已成熟，而《宋高僧传》"兴福篇"也有体现。至于一般性对话往往较为典雅，多用外学典故，普胜传就体现得很明显。

从编纂上来说，其中略有可议之处，像含光更像是传法僧、翻译僧，光仪传更侧重于叙述传主悲惨的出家故事，他们入本篇多少有些勉强，至少就材料而言与本篇并不完全相符。还有部分传记涉及内容较广，并不局限于某一方面，比如智晖就富于文学才能和绘画才能，另外他的行为还有行旅文学色彩，可以说这类传记的主题不是兴福，而依然是传主生平。

二、叙事

第一，本篇特别注意展现高僧兴福，为此主要描写高僧一心向佛、济物利他、博爱仁慈、平等接物、精进修行、不惮辛劳、廉洁耿介等宗教性格，以及其能通过宗教教化，利用个人声望，借助治病、预言甚至感通等本领，举行各种法会，强调兴福事业的公益性，争取官方支持，获得道俗布施等方法，筹集钱财或招募人力的才具，从而在成就上述兴福事业上达到了很好的效果，兴福高僧的典范形象也在此过程中得以树立。

第二，本篇也存在兴福与感应、神异等主题的结合。如自觉在兴福之外念佛感应，只不过在后一故事中佛说出的是让他利益众生的话，可以说这是读诵、感通、兴福的综合体。事实上，诸如造像之类佛事多少都有灵应感通出现，而后者进一步增强了造像的宗教感召力，从而促进了兴福事业的开展，慧云传就是如此。即便不一定有社会效应，单纯的佛事也会产生感通，如法藏的写经就令他消除罪业、延长寿命。即便并无灵应感通，传主也有类似的祈求或观念，比如玄览造像写经，就以此功德而顺应现报。其实，兴福行为常常本就很难与其他行为分开，如玄朗为盲犬忏悔而令其复明就是如此，至于他建屋绘像焚香而有感通，更是促发了道俗的观瞻和信仰，由此构成了叙事。可以说，正是兴福、感通两个主题的联动使得故事更具魅力，并使得佛教与社会产生联系；相反，如果仅仅只有其中某一面，那么叙事就变得较为平淡，即便兴福的确也引发了政治和社会的各种反应。此外，本篇还掺入了其他因素，比如一些内容涉及传主与神灵、与动物尤其是老虎的遭遇，其中体现出高僧的驯化能力或圣徒品质；寺庙往往兴建在山林中，而高僧对某山水景色的兴趣也是兴福事业的动力或起因之一，高僧甚至将之视为故乡而生出依恋之情，如寂然、普岸之于天台山就是如此。另外，由于涉及会昌废佛，因此不少传记都叙述了宣宗兴佛后重新建寺的行为，这种叙事更有历史性。

第三，本篇也存在灵验故事的成分，比如子瑀为能讲《涅槃经》的临安足法师在阎王面前求情就是如此，只不过本传多少还具有传记形式；但是本篇也存在一些缺少传主籍贯、生平、驻锡地、卒年中某些信息的传，包括僧竭、定光、含光、寂然、智广、法藏、海云。这些传基本上就是由传主的兴福故事或兴福结合感通等故事构成，这一点也和读诵篇的情况有些类似。

第四，本篇不仅有对人物行为的叙事，而且包含了对人物心理方面的描写。相比于"读诵篇"，这一点存在明显的区别。比如，僧竭立道场，因为至诚所感而有应验；惟则认为"像"是生善的强因缘之力，故必须多立，观像如对父亲，心不乱则此后观门自成，最终三昧现前。其中较为曲折的故事出现在智颢传：智颢的供僧引起了他僧的猜忌，却有神告诉后者智颢是千佛之一，命该僧悔过。

第五，本篇也多用儒道语言。如子瑀传叙述外道破坏佛教，就采用了《庄子·盗跖》的说法来形容；增忍传叙太守李彦佐劝其主持教法的话则多采用儒典语言。子瑀传有皎然碑文为据，而增忍传也可能有塔铭碑文为据。如前所述，一方面，赞宁采用某种外学语言，可能出于文体考虑而非思想考虑，更不牵扯到当事人的宗教身份；但另一方面，赞宁的确也有语言和思想同一的思想①。这意味着，采用道家语言的外道未必就一定指的是道家，必须依靠其他材料判断，但是这里并无其他材料佐证；而相关史料表明李彦佐倒是的确具有儒家修养，可证其劝说过程中运用的儒家语言的确较为契合其身份，尽管撰者也完全可能是依仿声口。当然，像师会传中的传主也采用道家语言来表述自己对社会生活的看法，而这一点也符合赞宁关于和同佛道二教的认识。无论如何，赞宁的这些语言再次体现出其注重语言典雅和富于外学修养的特点。

三、评论

关于"兴福篇"，赞宁并不完全着眼于兴福本身，而是探讨相关的其

---

① 赞宁撰，范祥雍点校：《宋高僧传》卷一三"论"，北京：中华书局，1987年，第319页。

他问题，包括戒律制度、佛法西传、菩萨应现等问题。在玄朗传中，赞宁就感叹唐代以前的僧侣还是自选名德为师，师徒之间相互砥砺才会产生恩义，而近代却是依照官方规定排序，不由自己所选。显然，赞宁赞同的是前者，而他也似不经意地揭示了唐代以来戒律制度的变化：越来越归于官方管理。含光传提及一西域僧问其天台智者大师教法，嘱咐他翻译成梵语。赞宁在评论中叙述了梁武帝和唐代的类似故事，尽管他认为西域是佛法根本而中土是枝叶，但他更强调的是"枝叶殖土，亦根生干长矣。尼拘律陀树是也"①，换言之，佛教的本土化同样会培育佛法，因为中国人与西域人不同，敏利、言少而多解悟。因此，赞宁显然对这一现象表示赞美。在智顗传中他还简述了僧官制度的变化，并用《左传》中的话来加以佐证。他也像前面几篇那样展现了辩才：关于海云是否是普贤应身的说法，赞宁认为这是普贤下化众生，并无固定的形相；对于海云所游五台山乃是文殊道场而他却是普贤化身的原因，赞宁认为，凡夫才有普贤和文殊之间的这种区分，而圣人不会因为我有所求而做这种区分。这意味着菩萨应所求而现身，而不会拘泥是文殊还是普贤，他在前面几篇中也有类似说法。此外，他还在智江传的"通"中指出，前人确立观点都要根据教理而不是按照自己的好恶之情，这也可以看作其自道，因为他本人就经常根据教义来为自己的观点做根据。当然，他在这里还一面强调要有用于当时，一面又反对毫无经典根据的标新立异。

　　在本篇"论"中，赞宁还对兴福有整体的解释。他指出佛教翻译大的主旨是因果罪福，而本篇命名的根据在于兴福是为了利他。他指出了凡人和圣者在气质、天性等方面的区别，而修行之路大抵是比照修布施令其到彼岸。他列举了佛教关于各类福行的表述，认为圣者修福最容易，因为纯净；凡人不容易，因为容易被熏染。接下来他分述理忏和事忏两种忏悔方法，并论说了梁武帝、道宣等所立忏法。至于那些伪造的忏法，赞宁也多方设喻，特别是引用儒典和佛典来为自己的观点作证，反对仅仅因为能灭罪而将伪造的忏法视为真法。最后赞宁概述了本篇高僧的事迹，并以《公羊传》《诗经》的说法为据，希望读者能够去学习和效仿这些高僧。

---

①　赞宁撰，范祥雍点校：《宋高僧传》卷二七《唐京兆大兴善寺含光传》"通"，北京：中华书局，1987年，第679页。

第九节 "杂科声德篇"

本篇 2 卷,共 57 僧。据《宋高僧传序》,本篇统摄诸科而归高尚,并特别称赞唱导对于佛教的重大价值——简而言之,本篇既着眼于杂,也注重声音方面的技能。从具体内容来看,赞宁贯彻了其主张,在本篇后的"论"中也做了进一步的评论。

一、内容

本篇重点宣传的是传主在讲唱等声音方面的技能,此外也包括其他多方面的功德。明确涉及讲导的内容并不多,主要包括法真、法融、广修、道齐、高闲、无作、慧演、贯休、无迹等。更多涉及的是与声音或语言相关的技能,包括:善于长啸(智一),主管译务(云邃),著述、属文、赋诗(员相、神迥、进平、皎然、玄晏、法真、好直、祝融峰禅者、栖隐、无作、贯休、齐己、辩光、宗渊),言谈辩论(神鼎、释真、道邃、纯陀、道隐、道晤、无侧、欢喜、金和尚、自新)。还涉及其他领域:善堪舆之学(泓师),修净土(慧日),画佛像(法融、贯休),建寺(宁贲、行觉),擅长书法(高闲、无作、贯休、辩光),收藏佛经(元表),持咒(全清),习禅(僧达、进平、道隐、皎然、福琳、怀空、慧演、行觉、皓玉、澄心、道齐、法如、慧涉、清源、宁贲、法融、慧沐、栖隐、宝安、无作、齐己、自新、行修),感通神异(慧日、怀空、元表、道齐、无作、祝融峰禅者、员相、道晤、自新),以粪扫物为衣(头陀),结软草为衣(全玭),收养弃婴(亡名),进辟支佛骨、梵书多罗叶夹经律(智宣),通百艺(无迹)。此外,本篇也记叙传主与帝王、官员、文人士大夫的交往,主要包括慧凝、泓师、慧日、释真、纯陀、道邃、道晤、欢喜、皎然、皓玉、澄心、法如、云邃、清源、法真、慧沐、亡名、栖隐、贯休、齐己、无迹、辩光、自新。当然本篇也记载个别高僧不接受官方封赏的事例,如无作;那些与官方有交往的高僧,其实也不乏疏远名利的,典型的是齐己。大体来说,除了少数传记,本篇基本上都是具有传主生平履历的传记,这一点显然有别于那些仅仅来自灵验记的传记;即便像慧凝传这样涉及入冥的灵验记，开端也有对其行止和修行的简要叙述。赞宁还提到部分传记有碑记之类来源，这保证了较为完整的传记形式，至于其他没有明确提到这类资料的，按照赞宁详略有据的原则也当有某种来源。

二、叙事

如前所述，读诵、兴福诸篇在高僧行为方面存在一些差别，但在感通、社会交往等方面并无太大差别。至于本篇的情况，我们从记言记事方面对此做一些分析。

第一，本篇存在杂科声德与感通的结合。典型的是慧凝传所叙坐禅诵经升天堂和讲唱入地狱的故事，其间呈现出禅诵与灵验的结合。念佛号、祈请等声音方面的展现也成为故事发展的关键，其中也存在感通灵应，如慧日传。高僧伏虎故事也被归入此篇，怀空为老虎忏悔的故事实际上就是忏悔和灵应的结合。

其他感通故事也很常见。无作母亲怀孕时的梦成为解释传主前途的征兆；而道齐传却说由于道齐出家，其母哀叹五等之梦落空，而后者出家后禅定导致的感通更是成为叙事进一步发展的动力。当然，叙事动力还有其他，如皎然修冥斋以施鬼神也形成了故事。此外，本篇个别存在感通灵验故事的传记有时也不免缺乏完整的传主信息，如慧凝、道晤、祝融峰禅者。

第二，本篇同样存在视角转换。行觉游方至江陵，只见"古寺"而不知这座寺庙叫什么名字，直到第二天当地樵夫才告诉他这是已经废弃的国昌寺。自新目睹一僧伏虎故事也是如此，不知此僧是谁，夜深听到此僧念经、呵斥后才发现有老虎。这样的叙述方式优点是具有逼真性，显得栩栩如生，读者仿佛和传主一起经历了后者当时经历的事情。

三、评论

第一，赞宁对传主的言行有各种看法。赞宁对本篇人物的观点并不完全赞同。例如，慧凝传主要取自《洛阳伽蓝记》，其中提到慧凝忽然死去而入冥，看到坐禅苦行的智圣得升天堂，而只知讲经的昙谟最、造经像的道恒、建寺的宝明等僧则入地狱。慧凝后回到人间而为胡太后所知，后者因此重视坐禅诵经，而慧凝也隐居修道。但赞宁反对本传中阎王关于讲经者心怀彼我的看法，认为禅诵者这方面的问题更为严重，同样不免入地狱，何况昙谟最还有护法之功，可以弥补过失。在他看来，付法者并不都会堕入地狱，胡太后的做法也是有偏见的。又据神鼎传，在神鼎和利贞法师的辩论中利贞落败，赞宁却为后者辩护，特别是用佛教经论的说法为证，可见他并不那么赞同神鼎。当然，本篇也存在赞同传主的评论，如头陀传解释粪扫衣；道晤传记载传主入灭举其右手，赞宁解释说这是示其得四沙门果之数，并引前代高僧事为证。此外，赞宁还就传主其他方面提出看法，如全豜传就根据身着草衣处北方还是南方来判断其宗教成就和类型。这种解释并不限于传记后的"系"和"通"，赞宁在传记行文中也有解释，如宗渊诵《金刚经》的"普门品"，他就解释说是因为有人占相说宗渊短命，故诵读此品。

第二，赞宁在本篇后的"论"中还有整体上的解释和评论。他再次杂糅三教：主张《周易》太极生两仪等观念，认为万物都是禀自然而有；又用道家以自然来解释道的观念，将道视为本心，认为心可通一切，而通达事物之理就是道，从而将作为心法的佛教与道家结合起来。接下来，他用这套观念解释了不同物类的产生和变化，认为这都是杂糅所致，以此来证明杂的重要意义。在他看来，物类虽然名目繁多，但又可只用杂这一个名称来概括。他由此探讨了历代僧传中关于本篇命名的问题。他以中土观念来看待僧传，认为《梁高僧传》"唱导篇"之名来自佛经，而他认为有唱则有和，有导则有达，可见《梁高僧传》此篇尚有不足。而道宣《续高僧传》也认为此篇缺少兼才别德，于是改为"杂科声德篇"，其中无所不容。赞宁进一步论述说，道宣所立此篇名就相当于班固所称九流中的杂家流，本就应该杂，所以叫作杂并无过错；像他这样作传的人就像子游、子夏一样，对于道宣的做法不敢措一辞，这表示他遵循了道宣的做法，本篇同样包罗万象，不只是讲经说法。至于将"唱导"变为"声德"，他解释说那是因为声音的功用很大，而娑婆世界最崇尚声音，借此可令人从闻熏习，可以引入慈悲之域，因此他搜罗了有这方面才能的大德。他还强调，杂糅会导致物类的进一步优化。总之，赞宁本篇重视的是声音，也涉及其他诸多方面。

第三章 《宋高僧传》的文学维度

在上一章中，笔者从十科分类的体例角度分析了《宋高僧传》的内容、叙事和评论。本章将在这一体例框架下探讨该书文学性的问题。笔者首先在既有结论基础上继续考察赞宁处理材料的方式和原则，这一问题与该书的文体运用也有关联，由此可总结出该书编纂过程中更多实际起作用的做法和看法。此外，本章还将探讨高僧与动物、时间、空间等因素的关联，这些因素不仅有助于解释该书对高僧的分类、对高僧身份和形象的塑造，而且有助于总结该书编纂方面的特征。最后，后世典籍也多采用该书，在对比视野中该书文史交融的特征也得到更清楚的展现。

第一节 赞宁处理传记材料的方法、原则和实际做法

研究者已注意到，赞宁主要采取抄用原作全文、调整史料顺序、依事理改正或删汰史料、多闻阙疑与疑以传疑等方法处理材料[1]。因此，当我们谈论赞宁处理材料的方法时，其实要么是基于可以得到的现存材料，要么是基于非现存但可以猜测、推论的材料。这两种情况提醒我们有必要进一步上升到一种更为普遍的、精确的概括。其中关键一点是，鉴于僧传需要更早的材料，因此这实际上关系到史源这个概念。尽管这一概念因陈垣先生的提倡而为人熟知，而从事具体研究的学者对此也多有运用，但在理论上对这一概念并无多少探讨，尤其缺乏针对具体文献的具有历史意识的

---

① 杨志飞：《赞宁〈宋高僧传〉研究》，成都：巴蜀书社，2016年，第355—356页。

批判性探讨。不言自明的是，《宋高僧传》的史源必须是在《宋高僧传》中发挥作用的材料，无论其来历、数量多少和改易程度；那些并未在该书中发挥作用的材料，无论什么情况一概不是史源。因此，我们完全可以设想 A 材料出现在《宋高僧传》某高僧 B 传记之前，并且 A 材料的确与 B 传记的传主相关，但实际上文字不同，不存在实际关联。在这种情况下，A 材料不应被视为 B 传记的来源；相反，如果 A 材料出现在《宋高僧传》某高僧 B 传记之前，虽不直接与 B 传记传主相关，但其文字颇有相同者，这时 A 材料有可能是 B 传记的来源。这意味着，单就传记史源而言，人物因素并不是最主要的，最主要的是文字因素；考虑到古代中国存在但传其事而忽略其名字的现象，这一论断或许有符合事实的地方。事实上如第二章所论，《宋高僧传》一些传主的材料，其史源的主人公是无名氏，并无传主之名，但传记和史源在文字上却惊人地一致，因此我们可以设想这究竟是赞宁的窜改，还是有其他材料的佐证。然而，赞宁的实录原则不主张主观窜改而主张有材料或传闻佐证。这里姑且不再讨论传闻；设想后一种有其他材料佐证的情况可继续推论：在文字非常相似的 A 材料与 B 传记之间，还存在与 A 材料更相似的 a 材料，而我们今天只能看到 A 材料，却不能看到 a 材料，遂以为只有 A 材料才是 B 传记的来源，其实二者都可能是，或者只有 a 材料才是 B 传记的来源，尽管 A 材料与 a 材料之间或许也存在某种源流关系。

从实际研究情况出发，我们还可看到其他情况，表明《宋高僧传》与其史源之间存在着各种关系。

第一，某些传记的来源单一，而来源本身依然存在，可以相互比照。这又分为两种情况。（1）传记与其史源基本上完全重合，这种情况在杨著中已有标明，这里不需赘述。（2）传记来源虽单一，却多加删改。惟宽传实际上来自白居易《西京兴善寺传法堂碑铭》，不过删除了后者关于兴善寺传法堂由来的说明和传授、道属、心要等方面的情况，侧重记事。本传说白居易师承惟宽，因未直接点明该碑铭而可能为人忽略，实际上取材于该碑铭，相互比照似别无来源。藏奂传来自崔琪《心镜大师碑》，删除的文字也基本上属于类似情况。

第二，某些传记来源多方，这些来源今天还可以比对。楚金传主要取材于《楚金禅师碑》而删除后者一些议论性文字、义理性文字；亦取材于

《建塔国师奉敕追号记》而删除后者一些说明性文字。子璘传、道遵传的情况也与之类似。

第三，传记提到多处碑铭、塔铭等材料，其中虽现有某一或某些材料可供比对，实则二者不同，可见赞宁参考的是其他材料，而该材料可能也在他所列举的材料之中。例如，法钦传之于李吉甫《杭州径山寺大觉禅师碑铭》多有不同，而本传说王颜撰碑，崔元翰、崔玄亮、李吉甫、丘丹各有碑碣，可见相关材料甚多，赞宁采用的可能是李吉甫之外的其他人所撰碑碣。

第四，传主可能有多块碑铭、塔铭，但本传只提到一种，这可能是史源，可惜今天已不得而见；至于现存的其他碑铭或塔铭本传并未提及，也不是史源。灵祐传就不来自郑愚《潭州大沩山同庆寺大圆禅师碑铭》，本传说卢简求为碑，李商隐题额，当出自后者。昙一传相比于梁肃《越州开元寺律和尚塔碑铭》内容也要多得多，后者谈不上是史料来源，本传亦已说明取材于徐浩所撰碑。

第五，赞宁采用的是今天已不知来源的材料。玄素传之于李华《润州鹤林寺故径山大师碑铭》，除少部分地方外有大量不同。尽管本传缺乏碑铭中常见的义理性文字、溢美性文字、议论性文字、言谈性文字，也有可能是删除了碑铭的相关内容，但考虑到本传根本没提到李华所撰碑铭，因此保守估计是本传并不直接来自后者，或撰写碑铭者并非只有一人，赞宁另有所据。怀海传与《唐洪州百丈山故怀海禅师塔铭》不同，前者提到长庆元年（821）立塔，而后者时间截至元和十三年（818），本传也未提到后者，可知前者另有更晚的材料根据。义净传之于《大唐龙兴翻经三藏义净法师之塔铭》、法藏传之于《大唐大荐福寺故大德康藏法师之碑》、慧寂传之于《仰山通智大师塔铭》、窥基传之于《大唐大慈恩寺法师基公碑》、神会传之于《大唐东都荷泽寺殁故第七祖国师大德于龙门宝应寺龙岗腹建身塔铭并序》、一行传之于《大慧禅师一行碑铭》、智藏传之于《龚公山西堂敕谥大觉禅师重建大宝光塔碑铭》、义玄传之于《临济慧照禅师塔记》等也是如此。此外，宁贲传未提及材料来源，而《会稽志》卷一六等称唐人范的撰其塔铭，该塔铭未见，亦不知其间异同。有时，赞宁提到的史源今天已不可见，如怀晖传说贾岛为文述德，可能即来源，但贾岛此文似已不见全文。而《唐故章敬寺百岩大师碑铭》称怀晖元和十年（815）十二月迁化，其年六十（756—815）；《祖堂集》卷一四《章敬和尚》称其元和十三年（818）十二月迁化，又引贾岛之铭文称其年寿为丙申—乙未，即756—815年，年六十；《宋高僧传》本传称其元和十年（815）十二月灭度，春秋六十二（754—815）。可见，《宋高僧传》与《唐故章敬寺百岩大师碑铭》、贾岛所撰碑铭载卒年相同而生年不同，年寿亦不详所自，不知是否另有来源。从谂传也不来自《赵州真际禅师行状》，倒是与《祖堂集》卷一八《赵州和尚》部分吻合；本传也没有提到行状，而提到了语录。另如全豁传提到玄泰撰碑颂德，《祖堂集》卷七《岩头和尚》提到铭文，而正文内容不详；怀一传提到皇甫政为碑纪德，而《淳熙三山志》卷三三引皇甫政《怀一塔碑》，内容亦不全。

以上内容还只是材料来源，接下来笔者将说明赞宁处理材料的方法、原则。在前两章中笔者已经论述说，赞宁强调繁简有据的实录观，但又注重小说和传闻，而不完全重视信息来源的直接性和可验证性，既限制行文，又为材料的广泛采用提供儒家等外学和佛教等内学的理念支持，这些观念在其僧传编纂的实践中带来了不同结果：一是可能导致其单纯地抄录材料或采用后出说法；二是可能导致其的确有相关依据但又并非简单照抄，而是常常采用意思相关或相近的儒道典籍或其他外学术语来代替。另外，赞宁有时还可能并无多少史料依据，而是直接采用一些具有价值理念色彩或比喻性的语言术语来描写、说明或评价高僧。这些观点同样将成为本节论述的重要起点，并将在本节中接受考察，以便进一步认识赞宁处理材料的方法、原则和具体做法。

一、改写的内容

考虑到赞宁的材料可能多有根据（即便有误），其改写往往不是忽略或窜改史实，而是注意意思的深化、神化或赞美。这属于一种修辞意义上的改写，导致传主的高僧典范形象更为高大，当然其中也存在谬误的可能。正如研究者注意到的那样，智慧传"诵《四阿含》满十万颂，《阿毗达磨》三万颂"相比于《大唐贞元续开元释教录》《贞元新定释教目录》的相关记载可能有所夸大。前者将后者的"兼受其义"改作"兼通其义"，意思更深一层；对后者海上遇风船破人亡一节增入"唯慧存焉"是为了神化智慧；前者删减后者"庄严寺沙门圆照"是不清楚唐代有西明寺圆照和庄严寺圆照,而省略道岸、辩空的道场名给人造成二人与超悟同为醴泉寺沙门的错误印象①。如前所论,所谓《宋高僧传》的史源乃是在该书中起作用的材料。这里似乎存在一个悖论,那就是既然是改写,就已经与史源不同;既然不同,又如何能证明改写的对象是针对某史源?实际上,这还取决于研究者的经验甚至判断力,以及研究者看到的材料之间大体上的相似性,同时我们还要考虑文字不同背后的抄写错误之类问题。考虑到赞宁自称该书详略有据,因此我们需要注意赞宁本人是否看到过或知道我们所分析的史源。就像上面这个例子一样,之所以能够判断本传利用了圆照的《大唐贞元续开元释教录》或《贞元新定释教目录》而加以改写,不仅是因为二者文字最为接近而此外别无其他史料来源留下的痕迹,而且是因为《宋高僧传》悟空传提到圆照续开元录,智升传提到圆照贞元录,其他传记也多有与这两部书相同或相近的地方,因此可以判断赞宁的确针对这些文献做了改写。在此基础上我们还可以推导出一个观点,即赞宁那种详略有据的实录观在编纂实践过程中有可能导致不必要的省略,因为其缺乏或没有注意到其他相关背景知识,而想当然地删除某些看似多余、实则不可少的信息。

第二,该书还有一种做法,那就是在文体层面就材料的文辞、风格、句式等进行修改。正如上文所说,赞宁非常熟悉儒家经典和服膺儒家学说,有时会刻意采用儒家式的语言,特别是针对那些不太典雅的词句和句子加以修改。如志远传与《法华经传记》文字最为接近,故后者可能是史源;前者却不同于后者的"早丧其父,孤养于母,承顺颜色,朝夕无违",而是说"其父早丧,孤侍孀亲,承颜之礼,匪遑晨夕"②,不是像《法华经传记》那样说志远为母亲抚养,而是将出家前的志远塑造成一位完全符合儒家道德的高僧,从语言和思想同一的传统观念(赞宁在"习禅篇"论中也持有这类观点)出发,这似乎让我们觉察到赞宁维护儒家礼制的价值观念、迎合宋初朝廷儒家政治和借助儒家思想树立佛门典范的意图;但考虑到赞宁在其他地方声明过的采用儒家语言不是出于思想考虑而是出于文

---

① 杨志飞:《赞宁〈宋高僧传〉研究》,成都:巴蜀书社,2016年,第279—286页。
② 赞宁撰,范祥雍点校:《宋高僧传》卷七《唐五台山华严寺志远传》,北京:中华书局,1987年,第139页。

体考虑的说法①，这些描写未必那么强地主张传主出家前的儒者身份，而是出于追求语言典雅的考虑。另外，赞宁还对某些文辞的句式做了修改，比如神鼎传出自《朝野佥载》卷六，但后者"唤天为地，唤地为天，唤月为星，唤星为月"句式较为单调，赞宁改成了"指天为地，呼地为天，召星为月，命月为星"，显得言句富于变化。赞宁还对特定时代的术语加以改写。从谏传可能将《三水小牍》中"东都"这一唐代的名称改为"洛邑"，尽管《宋高僧传》并未完全用后者取代"东都"。另外，在崇宁藏（配补毗卢藏）本以降宋元本《宋高僧传》中，一些传记"今东京"（即汴京）的字样也体现了宋代的时代特征。总而言之，赞宁的这些改写主要着眼的不是史实本身，而是非实质性的语言文体问题，有时也着眼于撰述的政治正当性问题和僧传典范性问题。

第三，有些改写不明所以。最明显的是人名问题。惠安传言惠安为休璟谋事，见于《宣室志》卷九，但后者仅称一僧，并未说明是惠安。本传依据不明。另外，本传相比于《宣室志》较为简略而没有改变基本含义，这也符合赞宁的详略有据原则。类似的是行坚传，出于《冥报记》，但只说是客僧，而无行坚之名；三刀法师传说传主姓曹，而《广异记》说他姓张名伯英；守素传传主守素，而《酉阳杂俎》说他叫南素和尚。这种人名的变化现象现在已经很难确定是非，可能有误，但也可能另有所据，也就是前面提到的情况：在文字非常相似的 A 材料与 B 传记之间，还存在与A 材料更为相似的 a 材料，后者才是或也是 B 传记的来源。鉴于中古时期这类故事流传颇广，也不排除它们本就不属于某个具体的僧侣，而是可以置于任何一僧身上。

二、删除的内容

关于这一点，我们首先需要注意的是，赞宁在《宋高僧传序》中强调了记载"可观"言行的原则；通过进一步考察该书传记和上一章中论"杂科声德篇"的高僧，可以发现赞宁注重文辞本身，欣赏一些对偶华美的语句。但是，他不仅注重文采，而且更注重文质的平衡，比如他在书中删除

① 赞宁撰，范祥雍点校：《宋高僧传》卷三"论"，北京：中华书局，1987 年，第 55—56 页。

了一些看起来很有文采、却没有实在意义的内容，这似乎就与其更看重"文质相兼"（见潜真传）或"折中之道"（见普寂传"系"等）有关。"文质相兼"这个中国本土观念表达的是文采与质朴之间的平衡，见于《论语·雍也》及何晏集解；而在《春秋左传正义》中，杜预的《春秋序》，特别是孔颖达的疏将《春秋》所用旧史之文质和详略对应起来，认为文辞华丽则多详细，文辞质直则多简略，故《春秋》之文详略不等，这也可为赞宁繁略有据的实录观提供依据。但在《宋高僧传》中，赞宁的"文质"还有特定指向——翻译佛经。他说善无畏的译经"文质相半，妙谐深趣，上符佛意，下契根缘"①，可见在此具体情况中赞宁所谓的"文质相半"指文采、实质内容兼备，能够符合佛的旨意和契合众生的根缘。当然，"文质"观念在《续高僧传》《开元释教录》等佛典中早有体现，而"文质相兼"本就语出潜真《新译文殊师利菩萨佛刹庄严经疏奏》，"文质相半"语出《续古今译经图纪》，都不是赞宁本人的说法，因此赞宁也是赞同、继承了这种观念。他在飞锡传"系"中批评缘饰超越实际的现象，也可知其的确反对一味追求文饰而不顾实情。但是，赞宁删除的一些内容显然并非不符合佛意，如齐翰传删除的《唐苏州东武邱寺律师塔铭》中清昼与齐翰交谈佛法业报之理的内容。可见，赞宁取舍材料的原则和做法并不完全体现在这类说法中。

实际上，赞宁还受到僧传写作惯例的影响，那就是虽然标榜言行兼备，但僧传在写作实践中一般更重视记事而非记言，而其取材的碑铭、行状其实也有这种倾向。考虑到当时禅宗发达的情况，他的做法可能还有思想层面的考虑。他将佛经视为根本，而将他颇为尊崇的达摩之言视为末节②。达摩如此，其他高僧的一般言论自然也就不那么重要。他又对六祖以下多言说禅理的偏颇有批评和规劝的意味，反对只是口说而不修炼身、意③。尽管不能说这些就是赞宁选择史料严格遵照的原则（某些传记对禅师机缘语句和其他言谈也有记载），但可能产生的后果不能不考虑。从僧

---

① 赞宁撰，范祥雍点校：《宋高僧传》卷二《唐洛京圣善寺善无畏传》，北京：中华书局，1987年，第20页。
② 赞宁撰，富世平校注：《大宋僧史略》卷一《传禅观法》，北京：中华书局，2015年，第56页。
③ 赞宁撰，范祥雍点校：《宋高僧传》卷一八《陈新罗国玄光传》"系"，北京：中华书局，1987年，第445—446页。

传写作的实际来看，《宋高僧传》对于高僧的说法语句常说明其存在和得到流传，却不具体引用其内容。另外还有一点值得注意，那就是赞宁服膺儒家观念，而儒家虽重视言论，但又认为更重要的是要通过行为来了解一个人，所谓听其言观其行，而这在《宋高僧传》万回传的"通"中也有反映。

因此，我们可以说《宋高僧传》实际上遵循了两种做法：一方面是重视文质相兼，这一点也受儒家观念和前代佛教典籍的影响，强调折中；另一方面是重视记事甚于记言，这一点也有僧传写作实践惯例和儒佛等思想层面因素的影响。这两方面结合起来，可能导致《宋高僧传》会删除一些华而不实的修辞性内容和探讨佛理、禅理的言谈性内容。

但是，赞宁尽管重视记事，对事件也有省略。比如戒法传就删去《佛说十力经大唐贞元新译十地等经记》"又为单于不信佛法，所赍梵夹不敢持来，留在北庭龙兴寺藏"，个中缘由很难确定，或许是因为不想牵扯与译经本身较远之事而追求文体的简略。换言之，赞宁并不是采取单一的死板的原则来处理各种材料。其实，即便是赞宁重视的内容，也未必没有删削，比如家世因素就是如此。赞宁每每言说家族因素对于高僧的影响，甚至某些高僧塔铭中没有记载其家世背景，而赞宁却略加记载或比塔铭更详细记载，如惟宽、从谂、玄览、昙一等僧的传记；即便是印度或西域高僧，也不忘言其家世，比如说一些印度僧是婆罗门、刹帝利等种姓。然而，神皓传就对《唐洞庭山福愿寺律和尚坟塔铭》的相关内容做了删改。我们也许可以说，这是基于撰者本人持有或至少赞同的另一观点，即认为出家僧人不同于俗人，不应提及其世俗背景，所谓"法门之流不标祖祢，故阙如也"①。但还有一种可能是，删除的是家世并不那么显赫的人，比如神皓传保留了神皓祖辈中像徐摛、徐陵这样的大人物，而删除了其他人。另外，夸耀自己的显赫家世在碑铭、塔铭等颂扬性文体中已成为惯例、程式，不必详述，故加以删除，比如道因传就删去了《大唐故翻经在德益州多宝寺道因法师碑》中一些骈句写成的相关内容。这类删除或略写的对象还包括义福、普寂、辩秀、上恒、子瑀、道遵等僧的传记。总而言

---

① 赞宁撰，范祥雍点校：《宋高僧传》卷五《唐京师安国寺良贲传》，北京：中华书局，1987年，第99页。

之，赞宁还会删除一些虽重要但考虑到体例等因素不应、不必详述的记事文字。

然而，这依然没有穷尽赞宁实际上采取的做法——《宋高僧传》往往会删除塔铭碑记中那些议论性、说明性、颂扬性文字，尤其是无实质性内容的骈体性文字。这一点当然可能是作为不同文体的规制使然，侧重记言记事，特别是记事的僧传不需记载这些文字，但还有其他原因。如前所述，赞宁本就是律师，他重视戒律，认为明律受戒是每个僧人理所应当之事，因此分析《明律篇》的这类现象就显得特别有意义。第一，尽管都很好，但只是选择了其中最重要的材料而删去其他材料。灵澈传之于《赠包中丞书》和其他一些与灵澈相关的文字就是选择最重要者，而删除了那些虽重要、但重要程度有所下降的文字。第二，不是围绕传主本人，而是说明塔铭作者或其他人的文字也遭到删除。在这方面删除较多的是关于撰写塔铭动机的文字。辩秀传就删除了《唐苏州开元寺律和尚坟铭》一些言谈性、义理性文字和带有私人交游等感情色彩的文字，以及表明撰写塔铭动机的文字，并对较长的文字做了简明的概括。像这样的传记还包括基于《唐抚州景云寺故律大德上宏和尚石塔碑铭》的上恒传和基于《唐江州兴果寺律大德凑公塔碣铭》的神凑传。这表明，赞宁认为这些文字在僧传中不是必须要说明的内容。第三，删除部分议论性、义理性、说明性、言谈性、溢美性、比喻性文字。道光传完全采用了《唐杭州华严寺大律师塔铭》，除了删除塔铭开头那段溢美性文字，还删除了塔铭中悲叹哲人去世的文字，这种感叹是当时人的感情流露；接下来本传说道光弟子的情况，则是概括了塔铭的某些说法，显得简略。同样，守直传完全采用了《唐杭州灵隐山天竺寺故大和尚塔铭》，但也删除了后者开头一段议论文字，以及后者一些比喻修辞性文字、评价性文字和表明清昼撰写塔铭原因的文字。很难说其中的原因在于这些都是溢美之词，而很可能是赞宁已经感受不到那种历史氛围，尤其是传主在一段时间内的声望，或认为这类描写无必要写入僧传。实际上，当我们考证守直的生平时，塔铭的记载还是很重要的。神皓传同样删除了《唐洞庭山福愿寺律和尚坟塔铭》一些言谈性文字、义理性文字、议论性文字、比喻性文字，在赞宁看来可能都是清昼颂扬赞美神皓但没多少实质性内容的文字。第四，除了删除部分颂扬性文字，赞宁也会删除塔铭中那些实际性、介绍性的文字。灵一传相比于《唐故扬州庆云寺律师一公塔铭》有增有减，删减的是议论性、溢美性文字和带有私人师承、交游等感情色彩的文字，增加了一些衔接上下文、使传主经历完整或文意完整的文字；另外还概括了塔铭中一些较为啰嗦累赘的地方，显得简明。特别是慧明传删除了《唐湖州佛川寺故大师塔铭》一些议论性、溢美性、义理性、说明性的文字（说明禅宗传承）和说明撰文缘起的文字；前者还有部分文字不见于后者，可能是因为后者阙文。

　　总之，在这个问题上赞宁考虑的因素很多，除了文采与质直的平衡、记言与记事的兼顾，他还特别考虑文体、实质性、重要性、相关性等方面的因素，从而导致其删除某些不完全符合僧传体例和文体、缺乏实质内容、虽重要但相对次要、与传主关联性不强的文字。接下来我们会发现，这些原则和做法在其他方面也体现出来。

三、增添的内容

　　关于赞宁增添的内容，简单地说分为两种情况：一种是赞宁自己所加，一种是另有不明来源。二者之间的区别有时并不那么清楚。如义福传主要取材于《旧唐书》和《明皇杂录》①，但是，像"幼慕空门，黍累世务"不见于这两部书，也不见于《旧唐书》提到的《大智禅师碑铭》和其他相关材料。鉴于赞宁本人对偶句的爱好，这可能是他自己添加的，但这也不是胡编乱造而是有所依据，因为《大智禅师碑铭》已经说到他从小就离贪取，处俗而奉持沙门清净律行。义福传说义福前往东都时拜礼纷纷，瞻望无厌，这也不见于任何之前的材料，但《旧唐书》本传已说到其往东都广受欢迎的盛况，故此语也不是胡说八道。这类说法在《宋高僧传》中数量不少，很能表现赞宁本人对高僧带来的社会效应的重视。

　　相比于删减，增添似乎更能体现特别目的或更关乎赞宁本人编纂僧传的方法、原则和做法。例如，齐翰传删除了《唐苏州东武邱寺律师塔铭》中的一些议论性文字、言谈性文字、义理性文字，但也增加了像"则今时所谓坛长也"②这样的解释性文字，这可能是方便赞宁所处宋代的人的理

---

① 赞宁撰，范祥雍点校：《宋高僧传》卷九《唐京兆慈恩寺义福传》，北京：中华书局，1987年，第197—198、215—216页。

② 赞宁撰，范祥雍点校：《宋高僧传》卷一五《唐吴郡东虎丘寺齐翰传》，北京：中华书局，1987年，第361页。

解。而《唐尊法传》加入"有传译之心，坚化导之愿"①，有强调尊法传法之心的意味，唐代材料没有揭示出这一点，而"化导"是赞宁本人常用的词语，也是唐人常用来形容高僧传法的词语。有些增添属于知识性、背景性的。大光传对《墨诏持经大德神异碑铭》中提到的资圣寺的修建背景做了说明，这是后者没有的。增添部分看似不多，有时候却具有特殊的重要性：确定传主的分科。惟俨传只有部分内容与《沣州药山故惟俨大师碑铭》重合，在后者那里并未突出惟俨的护法高僧形象，本传与《祖堂集》关于反佛学者李翱谒见惟俨的情况有重合（当然这并不一定意味着本传就利用了《祖堂集》），由此凸显了其护法高僧形象。无名传相比于《唐东都同德寺故大德方便和尚塔铭》也是如此。在"感通篇"中，元珪传也远远比《大唐嵩岳闲居寺故大德珪塔记》内容丰富，前者增加的一些后者所没有的神异性内容可以确定传主入"感通篇"。需要指出的是，即便增加了与该科相关的内容，其中也有取舍。在这方面我们可以发现，十科分类的确与材料取舍有关，但二者之间未必是单向的决定关系，可能是相互关联的，即为了确定分科而采用某些材料乃至传闻（基于目的而论），或因有某些材料、传闻而确定分科（基于材料、传闻、事实而论）；而所选入的材料又会因为撰者言事兼备的编纂原则而更重视记事、注重文质相兼而更重视实质性、知识性、重要性、相关性等因素，在增加的同时也在删减：记事（与该科相关的"事"）优先，记言（与该科相关的"言"）次之，而议论性、义理性、颂扬性文字则更少一些。

有些增添不只是起到这样的功能性、结构性、历史性、修辞性作用，而是体现了一定的价值观念，也就是上文提到的直接采用一些具有价值理念色彩的语言或术语来描写、说明或评价高僧。最明显的是赞宁相信相术。从谏传相比于《三水小牍》的相关记载要更富意味。本传对从谏的相貌描写，是借助相工看相说出来的，而《三水小牍》尽管也有对从谏相貌的描写，却未出现相工这个人物。《宋高僧传》多次宣称高僧有不同凡俗的，特别是有与中古时人崇敬的佛陀、菩萨、梵僧等相近的奇特相貌，这样做是为了将传主的内在圣性、佛性或使命说成是自然的、天生的或先天

---

① 赞宁撰，范祥雍点校：《宋高僧传》卷二《唐尊法传》，北京：中华书局，1987年，第29—30页。

具有的，预示了传主的前途。另外，关于从谏悟道、开法的经历本传更为详细，其中还强调了禅僧对从谏的态度：就如同孝子事父母。这在记载相关事件的《三水小牍》中并不存在；不仅如此，该书整体上都不强调孝的观念。因此，赞宁如果不是另有所据，则可能是植入他注重的本土孝亲观以塑造高僧形象。联系到下文所说从谏不认亲生子的情况，可以说这种描写是要力图呈现僧人之间的拟血缘关系而非世俗家庭关系。同样，辛七师传出自《宣室志》，但其中也引用了《诗经》，出现了孝亲观的内容，这同样不见于《宣室志》而可能出自赞宁手笔，意在特别塑造高僧符合儒家观念的形象，当然如前所论我们也不必将这一点看得过于质实，而应注意到其在文体方面的作用。赞宁主张和合儒释二家的观念也体现在增添的部分中。杨著注意到菩提流志传删除了一些人，加入了郭元振、张说等人，而"儒释二家，构成全美"①的说法同样不见于更早的材料，尽管这一判断可能另有根据，但赞宁本人也持类似立场。

此外，有些增添的材料则来源不明。像智通传称其参与译经工作，如果因为《续古今译经图纪》《开元释教录》等没有记载它而将之视为赞宁增入，似乎证据不足——因为赞宁明确宣称《宋高僧传》繁略有据，遵循的是实录原则，何况这是记事而非议论说理，并且这件事与本篇"译经篇"直接相关，从重要性、实质性等因素来看也不是无关紧要之事。玄觉传增入玄觉国籍、学养、翻译等方面的情况，依据也不明确。道宣传称天人言钞文轻重仪中有误，乃翻译问题，请其改正，而《大唐大慈恩寺三藏法师传》卷十有类似内容，但并未强调译文的问题，故赞宁可能另有依据并做了些许修改，也就是前面提到的情况：有留存至今的 A 材料，但现已不可见的 a 材料才是或也是 B 传记的来源。像这样的故事有利于凸显道宣神异感通的学问僧形象，也可以说相当重要。

四、融合材料

赞宁也有融合众说的地方，如智贤传就融合了《续古今译经图纪》《开元释教录》《大唐西域求法高僧传》的相关内容，这样的融合当然同样

---

① 赞宁撰，范祥雍点校：《宋高僧传》卷三《唐洛京长寿寺菩提流志传》，北京：中华书局，1987 年，第 43 页。

侧重于记事，尤其侧重于与传主所入"译经篇"相关的事件，而很少涉及一般性的义理、议论、言谈性内容，也没有夸饰之词，当然这与其史源本身就偏重这方面的内容有关。另外，前者将后者的"周言""唐言"改作"华言"，似有更强的中国意识，尤其考虑到"华言"与"梵云""梵语"等并称时，这也可能是因关系到赞宁本人的时代环境而导致他在语言上追求政治正当化。

五、目睹、传闻等情形

赞宁的很多材料也来自目睹、听闻和亲自了解①。在这种情况下，我们并不完全知道赞宁所知是否有问题。另外，赞宁看到一些文字遗迹，或本就为所熟悉的传主撰写了一些文字，这似乎也是可靠的证据。例如，德韶传就很可能来自赞宁撰写的塔碑。德韶是文益的弟子，据称大兴师备的法道。师备本是闽地的著名禅师，但他的法道后来因文益和其他弟子的迁徙而传到南唐和吴越等地。《宋高僧传》对这些情况多有记载，其说法当有根据。至于德韶传本身，大抵以生平行事为主，特别是其与官方的交往、感通和利人之术，这也符合赞宁关于取材重要性、实质性、相关性的认识：他重视官方对佛教的支持、重视感通和佛教意义上的利益。

特别值得一提的是，允文传称赞宁见传主的法孙，故熟悉其事迹；本传同样以记事为主，其中所言会昌废佛、大中兴佛都是可与其他史实相互印证的重要背景因素；允文先在中京攻相部律宗并《中观论》，后来却闻钱塘天竺寺讲《大涅槃经》蔚为胜集而往学，可见当时义理佛教繁荣的地方并非都在长安。这一点也可与《宋高僧传》其他高僧的传记相互印证，比如虚受、辩光等僧均是如此，尤其是南山律宗的后裔在唐末五代时来吴越的甚多，这使得吴越逐渐成为南山律宗的重要中心之一②。就赞宁本人而言，他师承于希觉，希觉师承于慧则，慧则师承于玄畅，而玄畅乃宣宗、懿宗兴佛时期宫廷佛教的代表人物，慧则则在黄巢之乱期间离开长安、后抵天台山国清寺，正是在这里希觉见到了慧则。这一师承非常典型

---

① 杨志飞：《赞宁〈宋高僧传〉研究》，成都：巴蜀书社，2016 年，第 357—369 页。

② Benjamin Brose, *Patrons and Patriarchs: Regional Rulers and Chan Monks During the Five Dynasties and Ten Kingdoms*. Honolulu：University of Hawaii Press，2015，pp. 38—41.

地体现出唐代长安佛教之一支转移到吴越的情形。不过，希觉传记希觉向自己说其见天人等事，很难确定这些神异成分的变化规律。赞宁虽一定程度上也赞同儒家不语怪力乱神的观念，但他总体上信奉神异并经常借助儒典作证，而讲述此事的语气也不是将信将疑，可以判断他认为此事属实。同样，王罗汉传由赞宁"纪异"，但显然不是只有赞宁一个人认为王罗汉具有神通：王罗汉的神异得到了验证，吴越国王曾私自给王罗汉改名为密修神化尊者。因此，赞宁所见所闻的这些高僧可能属于不同的类型，王罗汉这样的高僧属于僧侣和政治势力集体认同的神异高僧，尽管属于他的那些事件几乎无法全为人所见。这里可再次证明赞宁的撰史原则：虽可能有根据，但并不特别强调信息来源的直接性，因为可以用佛教观念加以解释。

六、谬误

《宋高僧传》也存在一些谬误。赞宁将般若和般刺若分为两人，实则二人同为一人①。时间上也有错误之处②。另外，周一良早已注意到善无畏的传记有误③，陈金华注意到智慧轮的传记谬误颇多④，还有研究注意到澄观传未见其塔记而"事多错谬"⑤，或注意到乘如传取材未周⑥，还有研究表明《宋高僧传》"习禅篇"部分传记也有谬误⑦。但参与编纂的不只赞宁一人，因此某些错误、疏失可能不是出于赞宁一人之手。像善无畏传中某些文句省略不当，或许是其繁略有据的观念使然：撰者自己清楚而有所删略，结果导致文句因太简略而混沌甚至错误；善无畏传称其与道宣见面、显示其戒行的描写乃是一种传闻，可能出自不太可信的小说（其间问题周一良已有探讨），尽管这件事可以说是以疑传疑，赞宁也清楚善无

---

① 杨志飞：《赞宁〈宋高僧传〉研究》，成都：巴蜀书社，2016年，第298—302页。
② 杨志飞：《赞宁〈宋高僧传〉研究》，成都：巴蜀书社，2016年，第305页。
③ 周一良：《唐代密教》，钱文忠译，上海：远东出版社，2012年，第136—140页。
④ 陈金华：《"胡僧"面具下的中土僧人：智慧轮（？—876）与晚唐密教》，刘学军、张德伟译，载《汉语佛学评论》（第四辑），上海：上海古籍出版社，2014年，第181—223页。
⑤ 孙海科：《裴休撰清凉澄观〈妙觉塔记〉考略兼唐本试复原》，载刘成有主编：《东亚佛学评论》（第六辑），北京：社会科学文献出版社，2021年，第17—40页。
⑥ 介永强：《唐高僧乘如生平事迹稽补》，《唐史论丛》，2016年第2期。
⑦ 王振国：《略析〈宋高僧传〉、〈景德传灯录〉关于部分禅宗人物传记之误失——兼论高僧法如在禅史上的地位》，《敦煌学辑刊》，2002年第1期，第98—105页。

畏并非生于开元年间而怀疑别有同名者，但在善无畏传中却将此解释为菩萨出没不常，亦可再次证明赞宁虽有某种根据却未能根据原始材料充分考证，而是用佛教神异观念解释这类不同寻常的故事。澄观传固然未用塔记之类可靠材料，也可看出赞宁另有材料依据而好用儒典和其他外典描写形容传主、（继承道宣等）用祥瑞特别是神异故事说明传主的果证等文体风格。当然，《宋高僧传》传抄过程中出现的某些错误，可能属于缺乏知识的谬误或误读；而像义福传关于神秀的记载单纯依据《旧唐书》等后出材料却未利用更早材料的问题，也可再次证明赞宁并不完全倚重碑志等原始材料。

第二节 《宋高僧传》中的骈体

上一节已经涉及《宋高僧传》的文体问题，但主要侧重于语言风格。本节将集中考察另一个文体问题，即骈散体问题。关于这一点，古人已有论及，不过充分论述的不多。首先发难的是惠洪，其《题佛鉴僧宝传》指出《宋高僧传》存在聚众碣之文为传、书非一体等问题；元代人昙噩则批评该书体制衰弱，沿袭的是六朝五代之文而无先秦西汉风[①]。近代著名学者陈垣就惠洪的批评为赞宁辩护，认为赞宁的做法是史家之法；而惠洪追求的所谓一体，是镕众说以成文，乃文家之法[②]。赞宁既然只是搜集碑志等材料而不做一体化的功夫，自是混杂各种文体，陈垣的说法大概立足于此。但是可进一步论证的是，赞宁的这种做法不单纯是史家之法，也是另一种文家之法。人们熟知韩愈等人发起的古文运动，但其实早在开元之后墓志、塔铭就开始增加骈散相间的成分。开元时期复兴儒学[③]，而儒典与古文的密切关系有助于间接建构这种关联，唐玄宗也推动了文体由骈体向

---

① 昙噩：《新修科分六学僧传》卷首《序》，《卍续藏经》第 133 册，第 419 页。
② 陈垣：《中国佛教史籍概论》卷六，上海：上海书店出版社，2005 年，第 108 页。
③ 参孙永如：《论唐玄宗开元时期的思想文化建设》，《江海学刊》，1995 年第 2 期；John Jorgensen，"The Figure of Huineng"，in Morten Schlütter，Stephen F. Teiser，eds.，*Readings of the Platform Sutra*. New York：Columbia University Press，2012，p.40.

散体、由浮华向务实的转变①。一方面，僧人撰者因接触用散语翻译或写就的佛教典籍、文章自有可能倾向于采用散语，研究也表明是佛教在影响古文运动而非相反②；另一方面，韩愈之后骈文依然兴盛，尤其是论说文、史书论赞、抒情文字、描述性文字多有骈体，即便散体文句式也较整齐，多四字句③。研究者还注意到，唐代骈文风格朴质，句式多样，抒情性和思想性加强，而韩、柳等古文大家也学习了骈文写法，将骈体、散体合为一体④。特别与《宋高僧传》相关的文体现象是，开元之后行状的总体特征是叙事用散体，论赞用骈体；至于墓志，应朝廷诏命撰写的往往雅正，讲究声律对偶，用骈体，而应私人之请所作的可骈可散⑤。与《宋高僧传》尤其相关的是唐代高僧塔铭，研究表明唐前期至唐德宗期间高僧塔铭序文多为骈体，间杂有散句；唐顺宗至唐文宗期间塔铭序文变化较多，出现大量散句，多议论；文宗之后至五代，一方面是延续散体风格，另一方面是恢复骈体行文，篇幅冗长、卖弄文采⑥。

根据这些研究，我们可以重新考虑《宋高僧传》的文体问题。如前所述，赞宁声称他是繁略有据，严格依据材料，并非随便增添删减；此外他还重视文采，但又特别强调文质相兼。那么问题来了：在文体方面他是否也依据了原有材料的文体呢？某些史源是否导致骈句大量出现，而某些史源则不是？而这又与十科是否构成了对应关系？为此，笔者根据十科分类的不同对这些骈句加以探讨⑦。

一、"译经篇"中的骈句

本篇共 44 篇传记（包括附传），其中有 13 篇传记出现骈句。这 13 篇

---

① 参周玉华：《论唐玄宗对"古文运动"发展的推动作用》，《唐山学院学报》，2013 年第 2 期。

② 参孙昌武：《唐代"古文运动"与佛教》，《文学遗产》，1982 年第 3 期。

③ 王运熙：《关于唐代骈文、古文的几个问题》，《南阳师范学院学报（社会科学版）》，2004 年第 1 期。

④ 莫道才：《骈文在唐代文学史上的地位》，《广西师范大学学报（社会科学版）》，1990 年第 1 期。

⑤ 吴夏平：《从行状和墓碑文看唐代骈文的演进》，《文学遗产》，2007 年第 4 期。

⑥ 李谷乔：《唐代高僧塔铭研究》，吉林大学博士学位论文，2011 年，第 57 页。

⑦ 对史源的考察主要依据的是范祥雍点校的《宋高僧传》和杨志飞《赞宁〈宋高僧传〉研究》，对《宋高僧传》骈句的考察依据的是传记本文。

传记中，其中 10 篇的骈句可以找到出处，3 篇的骈句找不到出处。这些骈句与其来源存在各种关联。第一，直接来自唐代文献的原文。这些原文产生于古文运动之前，尽管赞宁本人生活在古文运动之后，但他并未受此影响而将这些骈句改为散句。第二，赞宁很可能将所据材料中那些对偶欠工整的句子改成了更为规范的骈句，比如将《续古今译经图纪》等的"怀道观方，随缘济度"改作"怀道观方，随缘济物"①，将《开元释教录》卷九等的"本既梵人，善闲天竺书语。又生唐国，复练此土言音"改作"本既梵人，善闲天竺书语。生于唐国，复练此土言音"②，将《大宝积经序》的"闻其远誉，挹其道风"改作"闻其远誉，挹彼高风"③，等等。对比可知，经过赞宁的修改，句子的确更为整饬，尤其是对偶更为规范，这可以证实他的确欣赏骈俪的文句，并且一定程度上比唐代那些作者的要求更为严格。第三，赞宁对原文未做对偶形式上的进一步修改，也未改变原文的骈文句式，而是根据义理修改了具体文字。如将《开元释教录》卷九等的"洞明八藏，博晓四含。戒行清高，学业优赡。尤工咒术，兼洞五明"改作"洞明八藏，博晓五明。戒行高奇，学业勤悴"④，"八藏"意思上有包含"四含"的地方，故改为前者同样提到的"五明"这一具体学问，可与"八藏"对应；至于将"清高"改作"高奇"，似是着眼于措辞搭配问题。第四，赞宁可能还自撰了一些骈句，"深崇释典，特抽睿思"⑤就不见于《开元释教录》和其他既有文献，可能是赞宁自己所撰。第五，赞宁沿袭了前代，尤其是唐代佛教典籍中的骈体句式，但做了一些非实质性的修改。例如，"鹫峰鸡足咸遂周游，鹿苑祇林并皆瞻瞩"⑥ 大体上来自《开元释教录》卷九而在虚词使用上略有不同，但意思、句式并无不

---

① 赞宁撰，范祥雍点校：《宋高僧传》卷二《唐广州制止寺极量传》，北京：中华书局，1987 年，第 31 页。

② 赞宁撰，范祥雍点校：《宋高僧传》卷二《周洛京佛授记寺慧智传》，北京：中华书局，1987 年，第 33 页。

③ 赞宁撰，范祥雍点校：《宋高僧传》卷三《唐洛京长寿寺菩提流志传》，北京：中华书局，1987 年，第 43 页。

④ 赞宁撰，范祥雍点校：《宋高僧传》卷二《周西京广福寺日照传》，北京：中华书局，1987 年，第 32 页。

⑤ 赞宁撰，范祥雍点校：《宋高僧传》卷一《唐京兆大荐福寺义净传》，北京：中华书局，1987 年，第 2 页。

⑥ 赞宁撰，范祥雍点校：《宋高僧传》卷一《唐京兆大荐福寺义净传》，北京：中华书局，1987 年，第 1 页。

同。这表明,《宋高僧传》与其史源存在着一种特殊的关系,既有简单抄录骈体句式的地方,也有略作改写或自撰骈体的地方。当然,也存在不采用史源中某些骈句的例子。但总的看来,赞宁在"译经篇"中的确较为严格地遵循了他自己声称的详略有据的原则,并未随便自撰骈句;而他欣赏骈句的文采,这也可再次证实和深化第一章提出的观点,赞宁并不是古文运动的拥趸:如果说他驳斥韩愈是因为他对后者排佛有不同看法,那么他采用骈句则可证明他不是单纯尊崇散体。

二、"义解篇"中的骈句

本篇共 93 篇传记(包括附传),其中有 21 篇传记出现骈句。这 21 篇传记中,其中 12 篇的骈句可找到出处,其他 9 篇的骈句找不到出处。相比于"译经篇","义解篇"骈句有限,而如今能找到出处的更是有限。这些骈句作者如裴休、崔致远等生活年代在韩愈之后,这再度证明,古文运动没有影响到《宋高僧传》对唐代文章中骈句的吸收。特别是采用裴休《唐故左街僧录内供奉三教谈论引驾大德安国寺上座赐紫大达法师玄秘塔碑铭》《圭峰禅师碑铭》的骈句,更能说明问题:裴休与韩愈不仅同时代而且有交集,但他的文字多是骈体,而赞宁也加以采用。至于窥基、李俨、唐代宗、皎然、良秀等生活于韩愈之前的作者的骈句,也未因韩愈古文运动而被赞宁删除。这都表明,赞宁的确遵循了详略有据的原则,相应地忽视了或者说不过多考虑时代变化、文学风气的新变等情况。另外,这些骈句大多运用典故,尤其是佛教典故,记事之外多发议论、讲义理,并且议论和说理还经常结合,依然保留了其史料来源作为骈句本身固有的文体特征,相应地远离了以散体为主的史传。换言之,赞宁一方面声称自己效仿司马迁、陈寿撰史,另一方面又遵循史料记叙以求实录,这二者之间并不是自然地嵌合无间的,从文体情况看他有时更接近后者。

在不明出处的 9 处中,情况可能有所不同。但是,我们首先还是要考虑有所沿袭的地方,比如僧瑗传说到"勒铭",而陈垣说这类情况其实是注明出处①。因此,这可能意味着本传中的骈句可能来自碑铭。玄逸传称传主之文有灵琛为序,或许这篇序言为本传所本,尤其考虑到唐人序文多

---

① 陈垣:《中国佛教史籍概论》卷二,上海:上海书店出版社,2005 年,第 31 页。

为骈体的情况下。另如良贲死后置坟塔，也可能有行状或塔铭之类文字。其他那些没注明出处的地方，也可能有类似来源，至多经过赞宁的删改增补，而不好贸然说纯然是他杜撰。当然，赞宁也有舍弃骈句的地方，如怀远传无骈句，而《俱舍论颂疏论本》关于他的介绍是骈句，赞宁并未采用，或未看到。考虑到赞宁采用的很多史料我们已经不能看到，因此可以想见，赞宁可能还舍弃了一些骈句。不过整体来看，我们可以确证，赞宁的确没有整体摒弃骈句的偏见。

三、"习禅篇"中的骈句

本篇共 132 篇传记（包括附传），其中有 31 篇传记出现骈句。这 31 篇传记中，其中 7 篇的骈句可以找到出处，其他 24 篇的骈句找不到出处。这些骈句涉及议论、说理、描写、记事、用典、比喻等诸多方面。其中，唐肃宗《迎慧忠法师诏》是帝王诏令，其骈体与古文运动无关——古文运动并未将诏令视为文体革新的对象。撰写《杨岐山甄叔大师碑铭》的至贤（闲）为元和中沙门，与韩愈同时，但该碑铭依然多骈句，而赞宁也依然采用了其中的骈体文字。卢简求《杭州盐官县海昌院禅门大师塔碑》也有类似的情况。这再度表明，赞宁不是韩愈古文运动的追随者，至少从传记及其史源来看是如此。

在那些不明骈句来源的传记中，昙璀有弟子刻石纪事；玄觉有李邕为其撰碑；行思有塔，会昌中毁，后又重修；慧忠有飞锡撰碑；道一有包佶为碑纪述；灵坦有越州掾郑詹建塔；太毓有越州刺史陆亘撰文；寰中死后起塔，段成式撰真赞；圆绍有王瓒撰碑文；师备有忠懿王为其起塔；本寂有玄泰撰塔铭；桂琛死后起塔；全付有彚征为撰塔铭；文益有李煜为碑，韩熙载撰塔铭。未提到这些内容的传记可能有其他相关文字作为来源。其中值得注意的是赞宁文章方面的老师彚征。《宋高僧传》提到彚征为道怤、全付撰塔铭，其中全付传很可能就采用其塔铭，传中有骈句，但总体看还是以散句为主；其中也不乏四字句、六字句，这些虽不对偶却较为整饬的句子表明彚征还是受到骈体影响。赞宁照抄不误，可能较认同这种骈散混杂的文体风格。

当然，本篇并未完全采用骈体，如《唐玉泉寺大通禅师碑铭》《大智禅师碑铭》《大照禅师塔铭》《杭州径山寺大觉禅师碑铭》等中的骈句就为赞宁放弃，尤其是其中那些修饰性的、赞颂性的、与记人记事无关的骈体文字，这也可以再次证明赞宁注重具有实质性、知识性、相关性的文字（详见上节）。当然这同样可以证明，赞宁是基于僧传体例而有选择地采用史源中的骈体，并不是对骈体本身整体性的排斥——如上节所论，他认为僧传侧重记言记事，特别是记事。

四、"明律篇"中的骈句

本篇共 68 篇传记（包括附传），其中有 12 篇传记出现骈句。这 12 篇传记中，其中 4 篇的骈句可以找到出处，其他 8 篇的骈句找不到出处。这些骈句同样充斥着说理、议论、记事、描写、比喻、用典。在可找到出处的 4 篇中，赞宁基本上在抄录骈句，修改主要体现在人物称谓上（如将"师"改为"俨"），或其他无根本变化的修改（如将"文学"改为"文艺"、将"规范"改为"规矩"）。当然这同样不能完全说明问题，因为找不到出处的 8 篇也可能有来源：道宣有李邕、严厚本撰碑，文纲有李邕撰碑，道岸有姚弈撰碑，昙一有徐浩撰碑，文举有韩义撰碑；允文曾自撰方坟铭，而赞宁见其法孙，故熟悉其事迹；藏用虽未明言行状碑志，但也有官员文人与之交往并撰文。总之，传主大多有各类材料可供采用，鉴于这些传主生活在骈体盛行的唐代，这类材料中出现骈体文字也是完全可能的。当然，这同样不意味着赞宁完全采用史料中的骈语。如道光传采自《唐杭州华严寺大律师塔铭》，却未采用后者开端以偶句写成的与传主本人不直接相关的议论文字。辩秀传之于《唐苏州开元寺律和尚坟铭》、神皓传之于《唐洞庭山福愿寺律和尚坟塔铭》、上恒传之于《唐抚州景云寺故律大德上宏和尚石塔碑铭》也有类似情况，可能也是出于追求简略、文体转换和更重视记事等方面的原因。

五、"护法篇"中的骈句

本篇共 19 篇传记（包括附传），其中有 9 篇传记出现骈句。这 9 篇传记中，其中 6 篇的骈句可以找到出处，其他 3 篇的骈句找不到出处。在有出处的 6 篇中，赞宁基本上是抄录原句。其中，将《开元释教录》卷九的"神清道远"改作"神清道迈"，并无实质区别；而将《开元释教录》卷九的"游心七藉，妙善三玄"改为"游心七略，得理三玄"，相比而言，前者在对偶方面不够完善，后者对偶更工整，但依然不涉及意义的改变。在找不到骈句出处的3篇传记中，无名有李抱真建塔，玄畅有崔沆撰碑，传中骈句可能来源于此；崔沆生活年代在韩愈之后，韩愈对他似无太大影响。惟劲传的骈句出自惟劲本人，虽不详出处，但各种材料都表明他撰述甚多，赞宁应看到过这些材料。当然，赞宁也不是完全抄录来源中的骈句，比如皎然《唐石圯山故大禅师塔铭》部分议论性、纯粹修辞性的骈句就不被采用，这同样可能是基于僧传更重视记事的文体因素等。

六、"感通篇"中的骈句

本篇共112篇传记（包括附传），其中有7篇传记出现骈句，这7篇传记都已找不到出处。不过，无相有韩泹撰碑，法藏、常遇、普静圆寂后起塔，故相关传记中的骈句可能有其塔铭之类来源。"感通篇"的材料多来自小说，而骈句很少，其中多涉及描写、记事，间或涉及类比。这些小说大多采用散句，故强调繁略有据的赞宁也采用散句，这就是"感通篇"骈句甚少的原因。

七、"遗身篇"中的骈句

本篇共24篇传记（包括附传），其中普静传有骈句，但现今找不到来源。"遗身篇"中不乏说明传主有碑志塔铭的，其中同样可能有骈句也有散句，而赞宁选择了其中的散句，个中原因恐怕还是与僧传体例和文体等有关。

八、"读诵篇"中的骈句

本篇共50篇传记（包括附传），其中有4篇传记出现骈句。这4篇传记中有2篇的骈句有出处，另2篇的骈句则找不到出处。赞宁并未完全采用史源中的骈体，比如大光传采用了李绅的《墨诏持经大德神异碑铭》，但摒弃了其中的骈体文字。从传记部分可知，还有一些内容可能出自碑志塔铭，但赞宁也没有采取其中的骈体。总的来看，"读诵篇"和"遗身篇""感通篇"近似，骈句少，散句多，这可能与其多来自传闻或小说有很大关系，但也有文体等因素的考虑。

九、"兴福篇"中的骈句

本篇共 56 篇传记（包括附传），其中有 15 篇传记出现骈句。这 15 篇传记中只有 3 篇的骈句可找到出处。但是，其他传记多提到传主死后起塔；而愿诚、智晖、师会死后立碑；智江死后有塔铭；延寿死后有亭志。因此，相关传记中的骈句可能来自这些材料。这些骈句同样充斥着议论、记事、描写、比喻、用典。材料来源中也有骈句，不过并未被赞宁采用，如道遵传出自《苏州支硎山报恩寺大和尚碑》，后者一些议论性、比喻性的骈句就未被采用，这同样表明赞宁既受骈体影响，又有所取舍，根据其注重记事的做法，可理解其为何删除一些议论性文字。

十、"杂科声德篇"中的骈句

本篇共 57 篇传记（包括附传），其中有 4 篇传记出现骈句。这 4 篇传记里，只有 1 篇的骈句找到来源，相互对比可知文字并无实质性变化。其他几处虽不知来源，也可能有相关文字流传。

十一、总结性分析

总的来看，"习禅篇"骈句最多，共 31 篇传记有骈句。从比例看，"译经篇"有 13 篇传记出现骈句，约占本篇总数的 29.5%，比例最高。这很好解释："译经篇"的传主为译经高僧，往往得到朝廷的尊奉，死后往往有名公卿撰写行状、碑志、塔铭，所译佛经也得到重视，一般都为官方目录著录，其中多涉及用骈句撰写的传记性内容。"义解篇""护法篇""兴福篇""习禅篇""明律篇"等篇骈句所占比例也较高，其材料也来自行状、碑志、塔铭、序言、目录等以骈句为主的文体，而赞宁又采取繁略有据的实录原则撰史，故史源中的骈句往往也反映到该书中，当然赞宁也会基于注重记言记事的僧传体例、文质相兼的原则和重视实质性、相关性等原因而删除一些不符合这些原则和观念的骈句。至于"感通篇""遗身篇""读诵篇""杂科声德篇"等篇骈句所占比例较小，可能与材料多来自采用散句的小说、传闻和缺乏存在骈句的塔铭、墓志、行状等因素有关，典型的是"感通篇"：相对而言，"感通篇"多取材于小说，而小说一般来说散句较多，故赞宁笔下"感通篇"散句也较多；另外，即便史源有骈体，但赞宁同样可能基于注重记事、文质相兼和实质性、相关性等原因而删掉一些骈句，尤其是当后者的骈句属于发议论、说义理而不是记人记事的情况时，当然这也会导致一些散句未被采用。显然，赞宁的这些做法主要基于史学和文学方面的原因。换言之，他这样做看来并没有太注意和认同韩愈等发起的古文运动，无论是采用骈句还是摒弃骈句。这当然也就带来相应的优缺点。

第一，就赞宁采用的骈句而言，它们即便记事、计时，也是较为模糊的、大概的、比喻性的、典故性的，缺乏一些清楚且准确的叙述，相应地似乎也不那么具有可靠的史学性，这也是富于修辞性的骈句重要的、但未必是特有的缺点。至于骈句中议论说理的内容，那就更可能较浮泛而缺乏实在的内容。因此，从传记记人记事的体例要求来看，骈句不像散句那样能很好地完成相应的任务。就此而言，昙噩虽不是直接批评《宋高僧传》就一定是骈体，但的确看到了该书文体不古的特点。但是，这种批评没注意到，赞宁接受了彙征等人以散为主、骈散混杂的文体风格，该书整体上也呈现出骈体弱化、融入散体的特点，而这与五代流行的由散返骈的另一反向趋势毕竟有所不同。比如，该书往往存在一些骈句夹杂着散句，其间用助词、连词、语气词、介词等过渡的情况，这就改变了骈体板滞的弊病，显得较为灵动。

第二，赞宁虽对韩愈等人有批评，但也依循史料来源中的散句，这导致一些以散句为主的材料被保留在《宋高僧传》中。典型例子是该书所用刘轲的文章。据《唐摭言》卷一一、白居易《代书》等记载，刘轲仰慕孟轲、扬雄、司马迁之为文，文章与韩、柳齐名。可见，刘轲是一位古文家。刘轲为僧人撰写了诸多碑志塔铭，《宋高僧传》希迁、天然、普愿三篇传记中提到他撰写碑文。按照陈垣的说法，这等于注明材料出处。而从这三篇传记的文体来看，的确基本上是散句，与现存刘轲所撰的碑志塔铭在文体上是一致的。可见，赞宁对散体并无整体上的偏见，就像他对骈体并无整体上的偏见一样。因此，在赞宁那里骈句为主、骈散结合、散句为主的传记都存在，这表明传记文体与其说取决于赞宁本人的主观意图，不如说取决于史料来源的文体，尽管赞宁的确会根据其他原则和做法有所调整。

第三，还值得注意的是赞宁本人的文体意识。其所撰碑志塔铭也可能成为《宋高僧传》的史源，德韶传、允文传、王罗汉传都提到赞宁作碑或熟悉传主事迹。而从这三篇传记来看，基本上属于散句。但是，赞宁《进高僧传表》《宋高僧传序》却采用骈体，各篇后的"论"也采用骈体，他的《大宋僧史略》也多有骈句；而《全宋文》所收其《宝塔传》《护塔灵鳗菩萨传》基本上为散体、间或有骈句，《王得一行状》为散体，《紫微山重修志愿寺碑铭》却为骈体。这表明赞宁本人对碑志、传、行状等不同文体的性质有不同看法，有不同处理。而如前所述在《宋高僧传》的骈句中，其材料同样来自表、诏、序、论、目录、碑铭、塔铭等文体，其作者并不与特定时段有关，而是遍及唐五代，很显然赞宁并不出于一种特定的时间意识来对这些史源的骈句加以取舍；至于史源来自传记的，则同样有骈有散。总之，《宋高僧传》的文体的确深受唐五代文体的影响，但其中出现了诸多变化，并不是固守某一种文体，并无一种极端的骈体意识或散体意识，赞宁与其说是韩愈等发起的古文运动的追随者或反对者，毋宁说有文体意识，即认为传的正文参用散体和骈体，而碑志，尤其是序、表、论等文体更常用骈体。这种文体意识与前代各种文体有各种关联，不能简化为某单一因素的产物。

第三节　动物叙事、高僧与宗教观念

涉及动物的印度佛教文献非常丰富，反映了佛教对动物的认识、想象、解释和运用。在中国佛教文献中，涉及动物的也非常普遍。不过，具体到中国中古时期动物与高僧的关系问题，并未得到学界太多的重视和研究。近年来在东西方动物研究兴起的背景下，有研究者就相关问题的理论框架、方法论、主题阐释、材料解读等做了颇具启发的探讨①，但并不完全聚焦于中国中古佛教，关注的动物主要集中在老虎、狮子，也没有聚焦于《宋高僧传》。

---

① 陈怀宇：《动物与中古政治宗教秩序》，上海：上海古籍出版社，2012年。

本节希望对这个问题继续做些探讨，并将考察范围集中于《宋高僧传》。在该书中，高僧典范不仅通过十科分类下的归类叙事、材料取舍等塑造出来，而且通过遍布于各科的动物叙事塑造出来。《宋高僧传》中有相当多的材料可表明动物与高僧存在密切关联，但其中还存在一些可继续讨论的内容，而这关系到该书的具体编纂。问题在于，赞宁在当时以博物著称，那么他搜集、撰写这些与动物有关的故事或事件并纳入《宋高僧传》，究竟出于何种编纂意图？动物究竟扮演了什么样的角色，如何与高僧互动，而高僧又如何看待动物，这里面又体现出什么样的观念，也是值得探讨的问题。同时，作为不能自我叙述的对象，动物如何被叙述出来，如何看待人物和自己，如何影响人物的生活，由此可窥见人类视野中的动物形象。

一、驯化动物：感物及其他解释

由于中古高僧多居山间，在此自然环境中遇见动物是十分寻常之事。

在《宋高僧传》中，驯化动物，尤其是驯化老虎是一个反复被叙述的主题。一般来说，我们会看到高僧驯化老虎的具体举动或结果，这在多篇传记中都有体现，因此高僧奇异不凡的一面更加凸显。这类故事有时还被叙述成人所共见，如长孙遂初所见惠忠伏虎的场面。由于长孙遂初本有怀疑、验证心态，因此叙述他亲眼见证了惠忠的神通法力，看来就更具真实性。本传入"感通篇"，这个与老虎有关的故事显然也在这一归类过程中起到作用。同样入"感通篇"的是明瓒传，本传叙寺外多虎豹，大众给明瓒一梃，他出门见一虎，便衔之而去，从而解决了虎害。

这类故事有时还会出现当事者的解释，而这类解释与佛教特有的轮回观念有关。如玄宗传记紫金山多虎害，自从他居住在此地，这类现象就消失了，而老虎也化为老人前来拜谒，自称因其教化而回心向道，得以脱离虎身生天道，乃前来答谢。这个故事不仅讲述了老虎绝迹的前因后果，而且讲述了老虎的自述：老虎解释说自己从畜生道转生天道，演绎了佛教轮回观念。本传入"感通篇"，可见这个故事在塑造玄宗神异僧身份中所起到的作用。从佛教观念看，老虎不只是一种凶猛的动物，也是畜生道中的一员，并且还可能因继续造孽而加重自己未来的苦难，因此值得悲悯。如怀空从佛教观念出发，认为老虎本就因前生作恶而生畜生道，此生又危害人间，增加了灾殃，即便上天不诛灭，死后也会堕入地狱，深感悲悯，故为老虎忏悔。

不仅老虎，其他物类也经常受到感化，为高僧驯服或受皈依，这甚至带来自然环境的变化，其中驯化毒龙是多次出现的主题。在现代动物分类中，龙被视为文化想象的结果，很难被具体归类为某种动物。在中国传统文化中，龙往往富于高贵、神秘色彩。而在佛教传统中，龙是广目天王的部众，它兼具仁慈和恶毒等属性，既可能因畜生道障出家法，也可能成道或护法。① 《宋高僧传》同样站在佛教立场上看待龙：志贤望空击石，谩骂菩萨龙王不救百姓，立刻天降大雨；面对毒龙暴风雹之害，代病诵密语消除此患。这样的例子表明高僧有驯服龙的能力。不仅如此，一些传记还讲述说，高僧使之转生天道，从而摆脱了恶途。如惟忠令毒龙解脱，当地民众也得以免受其害；圆震居乌牙山而毒龙灭迹，后有人前来拜见，自称受到感化并得以上升天界，因此蠲除了地方一害。如果说这类驯龙故事与驯虎故事并无太大不同，那么在该书中还存在另一类故事，就是龙有时也需要高僧帮助。孙思邈与道宣为林下之交，时天旱，有胡僧于昆明池结坛祈雨，池水日涨数尺。有老人向道宣求救，自称昆明池龙，旱灾不是他的主意而是天意，胡僧取利于他而欺骗皇帝说是祈雨，乞求道宣保护。道宣命他求助于孙思邈，孙思邈要求龙持昆明池龙宫仙方给他方肯救助，龙从命，孙思邈施法使池水大涨，胡僧术尽。② 这个故事出于小说《宣室志》，却解释了道宣、孙思邈如何救龙以及孙思邈神奇的医术从何而来，给二人增添了神奇色彩。

蛇是另一种经常提及的动物。如元和初大旱，灵默呵斥青蛇而降雨救民，夜晚果然天降大雨，这里就存在一种万物相互感应和动物有神的观念：将蛇看作雨神，故加以斥责，而蛇也听命。而在不空传中，邙山巨蛇见不空，自称因得恶报变成蛇，总想翻河水陷洛阳城，不空为其授归戒，说因果，劝其舍身，后来樵夫见蛇死于涧下。高僧有时也会表达其对毒蛇的看法。如昙藏夜晚经行息坐，东厨乃出现大蟒蛇，侍者告诉他赶快回

---

① 参 Robert E. Buswell Jr., Donald S. Lopez Jr., eds., *The Princeton Dictionary of Buddhism*. Princeton and Oxford: Princeton University Press, 2014, p. 561.

② 赞宁撰，范祥雍点校：《宋高僧传》卷一四《唐京兆西明寺道宣传》，北京：中华书局，1987年，第328页。

避，他却宣讲了一番佛教道理，表达了慈悲、诸相缘起无自性、万物平等、我法皆空等佛教观念，这解释了他为何对毒蛇无惧怕之心；说完这番话后，蟒蛇似乎受到感化，便消失了。

其他动物也常常为高僧驯化。如慧朗之于熊、善无畏之于白鼠、元康之于鹿、善静之于白鹤、行因之于锦囊鸟、法钦之于鸡、灵祐之于猿猱、惠忠之于鹊、知玄之于鱼。圆修的行为被给出明确的解释：高僧感通动物而忘记彼此物类区别①。道悟遁入大梅山，七日不食，动物乃馈赠他食物，这同样被视为诚心感通。高僧与动物和谐相处，用赞宁所能表达的术语来说，就是驯狎、驯伏、感物。至于像希圆为蛆受归戒，令其勿作风霆之妖，转生天道，同样是佛教轮回观念的体现，也彰显了高僧的法力。

这些故事中最有趣的是志玄的故事：志玄目睹狐妖将髑髅置首变身女子欺骗乘马军官，便用法力将其变回狐身，由此体现出他救物行慈的一面。在中国本土文化中，很早就流传着狐为妖兽、为鬼所乘的说法（如《说文》就是这样解释的），狐变化为妇人、美女、神巫，善于蛊魅、使人迷惑的传说也早有流传。与志玄这个故事最为接近的说法出现在《酉阳杂俎》中，该书卷一五引"旧说"，称野狐"戴髑髅拜北斗，髑髅不坠，则化为人矣"②。可见，这个故事虽是传闻，但也是建立在一些有关狐的知识之上，尽管这些知识并不一定具体并充满神异色彩。

二、舍身与动物

与此不同，高僧还有另一种应对动物的方式，即施舍肉体。这一行为也是宗教的，其背后有非常鲜明的宗教逻辑。首先，在僧侣看来，动物乃因业力而堕入畜生道，受贪欲的折磨，值得悲悯和拯救，而自己可因这样的举动获得功德，成就法身。据文爽传，文爽怜悯狼受到饥饿的煎熬，便想施舍自己的色身以成坚固法身，这里就反映出佛教观念在高僧施舍行为中起到了关键作用。

其次，按照佛教因果观念，动物吃自己是因自己前生欠下宿债，故僧

---

① 赞宁撰，范祥雍点校：《宋高僧传》卷一一《唐杭州秦望山圆修传》，北京：中华书局，1987年，第255页。

② 段成式：《酉阳杂俎》卷一五《诺皋记下》，北京：中华书局，1981年，第144页。

人愿意舍身偿债，从而消除业力。惠符住天柱寺，有巨蛇出现，惠符认为，他若是前生欠了蛇的债，蛇就可以吃他；如果蛇不吃他，就让蛇受戒。蛇果然变为人形出家。这件事似是惠符自己讲出来的，因为有人告发他私度僧人，他便以实相告。这类现象还有更极端的例子：无相洗拭自己的身体后裸卧在猛兽前施食。

最后，高僧与动物的这种关系不仅是出于宗教观念，也可能是出于孝道观念。为报答父母劬劳，定兰宁愿施舍肉身给虮子和其他猛兽，可以看出本土孝道观念和佛教檀施观念的结合。按照其说法，这叫作无上施，可速求上果。

不过，以上事例中的高僧其实都没有真正达到舍身的目的，而是因为舍身感化了动物。该书中做到舍身的是守贤：他像惠符一样，认为自己前生欠下宿债，便投身饲虎，故被归入"遗身篇"。同样归入"遗身篇"的是行明，他学萨埵太子而献身给虎，虎食之，玄泰为文祭奠，赞颂了捐弃内财（即身体）这一行为能破除悭法成圣果的宗教价值。作为撰者，赞宁本人也赞同行明的舍身行为，认为这符合佛教观念——施身会带来巨大的果报。在"遗身篇"的"论"中，赞宁也曾提到各种施舍动物的行为，认为可得金刚坚固之身。

佛教把布施视为修习菩萨行的方法之一，布施又分为"法施"和"财施"，后者指以自身的财物和身体施舍给众生，其中以活生生的身体（"内财"）施舍给众生的做法称为"舍身波罗蜜"，如佛陀前生就曾以肉体喂食饥饿的人和鸟兽，历代高僧传也常叙述此类故事。此外还有所谓"死施"，即把露尸葬这种葬法提升为修行方法，认为这也是布施，由此可得福报。露尸葬就是弃尸施舍给鸟兽鱼鳖，又分为林葬和水葬[①]。在《宋高僧传》中，智威采用林葬；知玄林葬、水葬混杂；当然死施有时并不能达到目的，因为鸟兽有可能不食，如从谏。

三、作为高僧救助、陪伴对象和食物的动物

驯化、舍身之外，高僧与动物还存在其他关系。首先，高僧也怀着慈悲之心救治、救度、放生动物，甚至代替动物劳作，其间同样有宗教观念

---

① 刘淑芬：《中古的佛教与社会》，上海：上海古籍出版社，2008年，第185－187页。

在。彦偁、遵海、头陀、真表、明度等都存在这类行为。明度诵《金刚经》使两只小鸽子由畜生道转生人道，这也是本传入"读诵篇"的原因。这个故事尽管很可能得于传闻，但也可体现出《金刚经》在信众心中的神圣地位，以及他们对诵经利益的虔信。

其次，高僧与动物并不一定都是单向的驯化、救助等关系，常常也是偶遇、相互陪伴、无所搅扰之类的关系，有些高僧甚至得到动物的救助和护卫①。如智威传中，撰者对智威与老虎、兔犬之间相安无事做了一番佛教化的解释，认为智威平等对待自己与动物，故能如此。感通的力量有时候会为高僧带来非常重要的帮助，如惟靖患病就得到鸩鸟的救助，祝融峰禅者则有蛇和虎保护他。无疑，这样一种与动物相互亲近的能力也有利于表现高僧之"高"，就像守素传对比的那样，传主诵《法华经》有狢子来听，吃斋时有乌鹊就掌取食，而其他僧人用食物来引诱鸟类，鸟类都惊叫着飞走，撰者读诵方面的这类感应也使得其入"读诵篇"。高僧甚至与动物结成了生死相依的关系，并通过这种关系体现出神秘莫测的一面：道因的言行表明他已将自己和狗完全一视同仁，而相互产生的感通使得道因死后狗亦随之而去。

最后，僧侣一般采取素食主义，但吃荤同样可以塑造高僧典范，特别是一些神异感通僧正是出现在后一情形中。佛教戒律并没有绝对禁止吃肉，只是强调僧侣不可接受这类情况中的肉食：看到、听到或怀疑专门为了自己而屠宰动物②。但在佛教发展过程中，戒律逐渐变得更严格③。在中国佛教中，肉食逐渐被禁止食用。通常认为，在推广素食主义的进程中，梁武帝扮演了一个重要角色，他数次下诏或撰文宣传断酒肉，使得素食此后成为佛教价值观的基本组成部分④。然而从《宋高僧传》来看，僧侣吃荤的现象并没有完全杜绝。例如，法照入旅舍避雨，过午乞食不得，遣童子买猪肉吃，旁若无人。按照佛教戒律，僧侣过午不食，而畜生午后

---

① 参陈怀宇：《动物与中古政治宗教秩序》，上海：上海古籍出版社，2012年，第180页。

② John Kieschnick, *The Eminent Monk: Buddhist Ideals in Medieval Chinese Hagiography*. Honolulu: University of Hawaii Press, 1997, p. 23.

③ 具体情况参 Bernard Faure, *Unmasking Buddhism*. Chichester: Wiley-Blackwell, 2009, pp. 118—122.

④ 参田晓菲：《烽火与流星：萧梁王朝的文学与文化》，北京：中华书局，2010年，第38页。

吃食，故法照的行为不合戒律，受到他人唾骂指责。不过传记表明，有些不守戒律的高僧颇有神异，比如王罗汉爱吃猪肉，但出言多有应验，死后赞宁为他作碑，归入《宋高僧传》"感通篇"，并未用常理看待其行为，似乎正是通过不守戒律与变化神通之间的反差塑造其不测之僧的形象。

还有一些传记表明，其实有些高僧并未真正吃下动物。例如，亡名天天吃二雉鸠，遭到道俗的非议。然而，他并不是看起来那样吃下雉鸠，因为一位贫士正好担当了见证者的角色：他吐出了活的雉鸠。他在众人心中的印象从此改观，得到尊重。而最后一位评论者的话表明，高僧有将鸡羊肉重新变为活物的本领①。从我们的角度看来，这个故事有助于通过贫士的目睹纠正世俗非议，重新树立亡名"真实"的形象，因此它是解释性的。从材料的性质来看，《云溪友议》卷下已记载此事，而《云溪友议》在《新唐书》《郡斋读书志》《直斋书录解题》等中都著录为小说类，按照传统对"小说"的定义，其具有传闻琐谈、道听途说的性质。不过，《云溪友议》不仅记录了亡名的这个故事，而且记载了兰若上座僧、宝志等吃肉的故事，特别是宝志对着自称二十年不知肉味的梁武帝吃脍，然后又吐出活鱼，可见其神异不测。总之，动物或动物的肉食在这类故事中扮演了塑造僧人感通、神异形象的道具，甚或成为高僧十科分类的根据。

四、寓言、梦、典故、瑞应中的动物

以上事例都是通过直接呈现被认为是现实层面的故事来展现高僧与动物的关系，但接下来的事例则并不这样直接，而是传说故事乃至政治寓言。典型的例子是，善无畏于邙山见巨蛇，此乃安禄山陷洛阳之兆。在中古时期，人们常常相信动物征兆，因此至少这样的眼光看来是写实的。又如宁师忽然暴亡，三日后苏醒，自述入冥界的所见所闻。在这个故事中，政治人物因其生肖动物而被赋予相应特征，典型个案是王建。不过，并不是所有动物都是如此，有些动物不过因某些特征与人相似而被作为象征使用：李克用滥用杀戮，号称独眼龙，正是宁师冥界所见黑龙；朱全忠革唐为梁，杀人如麻，正是宁师冥界所见青鞟白额虎。据本传，宁师入冥是在

① 赞宁撰，范祥雍点校：《宋高僧传》卷二一《雉鸠和尚传》，北京：中华书局，1987年，第548—549页。

唐昭宗初年，因此他在冥界所见都是预言性的，为后来的政治史所证实，这自然增加了宁师的神奇性，因此秦陇之人多请他入冥预言吉凶，而他的预言也很准确。赞宁在"系"中的评论表明，他将此事看作做梦一样，而做梦是有证验的，真实不虚，皆心识所现。他还进一步怀疑，旁厢宫殿指的就是五代群雄偏霸，可见他同样对此事的政治隐喻性深信不疑①。

此外，在高僧的梦中经常会出现动物，而高僧会根据他那个时代里的隐喻知识来解释。如希迁做梦，与慧能同乘一乌龟游于水池，醒来后占卜说，龟是灵智，池是性海，就利用了他那个时代的知识来看待灵龟和深池的隐喻含义。又如希迁从行思禅师学禅，行思门下虽学者"麕（獐子）至"，但他比喻希迁如一头麒麟，在众人（獐子）中最为杰出。贞海告诫门徒时出现的狮子吼和野干鸣的动物隐喻则是印度佛教文化的体现：贞海主张住于正法，故以狮子吼为喻。

不仅高僧，撰者本人也会用动物隐喻高僧，这体现出本土文化和佛教文化的双重影响。如在《宋高僧传序》中，赞宁宣称自己以铜马为典范选取骏马，以此比喻自己选取传主。又如法海传出现的白驹一词语出《诗·小雅·白驹》，比喻贤人；而在佛经中，金翅鸟乃第一大鸟，常用来譬喻佛子，《宋高僧传》中的道膺就被比喻成金翅鸟王。当然，可比喻贤人、高僧、佛子的动物隐喻甚多，智藏传、澄楚传用"律虎"比喻擅长戒律学的高僧；灵著传用"鱼龙"比喻传主门下学人；"护法篇"之"论"则将会昌法难比喻成鸾鸥之巢共覆，是以鸾比喻佛教徒。

不难看出，这类动物分两类：一是早在佛经中就已出现，一是中国本土文化中的动物。赞宁本人博通内外学，由此可见一斑。当然，尽管这些动物具有宗教性、历史性，其含义也比较固定，但都服务于该书的叙事。

动物常常被世人视为食材。不过，一旦动物与佛菩萨联系起来、成为后者的化身，那么它就会被赋予某种神圣性。而从中古来看，甚至连皇帝也对佛神深信不疑，因此改变了对某种动物的态度。例如蚶蛤本是唐文宗喜欢吃的食物，但后者出现神异后，唐文宗就烧香祷告；在蚶蛤呈现出菩萨状后，他更是大加礼敬，认为是瑞应。根据恒政禅师的解释，这是蚶蛤

① 赞宁撰，范祥雍点校：《宋高僧传》卷二一《唐凤翔府宁师传》，北京：中华书局，1987年，第555页。

得度后以菩萨身现身说法，是为了开导文宗使之生出信佛之心，而文宗也对此稀奇事深信不疑。在本传后的"系"中，赞宁举了另一个例子：南唐闹饥荒，百姓食蠡蚌而多免于饿死，第二年收成好，百姓依然采食，有人获巨蚌，吐出佛像如珍珠色，号称珠佛。赞宁解释说，像这样现形者是佛经中所谓菩萨化身为肉山鱼米以解救饥荒，一旦丰收，就现出菩萨相以制止继续采食①。在佛教理论中，万事万物都有可能相互轮回，而觉悟的菩萨更有化身为万事万物的法力，于是动物与佛神联系起来，被用来宣扬佛教救苦救难的精神。

动物可谓伴随高僧终生：除了出现在高僧身前，在其身后也以瑞应存在，从而显示着高僧的不凡。慧能圆寂时，鸟哀啼，猿断肠；光仁入龛后，有白鹿至灵前哀悼；大川正尸举，有双鹿在前面开路；德秀入塔，常有白蛇守塔，无人敢近。当然，在高僧临化前也有动物瑞相发生：玄觉未终前，"有鹅千余飞过寺西，自称为师墓所，故从海出也"②。如前所论，这类现象也可通过感物、感通之类术语来加以解释。

五、异域视野中的动物

唐朝是一个世界帝国，与当时世界各国有广泛的接触。为了求法或传法，中国高僧远赴印度或日本，也有许多日本、朝鲜僧侣到中国留学。高僧从本土远适异域，途中常常会经历各种事情，其中一个现象便是遇见奇特的动物，这也适合用来展现高僧的法力。像鉴真先后漂入蛇海、鱼海，所见都是海上奇特景象。不空赴南天竺狮子国，海上遇鲸鱼而作法，到达狮子国后，又口诵手印摧伏大象，类似故事在严郢《大唐兴善寺大广智不空三藏和尚碑铭》等文献中已有记载并评价。按照赞宁的撰史原则，这类记载和解释无疑都可能影响他。

动物不只是增加了高僧旅途中的危难和奇险，而且还与某些高僧传播佛教有关。据元晓传，新罗国王派使者入唐求救治夫人的医术，使者入海后被邀见龙王，龙王告知他宫中有《金刚三昧经》，愿托夫人之病而增上

---

① 赞宁撰，范祥雍点校：《宋高僧传》卷一一《唐京师圣寿寺恒政传》，北京：中华书局，1987年，第263—264页。
② 赞宁撰，范祥雍点校：《宋高僧传》卷八《唐温州龙兴寺玄觉传》，北京：中华书局，1987年，第185页。

缘，流布新罗，并宣称请元晓法师造疏讲释，夫人就会病愈。赞宁在"系"中继续解释说，龙宫中七宝塔盛满经本，而《金刚三昧经》本应行于世间，故通过显示元晓等人的神异和夫人的疾病来兴起佛教①。这个故事解释了佛经在新罗传播的前因后果以及在此过程中元晓扮演的角色。类似的例子是善无畏，他以驼负经至西州涉河而入黄泉，在龙宫传法，出岸后，经书未湿。善无畏的神奇形象就通过这样的故事得到确立。此事在唐代李华《东都圣善寺无畏三藏碑》中已有记载，当为赞宁所据，当然此事应是传闻，李华本人并未目睹。

六、动物与赞宁的博物世界

赞宁在宋代以博物著称，撰有《物类相感志》等著作，被柳开称许为张华一样的博物学家②。《物类相感志》分天、地、人、物四门，其中包括动物。尽管从《湘山野录》《绀珠集》《文忠集》等书的记录看赞宁具有洞古博物的知识兴趣，《物类相感志》也确曾引《博物志》，但他不是继承张华《博物志》等本土博物学的传统，不单出于对物类的知识兴趣，他的解释观念还与儒家观念和佛教观念相关。正如《物类相感志》这一书名和《郡斋读书志》的解题所表明的那样，在赞宁看来万事万物都相互感应，这实际上是看待世界、解释世界的一种方式③。《周易·系辞下》有"感而遂通""相感"的说法，汉译佛经中也很早就用"相感"来格义式地翻译有情众生因同业、神力等相互感应的现象。至于"物类相感"，早在《韩诗外传》中就已出现，该书认为动物听到音乐都会应和。在佛教典籍中，不空所译《文殊师利菩萨及诸仙所说吉凶时日善恶宿曜经》以此解释天体寒暑；道宣所编《广弘明集》收入明概《决对傅奕废佛法僧事》，其中不仅明确提到"物类相感"，而且强调人和动物都如此④。道宣崇信感

---

① 赞宁撰，范祥雍点校：《宋高僧传》卷四《唐新罗国黄龙寺元晓传》，北京：中华书局，1987年，第78—79页。

② 文莹：《湘山野录》卷下，北京：中华书局，1984年，第46页。

③ 余欣认为，博物学并非前科学时代的粗糙的知识、技能的杂烩或趣味杂学，而是对世界整体性图景的把握，是理解世界的基本方式，是人们关于"人与物"关系的整体理解。不过，他没有专门考察宗教著作中的博物学内容。见余欣：《中国博物学传统的重建》，《中国图书评论》，2013年第10期。

④ 道宣：《广弘明集》卷一二《决对傅奕废佛法僧事》，四部丛刊初编影明本。

通神异，曾编撰《集神州三宝感通录》《道宣律师感通录》《律相感通传》，《续高僧传》改"神异篇"为"感通篇"，而赞宁《宋高僧传》同样依循此例，《大宋僧史略》曾引用《律相感通传》，受道宣影响显而易见。宋代佛教徒还注意到，赞宁的这本《物类相感志》涉及范围非常广泛，可以说遍及一切事理①。近来也有学者注意到唐代佛教类书《经律异相》《诸经要集》《法苑珠林》《释氏六帖》的博物学特色②，其实这些典籍同样用"感而遂通""相感""感通"等术语解释万事万物之间的关联，甚至专门有"畜生部"讲述各种与动物相关的故事，用因果业报、轮转生死之类思想看待人与动物的关系。而《宋高僧传》道世传曾提到《法苑珠林》的编纂内容，义楚传则提到义楚《六帖》的编纂内容。总之，赞宁清楚前代博物学著作。

与《物类相感志》一样，《宋高僧传》也注重"感通""相感"，专门立"感通篇"，而感通被视为果证，与感通相关的动物则在这一分类过程中扮演了重要角色。不过作为一部僧传，《宋高僧传》与动物有关的故事来源广泛，不仅来自碑志塔铭，而且多有取自小说或传闻者，在十科分类上也不限于"感通篇"，不是"感通"这类观念就能解释的，其他一些佛教观念，特别是业报、布施功德、证果等带有"救赎"意味的佛教观念也被用来解释常见于"遗身篇"等科的这类故事，亦可见动物在十科分类过程中起到的作用。此外，高僧还怀着慈悲之心救治、救度、放生动物，在佛教本土化、政治化背景下实行素食主义，甚至代替动物劳作，但有时也借助不守戒律与变化神通之间的反差塑造不测之僧的身份（感通）。至于异域视野中的动物，尽管本土博物学很早就记录殊方动物，但《宋高僧传》的这类故事还有其时代特征：与"世界帝国"唐朝和各国的频繁往来，与中、日、朝、印高僧远适异域的亲身经历，与所根据的唐代材料记载和传闻关系更为密切，它们不仅旨在塑造高僧的独特身份，而且用来解释佛教、佛经的传播等重大事件，意义非凡。而寓言等中的动物往往具有宗教性、历史性、政治性，还常常与佛神联系起来，同样可以通过感物之

① 赞宁撰，富世平校注：《大宋僧史略》卷首《重开僧史略序》，北京：中华书局，2015年，第5页。
② 参宋军朋：《论佛教类书的博物学特色》，《科学技术哲学研究》，2014年第2期。

类术语来加以解释，或者被用来宣扬诸如菩萨化现动物以救苦救难之类慈悲化导的佛教精神。

总的来看，《宋高僧传》尽管涉及的动物很多，但基本上是以高僧为中心而非以动物为中心，而这又为僧传的体例所限制。动物与高僧的不同关系对该书来说一定程度上是实用性、功能性的，但更普遍的还是叙事性、预示性、解释性的，即不仅影响到高僧在十科中的归类，而且塑造了高僧的各种形象和身份，预示和解释了各种事件。

第四节　制度、心态与时间分配的宗教分层

长期以来，古人的作息时间和假日制度很少得到注意。杨联陞《帝制中国的作息时间表》略有论述，但没有充分展开。葛兆光继续探讨了这个问题，注意到时间分配与传统的日常生活秩序有关，比如日出而作，日落而息，而法律对此也做了明文规定，如《唐律疏议》《宋刑统》都将犯夜视为严厉禁止的事情，值班守夜的官吏失职也会遭到惩罚，至于"夜聚晓散"更成了妖淫谋逆的代名词①。近来，研究者也提到古代出行须凭证、严禁官民百姓夜间出行、严格实行避让制度等问题②。但有的研究者也发现，里坊制在唐代中晚期的长安城已开始崩溃，北宋末年里坊制才彻底瓦解，伴随这一过程的是夜禁的松弛③。还有研究者着重探讨了古代文学有关城市夜禁的记忆，其中也论及由唐至宋夜禁逐渐松弛的现象背后的诸多原因④。

以上探讨都很有启发性，但相互也有意见相左之处，尤其是唐代关于制度执行情况究竟如何的问题。另外，研究者似乎都没有过多涉及时间分配的社会分层问题——考虑到本书研究对象，典型的是僧人的时间分配问

---

① 葛兆光：《严昏晓之节——古代中国关于白天与夜晚观念的思想史分析》，《台大历史学报》，2003 年第 32 期，第 33—55 页。

② 郑显文、管晓立：《中国古代出行的法律制度探析》，《北京航空航天大学学报（社会科学版）》，2014 年第 1 期。

③ 李合群：《论中国古代里坊制的崩溃——以唐长安与宋东京为例》，《社会科学》，2007 年第 12 期。

④ 张淼：《夜禁的张弛与城市的文学记忆》，《江淮论坛》，2008 年第 4 期。

题。事实上隋唐时期尚处在律令制时代，鉴于僧人的特殊身份，国家出台了与佛教相关的律令（如《道僧格》），对僧人的行动做了规定，其中也涉及时间问题。而《宋高僧传》中的传主大多生活于这一时期，多少涉及这方面，他们与佛教律令和世俗律令的关系如何，为这一问题提供了一个切入点。鉴于佛教本身的特殊性，高僧与时间的关系还蕴藏着一些特殊意味，选择这样一个主题可窥见制度史与心态史、思想史之间的关系①，特别是如何用时间因素描写高僧典范的问题。

一、忽略昼夜光阴

《唐律疏议》《宋刑统》关于犯夜的规定有其限制：禁出坊外者，若坊内行者不拘此律。换言之，这是基于城市里坊制度所作的规定，所限制的是夜晚坊外的行动，至于在坊内、在自己家里做什么，其实并没有那么多的严格规定，更别提山林野寺里的行动。在佛教徒那里，我们会看到更为不同的时间分配。

众所周知，普通人是按照光明与黑暗的交替安排生活的，依循的是自然周期循环的规律，但高僧并不如此。据日僧圆仁所记，内道场内僧人每日持念，日夜不绝②。不仅皇权照拂方才如此：从《宋高僧传》来看这种情况也是司空见惯。例如僧瑗无论四季、昼夜、冷热都在礼诵修行，夜晚坐禅更是常见，如文纲端坐至午夜而岿然不动，识者以为因定力而得神通。而对那些求法者而言，夜晚更是参禅问道的时间：有名的是玄觉得道于慧能，只留一宿号称"一宿觉"；大安夜闻二僧谈论，便悟禅旨；无相参处寂，半夜被授予摩纳衣。事实上，撰者正是通过表现高僧对时间因素的某种克服、无视、忽略来展现其高僧品质的，表示高僧为解脱生死大事

---

① 此外，赞宁本人的时间观也值得注意。他在《宋高僧传》序中强调了"系断"要根据所叙之事而言及事件所处的时代，换言之时间因素是其判断事件的一个重要因素。在这方面，他部分受到《周易》的影响，故特别重视时间的意义和价值。本书具体内容的确也重视时间因素，往往强调事件发生或经过的时间，某些时间点发生事件或行为所具有的意图性、机缘性、伴随性、高僧的年龄，某些职位在不同时代的称谓等时间因素，称赞高僧的宗教行为适应时代需求，或根据整个时代背景高度评价高僧的宗教成就，或强调时代背景因素作为高僧宗教行为的原因或驱动力所起的作用，或强调高僧的宗教行为在当时产生的影响。

② 参李斌城等编：《隋唐五代社会生活史》，北京：中国社会科学出版社，1998年，第497页。

而一直修行，乃至无视时间。

知玄是另一种情况：他严格遵守戒律，故过中不食；昼夜行道，晚上睡觉只有一更，其他时间都在坐禅，可见知玄睡觉时间甚短。看来，同样涉及时间，也存在不同的处理办法：一方面要遵守戒律，因此时间成为限制因素；另一方面要求法修行，因此昼夜时间变更成为遭到无视、忽略、突破的对象。

无论哪种情况，高僧的这类行动都既不同于庶民日出而作、日入而息的作息时间，也不同于官僚士大夫白天忙于政务、夜晚序业的作息时间，而是自具宗教特点。尽管我们可以设想寺院对时间有制度上的规定，但《宋高僧传》及其相关史源并未提供这类记载，似乎这是高僧自身关于作息时间的周期循环，不少高僧更是给人以长久做同一事情的印象，表明他们精严于道，其高僧形象由此得到塑造。

不过，这种描写并不排斥另一些看似相反的叙述。比如，欢喜与僧人谈话终夜，栖隐多于夜晚写成诗句，表明闲谈、作诗等也是夜晚时间分配的重要内容，这类情况更接近现代所谓的闲暇时间，并不都是与宗教行为相关，这些高僧的这类行为也导致他们被归入"杂科声德篇"。

总之，高僧在时间分配上有宗教特点：考虑戒律、修行或其他因素会带来不同的时间分配，而高僧的不同身份或形象由此得以呈现。

二、夜晚修行与神迹

同样与庶民、士大夫不同，高僧夜晚修行往往会出现感通现象，这也成为《宋高僧传》经常叙说的对象。这些感通现象中的佛神们显然不受社会秩序的限制，实际上是一些超越性的存在。

高僧往往住在山林中，晚上还会出现遇见动物、盗贼、刺客等情况，这种情况也适合用来表现高僧的道行和法力。为了将僧侣与俗人区分开来，构建高僧的身份，猛兽被驯化也经常被叙述[1]，并且这类夜晚发生的事情往往表现出高僧对佛法的深刻理解，这在上一节中已有论述。无相的例子则与刺客有关：无相本新罗国王第三子，居成都净众寺，其弟新为王，害怕无相回国夺权，乃遣刺客来刺杀他，无相预先知道此事，又有伐

---

[1] 参陈怀宇：《动物与中古政治宗教秩序》，上海：上海古籍出版社，2012年，第170页。

柴力士持刀保护他，乃杀死刺客，第二天无相召勇士告谢，已不见踪影①。无疑，这类夜间发生的事件为无相和那位力士平添了神秘色彩。

中古时期，鬼神护持高僧也是经常被叙述的主题，相关故事往往发生在夜间。如可周、智慧、鸿莒、道宣都有此种情况。当然像哪吒护持道宣这样神奇的故事很难判断是真是假，赞宁本人也对这类故事将信将疑，甚至怀疑是寓言②。而子邻的故事更有意味：他出家后十一年回家，知其母王氏已去世三年，为知其母幽间去处，便诵《法华经》，感动泰山神夜晚召见，称王氏生子邻时食鸡卵，又取白傅头疮，故死后系狱受苦，在子邻哀求下泰山神乃告知他礼阿育王塔，子邻最终救得其母生忉利天。这个故事展现了佛教因果说的力量，也体现了诵经、礼塔的利益，同时包含回报父母的孝道观念。

高僧与鬼神之间还有另一种关系：后者常常也是损害前者的主体。在这种关系中，能够阻止、避开、驱走鬼神的损害就成了高僧道行法力的表现，而元表、清虚等更是在与其他人得道与不得道的对比中彰显出其对待鬼神的法力。入冥故事也与鬼神相关：洪正传称鬼前来取命，因每天念《金刚般若经》二十遍，故鬼不能近身。当然，也有因鬼物出现而改变自己的行动的，但这一改变本身依然与佛教观念有关。义湘、元晓本欲入唐，夜晚居于荒郊，发现是鬼乡，元晓做出一番佛教化的解释：将鬼物视为一心所生，觉悟到心外无法，故认为不用追求佛法，放弃入唐。不用说，这类情况对一些游方求法的僧人来说绝非罕见，显然处在官方治外。

总之，在中古时人那里，夜晚往往是神秘的，是高僧与鬼神、动物等遭遇的时间。鬼神不仅护持高僧，也可能损害高僧，但二者同样是相辅相成的，无论哪种情况最终都被用来展现高僧的道行法力，从而塑造高僧典范。比较不同的是盗贼和刺客：这类人物似乎只是单向地对高僧带来某种损害，但《宋高僧传》同样也通过他们来展现高僧的修行成就。

---

① 赞宁撰，范祥雍点校：《宋高僧传》卷一九《唐成都净众寺无相传》，北京：中华书局，1987 年，第 487 页。

② 赞宁撰，范祥雍点校：《宋高僧传》卷一四《唐京兆西明寺道宣传》"系"，北京：中华书局，1987 年，第 330 页。

三、高僧、禁令与夜晚的社会秩序

与上述基本局限于宗教内部的情况略有不同，高僧在夜晚的所作所为还会与社会秩序发生直接的接触。

如前所述，佛教戒律——比如过中不食已涉及时间问题。尽管高僧自身常常并未涉及与外界，尤其是与城市、里坊等的接触，但高僧与社会秩序之间绝非没有关联；相反，这种关联有时相当紧密。开元十九年（731）玄宗下达敕令，指出了僧侣的各种问题，要求僧侣"六时礼忏，须依律仪。午夜不行，宜守俗制。如有犯者，先断还俗，仍依法科罪"[1]，看来僧人也要遵守午夜不得出行的禁令，无论是在城市还是乡村。那么问题来了：《宋高僧传》的记载是否与此相关？这类禁令颁布后执行情况如何？

据皎然传，有军吏沈钊晚上乘马出州经过骆驼桥，见数人在此等候皎然修冥斋，他第二天前往复勘，果然是鬼。这里沈钊关心的是这几个人的来历，根本未意识到犯夜的问题。当然，我们可以对这个故事的真实性提出疑问，但它出自唐代僧福琳《唐湖州杼山皎然传》，尽管福琳可能也是听闻此事，有神化的痕迹，但至少说明在他那里及故事的传播者那里并未将犯夜视为最严重之事。排除神异因素，道悟的情况像是实际可能发生的：他先受请住荆州一寺，后又受请住天皇寺，乃中宵默往。他半夜悄然前往天皇寺，显然违背了禁令，但本传中官府注意的并不是他是否犯夜，而是道悟究竟属于哪一寺庙的问题。据《宋高僧传》本传，道悟主要活动在唐代中期，适用于开元十九年所下敕令。因此这个例子足以表明，当时夜禁并非那么严格执行。更神奇的是鉴源传，其中发生在山寺的神奇景观被解释成冥感的结果，崔宁一开始怀疑那是妖孽，后来却虔诚信服；白敏中目睹瑞应，乃兴立寺院——作为官员，他们似乎都没有意识到犯夜的禁令是否应施行于山寺。

如果是严格执行夜禁的话，那么夜晚的声音似乎也该禁止。但唐玄宗实施这一敕令前后，我们都可发现僧人在夜晚的相关活动。据华严和尚传，张仁愿万岁通天年间（696—697）为幽州都督，夜闻经声如在衙署

---

① 宋敏求：《唐大诏令集》卷一一三《诫励僧尼敕》，北京：商务印书馆，1959年，第588页。

前，猜测是华严和尚发出，派人前往查看，果然如此。但是，张仁愿并未因为华严和尚夜晚讽诵声音传播太远而加以惩处。而中唐高僧惟俨住药山时，曾于月明之夜登山大笑，笑声传得很远，澧阳人都能听到，但没有记录表明这被视为一件犯禁的事情而遭到处理；相反，这件事进一步提高了惟俨的声誉。志玄传中的乘马军官、狐妖和志玄相遇于墓林中，但其间相互涉及的问题同样与犯夜无关，而是集中展现知玄目睹狐妖变身女子欺骗乘马军官、用读诵将其变回狐身的法力。这当然是传闻，不过撰者收录这类故事，也可表明夜晚犯禁并不是一个严重到压过一切其他事情的行为。

正如研究者已经注意到的那样，唐宪宗元和年间、文宗太和年间、唐末长安城已出现破坏夜禁的事例①。然而这些事例出现的时代较晚，并且都集中在都城而非地方。如前所述，僧侣亦应遵守午夜不行的俗制。从《宋高僧传》以上例子来看，在元和之前的僧侣或其他人物就有犯夜的情况，但地方官吏考虑的是其他更重要的事情——比如僧侣是否妖惑、身属哪一寺庙、人（鬼）物的来历等。这表明，历史人物在面对犯夜行为的时候，其心态和反应经常与律令规定有出入。考虑到僧侣往往有政治特权，我们或许可认为他们其实受到了某种宽待，只不过并未得到记载。但据《道僧格》，僧尼别立道场，聚众教化、妄说罪福者须还俗。需要特别注意的是"妖妄""妖惑"：鉴于僧侣假说灾祥、妖惑百姓渐成风俗并有可能萌生祸乱，这类事件要依法律付官司科罪②。而在《宋高僧传》中，一方面，尽管材料并未直接说明官员是从法律角度考虑僧人的行为是否有悖法律，但至少可以表明这类行为的确会招来官员对僧人的神通是否虚假、僧人是否另有意图的猜疑，这当然关系到统治秩序；另一方面，官员对真正的神通似乎又深信不疑，还抱有忏悔的观念，当他们目睹了神迹的发生时，就对僧人非常崇信了。可以说，人物的心态和反应比制度更符合当时历史的实际情况，而心态和反应的背后还体现了当事人的思想意识、宗教意识、信仰意识而非禁令意识——即便是官吏，也习惯用超自然的、神秘的眼光来看待高僧或其他人物夜晚的行动，像信众一样崇信瑞应、神迹，

---

① 李合群：《论中国古代里坊制的崩溃——以唐长安与宋东京为例》，《社会科学》，2007 年第 12 期。

② 详见郑显文：《唐代〈道僧格〉研究》，《历史研究》，2004 年第 4 期。

因此即便不是不考虑犯夜这样的事情，也至少不将之视为最重要的因素——当然人物的心态和反应很可能包含传闻的因素，而制度在描述宏大历史问题时是必不可少的考虑因素。

总之，尽管唐代曾对僧侣出台关于夜晚行动的禁令，但其实施程度和范围有限。实际上，高僧犯夜往往会被忽略或不加叙述；即便官吏注意到这一点，他们也会更考虑那些严重危害统治秩序的因素，然而他们也是潜在的信仰者，一旦高僧的神通被证实，他们就从怀疑转为虔信，至于高僧犯夜与否并不考虑。就此而言，我们可以纠正关于破坏夜禁的一些论述：并不是行为就能决定夜禁崩溃的具体时间，而是也关系到事件的性质和某些宗教因素，后者导致高僧的犯夜行为转变为非犯夜行为得到处理，而关于夜禁的规定本身可能依然在执行、依然对其他人的犯夜行为有效。换言之，就高僧而言，犯夜的确发生了，但又没有发生。

四、高僧的时间记忆和预测

首先，人们并不知道高僧的年龄，或者一些高僧并不记忆自己的生年等信息。前者如慧昭，后者如慧安。慧安不记甲子，其背后有佛教理论的支持：生死如循环没有始末，不用记；心生种种法如沤起沤灭，这只是心识妄想，并不真实。既然如此，生辰甲子等时间信息对高僧来说就成为不必记忆的东西。显然，这与世俗对时间的感受和看法颇有不同，而这一点也凸显了高僧的圣徒品质。

其次，高僧还常常凭借神通改变时间与空间的某种惯有关系。如万回日行万里，就被怀疑说是非人。一日行万里一般是不可能的，但如果得如意通，那么不可能就会变成现实：一念之间就会逾越万里。又如无相取钟还净众寺，两天的路程几个时辰就返回，大家都觉得神速。当然，有时并不是高僧自己运用神通，而是高僧接触到这类神僧，如师彦见三僧从天竺来，自称朝行而至，足不蹈地，云是辟支迦果人，这都涉及时间与空间惯有关系的改变。

最后，尽管高僧常常不记时日，但在他们诞生之日往往会有神异景象，高僧出家也受益于神异天象。另外，高僧对自己的圆寂时日也极有预见性，同时会出现神异景象。不仅如此，高僧还能根据天象预言别人的圆寂时日。

总之，中古高僧与时间的关系颇为多样，不是简单遵循自然时间，而是展现出充满了各种意义的宗教时间。鉴于神异感通被赞宁视为果证的证明，这也有助于塑造高僧典范。

第五节　佛教神圣空间：叙事、经验与视角

空间叙事问题近年来已成为学界关注的热点问题，但在佛教传记领域，这方面的研究尚需进一步开拓。从《宋高僧传》中朝圣、礼塔、访寺、住山、卜地和其他一些值得关注的宗教现象来看，该书的空间问题是与宗教问题相互联系的，需要在相互参照中来考察。另外，该书是一部为僧人作传的佛教史籍，考察其空间叙事不能不与史料取材问题、高僧典范塑造问题交织在一起，这有助于从更多层面考察该书所载人物的空间经验、空间限制和视角转换等问题，以便在某些既有的叙事理论框架下发展与佛教僧传相适应的空间叙事理论。

一、中国佛教圣地之旅：菩萨道场的叙事

中国传统的天下观本以中国为中心，以四方为蛮夷，但在佛教传入后，在僧侣世界情况发生了反转：作为佛陀诞生地、说法地的印度被视为中心，而中国则成了边地。更有甚者，佛典往往倒果为因，认为因为"中国"（中印度国）的种种殊胜，佛陀才选择出生于此①。这种状况既引起很多中土高僧的自卑感、焦虑感，也激发了他们对印度的向慕。在唐代，有义净到印度，鹫峰、鸡足山、鹿苑、祇林等圣迹都曾追寻；无漏欲游印度，礼佛八塔——这类现象表明，高僧前往印度，其中一个原因就是朝圣。

中国僧侣的"边地情结"在唐代逐渐得到克服，其中一个重要原因在于中国本土佛教圣地的出现。与印度不同，中国佛教圣地主要不是与佛陀的生平故事或遗迹相关，而是通过长期佛教信仰传统的积累、修学参访、

---

① 陈金华：《东亚佛教中的"边地情结"：论圣地及祖谱的建构》，《佛学研究》，2012 年第 1 期。

修建寺院、朝圣感通等形成的。其中特别有名的是五台山。五台山因终年积雪而名"清凉",据说这与《华严经》等佛教经典称清凉山乃文殊菩萨道场之说相合①。《华严经》译出后在中国广泛传播,五台山逐渐成为信徒的朝圣场所。其他的佛典也将五台山与文殊信仰结合起来②。唐代僧侣瞻礼五台山的现象在《古清凉传》中多有体现,而《宋高僧传》中也有很多记录。据《宋高僧传》,可以肯定文殊菩萨在五台山与僧侣瞻礼五台山之间有着直接的关联,不仅中国僧人如此,印度僧人也相信这种说法,朝圣行为因此具有了"国际性"。

鉴于本节的性质,笔者在这里想要说明的不仅是其宗教性,而且是其在空间叙事文学上的表现,佛陀波利传提供了这样一个典型例证。据本传,北印度罽宾国人佛陀波利因为听说文殊菩萨在五台山而前来参谒,但他遇到一位说婆罗门语的老者,叫他回印度取《佛顶尊胜陀罗尼经》来为此土众生除罪,然后示文殊居处。这位老者是谁,佛陀波利并未认出。佛陀波利返本国取经复来中国,译经事毕,又持梵本入五台山,莫知所之,也有人说他隐于金刚窟——撰者似乎也失去了对传主的"追踪"。本传接下来采用另一位前来参礼朝圣的僧人法照的眼光来叙述:法照入五台山,忽见一僧自称佛陀波利,引其入窟,又见一院,题额云金刚般若寺。由于一开始说佛陀波利不知所之,因此佛陀波利这样出现有利于从他人视角出发体现其神秘性③。佛陀波利本唐高宗仪凤年间人,这与其大历年间接法照相去百年,照常理来看后者并不可信。不过,本传的这种写法却便于限制撰者自己直接承认其真实性——"系"解释说这是其分身,为果位圣人的变化、游戏。换言之,不是当事人本人宣称这是怎么回事,而是撰者根据佛理来将传主神圣化,这一解释虽符合佛教教义,却不能还原为传主本人的解释,而这种做法在赞宁这里屡次出现。另外,法照所见金刚般若寺景观虽然庄严,但最引人瞩目的是文殊菩萨"分茶",这一行为具有典型

---

① 圣凯:《中国佛教"四大名山"的信仰内涵》,载陈金华、孙英刚编:《神圣空间:中古宗教中的空间因素》,上海:复旦大学出版社,2014年,第367、368页。

② 冲本克己、菅野博史:《中国文化中的佛教——中国Ⅲ 宋元明清》,辛如意译,台北:法鼓文化,2015年,第170页。

③ 佛陀波利及其所译《佛顶尊胜陀罗尼经》对唐代以后中国佛教特别是密教信仰影响深远,与其神迹有一定关系。参刘淑芬:《经幢的形制、性质和来源——经幢研究之二》,《"中央研究院"历史语言研究所集刊》第六十八本第三分册,1997年。

的中土特色，可见其有传闻色彩，当然这依然可借助随缘任化的佛理来解释。

佛陀波利传中的法照所见五台山神迹不止于此。据法照传，法照钵中五色云内现五台诸寺，与曾到五台山的僧侣所言符合，因起念佛道场而得阿弥陀佛、文殊、普贤等现身。法照后与数人入五台山，随善财、难陀北行，见金门楼。随后，本传从初来者法照的眼光来看五台山，故前后有金门楼、一寺、大圣竹林寺之别，可见叙事之妙。对五台山的具体描绘则显得华丽宏伟，明显与佛教经典的描述相应，甚至菩萨左右有一万余人也要与《华严经》所述相同，表明这样的描写其实不是来自法照的独特观感，而是深受既有信仰文化、佛教经典的影响，或者说是佛典文化影响下的观感描写。接下来，在法照与文殊的对话中，文殊告诉他修行法门以念佛为要。从笔者的角度看，这是为念佛法门的权威性、重要性提供直接来自菩萨的依据。此后，法照辞别，二青衣送他出门，礼毕抬头，青衣就已消失。法照又前往其他菩萨院巡礼，灵迹颇多，便入念佛道场，誓生净土，有梵僧叫他传播五台山之灵异，发菩提心，法照自称害怕遭人猜疑毁谤，故不说，梵僧说文殊在此山尚为人毁谤，何况法照？只是要使众生发菩提心罢了。故法照录之，另有僧立石标记，又绛州兵掾王士詹述圣寺记①。这后面的话说明了法照本人的疑虑和之所以如此的原因，这是面对将来的行为。法照等人的记录今天已不能看到，但《广清凉传》卷二记王士詹撰述刻石，称法照所见奇迹载于其实录，可知确有依据。

法照本是一僧，其见到五台山佛寺和菩萨而又只能退出，这被解释为其修行程度不够，由此再度呈现五台山的神圣性。此外，《宋高僧传》还有一种记叙手法，那就是僧侣见到菩萨后寺院消失。据道义传，道义于五台山东北五里楞伽山下逢一老僧、一童子，相随入寺，观赏完后，老僧叫他出寺，他回见山林，乃知是化寺。"化寺"一词解释了这所寺院忽然不见的原因，大概是从《法华经》著名的化城之喻而来。由于这一圣迹，皇帝还敕置金阁寺。再如神英得神会指点瞻礼五台山，忽见一院题曰法华院，有如《法华经》所说，所见景象均不同寻常，出门后，该寺院就消失

① 赞宁撰，范祥雍点校：《宋高僧传》卷二一《唐五台山竹林寺法照传》，北京：中华书局，1987年，第538-542页。

了，他认为这是大圣在警诫他。

在这类故事中，无著入五台山金刚窟般若寺见老翁、童子、寺庙的故事最为精彩。撰者一开始并未交代老翁、童子、寺庙的底细，而是借助"有修无证"的无著的视觉、听觉来感受五台山，因此无著因老翁到寺门前唤童子开门而知道童子名均提，因均提的指点才知道金刚窟名般若寺，最后又见"大圣乘师子"，尽管没有直接说明是谁，但根据五台山、菩萨与狮子之间的关联可以猜出这就是文殊菩萨，也就是那位老翁；而均提则是菩萨的侍者，也就是那位童子。本传最后交代，这是元和年间无著门人文一追述的故事。文一不是这个故事的目睹者，无著转述给他这个故事似乎是合理的推断，而文一大概做了文辞上的修饰。另外这个故事也存在前面提到的特点，那就是传主因某种意外或机缘来到某神圣空间，却因为修行程度不够等问题而不知道所见对象的身份，也不能住在此寺，最终只能离开①；而当传主离开后，圣寺和菩萨、侍者就都消失了，由此强化了后者的神圣性。

根据该书的记载，唐代僧人已将佛教经典的说法与五台山紧密联系起来，并从古德的朝圣事迹中得到激发，像无染传的叙述就表明《华严经》等的记载给无染留下了多么深刻的印象②，不仅可以作为唐代僧侣视五台山为圣山的明确证明，而且可以解释为什么在上述传记中经常出现老人、童子——佛教圣山传说也有经典或佛理上的根据③。

总之，中国出现佛教圣山是比附佛经和修学、感通等方面的结果，带动了更多的僧侣前往圣山，并有很多具体的故事流传和记载下来。这些故事常常通过朝圣者的视角来讲述菩萨、圣僧和圣山环境的出现和消失，由此凸显了后者的神秘化、神圣化特征，也塑造了修行程度和认知程度有限、但依然因有感通而目睹神圣的高僧典范。

---

① 这种情况在中古时期并不鲜见，参项裕荣：《竹林寺传说的演变——文言小说史中佛教传说的儒道化现象研究》，《学术研究》，2009 年第 12 期。

② 赞宁撰，范祥雍点校：《宋高僧传》卷二三《唐五台山善住阁院无染传》，北京：中华书局，1987 年，第 585 页。

③ 需要指出的是，除了巡礼圣山，随着佛教中国化进程的发展，礼谒祖塔也逐渐兴起。正如柳宗元《曹溪第六祖赐谥大鉴禅师碑》所说的那样，当时的禅都源于曹溪慧能。逐渐地，礼谒曹溪祖塔成了僧侣远足的一项重要内容，典型个案是《宋高僧传》里的无业。另外，中国佛教圣贤也越来越多，僧人也逐渐兴起遍游圣迹之风，这在无业、自在等人那里都有体现。当然在《宋高僧传》中，这一现象还不是特别突出，故此处不赘。

二、材料、视角与空间：神圣化的诸层面

按照佛教的说法，诸佛菩萨可以在任何地方显圣，印度如此，中国亦然。由于传说菩萨在中国某地讲法，该地也就具有了神圣性。除了上文所说五台山，本净听闻《华严经》所谓天冠菩萨住在霍童山多神仙洞府，乃前往。佛舍利的东传也导致中国某些地域成了神圣之所并有灵验，典型的是藏有佛舍利的鄮山阿育王塔。

僧侣的言行也会使得自己或空间神圣化。例如，知玄前身讲经，感地变琉璃。琉璃是天宫的典型装饰，因此这样的记叙表明知玄的神通和空间变化之间的关系。又如宝思惟在龙门山置一寺，规制依仿印度而颇有灵验，从而构建出神圣空间。僧侣还运用法力来应对外界环境，从而形成各种有关神迹的空间。如道齐于石窟中修习禅定，无惧虎豹蟒蛇，又用锡杖刺地得泉而解决了供水问题。因此，高僧既可能是神异的亲历者，也可能是神异的制造者。

如前两章所论，赞宁采取详略有据的实录原则，有时也根据儒典和其他外典语言改变所据材料的文体风格，或根据实质性、重要性、相关性等原则删改一些文字。这里进一步提出的问题是，《宋高僧传》与所据材料所叙神圣空间经验的叙事视角问题。如一行传记其至国清寺的故事，表面上似乎采取了一行的视角，因此到国清寺后只见到一院、流溪，听到院僧卜卦、与侍者对话却不知其名；但实际上，这个故事早在唐代《明皇杂录》等书中就有记载，文字基本相同，看来本传只是依照《明皇杂录》的记载，换言之这不是一个故意佯装限知的叙事手法问题，而是一个认知问题，或者说赞宁所据材料认知上的限制导致了其叙事视角上的限制。但是，故事显然符合赞宁注重详略有据和对材料的实质性、重要性、相关性等方面的要求：故事中的院僧教给一行算法，由此解释了其算法的由来；院僧预言门前流水西流而一行至，授法之后流水复东流，由此解释了其闻名遐迩的原因。另外，高僧的神圣化和空间的神圣化也是相辅相成的：院僧的言行表明其并非凡人，而一行的算法也就有了神圣的来源。

材料对人物空间经验的视角造成限制的另一个典型例子是法秀入回向寺的故事。这个故事以法秀的视角看待这一过程：不知同行僧是谁，回向寺老僧是谁，发现寺内两间房空榻无人，亦不知是谁，尺八属谁。老僧的

解释使得情况明了一些：两间房分别属胡僧、唐玄宗，尺八属唐玄宗。胡僧就是与法秀同来者，但究竟是谁，并未明言。法秀离开后数年，爆发安史之乱，叙述者这才解释说胡僧即安禄山。这当然都是限知视角，有利于营造回向寺神秘莫测的气氛。不过，这个故事早在唐代《逸史》中就有记载，也采用限知视角，始终没有说明老僧是谁，而《宋高僧传》也未说明老僧是谁，故不能简单归结于《宋高僧传》撰者的故意安排，而是其知识本就受资料来源所限，其又秉持详略有据的实录观，因此没有随便捏造故事。

按照佛教观念，法身遍在，凡圣相混，悟得佛道则十方世界无一不是佛土。因此，神圣空间可能无处不在。前面提到传主因修行程度不够而不能住在圣寺，但这往往是叙事中的说法，而赞宁却有其他看法。在他看来，能够亲身经历此神圣空间者也不是凡人。如亡名僧与法本为友，法本自称出家于邺都西山竹林寺，寺前有石柱，请他日后相访。亡名僧追念前约而往，见竹丛中果有石柱，但扣其柱，即见其人，法本见之甚喜，领其参尊宿，饭后法本送至三门相别。据本传，亡名僧之所以饭后就被请出寺，是因为他是凡僧，该寺中没有他的位置。传后"系"则称北齐僧圆通曾有类似事迹（当指《续高僧传》卷二六《齐邺下大庄严寺释圆通传》），本传入"感通篇"，而感通被赞宁视为果证，他也认为能够入此圣寺者不是凡人，故这样的安排显然体现的不是材料的既有看法，而是赞宁本人的看法。不限于此，如罗僧本是得果位人，曾得同会之不测僧照顾，病愈后临别，自称住在茶笼山，请后者相访。同会僧后果然前来，罗僧称只有得漏尽通的才能到茶笼山，而漏尽通是六神通之一，这表明该僧已除去烦恼，亦非凡人。尽管该僧离开后也再次出现了山寺消失的描写，但赞宁将此归入"感通篇"，应该也认同罗僧的解释。换句话说，茶笼山因果位人所居而神圣化，而能够一见此山的也是神僧。总之，在赞宁看来这类故事体现的是另一逻辑：能够见到圣寺、圣僧的也有果证，并不是住在圣寺的才有果证，因此前者也被视为高僧。

用俗人的眼光看，这类故事显得更加神奇。在灵岩寺僧道鉴与冯生交往的故事中，一开始就说明了道鉴俗姓、所居佛寺，但冯生不知，所以从冯生的视角出发，只见一老僧称"汝，吾姓也"。当冯生应约往灵岩寺寻道鉴时，连寺僧也不知该僧，更增添了神秘莫测的意味。直到冯生于西庑下见壁画一僧如道鉴，方觉悟道鉴是以神灵和自己交往，又见其旁有题，称道鉴姓冯，方知道鉴何以说"汝，吾姓也"，这同样是采用冯生自己的视角，故而叙事有曲折。据本传，道鉴多有显圣之迹，故乡人称其为圣僧，又有梵僧称他为智积菩萨，更可见其神异，故赞宁置之于"感通篇"。灵岩寺也因此类故事而有神化意味，常得钱财供养，出现灾难时百姓到其像前焚香祈祷而灾难平息。

不仅仅是修行程度问题或知识问题会限制视角，空间本身也会限制视角。不过《宋高僧传》在这方面的特点是，空间限制的同时也凸显了特定视角所见的高僧神异现象。一些高僧平时行为佯狂，不守律仪，因此受其他僧人责难，如广陵大师；但当他独居一室时，有人从门缝里看，只见他眉间放神光。因此，门隙这一空间使得视角受限，但也凸显了广陵大师的神秘。《太平广记》卷九七引《宣室志》记录此事，内容相同，但进一步比附说，佛的眉间有白毫相光，而广陵大师眉间亦放神光，因此广陵大师就是佛，可见中古时代人们的思维方式。从材料本身及其来源《宣室志》来看，最先看到这一场景的是寺僧，当然也正是他们将所见传播出去。换言之，本传的限知视角终究还是材料限制导致的结果。这类他人窥见带来的视角限制在书中多次出现，并经常被用来塑造不测之僧的身份。除了广陵大师，还有亡名传叙一律师窥见金色光明从一酒肉僧口中发出，故该律师改变了偏见，认为后者是圣贤。这里的"窥见"采取律师的视角，塑造了该僧的神异身份。再如抱玉夜晚独处一室而不点蜡烛，有僧于门隙偷看，见他口中出云。可以说，借助空间限制展现高僧的神通，这类故事是《宋高僧传》及其材料来源的一种惯用的叙事手法。此外，不仅他人的视角受到空间限制，传主本人的视角也会受到空间的限制。如智佺诵讽经咒，闻户外有弹指声者，本传没有说这是谁，而是怀疑是鬼神在赞叹。这种视角限制同样可以塑造高僧的身份和形象：以不见彰显所见，而所见正是不想众人周知但又存在的神秘、神异景象。

此外，梦、空间、神异也存在紧密关系，并具有解释性。例如，玄朗认为湛然梦中的二轮指止观二法，大河指生死渊，都是隐喻性、象征性的。这个故事本身也解释了为何玄朗授予湛然止观之学。法诜乘舟上济的梦则解释了法诜为什么精通经义。另一个例子是义寂：他梦见观音菩萨与自己合而为一，从而解释了其之后为何能显现出辩才。义寂此事发生在四明育王寺，寺中有佛舍利塔，是一个典型的神圣空间；而义寂所梦的天台国清寺，则是天台宗祖师智颉的道场。因此这样的梦表明义寂与天台宗、与佛教的紧密关联。又如窥基宿西河佛寺中，梦见天童授剑，剖腹而见山下无数人受苦，又得纸笔，醒来后发现一部《弥勒上生经》，觉悟到这是弥勒佛命自己造疏。这个故事也很好地解释了窥基为《弥勒上生经》造疏这一行为并使之神圣化。

总之，《宋高僧传》中这类空间叙事的限知视角往往不是撰者的有意设计，而是常常受到材料来源的限制，这又具体体现为材料中所记叙人物在修行程度、认知和所处空间等方面的局限。这还再次反映了该书作为一部僧传的编纂特点：撰者追求具有重要性、实质性、相关性的材料但又自我设限，常常与取材对象的认知程度并无太大差别（既可能知道很多，又可能知之甚少或一无所知），只不过赞宁有时采取不同于取材对象观点的其他佛教观念解释传主的生平言行，以便更好地通过空间叙事凸显其神秘化、神圣化的身份和形象并置之于十科之一。

三、选择栖息地

在唐代，僧侣参学诸方已成为普遍现象，但他们最终也会选择某地作为自己的栖居地。第一章第四节已经说明，僧人驻锡地有寺院，但并非都是如此，有的地方并不著名，不仅没有寺院，甚至没有现成的居住场所。那么，僧人选择该地的原因是什么呢？

首先，僧人往往选择山水形胜之地。玄策、自在、灵一、志贤、国道者、圆修等都是如此。与山水形胜相关的观念也成为僧人空间选择的原因。如法普见黄岗山色奇秀而止，有人问他原因，他回答说见山顶有紫气，觉得此山非比寻常，故居此。由于紫气可能关系到祥瑞，故法普的选择意味着他相信紫气的某种预示力。

其次，基于宗教观念。常见的是认为某地是法城、神仙窟宅、罗汉翱翔地、圣迹名山、有灵圣之迹、出现天宫之影。另外，僧侣应悬记而居住某地是经常出现的事。如道通因道一谶记而住紫玉山就是如此。这样的选择虽也与山水有关，但更重要的是为了修道。在悬记中，"逢（遇）×即（可）止（住）"这类句式屡次出现，慧明、无漏、法钦、灵祐等僧都遇到过这类情况。中古高僧悬记多不可晓，需要解读，因此有的预言在当时无人理解，直到事件发生后人们才明白，这种有意为之的晦涩给叙事留下了悬念，无疑是塑造高僧形象的极佳手段①，像法钦、灵祐都是根据后来所遇而理解其具体含义。这类句式在各类史料中反复出现，而高僧也因为这类悬记而神异化。

最后，初到某地的僧人选择某废弃寺院驻锡，体现出该僧的品行。如行觉游方，见江陵一古寺而止。第二天有樵夫看到他，非常奇怪，称这是国昌寺，已废弃三年。这个故事一开始是从行觉的视角出发来看的，故只见古寺而不知古寺之名；然后通过当地樵夫之口说出寺名国昌寺，显得叙事曲折有波澜；寺庙颓坏而行觉依然挂锡于此，则体现出该僧无所拣择、不慕华贵的高僧品质。

总之，高僧对栖息地的选择关系到个人喜好、自然观念、宗教观念、空间经验和视角等问题。

四、空间中的其他遭际与活动

高僧云游鸟宿，起初并不一定居住在某地，后来因喜欢某地宗教环境或自然环境而栖息下来，一开始未必建寺，因此往往面对动物，并常常施展法力驯服它们，后因供养或众人出力构建伽蓝，像遗则、道悟等僧就是如此。中古时期山峰有很多神异传说，或多魑魅，或有山神，因此高僧能够居此，也常被解释成山神让居，像山神将龚公山让给道一作为道场就是如此。也有高僧（如慧空）因修行之力而暗中感通山神，居山时得山神供施，而山神的解释也是佛教式的，认为自己因前身业力而成神，今生供施给高僧而得超度。

住山之后，有的高僧从事负薪、汲水、扫石等各种生活。他们为某地兴建事业，这也可能成为十科分类的根据，像智晖于洛洲造浴室，这类功德就使得他被归入"兴福篇"。更常见的情况是构筑、增修寺院等兴福事业，这一点在第二章已有专节考察，此不赘。

一般来说，高僧往往严守戒律，精进求道，故而还会对自己的活动空

---

① John Kieschnick, *The Eminent Monk: Buddhist Ideals in Medieval Chinese Hagiography*. Honolulu: University of Hawaii Press, 1997, pp. 67—111.

间做出限制。不过，有证据表明，这也可能是托词。如武则天诏慧能赴京，慧能谢病不起。高僧也不都是这样空间设限，因为佛理同样可支持他们出山，像慧忠国师就认为道无不在，不分华野——这意味着任何地方都可以是传法处所——因此他接受了帝王的迎请。

此外，安排葬地和往生净土也是值得注意的现象。前者如玄觉：于西山望所住龙兴寺而叹，此即玄觉殁后殡葬地。后者如知玄：入灭前曾游历的圣境皆出现在眼前，有佛预言其必生净土。除了往生西方净土，还有高僧生兜率天宫。另外还有一类高僧擅长地理之学，尤其擅长占卜坟地，如泓师就屡次预言某处地理形胜与官员仕途之间的关系并为后来事件验证，就连赞宁自己似乎也颇为相信这类学问。

总之，《宋高僧传》的空间叙事与宗教现象等紧密联系，由此具有了种种特征。

第六节 后世典籍中的《宋高僧传》

"两朝钦至业，四海仰高名。旧迹存华社，遗编满帝京"[1]，赞宁有高名于时，撰述广为传播。其《宋高僧传》撰成之后入藏，后世中日所编纂藏经也有著录[2]。该书还流传到高丽[3]，另据元照《祥符寺通义大师塔铭》可知，北宋还出现了《宋高僧传音义》等相关研究著作（似佚）。不过，关于《宋高僧传》在后代中国佛教典籍中如何运用、得到怎样的评价，学界探讨有限。更重要的问题是非佛教典籍如何看待该书——这一问题的提出，在于僧传有自身的发展源流、体例、归类、宗教意图等，而非佛教典籍却不一定考虑这些，何况后世非佛教典籍与北宋之间隔着或长或短的历史距离，又出现了其他门类的书籍，那么它们如何看待《宋高僧传》、关注重心在什么地方、是否吸收该书材料、是否有取舍，便是值得探讨的问题。

---

① 宗鉴集：《释门正统》卷八《护法外传·赞宁》，《卍续藏经》第 130 册，第 900 页。

② 参童玮编：《二十二种大藏经通检》，北京：中华书局，1997 年，第 274 页；何梅：《历代汉文大藏经目录新考》，北京：社会科学文献出版社，2014 年，第 1306－1307 页。

③ 参义天录：《新编诸宗教藏总录》卷三，《大正新修大藏经》第 55 册，第 1178 页；许明：《中国佛教金石文献·塔铭墓志部五 辽金卷》，上海：上海书店出版社，2018 年，第 1886页。

一、著录

自宋初以来，《宋高僧传》就已入藏，卷数等方面信息都无异词；佛教之外的书目著录，大抵入子部释家（佛家）类，更具体的分类是入传记类或记传类，也有按照佛教的分法入"三藏·此土著述"者；另外是版本问题：或不说明版本，若有说明者多为明刊本。这些情况已有研究者具体探讨①，但还有补充的余地。北宋时期的《大中祥符法宝录》卷二〇不仅著录该书三十卷，而且对各科进行了简短的评论，这些评论有的来自该书各科后的"论"，有的是撰者进一步总结或概括各科内容。在内典著录方面，值得注意的还包括《大明重刊三藏圣教目录》《藏经值画》和《金陵梵刹志》《吴兴备志》《武林梵志》等地志。在外典著录方面，如明人焦竑《国史经籍志》卷四《子类》释家传记类、徐𤊻《徐氏红雨楼书目》卷三《子部》释类著录该书三十卷，而祁承爜《澹生堂藏书目》卷九《子部》释家记传类著录该书三十三卷，六册。

著录该书最多的是在清代。佛教撰述自不待言，如《宗统编年》著录该书卷数、分科、传主人数，《法界圣凡水陆大斋法轮宝忏》著录该书体例、传主人数等方面的内容。非佛教典籍也措意此书，特别是该书版本等方面的信息。《虞山钱遵王藏书目录汇编》卷八《三藏·此土著述》著录《宋高僧传》三十卷六本。乾隆九年官修《秘殿珠林》卷二三《释氏经典》著录《宋高僧传》一部。嵇璜《续文献通考》卷一八五《经籍考》"子·释家"著录该书三十卷，后有赞宁小传；嵇璜《续通志》卷一六〇《艺文略》"诸子类·释家"亦著录该书三十卷，宋释赞宁撰，又称见文渊阁著录，但明代《文渊阁书目》未著录《宋高僧传》，或是指清代文渊阁之四库全书著录。周中孚《郑堂读书记》卷六八《子部》"释家类"著录该书三十卷，支那撰述本，略记赞宁生平，称《国史经籍志》《四库全书》均著录此书，又记该书体例等方面内容，大抵沿袭《四库全书总目》的说法，最后又称该书后有音释，乃万历辛亥刊时附入，可见《郑堂读书记》所著录之《宋高僧传》当为明刊本。《天一阁书目》卷三《子部》"释家类"著录该书三十卷，蓝丝阑钞本，署名赞宁与智轮（赞宁弟子）同奉敕

---

① 杨志飞：《赞宁〈宋高僧传〉研究》，成都：巴蜀书社，2016 年，第 107—143 页。

撰。瞿镛《铁琴铜剑楼藏书目录》卷一八《子部》"释家类"著录《宋高僧传》三十卷，明支那本，又记该书传主人数，十科之例，奉敕撰僧史，传后系、论，详赡之文笔，版本（径山寂照庵刻本）等内容。莫友芝《邵亭知见传本书目》卷一一著录《宋高僧传》三十卷，明万历辛亥（1611）刊，雍正十三年（1735）重刊龙藏本。莫友芝《宋元旧本书经眼录》卷三著录赞宁《物类相感志》十八卷，又言其生平，提到其撰《高僧传》三十卷，亦即《宋高僧传》。《八千卷楼书目》卷一四《子部》"释家类"著录该书三十卷，支那本。《善本书室藏书志》卷二二《子部》著录该书三十卷，明刊本，提要则多抄《四库全书总目》。《皕宋楼藏书志》卷六五《子部》"释家类"著录该书三十卷，明支那本，后引该书《自序》以说明赞宁撰史过程和心迹。

清代最重要、影响最大的书目《四库全书总目》卷一四五《子部》也著录了《宋高僧传》，称该书三十卷，内府藏本，又叙此书成书前后过程、入藏情况；称《宋史·艺文志》不著录，是因史志于外教之书不求完备，这是体例和道理使然；再叙"高僧传"之名的起源、分科因革，最后说明该书人数、体例、史法、史源、文风等情况。对该书成书过程等内容，赞宁本有自述。四库馆臣认为《宋史·艺文志》不著录是由于该书乃外教之书，似乎官方书目在这个问题上秉持长期、一贯的学术传统和正统立场，但《宋史·艺文志》既著录了梁唐高僧传，也著录了赞宁《僧史略》，却缺少该书，可见《四库全书总目》之说虽不无道理，但其中原因还需进一步考察。其实更历史化的原因还在于，宋代从欧阳修《新唐书》开始，删除僧传，从此僧人名不再入史馆①，故《宋高僧传》也不为官方书目著录，而《宋史·艺文志》往往根据宋代以降国史文献而定②，这导致《宋高僧传》失载。至于"高僧传"之名由来、体例沿袭变化、不合史法等问题，陈垣认为其中多谬说，又影响到周中孚《郑堂读书记》、丁丙《善本书室藏书志》，故作正误③。《四库全书总目》称该书详细记载传授源流的

---

① 黄锦君校注：《道璨全集校注·无文印》卷九《西湖高僧传序》，成都：巴蜀书社，2014年，第304页。

② 罗凌：《〈宋史·艺文志〉子部释氏类书目考辨》，《三峡论坛》，2018年第3期。

③ 详见陈垣：《中国佛教史籍概论》卷二，上海：上海书店出版社，2005年，第34—36页。

说法确有见地，盖该书虽未以诸宗传承为主线安排体例，但实际上包含着相关内容；该书取谍铭记志，亦为赞宁本人道出。至于有助于典故考证等说法，可见四库馆臣对佛门史传典故的重视，接下来我们就会发现，在四库馆臣之前已有人持类似看法，当然，人们对该书的关注点不止于此。

二、佛教学术问题

首先与这个问题密切相关的，是《宋高僧传》的体例。古人当然有赞同该书体例的，比如《补续高僧传》就受到该书体例的影响。但对该书体例也有一些批评声音。善卿《祖庭事苑》卷五批评唐宋高僧传以达摩大师而下所传如来心宗正法之人预习禅科是错误的，认为习禅者乃四禅八定所证而有大小不同，这不是佛陀所传的正法眼藏。换言之，他认为禅宗所传乃正统、正法，而不仅仅是修行方式，不属于十科之一。这类看法早在裴休等唐人笔下就已出现，到宋代已成潮流，契嵩《武陵集叙》、惠洪《林间录》卷上等都有类似看法，可能最终导致了高僧传十科分类的消失。最有影响的批评意见来自惠洪，他指出赞宁识见不足，文体不统一，《宋高僧传》将延寿收入兴福科、将全豁收入施身科、不为文偃立传等做法不妥。关于这些问题，笔者将在第四章第三节专门考察，此不赘。这里想说明的是，这类批评固然与禅宗到宋代之后成为中国佛教的主要势力有关，但也有后来者缺乏研究、跟随前人意见的原因。比如，元贤《建州弘释录序》也认为赞宁有学问而缺乏才华，不满《宋高僧传》对禅师的归类；纪荫《宗统编年》也声称赞宁不懂禅宗，文笔混乱不统一，编排次序庸碌；徐昌治《高僧摘要》等也为该书将全豁列为苦行（实为遗身）、不收文偃抱怨抱屈。尽管这些批评不是完全没有道理，但如前所论赞宁的确对禅宗有了解，笔下虽骈散交杂，但也有根据，而且他对材料有剪裁，至于体例则仁智互见，惠洪等宋代禅师另编禅林"僧宝传"和明代以后恢复的"高僧传"就是明证。其实反对惠洪之说、赞同赞宁做法的也有，如钱谦益就认为兴福、施身并不比习禅低下，可根据延寿的宗教贡献而置之于"兴福篇"，不一定非要入"习禅篇"①。钱谦益的说法未必完全正确，因为僧传

---

① 钱谦益撰，钱曾笺注：《牧斋有学集》卷二五《白法长老八十寿序》，上海：上海古籍出版社，1996年，第967页。

有根据重要与否和修行深浅程度先后排序的考虑①；但是他也说对了一点，那就是作为有为法的兴福事业至少从功德等方面来看的确很重要。至于赞宁的识见问题，除了惠洪的批评也有其他人的看法，如从义《法华经三大部补注》卷三质疑《宋高僧传》译经篇的"论"，认为后者所谓心教仅仅局限在达摩所传禅法，其实《华严》等诸大乘经同样直指人心见性成佛，因此赞宁识见太浅。的确大乘经典重视心法，但正如本书第二章第三节所论，其实赞宁也多次提到其他诸宗对心法的重视，只不过其作为禅宗宗旨的特点更鲜明、直接，更为人公认，其思想来源并不局限于任何一部佛经。另外，从义似乎也没注意到，赞宁此论受到宗密《禅源诸诠集都序》卷上相关论述的影响，因此仅仅批评赞宁而缺乏深入考察。

引用该书材料同样涉及体例问题。这里必须注意到灵验记之类的佛籍。据笔者考察，唐代佛教灵验记是"传主生平"和"传主与信仰相关的内容"之间的消长和糅合②。到宋代也存在这种情况，但值得注意的是，灵验记还会照搬僧传材料，不过主题、观察视角不同，更侧重信仰。像《法华经显应录》的绍岩传主要集中于后者那些体现诵读《法华经》的灵验上；而在《宋高僧传》中绍岩入的是"遗身篇"，是着眼于后者主动舍身得舍利。因此，二书采用材料大体一致，但观察视角并不完全一样。同样，《法华经显应录》采用延寿传，也是着眼于后者诵读《法华经》等事，而《宋高僧传》将延寿置于"兴福篇"。当然，《法华经显应录》还有传记部分或整体采用了《宋高僧传》侧重《法华经》信仰的内容，包括"译经篇"的子邻传，"感通篇"的玄光传、楚金传、神英传，"兴福篇"的道遵传，"义解篇"的窥基传、澄观传、傅章传、继伦传、贞诲传，"明律篇"的道宣传、大义传，"遗身篇"的景超传、洪真传、元慧传，"读诵篇"的守素传、遂端传、行坚传、亡名传、明慧传、玄奘传、鸿楚传、鸿莒传，"杂科声德篇"的广修传、自新传。而彭希涑《净土圣贤录》卷三法照、辩才、端甫、知玄、雄俊、绍岩、大行等传亦出《宋高僧传》，像法照传入"感通篇"，"系"中所论确与净土有关；但像辩才传入"明律篇"，侧

---

① 黄敬家：《赞宁〈宋高僧传〉叙事研究》，台北：台湾学生书局，2008年，第111—112页。

② 详见笔者参与的国家社科基金重大项目"中国宗教文学史"中"隋唐五代佛教文学史"关于灵验记部分的论述。

重其循毗尼之道；端甫传、知玄传入"义解篇"，赞宁在"系"中探讨的是知玄的前身后身问题；雄俊传入"读诵篇"，认为"口诵莫如心持"，不专主净土；绍岩传入"遗身篇"，侧重其焚身供养、投身江水等行为；大行传入"读诵篇"，乃在于其专念阿弥陀佛。而《净土圣贤录》根据净土信仰这一主题将这些高僧都列入修持净土者之列，多少不顾《宋高僧传》撰者之意，也不顾后者的十科分类。

从以上情况可以看出，佛教典籍的编纂会根据某种特定的佛教信仰主题选择材料，并不是简单照抄照搬《宋高僧传》；有时则采用特定的信仰视角来看待该书的材料，并不与赞宁的视角相同，评论也可能不同。

其次，涉及考证、翻译、订谬等学术问题的非佛教典籍也常援引《宋高僧传》。如《蜀中广记》卷九五《著作记·内典》引该书宗密传说明宗密撰写著作的缘起。《广阳杂记》卷五记《金刚三昧经》有元晓法师疏，乃是根据该书元晓传等的记载，可见其可供考证之用。《龙井见闻录》卷十余论"四辩才"条，其中之一即该书"明律篇"之"唐朝方龙兴寺辩才"，同样具有考据性。《经史避名汇考》卷二一据该书考法慎名，《南朝寺考》卷二、卷三分别引该书元（玄）素传、惠忠传之故实并作考据。《浙江通志》卷二四六《经籍·子部·释藏》、卷二四八《经籍·集部》引用不少佛教著作，都以该书的载录为据；卷一九九《仙释》"道遵"条所据为该书道遵传。又《四库未收书提要》卷二论及《一切经音义》乃以该书慧琳传为据，《虚受堂诗存》据该书惟俨传考李翱见惟俨等生平行实，《玉溪生年谱会笺》卷四据该书知玄传考读天眼偈事，均可见其被资为考据之用。《纯常子枝语》卷二一谈及王谢风流时则引该书皎然、慧涉等俗姓谢氏的僧侣传记为证，又引该书"译经篇"之"论"论及翻译问题，类似情况还包括李慈铭《越缦堂文集》、揆叙《隙光亭杂识》。

当然，所引内容并不一定与撰者赞宁的看法相同，有时甚至意见相反。比如，文才《肇论新疏游刃》卷下引该书译经科的"论"而加以修正，认为经是佛言，笔受《楞严经》的房融作为文士，不当用佛教之外的典籍润饰佛经；而论是自语，僧肇乃通人，可征引外典作论。但实际上，在该书中这是他人就房融、僧肇采用外书的批评；而赞宁本人的看法体现在"通"中，他在一定程度上是主张用本土文字典籍而非委巷之谈来翻译梵文佛经的，不过他意识到只注重语词的典雅也存在问题，故主张调和典雅与鄙俚两种风格。如前所论，赞宁具有儒家式文质相兼的观念，一定程度上欣赏文采，因此这样的论调自有其根据。又如，王棠《燕在阁知新录》卷二八"前身后身"条引该书智威为徐陵后身和知玄前身为袁益、受报应为晁错婴扰的故事，但王棠并不像赞宁那样相信前身后身、认为知玄由汉至唐几经出没之说，而是反驳说如果大家都轮流转世，那么这个世界就全是怨家债主，知玄乃是因心有报应二字故加以附会，不必不信，亦不必尽信①。显然，这不仅针对该书，而且是对佛理的质疑。

最后，赞宁该书的某些学术观念也影响到后来者。比如该书多采取宗族观念看待法门传承，而契嵩《传法正宗记》就同样采用类似观念看待宗门传承。契嵩另一部《传法正宗论》也采用该书关于"习禅篇"的议论来阐述自己对禅宗史的看法。《佛祖统纪》引用包括该书在内提到的僧人出家制度也是为后来者所注意的内容。还值得一提的是，后来也有人注意到赞宁的文笔：钱谦益见该书彦偁传中彦偁救虎之事，乃赞叹赞宁文笔绝妙②。而在宋代很少有人称赞这一点，据惠洪《题修僧史》，倒是有一些僧人批评赞宁文笔繁杂冗长。因此，钱谦益的评价堪称是对赞宁文才的再发现，当然这主要是对后者记事才华的再发现。其实如前所论，赞宁具有儒家式的文质观念，一定程度上注重文笔，又特别注重通过事迹来了解传主，他在记事上的才华也屡见于该书，因此得到钱谦益的赞赏并不奇怪。

总之，就学术问题而言，后代典籍主要涉及《宋高僧传》传主的法名、国籍、法系、分类、生平等体例、考证、翻译、订谬方面的问题，后世典籍不一定与赞宁本人的看法、视角、出发点相同，有时不过重复前人对赞宁的批评而缺乏进一步分析，其实赞宁的做法也有其道理和事实方面的根据。

三、材料和史实问题

《宋高僧传》的史料问题在宋代就有人评论。的确，赞宁自称遵循实录原则，但宣言和实际情形之间有时不免存在距离。南宋时，祖琇《隆兴

---

① 王棠：《燕在阁知新录》卷二八，清康熙刻本。
② 钱谦益撰，钱曾笺注：《牧斋有学集》卷二五《石林长老七十序》，上海：上海古籍出版社，1996年，第969页。

佛教编年通论》卷一六曾论及该书法秀传，称此传以安禄山为回向寺中之神，老僧预言其将乱大唐，而他指出这不准确，因为法秀入回向寺时在开元二十六年（738），十六年之后——按照祖琇的说法推断在753年——安禄山反唐，因此安禄山当时就已三四十岁，已生在世却更有神在彼，这不合常理，不可信，何况安禄山所作所为极愚蠢不合道义，不可能是神仙，因此赞宁的记叙是污蔑回向寺诸公，故删之。但包括毗卢藏本等在内流传至今的诸本《宋高僧传》均不言安禄山为神，而是说其乃寺中胡僧，名磨灭王，还说此事发生在开元末、数年后就有安禄山之乱。尽管诸本《宋高僧传》关于时间的说法存在问题，因为安禄山之乱在天宝十四载（755），不是在开元末之后数年，但祖琇的说法也不完全准确。另外，诸本《宋高僧传》的说法与《太平广记》卷九六引《逸史》更接近（后者时间更准确一些，认为是在开元末之后二十余年方有安禄山之乱），与祖琇所叙相去更远，祖琇所据《宋高僧传》若非别有所本，其所据则可疑；当然也可能是祖琇的批评和删改正是导致此后各种《宋高僧传》版本删改此段文字的原因，但这种说法并无现存版本支持，姑且存疑。

像祖琇那样引用《宋高僧传》，但现存各种版本的《宋高僧传》却不见相关文字，这一情况似乎不是个案。如《挥麈录》后录卷五引赞宁《续传》记李重进事同样不见于现存各种版本的《宋高僧传》。据《宋史·艺文志》，赞宁还撰有《传载》一书，不知其中是否载有此事，但至少书名不合。纪荫的批评也有类似问题。其《宗统编年》卷一二批评百丈清规被赞宁增改，此说亦不知何据——赞宁的现存撰述都没有提到他本人修改清规一事，至多表明他对百丈清规变革律制有一些批评，但依然认为这种变革有利，也更为简易。

有些批评也存在现存文献可供比对。如许自昌《樗斋漫录》卷一、查应光《靳史》卷一六、陈鸿墀《全唐文纪事》卷九二等引惠洪《冷斋夜话》之说，批评《宋高僧传》僧伽传称僧伽姓何、为何国人是梦中说梦。按照惠洪的说法，僧伽"其迹甚异"，其言有如说梦当不得真。但这属于惠洪的一面之词，后来者不加考证就听信其言，并不妥当。近人陈垣就指出，惠洪距僧伽五百年，如何知道"何国"非国名，而据《隋书·西域传》《通典》，确有何国，因此僧伽为何国人并不可笑①。这里还可补充几条材料佐证陈垣的说法：早在唐代，李邕《大唐泗州临淮县普光王寺碑》就称僧伽姓何，何国人；《太平广记》卷九六引僧伽《本传》《纪闻录》亦称其为西域人，俗姓何氏。可见在唐代僧伽的国籍、俗姓不是问题，赞宁所言非杜撰，确如其言有据②。倒是到了北宋中叶，苏轼既说僧伽为何国人，又称世人传言僧伽不知其所从来，不知何国人；同时代的蒋之奇为僧伽作传，尽管提到其自称姓何、何国人，却认为别人不能猜测其言语究竟是什么含义，蒋之奇本人也称不知其国籍和俗姓，愈加显得神秘③。显然，惠洪也持类似看法，因此他才批评李邕碑志的记载。当然，如何判断颇为神异的僧伽所言属实，何国就是《隋书·西域传》《通典》所称的何国，却不是一个能轻易回答的问题；惠洪的说法尽管晚出，却不仅仅从僧伽相关言论的字面意义，而是从其行为和禅机出发解读其关于国籍、俗姓的言论，至少从宗教理据看有道理，何况早期材料提到僧伽来历时并未说明是其自称，而《本传》《纪闻录》《宋高僧传》更是说僧伽乃观音化身，这从观音随缘应现救度世人等佛教观念看完全成立，《宋高僧传》万回传又引万回语称僧伽乃天竺石藏寺僧，因此也可说他不是来自何国。

这类考据有时也涉及禅宗史上的一些重要问题。比如，黄宗羲以该书道悟传所记符载碑文为据考察道悟的法系，认为天皇道悟一系一传而绝。他又指出慧真、文贲等人就是道悟传中所谓"禅子幽闲"，而《五灯会元》附注以道悟法嗣为慧真、文贲、幽闲三人，文理未通④。此后，陈鸿墀《全唐文纪事》卷九二也提及黄宗羲这一看法。应该说其看法是有道理的⑤。

更多情况下，后来者只是引用该书，而这可与今本相互印证。该书所载某些高僧的生平多为后人引用，特别是诸宗祖师和一些做出很大贡献的

① 陈垣：《中国佛教史籍概论》卷六，上海：上海书店出版社，2005 年，第 106 页。

② 今人的相关研究，参杨富学、张田芳：《从粟特僧侣到中土至尊——僧伽大师信仰形成内在原因探析》，《世界宗教研究》，2018 年第 3 期。

③ 参黄启江：《泗州大圣僧伽传奇新论》，《佛学研究中心学报》，2004 年第 9 期。

④ 黄宗羲：《黄梨洲文集》书类《答汪魏美问济洞两宗争端书》，北京：中华书局，1959 年，第 458−459 页。

⑤ 参贾晋华：《古典禅研究：中唐至五代禅宗发展新探》，上海：上海人民出版社，2013 年，第 54 页。

高僧。如道衍《诸上善人咏》所叙窥基法师事就载于该书。窥基在其他佛教典籍中也经常出现，可见其在佛教界的重要地位。又如士衡所编《天台九祖传》引用了赞宁在该书中对天台宗祖师湛然的评价；《佛祖统纪》亦依该书关于天台祖师的记载；栽松道者五祖弘忍的故事，在惠洪等人笔下出现；一行等见于《宋高僧传》的高僧事迹，也不断为后来的各种典籍所征引。这种对《宋高僧传》的引用有时也见于诗歌注释，比如高闲传就出现在《五百家注昌黎文集》中，因为韩愈曾写过《送高闲上人序》等文；再如《苏诗补注》引该书序言、寰中传；《山谷外集诗注》引僧伽传、师备传；该书中有圆观传，而苏轼将传主写成圆泽，此事也被《冷斋夜话》《增广笺注简斋诗集》《蜀中广记》等提及。此外，一些佛教辞典也征引该书，如《祖庭事苑》卷一曾简单引用该书邓隐峰传，卷二引用齐安传、圆智传，卷三引用惟俨传，卷六引用"译经篇"的论、僧伽传，卷七引用自在传中感通神异之事。撰者善卿虽不满意赞宁的分科，却和赞宁一样有宗教信仰观念。其他佛典引用该书的也很常见。

因此，就史料史实问题而言，后世存在引用该书但现存各种版本不见相关文字的情况，这可能与该书某些消亡的版本有关，也不排除赞宁本人的错误。至于那些可与现存各种版本核对的史实问题，可证明后来者的某些质疑其实恰好证明是他的错误而非赞宁的错误。当然更多情况下，后来者只是引用该书作为史料。

四、物类故事

《宋高僧传》的物类故事在后世颇受重视，特别是其中那些带有神异色彩的物类故事。注意到该书这方面独特价值的，首先值得一提的是明人陈耀文《天中记》。《天中记》卷一四《天册》叙移天册阁事，见该书"感通篇"怀信传。但相比而言，赞宁记叙此事是为了佐证传主怀信为"不可测之僧"；而陈耀文虽也信奉感通、神异观念，但大多讲述世象，也没有赞宁那样的宗教目的，删去了"不可测之僧"这类，作为一部类书不过系此事在"阁"字条下以备寻检。又如《天中记》卷三五记明慧见异象而预测玄奘圆寂，事出该书"读诵篇"明慧传，乃见明慧念诵之效；而《天中记》系此事在"佛"字条下，盖比附如来圆寂时白虹从西贯于太微之事，旨趣不同。《天中记》卷五一"桐"条记守素居兴善寺，念咒语而令桐树不再落水的故事，见该书"读诵篇"守素传，以说明守素诋呵之有感通。《天中记》卷五二《瑞应》记元皎于凤翔开元寺置御药师场，忽于法会内生一丛李树，事出该书"读诵篇"元皎传，而《天中记》只是视之为瑞应。此外，卷八《山神移树》记元珪、岳神事，出该书元珪传；卷三五记道宣、贯休、常觉等僧事，亦见该书相关传记；卷五一《柳》记尼拘律陀树即杨柳，出该书义净传；卷五八《灵鸡》记法钦鸡冢，出该书法钦传；卷六〇《狐》记狐魅为志玄识破之事，见该书志玄传。事实上，《宋高僧传》中很多故事本就为传家选择而归入不同科目的，陈耀文《天中记》显然也从自己的眼光出发做了不同的处理，归入了不同的类别，从而赋予了不完全一样的意义。一定程度上可以说，归类即意图，归类即解释。

后代人的选择、归类当然很可能不同于赞宁的本意。诚然，赞宁撰有《物类相感志》，该书分天、地、人、物四门①，然而《宋高僧传》并没有这样分门别类，而是依然采用十科分类。像顾起元《客座赘语》卷三记擅长禁咒之术的全清事，在《宋高僧传》中归"杂科声德篇"，而顾起元《客座赘语》热衷于寻求惊奇怪诞之事，此即为一例，同样未必与赞宁的看法一致。尤其是一些更为细致、专门的书，比如胡我琨《钱通》卷一四《檀施》记常觉化导布施事出自《宋高僧传》宣传自利利他的"兴福篇"常觉传，这与重点在布施金钱的《钱通》虽有交叉，但还是有落脚点的不同。

当然，若说作为宋人的赞宁与后代人看事情的眼光完全不同，这也不完全符合事实。如陈禹谟《骈志》卷一八、徐应秋《玉芝堂谈荟》卷三三等记元康养一神鹿的故事，出该书元康传；徐应秋《玉芝堂谈荟》卷三四记白鼠献金钱给善无畏的故事，出该书善无畏传。嗜博爱奇，陈禹谟、徐应秋有之，而赞宁也不免有之，早在宋代人们就称赞赞宁"博物""博通"，不仅《宋高僧传》，其《物类相感志》也颇多神异内容，实际上后人也常注意到这些内容。

到清代，陈元龙的《格致镜原》卷八八《兽·狐》也像《天中记》那样记录了狐精为志玄识破之事。《格致镜原》一书本采辑事物原委以资考

① 晁公武撰，孙猛校证：《郡斋读书志校证》卷一二《杂家类》，上海：上海古籍出版社，2011年，第525页。

订,在"狐"这一条下,撰者先于《总论》中搜集《说文》《白虎通》以下各种相关的解释和说法,再于"详"中搜集相关故事。如志玄目睹狐化身美女、诵胡语使之恢复狐身的这个故事,出自《宋高僧传》志玄传,文字基本相同。但是,此传入"读诵篇",讲述这个故事是为了说明传主读诵之力"救物行慈",这与陈元龙致力于考订、格致之学,纪物究其原委等用意不同。此外,张英《渊鉴类函》卷四三一、华希闵《广事类赋》卷三七、袁翼《邃怀堂全集》骈文笺注卷九等亦记此事,同样注重事类,同样与赞宁《宋高僧传》本传表达的特定意图不同。这种情况也可进一步证明,归类等体例因素不仅潜藏着对意义的解释,而且体现了撰者的意图。

这样的例子还很多。如褚人获《坚瓠集》广集卷二"人为物精"条载李克用为黑龙精,事出《宋高僧传》"感通篇"宁师传,赞宁称"觉之所为,为梦之先兆也,而取实于梦中真实也"①;而《坚瓠集》是为了说明人有为物之精者,流于搜集奇物怪事。李斗《扬州画舫录》卷一六记会昌废佛前夕怀信送栖灵寺塔过东海数日之事,是为了说明古栖灵寺的来历,而该书"感通篇"怀信传称怀信为不可测之僧,可见二者叙述同一故事的意图、功能不同。

在引用《宋高僧传》物类故事的清代典籍中,最值得注意的是一些类书。张英《渊鉴类函》三九九《果部》所记元皎事出自该书"读诵篇",赞宁还解释说,元皎持诵能通感②,而这一点并未体现在《渊鉴类函》中——后者根本省去了元皎持诵之事。事实上,《渊鉴类函》记此事乃归于"果部",着眼于李树,显然也与本传的着眼点不同——或者说,这同样体现了不同的归类与不同的用意、解释等方面的关联。又如《渊鉴类函》卷四一五《木部四》记西域尼拘律陀树即东夏之杨柳,出该书义净传,后者说的是翻译问题;《渊鉴类函》卷四二五《鸟部八》记法钦养鸡之神异,事出该书法钦传,乃一琐事,惠洪《林间录》卷上曾因此讥刺赞宁,但由此可见赞宁在博物方面的兴趣;《渊鉴类函》卷四三二《兽部四》记白鼠献金钱给善无畏,事出该书善无畏传,亦可看出博物意味。当然,

---

① 赞宁撰、范祥雍点校:《宋高僧传》卷二一《唐凤翔府宁师传》"系",北京:中华书局,1987年,第556页。

② 赞宁撰、范祥雍点校:《宋高僧传》卷二四《唐凤翔府开元寺元皎传》,北京:中华书局,1987年,第617—618页。

张英的撰述旨趣也有与赞宁几乎相同者，如《渊鉴类函》卷三二一《灵异部二》称智威为徐陵的后身①，本就是为了说明前后身之灵异，语出该书智威传；而赞宁对前后身之说颇为相信，多次叙述类似故事，并且用佛理来解释，如后僧会传入此书"感通篇"，认为蔡邕、智威前身后身事有验证，又从佛教观念出发，认为圣人可以自在出入生死，应物现形，因此像僧会去世已久复化现于唐代这类匪夷所思的事情都得到了解释。

清代另一部有名的类书《佩文韵府》也将《宋高僧传》视为材料来源。卷二"寄生松"条记行满房外巨松，出该书"感通篇"行满传；卷一八"鸽巢"条记鸽子学飞丧命转生之事，出该书"读诵篇"明度传。当然作为一部类书，张玉书编纂《佩文韵府》是为了选取辞藻典故以便押韵，这与《宋高僧传》根据宗教意味分门别类不同，尽管张玉书多次提到"感通"。

除了类书，方志、寺志（考）也多次引用《宋高僧传》的物类故事。同样，二者着眼点也多有不同。像《浙江通志》卷九《山川》"呼猿洞"条记智一养猿故事，出该书智一传，入"杂科声德篇"，是因其善于长啸，这与《浙江通志》着眼于地理得名不同。又如《（乾隆）历城县志》卷四五《列传十一·仙释》引该书大行、义楚传，而在该书中大行传入"读诵篇"，义楚传入"义解篇"。作为方志的《（乾隆）历城县志》立《仙释》主要是从撰述意图、史法等着眼重视僧侣之"异迹"，这与该书相关传记略有不同。《（乾隆）福州府志》卷七一《释老》有楚南传，出自该书"护法篇"之楚南传，后者盖着眼于楚南在会昌法难前后对佛教复兴的贡献，包括其通过撰述抵御他宗等事；而《（乾隆）福州府志》只是大概记其生平行实而已，"护法"高僧形象并不明显。事实上，《（乾隆）福州府志》卷七一《释老》调和道学与释老，认为道学以释老自夸而释老心慕道学，故不厌恶释老而专门编纂此志，不是单纯的佛教立场，这都与赞宁《宋高僧传》一书"护法篇"特定的撰述意图不同。

总之，尽管赞宁素以博物著称，撰有《物类相感志》这类博物学著作，但他将这些物类故事收入《宋高僧传》时，往往带有特定的宗教目的、意图，经过了一番取舍和归类，并不是简单地搜讨奇物怪事。与之略

---

① 张英等纂：《渊鉴类函》卷三二一《灵异部二》，北京：中国书店，1985年，第113页。

有不同，后世非佛教典籍自有其分门别类的考虑，撰者常根据其撰述意图，将《宋高僧传》中的物类故事用在诸如考察事物原委、选取辞藻典故以便押韵等学术目的或实用目的上，而那些用来说明赞宁特定看法的材料则可能被舍弃。当然，鉴于赞宁本人也有嗜奇爱博的一面，这种差别只是就特定材料、特定意图而言，并不是说不同人有着截然不同的兴趣。

第四章 《宋高僧传》与宋代佛教发展

在前面几章，我们重点考察的是《宋高僧传》本身。该书与中国佛教的发展，特别是与宋代佛教的发展还存在诸多关联，局限于该书内容可能无法深刻认识该书，故本章试图探讨该书与佛教复兴、诸宗发展、高僧转化、后世正史和僧传编纂等问题的关联，这有利于从多角度进一步认识《宋高僧传》一书的性质、功能、意义、编纂特点和影响，同时呈现更大的历史语境，揭示唐宋佛教史的连续性。

第一节 唐宣宗与《宋高僧传》中的佛教中兴

在《宋高僧传》中，会昌废佛和宣宗兴佛是贯穿于诸科的重要叙述内容之一。会昌废佛给佛教带来了一场劫难，但唐武宗在任时间不长，废佛运动并未持续很久。随后登基的唐宣宗改变了唐武宗的施政方针，再度振兴佛教。唐宣宗为何如此，从古至今有各种讨论[①]。研究者采用的材料多有重合，而对材料做出的判断却大相径庭，尤其存在争议的是宗教信仰因素究竟是否在宣宗复兴佛教过程中起作用。为此，笔者将利用各种材料相互印证，并与官方史书和僧传的材料取舍、史实判定和佛教观念等问题联系起来分析，以便为这些问题的解答提供多方面视角。

---

① 相关研究情况见黄楼：《唐宣宗大中政局研究》，天津：天津古籍出版社，2012年，第62页。

一、《旧唐书》中的唐宣宗与佛教中兴

关于唐宣宗复兴佛教的举措，《旧唐书·宣宗本纪》有一些记载：唐宣宗认为佛教虽来自异域，但并不损害政治，何况佛教在中国已经实行了很久，废佛不合事理，故下令允许名僧重新住持寺院。有的研究者还根据其他记载，归纳了宣宗兴佛的诸多措施①。其中，宣宗恢复前朝停止的"行香"法会的敕令特别有助于我们理解佛教在当时作为习俗在实践宗教和儒家孝道观念等方面所起的作用②。

但宣宗一朝的史料问题非常突出：咸通年间曾有官员撰武宗、宣宗两朝实录，可惜并未修成③；大顺年间又有人奉诏修《宣宗实录》，还是没有成绩④；后唐时又有地方官员乞请降诏搜访宣宗等朝野史、日历，依旧无结果⑤。到后晋史臣编纂《旧唐书》时，与宣宗一朝相关的基本史料仍然不够⑥，更别提解说唐宣宗复兴佛教的原因了——不仅是《宣宗本纪》，全书都避开了这一问题。

值得注意的是，编纂《旧唐书》的史臣曾听闻老人讲宣宗登基前的故事，称宣宗久历艰难，备知人间疾苦，不过这毕竟属于传闻，也不清楚宣宗登基前是否与佛教有交集。此外，《旧唐书》里的《宣宗本纪》对宣宗生前的一些祥瑞、宣宗与前代几位帝王的过从均有叙述，但不仅没有叙述这与宣宗登基后的行为有何关联，反而说武宗虽对待宣宗很无礼，前者驾崩后宣宗却很悲痛，因此从文字上很难将宣宗复兴佛教与他反对武宗废佛联系起来。总的来看，《旧唐书·宣宗本纪》侧重于罗列材料、记录史实和传闻，呈现出宣宗复兴佛教的具体举措，但没有深入解释他这样做的原因或动机。

---

①　斯坦利·威斯坦因：《唐代佛教》，张煜译，上海：上海古籍出版社，2010 年，第 150—158 页。

②　王溥：《唐会要》卷二三《忌日》，上海：上海古籍出版社，2006 年，第 526—527 页。

③　王溥：《五代会要》卷一八《前代史》，上海：上海古籍出版社，1978 年，第 295 页。

④　王溥：《唐会要》卷六三《修国史》，上海：上海古籍出版社，2006 年，第 1296 页。

⑤　王溥：《五代会要》卷一八《史馆杂录》，上海：上海古籍出版社，1978 年，第 303 页。

⑥　刘昫等：《旧唐书》卷一八《宣宗本纪下》，北京：中华书局，1975 年，第 646 页。

二、唐五代杂史、小说和史书编纂中的唐宣宗与佛教中兴

如前所述，《旧唐书》编纂之前，宣宗的传闻故事就已流传于世。这一点可为现存典籍所证实：一些杂史就记载了不少宣宗登基前后的轶事，有的也为《资治通鉴》等史书所采[①]；晚唐时另一部小说《杜阳杂编》卷下提到宣宗潜邸时神化的故事，这也为《旧唐书》采用，暗示了其之所以封"光王"的根据，不过称赞他的变成了穆宗。但是，这些撰述都没提到宣宗与佛教的关联。

首先明确提及唐宣宗复兴佛教原因的要算张读的《宣室志》。据该书卷三的说法，宣宗复兴佛教先有预兆[②]。《宣室志》卷八《迎光王》也简略记载此事而略有不同，其中卢贞佪儿的老师强调了兴佛志向对佛教复兴的重要性。《宣室志》一书有浓厚的崇佛色彩，又多纂神怪之事，宋代书目一般著录其为小说（家）类。没有证据表明张读目睹此事。不过，尽管卢贞佪儿所经历的这个故事无从稽考，但也隐晦地表明了佛教徒与政治之间的复杂关系。

到五代，宣宗出家为僧的故事开始得到记载。据尉迟偓《中朝故事》卷上，宣宗是武宗叔父，为武宗所忌，会鞠时宦官仇士良假称他坠马而死而救出，后来又请出家为僧，游行江南。会昌末，宦官方请他还京即帝位。尽管《中朝故事》为《崇文总目》史部《杂史类》等著录，但书中材料未必都为后来史家所取。如司马光不简单依据实录、正史，认为后者未必都可作为依据，而杂史、小说也并不一定都没有根据，究竟如何处理取决于睿智者的鉴别和选择，其《资治通鉴考异》卷二二就认为《中朝故事》等书所载宣宗故事鄙妄无稽而不取，而卷二三却采用该书所载唐僖宗事，就可看出他对同一部书的材料亦有取有舍，不是简单一概采用或一概摒弃。《四库全书总目》将《中朝故事》列入子部"小说家类"，引司马光的看法，称宣宗此事不可尽据。司马光持这种态度的原因不详，但其《资治通鉴》等书曾提到十六宅诸王不出阁，或许就包含着他的解释。《旧唐

① 参罗宁：《〈贞陵遗事〉、〈续贞陵遗事〉辑考》，《西南交通大学学报（社会科学版）》，2010 年第 2 期。

② 张读：《宣室志》卷三《贞卢犹子》，北京：中华书局，1983 年，第 33—34 页。

书》同样屡次提到诸王不出阁，却暗示宣宗曾在民间。事实上诸王不出阁的规定这一问题本身就值得讨论，因为这一规定即便执行也不能排除各种具体情况。许宗彦就称《旧唐书》关于唐宣宗的一些记载是櫽栝尉迟偓所记其出家事，由于此事缺乏官方实录证明，故修史者不加寻究，其实小说记载的是当时实事，司马光的说法有误①。

除了《中朝故事》，许宗彦此说还依据了另一部小说《北梦琐言》。该书叙武宗即位后，宣宗外游与江南僧侣交往。宣宗登基后，认为佛教虽来自异域，但有助于政治，可存而不论，他也不想过于毁坏佛教而损害道德，故下令允许高僧重新住寺，只不过不允许妄加度僧②。可见，宣宗与僧侣的交往使得他了解佛教，但登基之初的宣宗也不是全面恢复佛教，而是认为武宗的废佛政策不妥，因此有限度地恢复佛教，至于度僧仍严加控制。除了此条，卷六《吴湘事》亦载宣宗初在民间，可与《旧唐书·宣宗本纪》相互印证。《北梦琐言》为《郡斋读书志》《直斋书录解题》"小说（家）类"等著录，尽管该书关于宣宗与僧人交往的记载并未用来补史，但该书的史料价值受到一些学者的肯定，书中的其他材料也曾为司马光等人采用③，宣宗的诏令也大抵可与《旧唐书》相互印证。站在现代学术的角度来看，这类故事固然可能来自传闻不尽可靠，但也在政治视角之外提供了社会文化的视角，有助于丰富我们对于宣宗兴佛原因的认识。

三、《宋高僧传》等宋代佛书中的唐宣宗与佛教中兴

值得注意的是，五代宋初，大规模记录唐宣宗与佛教之间关系的不是官方史家或小说家，而是佛教史家赞宁。赞宁《大宋僧史略》卷中《行香唱导》称宣宗即位后振兴佛教；《管属僧尼》称宣宗重新发扬佛宗；《讲经论首座》记辩章因功署三教首座。卷下《内斋》称宣宗一即位就恢复内斋僧，允许僧道献礼祝寿；《赐僧紫衣》叙大中年间宣宗为僧人赐紫；《方等戒坛》称宣宗恐还俗僧尼会昌年间曾违反戒律，乃令其先忏悔深罪，后增

---

① 许宗彦：《鉴止水斋集》卷一一《书唐书宣宗纪后》，清嘉庆二十四年德清许氏家刻本，第212—213页。
② 孙光宪：《北梦琐言》卷一《再兴释教》，北京：中华书局，2002年，第19—20页。
③ 参房锐：《〈北梦琐言〉与唐五代史籍》，《四川师范大学学报（社会科学版）》，2003年第4期。

进戒律的品类；《临坛法位》称宣宗重洗忏方等坛，度僧不少。这类记载不仅可以补充官方史书的相关记载，而且由于撰者是佛教徒，更可看出宣宗佛教政策的力度。值得注意的是，该书《总论》还讥讽武宗无法灭佛，宣宗更大规模地复兴佛教就是证明①。赞宁的这一议论与现代学者颇有不同：现代学者通常认为，武宗废佛之后，宣宗等虽有兴佛之举，但整体上元气大伤，佛教不再兴盛，也不再成为意识形态的主导力量，换言之佛教从此走上了下坡路；而赞宁的议论则表明，宣宗统治期间佛教劫后重生，相比于废佛前更为兴盛。

赞宁的这些记载和说法很可能不是没有根据的，因为他的僧史编纂奉行的是详略有据的实录原则。在这方面，《宋高僧传》有更多记载。赞宁吴越时担任僧官数十年，归宋后又奉诏修《宋高僧传》，曾利用官方档案等多种材料编纂该书②，对唐宣宗朝佛教情况相当熟悉。由于武宗废佛政策的重点就是强迫僧人还俗、毁坏寺庙，因此《宋高僧传》最能说明宣宗复兴佛教的举措也正是体现在重新度僧、恢复僧人身份、重建寺院上，主要包括：宣宗曾敕命五台诸寺度僧五十人；义存、慧则、有缘、无迹在宣宗统治时期出家得度或受戒；允文大中初隶名开元寺三十人数；文喜大中年间重新忏度；此外，寰中、洪谞、从谏等也恢复了僧侣的身份并回到了原寺院；楚南、文质、宗亮、宣鉴、藏奂等高僧则再度出山担任寺院住持；知玄、自在、昙休、藏廙、日照、常达、元慧、愿诚等有创寺或构室行为。宣宗朝的其他一些佛教活动也是武宗废佛时期不能发生的：般若、慧琳的著作在宣宗统治时期入藏；元表所藏佛经在宣宗统治时期重见天日；李通玄的佛学著作在宣宗统治时期得到整理；定兰为宣宗诏入内供养；慧灵、玄畅、广修为宣宗赐紫；会昌元年圆寂的宗密得到宣宗追谥；永安、清观、神智等奏请院额；常遇、智颙等僧重新巡礼；智慧轮、圆绍、良价等大中年间开始出世行法；佛教瑞应也开始出现，惟忠传载寺中枣树会昌废佛时枯萎，大中年间其枣重新繁茂。赞宁多次用中兴、复兴等字眼来概括宣宗朝的佛教状况，书中上述高僧的作为也正是在这种情况下

---

① 赞宁撰，富世平校注：《大宋僧史略校注》卷下《总论》，北京：中华书局，2015 年，第 229 页。

② 参金建锋：《弘道与垂范：释赞宁〈宋高僧传〉研究》，北京：中国社会科学出版社，2014 年，第 170—181 页。

做出的，可见其对宣宗朝的佛教状况有一个整体认识，并从包括武宗朝、宣宗朝等朝的政策变迁中意识到了政治对佛教兴衰与否具有重大影响，这可能也是他屡屡强调佛教取决于政治、要依靠皇权和王臣兴佛的原因之一。还值得注意的是，正是在宣宗统治时期，一些禅师出世说法，特别是希运、灵祐、宣鉴、义玄、良价等对后世禅宗影响巨大的禅师都曾活跃于大中年间，他们的作为即便不与宣宗直接相关，也与宣宗采取的兴佛政策有关①；考虑到这些禅师多成为后来禅门宗派的开山或远祖，可以说宣宗的兴佛政策对禅宗发展有着重要作用。

总之，宣宗的佛教政策往往有利于佛教复兴，这与武宗的废佛政策即便不是完全相反，至少也相当不同。在此过程中，宗教信仰因素与政治、人事等因素的交织也值得注意。武宗朝的宦官不仅崇佛，而且与寺院有经济关联，故试图阻挠武宗废佛，其他官员也多有同情佛教者。《宋高僧传》载武宗好道，知玄与道士论神仙之术，违背了武宗的旨意，因得到左护军仇士良、内枢密杨钦义的保护而免祸，宣宗登基后，正是杨钦义请求宣宗复兴佛教；大中三年（849），宣宗下诏大兴佛寺，李贻孙、杨汉公和知玄在其中都起到了重要作用②。这些史实可证明当时官员和僧侣的一些政治举动与宗教因素是关联起来的。但宣宗这类举措并不都来自僧侣或亲佛士大夫的推动，因为宣宗与佛教颇有渊源。在唐代，崇佛蔚然成风，包括宫廷事务都要做佛事③。宣宗父亲宪宗的行为也表明他的崇佛态度，这对幼时的宣宗也不会没有影响。再者，宣宗登基后为彼此无君臣名分的仇士良立碑颂德，后者的养子也多飞黄腾达，若非仇氏在政治上有大功，应不至此④，而仇氏宦官集团向来崇佛，如果宣宗也继承武宗的佛教政策，恐怕不能得到他们的拥戴⑤。又宣宗为光王时就曾寻访佛寺⑥，这类记载固然

---

① 此外，宣宗的儿子懿宗同样崇佛，故佛教兴盛的态势在咸通年间也得到延续，特别是禅宗。如本寂传就明确指出咸通初禅宗兴盛。为避免行文枝蔓，此处不赘。

② 赞宁撰，范祥雍点校：《宋高僧传》卷六《唐彭州丹景山知玄传》，北京：中华书局，1987年，第130、131页。

③ 郭绍林：《唐宣宗复兴佛教再认识》，《洛阳师专学报（自然科学版）》，1990年第3期，第64—72页。

④ 黄楼：《唐宣宗大中政局研究》，天津：天津古籍出版社，2012年，第20、63页。

⑤ 黄日初：《唐代文宗武宗两朝中枢政局探研》，济南：齐鲁书社，2015年，第309页。

⑥ 赞宁撰，范祥雍点校：《宋高僧传》卷一六《唐京兆圣寿寺慧灵传》，北京：中华书局，1987年，第392页。

不能简单说明宣宗的态度，但可证明其早年就已接触佛教。史家经常怀疑僧人为攀附皇室而造伪，但从一道保存在敦煌文献中的敕令表彰悟真传南宗禅法①，就可知道宣宗对佛教的态度。大中五年（851），来自敦煌归义军政权的河西都僧统洪辩遣悟真上陈情表，请依往日风俗大行佛法，宣宗的诏令也非常明显地透露出他作为一位信徒的内心和要用佛教沟通中央和边疆的政治意图②。宣宗及朝臣对佛教的热情甚至让排佛论者重新感觉到了狂热崇佛所蕴藏的危险③。从中可以发现，佛教在朝廷内外有深厚的基础，这种基础并未因会昌废佛而根本上遭到动摇，相反可能进一步激发了护教的狂热意志。当崇佛的宣宗即位后，朝廷上下为了迎合他，便不遗余力地中兴佛教。

此外，据《宋高僧传》齐安传，齐安早已预见遁迹为僧的宣宗将来法会，礼遇甚厚，言谈交接之间更觉宣宗身份非常，乃嘱托佛法后事。齐安传还叙述宣宗为宪宗第四子，遭到武宗忌惮，仇公武救宣宗，令其剃发为僧，与《中朝故事》《续皇王宝运录》的说法颇为相似。官方史书均称宣宗为宪宗第十三子，而《续皇王宝运录》《宋高僧传》称其为宪宗第四子，后者的记载可能有误。但《宋高僧传》数次提到《旧唐书》和唐宣宗的佛教政策，应了解相关内容，而赞宁又主张详略有据的实录观，因此若无其他根据，不至于主观地改成其他说法；其实日本驹泽大学藏南北朝时期刊本、日本国立国会图书馆藏南北朝刊本和卍续藏经本等《祖庭事苑》卷二引《宋高僧传》，均称宣宗本宪宗第十三子，与《旧唐书·宣宗本纪》的说法一致，可见该书在后来的流传过程中可能有文字讹误——别说晚出诸本，即便现存最早的崇宁藏本《宋高僧传》齐安传亦作"第四子"——不应一概将今本所见这类错误归咎于赞宁本人，亦不应据此否定赞宁的其他记载。该书又称宣宗剃发为僧，出授江陵少尹，有的学者说唐玄宗先天之后皇子居十六宅，不出阁，而武宗既然忌恨光王，岂能同意其出宫为僧？

---

① 陈尚君辑校：《全唐文补编》卷七四，北京：中华书局，2005年，第910页。

② 张维纂次：《陇右金石录》卷二《赐僧辩诏书》，甘肃省文献征集委员会，1943年，第16008页。洪辩、悟真在沟通归义军和唐中央政府之间关系的过程中起到了重要作用，参彭建兵：《归义军首任河西都僧统吴洪辩生平事迹述评》，《敦煌学辑刊》，2005年第2期。

③ 司马光编著，胡三省音注：《资治通鉴》卷二四九《唐纪六十五》，北京：中华书局，1956年，第8047、8048页。

又怎能出授江陵少尹①？笔者同意其中有错误之处，不过宣宗既然曾在民间避难，怎会以"光王"等身份得到武宗许可后方才出宫？何况宣宗当政后对已迁化的齐安有各种非同寻常的赏赐、追悼（详后），究竟有何理由得以如此？《续皇王宝运录》的撰者韦昭度与僧人关系密切，甚至因僧人之力得到朝廷重用②，可见僧人在当时政治中所起的作用不可小视，韦昭度本人作为朝廷重臣对宫闱内幕有所了解并不奇怪，故其说虽鄙浅，但未可概然否定。

赞宁不是第一个，也不是唯一一个记载宣宗当国前参齐安的佛教徒。根据五代禅籍记载，齐安、宣宗为师徒关系，这不仅有行事为证，而且留下了记录二人交谈言论的别录，宣宗登基后乃敕谥悟空禅师、栖真之塔③。《宋高僧传》齐安传采用了卢简求《杭州盐官县海昌院禅门大师塔碑》，但不限于此：齐安传还说宣宗礼齐安为师，又称宣宗即位后曾敕谥号、作御诗追悼④。此外，赞宁曾亲见齐安之塔并有诗作证⑤，诗中也提到齐安见宣宗之事。尽管塔碑没有提到御诗，但碑文作于唐武宗会昌年间（842），此时唐宣宗还未登基，不能说明问题。据唐代史料记载，齐安圆寂后塔石坼毁，当是会昌废佛所致；又称今天子（唐宣宗）即位后，强调宗教的教化作用，认为佛道相通，均可为众生求福，故下令重修寺院，宣宗甚至为齐安立碑事所感而赐题⑥，可谓非同寻常的恩赐。该文撰者卢简求为朝廷重臣，曾向齐安求法，亦崇佛。尽管因官员等上告朝廷而在死后得到谥号等恩赐的僧人不在少数⑦，但卢简求如此明示宣宗的观念和意图，恐怕不是没有原因。到宋代，王象之《舆地纪胜》载有"唐宣宗悼安国寺悟空禅师碑［在盐官县］""悟空禅师行业碑［唐咸通二年卢求

---

① 岑仲勉：《唐史余瀋》卷三《宣宗被害之澜言》，北京：中华书局，2004 年，第 190 页。

② 孙光宪：《北梦琐言》卷六《田军容檄韦太尉》，北京：中华书局，2002 年，第 131 页。

③ 静、筠二禅师编撰，孙昌武、衣川贤次、西口芳男点校：《祖堂集》卷一五《盐官和尚》，北京：中华书局，2007 年，第 668 页。

④ 赞宁撰，范祥雍点校：《宋高僧传》卷一一《唐杭州盐官海昌院齐安传》，北京：中华书局，1987 年，第 262 页。

⑤ 陈尚君辑校：《全唐诗补编·续拾》卷四六，北京：中华书局，1992 年，第 1443 页。

⑥ 卢简求：《禅门大师碑阴记》，董诰等编：《全唐文》卷七三三，上海：上海古籍出版社，1990 年，第 3354 页。

⑦ 参赵青山：《唐代僧人请谥流程考》，《敦煌学辑刊》，2019 年第 4 期。

文]"①。王象之游历甚广，闻见甚多，其《舆地纪胜》搜括天下地理之书及诸郡图经并做参订，《舆地碑记目》卷一也记载了同样的内容，其说应该不是没有来由。但据《咸淳临安志》，安国禅寺本名海昌院，会昌五年（845）废，大中四年（850）改名齐丰，北宋祥符元年（1008）方改名安国禅寺②，故此碑是否立于宋代，或该书只是采用了北宋以降才有的寺名，因今不见此碑，不得其详。不过《舆地纪胜》卷四六《淮南西路·安庆府·碑记》又说宣宗为避祸而出家筑庵隐居，其隐居地有一座大中寺唐碑，题大中十三年建③，可见有唐碑证明宣宗与佛教的关系。

尽管如此，赞宁并未将佛教中兴归功于宣宗本人，更没有特别强调齐安这方面的成就而将之置于"护法篇"，而是认为教法是有为之法，那就免不了变化，其兴衰成败都有定数，会昌废佛和大中兴佛皆是如此④。既然与人力无关，当然也就不会简单地将佛教中兴归功于某个人，避免了过于坐实此事的弊病。定数说也不是印度佛教固有的观念，而是中国的传统观念，特别是《旧唐书·宣宗本纪》就用"兴替有数"来说明宣宗在位时间，这可能影响到赞宁。

此后，各类禅籍往往都记录齐安与唐宣宗等高僧的师承关系。这种趋势的发展，是到惠洪笔下开始猜测齐安、唐宣宗之间的师徒关系与后者复兴佛教之间的关联。《林间录》叙宣宗见齐安事，基本上与《宋高僧传》卷一一《唐杭州盐官海昌院齐安传》相同，但也添加了宣宗久留盐官、即位后思念齐安的说法。惠洪不仅认为佛法兴衰取决于时代状况如何，而且认为齐安给予宣宗的礼遇或许导致宣宗上台后中兴佛法⑤。

此外，《林间录》还提到《新唐书》不记宣宗出宫为僧等事，这一点也值得考察。如前所述，宣宗削发为僧这类故事大抵属于杂史小说，但欧阳修《新唐书》的一个特点就是援引杂史小说。从欧阳修主持或参与的

---

① 王象之：《舆地纪胜》卷二《两浙西路·临安府·碑记》，北京：中华书局，1992年，第139页。

② 潜说友纂修：《（咸淳）临安志》卷八五《寺观》，《宋元方志丛刊》第4册，北京：中华书局，1990年，第4150页。

③ 王象之：《舆地纪胜》卷四六《淮南西路·安庆府·碑记》，北京：中华书局，1992年，第1885页。

④ 赞宁撰，范祥雍点校：《宋高僧传》卷一九《唐成都郫县法定寺惟忠传》"系"，北京：中华书局，1987年，第498页。

⑤ 惠洪：《林间录》卷上，《卍续藏经》第148册，第587页。

《崇文总目》等典籍著录赞宁《僧史略》三卷、欧阳修《六一诗话》等提到赞宁能著述、《大中祥符法宝录》等官修佛教目录著录诏许编入藏的《宋高僧传》等情况来看，认为欧阳修漏掉甚至对赞宁《宋高僧传》一无所知恐怕也难以令人信服。此外，宣宗朝本欠缺一些官方史料记载，欧阳修修史时虽取材甚广，但他还是对宣宗以降诸朝史料记载情况表示不满，又对《旧唐书》之文的鄙俗简陋等提出批评①。欧阳修又称细事置于小说即可，不应写进正史②。另外，《新唐书》为求行文简洁也删去很多材料。而据王祎《大事记续编》卷六七引宋敏求《补宣宗实录》，称唐人不说宣宗出家削发为僧之事的原因在于宣宗以后的帝王均为其子孙，有忌惮而不敢言，则韦昭度、尉迟偓等人的记载虽然鄙陋虚妄，但并非毫无价值③。宋敏求曾补宣宗实录，又协助欧阳修修《新唐书》，因此欧阳修不取韦昭度等人所记宣宗事，当有其裁断，但这也表明，即便在欧阳修的时代，对此事也有不同看法。事实上，宋敏求的说法从政治文化的角度来看颇有道理：在唐代那种浓厚的崇佛氛围中，在皇室成员或官员等政治身份与僧侣身份之间来回转换的固然不乏其人，但曾经的僧侣身份对当事人的政治发展毕竟有一定负面影响，因为无论国家还是佛教自身都对僧侣的政治行为有诸多限制④，再加上宣宗即位前后政治、宗教、人事等方面的复杂关联，宣宗子孙登上皇位后对此有所忌讳是完全可能的。

应该说，欧阳修剔除的材料并不都与佛教有关。有僧人甚或认为，唐代佛教最盛，僧人非无行业，但佛教与刑政等无与，欧阳修、宋祁《新唐书》删削与佛教相关的材料看似是贬斥佛教，深意实为尊崇佛教⑤。但僧侣和护法王臣常见的态度是批评导致欧阳修删除涉佛事件的排佛立场。《渑水燕谈录》称欧阳修非常反感士人谈论佛书⑥，可帮助我们理解欧阳修的这种立场与其《新唐书》取材之间的关系。惠洪的好友张商英《护法

---

① 欧阳修、宋祁：《新唐书》卷一三二《刘吴韦蒋柳沈列传》"赞"，北京：中华书局，1975年，第4542页。

② 欧阳修：《欧阳修全集》卷六九《与尹师鲁第二书》，北京：中华书局，2001年，第1000页。

③ 王祎：《大事记续编》卷六七，影印《文渊阁四库全书》第334册，第2页。

④ 参郑显文：《唐代律令制研究》，北京：北京大学出版社，2004年，第250—309页。

⑤ 祖琇：《隆兴佛教编年通论》卷一五，《卍续藏经》第130册，第576页。

⑥ 王辟之：《渑水燕谈录》卷一〇《谈谑》，北京：中华书局，1981年，第124页。

论》批评欧阳修《新唐书》"以私意臆说妄行褒贬，比太宗为中才庸主"①，祖琇《隆兴佛教编年通论》也说欧阳修这类说法是"为好恶所欺"②，而据《新唐书·太宗纪》，可知欧阳修正是因唐太宗立浮图等行为讥讽其为平庸的君主；张商英又认为《新唐书》删除唐代公卿与僧侣的交游事迹是欧阳修的排佛立场所致，有亏实录③，尽管《新唐书》列传乃宋祁所撰，但作为主事者的欧阳修也没能逃过批评。因此，惠洪、张商英等人的这类言论带有不满欧阳修《新唐书》的意味，即欧阳修清楚佛书或其他书籍中的相关材料，但他要么直接贬斥佛教，要么通过删削以示贬抑。欧阳修甚至删掉《旧唐书》所录宣宗中兴佛教的诏书④，他又称赞武宗废佛，显然无法仅用文字取舍解释《新唐书》的这类删削行为。此外，宋僧道璨注意到，欧阳修的这种做法还导致了史书编修制度的改变：自《新唐书》开始删除僧传，僧人名也不再入史馆⑤。众所周知，《旧唐书·方技传》还有玄奘、神秀、慧能、普寂、义福等唐代高僧的传记，而《新唐书》一概删除，唯载有一行等与天文相关的内容。

综合来看，尽管唐五代小说关于宣宗出家的记载为欧阳修、司马光所不取，但宋敏求《补宣宗实录》有不同看法，宋敏求还分析了唐人对此事有所讳言的原因。此外，当时不少佛书都讲述了宣宗与齐安禅师的交往，惠洪猜测齐安与宣宗的交往是后者兴佛的原因。《舆地纪胜》则提供了重要的碑文证据。敦煌文献的记载和反佛官员的批评也可证明宣宗的宗教倾向，而宣宗与周围一些崇佛官员的互动也可确证宣宗中兴佛教并非单纯出于政治、经济原因，而是有其他一些因素。其实，唐代皇室成员与佛教的关系屡见记载，宣宗削发为僧的传闻虽较为特殊但并非不可理喻，尽管具体情况可能有误，但宣宗与佛教的关联很可能有事实的成分。

当然，问题还存在另一面：相关记载往往出现在杂史、小说中，一些

① 张商英：《护法论》，《大正新修大藏经》第52册，第642页。
② 祖琇：《隆兴佛教编年通论》卷一二，《卍续藏经》第130册，第545页。
③ 张商英：《护法论》，《大正新修大藏经》第52册，第642页。
④ 对欧阳修删削《旧唐书》本纪中诏令的批评，参王鸣盛：《十七史商榷》卷七〇《新旧唐书二·新纪太简》，上海：上海古籍出版社，2013年，第969页。
⑤ 黄锦君校注：《道璨全集校注·无文印》卷九《西湖高僧传序》，成都：巴蜀书社，2014年，第304页。需要说明的是，道璨的说法不能解释《新唐书》之后的正史编纂：元代人编纂的《宋史》据宋旧史而立《方技传》，其中就有志言等僧人的传记。

史家从史料等级制观念等出发对其中存在问题的不满，以及儒者排佛的正统观念、修史制度也影响到对相关材料的取舍。因此，无论宣宗与佛教的关联是否属实，它都被排斥在正史之外。就今天的佛教史论述而言，我们完全可以持有一种更宽和的态度来看待，但完全接受或否定相关记载其实都存在一定问题，也不能不受制于一些思想观念和既有宗教史构成的框架。正如前面论述到的，《宋高僧传》虽标榜详略有据的实录观，但并不完全注重材料来源的直接性和可考证性，其采用杂史小说和传闻就是这种观念的体现，但这些问题的存在可能更多地对今天的学术研究有意义：我们需要考虑那些唯独缺乏正史明确记载，却有实录、地志、碑铭、杂史、小说、佛书等记载的事件的历史价值。而对抱有排佛态度的欧阳修等宋代士大夫来说，这些问题并非根本：他不能接受的不是僧传的编纂原则，而是佛教本身。尽管宋代存在儒佛融合的潮流，但那是思想文化层面的融合；在政治上宋代佛教的确减少了影响力，这与宋代官方史书对佛教的贬抑其实是相辅相成的。

第二节　"华严宗"的语义变迁及其与 "宗派"的关系

除了政治这一外部因素，宋代佛教发展也存在内部推动因素。如前所论，在《宋高僧传》中，"宗"虽不是一个专门的科目，却是贯穿于诸科的重要叙述内容之一。本节将对这个问题及其在宋代的发展做进一步探索，特别是华严宗和禅宗。

通常认为，隋唐时期存在着华严宗等佛教宗派。然而，否定其存在的看法也一直存在。蓝日昌检讨了古来对宗派问题的讨论，认为唐代僧宗派意识并不强，宋僧开始明确讨论宗派说，借严分群己的道统说区分佛教团体。他还认为，华严宗祖师并无创立宗派的意图或说法，祖统传承与寺庙继承也无关系，法藏、澄观、宗密等祖师之间也无直接的师承关系，而法藏的上首门人慧苑则被排除在外，李通玄等著名华严学者也未被列入华严宗谱系，因此以宗派论隋唐华严学与史实不符①。还有学者指出，用宗派模式论早期中国佛教是近代以来受日本佛教界影响的结果，反映的是日本佛教的情形，但中国隋唐时期的佛教情况与之不同②。

以上论述颇能给人启发，有助于进一步探讨相关问题。笔者这里将从另一个层面，即从语言和概念出发展开论述，试图以此考察"华严宗"的历史及其与宗派模式的关联。这样做的原因在于，本文提到的赞宁、惠洪等移用"宗派"的宗法含义的宋人一定意义上承认语言和事实之间存在着同一性③，但我们在具体谈论作为历史存在的"华严宗"时，却很少分析作为术语的"宗派"与"华严宗"在历史上的意义、指称究竟为何。为了解决这个疑问，我们需要提问：如今所说的华严宗与古代典籍中的"华严宗"在含义上究竟是完全相同，还是有所差别？这背后是否体现出什么问题？在古代僧侣看来，"宗"这一术语有什么含义？如果他们只提到"华严宗"而从未解释其含义，那么我们又如何理解？如果隋唐时期并未出现"宗派"，那么"宗派"是何时出现的，出现之后是否与"华严宗"有关？它在历史上有什么特定的所指吗？相关解答旨在为分析"宗"或"宗派"的发展提供历史化的答案，无论我们今天的看法是什么。

一、隋唐五代的"华严宗"

最早与《华严经》相关的"宗"并非"华严宗"，而是"法界宗"。在《大乘宝云经》卷三中就出现了"法界宗"，这是菩萨摩诃萨所具十法之一。智𫖮《妙法莲华经玄义》引用护身的判教学说，似乎第一次将《华严经》与法界宗挂钩，这里的"法界宗"是以法界为宗。此后，湛然、澄观、宗密等都曾提到"法界宗"。法藏《华严经探玄记》不仅重申了智𫖮的说法，而且新立"十宗"；《华严经探玄记》卷一指出"宗"是指经书语

---

① 蓝日昌：《宗派与灯统——论隋唐佛教宗派观念的发展》，《成大宗教与文化学报》，2004年第4期。

② 孙英刚：《夸大的历史图景：宗派模式与西方隋唐佛教史书写》，载朱政惠等编：《北美中国学的历史与现状》，上海：上海辞书出版社，2013年，第361—373页。

③ 赞宁的语言观参赞宁撰，范祥雍点校：《宋高僧传》卷一三"论"，北京：中华书局，1987年，第319页；惠洪的语言观参周裕锴：《惠洪文字禅的理论与实践及其对后世的影响》，《北京大学学报（哲学社会科学版）》，2008年第4期。

言所表显者，卷一八称法界宗就是以法界为宗。法藏《华严策林》还开始出现《华严》宗旨的说法。

至于"华严宗"一词，首先比较多地在澄观的著作中出现，主要关乎判教视野中的《华严经》义理，进一步的变化始于宗密。宗密《圆觉经略疏钞》卷六称法藏为华严宗主，即《华严经》宗主，由于法藏《华严经》疏为弟子崇奉，故法藏作为"宗主"就具有了权威的意味。《圆觉经略疏钞》卷八又称法顺是华严宗源之师。在其他著作中宗密又明确提出三位祖师，有学者据此认为已有宗派的雏形，为宋代净源的"七祖说"埋下伏笔①。不过这多少注重的是宗密之说潜在的效果和影响，宗密本人其实没有走那么远，他指出："故华严宗说：新成旧佛，旧佛新成。成时但是本本之真，不见新新之相，悟修皆尔。"② 同一个宗密在《圆觉经大疏释义钞》卷三中也引用了同样的内容，却称之为"《华严》疏云"，可证宗密笔下的"华严宗"依然与《华严经》经义有关，这个"华严宗"对他而言还不是宗派。

五代时，延寿《宗镜录》中多次出现"华严宗"。他将"宗"理解为尊、尚或要旨、教义等意③，故"华严宗"显然也不是宗派。《宗镜录》卷一〇提到华严宗十义，均出自澄观《大方广佛华严经疏》。《宗镜录》卷一五"故华严宗云"之下全是义理解释，而《宗镜录》卷一九引用同样的话语却称之为"古释云"，可见"华严宗"这一术语亦与经论注疏有关。检视可知，该语出自澄观《大方广佛华严经疏》卷三。总的看来，延寿对"华严宗"一词的理解深受法藏、澄观的影响，不认为这是一个宗派。

二、禅门"宗派"兴起背景中的宋代"华严宗"

世俗典籍中所说的"宗派"指同宗下的分支。检视可知，北宋以前的典籍提到"宗派"这一术语都与佛教无关。"宗派"一词为佛教典籍借用

---

① 胡建明：《宗密思想综合研究》，北京：中国人民大学出版社，2013 年，第 27 页。
② 宗密：《圆觉经略疏钞》卷四，《卍续藏经》第 15 册，第 264 页。
③ 延寿《宗镜录》卷一也将"宗"解释成"尊"，卷六又云"语之所尚曰宗"，如卷二称"《华严经》以法界为宗"，就是指以法界为尊。Welter 吸收 Weinstein 和 Foulk 等人的研究成果，指出"宗"至少有三种不同的基本含义，延寿采用的是第二种含义：潜在主旨、要旨或经文的教义。见 Albert Welter, *Yongming Yanshou's Conception of Chan in the Zongjing Lu: A Special Transmission within the Scriptures*. New York：Oxford University Press，2011，pp. 49—50.

似始于《宋高僧传》卷一五《唐京师安国寺如净传》，指各地律学派别。然而，该书出现的"华严宗"一词的意义却与此无关，赞宁也从未用有宗法含义的"宗派"指称它：该书卷五《周洛京佛授记寺法藏传》称华严一宗传给澄观，并推法藏为第三祖，以法藏为三祖当是来自宗密的说法，但法藏与澄观时代不接，法藏不可能直接传法给澄观。

此后，子璿也以法藏为"华严第三祖"，沿袭了宗密的说法。他不仅提到"华严宗"，还解释了"宗"的含义。在他看来，那些可尊尚的义理为"宗"（如"华严宗法界"），而宗有多种，如要与对方相对而彰显自家宗旨的，语言所表显者就是宗（可能是沿袭法藏的说法），但这只是一时所论；如按照修习行人彰显自家宗旨的说法，一心所崇尚者就是宗；一部所崇尚者也称之为宗①。子璿又指出"约义所依曰宗"②，可见义理旨归与"宗"的紧密联系。不过在这些说法中，子璿从未将"宗"解释成"宗派"或"派别"，生活年代晚于赞宁的他似乎也未注意到"宗派"一词。

北宋学"华严宗"的学者不少。其中，子璿门下的净源起到的作用相当重要。净源不仅得"华严奥旨"，而且致力于宗教建设。他将禅院改为教院，收集整理华严典籍，并以华严教义解释其他佛教典籍③。净源还在杜顺等华严三祖外立澄观、宗密，遂有五祖；又将马鸣、龙树置于杜顺之前，遂有七祖之说④。尽管如此，净源的"贤首教"也是在判教的意义上来说的。北宋来华日僧成寻、高丽僧义天的著作也可证明，华严宗当时还未被视为"宗派"。总之，北宋时期开始出现华严宗的祖统说，祖师谱系也被追溯到大乘佛教的菩萨，但华严宗并不被视为宗派。

有意思的是，北宋时期正是"宗派"说大规模兴起的时代，而这是禅者追述禅门分枝列派之历史的产物，具有其含义、用法和指称对象，其中所指"宗派"都限于六祖之后的禅门。最早在著作中明确提及"五家宗派"的可能要数县颖。惠洪在其撰述中特别鼓吹这种说法，指出五家宗派乃宗奉石头、马祖二宗的云门、临济等五家⑤，故"宗派"乃丛林某宗支

---

① 子璿录：《起信论疏笔削记》卷三，《大正新修大藏经》第 44 册，第 312 页。
② 子璿录：《起信论疏笔削记》卷六，《大正新修大藏经》第 44 册，第 325 页。
③ 魏道儒：《中国华严宗通史》，南京：凤凰出版社，2008 年，第 205-209 页。
④ 蓝日昌：《隋唐至两宋佛教宗派观念发展之研究》，东海大学博士学位论文，2007 年，第 161-162 页。
⑤ 惠洪：《禅林僧宝传》卷首《禅林僧宝传引》，《卍续藏经》第 137 册，第 440 页。

派之意。由于"宗"也被视为源分派别的产物①，因此南岳、青原两"宗"也有禅门流派的意味。

这里有几点需进一步考察。首先，"世系"不是师徒两代，而是指宗族世代相继，往往强调后世之所出，这在杨亿《景德传灯录序》等文中已有体现，不过没有明确分"宗"。而惠洪则根据杨亿的记载为五家"宗派"认"宗"，并首次明确称之为"南岳（怀让）、青原（行思）两宗"。怀让、行思为六祖弟子，因此这种认"宗"便于说明"宗派"与六祖等祖师世系上的关联②。其次，六"祖"慧能以下分为二"宗"，再分为五家"宗派"。再次，达摩理解的"祖"还有印度式的含义③。与之略有不同，惠洪《请璞老开堂》《嘉祐序》《吉州禾山寺记》《林间录》等都将"祖"理解成祖宗；又据《林间录》卷上可知，祖堂类似于传统祖庙④。既然禅门祖师被惠洪奉为祖堂祭祀的"祖宗"，那么如果我们说惠洪笔下存在着"祖"—"宗"—"宗派"（"家"）这样一个强调同祖分宗派生的世系（尽管很简略），应未背离惠洪的用法。惠洪还宣称，宗门依仿世间典礼崇尚继嗣⑤，这意味着前者也具有世间礼制的性质和功能，我们不妨称之为宗门礼制。

尽管在惠洪的撰述中"宗派"一词开始成为常见词，但惠洪从未用"宗派"或类似术语指称"华严宗"。从其关于陈瓘的一些诗作题目及其内容来看，"华严宗"仍与《华严经》义理有关。陈瓘是宋代士大夫中有名

---

① 惠洪：《石门文字禅》卷二四《答郭公问传灯义》，四部丛刊初编影明径山寺本，第270页。

② 惠洪《僧宝传序》等又称之为石头（希迁）、马祖（道一、洪州）二宗。而从《景德传灯录》来看，"吉州青原山行思禅师法嗣"仅希迁一人，希迁法嗣有二十一人；"南岳怀让禅师法嗣"九人，但法嗣众多、影响力巨大的也就是道一，其他八人既无机缘语句，也无法嗣。早在《中华传心地师资承袭图》中就专列洪州宗，其中提到怀让之名，称他为慧能门下傍出，不过因道一扬其教而追认其为一宗之源。尽管后来怀让声名渐大，惠洪对怀让亦颇致敬意，但他对道一始终颇为宗仰。

③ 道原：《景德传灯录》卷三《第二十八祖菩提达磨》，《大正新修大藏经》第51册，第220页。此外《宝林传》《祖堂集》对"祖"早有类似定义；在惠洪熟悉的佛教文献中，除了《景德传灯录》，《宗镜录》《天圣广灯录》《传法正宗记》等也有记载，惠洪生平也多次谈及达摩其人其事。

④ 关于禅门祖堂与传统祖庙之间的关联，详见 T. 格里菲斯·福科、罗伯特·H. 沙夫：《论中世纪中国禅师肖像的仪式功能》，夏志前译，载吴言生主编：《中国禅学》（第五卷），北京：中国社会科学出版社，2011年，第270—309页。

⑤ 惠洪：《禅林僧宝传》卷一七《天宁楷禅师》"赞"，《卍续藏经》第137册，第513页。

的华严学者，重视《华严经》法界之旨①。惠洪《冷斋夜话》卷七叙陈瓘贬谪期间负《华严经》入岭事，亦可证陈瓘确有此类宗教活动，可与诗作相互参证。

昙颖、惠洪以降，禅门内外"五宗"与"五家宗派"往往混用。至于"华严宗"及相关术语依然不被视为"宗派"。汤用彤曾主张，根据南宋僧宗鉴、志磐之说来立中国宗派②。从史料看，无论宗鉴《释门正统》还是志磐《佛祖统纪》都将"宗派"限于禅门内，至于"贤首宗教"却未称之为宗派或派别。有的华严祖师之间甚至并未见面，至于子璿、净源、义和三位宋僧，不仅与宗密没有任何直接的师承关系，而且三位宋僧相互间的关联也并不十分紧密：子璿依洪敏学《楞严经》，又依慧觉学禅；净源虽听子璿讲经，但义和与净源又没有任何师承关系。

总之，如果我们认为宋人"宗派"说反映了当时的某些事实，那么可以说当时的"宗派"还限于禅门，而未将"华严宗""贤首宗"等称为"宗派"；尽管宋代出现了华严宗的祖统说，但这一说法并不完全基于师资相承，而是基于师资和后来者追尊认同两层因素的结合。

三、作为"宗派"的晚清"华严宗"

从北宋后期至清代前期，"宗派"所指范围逐渐扩大，出现了江西宗派等各种说法，涉及社会生活各个方面，不过，《佛祖历代通载》等诸多典籍提到的"宗派"还是限于禅门。"华严宗"真正在语义上发生重要变化是在晚清。光绪年间空成所编《诸家宗派》一书认为贤首教下也有分支之派别③。稍晚时候，杨文会则明确将华严宗或贤首宗立为宗派。有的研究者认为，杨文会《十宗略说》立中国宗派说，深受日僧凝然《八宗纲

---

① 志磐撰，释道法校注：《佛祖统纪校注》卷一五《诸师列传第六之五》，上海：上海古籍出版社，2012 年，第 340 页。

② 汤用彤：《论中国佛教无"十宗"》，《哲学研究》，1962 年第 3 期。

③ 《诸家宗派》包括临济、沩仰、洞山、云门、法眼五宗，以及圣寿宗等不在五宗内的"天皇下宗派"，另外还包括天台教观、华严贤首教、南山律派等。"华严贤首教"下又称："自圭峰传二十二世至云栖莲池袾宏大师立云栖派二十字。"见空成编：《诸家宗派》，《卍续藏经》第 150 册，第 538 页。

要》的影响①。其实华严宗这一术语本就存在，问题在于是否采用宗派观念看待它，而《八宗纲要》《十宗略说》均无"宗派"二字。倒是杨文会的另一部据明代佛书《释教三字经》而改作的《佛教初学课本》更值得注意。该书根据源流而分宗派，共十宗，其中又有大宗小宗。但从《评〈佛祖统纪〉》来看，杨文会不完全赞同佛书采用世俗等级观念②。尽管依然保留了"宗"的某些宗法含义，但杨文会所谓的"宗派"具有整体性，所谓"佛为本源，后学为流派，各家所宗不同"，强调佛学上的本源——流派。因此，很难说杨文会的宗派观念仅仅来自日本，倒是他那样强调佛教整体性的观念与日本学者的著作相似，或受后者影响。

另一位将"华严宗"称为"宗派"的是梁启超。其笔下"宗派"甚多，但它们既不像禅门"宗派"那样尊奉某宗某祖，也很难说是同源，就是指派别，是将术语泛化后的任意自用。梁启超自称好学佛而无心得，坦承自己所立佛教十三宗是据日本人的著作而成③。但这只是立论来源，其观点则认为唐以后佛教不灭乃中国诸贤之功；宗教也遵循进化之公例，诸国传小乘而中国独传大乘证明中国国民文明程度高于他国；又认为中国佛教宗派多由中国自创，如华严宗依《华严》以立教，实自杜顺等中国僧人始，可以认为华严宗乃中国首创④。相比于杨文会，梁启超的论述有更明显的民族主义和进化论的意味，由此赋予华严宗作为中国佛教宗派的意义，多少与传统中国关于禅门宗派的论述有所不同；但他和杨文会也有相通之处：都受到日本学者著作的影响，注重从整体上考察中国佛教。

梁启超在清末民初的影响力自不待言，不过当时其他人也有其他看法。检视光汉（刘师培）、章太炎、刘锦藻、缪凤林等人的相关说法，可看出晚清中国社会变化剧烈，不仅国外各种学说观念被大量引入国内，本土佛教也在既有观念影响下发生变化，当时视域内的世界各国宗教派别都被称为宗派，包括华严宗在内，中国隋唐时期宗派兴起也逐渐成为共识，这是以一种整体性的国家意识乃至世界意识来看待本国佛教，可以说是民

① 蓝日昌：《隋唐至两宋佛教宗派观念发展之研究》，东海大学博士学位论文，2007 年，第 174—176 页。

② 方广锠：《杨文会的编藏思想》，《中华佛学学报》，2000 年第 13 期。

③ 梁启超：《诸宗略纪》，《新民丛报》第二十一号，1902 年 11 月 30 日，第 72 页。

④ 梁启超：《中国佛学之特色及其伟人》，《新民丛报》第二十二号，1902 年 12 月 14 日，第 43 页。

族主义等诸多观念影响的结果。因此，无论具体看法有何不同，有关中国佛教宗派林立的说法自清末民初方才变得常见，某些后起的甚至外来的带有整体意识的说法由此被投影到传统中国历史之上。

四、余论：作为宗法语言的"宗"与"宗派"

在佛教意义上，"宗"本梵语悉弹多 Siddhanta 之音译，即各教所尊崇的主旨、旨趣，是一个具有教理意义的术语。但在中国传统意义上，"宗"指"尊祖庙"（或"尊也，为先祖主者，宗人之所尊也"），既指尊奉行为，也指尊奉的对象和场所，是一个具有宗法含义的术语。所谓"别子为祖，继别为宗，继祢者为小宗。有百世不迁之宗，有五世则迁之宗"，是宗人与祖宗之间或稳定或变动的关系。宗又存在分支，有大宗小宗①。随着唐代禅门的兴起和诸祖下分支的不断出现，"宗"的宗法含义得到移用②。大量禅门文献反映了这一点③，尽管其作者身份或为文人士大夫，或为僧侣，其具体论述也有不同，但整体上是顺应世间礼法，将禅门师资传承视为宗族传承：禅门所立为法宗，禅门立七祖如《礼记》所云天子七庙，禅门祖师名录如世间家谱，嗣正法者为嫡子，支派或派别为大宗小宗，正宗所分五家各为其祖，仿佛世俗各为其家而子孙相承。不过，这些说法要么是论说禅门传承整体情况，要么局限于禅门寥寥几代僧侣的传承，换言之这并不意味着对"宗"（lineage）的热衷自然导致了中国佛教宗派归属性的增强④。如前所述，尽管禅门祖师的法系在宋代的确得到了继承，但从家族世系的角度来看，祖师和后代不断涌现的禅门枝派的关系

---

① "宗"的含义参颜尚文：《隋唐佛教宗派研究》，台北：新文丰出版公司，1980 年，第 4、5 页；钱杭：《宗族的世系学研究》，上海：复旦大学出版社，2011 年，第 88—92 页。

② 张培锋指出，唐代以后禅宗、天台等把印度佛教法统观念与中国传统的祖宗崇拜观念结合起来，形成所谓"祖统"，俨然在寺院中建立了一个大家族，其关系与其说是师徒，不如说是父子。详见张培锋：《杜甫"身许双峰寺，门求七祖禅"新考——兼论唐代禅宗七祖之争》，《文学遗产》，2006 年第 2 期。

③ 参 John Jorgensen, "The 'Imperial' Lineage of Ch'an Buddhism: The Role of Confucian Ritual and Ancestor Worship in Ch'an's search for Legitimation in the Mid-T'ang Dynasty", *Far Eastern History*, 1987, Vol. 35, pp. 89—133; Elizabeth Morrison, *The Power of Patriarchs: Qisong and Lineage in Chinese Buddhism*. Leiden and Boston: Brill, 2010, pp. 51—87.

④ Elizabeth Morrison, *The Power of Patriarchs: Qisong and Lineage in Chinese Buddhism*. Leiden and Boston: Brill, 2010, p. 52.

有必要重新确立。从这个意义上说，采用"宗"这一术语是基于宗法观念的"宗派"大量出现而追尊、认同更早禅门大师的结果。

在中国古代，不仅禅门，禅门外也承认禅门"宗派"的存在。而"华严宗"在古代从未被称为"宗派"：在古人那里，"华严宗"与《华严经》经疏、义理、纲要、宗旨等问题，与判教、祖统等问题存在更多关联，除非华严宗内部同样存在以不同法师为中心并由嗣法者发展形成的不同支派，否则很难编排这样一个世系。但"华严宗"也与禅门五家宗派存在相似之处，特别是祖统说：都不仅存在师资承袭的因素，而且存在追认祖师的因素。当然，这样的论述是基于"宗""宗派"等宗法术语和事实同一的观念被移用在通常不真正存在血缘传承关系的宋代佛教上的结果；而我们知道还存在语言本身无指称对象或语言只作为文体修辞因素存在等情况，但我们仍未发现这样来处理宋代"华严宗"问题的材料，可以说这种情况在传统中国并不是历史地存在。

到晚清，学者开始用"宗派"来指称华严宗。从当时学者的说法来看，"宗派"一词偏向整体性的（宗教）派别、流派，不再像宋人撰述中的禅门"宗派"那样具有较明显的以祖师/祖宗为中心的拟宗法含义。这种做法顺应了近代的趋势：更注重从民族国家乃至世界的整体高度看待同一宗教内部的不同派别。

第三节　达摩、"禅宗"、"不立文字"与《宋高僧传》的禅史叙述

如上节所论，宗派兴起于宋代禅门内部；而无论从史实还是语言本身来看，传统中国的华严宗不被视为拟宗族意义上的宗派，华严宗正式成为宗派是在近代以来从民族国家乃至世界的整体高度来看待宗教内部不同派别的视野中成立的，虽不乏传统因素，但更多还是受到外来观念影响。其实，"禅宗"这一术语也有相似之处：所谓五家宗派是禅门内部的分派，而"禅宗"本身在传统中国同样不被视为宗派，其被视为宗派和"华严宗"等一样是近代以来的产物。本节同样试图将问题"狭隘化"，仍然从语言和叙述角度来探讨"禅宗"史的一些问题。

众所周知，达摩西来，为东土禅宗始祖，以不立文字（常常还包括直指人心、见性成佛、以心传心、教外别传①等主张）为宗旨，这已是常识，而对作为名称、概念和具有"历史"叙述外观的"禅宗"及相关问题仍有进一步探讨的必要。从历史上来看，达摩、"禅宗"（无论这个"禅宗"是否具有宗派含义）、"不立文字"三者之间建立关联并形成禅史叙述，究竟始于何时、何种文献？为什么会产生这类叙述？这类叙述又有何种含义，起到何种作用？在高僧传"习禅篇"及他科中，如何看待上述三者及相互的关系？"禅宗"与"禅""禅师""禅门"等关系何在？高僧传这种处理方式的原因何在，又受到何种挑战？本节将对上述问题做一探讨，以厘清"禅宗"史上的一些基本史实。

一、唐五代的达摩、"禅宗"与"不立文字"

管见所及，唐代道宣《续高僧传》才出现"禅宗"一词，但用来指称的不是达摩，而是南朝其他禅僧（包括像慧思这样被后世尊为天台三祖的禅僧）及其法系或禅定法门，该书"习禅篇"之"论"还提到一些被道宣视为错误的、遭到讲徒轻视的禅修方法；至于达摩所传，乃以理入、行入、壁观、"禅教""藉教悟宗"等称之，与经教关系紧密，但还未被视为"禅宗"的唯一代表或始祖。就禅旨而言，根据《续高僧传》的记载，达摩禅法的确具有不著文字名相、忘言忘念等特点②，不过还未被凝练成"不立文字"这一口号③。

在唐人那里，"禅宗"常常与经论义理有关。唐代禅僧也经常讨论经论义理。禅僧所习也不限于禅定，更不限于达摩的禅法。如证真禅师"六度诸门，无不该备"④，而禅定不过是六度之一。修习三禅、四禅、八禅

---

① 关于宋人就"教外别传"这一口号展开的争论，参 T. Griffith Foulk, "Sung Controversies Concerning the 'separate Transmission' of Ch'an", in Peter N. Gregory, Daniel A. Getz, eds., *Buddhism in the Sung*. Honolulu: University of Hawaii Press, 1999, pp. 220-294.

② 印顺：《中国禅宗史》，北京：中华书局，2010 年，第 29、30 页。

③ 相传为达摩所撰的《少室六门·血脉论》提及"不立文字"，但从《洛阳伽蓝记》《续高僧传》等早期史料来看，并无达摩留下撰述的说法。当然达摩的言论可能为弟子所记，但这也无法确证他提出"不立文字"。

④ □遂：《唐故法云寺大德真禅师墓志铭》，载吴钢主编：《全唐文补遗》（第二辑），西安：三秦出版社，1995 年，第 33 页。

等屡屡见载，如存奖就修习四禅这种传统禅法，但这并不妨碍他被归入自摩诃迦叶、师子尊者、达摩多罗以下至慧能、神秀而后分派这一强调渊源、派别的禅宗法系①。至于僧侣修行实践中不仅坐禅而且阅藏、陀罗尼等说法，亦不罕见。

至于"不立文字"，宋代惠昕本、契嵩本、元代宗宝本《坛经》中的"六祖"提到"不立文字"，但他不仅未将"不立文字"追溯至达摩，反倒批评说，不立文字的"不立"本身"亦是文字"；而在唐代敦煌本《坛经》中，六祖提到的则是"不用文字"②。在唐代，即便达摩被视为传心法的"禅宗"始祖，达摩或"禅宗"也并不一定与"不立文字"相联系③。

事实上，达摩、"禅宗"与"不立文字"三者之间的关联不是一开始就存在的，也不是以某一时间或某一文献为确立标志，而是逐渐发生的，应被视为唐代华严判教理论和以神会、宗密等为代表的南宗影响下判定"达摩宗""达摩禅宗"或"达摩宗旨"的结果，具有会通禅教的意味，其中存在着对达摩禅旨的理解。被后世尊为华严宗三祖的法藏在《华严一乘教义分齐章》等著作中提出"五教"判教理论。"五教"之间存在教义深浅难易的差别，其中"顿教"对应《维摩经》，包括离言绝虑、绝言所显离言之理、理性顿显、以默显不二、栖心无寄等特征。澄观遵循法藏的判教说，又进一步将达摩"以心传心""禅宗"与"若不指一言以直说，'即心是佛'何由可传。故寄无言以言，直诠绝言之理"联系起来，判为顿教④。澄观活动年代晚于神会，不仅习《华严》《法华》《维摩》等经，而且习南宗禅法、北宗玄理，其做法也有会通意味，既依顺了"禅宗"，又认为"禅宗"是用语言来寓寄无言之理，将之纳入判教体系。但澄观虽将达摩与"禅宗"联系起来，"禅宗"仍指"南北宗禅"等以禅为宗者的宗旨，还不能视之为宗派，也未直接出现"不立文字"。

而在禅门内部，神会已讲述了西天祖师至达摩、慧能的传法世系，有

---

① 公乘亿：《魏州故禅大德奖公塔碑》，载董诰等编：《全唐文》卷八一三，上海：上海古籍出版社，1990 年，第 3794 页。

② 郭朋：《坛经校释》，北京：中华书局，1983 年，第 96、97—98 页。

③ 权德舆：《权德舆诗文集》卷一八《唐故章敬寺百岩禅师碑铭》，上海：上海古籍出版社，2008 年，第 293 页。

④ 澄观：《大方广佛华严经随疏演义钞》卷八，《大正新修大藏经》第 36 册，第 62 页。

"达摩宗旨""以心传心，离文字故"以及称"禅门"为顿教等说法①。神会的传人宗密则将"不立文字"系于达摩名下并见诸撰述。宗密为神会立传，称其为"荷泽顿门"，又叙贞元十二年（796）皇太子和诸禅师"楷定禅门宗旨"、立神会为第七祖等事②；《中华传心地禅门师资承袭图》亦述"达摩之宗""达摩言旨"和神会的言论、行事。可见，宗密非常了解神会身前身后禅门的动向，包括唐中后期楷定禅门宗旨之事。而在《圆觉经略疏钞》卷九中，他还首次提出"达摩禅宗"，将达摩、"禅宗"组成一概念。宗密又习华严学，其《圆觉经略疏钞》卷四重复了澄观的顿教观，又认为"以心传心，不立文字"的"达摩宗旨"正顺应此意。宗密《禅源诸诠集都序》亦指出，须先判教，再印定禅教一致；又称达摩"显宗破执"，显示"达摩（禅）宗"以心传心，不立文字的旨趣，破除对名数、事相的执着。据该书记载，曾有禅德以达摩"不立文字"为问，可见当时禅僧已将之视为达摩所言，非宗密首次提出。而宗密也和澄观一样，通过调和言说与无言来理解"不立文字"③。而在同样赞同《维摩经》"无离文字说解脱"的延寿那里，达摩、"禅宗"与"不立文字"的关联已非常明显④，当然从《宗镜录》卷三四对宗密《禅源诸诠集都序》"禅三宗"的理解来看，"禅宗"依然有"分宗判教"的意味。

在这些理论化的论说中，不立文字或相关说法还不与"离文字"相对立。相比而言，在行状、碑文和禅宗史传等文献中，达摩、"禅宗"与"不立文字"之间的关联逐渐被"历史化"，而对不立文字的解释也有所变化。约七世纪末，《唐中岳沙门释法如禅师行状》将达摩与还没有冠名为禅、但已称为本无文字、以意相传的"此宗"联系在一起，同时讲述了一种传法谱系。《传法宝纪》提出了从达摩至神秀的传法谱系，亦声称达摩主张得于心而无言语文字并以儒道"吾欲无言""得意者忘言"等说为证。而重视《楞伽经》传承的《楞伽师资记》同样强调大法不可言喻。达摩被明确奉为"教祖"，始见于吴通微《内侍省内侍焦希望神道碑》。至李朝正《重建禅门第一祖菩提达摩大师碑阴文》，则将"禅宗"、达摩与"意出文

① 杨曾文编校：《神会和尚禅话录》，北京：中华书局，1996年，第7、27、33、45页。
② 杨曾文编校：《神会和尚禅话录》，北京：中华书局，1996年，第135、136页。
③ 宗密：《大方广佛华严经普贤行愿品别行疏钞》卷二，《卍续藏经》第7册，第813页。
④ 延寿：《宗镜录》卷一，《大正新修大藏经》第48册，第417页。

字外"三者联系在一起，通过讲述达摩传心印、袈裟和作为始祖的地位，本文事实上建构了禅宗南宗的法系；而从下文述慧能至大义的传承和大义的官方地位等情况来看，本文的撰写为受皇家崇奉的洪州宗大义一系提供了证明自身正统传承的"历史"依据。到宗密《圆觉经大疏释义钞》卷三、《圆觉经略疏钞》卷四，其中甚至首次记载了达摩、惠可师徒之间的下列对话：惠可问"此法有何（文字）教典（习学）"，而达摩就答以"我法以心传心，不立文字"。宗密接着用《庄子·外物》所谓得鱼忘筌、得意忘言来进一步解释。

宗密的叙述在《祖堂集》那里产生了回响。据《祖堂集》卷六《草堂和尚》，撰者清楚宗密经论疏钞等撰述的流传。《祖堂集》卷二《菩提达摩和尚》所载达摩传法给惠可的"历史"故事将禅法、达摩、不立文字三者联系起来，其中达摩所说的"不立文字"的意思就是"无文字"，正如惠可理解的那样①。除了个别地方，这里的文字与宗密的说法一致，不过对"不立文字"的解释与强调意在言外的宗密不同，完全不需文字，观点显得更为激进。《祖堂集》中的义存禅师屡次提及达摩此事，特别是道怤问义存如何传此语句时，义存"良久"②。可见，义存的"不立文字"不仅无文字，而且有沉默的意味。义存受闽王王审知尊奉，《祖堂集》的编纂者静、筠二僧亦出自该法系③。在唐人已开始建构禅宗法系的背景下，《祖堂集》屡次提及义存重复达摩"不立文字"的口号，可看作义存或其嗣法者试图继承达摩正统的体现。

二、《宋高僧传》中的达摩禅法、"禅宗"和"不立文字"

总的来看，唐五代还没发明"宗派"一词来表述"禅宗"，"禅宗"一词本身也不具有"宗派"含义。到宋初赞宁编纂《宋高僧传》时，情况有一些变化，但仍沿袭了传统。《宋高僧传》在体例上沿袭了前代高僧传，单立"习禅篇"。在"习禅篇"后的"论"中，赞宁将"禅那"解释为修

---

① 静、筠二禅师编撰，孙昌武、衣川贤次、西口芳男点校：《祖堂集》卷二《菩提达摩和尚》，北京：中华书局，2007年，第98页。

② 静、筠二禅师编撰，孙昌武、衣川贤次、西口芳男点校：《祖堂集》卷一○《镜清和尚》，北京：中华书局，2007年，第467页。

③ 柳田圣山、俊忠：《关于〈祖堂集〉》，《法音》，1983年第2期。

行方法，并非宗派。《宋高僧传》全书共出现"禅宗"一词 22 次，其中不少出现在"习禅篇"之外的他科中。"习禅篇"也未笼括所有禅师，他科中屡有禅师身影，而禅师未必都属于后来灯录中的"禅宗"，像一行、崇惠、玄光、岸禅师、明瓒、楚金等"禅师"都不见于《景德传灯录》这样一部典型的禅宗语录。"义解篇"元浩传中的湛然被称为禅师，但他是敷行止观的天台僧。"禅门"也不等于现今所称的禅宗，如"护法篇"中的神邕就修习天台止观禅门。可见，"习禅篇"与"禅师""禅门""禅宗"之间没有紧密挂钩，不是"禅宗"的宗派史。

此外，达摩也不被视为禅学的唯一代表或始祖。在"习禅篇"后的"论"中，赞宁称禅学始于庐山，但佛陀什、般若多、慧远、僧会的禅法都没有发扬光大，到慧文、慧思、智𫖮等才寻龙树之宗，有"三观""止观"，这实际上是天台禅学。可见，赞宁并没有将禅学的源头单独指向达摩及西天诸祖。

那么，《宋高僧传》中达摩禅的地位如何，与"不立文字""禅宗"等究竟有何关系呢？

第一，赞宁判定了达摩禅法作为"心教"的开创地位。他首次区分了显教、密教、心教，指出以心传心的心轮、禅法（心教）是达摩所开创[①]，从而强化了达摩心教与之前禅学之间的区别[②]。可见，赞宁依然采用判教的方式看待各种佛教派别。

第二，赞宁将"不立文字"视为达摩提出的宣言，指出了达摩禅法的针对性、效用和最上乘禅的地位。在《大宋僧史略》中，赞宁指出禅法源于佛经，但好比未能很好调制的药方，不能治病。赞宁又认为达摩根据东

---

① 赞宁撰，范祥雍点校：《宋高僧传》卷三"论"，北京：中华书局，1987 年，第 56 页。
② 唐人有很多关于达摩"传佛语心法""内传心印""以心传心"，以及其为禅门第一祖的论调；以达摩所传为"心教"，则是唐代清昼《唐湖州佛川寺故大师塔铭》、独孤及《舒州山谷寺觉寂塔隋故镜智禅师碑铭》以来的旧说。至于显教、密教，亦为旧说。尤其是密教，《宋高僧传》奉唐僧金刚智为始祖、不空为二祖、慧朗为三祖并为之立传；《宋高僧传》卷二《唐洛京圣善寺善无畏传》述达摩掬多授善无畏"密教"，就直接取材于李华《东都圣善寺无畏三藏碑》。但将所有"教"分为显教、密教、心教三类并各下定义，则是赞宁的发明，具有判教意味。相关研究见罗伯特·沙夫：《论汉传密教》，载沈卫荣主编：《何谓密教？——关于密教的定义、修习、符号和历史的诠释与争论》，北京：中国藏学出版社，2013 年，第 114—142 页。

土人的根性和境遇提出不立文字，为的是遣除当时拘泥于语言文字之病①。《宋高僧传》"习禅篇"后的"论"亦有类似论调：赞宁接受了宗密等人的说法，将直指人心、见性成佛、不立文字等系于达摩名下，认为达摩东来，是为了救治溺于名相之病，故宣扬不立文字等旨趣，此乃善巧方便，如此修证是最上乘禅。因此，赞宁将达摩禅法视为在修行上真正有效的禅法。其将在顿悟自心的基础上修证的达摩禅法判为最上乘禅的论调，亦出自宗密《禅源诸诠集都序》。宗密还认为，最上乘禅包含顿渐二法（顿悟渐修）；宗密还根据深浅、阶级殊等区分了各种禅法，认为天台"三止三观"等禅法都不如达摩所传②。鉴于赞宁接受了宗密判达摩禅法为最上乘禅的论调，可以推断他同样认为达摩禅法和包括天台止观在内的其他禅法之间有高下之分。《宋高僧传》是赞宁奉敕编纂的一项官方事业，因此这也意味着达摩禅法在禅门中的优越地位及其与不立文字的联系通过赞宁的叙述在官方权威下得到确立。

第三，赞宁借助佛经重新解释"不立文字"，具有禅教一致的意味。他引证《仁王护国般若波罗蜜多经》，指出"不立文字"乃没有文字相，不是离文字、无文字，这与宗密《禅源诸诠集都序》的观点相同。这种引证的实质是禅教一致，将禅学口号"不立文字"佛经化了，或者说通过佛经中不溺于文字名相却又不离文字的说法来论说"不立文字"。赞宁在这些方面还以印度佛教为标准，认为印度的禅定修持来自教乘，因此这种理解方式在他看来无疑是合理的。不仅如此，他还有达摩本人的观点作为支撑：后者自称其法合乎了义教③。鉴于晚唐五代以来的丛林风气，赞宁对"不立文字"的解读可能还针对禅门内部某些僧侣将"不立文字"视为废弃教典文字的观点。

第四，赞宁在一定程度上记载了达摩"禅宗"的法系传承并将之宗族化，但又认为包含顿渐二法的达摩禅法并未得到完整继承。《宋高僧传》神秀传沿袭了《旧唐书·方伎传》，宣称达摩得"禅宗妙法"。该书"习禅

---

① 赞宁撰，富世平校注：《大宋僧史略》卷上《传禅观法》，北京：中华书局，2015年，第56页。

② 宗密：《禅源诸诠集都序》卷上，《大正新修大藏经》第48册，第399页。

③ 赞宁撰，范祥雍点校：《宋高僧传》卷六《唐圭峰草堂寺宗密传》"系"，北京：中华书局，1987年，第127—128页。

篇"中的"禅宗",如义玄传"临济禅宗"、本寂传"禅宗兴盛"等,已有特定学派或群体成员意味。赞宁又称惟劲所续《宝林传》也是录贞元以后禅门世系①。而在《宝林传》中,达摩在西天祖师以下传法谱系中占有重要地位。赞宁还撰有《鹫峰圣贤录》(今佚),也参与了对禅宗源脉的"历史"编纂,依傍的正是《宝林传》等禅籍②。

尽管未以禅宗源脉安排该书"习禅篇",也未将达摩禅法视为禅宗的单一起源,赞宁在"论"中却提到达摩传衣付法的故事。对于这一故事,唐代神会《菩提达摩南宗定是非论》、房琯《六叶图序》、宗密《中华传心地禅门师资承袭图》、李朝正《重建禅门第一祖菩提达摩大师碑阴文》等早已提及,反映了南宗的法系传承说③;"论"中有关法融继嗣道信的说法,唐代也多有史料提及。赞宁还通过采用"可生璨"这类措辞类比于父生子,实际上将法系传承家庭化、世间化了。另如弘忍传提到法融"贻厥孙谋",相比弘忍是"庶孽"④,同样是通过类比于父子嫡庶关系来说明弘忍、法融各自的地位。

但宗族化的传承并不意味着达摩禅法的完整继承。赞宁宣称:弘忍之后出现了崇尚修炼的北宗和重视顿悟的南宗,这导致学人相互竞争、排挤,实则各有偏颇,背离了达摩、弘忍的微言大义⑤。对南顿北渐的区分,本是神会等人的旧说,赞宁在神会传中也有反映⑥。对神秀、慧能以

---

① 赞宁撰,范祥雍点校:《宋高僧传》卷一七《后唐南岳般舟道场惟劲传》,北京:中华书局,1987年,第431页。

② 契嵩:《传法正宗论》卷下,《大正新修大藏经》第51册,第783页。

③ 最早公认的弘忍传人实为法如;随着神秀一系势力的逐渐强大,神秀为弘忍传人的说法开始出现;慧能为弘忍传人的说法更为晚出,是神会开元二十年(732)举办滑台大会之后才出现的。详见葛兆光:《谁是六祖?——重读〈唐中岳沙门释法如禅师行状〉》,《文史》,2012年第3期。

④ 赞宁撰,范祥雍点校:《宋高僧传》卷八《唐蕲州东山弘忍传》,北京:中华书局,1987年,第172页。

⑤ 赞宁撰,范祥雍点校:《宋高僧传》卷八《唐荆州当阳山度门寺神秀传》"系",北京:中华书局,1987年,第178页。

⑥ 神会、宗密、赞宁等所谓"南顿北渐"的说法需重新检讨。根据伯兰特·佛尔的研究,顿渐之间的断裂并非与南北宗的区隔相对应,南宗北宗都在以不同的方式表述同一个"顿教",北宗的被驱逐乃是禅正统性建构的行事方式。见伯兰特·佛尔:《正统性的意欲:北宗禅之批判系谱》,蒋海怒译,上海:上海古籍出版社,2010年,第11页。其实,早在中唐澄观就在判教活动中指出"南北宗禅"都是"顿教"。见澄观:《大方广佛华严经随疏演义钞》卷八,《大正新修大藏经》第36册,第62页。

下南北二宗相互攻击的情形，澄观《大方广佛华严经随疏演义钞》、宗密《禅源诸诠集都序》等早有批评。尤其是宗密认为顿渐不相乘而相资，批判南北宗、顿渐相互敌视是因为没有了解根本和末节而成偏执①。由此推之，赞宁不仅重视顿悟，也重视修炼（渐修），并认为达摩至弘忍所传才是包含顿渐二法的最上乘禅。事实上《宋高僧传》弘忍传就说，道信传给弘忍的就是这样一种禅。如本书第二章第二节所论，达摩以下初期禅宗以四卷本《楞伽经》相传授，而该经有四渐四顿之说，《楞伽师资记》等唐人著述亦将弘忍纳入传《楞伽经》的禅师之列，赞宁的说法或有依据；考虑到宗密等人的影响，赞宁也可能据之重新理解和解读达摩禅旨。无论何种情形，结果都是赞宁进一步将达摩禅的传授历史化。

第五，赞宁尊崇达摩、宗密等禅师的禅教观，重视理入、行入，强调经、律、论、禅等并重。他站在达摩禅法兼具禅理、禅行的立场（原因可能在于这符合"教理行果"的佛教传统说法），主张戒律和诸法并重，智慧和修行兼备，理入和行入都不偏废，然后可以言禅。因此，他觉得知乘急的师备和知戒急的义存各有所缺，最好是有所综合更为完备②。同时，他也反对禅学指斥讲家，反驳了一些禅者对义学的批评，认为佛经的说法和禅宗是一致的，并借助国纪、朝宗这类政治隐喻强调了佛教经论和戒律的崇高地位。这类看法在宗密的著作中也早有体现，只不过赞宁在宋初的环境下更强调讲家和禅门不应相互非难排斥，而应各安其位、相互推重以增明佛法。正如他所说，宗密禅教并重，撰述遍及经律论，又集诸宗禅言为禅藏，都以一心为根本而贯通于诸法，正符合赞宁求全的要求③，可能这就是他接受宗密观点的原因。

总的来看，赞宁更多的是吸收、整合而非批判、改造某些既有记载。另外，尽管《宋高僧传》中"禅宗"已有派别之意，赞宁也参与了对"传法宗祖"的构建，但他并未以此安排"习禅篇"，没有摆脱判教观，因此《宋高僧传》中的"禅宗"依然存在模糊不明之处。

---

① 宗密：《禅源诸诠集都序》卷上，《大正新修大藏经》第 48 册，第 402 页。
② 赞宁撰，范祥雍点校：《宋高僧传》卷一二《唐福州雪峰广福院义存传》"系"，北京：中华书局，1987 年，第 288—289 页。
③ 赞宁撰，范祥雍点校：《宋高僧传》卷七"论"，北京：中华书局，1987 年，第 166 页。

三、再论惠洪对《宋高僧传》"习禅篇"及他科禅师立传问题的批评

继赞宁之后撰僧传的是惠洪禅师，但这里先要提到契嵩对禅宗的贡献。在《禅林僧宝传》中，惠洪重述了契嵩撰《禅宗定祖图》《传法正宗记》、定达摩为二十八祖，其撰述得以入藏的史实。契嵩的撰述是在义学怀疑二十八祖之说的背景下出现的，书成后又为"律学者"攻击。契嵩乃著书自辩，得到舆论的支持①。契嵩好辩，其撰述既回应了当时的批评者，也引发了进一步的争论。就本文论题而言，值得注意的是其《再书上仁宗皇帝》对"宗"的解释：

> 能仁氏之垂教，必以禅为其宗，而佛为其祖。祖者乃其教之大范，宗者乃其教之大统。大统不明则天下学佛者不得一其所诣，大范不正则不得质其所证。②

如上节所论，不少人认为禅门传承是宗族式的传承。在这里，契嵩以禅为宗、以佛为祖，亦是宗族式的解释。但他还进一步说，作为"宗"的禅宗大统佛教，更强调禅宗在佛教领域的统治地位，故意将禅宗之"宗"与大统之"宗"混为一谈，使"禅宗"具有了政治色彩。之所以如此，在于他认为只有确立宗祖才能平息佛学争议，而他认为禅宗就是这样唯一的"宗"。可以说，在契嵩将"达摩""禅宗""不立文字""教外别传"等整合进关于传法正宗的记录中③，在他重新解释"禅宗"一词的论说情境中，以及在"禅宗""禅者"与"义学""律学"等对立的社会语境中，禅宗不仅被宗族化，而且被赋予了突出的政治地位。就此而言，他比赞宁走得更远。

而到惠洪，其所处语境已与契嵩有所不同。尽管非常崇敬契嵩的所作所为，惠洪在现实中却感受到学人将"不立文字"作为游谈无根、懒惰不学的借口所带来的弊端，为此他主张另以造论释经的马鸣、龙树和三藏精

① 惠洪：《禅林僧宝传》卷二七《明教嵩禅师》，《卍续藏经》第137册，第546页。
② 契嵩：《镡津文集》卷九《再书上仁宗皇帝》，四部丛刊初编影明弘治本。
③ 对契嵩建构的禅宗传法世系的讨论，详见杨曾文：《唐五代禅宗史》，北京：中国社会科学出版社，1999年，第576—593页。

入、该练诸宗的怀让、道一等为典范,反对株守"不立文字",并转而强调达摩的另一口号"借教悟宗",回到了用文字表显教外别传之意的立场①,就此而言惠洪与澄观、宗密、赞宁等人近似。与此同时,尽管赞宁《宋高僧传》对作为学派的"禅宗"已有认识,又提到"临济禅宗""德山门风""洞山禅道"等称号,但还没有发展到严格区分五家宗派的地步。契嵩则关注整个禅宗的状况,至于五家宗派的具体情况很少论述。从惠洪的撰述来看,显然他也将禅宗视为正宗,只不过他不像契嵩那样一再论证这一点而已。而从惠洪《禅林僧宝传》来看,他非常清楚禅林存在五家"宗派",该书就是为这些不同"宗派"的禅师立传②。正如上节所论,惠洪大力鼓吹宗派说,并提出禅门存在一个由祖—宗—宗派组成的传法世系。

就《宋高僧传》而言,惠洪主要针对禅师在该书中的分科提出了批评。他认为,赞宁不应将延寿列入"兴福篇",将全豁列入"施身(应作'遗身')篇"③;《宋高僧传》不为文偃立传,据传是因为赞宁认为文偃非讲学,故删去之④。但这些批评并不意味着惠洪主张上述禅师应入"习禅篇",他认为禅不过是诸行之一,不足以概括达摩之法,故反对将达摩置于习禅之列⑤。就这一点而言,惠洪也继承了契嵩《武陵集叙》的思想,即认为达摩所传为正法,而不是仅传播一种修行方法。惠洪《禅林僧宝传》其实属于另起炉灶,打破十科分类之体例,专为禅师立传,兼载语言、行事、悟道之缘、生死之际等诸方面内容,以此来表现禅师为道的精

---

① 惠洪:《石门文字禅》卷二五《题宗镜录》,四部丛刊初编影明径山寺本,第 275 页。

② 尽管"五家宗派"的成立被推向编纂《宋高僧传》之前更早的时间段,但编纂《宋高僧传》时"五家宗派"之名尚无影踪。实际上这是宋代禅者追述的结果,如惠洪《僧宝传序》就说嘉祐(1056—1063)年间昙颖撰《五家传》,其《林间录》卷上又称昙颖集《五家宗派》。又据《禅林僧宝传》卷一六《翠岩芝禅师》,守芝提出"马祖宗派""洞上宗派""石霜宗派""沩仰宗派""石头药山宗派""云门宗派""德山临济宗派"等名称。守芝嘉祐之初就已示寂,因此其提出各家"宗派"说应先于昙颖撰《五家传》(或《五家宗派》)。需要指出的是,守芝提出不同"宗派"是为了教导后生晚学广求知识、遍访门风,并非为了提倡"宗派"斗争。另外,从现有史料看,正是在惠洪《林间录》《禅林僧宝传》《石门文字禅》等撰述中,"宗派"一词开始成为常见词。

③ 惠洪:《石门文字禅》卷二六《题佛鉴僧宝传》,四部丛刊初编影明径山寺本,第 287 页。

④ 惠洪:《石门文字禅》卷二六《题珣上人僧宝传》,四部丛刊初编影明径山寺本,第 288 页。

⑤ 惠洪:《林间录》卷上,《卍续藏经》第 148 册,第 590 页。

微之处，为禅者树立典范①。

有研究者认为："他（赞宁）并不是按高僧受学法门或传承世系来归类，而是就其人一生最显著的'贡献'来分。"但由于有的僧人一生的表现和贡献是多方面的，同时具备"感通神异""明律""习禅"能力者所在多有，"要将之判分于哪一类，变成是作者主观的意见了"②。其说法很有道理。这里补充的是，十科分类并非纯然按照僧人的显著贡献或赞宁主观认定的显著贡献，也不能简单归结于识见问题。延寿就逾出"典型"禅僧的活动范围外③，但僧传中的延寿形象如何呈现，取决于多种因素。惠洪要求言事兼备，特别强调用语言判断得道程度④（重视语言是宋代禅学的特点之一），又重视延寿以心宗折中诸宗和会合经论的思想，故《禅林僧宝传》本传不仅记载其感羊跪听、买鱼放生、持头陀行等事，而且大量抄录其法语。而《宋高僧传》本传称延寿嗣法于德韶禅师，德韶入的又是"习禅篇"，又称延寿撰《宗镜录》《万善同归集》等数千万言，不会不知延寿的禅师身份和言论。然而赞宁还受到僧传写作惯例的影响，那就是虽标榜言行兼备，但僧传在写作实践中通常更重视记事而非记言。他又将佛经视为根本，而将他颇为尊崇的达摩之言视为末节⑤。他也批评六祖以下多言说禅理的偏颇，反对只是口说而不修炼身、意⑥。在"习禅篇"后的"论"中，赞宁评价了某些习禅者的问答，他对此也不赞同。另外赞宁还服膺儒家观念，虽重视言论，但又认为更重要的是通过行为来了解一个人，即听其言观其行，这在《宋高僧传》万回传的"通"中有反映。从传记写作的实际来看，《宋高僧传》也更重视记事而不太引用禅者的言说/语

---

① 惠洪对《宋高僧传》的批评，除以上诸方面外，还包括文体不一致、叙事有误等问题，参看黄启江：《北宋佛教史论稿》，台北：台湾商务印书馆，1997年，第319页。

② 黄敬家：《赞宁〈宋高僧传〉叙事研究》，台北：台湾学生书局，2008年，第112、113页。

③ Albert Welter, "Lineage and Context in the Patriarch's Hall Collection and the Transmission of the Lamp", in Steven Heine, Dale S. Wright, eds., *The Zen Canon: Understanding the Classic Texts*. New York: Oxford University Press, 2004, p. 168.

④ 惠洪：《石门文字禅》卷二五《题让和尚传》，四部丛刊初编影明径山寺本，第276页。

⑤ 赞宁撰，富世平校注：《大宋僧史略校注》卷上《传禅观法》，北京：中华书局，2015年，第56页。

⑥ 赞宁撰，范祥雍点校：《宋高僧传》卷一八《陈新罗国玄光传》"系"，北京：中华书局，1987年，第445-446页。

录，至多提到禅者语录、别录、言教存在或流行等信息①。因此，既然赞宁贬低、批驳、回避具有禅宗特色的言说/语录，那么主要根据他所重视的行事/修行（以及经律论诸学的修习）将选为传主的禅师分入标准不同的各科也就势所必然②。《宋高僧传》本传未抄录《宗镜录》等书一字一句，而是侧重记载延寿其性纯直、泛爱慈柔，以及行方等忏赎物类放生、多励信人营造塔像等事。赞宁又称，所谓"兴福"是利他③，按照这样的标准和延寿的行事，无疑延寿可入"兴福篇"。

同样，《宋高僧传》将智晖列入"兴福篇"，主要着眼于智晖利益众生之事，是大乘佛教精神的体现（也是古代佛教发挥社会职能很重要的一方面）。而《禅林僧宝传》卷一○《重云晖禅师》主要取材于《景德传灯录》卷二○《京兆重云智晖禅师》，尽管也提到智晖上述诸事，但重在通过语言和行事来表现其于死生之际明验昭著，与《宋高僧传》着眼点有所不同。《宋高僧传》将全豁列于"遗身篇"，主要是看到全豁临难无苟免的一面。而惠洪平生多次提及全豁语言和行事，如《题洞山岩头传》称全豁、良价看似信口之言却如遇事前知，《洪州大宁宽和尚语录序》不仅称赞全豁于生死无所恋著，而且特别赞赏其识纲宗，可见惠洪重视全豁的说法语句，这与赞宁《宋高僧传》从施舍性命成檀度以获得佛教意义上的利益④等观念看待僧人遗身现象不同。应该说，既然《宋高僧传》不可能从当时尚未完全形成的禅门正宗意识或宗派意识出发来选择传主，传主本身又具有多方面特质，编纂者对禅宗历史和语言的看法、遵循的观念、史料选择

---

① 关于禅门语录定义、起源等，参 Albert Welter, *The Linji Lu and the Creation of Chan Orthodoxy: The Development of Chan's Records of Sayings Literature*. New York: Oxford University Press, 2008, pp. 45-80.

② 参看柯嘉豪的观点："通过避免记录机缘问答和批判某些禅宗圈子里反学术的倾向，赞宁希望缓解来自禅宗方面的批评压力，并维护学问僧与中国传统佛教圣传相符的形象。"见 John Kieschnick, *The Eminent Monk: Buddhist Ideals in Medieval Chinese Hagiography*. Honolulu: University of Hawaii Press, 1997, p. 135. 证明这一观点的其中一条材料——惠洪《题珣上人僧宝传》"（赞宁）以云门非讲学，故删去之"云云，关系到另一问题，详见下文。另外，赞宁不仅重视内学，也热衷外学，其《宋高僧传》也多次强调传主的儒学素养。参牧田谛亮：《赞宁与其时代》，载张曼涛主编：《佛教人物史话》，台北：大乘文化出版社，1978年，第351-381页。

③ 赞宁撰，范祥雍点校：《宋高僧传》卷二八"论"，北京：中华书局，1987年，第711页。

④ 赞宁撰，范祥雍点校：《宋高僧传》卷二三《唐南岳兰若行明传》"系"，北京：中华书局，1987年，第591页。

和僧传写作的旧例等因素也在起作用，那么延寿、全豁等人传记与入"习禅篇"就没有必然的关联，入"遗身篇""兴福篇"也有其理由。

至于惠洪所言文偃没能立传的原因，乃辗转得知，并非亲闻，其中曲折，很难根据只言片语判断。陈垣认为，赞宁不为文偃立传，非因后者不是讲学，而是因采访未周①。求诸赞宁本人的说法，似乎他也知道某些僧人未能立传，却将原因推到大宋疆域广、史官未编上②。考文偃生平，他曾在韶州灵树院如敏禅师法席下为首座长达八年，如敏迁化后，文偃继席，后又住韶州云门光泰禅院，而《宋高僧传》为如敏立传，继席者文偃却未立传；南华寺与云门光泰禅院一样地处韶州，而该书卷八慧能传叙慧能寺塔之焚和宋太宗敕下重建，讲得绘声绘色，有如目见亲临。因此单以疆域广、地方偏僻论，似不完全合理。其实宋初平定南方诸国后曾征求图书，何况赞宁取材的方法颇多，不单纯依靠史官编集的书面材料，而文偃的塔铭、碑铭等在编纂《宋高僧传》之前已写成，因此根据史官未编这一理由而不为文偃立传还存在疑问。另外，赞宁在《宋高僧传》中曾明确提到文偃：《大宋衡阳大圣寺守贤传》称守贤栖云门禅师道场而开悟③，这位云门禅师不是别人，正是文偃，守贤在后来的禅宗灯录中也被视为文偃的法嗣。赞宁强调经律论诸学的重要性，赞同达摩的理入、行入，主张戒律和诸法并重、智慧和修行兼备，反感口谈禅理而身意不修。而从《云门匡真禅师语录》来看，文偃将教外别传与三乘十二分教对立起来，认为禅悟之事不在言语上④。显然，双方在这方面的立场是对立的。因此，尽管传闻不可确证，《宋高僧传》提到的僧侣未必都要立传，但赞宁如果看到文偃的生平材料，确有不愿为之立传的可能，只不过原因未必在于文偃不是讲学，而是可能在于后者不甚符合其关于禅师的理想，以及后者激烈反对义学、排斥经教的立场。

---

　　① 陈垣：《中国佛教史籍概论》卷二、卷六，上海：上海书店出版社，2005 年，第 36、108 页。

　　② 赞宁撰，范祥雍点校：《宋高僧传》卷一八《隋洺州钦师传》"系"，北京：中华书局，1987 年，第 448 页。

　　③ 赞宁撰，范祥雍点校：《宋高僧传》卷二三《大宋衡阳大圣寺守贤传》，北京：中华书局，1987 年，第 599 页。

　　④ 守坚集：《云门匡真禅师广录》卷上，《大正新修大藏经》第 47 册，第 545 页。

第四节 名号、谶记、仪相、袈裟：马祖道一与8—13世纪的禅史书写

在高僧传记研究中，生平和思想往往是重点。其实检视高僧们的各类史料，我们都可发现其中存在一些看似并不那么具有活动性，甚至不是禅师本人所能预计、决定的方面，它们也受到古人的重视，并与当时社会的方方面面，包括前面三节论述的政治、宗法、宗派发展等问题都有关。

本节考察的马祖道一（709—788）就提供了这样一个个案。道一是禅宗史上具有枢纽性的重要人物，对后来禅宗有着巨大影响，关于其生平和思想的探讨也较多。相对而言，其他方面往往被简单处理甚至略过。最基本的问题是，道一号"马祖"，一般视之为"俗姓＋祖师"的组合，但"马祖"何时出现，历史上究竟何意，经历了什么变化，有何作用，几乎无人关注，其实从道一归寂到宋代，这一名号与谶记等因素关乎不少禅宗史上的问题。同样，道一的仪相也经历了变化，直到宋代才稳定下来，这种变化满足了多方面的需要，折射出不同文化的混合。忽视道一袈裟的原因也值得探讨，因为在道一生活的8世纪，祖师袈裟传法的故事已为人熟知，而道一随后的崇高地位使这个问题凸显出来，是我们理解当时禅法传授的一个重要方面。应该说，这些问题本就与道一的生平、思想等相关联，不过我们应更强调古人，尤其是古代僧侣对这些问题的处理，因为这些是处在僧侣群体、处在一定文化背景中并与道一有着遥远关联的他们所关心甚至切身相关的问题，因此在当时具有重要意义。

一、马祖：名号及谶记

在道一之前，"马祖"早已存在。据《周礼·夏官司马·校人》"春祭马祖"句贾公彦疏，马本无先祖，而言祭祖者，指天驷，故取《孝经说》房星为龙马之说为马祖。春季人们为求得马匹繁衍，便祭祀马的祖先[①]。

---

① 郑玄注，贾公彦疏：《周礼注疏》卷三三《校人》，载阮元校刻：《十三经注疏》，北京：中华书局，1980年，第860页。

又据《晋书·天文志》，房四星为天子之明堂；又为天驷，为天马，主车驾；亦曰天厩，主开闭，为畜藏之所由。与其他星宿一样，房星与古代社会的政治秩序相对应，也关乎闭藏的用事礼俗①。不过，无论生前还是去世后相当长时间里，道一都未被尊称为"马祖"，我们也不清楚"洪州宗"禅僧是否知道马祖、天驷、房星等的含义及其相互关系。唐代文献要么称道一为"禅宗大师马氏"，要么称其谥号"大寂"；道一的弟子辈用家庭语言来看待自己与同门、与道一的关系，视道一若父②；宗密《中华传心地禅门师资承袭图》随顺世法，用宗族语言描述僧侣间的关系，称道一为"洪州"或"马和尚"，时人号为"洪州宗"。在这些文献中，"马祖"之名没有出现。

作为一个带有祖宗崇拜意味的名号，"马祖"是一定时间距离的产物，很可能至道一下第二世甚至更晚才有此称呼。《池州南泉普愿禅师语要》出现了"马祖"一词，但并非出自普愿之口，而是记录者（最早的记录者应是普愿的弟子）或编纂者的话。另外，从谂曾称道一为马祖③。从谂为道一的法孙，因此从谂称之为马祖从世俗宗族观念来看是非常恰当的。据此到道一下第二世，"马祖"这一尊称就已出现。尽管记载这段话的从谂语录经过了宋僧澄谌的重加详定，距从谂迁化过去了一百多年，很难判定究竟是从谂自己的话，还是经过了其他人的窜改，但其他晚唐五代文献已足够证明，此时"马祖"这一称谓的确已用来指称道一。特别是欧阳熙吴大和六年（934）后不久作《洪州云盖山龙寿院光化大师宝录碑铭》，用本土宗族观念来看待禅门传法世系，其中道一也被尊为马祖。

不过，晚唐五代时"马祖"一词并非特指道一禅师，其他人依然可能分享这一名号。崔致远因无染"诸孙诜诜"而将后者比作"马祖毓龙子"④，表明"马祖"一词保留着比喻和神化的意义。又据《宋高僧传》玄素传，玄素俗姓马，后人呼为马祖，赞宁猜测说，这是玄素声名播诸流

---

① 冯时：《中国古代物质文化史：天文历法》，北京：开明出版社，2013年，第99页。

② 白居易：《白居易集》卷四一《传法堂碑》，北京：中华书局，1979年，第911页。

③ 赜藏主编集，萧萐父、吕有祥、蔡兆华点校：《古尊宿语录》卷一三《赵州（从谂）真际禅师语录》，北京：中华书局，1994年，第213页。

④ 崔致远：《有唐新罗国故两朝国师教谥大朗慧和尚白月葆光之塔碑铭》，载陆心源编：《唐文拾遗》卷四四，上海：上海古籍出版社，1990年，第221-223页。

俗的结果，乃至其众多法嗣也不能阻止这一错误，应依据佛典作释氏①。以生活年代论，玄素早于道一，如果《宋高僧传》所记属实，玄素被呼为"马祖"似早于道一。尽管如此，该书文喜传中还是出现了马祖这一名号，可见他依然从俗。

就道一"马祖"名号的确立而言，《祖堂集》的记载是一个重要标志。学界现在通常认为，《祖堂集》深受洪州宗僧智炬所撰《宝林传》等禅籍的影响，这些禅籍记录了祖祖相继的传法世系，其中洪州宗占有非常显要的位置，道一本人更是被后人奉为祖师。《祖堂集》不仅将道一尊为"马祖"，而且对他做了进一步的神化。该书所录西天第二十七祖般若多罗谶记编于《宝林传》，注文应为后世所加，不详撰者②。据注文，怀让唯传一心之法，而马祖道一为其传法弟子。该书通过怀让将道一的得法与西天祖师联系起来，道一身份的正宗自不待言。除了般若多罗谶记，"磨砖成镜"的机语也在这些撰述中开始出现。正如研究者注意到的，这是维摩诘居士呵斥舍利弗树下宴坐和慧能、神秀呈心偈等故事的再现③。但从禅语的解读上来说，我们不能据此判断怀让、道一两位高僧仅仅通过模仿传承禅法，也不必简单认定这只是虚构故事，而应视之为二人师资契合、不期然而然的结果。因为，《维摩诘经》正是道一最喜征引的佛经④，权德舆在道一塔铭中甚至将后者比作默然于不二的维摩诘。相关记载也表明，慧能反对流行的坐禅形式并试图重新解释它，宗密《禅源诸诠集都序》甚至说慧能见人坐禅就打。"磨砖成镜"故事中怀让"坐禅岂得成佛"的态度与之如出一辙，这个晚出于 9 世纪的故事及其中的重复，或许旨在塑造怀让作为慧能心法的嫡传身份，而道一正是在此传说性的言谈背景中领悟了

---

① 赞宁撰，范祥雍点校：《宋高僧传》卷九《唐润州幽栖寺玄素传》"系"，北京：中华书局，1987 年，第 203 页。

② 据善卿《祖庭事苑》卷八《释名谶辨》，包括般若多罗这一谶偈在内的诸祖谶偈乃云启翻译，编于智炬《宝林传》，相传仰山慧寂笺注颇详。但研究表明这些谶偈都是后人编造的，详见杨曾文：《唐五代禅宗史》，北京：中国社会科学出版社，1999 年，第 462—468 页。至于注文，据《祖堂集》卷一八《仰山和尚》，慧寂自称了解六祖玄记之意，不过并无证据表明《祖堂集》中般若多罗谶记的注释乃慧寂所作。

③ John R. McRae, *Seeing through Zen: Encounter, Transformation, and Genealogy in Chinese Chan Buddhism*. Berkeley & Los Angeles：University of California Press, 2003, p. 81.

④ Mario Poceski, *Ordinary Mind as the Way: The Hongzhou School and the Growth of Chan Buddhism*. New York：Oxford University Press, 2007, p. 145.

心法，其嫡传身份也就成立①。此外，禅籍中还记载说，慧能对怀让讲述了般若多罗关于马驹踏杀天下人的谶记②，谶记中的马驹也是在比附道一。

这里可以归纳出一个比附式的等式：道一（俗姓马）＝马祖＝马驹。那么，这个等式是否暗示着道一与"马祖"天驷星（房星）、天马之间的关联？唐五代禅籍并未直接告诉我们这样一个答案，但谶记注文已存在怀让（金州人）＝金州＝金鸡这样一个等式，这也与道一密切相关。《宋高僧传》怀让传有关怀让的传说故事给我们提供了更多间接性的信息。在张正甫《衡州般若寺观音大师碑铭》中，怀让因住观音道场而号"观音大师"。而《宋高僧传》却称止于观音台的怀让因早知僧人呼救令其免于牢狱之灾而被呼为"救苦观音"，这不仅表明有关怀让的神化行为得到了进一步的开展，而且也体现出僧人的一些思维方式，即将台名（观音台）、菩萨名（观音菩萨）交杂在一起形成怀让的名号。中古时代，诵念观世音名号而得救的灵验故事广为流传③，怀让这一故事与之也很类似。既然存在着围绕道一、怀让所进行的具有联动意味的神化行为，如果道一被进一步形容为天上的神马，其实根本就不足为怪，何况马祖＝天驷星这一等式在本土文化中早就存在——只不过，我们只能在某些情况下才真正看到这

---

① 胡适、柳田圣山、Dumoulin 等都怀疑怀让与慧能之间的师徒关系，McRae 甚至称"磨砖成镜"故事是虚构写作。详见 John C. Maraldo，"Is There Historical Consciousness within Chan?" *Japanese Journal of Religious Studies*，1985，Vol. 12，p. 145；John R. McRae，"Encounter Dialogue and the Transformation of the Spiritual Path in Chinese Ch'an"，in Robert M. Gimello，Robert E. Buswell，eds.，*Paths to Liberation: The Marga and Its Transformations in Buddhist Thought*. Honolulu：University of Hawaii Press，1992，p. 357. 不过，尽管怀让定师承是后来的事，有构建世系的考虑，但完全否定慧能和怀让的关系也无确凿根据。另外胡适还指出，敦煌本《坛经》中慧能借《维摩诘经》里维摩诘呵斥舍利弗宴坐的例子批判坐禅的言论"乃是神会驳斥普寂的话"［见胡适：《荷泽大师神会传》，载欧阳哲生编：《胡适文集》（第 5 册），北京：北京大学出版社，1998 年，第 231 页］。如果慧能反对坐禅的立场多少是按照其弟子神会的立场塑造的，那么将之视为"南宗"区别于"北宗"的一个自我标志应是合理的（当然研究者也注意到，现存的敦煌本《坛经》中，既有来自神会一系的材料，也有很多材料另有来源，这里只就坐禅而言。参 Morten Schlütter，Transmission and Enlightenment in Chan Buddhism Seen Through the Platform Sūtra，*Chung-Hwa Buddhist Journal*，2007，No. 20，pp. 387－388）。《宝林传》显然试图分享这一标志，该书的撰者也很了解荷泽神会，卷八《第三十祖僧璨大师章却归示化品》特别提到了他；据《宝林传》佚文，该书还有《荷泽神会章》。

② 静、筠二禅师编撰，孙昌武、衣川贤次、西口芳男点校：《祖堂集》卷三《怀让和尚》，北京：中华书局，2007 年，第 191 页。

③ 参李昉等编：《太平广记》卷一一一《报应十》，北京：中华书局，1961 年，第 765 页。

一等式的出现。

在宋代禅宗兴盛的背景下，"马祖"的各种神化得到了综合性的发展。宋代灯录的特点就是自南岳、马祖和青原、石头之下分为两支，这在五代禅籍中已有体现，甚至出现了他宗禅师将怀让、道一尊为正宗祖师并试图攀附的情况①，表明在后代的归宗认祖甚至"护宗党祖"的活动中二人的地位日益重要，但《祖堂集》对古代中国似无太大影响。相形之下，《景德传灯录》等灯录在宋代有着广泛影响，其中汇集、发展了道一的各种形象。

《景德传灯录》卷五《南岳怀让禅师》沿袭了《宝林传》等的说法，借慧能之口讲述了般若多罗的谶记，称怀让足下出一马驹，踏杀天下人。《景德传灯录》卷六《江西道一禅师》注文同样引般若多罗此谶记，称其后道一的法嗣遍布天下，时号马祖②，同样沿袭了唐五代禅籍的记载。从材料出现的时间来看，这是禅宗"世系史"或"谱牒史"的常见情形，即为了体现道一与印度佛教祖师的关联、说明道一法嗣众多的现象而以谶记为证。"时号马祖"似乎表明，当时就有人称道一为"马祖"，其实如前所述，据现存史料"马祖"之称很可能在道一下第二世之后才出现。

不仅如此，《景德传灯录》还进一步强调了怀让、道一作为嫡传正宗的地位。在唐代，尽管与南宗禅有关的文献将怀让置于正法传承世系中，但怀让究竟是嗣正法的嫡子还是傍出还有不同说法。这种情况逐渐发生变化：9世纪之后，他宗要么逐渐式微，要么名存实亡，要么影响有限，唯洪州宗（和石头一宗）兴盛，并衍生出更多的分支。到赞宁笔下，他不仅用宗族语言、家庭语言来说明僧侣间的关系，而且明确称怀让为慧能的嫡子③。《景德传灯录》经过了禅门居士杨亿的刊削，尽管杨亿曾为法眼宗僧的弟子，但他热衷的"教外别行""教外别传"等禅旨却与临济宗的叛

---

① Albert Welter, *Monks, Rulers, and Literati: The Political Ascendancy of Chan Buddhism*. New York: Oxford University Press, 2006, p. 66.

② 道原：《景德传灯录》卷六《江西道一禅师》，《大正新修大藏经》第51册，第245—246页。按，《景德传灯录》注文来源不一，部分出自道原、杨亿笔下，也有后人的附注。赵城金藏本、四部丛刊三编影宋本《景德传灯录》卷六《江西道一禅师》均有此段注文，可证其产生较早。相关研究另参冯国栋：《〈景德传灯录〉研究》，北京：中华书局，2014年，第277—304页。

③ 赞宁撰，范祥雍点校：《宋高僧传》卷一一《唐池州南泉院普愿传》，北京：中华书局，1987年，第255页。

教精神声息相通。杨亿后知汝州，改宗临济，在与李维的信中同样称怀让是慧能的嫡长子①。类似说法在杨亿的《汾阳无德禅师语录序》中也有体现，都表明怀让、道一被视为嫡传正宗是为了说明宋代禅宗嗣法者嫡传正宗的需要而被推尊上去。李遵勖《天圣广灯录》卷八《江西马祖大寂禅师》则记录了般若多罗的另一个谶记，此谶记大体亦见于《祖堂集》卷二《菩提达摩和尚》，据注文，指道一从怀让那里受心印，于南方演法，受路嗣恭请自虔州移住洪州开元寺，得法者遍行天下；《祖庭事苑》卷八《释名谶辨》将此视为那连耶舍谶记，又编于智炬《宝林传》，其文字亦略有不同。《天圣广灯录》接下来再叙道一行迹，说明其应谶，最后亦说明其法嗣众多，号称马祖②。相形之下，在《景德传灯录》中怀让还是慧能四十三位法嗣之一，道一还是怀让九位法嗣之一；而到《天圣广灯录》，慧能的法嗣只列怀让一人，怀让的法嗣只列道一一人——通过删减材料，李遵勖似乎构建了一脉单传的世系。李遵勖自列于临济宗蕴聪禅师法嗣之列，后者被列为怀让下第九世，因此这种编排方式不只是为强调怀让、道一以下禅宗的地位，而且同样一定程度上反映了李遵勖自己的宗派归属③。

　　尽管有关马祖的谶记、名号到北宋已为禅林熟知，但道一的形象要到北宋中后期才发生重要转变，并且不是借助灯录，而是借助禅语注释这样一种形式才明确表达出来。首先值得注意的是，重显为怀海"独坐大雄峰"公案所作颂古中有"祖域交驰天马驹"一语，而善卿《祖庭事苑》对"天马驹"一词做了解释④。重显的颂古不仅表明他将百丈怀海的言行视为参禅对象加以参究和评论，而且表明他尊崇道一及其门下弟子——早先的文献只说道一是"马驹"，重显的"天马驹"则将这一称谓一定意义上

---

① 道原：《景德传灯录》卷三〇，《大正新修大藏经》第 51 册，第 464 页。关于杨亿的宗派身份，参 Albert Welter, *Monks, Rulers, and Literati: The Political Ascendancy of Chan Buddhism*. New York: Oxford University Press, 2006, pp. 175−186.

② 李遵勖：《天圣传灯录》卷八《江西马祖大寂禅师》，《卍续藏经》第 135 册，第 651 页。

③ 当然这里还存在一种可能，那就是李遵勖的纂述目的是详述禅门后来的传承情况，而简述慧能弟子的情况。

④ 善卿：《祖庭事苑》卷二《雪窦颂古》，《卍续藏经》第 113 册，第 48 页。

神化了①。相形之下,《祖庭事苑》的注释则进一步建构了一种叙事。在善卿看来,先有祖师(般若多罗)谶记,而道一正好应谶,因此人们便称其为马祖。这里不仅存在"道一＝马驹＝马祖"这一等式,而且在相互关系上首次明确地将般若多罗谶记、道一得名马祖的缘由与天马驹牵连在一起,表明谶记中的马驹非凡马,"马祖"也不被视为"俗姓＋祖师"的组合,而是具有神化色彩。

这种神化同样体现在北宋后期临济宗僧克勤的著述中。克勤《碧岩录》卷三解释重显这一颂古时赞扬怀海为五百年间、千人万人中的命世之人,可以继承道一的事业;又评唱说这里的天马驹比喻的是怀海,赞扬其大机大用如天马般自由纵横,而这是从马祖道一得来,这些解释得到一些禅学家的赞同②。《碧岩录》卷八评唱重显"马驹踏杀天下人"时与《景德传灯录》一样,同样将般若多罗等的谶记与道一法嗣遍天下、号马祖牵连起来,并进一步用来解释道一的生前行为,尽管般若多罗谶记到《宝林传》才出现,其他一些句子到《祖堂集》才出现③。

对道一的进一步神化出现在金元之际高僧行秀笔下,同样是借助对重显颂古的解释而显发出来的,但采用了佛经中的典故。行秀《万松老人评唱天童觉和尚拈古请益录》卷一不仅记载有关马驹的谶记,而且将重显诗偈中"十影神驹立海涯"的"神驹"解释成马祖(道一),神化意味十分明显。《祖庭事苑》曾解释重显的"十影神驹",其中引《佛本行经》云:佛告诉诸比丘,说往昔有马王名鸡尸,行疾如风。时有五百人入海求宝,

---

① 重显的这类颂古往往将唐代构建为禅宗的理想时代。参 Ding-hwa Hsieh, "Poetry and Chan 'Gong'an': From Xuedou Chongxian(980—1052)to Wumen Huikai(1183—1260)", *Journal of Song-Yuan Studies*. 2010, Vol. 40, p. 48.

② 《碧岩录》不仅对中国禅学,对日本禅学也有很大影响,并出现了很多专门注释《碧岩录》的著作。室町时期日僧方秀注释"天马驹"时,就完全抄录了善卿的注释,赞同克勤对"天马驹"的解释。见方秀集:《碧岩录不二钞》卷三,《禅语辞书类聚》第3册,京都:禅文化研究所,1993年,第141页。

③ 宋代临济宗僧普遍将自己的世系追溯到道一、怀海等那里,克勤属临济宗,这种颂扬看来很寻常。另外研究者也注意到,克勤有很强的地域意识,不仅其老师法演,而且很多弟子都来自四川,所交往的士大夫也多有蜀人,这也解释了其《碧岩录》为何评唱重显颂古,详见 Ding-hwa Hsieh, "Yuan-wu K'o-ch'in's(1063—1135)Teaching of Ch'an Kung-an Practice:A Transition from the Literary Study of Ch'an Kung-an to the Practical K'an-hua Ch'an", *Journal of the international Association of Buddhist Studies*. 1994, 17/1, pp. 75—76. 道一亦为蜀僧,这也增强了克勤的认同感,《示圆首座》就以道一、法真、澄远、重显等蜀僧为例谈论僧人去留问题。

被恶风吹至罗刹国。后闻马王十五日来海岸，商主们便去见马王，马即飞腾行疾如风，度海彼岸。① 《佛本行经》这个寓言故事是说明，世尊做大利益事，救度众人渡生死海到彼岸，世尊即马王，众商主和五百商人则是其弟子。《从容庵录》曾引用《祖庭事苑》，显示行秀看过该书。不过，《祖庭事苑》并未进一步解释此神驹，而行秀则点明此神驹即道一，这使得道一直接与世尊相联系。在其另一部著作中，行秀同样引用了重显的这两句诗偈、有关马驹的谶记和奇特的长相，至于马祖之名的由来，则解释成："后磨砖打牛，神驹入厩，号为马祖。"② "磨砖打牛"即磨砖作镜的故事，怀让为了向道一说明坐禅不能成佛，乃以车不行是打车还是打牛作比方；而房星亦称天厩，主马之繁衍、畜藏。道一号马驹、"神驹"，法嗣众多，故称之为"神驹入厩，号为马祖"。神驹＝马祖的等式在后来的禅籍中也可以看到，可看出道一被神化的另一情形。

事实上，宋人对道一的神化已到这样的程度：在唐五代原本联动式地与道——道被神化的怀让，其救苦观音般的灵验故事此时被转移到道一身上。据《人天宝鉴》引《通明集》，有院主因不置账册而入狱，道一于寺中觉知而入定，院主忽然记起二十年间用过的钱物。义怀有《通明集》，当即该书。《宋高僧传》中的怀让因救僧免于牢狱之灾而被呼为"救苦观音"；而在《通明集》里，则是道一被世人尊奉为观音化身，类似感通事迹也被视为道一所为。后世一般将义怀视为云门宗僧，但据吕夏卿《明州雪窦山资圣寺第六祖明觉大师塔铭》，义怀的老师重显乃道一九世孙，义怀的法孙惟白编《建中靖国续灯录》也持同样的说法。神化道一的故事看来符合重显、义怀一系部分禅僧的需要，尽管在神化道一与其改宗之间并没有呈现直接的因果关系。

然而，如果说宋人只是神化道一，并不符合史实；宋人也有另一种禅学思路，那就是把道一"还原"成一个凡俗中的人物，而这正好针对着道一的神异性。在这方面，临济宗僧有关"马簸箕"的故事具有代表性。唐人重视家世，墓志、行状、史传等常颂美后代人的祖先或考妣，这也影响

---

① 善卿：《祖庭事苑》卷三《雪窦祖英上》，《卍续藏经》第113册，第70页。

② 正觉颂古，行秀评唱：《万松老人评唱天童觉和尚颂古从容庵录》卷一，《大正新修大藏经》第48册，第230页。

到佛教，很多碑志、塔铭都喜以不寻常的出身来暗示高僧大德的天资，这几乎成为惯例①。但就道一而言，权德舆《塔铭》虽提到"代居德阳"，却无一言提及宗族世系，而他并非不看重僧侣家世，他撰写的其他一些塔铭就曾津津乐道于僧人祖辈显赫的仕宦经历。赞宁《宋高僧传》同样颇为重视高僧的家世，有着显赫家系或仕宦经历者往往特别点出，但道一传只说道一为"汉州人"，传中提到包佶撰碑文，似乎也无相关记载。原始文献如此，也可能出自道一的意图：作为出家人他不愿透露自己俗家太多的信息。宋代灯录虽多，也未提供更多信息。但重视家世毕竟符合中国文化的传统，特别是对像道一这样天下禅僧宗仰的高僧来说更是如此，因此这么多文献对道一的家世都不置一词，是因材料不足、有所讳言、出家人不必标示家世而付诸阙如还是别有原因，大概不免引人猜测。

如前所述，诸多禅籍都载有"离乡日日敷"的谶记，该谶记被解读成道一在南方演法。北宋后期以降的传言则说，道一回到过巴蜀，试图在故乡传道，但没成功。惠洪《崇禅者觅诗归江南》有两句诗提到道一与故乡之间的关系，但句意尚有模糊之处。克勤则说，道一因"簸箕之讥"而畏惧不能在家乡行道，乃再度出川②。形成故事形态要等到南宋绍昙《五家正宗赞》：容貌奇特的道一得法后归乡，受到欢迎，溪边婆子却讥讽说没什么奇特之处，因为道一本是马簸箕家小子。这大概是说道一家世寒微，道一因此返回江西。"马簸箕家小子"与"马祖"这两个称呼形成了强烈对比，前者不说道一及其家庭成员的姓名而将他归入一个卑微的群体中，还可能有污名化的意味，解释了道一为什么不能在家乡树立名望，也表明在宋人眼里家世和神圣化的名号对传道来说依然有其重要性。其后的"赞"则出现"祸孽潜萌""恶声难掩"之语③，这是宋代丛林呵佛骂祖禅风的体现，看似批评，实则指出谶记的广为传播昭示了道一此后取得的成就。

"马簸箕"的故事到南宋已为丛林熟知，《偃溪广闻禅师语录》卷下《示智上人》也值得注意：身为杨岐宗派传人的广闻禅师不是像学者一样

---

① 详见李谷乔：《唐代高僧塔铭研究》，吉林大学博士学位论文，2011年，第18—21页。

② 子文编：《佛果圆悟真觉禅师心要》卷上《示圆首座》，《卍续藏经》第120册，第702页。

③ 绍昙：《五家正宗赞》卷一《江西马祖禅师》，《卍续藏经》第135册，第907、908页。

考察传闻的来龙去脉、属实与否，而是将"簸箕之讥"这样宋代后出的传闻视为先在的原因，以解释马祖道一法嗣辈出这一现象，反映出禅门叙事话语的特点。

二、马祖的仪相

除了名号，道一的相貌也被神圣化。最早记载道一生平的文献、权德舆的《唐故洪州开元寺石门道一禅师塔铭并序》说他"生有异表，幼无儿戏。嶷如山立，湛如川渟。舌广长以覆准，足文理而成字。全德法器，自天授之"①。《世说新语·赏誉》等有"嶷如断山"的说法，"嶷如山立"等描写可能是对魏晋以来人物赏鉴方式的继承。从"湛如川渟"来看，道一是一位凝重沉静的禅师，这与禅籍中经常记载的用峻烈、反常的语言或行动破除经论崇拜、偶像崇拜的道一有所出入。入矢义高又注意到关于道一的部分仪相描写符合佛陀的所谓三十二种相，贾晋华则指出这不是道一的实际相貌，而是高僧圣传的惯例②。在佛典中，佛陀于天上人中最尊最胜，其三十二相、八十种好被视为天生的或累世修功德而得福报的结果。以往研究者往往注重般若佛典反对执迷于佛陀三十二种相的观点，故可能对此估计不足。其实，从般若经典的不二思想出发同样可得出具足三十二相的结论。另外，在中国中古时期，摆脱国别、族类、地域、家庭、物类等限制而（现世）成佛的如来藏思想逐渐开始流行，时人不仅将心性与佛陀相比拟，而且热衷于将身体容貌与佛陀相比拟。将高僧相貌与佛陀相比附的情况在赞宁《宋高僧传》中也有反映。人们也为佛陀或高僧的仪表所震撼、威服，乃至皈依佛门③。权德舆曾在道一禅会中参学，不会不知道一的真实仪表，塔铭又说一些凶顽者见到道一的"仪相"后大有改变，因此这样比附佛陀，可看出佛教信仰如何影响他塑造道一在丛林中的典范角色。在道一生前知晓其真实"仪相"者当然不止权德舆一人，在道一圆寂

---

① 权德舆：《权德舆诗文集》卷二八《唐故洪州开元寺石门道一禅师塔铭》，上海：上海古籍出版社，2008年，第425页。

② 贾晋华：《古典禅研究：中唐至五代禅宗发展新探》，上海：上海人民出版社，2013年，第30—31页。

③ 为了传法，有的高僧甚至有意为其他僧人改变容貌，从而造成轰动性的信仰效应。参赞宁撰，范祥雍点校：《宋高僧传》卷三〇《汉杭州耳相院行修传》，北京：中华书局，1987年，第755页。

多年后，《马祖舍利石函铭文》也提到其遗像，只不过没有留下具体描写。《宝林传》佚文则称道一"至性慈懋，其环伟。颈有二约，足有二轮"①，这类描写同样具有神圣化的意味。晚唐诗人李商隐在其文章中形容道一"古相标奇，足文现异。俯爱河而利涉，靡顿牛行；过朽宅以衔悲，频回象视"，笺注者同样注意到其与佛教、佛陀的关联②。而《祖堂集》的描写与《宝林传》相近，很可能来自后者。

道一的奇特相貌也引起了赞宁的注意，《宋高僧传》本传称："（道一）生而凝重，虎视牛行。舌过鼻准，足文大字。"③和权德舆等人所撰塔铭一样，该书也将高僧的不凡仪表、举止、神采、性情等描述成自然的、天生的或者从小如此的，这类描写在中国屡见不鲜，其中暗含着自然相对于人为因素更为崇高的观念，从而有利于将传主的内在圣性说成是自然的、天生的或从小如此的，以塑造传主的高僧身份。此外，本传不仅将道一佛陀化，而且出现了"虎视"这样的描写。考虑到本传提到包佶撰碑、权德舆撰塔铭，而塔铭并未提到"虎视"的说法，我们可猜测包佶这块今不可见的碑志中可能有此类描写，何况中唐时期塔铭序文往往多有偶句，而这里的"虎视牛行"也是当句对仗；而赞宁主张详略有据，不妄添文字，因此无故出现此二字违背了其编纂原则，不太可能出自其主观意图。但如前所论赞宁以崇尚儒术著称，又传承其师希觉的周易学，《宋高僧传》又有"猛虎眈眈""虎之眈眈"之语，当知其典出《周易·颐》，而赞宁也对骈句有一定嗜好，有时也会用一些出自儒典的字眼来代替材料中某些近似的说法，因此在这里他也可能采取这种做法。无论是哪种情况，本传是以老虎威猛的眼光表现道一的一种威仪，下文也说他有威仪，懂得如何开导教化，一路通行无阻，无论动物还是人都归化于他。

在中古社会，人的眼睛、鼻子、手足、气色、行步乃至身体纹路等都深受关注。容止、风仪等成为六朝贵族区别于寒族的重要标志，与后来唐

---

① 椎名宏雄：《〈宝林伝〉逸文の研究》，《驹泽大学佛教学部论集》，1980 年第 11 号，第 249 页。

② 李商隐撰，冯浩详注，钱振伦、钱振常笺注：《樊南文集·补编》卷一〇《唐梓州慧义精舍南禅院四证堂碑铭》，上海：上海古籍出版社，1988 年，第 827 页。

③ 赞宁撰，范祥雍点校：《宋高僧传》卷一〇《唐洪州开元寺道一传》，北京：中华书局，1987 年，第 221 页。

代科举制度中的官员选用也不无关联①。而在唐代人看来，相貌如何能预示吉凶，影响前途，故社会各阶层人无不求相面②。在唐代一些涉及相面内容的撰述中，像"虎视"就被视为富贵无比之相。处在本土文化氛围中的佛教徒也不能摆脱相貌因素的影响，慧皎《高僧传》就喜欢描写高僧出众的外表举止，而丑陋者的外在表相与内在修为往往有反差③。唐代有一例子非常典型，据王维《能禅师碑》，武则天诏慧能赴京，慧能用慧远不过虎溪等典故来辞谢。但是，这样的修辞性说法不能消除人们对慧能谢绝赴京真正原因的揣测。后来一些典籍则说他是托病不赴。《宋高僧传》神秀传则说，慧能是怕北方人见自己矮小丑陋而不重其法，又因弘忍悬记，故不赴京。该说法虽然晚出，很可能是根据《旧唐书·方伎传》的记载，但《旧唐书》的编纂利用了官私史料，不至于毫无来由地胡说八道，而且这与中古时人重视仪容的世俗风气也是吻合的④。其实，赞宁也曾明确说明相面术与佛教徒的关联：一刺史为神暄占相，认为其前途非凡，神暄此后的经历证明刺史的预测非常准确⑤。另外，无论是中国古代的圣人，还是印度佛教中的佛陀、菩萨，往往都有奇特的仪容。《宋高僧传》描写了很多高僧的相貌，也与常人有明显区别。赞宁据裴休所撰端甫碑铭指出，成为高僧的，必定有非凡外貌作为征兆⑥，可见这是他和唐代人的共同观念。在这种文化影响下，包佶、权德舆、赞宁等人将道一的长相描写得非常奇特并不奇怪。

此后，《景德传灯录》称道一"姓马氏，容貌奇异。牛行虎视，引舌

① 谷川道雄：《中国中世社会与共同体》（增订本），马彪译，上海：上海古籍出版社，2013 年，第 297—312 页。

② 黄正建：《敦煌文书中〈相书〉残卷与唐代的相面——唐代占卜之二》，《敦煌学辑刊》，1988 年第 Z1 期。

③ 陆扬：《中国佛教文学中祖师形象的演变——以道安、慧能和孙悟空为中心》，《文史》，2009 年第 4 期，第 224 页。

④ 这类描写与神秀代表的政治中心、高贵出身、高级僧职、北宗和慧能代表的政治边缘、蛮夷身份、边地僧侣、南宗等标签构成了一组二元对比。见 John Jorgensen, *Inventing Huineng, the sixth Patriarch: Hagiography and Biography in Early Ch'an*. Leiden · Boston：Brill，2005, p. 74. 宋代禅学家祖琇称赞慧能"拳拳伏膺师教，惧人以貌而慢法，是皆贤者去就之大体也"。见祖琇：《隆兴佛教编年通论》卷一五，《卍续藏经》第 130 册，第 570 页。

⑤ 赞宁撰，范祥雍点校：《宋高僧传》卷二〇《唐婺州金华山神暄传》，北京：中华书局，1987 年，第 516 页。

⑥ 赞宁撰，范祥雍点校：《宋高僧传》卷六《唐京师大安国寺端甫传》，北京：中华书局，1987 年，第 122—123 页。

过鼻，足下有二轮文"①。如前所述，权德舆《塔铭》对道一进行了长舌覆准等相貌上的神异描写，唐五代禅籍宣称道一足下有二轮，晚唐时李商隐称道一"牛行"，包佶或赞宁笔下则出现"虎视"而组成偶对"虎视牛行"，换言之，这些描写是在道一身后逐渐出现的，经历了一个长期过程，与其说是对道一仪容的客观描摹，不如说是佛教文化和中古中国文化交互影响的结果。但到《景德传灯录》，所有这些不同时的记录都被平面化，被嫁接到对同一个道一的"描写记录"中。后来的宋代禅宗灯录对道一的相貌描写也与《景德传灯录》一样，宋代之后的佛教典籍也因袭了类似描写，表明道一的相貌逐渐定型和稳定化。

三、马祖的袈裟

按照神会的宣传，禅宗祖师不仅传法，而且传衣，以此确定祖师世系；又因达摩有第六代后传法者命如悬丝的预言，而慧能因袈裟几失身命，故不再传②。然而"六代传衣天下闻"③，传衣故事并不因神会的说法而失去影响，相反各种力量都在利用它达到自己的目的。神会曾说普寂的同学广济试图到韶州偷袈裟，《历代法宝记》则称智诜从武则天那里得到了达摩袈裟。尽管相关记载的真实性向来遭到质疑，但以袈裟为法信在当时似乎已无疑议，争论的焦点只在于袈裟在哪里、谁得到了袈裟，像《曹溪大师别传》就说唐肃宗感梦而将慧能所献传法袈裟送回曹溪，这似乎驳斥了《历代法宝记》的说法④。

对洪州宗这样新兴的僧团来说，袈裟传信很可能也带来了证明自身身份的问题，尤其是在道一的老师怀让本不知名、与慧能的关系并不那么牢固的情况下。道一先是无相的弟子，后嗣法怀让，方知传衣付法曹溪为

---

① 道原：《景德传灯录》卷六《江西道一禅师》，《大正新修大藏经》第 51 册，第 245—246 页。

② 尽管袈裟传法在佛典中并不鲜见，但有的研究者仍然认为这是神会的发明，旨在强化佛性的皇家特质，为佛性传承提供皇权护身符。参 Alan Cole, *Patriarchs on Paper: A Critical History of Medieval Chan Literature*. Oakland: University of California Press, 2016, p. 108.

③ 道原：《景德传灯录》卷三〇《永嘉真觉大师证道歌》，《大正新修大藏经》第 51 册，第 460 页。

④ 禅宗祖师袈裟传付的研究情况，详见 Wendi L. Adamek, *The Mystique of Transmission: On an Early Chan History and Its Contexts*. New York: Columbia University Press, 2007, pp. 136—193.

嫡。胡适则说，道一假称自己传得慧能的袈裟①，虽无确凿根据，但袈裟传法对道一的影响是毋庸置疑的。为证明道一弟子大义一系为嫡传正宗，李朝正甚至特别用达摩遗言中宣扬法不在衣上的说法解释为什么慧能不传袈裟②，这种刻意分离正法与法衣的说法其实一定程度上反证了在唐代人的观念中二者存在某种关联，尽管人们都清楚法衣本身不等于正法。当时的一些禅门语录表明，僧人都注意到传衣为祖的问题。特别是《宝林传》记载了摩诃迦叶、师子比丘等与袈裟的关联，讲述了达摩以正法和袈裟付惠可之事，认为达摩以袈裟为法信，是为了应对关于东土僧人得法有何凭据的疑问③，充分证明洪州宗僧清楚袈裟与佛法传承的紧密关系。《宝林传》又记达摩袈裟在东土祖师之间传授的故事。道信之后祖师的传记今天不得而见，但既然说是以袈裟为法信，当有相关记载。如《西溪丛语》引《宝林传》佚文，称慧能在曹溪宝林寺"传法衣"④。这些都是传衣故事或观念影响洪州宗僧的体现。但就禅法而言，洪州宗僧相互存在分歧，彼此也有批判，如希运就不认可道一绝大多数弟子。学者们也注意到，在道一身后不仅有宗密等人批评道一，就是洪州宗内也对道一禅法，尤其是"即心即佛"说有各种看法，出现了很多批评、纠正、补充的论议，尽管也有坚持"即心即佛"说者⑤。在祖师那里，袈裟作为信物与心法传授有紧密关联，那么在道一这里是否依然如此呢？

　　《宋高僧传》的记载表明，道一的袈裟同样被视为传法凭据。传衣故事及其观念对赞宁的《宋高僧传》颇有影响。赞宁了解禅籍所录传法法

　　① 胡适：《中国禅学的发展》，欧阳哲生编：《胡适文集》（第12册），北京：北京大学出版社，1998年，第324页。

　　② 李朝正：《重建禅门第一祖菩提达摩大师碑阴文》，载董诰等编：《全唐文》卷九九八，上海：上海古籍出版社，1990年，第4582页。

　　③ 智炬：《宝林传》卷八《达摩行教游汉土冢布六叶品》，《禅宗全书》第1册，第310页。有的研究者还认为，《宝林传》的编纂旨在通过贬低袈裟传法、强调祖师传法偈和谶记来驳斥《坛经》《曹溪大师别传》等书的主张，从而将洪州宗合法化。见 John Jorgensen, *Inventing Huineng, the sixth Patriarch: Hagiography and Biography in Early Ch'an*. Leiden · Boston: Brill, 2005, p. 642.

　　④ 姚宽：《西溪丛语》卷上《能大师》，北京：中华书局，1993年，第50页。

　　⑤ 相关研究参葛兆光：《增订本中国禅思想史：从六世纪到十世纪》，上海：上海古籍出版社，2008年，第367—390页；Mario Poceski, *Ordinary Mind as the Way: The Hongzhou School and the Growth of Chan Buddhism*. Oxford: Oxford University Press, 2007, pp. 157—186；贾晋华：《古典禅研究：中唐至五代禅宗发展新探》，上海：上海人民出版社，2013年，第133—159、230—232页。

系，他自己也撰有按照《宝林传》《付法藏因缘传》等编排传法世系的《鹫峰圣贤录》（今佚）①，应知《宝林传》等书中所载传衣之事。他不仅记载祖师传法，也宣扬"以衣为信"，特别是叙慧明无法拿走慧能的袈裟的故事更是神异化地证明了"此衣为信，岂可力争耶"②；他不仅记载祖师传衣，也记载六祖之后其他禅门的袈裟传付③。据智藏传，智藏传得道一所授袈裟；据文喜传，文喜亦传得道一细衲袈裟以为"信宝"。这些说法在更早的现存文献中得不到证实，但鉴于传衣故事的影响力、洪州宗僧对传衣的兴趣，以及赞宁强调详略有据的编纂原则，这些说法恐怕不是没有来由。智藏在唐代地位显要：权德舆提到道一的弟子就包括智藏、惟宽等人，其塔铭本是应道一这些弟子所求请而写；李商隐将智藏与无相、无住、道一相提并论，号称"四大士"；白居易将道一弟子的关系比作兄弟，都是嗣正法者；唐技则称智藏是道一上足，道一殁后，智藏聚其信徒，俨然道一还在世，又说智藏与惟宽分别宗于南北，仿佛往昔慧能和神秀之分④，更明确地透露了如慧能、神秀那样南北分宗的意识，暗示智藏才是道一心法的正宗传人，而南宗传承正法及其与袈裟的密切关系，在当时已传诸人口。据此，《宋高僧传》所载智藏得袈裟之事或许与继承道一正法的意识（无论是谁）相关。该书将智藏传附于道一传下，也可看出这种意识，而本传称智藏言行还有相关一些材料作证明⑤。同样，文喜的老师慧寂曾被比作仰承六祖的七叶；慧寂则从灵祐那里听说过弘忍传衣钵给慧能的故事，也提到慧能衣钵被人偷窃，至于丛林中相传道一是杂货铺的说法，慧寂站在道一一边，称之为假设方便、黄叶止啼，可看出他对传法传衣问题的措意，对道一禅法的认同。

---

① 契嵩：《传法正宗论》卷下，《大正新修大藏经》第 51 册，第 783 页。

② 赞宁撰，范祥雍点校：《宋高僧传》卷八《唐袁州蒙山慧明传》，北京：中华书局，1987年，第 179 页。

③ 如《宋高僧传》无相传记处寂曾被武则天召入宫，赐磨纳九条衣，后来处寂又中夜秘密地将之授予无相。但这似乎与处寂的老师智诜无关，此书慧能传"系"又称"信衣至能不传"，看来并非《历代法宝记》中由武则天转授给智诜的那件达摩传法袈裟，而是另一个关于保唐宗袈裟传授的传说。

④ 唐技：《龚公山西堂敕谥大觉禅师重建大宝光塔碑铭》，载陈尚君辑校：《全唐文补编》中册，北京：中华书局，2005 年，第 952 页。

⑤ 赞宁撰，范祥雍点校：《宋高僧传》卷一○《唐洪州开元寺道一传智藏》，北京：中华书局，1987 年，第 223 页。

中唐以降洪州宗势力日益强大，《宝林传》中的谶记、相关注释和其他禅宗文献对道一世系的记载已将他置于西天东土诸祖般的崇高地位，那么道一的袈裟同样成为法信似乎顺理成章；不仅如此，鉴于传衣传统的强大影响力甚至压力，以及洪州宗不同分支的出现和相互竞争，道一传衣似乎还是必要的，反映了后来者的需要。不同的是，尽管在这些说法中道一依然以传袈裟为信，但其所传袈裟并不是达摩祖师所传，也不采取一脉单传的方式，而是多线付授。一脉单传的模式因神会为南宗争正宗而给人留下了深刻印象，但佛典中佛陀付嘱弟子、人天、国王、大臣等说法其实更为常见，而早期禅史中本就存在多线付授的情况。只不过，在马祖道一这里多线传授不仅是心法付嘱上的，而且是袈裟传付上的，这体现出禅宗发展过程中更具竞争性也更具兼容性的一面，即多个支派都分有正法/袈裟。

四、总结性分析

作为一位存在于各种类型文献中的高僧，道一的各个部分并不是规律地和匀速地发生变化。道一的俗称"马祖"是在其下第二世之后才产生的，与般若多罗的谶记、认祖归宗活动、怀让的师承和神化、云门宗僧的改宗意识、灯录传法世系、禅语诂训等纠缠在一起，逐渐被美化、神圣化，折射出后来者的需要，一定程度上反映了佛教和本土文化在一个高僧名号意义上的显发过程。但是，这一过程不是毫无根据的：道一身后其法系的繁荣也与"马祖"的天文意义、神化意义之间存在某种带有比附意味的对应和契合。另一俗称"马簸箕家子"的由来一定程度上针对这种神化，而与宋代呵佛骂祖、故意鄙俚化的禅学风气（特别是临济宗风）相符，也与依然重视家世的社会风俗相符，可看出古人以何种方式来理解和填补高僧史料中引人注目的空白。道一的仪相则与佛教经典，尤其是与其中关于佛陀三十二相的说法关联起来，折射出如来藏思想或般若思想的某种影响，也受人物赏鉴和相面术等本土文化的影响，对其奇特相貌各个部分的描写在《景德传灯录》中被整合进来并固定化、稳定化。道一的袈裟在赞宁笔下被给予了两位僧侣，相关传言折射出袈裟付与传统的强大影响力甚至压力，当然这也是道一法系发展壮大、分支众多的体现，表明法衣与正法的结合依然存在，但经历了从一脉单传到多线付授的变化，更具竞争性和兼容性。

因此，作为宋代以降临济宗、沩仰宗甚至云门宗宗仰的禅门典范，道一的名号、仪相、法衣看似只是一些宗教"表象"，但其变化不单关乎其本人，也关乎佛教与本土文化，更关乎唐宋时期禅宗的发展，在此过程中不仅有禅僧的参与，也有世人和其他僧侣的参与。神圣化的"马祖"有助于彰显和巩固道一在禅林中的地位，并引发了禅籍进一步的神圣化，不可避免地与佛陀关联起来；奇特仪相更是塑造高僧形象必不可少的手段，在这里相貌描写的神圣性与写实性的区分很难说明，但这种神圣性都指向佛陀；祖师间传付的袈裟也逐渐被视为来自达摩、师子比丘甚至佛陀，尽管没有证据表明道一传得达摩的法衣，但道一本人就被置于祖师/祖宗传法世系，其袈裟似乎也具有同等效力，故被视为传法信物。所有这些都表明，这些宗教表象赋予了道一祖师、先祖甚至佛陀一样的崇高地位。当然，相比于道一的生平活动和禅法思想，这些表象更为虚浮。

上篇结语

赞宁首先是一位僧人，其《宋高僧传》的编纂体现出鲜明的佛教意识，鉴于赞宁的生平、身份和其言行体现出来的意图，可以认为他试图通过这部著作护法。但是，在该书的编纂过程中也存在多方面因素，可以总结为以下几点。

第一，史学原则。相比唐人注重目睹或强调考证等的"实录"观、刘知几等批判访诸故老和运用"小说"传闻的"实录"观，赞宁的"实录"观相对弱化，不注重信息来源的直接性和可考证性，显然没有体现史学发展中出现的新观念，但也更有兼容性，并从早期儒学和佛教那里找到了理念支持；相比推崇史文简要的刘知几，赞宁更强调"繁略有据"，后者要求对史家自身的行文做更多的限制，同样有早期儒学和佛教理念的依据。简而言之，赞宁的"实录"观不是纯粹另立新义，而可能是总结、整合前代僧传等佛教典籍和《春秋》《论语》《三国志》等经史编纂原则的产物，有着特定的意图——暗里反驳包括刘知几在内的学者的史学观点，为《宋高僧传》的材料依据和运用辩护，这种辩护背后体现出融合儒释、回归本土文化的倾向。这些观念在其僧传编纂的实践中带来了不同结果：一是导致其单纯地抄录材料或采用传闻；二是导致其的确有相关依据但又并非简单照抄，而是常常采用意思相近的儒道经典或其他外学术语来代替，尽管也不能就此认定其笔下的高僧改换成儒者或道士等身份，却往往不期然地将解释因素加入描写记事之中，在语言上体现出鲜明的本土文化色彩。考虑到赞宁所采用材料文字特质的不同情况——碑铭、行状、墓志等较为典雅而传闻、小说较为质实——以及他自己偏于典雅的文字特质，这还导致本书文字叙述上既有典雅的一面也有相对质实的一面。当然，这种史学原则也不是毫无问题，因为对同一材料赞宁可能只是采用实录的眼光来看待，有时会无视其中的佛教含义；但按照这种史学原则，他也会采用某些官方史书讳言和史家出于正统立场不满材料性质等原因而排斥在外的、但有助于解释佛教事件的记载。

第二，十科分类的体例。根据信解修证这一标准，赞宁认为译经传法是生信，义解、习禅是悟解，明律、护法、读诵、解说、书写等都是修行，而神异、感通属于果证。他甚至认为，凡是能够感通的都属于修行。在排序上，"译经篇"因与弘法有关而排在首位，而将注重闻思修的"义解篇"置于"习禅篇"之前第二位，其他各科均有解释。但这种分类是功能性的，实际上每科都包含着其他各科的因素，或者说任何一科都是混合体，只不过根据编撰者的独特着眼点、观念、惯例或传主最突出的贡献而将传主归入某科；记言记事的"传"这一文类在体例上的要求整体上规定了其大致外观，这不会因遵循僧传十科分类的体例而出现剧烈的根本的变化；赞宁的佛教观念也不会因遵循十科分类的体例而遭到割裂。

第三，儒家思想。这一点更多地体现为儒典语言、叙事模式的加入，但其中往往也具有追求典雅的考虑，因此并不一定是思想上的儒家化，而可能只是文体上的儒家化，这都导致赞宁在编纂时更注重用儒家术语来替代、改写材料中的其他一般性术语或直接用儒家术语描写，乃至于成为一种描述的程式。这种儒家化的描写当然有考虑时势的缘故，但也必须考虑赞宁本人早就具备的儒家修养的影响。这类描写有利于将该书高僧的形象正当化，从而服务于使之成为不同读者的典范、进而护法的撰述意图。而借助儒家人物、宗族制度来描写佛教史也具有思想史意义，适合于从护法策略、文体惯例等方面来看待，具有既服从于实录原则、又注重形式因素和现实因素的编纂特点。这一点甚至有助于解释《宋高僧传》各种版本的校勘：当面对异文时，我们可以推断崇尚儒术以为佛事、富于儒学素养、强调典雅文风的赞宁可能会侧重于采用儒典语言，这一点甚至优先于文理、骈散等因素的考虑，从而为证明撰者意图在异文校勘中的地位提供学理和史实基础。总之，儒家因素在该书的编纂中扮演了政治护身符的角色，也能承担文体修辞和异文校勘的工作，而撰者本人的思想的确也为了护法而更多地具备了儒家思想和佛教思想的混合体的特点。

第四，文体、叙事两大文学因素。赞宁在《宋高僧传序》中强调了记载"可观"言行的原则；但是，他不仅注重文采，而且更看重"文质相兼"，强调的是文采与质朴之间的平衡，这一点是受儒家观念和前代佛教典籍的影响，也可为赞宁繁略有据的实录观提供依据；他重视记事甚于记言，这一点也有僧传写作实践惯例和儒佛等思想层面因素的影响。尽管如此，赞宁也会特别考虑文体、实质性、重要性、相关性等方面的因素，从而删除某些不完全符合僧传体例、缺乏实质内容、虽重要但相对次要、与传主关联性不强的文字。而在骈体和散体的运用上，他较为严格地遵循了他自己声称的详略有据的史学编纂原则和记言记事的僧传体例而有选择地采用史源中的骈句，文体上的确深受唐五代文体的影响，但其中容许了诸多变化，在传记正文中参用散体和骈体。

至于《宋高僧传》的叙事因素，有研究者做过详细探讨①，故笔者并未以此为重点。笔者只是补充，该书其实颇为注重佛教诸宗传承，特别是通过叙事的方式描述禅门和律宗三宗的传承、地位、价值，考察佛教与皇室、官方、文人士大夫、儒道二教之间的关系，也贯彻了赞宁在文体方面的上述考虑。在具体叙事手法上，撰者擅长通过增删材料、描写传主的宗教性格、刻画传主的心理意图、借助宗教表象、运用视角转换、剖析传主的求学历程和学术特点、记录传主的宗教言行、记叙传主与僧人、官员、文人、檀信、动物等的交互影响、说明传主处理时间的宗教方式、叙述传主的神圣空间经验、采用感通灵验故事、将各科主题改易或整合为叙事主题等来展现高僧典范。

第五，时势意识。赞宁主张为依靠皇权振兴佛法而可不完全依从佛制规定，这一点也并不一定导致曲从皇权，事实上赞宁本人依然在向皇权称臣之外保持了一定的独立性。就该书编纂而言，政治时势直接体现在传记命名上：既考虑到实录原则，注重高僧圆寂的朝代、实际活动年代、高僧做出的重要贡献以及相关的寺院，并由于材料根据等原因而导致高僧最后所居寺院特别得到重视或导致高僧生平信息不够完整；也考虑到政治至上原则，注重正统性，因此拥护中原王朝并用来为那些实际上与中原王朝无太大关系的高僧传记命名，这二者之间有时不免矛盾。在各篇具体内容上，该书不仅记载少部分远离皇权的传主的相关事迹，而且注重记载传主与官方打交道的事迹，其中赞宁同样会有所取舍，或用某些儒家语言改

---

① 黄敬家：《赞宁〈宋高僧传〉叙事研究》，台北：台湾学生书局，2008 年。

写、代替原有记载，这同样有注重政治的因素，不过在此过程中他依然基本上遵从详略有据的实录原则。另外，他在传记评论中也会借助时势这一因素来评价或理解人物、事件；赞宁还强调佛教面临的现实、历史上三教冲突带来的后果，主张对皇权和中国本土文化做出妥协和让步，并通过博通外学、随顺官方、调和儒释道、亲近王臣等来达到护法目的。对赞宁而言，这其实也是一种审时度势的智慧，从中可以看出所谓"佛教中国化"或"佛教汉化"既有应对策略上的考虑，但也是从佛教根本利益出发考虑问题。总的来看，时势这一因素在该书的编纂中所起的作用根据对象不同而有所变化：它对形式上和解释评论上的因素影响更大，而对内容的影响较小，因此并没有与赞宁的实录原则产生太大冲突。

第六，阐释思想。在这方面，赞宁坚持佛法作为心法的基本教义，同时同样强调心口一致，行解相应，也注重融通儒道二教并在中国文化内部比较的视野中相互看待。但他不只是坚持此类看法，而是也注重佛教的诸多方面并从中寻找根据，在解释和评论过程中并不一定考虑传主的原意，而是注重从佛教教理和儒道二教教理上来评判，常常展现出其善于为某些不为人理解的僧侣和佛教事件辩护的辩才。在融通三教方面，这些教理也为他的史学编纂原则和实践提供了支持，甚至可以说佛教史学问题不是用证据回答，而是用三教观念或相关学识回答。另外，他也注重对十科分类本身加以解释，一定程度上说明其排序的根据。

因此，《宋高僧传》包含以上几个重要而又相互关联的因素。简单地说，该书是以十科分类为框架整合高僧言行并分类，在这一分类过程中不仅佛教，而且儒道二家思想也都起到了一定的作用。该书的取材按照详略有据的实录史学原则，但也掺杂三教思想和文体因素的影响，而后者甚至影响了实录原则。该书的具体叙述同样是在实录原则指导下进行的，但文体因素和三教思想也会起作用，特别是儒家思想也会在形式上或实质上影响具体叙述。另外，赞宁不仅运用三教思想评论十科分类这一体例，而且将三教思想与时势意识结合起来评价笔下高僧。总之，十科分类这一体例是固定的，但儒释道三教思想在取材、文体、叙事、评论各个层面都会出现，可见该书是在思想指导下编纂的僧传；而文体因素也影响很大，倒是实录原则只是在具体层面上实行，虽然重要但不起根本作用。故该书是在各种因素结合下的产物，其最终目的是宣传佛教高僧典范，其中亦有其他多方面的考虑。

下篇　南宋禅僧传研究

绪论　研究缘起和价值

由于历史和学科发展等方面的原因，宋代禅宗的相关领域研究总体来说还有一定的探讨空间。宋代禅僧传研究就是这种情况。惠洪的《禅林僧宝传》开创了一种新的与高僧传、灯录、语录都不尽相同的禅史编纂模式，在当时和后来产生了相当大的影响①。南宋时相继出现了庆老《补禅林僧宝传》、祖琇《僧宝正续传》等禅僧传，就是其影响的证明。后两部禅僧传为北宋中后期到南宋初的禅师立传，展现出两宋一百多年间丛林高僧大德的风貌。

目前学界只有零星论述涉及这两部禅僧传。这些论述既解决了一些问题，也有疏失、忽略之处：庆老、祖琇二位作者的生平和二书撰成年代、体裁、流传情况、书目著录情况等方面都尚存进一步考察的余地；祖琇对自己的禅学观点、禅史编纂观点曾有表述，但尚无人深入探讨；《补禅林僧宝传》《僧宝正续传》的历史记载有讹误之处，也需进一步考订。另外，尽管庆老等人不像惠洪那样公开主张以文字为禅，但时人称许庆老《补禅林僧宝传》文辞华赡，而《僧宝正续传》在叙事上和修辞运用上也有其鲜明特点，不应忽视。

一、研究现状

国内外学界尚无人对庆老《补禅林僧宝传》和祖琇《僧宝正续传》进行专门研究，只有一些相关论著和论文中涉及此二书。兹择其要者，简要评述如下。

---

① 关于该书笔者已有研究，此不赘。见李熙：《僧史与圣传：〈禅林僧宝传〉的历史书写》，北京：中国社会科学出版社，2014年。

（一）庆老及其《补禅林僧宝传》

陈垣《中国佛教史籍概论》对《补禅林僧宝传》作者庆老的生平做了简要介绍。他引晓莹《云卧纪谈》关于舟峰庵主庆老的记载，称此人即《补禅林僧宝传》作者①。陈士强《佛典精解》介绍了庆老的法系和《补禅林僧宝传》的传主，又指出《补禅林僧宝传》与《禅林僧宝传》的体例相同②。周生春《四库全书总目子部释家类、道家类提要补正》据《云卧纪谈》卷上、《五灯会元》卷一九《临安府径山宗杲大慧普觉禅师》、《大明高僧传》卷五《临安府径山沙门释宋杲传》的记载，考察了庆老的生平，指出其人虽生于北宋，但主要活动在南宋，乃两宋间人③。

（二）祖琇及其《僧宝正续传》

陈垣对祖琇的禅史撰述做了简要评价，称祖琇撰《僧宝正续传》，止于南宋初，凡二十八人，其中曹洞、临济各一人；黄龙、杨岐各十三人，为六卷；另寓言二人，为第七卷。他指出，祖琇《佛运统纪》为晓莹所讥，今不传；其《佛教编年通论》为《佛祖通载》所盗袭；所著《僧宝正续传》今虽传，然罕见。他在论及《释氏稽古略》时，又辨别祖秀、祖琇二僧，称祖秀为蜀僧，撰《欧阳文忠外传》及《华阳宫记》；祖琇为南宋初江西僧，撰《隆兴佛运统纪》及《隆兴佛教编年通论》。④

陈士强《佛典精解》对《僧宝正续传》书名做了考察，对该书卷数、各卷所收传主做了介绍，又指出该书是乾道年间所撰，不但记载人物生平始末，而且记叙人物的机缘语句⑤。李国玲《宋僧著述考》引《佛祖历代通载》卷二〇、《释氏稽古略》卷四、《南昌文征》卷一三《重修澄心寺佛殿碑记》等文献，称祖琇绍兴年间受业于澄心寺，得真牧正贤禅师印可，所著撰述板行于世，又受到丞相赵子直、侍郎李仁甫等人的赏识，尺牍往来；据《僧宝正续传》卷五《云居真牧禅师》"赞"，该书当撰于乾道年

① 陈垣：《中国佛教史籍概论》卷六，上海：上海书店出版社，2001年，第118页。
② 陈士强：《佛典精解》，上海：上海古籍出版社，1992年，第397页。
③ 周生春：《四库全书总目子部释家类、道家类提要补正》，《世界宗教研究》，2000年第1期。
④ 陈垣：《中国佛教史籍概论》卷六，上海：上海书店出版社，2001年，第130、135页。
⑤ 陈士强：《佛典精解》，上海：上海古籍出版社，1992年，第397—400页。

间；从历代书目看，《文渊阁书目》卷一七著录了《僧宝正续传》①。曹刚华《宋代佛教史籍研究》从体裁上着眼，称惠洪《禅林僧宝传》、祖琇《僧宝正续传》打破了梁《高僧传》以来的十门分类法，另起炉灶，新创构思②。

上述著述主要考察了二书作者的生平、法系，二书撰成年代、体例、体裁、流传、传主等方面的情况，解决了一些基本问题，但总的来看具有提要、概述性质，还需要具体深入的考察。

二、研究问题、思路和方法

在学界既有研究的基础上，笔者将对二书的诸多问题做进一步的研究。

（一）考察历史语境中的作者、禅史撰述和禅学取向

笔者将根据相关史料，进一步考察庆老、祖琇二人的法系、行履、交游、二书撰成时间等问题。这些基本问题的解决，将有助于我们进一步认识南宋禅僧传。同时，笔者还将着力在书籍史视野中考察历代书目和禅籍中的南宋禅僧传。尽管不像《禅林僧宝传》那样风行一时，但《补禅林僧宝传》和《僧宝正续传》也在丛林内外流传，并得到一些书目的著录。鉴于南宋禅僧传的特殊性，传统的目录学方法并不足以拓展禅史研究的视域，也不足以完全解决下列问题：禅僧传与官私书目有何关联，在书目中如何归类、定位，与官私书目自身的学术脉络有何关系？特别是就那些目录学家私人的书目著录而言，这类问题很少得到考察。此外，笔者不将书目著录视为孤立发生的事件，而是更关注南宋禅僧传在丛林内外的流通情况、流通媒介，以及与著录二书的目录学家本人的学术倾向之间可能具有的关联。另外，尽管不以书目为名，但很多禅籍实际上都有书目的功能，由此来考察二书的著录情况，可纠正某些既有研究因过于偏重书目著录而得出的偏颇结论。

就禅学倾向而言，《僧宝正续传》的作者祖琇值得注意。从史料记载来看，祖琇本人的很多观点是在对惠洪的批评中体现出来的。这种批评表

---

① 李国玲：《宋僧著述考》，成都：四川大学出版社，2007年，第471—473页。
② 曹刚华：《宋代佛教史籍研究》，上海：华东师范大学出版社，2006年，第79页。

面上涉及对承古"三玄"的评价，实际上却隐藏着禅学观点上的分歧，并且与其他问题也紧密相关。通过检视与这场论争相关的文献，笔者试图揭示宋代禅学的两类发展路向，以便深入理解和阐述二人的论述。

（二）考察南宋禅僧传的历史编纂

通常来说，传记位于历史与文学两极的中间地带、模糊地带，而宋代的禅僧传又自有其特点。北宋禅僧惠洪的《禅林僧宝传》开创了禅僧传新的撰述体例，主张兼载禅师机缘语句和生平行事，又特别强调禅师入道之由和临终之效，要求上述内容相互关联，具载始终，并于传后系之以赞。这一体例以佛教内外史学观念、宗教观念、隐喻修辞为依据，持有宗教意图，与史传有关但又不尽相同。学界既有研究已经指出，《补禅林僧宝传》和《僧宝正续传》都是《禅林僧宝传》之流亚，在撰述体例上是一致的。由此可进一步思考的问题是，宋代禅僧传与其他文类的关系如何？后出的《补禅林僧宝传》《僧宝正续传》又是否完全因循《禅林僧宝传》的撰述体例？如果因循，那么这种因循会导致什么后果？从史料记载来看，祖琇对惠洪多有批评，很难相信他完全因循惠洪的做法，那么二者的实际差别体现在哪里？为了解决上述问题，笔者将注意考察的动态性和相对性，并通过文类、叙事、史评等方面来考察《禅林僧宝传》和南宋禅僧传的撰述体例；而南宋禅僧传的史料选择、撰写手法也是值得注意的问题，为此笔者选择通过记叙详略和撰者观念的体现来进一步考察，以表现其特质。

历史往往是通过叙事展现出来的，其中存在很多值得注意的问题。禅史叙事也是如此。南宋禅宗史家并不都对史料进行过深入考察，有时也出于"因果谬误"、时间误置、空间置换等原因和展现禅师典范形象、寻求叙事完整等方面的需要，通过拆补、糅合、重新组织等手法对既有记载进行再书写，正是这些因素导致了传记书写中故事的出现或对既有记载的偏离，产生了真实人物的虚构故事。另外，（传主）自述与（禅宗史家）他述也存在一些明显的差别。将禅宗史家尊崇历史"事实"的意图与神化事迹的考订联系起来，也可以窥见"事实""纪实"等如今还在使用的概念在当时所具有的实际意义，"事实"之所以成为"事实"的原因，以及"原始史料"作为宗教话语生产的特殊性。可以说，尽管叙事和修辞并不一定都是虚构的，但考察这些问题，可以更好地揭示南宋禅僧传中根深蒂固的文学色彩和常常为人忽视的建构意味。

（三）考察传主的个人史

《补禅林僧宝传》和《僧宝正续传》二书共为 31 位禅师立传，这些禅师都是历史上真实存在的人物。从祖琇的观点看来，他主张为文纪实，批评不合事实的记载。二书的一些记载在古代的禅籍中留下了痕迹，而今天的一些禅史撰述也往往不加考辨地征引这些禅僧传，无异于将之与过去本身等同起来。事实上，古代书目通常将这些禅僧传归入子部而非史部，即便归入史部，也是着眼于其记人记事的文类特征，而不是单纯视之为"实录"。而从宋代的情况看，当时丛林就有人批评二书的某些记载失实。有鉴于此，笔者将运用行状、碑记、塔铭、年谱、传记、实录、语录、灯录、书信、诗文和丛林外的各类撰述对生平存在疑问并且可考的传主加以考证，主要涉及传主的生卒年、出家、入道、住持、丛林内外交游、与政局的关联、撰述情况等问题，并以此来验证二书禅史记载的真实性。

从史料运用的方法上来说，笔者首先将寻求比禅僧传更为原始的史料来解决上述问题。但是，笔者并不赋予原始史料以独一无二的尊崇地位，而是借助相关史料对原始史料进行批判性考察。从宋代禅林的实际情况看，我们如今所谓原始史料与二手史料之间的区分，不能简单等同于"先出"史料与"晚出"史料之间的区分。由于存在着可靠的信息提供者、讲述者、目击者、当事人等，宋代某些晚出的禅宗史料反倒比先出的史料更具"原始"史料的性质，亦应加以考辨。另外，官方正史、编年史、诗文集等也可用来与禅僧传相互参证，而明清时期更晚出现、但经过审订的禅史撰述也有助于考订史实。从方法上说，传主与当时丛林内外存在各种联系，应避免个人化、孤立化的考证，而注意人物间的关系和史料间的关系。这种方法具体运用到研究中，还要以某些基本史实为研究基础：除了个别例外，南宋禅僧传的传主一般来说都曾担任十方寺院的住持，而同一十方寺院在同一时期只有一位住持，因此如果传主的生平行迹还有不够明确之处，就可根据该寺院在传主出任住持前后其他禅师的住持变动情况来确定，有时这又关系到其他寺院的住持变动情况（典型的例证是克勤、士珪）；再考虑到这些传主往往是由官员礼请而出任住持，因此在传主出任该十方寺院住持前后相关地方官员的任职变动情况也可用来考证，而记载这些官员相关情况的官方史书或地志也可用来与禅籍的相关记载比勘互证；除此之外，举凡政局变动、宗教政策、丛林规制、人物称谓、时间因素、地理信息，以及传主的老师、传主的法嗣弟子、传主交往的僧侣、士大夫等的言论活动和生平始末等相关因素（特别是其中涉及变化的情形）都可用作考证，由此我们可能会对北宋中后期至南宋初丛林大德的"个人史"做更详细的研究。总之，我们有必要寻求更多的相关史料来稽考、互证，而非仅仅凭借某单一或"原始"史料来认定历史事实。

然而，正如后现代史家揭示的那样，无论我们拥有多少史料，考证过程中所依据的史料之间都不时存在空隙，是碎片式的，与人们所假定的过去本身的完整性不能等而视之，而研究者所言的历史事实常常是在考证过程中推断、理解、诠释、重新组织的产物，并非现成地或完整地存在于既有史料记载之中。从这个意义上讲，史料考证是研究者追寻历史事实的步骤和历程，由此确立的历史事实具有临时性，因此也没必要苛刻对待古人记忆里和记载中的谬误。此外，史料考证也常常面对一些"孤证"，其中一些"孤证"是现在称之为"原始"的史料。然而，"原始"史料的产生也存在着各种各样的情形，这背后或是不可追溯的历史图景，或是难以证实或推翻其真实性的其他史料，而我们却又无法用过去本身来比照这些"孤证"的准确度，因此并不都很容易摆脱这一困境。当然，尽管难以确定某些"孤证"是否存在舛误（这在宋代丛林已经如此），但笔者不将之视为无法证实或证伪的对象，而是看作过去留给我们的暂时性的历史记录，并借助考察撰写者的身份、意图、经历、史料来源、撰写年代、历史背景、宗教观念等间接手段来加以审订。

总之，笔者试图从禅史编纂、书目著录与流通、概念研究、史料考证、叙事修辞等角度出发，对庆老《补禅林僧宝传》、祖琇《僧宝正续传》进行研究。

第一章 历史语境中的作者、禅史撰述和禅学思想

继惠洪之后，庆老、祖琇为北宋中后期以来的禅林高僧大德立传，分别撰写了《补禅林僧宝传》和《僧宝正续传》两部私人撰述。就此而言，二书作者及其禅学取向，以及二书在历代的流传都值得重视。尽管学界对此有一定程度的考察，但尚有进一步挖掘的空间。在本章中，笔者将通过相关史料做进一步考察和梳理，以加深对上述问题的认识。

第一节 庆老、祖琇的生平及撰述

一、庆老考

关于庆老，四库馆臣称其为北宋人①，今人周生春《四库全书总目子部释家类、道家类提要补正》考证说，庆老生于北宋而主要活动在南宋，乃两宋间人②。通过对相关史料的检视，笔者认为庆老生平及交游尚有值得进一步考察之处，由此可进一步加强对其时代背景、个人身世乃至其撰述的了解。

---

① 永瑢等撰：《四库全书总目》卷一四五《释家类》，北京：中华书局，1965 年，第 1238 页。

② 周生春：《四库全书总目子部释家类、道家类提要补正》，《世界宗教研究》，2000 年第 1 期。

（一）庆老生平行履及交游

1. 泉州时期

庆老（？—1143），生年、籍贯、家世、早年活动均无从详考①。较详细的记载出自《云卧纪谈》卷上②，该书称庆老字龟年，结茅泉州北山（即清源山），号舟峰庵主。在泉州当地，道俗都很仰慕他，其中最著名的一位是参知政事李邴。李邴于建炎三年（1129）四月改参知政事③，同年闰八月知平江府④。视事三日，因兄李郁失守越州，连坐落职。李邴罢政十七年，避时相不复出，绍兴十六年（1146）五月薨于泉州⑤。因此，李邴闲居泉州并与庆老交往，当在建炎三年（1129）闰八月之后方有可能。又洪迈《夷坚乙志》卷一三《庆老诗》⑥称庆老字龟年，能为诗，亦提及其与李邴的交往，与《云卧纪谈》所载当为同一人。据此，庆老以所作之诗求见李邴，李邴称赏说颇类韦应物诗；李邴还将"舟峰庵"易名为"石帆庵"，为之赋诗；又曾访庆老不遇，留诗于庵；庆老去世后，李邴作祭文，将之比作惠洪、惠休那样的诗僧⑦。

当时之士大夫，如曹勋亦曾居泉州⑧。他与李邴有交往，同样好习禅，曾寄诗与庆老，亦为方外道友。曹勋《次韵李汉老参政重阳前游泉州东湖》当作于李邴寓居泉州时。又有《用李参政韵并录寄舟峰师》四首，从用韵来看，岩、衔、缄、帆，正与《夷坚乙志》所载李邴赠庆老之诗相同；其中一首提到慧远、卢仝等人之事，而李邴赠庆老诗中亦用慧远过虎溪送陆修静，卢仝入寺不逢含曦上人的典故。因此，曹勋诗中所谓"舟峰

---

① 一说其为泉州人。见怀荫布修，黄任、郭赓武纂：《乾隆泉州府志》（三）卷六五《方外》，上海：上海书店出版社，2000年，第430页。

② 晓莹：《云卧纪谈》卷上，《卍续藏经》第148册，第22页。

③ 李心传：《建炎以来系年要录》卷二二，清广雅书局刻本。

④ 李心传：《建炎以来系年要录》卷二七，清广雅书局刻本。

⑤ 周必大：《文忠集》卷六九《资政殿学士大中大夫参知政事赠太师李文敏公邴神道碑》，影印《文渊阁四库全书》第1147册，第737页。

⑥ 洪迈：《夷坚乙志》卷一三《庆老诗》，北京：中华书局，1981年，第297页。

⑦ 另据《乾隆泉州府志》卷一六《坛庙寺观》引《闽书》，庆老曾为清源山舟峰下之"无尘庵"建匾；而李邴以为无处不是道场，故不用讳言"尘"字，又建议易名为"石航庵"，以与"舟峰庵"相应。然《闽书》晚出，姑录于此。见怀荫布修，黄任、郭赓武纂：《乾隆泉州府志》（一）卷一六《坛庙寺观》，上海：上海书店出版社，2000年，第392－393页。

⑧ 曹勋：《松隐集》卷一六《闲居泉州》，民国嘉业堂丛书本。

师"，当即庆老。据同题另一首诗的内容①，李邴、曹勋、庆老之间有诗
酒聚会之约。考曹勋生平，其逻职泉州时，带增秩差福建路分，以奏虏中
密事，任州都监②。曹勋《和黄南嘉相贺》一诗提到杨勃犯泉州③，此事
发生在建炎四年（1130）七月④。绍兴五年（1135）三月，曹勋改除浙东
路兵马副都监⑤。曹勋与李邴、庆老等在泉州交游，当在此数年间。

　　庆老曾遍参丛林，居舟峰庵时，又曾参禅于时住泉州小溪云门庵的宗
杲，禅道日进，后来灯录列其为宗杲法嗣，属临济宗杨岐派。《云卧纪谈》
卷上记载其悟道于宗杲门下的经历，宗杲另有《舟峰长老求赞》，《嘉泰普
灯录》宗杲法嗣下列"泉州舟峰庆老禅师"，均指该僧。考宗杲生平，其
于绍兴五年（1135）正月赴蔡枢天宫庵之命，又因江常之请而居小溪新
庵，李邴、江常等一时名士都来参学；绍兴七年（1137）七月，宗杲开法
于径山能仁禅院⑥。因此，庆老在泉州参禅于宗杲，当在此数年间。庆老
与当时名士、禅者，亦当有道缘⑦。至于《云卧纪谈》所载宗杲与庆老机
缘问答之事，《大慧普觉禅师语录》卷一六所述尤详。其中提到宗杲所谓
"竹篦子话"：唤作竹篦则触，不唤作竹篦则背，将学人逼到一无所可处，
言语道断，心行处灭，以发明本心。据载，宗杲以此"揭示佛祖不传之妙
几四十年，遂使临济正派勃兴焉"⑧，可见其巨大效用。然而庆老认为，
"竹篦子话"有如将人财产全没收了，还要人缴纳物品。宗杲称庆老比喻
极妙，又借机说法。其意思是说，既然拿不出，便只有讨死路。事实上禅
家讲求的是大死而大活，有如悬崖撒手，身临绝境之际，自能放身舍命，
断绝生死，真正顿悟本心。按照《云卧纪谈》的说法，庆老对禅道的参悟
由此逐渐深入。

　　据《夷坚乙志》卷一三《黄檗龙》条记载，庆老居泉州舟峰庵期间，
还曾与僧人一道往福州黄檗寺龙潭，焚香默祷念咒，希望一观"福德龙"，

　　① 曹勋：《松隐集》卷一三《用李参政韵并录寄舟峰师》，民国嘉业堂丛书本。
　　② 曹勋：《松隐集》卷一〇《投连泉州显学五十韵》，民国嘉业堂丛书本。
　　③ 曹勋：《松隐集》卷一三《和黄南嘉相贺》，民国嘉业堂丛书本。
　　④ 脱脱等：《宋史》卷二六《高宗》，北京：中华书局：1977 年，第 480 页。
　　⑤ 李心传：《建炎以来系年要录》卷八七，清广雅书局刻本。
　　⑥ 杨曾文：《宋元禅宗史》，北京：中国社会科学出版社，2006 年，第 421、422 页。
　　⑦ 例如，宗杲《答江给事少明》批评禅者错下名言，随语生解，就以他人与庆老书信为
例。这不仅可以看出宗杲对沉溺言句的批判态度，而且也可发现庆老与他人书信往来的痕迹。
　　⑧ 晓莹：《云卧纪谈》卷末附《云卧庵主书》，《卍续藏经》第 148 册，第 44 页。

一物忽起潭中，庆老等僧急奔走下山，雷霆随其后，过了一段时间才停止①。记载或不免妄诞，但庆老好奇之性格可见一斑。

2. 径山时期

绍兴七年（1137），宗杲迁径山，庆老与之一同前行，掌记室②。宗杲居径山期间，法席日盛，宗风大振，号称"临济中兴"③。由于衲子太多而无所容，宗杲为建千僧阁，又遣人至泉州请李邴为记，即《千僧阁记》。先后随宗杲参禅的士大夫亦夥，单是有所契证、佩服法言的就有张九成、李光、曹勋、冯楫等 39 人；此外，虚往实归者更多④。庆老既在小溪云门庵师事宗杲，又随宗杲迁径山，为掌记室，与道俗当有来往。

其后，宗杲因与张九成厚善而得罪秦桧，于绍兴十一年（1141）五月编置衡阳，绍兴二十年（1150）六月又移梅州。庆老去世于绍兴癸亥（1143）⑤，其是否有可能随宗杲谪衡阳呢？

据晓莹《云卧纪谈》卷上，庆老死后，李邴为撰祭文⑥。祭文回顾了二人的交游和庆老的一些生平行迹。祭文说，李邴初到泉州时，孤独无友，有"老比丘"庆老携诗文来谒，为李邴所见赏。交流中，李邴发现庆老博学而又有吏才。此后庆老"晚遇宗师，针芥相投"，应指参禅悟道、师资契合之事。根据李邴的叙述，可知庆老又有云游的经历，所到之处为众人所忌，但李邴却偏要推挽他。据《温陵开元寺志》，有一位"以禅名"的庆老曾住泉州开元寺西塔院，或即指此事，但住持时间不详。《云卧纪谈》卷上此后又载，李邴称庆老曾再度受请而不出，归安泉州北山舟峰庵，与李邴"有疑斯讲，有唱斯酬"。庆老入灭后，塔似亦在泉州。这些文字并未提到庆老随宗杲谪衡阳之事。而晓莹久侍宗杲于衡阳、梅州，收录此祭文的《云卧纪谈》同样未提及此事。另外，《云卧纪谈》卷上还收录有庆老的一首诗⑦，从内容来看，庆老年事已高，隐居清源山中，不愿再出。由此推断，庆老当未尝随宗杲谪衡阳，而是在后者住径山期间便又

---

① 洪迈：《夷坚乙志》卷一三《黄蘖龙》，北京：中华书局，1981 年，第 296－297 页。
② 晓莹：《云卧纪谈》卷上，《卍续藏经》第 148 册，第 22 页。
③ 祖琇：《僧宝正续传》卷六《径山杲禅师》，《卍续藏经》第 137 册，第 613 页。
④ 杨曾文：《宋元禅宗史》，北京：中国社会科学出版社，2006 年，第 447－448 页。
⑤ 晓莹：《云卧纪谈》卷上，《卍续藏经》第 148 册，第 22 页。
⑥ 晓莹：《云卧纪谈》卷上，《卍续藏经》第 148 册，第 23 页。
⑦ 晓莹：《云卧纪谈》卷上，《卍续藏经》第 148 册，第 22 页。

回到泉州，后圆寂。

（二）庆老之撰述

从当时和后来的评价以及庆老本人的文字来看，庆老属于文章僧一类。李邴将庆老与惠洪、慧休相提并论；阮阅称赏庆老之诗真为方外语①；晓莹称庆老的文辞能为丛林增光②；后来普济亦将居简与惠洪、庆老、祖秀这样以诗文鸣世的禅僧归入一类③。另据《夷坚乙志》卷一三《庆老诗》记载，庆老随宗杲参禅，不为后者印可，比之为水滴石而不入，这是因为宗杲将言语视为祸害禅修之物④，虽是批评，亦可看出庆老对语言文字之沉迷。

庆老最重要的撰述是《补禅林僧宝传》，今日本存内阁文库藏室町时代写本，附于《禅林僧宝传》后，又存东洋文库藏永仁三年刊本等；又存明刻本，《卍续藏经》等收录⑤。刻本有觉圆、智愚题跋而写本无。该书为北宋中后期的三位高僧法演、悟新、怀志立传，传记后有"赞"，与成书不晚于宣和四年（1122）夏的《禅林僧宝传》⑥编纂体例相同。书中曾提到法演三位弟子惠勤、克勤、清远知名当世。惠勤、清远均圆寂于北宋后期，而克勤圆寂于绍兴五年（1135）。克勤崇宁年间出世成都昭觉，政和末诏住建康蒋山，为学者崇仰⑦。因此，庆老《补禅林僧宝传》之完成，不会早于宣和四年（1122）。而从庆老的行迹来看，其曾谒宗杲，宗杲乃临济宗杨岐派法演禅师之法孙。庆老《补禅林僧宝传》为法演立传，传中讲述了法演自称五祖弘忍后身的故事，以及法演示寂前山崩石落、岩谷震吼之异象⑧。传记后的"赞"又追述了临济宗之传法系谱，比较了黄龙派创始人慧南和杨岐派开山祖师方会的门庭施设，表明方会子孙更杰出，能继承其家风。从这类转生故事、死后异象，比较黄龙、杨岐两派的

---

① 阮阅：《诗话总龟》后集卷四三《释氏门》，北京：人民文学出版社，1987年，第276页。

② 晓莹：《云卧纪谈》卷上，《卍续藏经》第148册，第22页。

③ 大观编：《北礀居简禅师语录》卷首跋，《卍续藏经》第121册，第128页。

④ 洪迈：《夷坚乙志》卷一三《庆老诗》，北京：中华书局，1981年，第297页。

⑤ 见李国玲：《宋僧著述考》，成都：四川大学出版社，2007年，第404页。

⑥ 周裕锴：《宋僧惠洪行履著述编年总案》，北京：高等教育出版社，2010年，第284页。

⑦ 孙觌：《圆悟禅师传》，载曾枣庄、刘琳主编：《全宋文》第160册，上海：上海辞书出版社，2006年，第437页。

⑧ 庆老：《补禅林僧宝传·五祖演禅师》，《卍续藏经》第137册，第566页。

传法，以及具有偏向性的评价来看，庆老《补禅林僧宝传》很可能是其谒宗杲之后，即绍兴五年（1135）之后完成的。

此外，庆老尚有《舟峰文集》刊行于世，今不传。据晓莹《云卧庵主书》，"又《谱》收《祭圆悟文》《不动轩记》，已见于泉南刊《舟峰文集》，则是其代，亦不必收为老师作也"①。晓莹久依宗杲，曾批评祖咏《大慧普觉禅师年谱》匆忙刊行并纠其谬②，亦曾批评庆老《补禅林僧宝传》疏脱③，似无故意将《祭圆悟文》《不动轩记》系于庆老名下之必要。据此，庆老之《舟峰文集》曾刊行于泉州，其中收有《祭圆悟文》，当是代宗杲祭祀其师克勤而作④。《大慧普觉禅师年谱》又载，绍兴八年（1138），冯楫坐夏于径山，榜其室曰"不动轩"，宗杲为作《不动轩记》。庆老此时正在宗杲径山会中掌记室，据晓莹《云卧庵主书》，此文亦当为其代作（已佚）。

除了晓莹《云卧庵主书》指出的两篇文章，昙秀《人天宝鉴》又引《舟峰录》所叙"顾禅师"改嗣于慧南、患大风而殁之事⑤。此《舟峰录》亦当为庆老所撰，或即《舟峰文集》之异名。《人天宝鉴》序作于绍定三年（1230）⑥，据此可知，在庆老身后近百年时间里，其《舟峰录》尚在丛林中流传（后佚）。此外，据说庆老还曾疏宗密《圆觉说》⑦，亦不传。

二、祖琇考

（一）祖琇生平行履及交游

据《隆兴佛教编年通论》卷一，祖琇号石室，隆兴府（洪州）人。关于其生平，最详细的记载见于涂禹嘉定五年（1212）五月所作《重修澄心

---

① 晓莹：《云卧纪谈》卷末附《云卧庵主书》，《卍续藏经》第148册，第48页。
② 晓莹：《云卧纪谈》卷末附《云卧庵主书》，《卍续藏经》第148册，第45页。
③ 晓莹：《云卧纪谈》卷末附《云卧庵主书》，《卍续藏经》第148册，第50页。
④ 《全宋文》据《大慧普觉禅师年谱》而收此文为宗杲作。见曾枣庄、刘琳主编：《全宋文》第180册，上海：上海辞书出版社，2006年，第91—92页。
⑤ 昙秀：《人天宝鉴》，《卍续藏经》第148册，第103页。
⑥ 昙秀：《人天宝鉴》，《卍续藏经》第148册，第97页。
⑦ 怀荫布修，黄任、郭赓武纂：《乾隆泉州府志》（三）卷六五《方外》，上海：上海书店出版社，2000年，第430页。

寺佛殿碑记》①。

　　据此碑记，祖琇绍兴年间于南昌澄心寺出家，则其生年，大概在北宋后期或南宋之初。《同治南昌府志》卷四五《人物》引《县志》载李智政捐钱造澄心寺大殿佛像事和绍兴年间江西遭受兵害、饥荒等事，可知祖琇出家之澄心寺的背景。

　　受业后，祖琇遍游诸方，最后印可于云居真牧禅师。正贤，号真牧，据《僧宝正续传》本传，正贤约于绍兴二十三年（1153）迁云居，绍兴二十九年（1159）七月示寂②。祖琇依正贤于云居，当在此数年间。

　　祖琇获印可后，受到地方官员的礼敬，多次出任名寺住持。据《佛祖统纪》记载，"祖琇隆兴（1163—1164）初，居龙门，撰《佛运统纪》"③。龙门，或指舒州龙门寺。祖琇嗣法于正贤，正贤嗣法于清远④，而清远"三领名刹"，曾住龙门寺十二年之久⑤。

　　侍郎李焘（字仁甫）、丞相赵汝愚（字子直）曾读到祖琇的撰述，颇为器重赏识，为方外交，书信往来甚多。考赵汝愚生平，其与李焘、尤袤等人为平生师友⑥，淳熙二年（1175）十月除江西路转运判官⑦，又自绍熙五年（1194）八月拜右丞相，庆元元年（1195）二月罢⑧。而考李焘生平，淳熙初除江西转运副使，临遣，进治平四年（1067）至元符三年（1100）《续资治通鉴长编》四百一十七卷；淳熙三年（1176）三月，除权礼部侍郎⑨。李焘是南宋著名史学家，除了《续资治通鉴长编》，还有《春秋学》等五十余种撰述，多已散佚。李焘和祖琇之间往来书信亦已佚，

---

　　①　魏元旷辑：《南昌文征》卷一三《重修澄心寺佛殿碑记》，台北：成文出版社，1970年，第454−455页。
　　②　祖琇：《僧宝正续传》卷五《云居真牧禅师》，《卍续藏经》第137册，第606−608页。
　　③　志磐：《佛祖统纪》卷首《修书旁引》，《大正新修大藏经》第49册，第132页。
　　④　祖琇：《僧宝正续传》卷五《云居真牧禅师》，《卍续藏经》第137册，第606页。
　　⑤　赜藏主编集，萧萐父、吕有祥、蔡兆华点校：《古尊宿语录》卷三四《舒州龙门佛眼和尚语录·宋故和州褒山佛眼禅师塔铭》，北京：中华书局，1994年，第651页。
　　⑥　刘光祖：《宋丞相忠定赵公墓志铭》，载曾枣庄、刘琳主编：《全宋文》第279册，上海：上海辞书出版社，2006年，第97页。
　　⑦　陈耆卿：《嘉定赤城志》卷九《秩官门二》，《宋元方志丛刊》第7册，北京：中华书局，1990年，第7357页。
　　⑧　徐自明撰，王瑞来校补：《宋宰辅编年录校补》卷二〇《宁宗皇帝》，北京：中华书局，1986年，第1302页。
　　⑨　周必大：《文忠集》卷六六《敷文阁学士李文简公焘神道碑》，影印《文渊阁四库全书》第1147册，第704页。

但从祖琇熟悉儒家典籍，仿古史编年纪事而著《佛运统纪》，仿司马光《资治通鉴》而撰《佛运通论》的情况来看，祖琇与李泰之学术思想当有声气相通之处，故能得到后者的器重赏识。

祖琇卒于何年，无明确记载。

（二）祖琇之撰述

与庆老这样的文章僧不同，祖琇是一位"深穷藏教，尤博极儒书"的学者，留下了《佛运统纪》《隆兴佛教编年通论》《僧宝正续传》《皇朝诸贤明道传》等撰述①。其中后两部已佚。

1.《佛运统纪》

《佛运统纪》乃仿古史编年纪事之佛教史撰述，成书于隆兴（1163—1164）初②。祖琇该书初成后，曾呈给其师正贤禅师，正贤认为"《佛运》甚详"，又称有人劝祖琇撰《三教统纪》，而正贤却认为该书虽叙及年代、治乱、迁革和儒教、道教贤哲之迹，但只是为了估算时间线索以说明佛教命运，又希望祖琇将该书标为《佛运统纪》，以对《释氏通鉴》③。祖琇将《佛运》改名为《佛运统纪》，当是接受了正贤的意见。而正贤绍兴二十九年（1159）七月示寂，故祖琇呈献《佛运统纪》时在正贤生前，当为该书之初稿，后又加修订，成书于隆兴年间。

按照志磐的说法，《佛运统纪》乃是效仿《春秋左氏传》，暗寓褒贬，述纂弑、反叛、灾异之事，多附小机之见，为学最上乘者诟病④。又晓莹《云卧庵主书》批评《隆兴佛运统纪》记迦叶入鸡足山的时间有误，所载晋怀帝、东晋孝武帝二事与佛运无关，不足取⑤，可印证正贤关于该书编纂方法、内容的论议。

据《释氏稽古略》引《云卧纪谈》，祖琇《佛运统纪》窃祖秀《佛运编年通论》以为己有⑥。晓莹《云卧纪谈》卷上叙祖秀生平，称其撰《欧阳文忠公外传》等作品，卷末附《云卧庵主书》亦称祖秀作《欧阳文忠公

---

① 魏元旷辑：《南昌文征》卷一三《重修澄心寺佛殿碑记》，台北：成文出版社，1970年，第455页。
② 志磐：《佛祖统纪》卷首《修书旁引》，《大正新修大藏经》第49册，第132页。
③ 祖琇：《僧宝正续传》卷五《云居真牧禅师》"赞"，《卍续藏经》第137册，第608页。
④ 志磐：《佛祖统纪》卷首《修书旁引》，《大正新修大藏经》第49册，第132页。
⑤ 晓莹：《云卧纪谈》卷末附《云卧庵主书》，《卍续藏经》第148册，第49页。
⑥ 觉岸：《释氏稽古略》卷四，《大正新修大藏经》第49册，第884页。

传》，但未提到其撰《佛运编年通论》。《释氏稽古略》所说不知何据。

该书今不传，但尤袤《遂初堂书目》子部释家类著录有《佛运统纪》；从涂禹《重修澄心寺佛殿碑记》来看，直到嘉定五年（1212）该书似还行于世；此外，《五灯会元》《佛祖统纪》等佛教典籍亦有所征引。可见，直到南宋中后期《佛运统纪》尚为人所见。至元代，念常《佛祖历代通载》已不载该书，或已不传。

2.《隆兴佛教编年通论》

该书为规仰司马光《资治通鉴》之编年体佛教通史，《卍续藏经》本①共二十八卷（后附四圣御制序一卷），记述东汉永平七年（64）至后周显德四年（957）间有关释门之事。每代之前皆有"叙"，总括一代重大史实。于每年之下编年叙事，详细记载该年发生之事。撰述义例上，亦效仿司马光的总叙法，于编年叙事中完整记载历史事件和历史人物。叙事之后，又多附以论议②。

书初名《通鉴》，曾呈献给正贤禅师，正贤禅师称该书"亦有史体"③，可知初撰于绍兴二十九年（1159）正贤圆寂之前。念常《佛祖历代通载》云该书成于隆兴甲申（1164），行于世④。

尤袤《遂初堂书目》子部释家类著录《佛教总年》，潜说友《（咸淳）临安志》卷七九《寺观五》提到石室祖琇的《通论》，普度《庐山莲宗宝鉴》卷四《辩远祖成道事》提到石室琇禅师的《通论》，徐𤊹《徐氏红雨楼书目》子部释类著录"《佛教编年通论》二十卷，宋沙门祖秀"⑤，当指同一书。《卍续藏经》本名《隆兴佛教编年通论》，题为"隆兴府石室沙门祖琇撰"，卷二八"论"称该书师法司马光《资治通鉴》⑥，与《重修澄心寺佛殿碑记》称其《佛运通论》效法司马光《资治通鉴》之说相同，亦当为同一书。

---

① 该书亦存日本五山版等刊本，藏于宫内厅书陵部、前田育德会等机构。
② 罗炳良：《南宋史学史》，北京：人民出版社，2008年，第301页。
③ 祖琇：《僧宝正续传》卷五《云居真牧禅师》"赞"，《卍续藏经》第137册，第608页。
④ 念常：《佛祖历代通载》卷二〇，《大正新修大藏经》第49册，第691页。
⑤ 徐𤊹：《徐氏红雨楼书目》卷三《子部释类》，上海：上海古籍出版社，2005年，第358页。
⑥ 祖琇：《隆兴佛教编年通论》卷二八，《卍续藏经》第130册，第708页。

3.《僧宝正续传》

该书乃传记体，传中记载禅师的机缘语句和生平行迹，传后系之以"赞"。书以"正续"名，当指正传之续。如祖琇《隆兴佛教编年通论》卷一五："则南岳而下的传正续宗师，世教劵勒不住，端可见矣。"① 又据《僧宝正续传》卷四《圆悟勤禅师》"赞"，惟清认为临济宗杨岐派法演一系为正传之续。祖琇正属于此法脉，其禅史编纂亦有昭示本宗派正统地位的意味。该书内容又是续《禅林僧宝传》而作，即正贤所谓"前传所遗，而能拾以补之，亦法门之大者"②。

今日本国立国会图书馆藏南北朝刊五山版、《卍续藏经》本《僧宝正续传》均为七卷，前六卷乃北宋仁宗明道元年（1032）至南宋孝宗隆兴元年（1163）二十八位禅师的传记，其中临济宗一人（景祥），曹洞宗一人（惟照），临济宗黄龙派十二人（系南、道旻、惠照、清源、文准、进英、惠洪、惠方、应端、德逢、善清、道震），临济宗杨岐派十四人（道宁、惠勤、清远、心道、克勤、善悟、法顺、善果、景元、法如、正贤、士珪、宗杲、文演，均为法演的弟子或再传弟子）；卷七《德山木上座》《临济金刚王》为寓言，末附驳惠洪《禅林僧宝传》之《代古禅师与洪觉范书》一篇。

祖琇是在撰成《佛运统纪》《隆兴佛教编年通论》后又撰成《僧宝正续传》的。他将《僧宝正续传》呈给正贤，得到正贤称赞③。据此，《僧宝正续传》亦初撰成于绍兴二十九年（1159）正贤圆寂之前。今日本国立国会图书馆藏南北朝刊五山版、《卍续藏经》本《僧宝正续传》包括已经归寂的正贤、道震、宗杲的传记，三人分别圆寂于绍兴二十九年（1159）、绍兴三十一年（1161）、隆兴元年（1163）。可知《僧宝正续传》初撰成后又有增补。而《僧宝正续传》卷六《径山杲禅师》"赞"称"迨其去世未几"④，卷六《黄龙震禅师》"赞"曰"近代宏法"⑤，从这类措辞看，全书

---

① 祖琇：《隆兴佛教编年通论》卷一五，《卍续藏经》第 130 册，第 572 页。
② 祖琇：《僧宝正续传》卷五《云居真牧禅师》"赞"，《卍续藏经》第 137 册，第 608 页。
③ 祖琇：《僧宝正续传》卷五《云居真牧禅师》"赞"，《卍续藏经》第 137 册，第 608 页。
④ 祖琇：《僧宝正续传》卷六《径山杲禅师》"赞"，《卍续藏经》第 137 册，第 614 页。
⑤ 祖琇：《僧宝正续传》卷六《黄龙震禅师》"赞"，《卍续藏经》第 137 册，第 617 页。

之完成，当在宗杲迁化（1163）之后不久①。

第二节　思想史脉络中不同的禅学取向：惠洪、祖琇关于承古"三玄"的论争

惠洪、祖琇是宋代两位重要的禅宗史家。惠洪是文字禅学的代表人物，留下了《石门文字禅》《禅林僧宝传》《林间录》等重要的禅宗撰述；祖琇的禅学取向却历来乏人探讨，尽管他撰写了一部传记体禅僧传《僧宝正续传》和一部佛教编年体通史《隆兴佛教编年通论》。从史料记载来看，二人之间发生过一场关涉承古"三玄"的论争，为我们考察各自的禅学观点提供了一个交汇点。在重新考察承古"三玄"之说的基础上，笔者检视了这场论争的相关文献，通过惠洪、祖琇各自所处的语境来理解和阐述二人的观点，以便揭示这场论争的症结所在和各自的禅学取向。

一、承古"三玄"含义和批判指向的再探讨

承古"三玄"载于《禅林僧宝传》卷一二《荐福古禅师》，其中提到的"古德"即临济宗宗师义玄，其"一句语须具三玄门，一玄中须具三要"之语在《景德传灯录》卷一二《镇州临济义玄禅师》和《镇州临济慧照禅师语录》等禅籍中都有记载，也没将"三玄""三要"分开。这里所引的"汾州偈"乃善昭的《三玄颂》。此外，善昭还曾为"三玄旨趣"分别作颂②：第一玄指法界无边而万象尽在其中；第二玄指随根机、事件不同而作答，应对多方；第三玄是指佛法非言语文字所能诠。善昭对义玄的三玄法门进行了一番再诠释，但只是分一、二、三玄而已，并无具体称谓。

相形之下，承古的不同之处在于，他认为临济义玄的三玄法门是佛知见，并非单单属于临济门风。他首次为"三玄"各立名目，但这不是直接

---

① 陈士强、李国玲均称《僧宝正续传》撰成于乾道（1165—1173）年间。见陈士强：《大藏经总目提要·文史藏一》传记部，上海：上海古籍出版社，2008年，第358页；李国玲：《宋僧著述考》，成都：四川大学出版社，2007年，第473页。

② 惠洪：《临济宗旨》，《卍续藏经》第111册，第171页。

凭借义玄的说法，而是通过对善昭《三玄颂》的逐句作注得出的；另外，承古还应学人之问对体中玄、句中玄、玄中玄的含义分别做了解释①。对此，土屋太祐分析说，"体中玄表示以'三界唯心'为代表的道理；句中玄的宗旨是说出晦涩的语言，来消除对道理的执着；玄中玄的宗旨则是消灭这些'知解'与'语言'，从而回归'空劫以前的自己'"。他还认为，承古批判体中玄，是针对法眼宗的；而批判句中玄，则是针对守初禅师以及云门宗、临济宗的作风②。在考察了《禅林僧宝传》卷一二《荐福古禅师》所载"三玄"后，笔者认为，其对"三玄"的分析有其道理，但尚有遗漏之处，亦过于注重承古"三玄"对某些特定宗派的批判。

首先，从承古的说法来看，"三界唯心"的道理乃是承古所举的代表例证；所引语句之所以都出自经论，是因为这是承古应僧人之问"依何圣教参详，悟得体中玄"而做出的回答。而在回答"如何等语句及时节因缘是体中玄"之问时，承古却回答说是指合头语；其所谓"分宾主"，是临济宗等宗禅师善用的接引方式。而从承古所举的具体例子来看，包括像文偃那样"虽赴来机，亦自有出身之路，要且未得脱洒洁净"的语句也遭到批评。可见，体中玄不仅是指"三界唯心"的道理，也绝不仅仅是针对法眼宗风，像云门宗和临济宗同样可能成为承古的批评对象。总之，凡是契合禅机、囿于教乘知见、不得脱洒的语句，都属于体中玄。

其次，承古指出，若明得句中玄，则通往向上一路，有应对，但避免直接回答问题。参禅者从这类句子悟入后，一通百通，能够消除佛法知见，教导他人解粘去缚，但由于没有悟道，尚存见解，故没有脱离生死流转。而从承古所举的例子来看，包括佛祖以及行思、从谂、文偃、守初等禅师的语句都属于句中玄，其中不乏像"庐陵米作么价""镇州出大萝卜头""麻三斤"这样著名的禅林公案。因此，承古的批判对象并不局限于守初禅师以及临济、云门的宗风，不过后者的确是其矛头所在。承古认为，如只领悟句中玄，反而被"透得法身"这一见解役使，无真实修行，有分别心，原因在于心外有境，未领悟体中玄。正是在这个意义上，承古

① 惠洪：《禅林僧宝传》卷一二《荐福古禅师》，《卍续藏经》第137册，第490—492页。
② 土屋太祐：《北宋禅宗思想及其渊源》，成都：巴蜀书社，2008年，第106、109、113—114页。

批评了云门、临济门下弟子。

最后，承古认为，不涉言句、脚踏实地的玄中玄是超越句中玄的更高阶段。从承古所举的例子来看，玄中玄不仅有"沉默"的倾向①，而且包括棒喝这样非语言性的接引方式。但是，尽管玄中玄玄妙深微，但还是属于方便法门，并非证悟的最高阶段。承古指出，一切言句、棒喝以悟为准，但学者下劣不悟道，但得知见，是学成而非觉悟。因此，如果学人执着于通过言句"学"得知见，自然没有领悟，而这是禅师接引方式造成的问题。承古所谓的"邪师"接引学人的方式，像"纵夺"为禅师所习用，而像"作照作用""作同时不同时语"则是临济宗禅师接引学人的著名手段，同样有其批判指向，尽管不都是那么明确。

二、惠洪：捍卫临济纲宗和融会作为"正传"的禅宗各派宗旨

在《禅林僧宝传》卷一二《荐福古禅师》后的赞辞中，惠洪批评了承古"三玄"②。惠洪对承古"三玄"的批评集中在四个方面：一是将"三玄三要"错误地混同于玄沙三句，二是毫无根据地否定"三玄三要"乃临济门风，三是分三玄而遗落三要，四是批判知见却自宗不通、引被其视为知见的教乘来证成其"三玄"之说，自相矛盾。

有研究者很有见地地指出，惠洪"强调句中玄的作用……在他看来，只有通过玄言，才能把握玄意和玄体"；惠洪批判承古"误认玄沙三句为三玄三要"而遗落三要，实际上是说"后者轻视了语言文字，即句中玄的作用"③。当然，特定观念往往产生于具体历史和思想史的脉络中；就特定问题而言，特定历史人物的所有观念也并非都具有同等的解释力。作为宋代文字禅学的代表人物，惠洪的上述批评与临济宗"三玄三要"、承古"三玄"、玄沙三句、教乘知见等都有关系，并不局限于对语言文字地位作用的探讨，也不是将语言文字等同于句中玄。因此，为了深入理解惠洪的批评，我们还有必要考察其他与之相关的文献。

---

① 土屋太祐：《北宋禅宗思想及其渊源》，成都：巴蜀书社，2008 年，第 110 页。
② 惠洪：《石门文字禅》卷二五《题古塔主论三玄三要法门》，四部丛刊初编影明径山寺本，第 282 页。
③ 麻天祥：《中国禅宗思想发展史》，长沙：湖南教育出版社，1997 年，第 95 页。

　　首先，惠洪强调了禅宗各家纲宗是宗师所立，具有辨别正邪等方面的重要作用①。他多次称扬全豁"但识纲宗，本无实法"的说法，批评近世丛林失其渊源，以有思维心争求实法，故而纲宗丧灭②。身为临济宗僧的惠洪曾撰写《临济宗旨》，阐述义玄、延昭、善昭等禅师的纲宗法要，而像"三玄三要"这样的法门正被他视为最为重要的临济纲宗之一。据惠洪自述，他曾庵于高安九峰之下，因听僧问义玄法语而顿悟"三玄三要"之旨，感叹其巨大功用③。因此，这样的亲身体悟也使他强调临济纲宗。然而，按照张商英的说法，善昭之提纲单论"三玄三要"，而到北宋后期，临济宗僧对"三玄三要"已不甚看重，认为那是一时创设，于悟道无益，只要一切平常即宗师意。对此惠洪批评说，"三玄三要"能令众生超越生死，后来学人妄称临济儿孙，却以领会临济纲宗为难事，喜行平易坦途，这是法道陵夷。另外，丛林中人对存在谬误的承古"三玄"也不以为非④。因此，他批判承古将"三玄三要"混同于玄沙三句、分"三玄"而遗落"三要"、否定"三玄"为临济门风，都可以从坚持临济纲宗的意义上得到理解。

　　惠洪相信，须用沉埋已久的"三玄三要"重振临济宗⑤；就"三玄三要"而言，又只有善昭《三玄颂》通达义玄之旨⑥。而惠洪本人，就曾读汾阳语录至《三玄颂》而又有证悟⑦。除此之外，他还揭示过《三玄颂》之旨趣⑧。其中，惠洪对"一句明明该万象"的阐释与玄沙三句中的第一句非常近似，而惠洪《禅林僧宝传》卷四《福州玄沙备禅师》和《临济宗旨》都记载了玄沙三句；《石门文字禅》卷二五有《题玄沙语录》，其中直接提到第一句⑨。从这些证据来看，惠洪曾读到玄沙语录，对玄沙三句非

　　① 惠洪：《寂音尊者智证传》卷三，《大藏经补编》第 20 册，第 790 页。
　　② 惠洪：《石门文字禅》卷二三《洪州大宁宽和尚语录序》，四部丛刊初编影明径山寺本，第 249 页。
　　③ 惠洪：《寂音尊者智证传》卷八，《大藏经补编》第 20 册，第 816 页。
　　④ 惠洪：《临济宗旨》，《卍续藏经》第 111 册，第 172 页。
　　⑤ 惠洪：《石门文字禅》卷一三《送英长老住石溪》，四部丛刊初编影明径山寺本，第 126 页。
　　⑥ 惠洪：《林间录》卷下，《卍续藏经》第 148 册，第 621 页。
　　⑦ 晓莹：《罗湖野录》卷上，《卍续藏经》第 142 册，第 977 页。
　　⑧ 惠洪：《林间录》卷下，《卍续藏经》第 148 册，第 622 页。
　　⑨ 惠洪：《石门文字禅》卷二五《题玄沙语录》，四部丛刊初编影明径山寺本，第 280 页。

常熟悉，并且加以运用。但是，惠洪并未将玄沙三句与"三玄三要"混同起来。惠洪对"重阳九日菊花新"一句"谓之有语中无语"的诠释，倒是与洞山守初对"活句"的定义相吻合。"活句"之说颇为惠洪及其师克文推崇①，当承古批评颢鉴时，惠洪就曾以"活句"之说来为后者辩护，认为落入语言窠臼的就是死句，而颢鉴的回答不合理路，是根据来僧的根机接引回答的活句②。

惠洪对自己的阐释非常自负，从中可以看出他肯定语言作为教法的功用，以及对其他禅师禅风、术语的运用和糅合，鲜明地体现出其文字禅学的特色，这与承古"三玄"对语言文字和各派宗风的批判态度非常不同。惠洪曾以涂有毒料的鼓声比喻义玄"三玄三要"教化学人的功能③，表明他对语言文字的肯定。与此同时，尽管提到"三玄"，惠洪却没像承古那样用体中玄、句中玄、玄中玄等名目来为善昭的《三玄颂》逐句作注。这种一面用语言文字加以揭示、一面坚持临济纲宗的观念在以下论述中表现得更清楚："古塔主喜论明此道，然论三玄则可以言传，至论三要则未容无说。岂不曰：一玄中具三要，有玄有要。自非亲证此道，莫能辩也。"④既然"可以言传"，可见惠洪不反对论述"三玄三要"，只不过承古"三玄"之说遗落"三要"，不合义玄、善昭所立临济纲宗，因此加以反对，主张亲证。

其次，惠洪不仅坚持临济纲宗，而且主张明辨各家宗旨和不同禅师的禅风，并试图通过"三玄"来加以融合。《题古塔主论三玄三要法门》就引宝积、道膺（曹洞宗僧）等人之语来形容"三玄三要"。他在《题清凉注参同契》中也指出，良价（曹洞宗祖师）得希迁《参同契》之意，故有五位偏正之说，这与临济的句中玄、云门的随波逐浪并无区别，可见他认为石头系与曹洞宗、云门宗、临济宗都有相互会通的一面；他特别拈出的"临济之句中玄"也正是《禅林僧宝传》卷一二《荐福古禅师》所载承古的批判对象之一。此外，《林间录》亦记载了义玄的"三玄法门"和善昭所作的诗偈，并指出不仅临济宗喜论三玄，石头希迁所作《参同契》也具

---

① 惠洪：《林间录》卷上，《卍续藏经》第 148 册，第 597—598 页。
② 惠洪：《禅林僧宝传》卷一二《荐福古禅师》"赞"，《卍续藏经》第 137 册，第 493 页。
③ 惠洪：《寂音尊者智证传》卷一，《大藏经补编》第 20 册，第 779 页。
④ 惠洪：《林间录》卷下，《卍续藏经》第 148 册，第 622 页。

备此旨而略有字面的差别，又列体中玄、句中玄、意中玄来分别加以诠释，遗憾文益（法眼宗祖师）在为《参同契》作注时，无此区分而一味作体中玄理解，失希迁之本意。可见，惠洪不是认为三玄之旨独属于临济宗，而是声称禅宗五家分派之前和分派之后的其他宗派同样具备三玄（或其中一玄），不过称谓不同而已。而他之所以批评"不分三法"，是因为害怕"学者雷同其旨"，也就是说分三玄是为了明辨禅门宗旨[①]；其所谓的"三玄"则采用了承古的说法，而其《临济宗旨》又称承古"三玄"是体中玄、句中玄、意中玄[②]，可见意中玄即玄中玄。

因此，因否定"三玄三要"为临济纲宗而遭到惠洪批判的承古，在惠洪融合各家宗风时又得以回归。承古的影响在《记西湖夜语》中体现得更为明显。惠洪指出，"夫正传至六世而大振，天下谓之宗门。宗门所趣，谓之玄旨。学此道者，谓之玄学"。此论受到契嵩《坛经赞》的影响。契嵩认为，从释迦牟尼、摩诃迦叶到慧能，"教外别传"的心法一脉相传，为大乘佛教正宗，又谓之玄学、宗门[③]。惠洪以此为据，进一步将宗门、玄旨、玄学由来与希迁《参同契》联系起来，赋予后者以语言完整体现作为"正传"的禅宗宗旨的崇高地位。至于《参同契》的宗旨，则具备体中玄、意中玄、句中玄这三玄。而在他看来，法眼文益谈论的不过是体中玄，承古也有类似看法[④]。可见，承古"三玄"与惠洪的观念也有契合之处，并被惠洪用来衡量以《参同契》为代表的宗门玄旨。但正是在这里，二者的区别也体现得更明显：不像承古那样引教乘为证，惠洪强调宗门、玄旨、玄学的"正传"地位，并以"三玄"来融会各家宗旨，表明这不是教乘既有，而是彼此相通的宗门旨趣。正如他在《智证传》中指出的那样，义玄"三玄"等纲宗旨要"皆非一代时教之所管摄"[⑤]，即是说乃"教外别传"的宗门所立。由此可以理解，惠洪何以批判说，承古自宗不通，却又引其批判的教乘知见来解释"三玄"。

---

① 惠洪：《林间录》卷下，《卍续藏经》第 148 册，第 621－622 页。

② 惠洪：《临济宗旨》，《卍续藏经》第 111 册，第 172 页。

③ 契嵩撰，钟东、江晖点校：《镡津文集》卷三《辅教编下·坛经赞》，上海：上海古籍出版社，2016 年，第 60－62 页。

④ 惠洪：《石门文字禅》卷二四《记西湖夜语》，四部丛刊初编影明径山寺本，第 268－269 页。

⑤ 惠洪：《寂音尊者智证传》卷一，《大藏经补编》第 20 册，第 779 页。

三、祖琇：以新春秋学评判禅学论争

从《僧宝正续传》卷七所附《代古塔主与洪觉范书》①来看，祖琇和惠洪在诸多禅学问题的看法上都有所不同，其中就包括对承古"三玄"的评价。

按照祖琇的看法，首先，承古所立"三玄"是针对学人根机说法的方便法门和甄别机缘，以启发大道，具有纠正当时丛林以宗派自封之弊和直指妙悟的用意。其次，义玄所立"三玄"法门是佛祖正见，归合佛道，并非私有一法秘密传授，与惠洪用"三玄"融会宗门旨趣实际上一样，不过是称谓不同而已。再次，承古之所以分"三玄"而不分"三要"，是因为"玄既分，则要在其中矣"。为说明承古分"三玄"有其道理，祖琇又引用善昭"三玄三要事难分"之语辩护说：假若不分，则不应说是难分；既然说难分，则是可分，不过认为难以区分。最后，针对惠洪关于承古以教乘为知见，自宗不通，则又引知见以为证的批评，祖琇驳斥说，具眼宗师没有分别见，引知见为证，正是宗门临机说法，为学人解粘去缚的方法。

祖琇没有回应惠洪对承古"误认玄沙三句为三玄"的批评，也未顾及惠洪批判承古背后所透露的思想史信息。另外，由于《代古塔主与洪觉范书》采用的是代言体，直接以"某""愚"的口吻展开论述，因此我们可理解为，祖琇声称自己表述的就是承古的本意。但实际上，除了说承古"三玄"是佛祖正见、是"善巧方便，简别机缘，以启大道之深致"，其他方面都不能从有关承古的史料中得到佐证，稳妥的做法是最好将之视为祖琇本人对承古禅学的理解和辩护。有鉴于此，我们亦有必要检视其他与祖琇相关的文献，以便探讨其观点。

首先，祖琇为承古"三玄"辩护，与他对禅宗史、禅学史和禅教关系的认知有关。在《隆兴佛教编年通论》中，祖琇记叙了义玄的生平和禅法，指出义玄发明正法眼藏，其禅法与佛祖一脉相承②，这无异于宣称临济宗是释门正宗，其禅法与佛祖一脉相承。至于整个禅宗，祖琇认为禅宗

---

① 祖琇：《僧宝正续传》卷七附《代古塔主与洪觉范书》，《卍续藏经》第 137 册，第 620－625 页。

② 祖琇：《隆兴佛教编年通论》卷二七，《卍续藏经》第 130 册，第 690 页。

以妙悟为根基则有法眼，可超越佛陀的正知正见，运用各种机锋手段，当然这只能是大根上智才能领悟。对于下机就会多方开示，包括借助教乘来接引学人。学者如通过文义来加以研磨，时间长了也可以言说佛知见地。当然，如果"假借宗师过量语句以为准衡"，这只是相似境界罢了，不能彻悟，那么任何语言文字都是死句。因此，祖琇坚持教外别传的禅宗相比于义学的优越性。而这也再次体现出祖琇对语言文字的看法：不是看语言文字本身的好坏或是否具有传达功能，而是注重禅者的证悟，这不同于北宋中后期以惠洪等为代表的文字禅学，而接近南宋以降以宗杲等为代表的注重证悟的禅风。祖琇又主张，彻悟者能够禅教相资，而末法时代的情形却是，一些人无视宗乘教典、戒律轨仪，却将禅门中的腐熟语句随便拿来传授，为道为禅，辗转欺骗，其弊甚多①。这意味着，祖琇一方面在最高的证悟层面坚持教外别传、彻悟心源的禅门宗旨，另一方面也不否认借助教乘接化下机的作用，对落入义路或舍弃教乘而专谈禅悦等"末世"流弊都持批评态度，主张禅教相资。由此可知，祖琇为何替引教乘为证和意在纠正以宗派自封之弊的承古"三玄"辩护。

其次，北宋以来批判丛林弊端的并不鲜见，但祖琇的特点在于，其批判背后有唐宋以来春秋学的影子并体现出融合儒释的倾向。祖琇既精通佛教，又熟读儒家典籍，其撰述被有识之士评价为"有补宗乘"，得到像赵汝愚、李泰这样的士大夫的器重、赏识②。祖琇《代古塔主与洪觉范书》指出，在禅宗兴盛的年代，人们实践道德，不会去立言，所谓僧传是道德下衰的产物。而惠洪不仅撰写僧传，而且作赞词，立褒贬，做的是作者的事情，是承袭《春秋》的做法，然而，惠洪并不懂得"《春秋》之旨"——在祖琇看来就是所谓"正一王之法，以权辅用，以诚断礼，以忠道原情，从宜救乱，因时黜陟"。祖琇指出，承古所谓"两种自己"就是以权辅用，讥刺巴陵鉴资珍语句就是以诚断礼，"启大道深致而矫弊"的"三玄"就是从宜救乱，因时黜陟，正是一心弘道、以敦出家大节的证明。因此，承古的做法符合《春秋》之旨，而惠洪的批评未从忠道出发去推究

---

① 祖琇：《隆兴佛教编年通论》卷二八，《卍续藏经》第 130 册，第 707－708 页。
② 魏元旷辑：《南昌文征》卷一三《重修澄心寺佛殿碑记》，台北：成文出版社，1970 年，第 455 页。

承古的本心。所谓"《春秋》之旨"，实际上借用了唐代新春秋学派的观点：啖助、陆淳等人强调《春秋》救治时弊、经世致用的价值，后来永贞革新集团所奉行的"大中之说"包含了这些内容，意在纠正政治上的弊端而恢复到中道上来①。而在为承古辩护的过程中，祖琇不仅像啖助、陆淳一样注重"权""宜""时"，亦特别强调承古是有感于学者一门心思自成党宗的弊端，"直指妙悟为极则"。凭借这样一种诠释，祖琇将春秋学话语融入宗门话语，既驳斥了惠洪，又为承古"三玄"等禅学观点进行了颇具儒学色彩的辩护，体现出重建禅林秩序的诉求。

柳宗元是啖助、陆淳"新春秋学"的信徒和永贞革新集团的重要成员，也是"统合儒释"之说的倡导者。祖琇在其撰述中曾分别引用《中庸》《法华经》和六祖慧能的法语来相互比附，认为儒佛关于性、教的说法一致；又尽录柳宗元所撰曹溪、南岳诸碑，赞扬后者通达性命教理，看到了儒、佛二家旨趣的相通之处②。可见，祖琇认为柳宗元主张儒释一致，并且颇为认同此说。另外值得注意的是，"及物之道""及物""及于物"在柳宗元笔下屡次出现，尤其是其《送徐从事北游序》，明确主张"以《诗》《礼》《春秋》之道施于事，及于物，思不负孔子之笔舌。能如是，然后可以为儒，儒可以说读为哉？"③可见这种注重现实功用的观点与新春秋学是一脉相承的。而在祖琇看来，新春秋学与柳宗元信奉的佛道密不可分，并行不悖，所谓"深明佛法而务行及物之道"。祖琇还称柳宗元赠诸僧之序"深救时弊"，也可以说是赞扬信奉佛教而又洞悉时弊的柳宗元将新春秋学观点运用到佛教中。从祖琇对柳宗元的评价中，我们也可以窥见祖琇认同新春秋学，以及用它来为承古辩护的缘由。

北宋以来，智圆、契嵩等僧侣都有调和儒佛之说。特别是契嵩，在入世方面肯定了儒家学说，又坚持佛教立场，并用儒释一贯之说来加以调和：在《中庸解》中以"中庸"来沟通佛教的"中道"④。在《万言书上

---

① 斋木哲郎：《永贞革新与啖助、陆淳等春秋学派的关系——以大中之说为中心》，曹峰译，《西北大学学报（哲学社会科学版）》，2008年第1期。

② 祖琇：《隆兴佛教编年通论》卷二一，《卍续藏经》第130册，第636页。

③ 柳宗元：《柳河东集》卷二五《送徐从事北游序》，上海：上海人民出版社，1974年，第418页。

④ 余英时：《朱熹的历史世界：宋代士大夫政治文化的研究》，北京：生活·读书·新知三联书店，2011年，第78—82页。

仁宗皇帝》中，契嵩又针对儒者排斥佛教、尊崇王道、推崇三代政治之说，指出王道即皇极、中道，而佛教亦主张适中与正，不偏不邪，儒、释二家之"大中之道""中道"实有相同之处①。祖琇《代古塔主与洪觉范书》批判惠洪《禅林僧宝传》既违背佛教圣人的说法，又不同于世俗典籍，以佛道和佛教外的春秋学撰述作为评判标准；又指出："切幸惩艾前失，深探道源，履以中正，然后从容致思，揖让钩深，著为法度之典，贻之后世。规得失，定正邪，而断以列圣大中之道，使万古莫敢拟议。""道源"即佛道，"中正"是唐宋以来春秋学的惯用语，而"断以列圣大中之道"正取自契嵩《非韩》。可见，祖琇不仅坚持佛教立场，而且接受了唐宋以来的"新春秋学"，又运用契嵩的春秋学观点，主张以适中与正、不偏不邪的"列圣大中之道"规正得失，判定正邪，同样具有融合儒释的色彩。

第三节　书籍流通与目录学观念：书籍史
视域中的宋代禅僧传

宣和四年（1122），惠洪撰成《禅林僧宝传》一书②，该书三十卷，为唐末到北宋后期八十一位禅师的传记。受其影响，庆老《补禅林僧宝传》、祖琇《僧宝正续传》等禅僧传相继出现。《补禅林僧宝传》一卷，包括法演、悟新、怀志三位临济宗禅师（生活在北宋中后期）的传记。《僧宝正续传》七卷，前六卷乃北宋仁宗明道元年（1032）至南宋孝宗隆兴元年（1163）二十八位禅师的传记，卷七《德山木上座传》《临济金刚王传》均为寓言，另有《代古塔主与洪觉范书》一篇。《僧宝正续传》初撰成于绍兴二十九年（1159）之前，全书完成于隆兴元年（1163）之后③。以《禅林僧宝传》为标志，上述宋代禅僧传开创了一种新的僧传编纂体例，与之前出现的十科分类的僧传不尽相同。

---

① 杨曾文：《宋元禅宗史》，北京：中国社会科学出版社，2006年，第186页。
② 周裕锴：《宋僧惠洪行履著述编年总案》，北京：高等教育出版社，2010年，第299页。
③ 祖琇初撰成该书后，曾寄给正贤，而今存《僧宝正续传》所载包括正贤、道震、宗杲的传记，三人分别圆寂于绍兴二十九年（1159）、绍兴三十一年（1161）、隆兴元年（1163）。

本节将探讨历代书目关于上述宋代禅僧传的著录情况。但在此之前，首先，笔者将论述与宋代禅僧传在禅林内外的流通、著录情况相关的历史。一方面，笔者将注重抄写者、刊刻者、作序者、购书者、藏书者、读者等参与者，以及它们在历代佛教典籍和非佛教典籍中留下的痕迹；另一方面，鉴于著录这些禅僧传的古代目录学著作几乎都是士人编纂，而其中的私人书目又往往是根据其私家藏书，因此笔者将注意他们的学术嗜好以及与禅宗、禅师之间的关联，考察这些因素对他们收藏某些书籍是否会产生影响，或是否体现在书目编纂之中。其次，目录著录并非简单等于宗教认同①。古代书目有其自身的学术脉络，研究它们如何为宋代出现的禅僧传归类、定位，不仅可发现编纂者的目录学观念②，而且可发现那些并不认同佛教的目录学家处理禅僧传的方式。最后，笔者将按照时代变迁来加以论述，这一方面是便于叙述，另一方面也是为了能够清晰地发现宋代禅僧传在不同时代留下的痕迹，以便考察它们在禅林内外的记录与禅林外的书目著录情况是否相互对应，这有利于纠正单纯根据书目著录情况判定书籍流传情况的谬误。

一、宋元时期

在惠洪笔下，或称其所撰禅僧传为《禅林僧宝传》，或称其为《僧宝传》。前一种情况如《与法护禅者》，后一种情况如《题英大师僧宝传》。书成之后，惠洪先后为佛鉴、谊叟、珣上人、宗上人、圆上人、淳上人、其上人、范上人、端上人、隆道人、休上人、英大师等僧人所藏《禅林僧宝传》撰写题跋。题跋中常常出现"录""手抄""手写""手录"等措辞，可见这些僧人所藏仍为抄本，尽管北宋时雕版印刷术早已发明出来。根据惠洪的自述可知，该书初步撰成于谷山，谊叟乃命传道者抄录，并根据各个本子参酌商定，只为了做成善本，而惠洪称赞传道者所录《禅林僧宝

---

① 关于目录著录和文化差异的关系，参戴联斌：《从书籍史到阅读史：阅读史研究理论与方法》，北京：新星出版社，2017 年，第 90 页。

② 关于中国古代书目对佛教典籍整体上的著录，参曹刚华：《试论中国古代官私书目中的佛教典籍》，《图书馆杂志》，2002 年第 6 期。

传》装写的精妙、窜校的完整是用心专一和信奉佛教的结果①，因此该本子质量应是相当高的。

《禅林僧宝传》很快在丛林中流传开来。佛鉴（视惠洪为叔父，两人有二十年之久的交谊）看到《禅林僧宝传》后，认为这是先德的嘉言懿行，愿首先传布以为毕生玩赏之物。惠洪欣然授予他，并希望有妙于笔札者传布之。凭川道者敏传抄录完毕之后，佛鉴携此书来，以为"先觉之前言往行不闻于后世，学者之罪也；闻之而不能以广传，同志之罪也"，可推见其后佛鉴必曾广传该书。而佛鉴出生在庐山，游历诸方饱参禅道，很有知见②，其后或曾携书返回庐山。又如宗上人过谷山，看到此书，赞叹该书内容博大，丛林先德的前言往行都在其中，愿亲手抄录给江南同行③。另如圆上人亦曾经行诸方，骨董囊中即有《禅林僧宝传》。临川志端上人坐夏于谷山，手写《禅林僧宝传》一书，辞谢同学经行他山之邀。值得注意的还有九嶷道人道隆，他曾携带该书到处游历，又喜好同有识博闻者交往，思想相投则无论僧人还是世人都去结交，惠洪为撰题跋，以告知那些不认识道隆的人④。上述禅僧包括惠洪的师友、门人、法侄，他们具有各种各样的宗教联系和社会联系，他们携带的书籍也很可能会流传到诸方。可以说，禅僧和他们的骨董囊等物件都成为流通《禅林僧宝传》一书的重要媒介，而他们之所以愿意流传该书，是出于对该书作为禅僧传的认识和对书中高僧大德的虔敬。当然，在这一过程中惠洪这样一位名僧的文字也会起到推介作用。

不知从何时开始，庐山即藏有《禅林僧宝传》一书。没有确凿证据表明究竟是谁将该书藏在庐山，尽管上文提到的佛鉴或许便是这样一个人物，而惠洪本人也曾在建炎初到过庐山⑤。庐山旧藏本后遭遇火灾而失，钱塘凤篁山僧广遇以旧本校雠锓梓，十余年而书始成，此即杭州刻本。魏

---

① 惠洪：《石门文字禅》卷二六《题谊叟僧宝传后》，四部丛刊初编影明径山寺本。第287页。

② 惠洪：《石门文字禅》卷二六《题佛鉴僧宝传》，四部丛刊初编影明径山寺本，第287页。

③ 惠洪：《石门文字禅》卷二六《题宗上人僧宝传》，四部丛刊初编影明径山寺本，第288页。

④ 惠洪：《石门文字禅》卷二六《题隆道人僧宝传》，四部丛刊初编影明径山寺本，第290页。

⑤ 祖琇：《僧宝正续传》卷二《明白洪禅师》，《卍续藏经》第137册，第582页。

亭赵元藻见广遇，携书而归，请张宏敬作序①。因此，像广遇、赵元藻、张宏敬这样的刊刻者、读者、作序者都成了流通该书的媒介②。张序作于南宋理宗宝庆三年（1227）二月，则在此之前该书已加以重刻。不过，张序已经提到该书流传多年，读过该书的都很喜爱，而惠彬于《丛林公论》中更是说《禅林僧宝传》一书丛林中人人均有③。《丛林公论》成书于淳熙十六年（1189），既然在此之前《禅林僧宝传》已流行于世，那么后来庐山火灾对《禅林僧宝传》的流传当无决定性影响，世间流传的也未必都是广遇刊刻的本子。

从南宋初到南宋末，该书在丛林中流传并得到回应。除了《丛林公论》，宗杲《大慧广录》、祖琇《僧宝正续传》《隆兴佛教编年通论》、晓莹《罗湖野录》《云卧纪谈》、智昭《人天眼目》（这些著述都撰成于1189年之前）、正受《嘉泰普灯录》《楞严经合论》、昙秀《人天宝鉴》、志磐《佛祖统纪》、普济《五灯会元》、宝昙《大光明藏》、智愚《虚堂和尚语录》、圆悟《枯崖和尚漫录》等诸多佛教典籍亦提到该书，或征引故实，或批评、纠正其事实谬误，或补充历史事实，或评议该书之体裁、内容和书中的禅学观点。其中值得注意的是智愚禅师。智愚号虚堂，嗣普岩，属临济宗杨岐派。智愚早年行脚时，在荆门玉泉寺就曾读过《禅林僧宝传》④。智愚后来说"净老宿以令师昔所刊《僧瑶传》板，舍归灵隐旃檀林，使佛祖慧命流通"，"净老宿"指守净，"《僧瑶传》"当即《禅林僧宝传》。灵隐寺住持广闻称遇时甫将惠洪所撰《僧瑶》雕版刊行，又称该书曾为他人所得，遇时甫的弟子守净后又访得该本，广闻"因出此纸，乃为之书"⑤。广闻，候官林氏子，嗣如琰，属临济宗杨岐派。据林希逸《径山偃溪佛智

---

① 惠洪：《禅林僧宝传》卷首《重刻禅林僧宝传序》，《卍续藏经》第137册，第440页。
② 关于书籍流通媒介的论述，参罗伯特·达恩顿撰，萧知纬译：《拉莫莱特之吻：有关文化史的思考》，上海：华东师范大学出版社，2011年，第113页。
③ 惠彬：《丛林公论》，《卍续藏经》第113册，第904页。
④ 智愚：《虚堂和尚语录》卷四《双林夏前告香普说》，《大正新修大藏经》第47册，第1014页。
⑤ 庆老：《补禅林僧宝传》卷末，《卍续藏经》第137册，第568页。从智愚所述来看，"遇时甫"为禅师无疑。据禅僧称谓惯例，"遇"当为其法名的第二字，而"时甫"当为其表字。联系《重刻禅林僧宝传序》所述，"遇时甫"可能即广遇。但由于没有其他相关证据，此处暂备一说。关于古人名和字之间的关系，详见周裕锴：《谈名道字——中国古人名字中的语言文化现象考察》，《四川大学学报（哲学社会科学版）》，2008年第1期。

禅师塔铭》，广闻于宝祐甲寅（1254）移灵隐，丙辰（1256）移径山，故守净以遇时甫所刊《禅林僧宝传》板归灵隐流通一事当在此三年内①。

两宋时期，《禅林僧宝传》不仅在禅林内部，而且在世俗社会中流通。作为宋代文字禅的代表人物，惠洪撰述甚多，在当时有很大的影响力。他不但与禅宗各家道友相往来，而且好与士大夫交游②。据惠洪《僧宝传序》，他曾缮写该书献给曾孝序；书成之后，侯延庆于宣和六年（1124）为之作序，据序言可知，侯延庆亦是最早阅读该书的士大夫之一③。惠洪在《禅林僧宝传》中为道楷禅师立传，这也为靖康二年（1127）四月立石的《随州大洪山崇宁保寿禅院十方第二代楷禅师塔铭》所提及。另外，惠洪尊崇苏、黄文章，曾为黄庭坚见赏。惠洪在《禅林僧宝传》中采用了苏轼、黄庭坚等人为禅师撰写的碑记、塔铭，而书中不少禅师也与王安石、苏轼、黄庭坚等士大夫交往颇多。与此相应，南宋士大夫（尤其是服膺苏、黄和江西诗派的士大夫）的各种撰述也往往会与《禅林僧宝传》产生联系。如王十朋《东坡诗集注》、任渊《山谷内集诗注》、史容《山谷外集诗注》、任渊《后山诗注》、李壁《王荆公诗注》等都曾征引该书；谢维新《事类备要》、叶廷珪《海录碎事》、胡仔《苕溪渔隐丛话》、陈善《扪虱新话》、阮阅《诗话总龟》等或征引、批评该书，或议论和转引他人对该书的评议。这表明《禅林僧宝传》成书后一方面被视为一部可资考证典故、故实之书，另一方面也成为禅学批评和禅史批评的对象。

尽管不像惠洪的《禅林僧宝传》那样风行一时，庆老的《补禅林僧宝传》和祖琇的《僧宝正续传》也在丛林中得到回应。宗杲的弟子晓莹就批评说，舟峰《续僧宝传》所载悟新传与悟新行状不同，感叹行状不为丛林所知④。此处《续僧宝传》即庆老《补禅林僧宝传》，该书有悟新的传记。

---

① 《禅林僧宝传》及所附《补禅林僧宝传》《临济宗旨》此后传入日本，据觉圆书，"义心禅者募缘，将唐本《僧宝传》抄写，重新锓梓，巨广其传"，可见该书在日本重新刊刻并广为传布。见惠洪：《禅林僧宝传》卷末，内阁文库藏室町时代写本。该本卷首有张宏敬"书"、侯延庆《禅林僧宝传引》，无戴良《重刊禅林僧宝传序》。日本今存宫内厅书陵部藏镰仓时代刊本、内阁文库藏室町时代写本、公文书馆藏室町时代刊本等多个本子，早于中国本土所存刊本。相关信息见"日本所藏中文古籍数据库"，网址：http://kanji.zinbun.kyoto-u.ac.jp/kanseki。

② 参周裕锴：《惠洪文字禅的理论与实践及其对后世的影响》，《北京大学学报（哲学社会科学版）》，2008 年第 4 期。

③ 惠洪：《禅林僧宝传》卷首《禅林僧宝传引》，《卍续藏经》第 137 册，第 440 页。

④ 晓莹：《云卧纪谈》卷下附《云卧庵主书》，《卍续藏经》第 148 册，第 49、50 页。

此外，惠彬《丛林公论》曾对《补禅林僧宝传》"赞"提出批评，绍昙《五家正宗赞》亦曾征引该书。而祖琇《僧宝正续传》一书分别在晓莹《云卧纪谈》、正受《嘉泰普灯录》、昙秀《人天宝鉴》、道融《丛林盛事》等书中得到评议或引述。此外，《禅苑蒙求拾遗》也曾征引《补禅林僧宝传》和《僧宝正续传》。南宋时各种佛教典籍迭出，上述两部禅僧传也在其中留下了印迹。

在士大夫广泛参禅以及禅僧传（尤其是《禅林僧宝传》）流传于世的历史语境中，我们还能看到南宋私家书目的著录。首先是晁公武的《郡斋读书志》。晁公武五世祖晁迥撰有《法藏碎金录》，杂录儒释道三教之言，堂伯父晁补之乃"苏门四学士"之一，父亲晁冲之则是江西派诗人之一，晁公武本人"以佛为其家学"，有深厚的内外学修养①。

晁公武在《郡斋读书志》史部传记类中著录了《僧宝传》三十二卷，题为皇朝僧德洪撰，解题中又提到该书序言，提及该书来历、记叙内容、传主人数、宗派、体例等信息②。《僧宝传》即《禅林僧宝传》，所据序言即侯延庆《禅林僧宝传引》，《郡斋读书志》引其大概，但个别文字有误：传主"八十七人"，《禅林僧宝传引》作"八十一人"，与《禅林僧宝传》传主人数八十一人相符，亦与惠洪《题其上人僧宝传》《题范上人僧宝传》《题端上人僧宝传》等所言传主人数相符。另据《郡斋读书志》传记类小序，可知晁公武依《艺文志》而立传记类；立传记类的原因在于附属于杂史或小说都不妥当；而传记，他按照的是以一人为传主，并且记载一事的体裁标准，并不是按照撰者、传主的身份、传记内容、传记真实性等标准③。这样，晁公武将传记与杂史、小说区分开来，却将《黄帝内传》《汉武故事》《穆天子传》《列女传》《高僧传》《开元天宝遗事》《嘉祐名臣传》等与《禅林僧宝传》归入一类。

另外，《郡斋读书志》还立有释书类，放在神仙类之后，附于子部之

① 陈垣：《中国佛教史籍概论》卷五，上海：上海书店出版社，2005年，第103页。
② 晁公武撰，孙猛校证：《郡斋读书志校证》卷九《传记类》，上海：上海古籍出版社，2011年，第394页。按，昙颖号达观。孙校标点"嘉祐中达观、昙颖尝为之传"，似以达观昙颖为二人，误。参惠洪：《禅林僧宝传》卷二七《金山达观颖禅师》，《卍续藏经》第137册，第548—550页。
③ 晁公武撰，孙猛校证：《郡斋读书志校证》卷九《传记类》，上海：上海古籍出版社，2011年，第359页。

末。其中多载佛教经论、疏解、禅宗灯史、语录之类，著录有惠洪的《林间录》。又在别集类中著录《洪觉范筠溪集》十卷，认为惠洪著书很多，像《林间录》《僧宝传》《冷斋夜话》之类均流行于世，但多夸诞，人们并不相信其记载①。可见，尽管《禅林僧宝传》被归入史部传记类，但时人认为该书往往夸诞不实。其实晁公武的说法也不完全属实——从上文的论述可知，尽管不少宋人批评该书，但还是有不少人征引该书中之故实；也许这一点不乏政治文化认同的考虑，特别是在南宋元祐之学流行的情境下这一点容易得到理解，但要说都是故意引用其不实记载恐怕也言过其实。不过，晁公武也未将之归入"变是非之实"②的小说类，可见他认为《禅林僧宝传》与小说尚有不同。

其后另一位重要的目录学家尤袤与禅宗也渊源颇深。尤袤于绍兴十八年（1148）举进士，后听闻佛教出世法而参庐山归宗禅师，想隐居于此③。祖琇为"隆兴府沙门"，而尤袤曾为江西漕兼知隆兴府④。在宋代，地方官吏拜访当地禅师的情况并不罕见，何况尤袤本就信佛。但是，这一可能性并不能证明二人直接见面。因此，我们还有必要考察其他方面的因素。事实上，尤袤有收藏图书的习惯⑤，其于书无所不观，观书无不记，每公退，则闭户谢客，手抄若干古书；不仅他本人，其子弟、诸女亦抄书⑥。尤袤撰《遂初堂书目》，子部释家类即录有《佛运统纪》《僧宝传》《续僧宝传》。如前所述《佛运统纪》书名乃正贤所改，而《僧宝传》即惠

---

① 晁公武撰，孙猛校证：《郡斋读书志校证》卷一九《别集类下》，上海：上海古籍出版社，2011 年，第 1034 页。

② 晁公武撰，孙猛校证：《郡斋读书志校证》卷一三《小说类》，上海：上海古籍出版社，2011 年，第 543 页。

③ 朱时恩：《居士分灯录》卷下《尤袤》，《卍续藏经》第 147 册，第 921 页。

④ 脱脱等：《宋史》卷三八九《尤袤》，北京：中华书局，1977 年，第 11924 页。

⑤ 陈振孙：《直斋书录解题》卷八《目录类》，上海：上海古籍出版社，1987 年，第 236 页。

⑥ 杨万里撰，辛更儒笺校：《杨万里集笺校》卷七八《益斋藏书目序》，北京：中华书局，2007 年，第 3200—3201 页。

洪《禅林僧宝传》,《续僧宝传》当指祖琇《僧宝正续传》①。尽管南宋时的确有佛教典籍被出售的现象,但似无任何证据表明禅僧传在市面上流通。可以推断,这类禅僧传在世俗社会的流通主要是通过其他方式,特别是人与人之间或直接或间接的联系。除此之外,《遂初堂书目》子部释家类还收录有佛教经论、疏解、编年体佛教史、纪传体佛教史、高僧传记、禅宗灯史、禅师语录等佛教典籍,尤袤将之都归入一类,其在子部中的位次在儒家、杂家、道家类之后,农家、兵书、术数、小说等类之前。

与晁公武、尤袤不同,南宋另一位重要的目录学家陈振孙是二程、朱熹等理学家的信徒,排摈二氏,目为异端,虽然著录,往往只录其名目而已②;释氏类在《直斋书录解题》一书中的位次亦甚靠后,置于小说类、神仙类后,在子部中列第十一位。该书子部释氏类虽著录《僧宝传》三十卷,题为僧惠洪撰③,但并无解题。陈振孙在《嘉泰普灯录》解题中评论说,该书与《景德传灯录》相出入,接续禅语前后一致,也就是先儒所说的"遁辞"④。在宋代以《论语》《孟子》设科取士、并列为经,以及二程等儒者重视二书,常常彼此互训发明义理⑤的背景下,陈振孙在《直斋书录解题》经部中首立语孟类,是《孟子》一书在宋代受到尊崇的反映⑥。

---

① 除上述材料,我们还可用其他宋人的说法证明《续僧宝传》即《僧宝正续传》。如晓莹就批评说:《续僧宝传》以南为首而不了解其生平实情,好比瞎子摸象(晓莹:《云卧纪谈》卷上,《卍续藏经》第148册,第12页)。"南"即指南,事具祖琇《僧宝正续传》卷一《罗汉南禅师》,为该书第一篇传记,与晓莹所说完全相符,故该处《续僧宝传》即《僧宝正续传》。晓莹亦有以《续僧宝传》指称舟峰庆老《补禅林僧宝传》者(晓莹:《云卧纪谈》卷下附《云卧庵主书》,《卍续藏经》第148册,第49页),但仅此一例,并且还明确标明了撰者。此外,南宋禅僧正受《嘉泰普灯录》卷七《筠州清凉寂音慧洪禅师》"郡之新昌人,族彭氏"句下小注曰:"《续僧宝传》误作喻。"(《卍续藏经》第137册,第128页)正受《楞严经合论》卷一〇《统论》叙惠洪生平,亦引《续僧宝传》为证。考祖琇《僧宝正续传》卷二《明白洪禅师》,正作"禅师讳德洪,字觉范,筠州新昌喻氏子"(《卍续藏经》第137册,第581页)。与晓莹一样,正受未明确提到《续僧宝传》撰者,但实际上都是指祖琇《僧宝正续传》。

② 陈振孙:《直斋书录解题》附录二《陈乐素直斋书录解题作者陈振孙》,上海:上海古籍出版社,1987年,第701—702页。

③ 陈振孙:《直斋书录解题》卷一二《释氏类》,上海:上海古籍出版社,1987年,第357页。

④ 陈振孙:《直斋书录解题》卷一二《释氏类》,上海:上海古籍出版社,1987年,第358页。

⑤ 陈振孙:《直斋书录解题》卷三《语孟类》,上海:上海古籍出版社,1987年,第72页。

⑥ 但宋人也不乏批评《孟子》者,参周密撰,张茂鹏点校:《齐东野语》卷一六《性所不喜》,北京:中华书局,1983年,第303页。

而他以孟子所谓遁词来批评禅宗语录不过是理屈词穷的隐遁之辞，无疑表现出其儒家正统立场；禅僧传并无解题，也可再次看出其忽视此类佛教典籍的价值。

南宋的覆亡引发了身为遗民的马端临对宋代学术的反思，其中一点即是将之归咎于士大夫学佛佞佛的风气。马端临辟佛立场十分鲜明，认为释家不顾三纲，绝灭四端，蠹害甚大，存之不过以为世戒①。这类批评是士大夫的常谈，忽视了宋代僧人群中像祖琇那样的佛教史家调和儒释的论调。马端临所撰《文献通考·经籍考·释氏类》著录《僧宝传》三十二卷，但引晁公武之语而已，无所考核，就连后者称该书"合八十七人"之错误，马端临也因袭不改，因此马端临可能并未查核《僧宝传》和惠洪其他撰述的具体相关内容，四库馆臣也批评马端临"但据晁、陈二家之目，参以诸家著录，遗漏宏多"②。他还认为道家优于释家，其《文献通考》虽单列释氏类，但将其置于神仙家之后（这是依循王俭《七志》的做法），在子部二十类中位次十八。

据明初洪武六年（1373）戴良《重刊禅林僧宝传序》，该书"既锓梓以传，积有岁月"③。可见宋元之后该书颇有流传，不局限于丛林。除《文献通考》外，念常《佛祖历代通载》曾提到《禅林僧宝传》及作者惠洪的生平事略，元末觉岸《释氏稽古略》曾著录该书为三十卷，又多次引用该书，甚至像阴时夫《韵府群玉》这样的韵书也都引到该书中的典故，都可进一步佐证戴良的说法——《禅林僧宝传》不仅在宋代，而且在元代也在丛林内外流传。另外，《禅林僧宝传》和《补禅林僧宝传》在元代还有过重刻。至顺元年（1330），绝际庵主因旧版漫灭，曾重新锓板刊刻《禅林僧宝传》，事未成而没。其师弟善立于次年（1331）成此事，附《临济宗旨》一卷，《补僧宝传》一卷④。

至于祖琇《僧宝正续传》，虽然《文献通考》没有著录，但念常《佛祖历代通载》、普度《庐山莲宗宝鉴》、觉岸《释氏稽古略》都曾提到祖琇

① 王瑞明：《马端临评传》，南京：南京大学出版社，2001 年，第 177 页。
② 永瑢等撰：《四库全书总目》卷八一《政书类一》，北京：中华书局，1965 年，第 697 页。
③ 惠洪：《禅林僧宝传》卷首《重刊禅林僧宝传序》，《卍续藏经》第 137 册，第 439 页。
④ 丁丙：《善本书室藏书志》卷二二《释家类》，《续修四库全书》第 927 册，第 421 页。

其人或引述其撰述。元代高僧明本禅师撰有《题琇禅师代古塔主答寂音尊者书》（见陈天定《古今小品》卷七），其所评骘者，即祖琇《僧宝正续传》卷七《代古塔主与洪觉范书》。另外，明皇室还曾藏有《僧宝正续传》之宋元旧本（详后）。可以推知，该书在元代仍在流传。

二、明代

"二十年来，南北兵兴，在在焚毁。是书之存，十不一二。"① 经过元末战乱，《禅林僧宝传》已所存无几。入明之后，明州大慈宝定禅师慨念后生不见佛道整体、古人大要，于是重刊该书，此即明州刻本②。洪武年间，无愠《山庵杂录》曾针对惠彬的批评，为惠洪《禅林僧宝传》辩护；无愠的弟子居顶纂集《续传灯录》，采用的材料亦有出自《禅林僧宝传》者；心泰《佛法金汤编》亦征引该书中云门文偃、明教契嵩、大觉怀琏等禅师与帝王相关之故实。

但直到万历年间，达观真可禅师还在叹息世人多未闻见《禅林僧宝传》，可见该书此时并非流传很广。真可是晚明禅学复兴的引领者，亦堪称惠洪文字禅学的异代知音，他称赞惠洪《禅林僧宝传》诸书记载的五家纲宗是宗门之命脉。他搜得《禅林僧宝传》的古本③，加以刊刻，意在有志于宗门者珍重流通。真可于万历十七年（1589）创刻嘉兴藏，其中也收有该书，是即嘉兴藏本。

在晚明禅学复兴的背景下，惠洪及其文字禅撰述得到了相应的重视。助刻嘉兴藏的瞿汝稷早年曾在竹堂寺听管志道讲学，每取在架之书读之，往往多为宗门家言。万历二十三年（1595），他撰成《指月录》一书，其中多次征引《禅林僧宝传》并加以评议。《缁门崇行录》《抚州曹山本寂禅师语录》《先觉宗乘》《补续高僧传》《五灯严统》《五灯严统解惑篇》《建州弘释录》《佛祖纲目》《居士分灯录》《继灯录》《永觉和尚广录》《天界觉浪盛禅师全录》《雪峤禅师语录》等禅籍，或引用《禅林僧宝传》，或效仿该书之体例，或并其他书籍以备考，或引述、考订故实，或评判其中的

---

① 惠洪：《禅林僧宝传》卷首《重刊禅林僧宝传序》，《卍续藏经》第 137 册，第 439 页。
② 惠洪：《禅林僧宝传》卷首《重刊禅林僧宝传序》，《卍续藏经》第 137 册，第 439 页。
③ 黄宗羲编：《明文海》卷四二一《达观大师传略》，影印《文渊阁四库全书》第 1458 册，第 83 页。

禅学观点。另外，居顶《续传灯录》卷二二著录《禅林僧宝传》三十卷。万历四十四年（1616），大壑《南屏净慈寺志》卷五著录《禅林僧宝传》三十卷，称该书行于世，并介绍惠洪之生平①，这样的记载也可说明该书在当时的流传情况。其后，智旭于崇祯至永历年间编《阅藏知津》，卷四四"应收入藏此土撰述传记类"亦著录《禅林僧宝传》三十卷，并提到侯延庆的引和张宏敬的序②。除了《禅林僧宝传》，《僧宝正续传》与《续传灯录》《大明高僧传》《武林梵志》《五灯严统》等佛教史籍亦可相互参证。

在禅林之外的世俗社会，明皇室与佛教渊源深，颇留心禅宗。明皇室曾将宋、辽、金、元的国家藏书运往南京，又鉴于经、史大致具备而子、集多有欠缺，乃多次派官员购求图书，使得明代国家藏书数量超过之前任何一个时代③。与《禅林僧宝传》直接相关的是永乐十五年（1417）明成祖所编《神僧传》一书④。据书前《御制神僧传序》，明成祖阅读了"神僧"的传记和其他经典的相关记载后，加以辑录而成该书⑤。其中如普闻、智晖、谷泉、志言、宗本的传记都有与《禅林僧宝传》的记载相似者，若非直接取材，也可能与之有间接关系；悟新的传记与《补禅林僧宝传》也可互参，当时皇家藏书中或即有上述著作。而直接证据则是，《永乐大典》卷一三二○三引用了《禅林僧宝传》所载洞山守初对"活句"的定义。

正统六年（1441），大学士杨士奇纂修《文渊阁书目》。《文渊阁书目》按天字至往字，分为二十个字号，其中寒字号为佛书，排在第十七位。寒字号第一橱著录《僧宝正续传》一部一册，《僧宝传》一部二册⑥，《僧宝传》即《禅林僧宝传》。另外，《文渊阁书目》寒字号第一橱再次著录了《禅林僧宝传》一部一册⑦，寒字号第二橱著录了《禅林僧宝传》一部二

---

① 大壑：《南屏净慈寺志》卷五《法胤》，《四库全书存目丛书》史部第 243 册，第 274 页。
② 智旭：《阅藏知津》卷四四，《昭和法宝总目录》第 3 册，第 1252 页。
③ 傅璇琮、谢灼华编：《中国藏书通史》第 1 册，宁波：宁波出版社，2001 年，第 525—531 页。
④ 对该书作者问题的考证，见余嘉锡：《四库提要辨证》卷一九《释家类存目》，北京：中华书局，1980 年，第 1176—1177 页。
⑤ 朱棣：《神僧传》卷首《御制神僧传序》，《大正新修大藏经》第 50 册，第 948 页。
⑥ 杨士奇：《文渊阁书目》卷一七《佛书》，丛书集成初编本，第 218 页。
⑦ 杨士奇：《文渊阁书目》卷一七《佛书》，丛书集成初编本，第 219 页。

册①。像《禅林僧宝传》这样的禅籍居然有三部，文渊阁藏书之富可见一斑。另外，尽管无卷数、撰人姓氏、版本和序跋等情况的记录，但是编前有正统六年（1441）奏章一通，提到各书来源多途，其中特多来自南京的藏书，印本之外又多有抄本②。沈德符推测说其中大半为宋版③，朱彝尊亦称其中合宋、金、元之所储书而汇于一，书籍之多前所未有④，故《文渊阁书目》所著录的《禅林僧宝传》《僧宝正续传》很可能亦为宋元旧本。然而，正统十四年（1449）、正德四年（1509），南京文渊阁、北京文渊阁分别失火，很多宋元旧本付之一炬。此外，凡虫鼠蠹害、监守自盗、借阅不归者亦比比皆是。到 17 世纪初，焦竑的友人、佛教居士王肯堂曾按书目索书，发现藏书十无一二，存余者又多非完本⑤。同样在 17 世纪初，张萱、孙能传编纂《内阁藏书目录》时也发现内阁藏书十无二三，而唐宋遗编都无踪影⑥。《内阁藏书目录》没有再著录《禅林僧宝传》《僧宝正续传》，大概此时内阁藏书中已无从得见。

有《文渊阁书目》为先导，晁瑮《晁氏宝文堂书目》同样摒弃了"四部分类法"。该书佛藏类录有《禅林僧宝传》，并注明版本"元刻配合"⑦，但并无卷数、撰人姓氏。佛藏在《晁氏宝文堂书目》总共三十三目中位居倒数第三，只排在道藏、法帖之前。更为特殊的是赵用贤的《赵定宇书目》，该书既不按四部分类，也无一定规律，颇显凌乱。其"内府板书"著录"《僧宝传》六本"⑧，与"宋板大字""元板书"并列，当是明内府刊本。赵开美继承了其父赵用贤的藏书，《脉望馆书目》成字号也著录了《僧宝传》六本。这一情况表明，内府板书已流传到内府之外，因此内府本身藏书是否受灾并不影响《禅林僧宝传》在世间的流传和收藏。此外，

---

① 杨士奇：《文渊阁书目》卷一七《佛书》，丛书集成初编本，第 220 页。

② 永瑢等撰：《四库全书总目》卷八五《目录类一》，北京：中华书局，1965 年，第 731 页。

③ 沈德符：《万历野获编》卷一《先朝藏书》，北京：中华书局，1959 年，第 28 页。

④ 朱彝尊：《曝书亭集》卷四四《文渊阁书目跋》，影印《文渊阁四库全书》第 1318 册，第 159 页。

⑤ 周绍明：《书籍的社会史：中华帝国晚期的书籍与士人文化》，何朝晖译，北京：北京大学出版社，2009 年，第 118 页。

⑥ 万斯同：《明史》卷一三三《艺文志》叙，《续修四库全书》第 326 册，第 246 页。

⑦ 晁瑮：《晁氏宝文堂书目》卷下《佛藏》，《续修四库全书》第 919 册，第 95 页。

⑧ 赵用贤：《赵定宇书目·内府板书》，上海：上海古籍出版社，2005 年，第 76 页。

王圻万历十四年（1586）编成《续文献通考》，该书《仙释考》释家法嗣宝峰文禅师法嗣下有惠洪，著录《甘露集》《林间录》《冷斋夜话》《禅林僧宝传》等书，并介绍了惠洪生平事略，但未说明《禅林僧宝传》的版本。

在明代目录学家中，焦竑藏书宏多，又曾利用国家藏书从事《国史经籍志》的编纂工作。焦竑提倡三教合一，颇嗜佛教。就《禅林僧宝传》而言，焦竑在《焦氏类林》卷八《释部》中曾两次征引该书所记载的故实。《焦氏类林》刊刻于万历十五年（1587），而纂修于万历二十二年（1594）的《国史经籍志》子类释家亦著录"《僧宝传》三十卷，惠洪"①。四库馆臣称《国史经籍志》"丛抄旧目，无所考核。不论存亡，率尔滥载"②，这一说法或许有事实依据，但至少《禅林僧宝传》曾为焦竑所见。值得注意的是，焦竑在子类释家下进行了再分类（这一点继承了郑樵《通志》），包括经、律、论、义疏、语录、偈、杂著、传记、塔寺诸多子目，其中《禅林僧宝传》与《高僧传》《景德传灯录》《大慧普觉禅师年谱》等归入传记类。在此焦竑并未对传记下定义，不过他在史类传记小序中对杂史和传记做了区分，认为传记为正史所不及记载，传记记人记事属于野史，是史传中列传之属，而高僧、列仙等传记也在其中③。以此而论，《禅林僧宝传》似应收入史类传记，但实际上收入了子类释家传记类，未能完全证明其说。

焦竑企图引佛入儒，通过比附儒佛两家之说，将被诟病为寂灭虚无、无法治理世俗社会的佛家之说归为儒家妙理；又认为当时的儒佛之辨类似于"田氏据国，并其神圣之法而盗之。徒知田氏之有齐，不知神圣之法本齐之故物也"，认为儒家本就具备佛家学说，谈不上盗取其说，与其拒斥佛教，不如兼而存之，取其所长，弃其所短，可显示大一统的盛况。他这样做的根据还在于，汉初佛教尚未盛行，九流不载，而到明代佛教典籍已遍布天下，因此他删次以列于篇④。焦竑还将子部分为十六类，其中释家

---

① 焦竑：《国史经籍志》卷四《释家》，丛书集成初编本，第 174 页。
② 永瑢等撰：《四库全书总目》卷八七《目录类存目》，北京：中华书局，1965 年，第 744 页。
③ 焦竑：《国史经籍志》卷三《传记》序，丛书集成初编本，第 100 页。
④ 焦竑：《国史经籍志》卷四《释家》序，丛书集成初编本，第 175—176 页。

位居儒家、道家后的第三位，这一排序不仅继承了郑樵《通志》，而且体现出当时佛教典籍的流传情况和他本人的学术观点。

晚明另一位目录学家祁承爜藏书甲于浙东，尤喜藏史部书和前代曾经著录的著作。他在《澹生堂藏书目》中曾著录"《禅林僧宝传》三十卷，三册，释惠洪"①。与焦竑《国史经籍志》一样，祁承爜该书目释家类在子部中列儒家、道家之后，位居第三；祁承爜亦对释家类进行了再分类，《禅林僧宝传》归入了记传类。尽管没有注明版本，但按照祁承爜好抄本而又不重宋元本的藏书习惯，《禅林僧宝传》也许不会例外。同时代的另一位目录学家徐㶿通过父兄所储、朋旧赠送、自己购买、抄录等方式得书五万三千余卷，又仿效郑樵《通志·艺文略》、马端临《文献通考·经籍考》之例，分经、史、子、集四部，部又分众类，著为《徐氏红雨楼书目》四卷②。该书目在各部设置上颇有增减，如子部就分诸子、小说、卜筮、汇书等十八类，在子部中位居最后的释类著录"《禅林僧宝传》三十卷，惠洪"③。

书目的著录与否不能完全代表宋代禅僧传的流传情况。《禅林僧宝传》一书文辞华畅，娓娓可诵。据说明代禅僧智明云游时，橐中即载有《禅林僧宝传》，当山水得意处便拿出来吟哦，恨不能与传中八十一人同游④。该书也得到不少明代士大夫的喜爱，在文集、诗话、笔记中加以提及、征引。何孟春《余冬诗话》、何镗《高奇往事》、焦周（焦竑之子）《焦氏说楛》、彭大翼《山堂肆考》、张懋修《墨卿谈乘》、张萱《西园闻见录》、陈仁锡《无梦园初集》，或评论书中所载诗偈，抒发人生感慨；或考订历史事实，转引他书对该书的征引。提及《僧宝正续传》者不多，董斯张《吴兴艺文补》卷一八曾介绍惠洪之生平事略，并引《续僧宝传》为据。其所言《续僧宝传》即祖琇《僧宝正续传》，该书曾为惠洪立传（见《僧宝正续传》卷二《明白洪禅师》）。陈邦俊《广谐史》卷九收录《德山木上座

① 祁承爜：《澹生堂藏书目》子部二《释家记传类》，《续修四库全书》第 919 册，第 672 页。

② 徐㶿：《徐氏红雨楼书目》卷首《徐氏红雨楼书目序》，上海：上海古籍出版社，2005 年，第 244 页。

③ 徐㶿：《徐氏红雨楼书目》卷三《子部释类》，上海：上海古籍出版社，2005 年，第 358 页。

④ 道忞：《布水台集》卷一六《开先若昧明和尚行状》，《禅宗全书》第 98 册，第 419 页。

传》《临济金刚王传》，二传出自祖琇《僧宝正续传》卷七。因此，尽管在《文渊阁书目》之后似无书目再度著录《僧宝正续传》，但晚明董斯张、陈邦俊的撰述表明，该书仍为文人所见。

三、清代

入清之后的禅林，首先值得注意的是自融《南宋元明僧宝传》，该书记录从南宋到明代九十七位禅师的行事和机缘语句，是惠洪所创的"僧宝传"在僧传编纂体例上的接续，部分史料也可与祖琇《僧宝正续传》参证。此外，超永《五灯全书》、纪荫《宗统编年》、道忞《布水台集》、弘储《南岳继起和尚语录》、净挺《云溪俍亭挺禅师语录》、蕴宏《颂古钩钜》、通醉《锦江禅灯》、净符《法门锄宄》、彭希涑《净土圣贤录》、沈鑅彪《续修云林寺志》等曾引述惠洪《禅林僧宝传》中的内容；超永《五灯全书》、性统《续灯正统》、纪荫《宗统编年》、聂先《续指月录》等佛教史籍亦可与《僧宝正续传》参证；而纪荫《宗统编年》等曾引述庆老《补禅林僧宝传》。

在士大夫那里，华希闵《广事类赋》、查慎行《补注东坡编年诗》、沈钦韩《王荆公文注》、黄宗羲《明文海》、嵇曾筠《（雍正）浙江通志》、厉鹗《宋诗纪事》、陆心源《三续疑年录》、孙梅《四六丛话》、王士祯《带经堂诗话》和《居易录》、徐崧《百城烟水》、翟灏《通俗编》、张英《渊鉴类函》、张玉书《佩文韵府》、章藻功《思绮堂文集》、谢旻《（康熙）江西通志》、王棻《（光绪）永嘉县志》等征引《禅林僧宝传》中之内容，倪涛《六艺之一录》、孙岳颁《佩文斋书画谱》征引僧人抄写《禅林僧宝传》之故实。当然，这种抄录、征引文字之间有雷同之处，因此不能排除某些撰述并非直接来自《禅林僧宝传》，而是辗转抄录、征引。

清初藏书家中，钱谦益与真可、德清等人为代表的晚明禅学思潮渊源颇深，亦曾助成创刻嘉兴藏。他重视惠洪的文字禅学，多次评价或引述惠洪《石门文字禅》《禅林僧宝传》《楞严尊顶义》等撰述，如称昔人认为惠洪是禅门的司马迁、班固[1]，即来自侯延庆根据《禅林僧宝传》一书对惠

---

[1] 钱谦益撰，钱曾笺注，钱仲联标校：《牧斋初学集》卷八六《题佛海上人卷》，上海：上海古籍出版社，1985年，第1808页。

洪做出的评价。钱谦益好书成癖，曾得赵开美"脉望馆"之藏书。尽管其藏书后焚烧几尽，但存留至今的《绛云楼书目》子释家类著录了《禅林僧宝传》，注曰"三十卷，宋沙门德洪撰"①，是该书在绛云楼中得到收藏的证明。其曾孙钱曾得绛云楼残余之书，又多加购买、传抄，并先后撰《述古堂书目》《也是园书目》《读书敏求记》三部书目。近人瞿凤起以《也是园书目》为纲，将三书合编为《虞山钱遵王藏书目录汇编》。该书除了采用传统的四部分类，另专设"三藏"等四部，"三藏"又分"经论"和"此土著述"两类，其中"此土著述"著录了"《禅林僧宝传》三十卷"②。另外，清初徐乾学《传是楼书目》同样是对自家藏书的记录，该书子部"释家杂著"（与"释家诸经""释家语录"并列）著录"《禅林僧宝传》三十卷，宋释觉范，六本"③，但亦未记载《禅林僧宝传》的版本。

　　到乾隆年间，宋代禅僧传还再度出现在国家藏书中，并为《四库全书总目》所著录。《四库全书总目》子部释家类著录"《僧宝传》三十二卷，安徽巡抚采进本"，并说明撰人姓氏、撰述缘起、宗旨、内容，大抵以侯延庆《禅林僧宝传引》为依据，又引张宏敬《重刻禅林僧宝传序》说明该书之流传情况，根据该书卷末题，认为似刻于四明，疑为重刻本；又提到《直斋书录解题》著录该书为三十卷，《文献通考》作三十二卷，这是因原书本三十卷，后有《补禅林僧宝传》一卷、《临济宗旨》一卷，故共三十二卷④。四明重刻本指明州大慈寺宝定禅师重刻本，即戴良《重刊禅林僧宝传序》所谓"南宗禅师定公时住大慈名刹……因取其书重刊而广布之"，故《四库全书总目》所谓"安徽巡抚采进本"或为明刊本的重刊本；又指出《禅林僧宝传》原本三十卷，合《补禅林僧宝传》和《临济宗旨》为三十二卷，所说甚是。不过，四库馆臣说《补禅林僧宝传》的作者庆老是北宋人，这一点可聊作补充：庆老乃临济宗杨岐派禅师宗杲的弟子，南宋初曾随宗杲迁径山，掌记室，绍兴十三年（1143）圆寂⑤，可见庆老南宋后

---

　　① 钱谦益撰，陈景云注：《绛云楼书目》卷二《子释家》，丛书集成初编本，第 44 页。
　　② 钱曾撰，瞿凤起编：《虞山钱遵王藏书目录汇编》卷八《三藏·此土著述》，上海：上海古籍出版社，2005 年，第 247 页。
　　③ 徐乾学：《传是楼书目》卷三《子部》，《续修四库全书》第 920 册，第 762 页。
　　④ 永瑢等撰：《四库全书总目》卷一四五《释家类》，北京：中华书局，1965 年，第 1238 页。
　　⑤ 晓莹：《云卧纪谈》卷上，《卍续藏经》第 148 册，第 22 页。

尚有行迹可考。

在《四库全书总目》中，释家类排在小说家后，仅排在道家类之前，二氏又附于子部之末，四库馆臣称这用的是阮孝绪《七录》之故例（实际上二氏附于《七录》内篇之末，为外篇），不录经典，用的是刘昫《旧唐书》之例；又解释了排序缘由：诸志都采取道先佛后的排序方式，但《魏书》已有《释老志》，《七录》目录也采取佛先道后的体例，故以佛教在先①。阮孝绪《七录序》根据佛教在当时的流传情况指出，佛教的教理和讽诵玩味可比肩儒典，并指出他不同于王俭而采取先佛后道的排序原因在于所宗不同，而佛教比道教义理深②。可见，四库馆臣一方面相当保守地以宋前的故例衡量包括宋代以降的佛道典籍，另一方面又根据义理深浅安排佛道二教典籍。他们还从文章角度出发评价《禅林僧宝传》，认为该书可资释门典故，有益于文章，远胜禅门语录③。另外，子部释家类下并未再分类，《禅林僧宝传》和其他佛教典籍都归入了此类。

晚清四大藏书楼之一的八千卷楼亦藏有《禅林僧宝传》《补禅林僧宝传》等禅籍。清军与太平军交战前后，丁氏兄弟曾拾掇、搜求、补钞文澜阁《四库全书》著录之书，统计将及九成。丁丙《善本书室藏书志》子部释家类中著录"《禅林僧宝传》三十二卷，明刊本，明白庵居沙门惠洪撰"，说明书名、卷数、版本、撰人姓氏；接着又叙述了惠洪的生平，并引《禅林僧宝传》卷首侯延庆《禅林僧宝传引》和张宏敬《重刻禅林僧宝传序》说明该书流传情况，又记载说，至顺元年（1330），绝际庵主因旧版漫灭而重新镂板刊刻《禅林僧宝传》，事未成而入寂，其师弟善立于次年（1331）成此事，附《临济宗旨》一卷，《补禅林僧宝传》一卷④，亦可证《禅林僧宝传》本三十卷，因附《临济宗旨》和《补禅林僧宝传》各一卷，故为三十二卷。在《善本书室藏书志》中，释家类位居道家类之前，在子部中倒数第二。

丁丙藏，丁仁编《八千卷楼书目》子部释家类亦著录惠洪《僧宝录》、

---

① 永瑢等撰：《四库全书总目》卷一四五《释家类》序，北京：中华书局，1965年，第1236页。

② 道宣：《广弘明集》卷三《七录序》，四部丛刊初编影明本。

③ 永瑢等撰：《四库全书总目》卷一四五《释家类》，北京：中华书局，1965年，第1239页。

④ 丁丙：《善本书室藏书志》卷二二《释家类》，《续修四库全书》第927册，第421页。

附《补僧宝传》《临济宗旨》等信息，并提到该书有明刊本、常熟刊本、明刊小字本①，但无序跋。《僧宝录》即《禅林僧宝传》，《补僧宝传》即《补禅林僧宝传》。释家类在《八千卷楼书目》子部中也仅位居道家类之前，排在小说类之后。

此外，清代出现的一些典志、地志也有著录。如谢旻《（康熙）江西通志·仙释》著录惠洪《禅林僧宝传》。嵇璜等《续通志》诸子释家类著录"《僧宝传》三十二卷，宋释惠洪撰"②，无版本、内容、序跋。该书诸子类依据郑樵《通志》，释家位居儒家、道家之后列第三位。《钦定皇朝文献通考·经籍考·释氏类》在《南宋元明僧宝传》解题下的按语中亦著录惠洪《禅林僧宝传》一编，说明前者乃续《禅林僧宝传》而作。该书中释氏类位处道家类后，仅列神仙类之前。此外，曾国荃《（光绪）湖南通志·艺文志·子部释氏类》著录《禅林僧宝传》三十卷，衡山释惠洪撰，释氏类在该书子部中仅排在道家类之前；赵宁《长沙府岳麓志·释类》著录《禅林僧宝传》三十卷、传主八十一人。

四、总结性分析

根据以上论述，我们可得出以下结论。第一，晁公武《郡斋读书志》是古代第一部著录宋代禅僧传的书目，也是唯一一部将之归入史部传记类的书目。晁公武将记人记事的《禅林僧宝传》与世俗传记、历代高僧传都归入史部传记类，这种分类实际上继承了《隋书·经籍志》《崇文总目》以来崇"体"（体式）的观念③。不过，这完全是按照学术理念来安排的，多少忽视了该书在僧传编纂上的开创价值，也未注意到惠洪的撰述宗旨——惠洪自称正是因为对历代僧传的不满才撰写《禅林僧宝传》的，与世俗传记和历代高僧传有所不同。另外，《郡斋读书志》子部释书类所收的禅籍多为禅师语录，也包括记录禅师"名言至行"的禅宗灯录，这些禅籍与兼载禅师语言、行事的《禅林僧宝传》之间的差别亦无说明。

---

① 丁丙藏，丁仁编：《八千卷楼书目》卷一四《释家类》，《续修四库全书》第 921 册，第 279 页。

② 嵇璜、曹仁虎等：《钦定续通志》卷一六〇《释家》，影印《文渊阁四库全书》第 394 册，第 513 页。

③ 昌彼得：《版本目录学论丛》（二），台北：学海出版社，1977 年，第 140、145 页。

第二，大多数书目都将宋代禅僧传归入子部释家类、释氏类、释类、佛藏类，唯有明代的焦竑《国史经籍志》和祁承爜《澹生堂藏书目》将宋代禅僧传分别归入子部释家传记类和子部释家记传类。应该说，焦竑和祁承爜在这个层面上的编次归类更为分明、细致，改变了笼统归入释家类的情况。不过，二人仍然没有意识到或不愿分辨《禅林僧宝传》与历代高僧传、灯录之间的异同，都归入传记类。

第三，晁瑮《晁氏宝文堂书目》将《禅林僧宝传》另归入佛藏，而《虞山钱遵王藏书目录汇编》将《禅林僧宝传》收入"三藏"中的"此土著述"。《虞山钱遵王藏书目录汇编》专设"三藏"，"三藏"下又分"经论"和"此土著述"两类，明显受到佛教目录的影响。

第四，历代官私书目往往将释家类、释氏类、释类等附于子部之末，或比较靠后。但在尤袤《遂初堂书目》、焦竑《国史经籍志》、祁承爜《澹生堂藏书目》、嵇璜《续通志》中，释家在子部中的位次比较靠前，其中焦竑《国史经籍志》、祁承爜《澹生堂藏书目》、嵇璜《续通志》都是沿袭郑樵《通志》的做法，而尤袤、焦竑与佛教有比较深的渊源，后者又是在佛教史籍遍布的时代从事书目编纂工作。从释家与道家之间的排序来看，《晁氏宝文堂书目》《绛云楼书目》《四库全书总目》《善本书室藏书志》《八千卷楼书目》《（光绪）湖南通志》等不是将释家附于道家，而是置释家于道家之前。四库馆臣声称，这种排序可以《魏书·释老志》《七录》等书目作为依据；而像《善本书室藏书志》《八千卷楼书目》等都受到《四库全书总目》的影响。

第五，从整体上讲，历代官私书目对《僧宝正续传》不大注意；主要著录《禅林僧宝传》，《补禅林僧宝传》往往是因附在《禅林僧宝传》之后而得著录，例如《四库全书总目》《善本书室藏书志》和《八千卷楼书目》。另据考证，晁公武《郡斋读书志》所著录的三十二卷本《禅林僧宝传》即已包括《补禅林僧宝传》一卷①。而马端临《文献通考》（所据即《郡斋读书志》）和嵇璜《续通志》所著录三十二卷本《禅林僧宝传》亦应包括《补禅林僧宝传》。至于《僧宝正续传》，只有尤袤《遂初堂书目》、

---

① 周生春：《四库全书总目子部释家类、道家类提要补正》，《世界宗教研究》，2000 年第 1 期。

杨士奇《文渊阁书目》曾经著录。

　　第六，官私书目的著录与否不是对宋代禅僧传流通情况完全真实的写照。《禅林僧宝传》在它被纳入明国家藏书、为《文渊阁书目》著录的时代却较少为人提及。而《僧宝正续传》一书虽很少有官私书目加以著录，但在士人的撰述中得到了征引。而历来的僧传编纂自成系统且具连续性，不仅《禅林僧宝传》《补禅林僧宝传》，而且像《僧宝正续传》这样人们很少直接提到的禅僧传其实也在后代不断出现的佛教典籍中留下了印记。

第二章　南宋禅僧传的历史编纂

宋代禅僧传是中国既有文化和佛教文化多方面作用下的产物。而到南宋禅僧传这里，由于时代语境的变化、《禅林僧宝传》的影响等方面的因素，又具有其值得重视的特点。本章将从历史编纂的角度出发，具体探讨撰述体例、史料选择、撰写手法、叙事修辞、文类划分、史学观念等问题，以促进对南宋禅僧传的认识。

第一节　《禅林僧宝传》的撰述体例与南宋禅僧传的关系

专门为禅师立传的《禅林僧宝传》开创了僧传编纂的新体例①。随后，相继出现了两部类似的撰述——庆老的《补禅林僧宝传》和祖琇的《僧宝正续传》。对于三部禅僧传之间撰述体例上的关系，学界尚无探讨。根据三部禅僧传的情况，笔者从文体、叙事和史评这三个方面出发考察《禅林僧宝传》的撰述体例对南宋禅僧传所产生的影响及这种影响带来的问题；同时，亦考察《禅林僧宝传》与《僧宝正续传》的差别，以凸显各自撰述体例上的特点。

---

① 参李熙：《僧史与圣传：〈禅林僧宝传〉的历史书写》，北京：中国社会科学出版社，2014 年。

一、《禅林僧宝传》的撰述体例及体现的史学观念、宗教观念和教化意图

惠洪并未明确归纳他对僧传体例的看法，但从惠洪《题隆上人僧宝传》等文来看，可知惠洪有意识地在《禅林僧宝传》中兼载禅师的语句和行事，并且特别强调禅师的禅门世系、入道机缘和死生之际，这是对该书几个主要内容和相应的撰述方法作说明，实际上算是撰述体例。惠洪这一撰述体例承载着其各种观念和目的。

首先，他对历代僧传和灯录编纂体例表示不满①，主张以史传为典范，专门为禅僧立传。据惠洪《题修僧史》，当时学人对道宣《续高僧传》、赞宁《宋高僧传》等僧传不满意，认为这些佛教史籍的文体杂乱繁重，与《史记》《汉书》等史传大为不同，希望惠洪成一体之文，效仿史传立赞辞，使学者不仅读到传记，而且通过这些颂扬之语见古人的长处，惠洪欣然许之②。惠洪还指出，杨亿手编《景德传灯录》，不录其师元琏的机语，行崇的机缘语句亦破碎不真。另外，昙颖《五家传》只载禅师的机缘语句，而略其法系和始终行事之迹，惠洪对此亦不满意，他认为言语与入道之缘、临终之效相互关联，废一不可，于是利用遗编、别记、传记等材料撰成《禅林僧宝传》③。另外该书不仅有传记，而且系之以赞词，按照他的说法就是效仿史传而撰写赞词作评论④。这意味着惠洪是有意识地以正史列传为标准来编纂该书的。

当时人从记言、记事、文辞、旨趣、才华等角度来评价惠洪及其《禅林僧宝传》，称其言宏大端正，其事简约完备，其文辞精微华畅，其旨趣广大空寂，其才华如同宗门的司马迁、班固⑤。此后戴良又评价说，古时史官各司其职，记言、记事是分离的，司马迁《史记》将二者合二为一，言事兼备，而惠洪《禅林僧宝传》详细记录禅师之言行，得司马迁所立规

---

① 关于惠洪对僧传的批评，见黄启江：《北宋佛教史论稿》，台北：台湾商务印书馆，1997年，第 319 页；陈自力：《释惠洪研究》，北京：中华书局，2005 年，第 197 页。
② 惠洪：《石门文字禅》卷二五《题修僧史》，四部丛刊初编影明径山寺本，第 276 页。
③ 惠洪：《禅林僧宝传》卷首《禅林僧宝传引》，《卍续藏经》第 137 册，第 440 页。
④ 惠洪：《石门文字禅》卷二三《僧宝序》，四部丛刊初编影明径山寺本，第 250 页。
⑤ 惠洪：《禅林僧宝传》卷首《禅林僧宝传引》，《卍续藏经》第 137 册，第 440 页。

矩法度①，指出了该书效仿史传的特点。

其次，《禅林僧宝传》的撰述体例还与惠洪衡量禅师道行的标准有关，这些标准是佛教内外既有的观念，并非惠洪自己的发明，只不过他将这些观念用作撰史的理据。参禅首先就是学人自己探寻真正能够领悟心法之路的过程，这又关系到嗣法传承这一丛林普遍重视的问题；而禅师入道因缘各不相同，需详载事情本末，如果不这样做，后学将无法考证②。惠洪在《僧宝传序》中提出"夫听言之道以事观"，在《题韶州双峰莲华叔侄语录》中亦称"听言观道以事观"③。后者语出《汉书·贾谊传》，本作"听言之道，必以其事观之，则言者莫敢妄言"④。惠洪借此说明，一方面是用言语文字验证禅师的修道程度，另一方面是用事件验证其言语文字的真伪。因此，这不仅是一个考证言论真实与否的标准，而且是一个道德上的标准。

生死之际也成为衡量禅师道行的重要标准。惠洪《禅林僧宝传》借用苏轼《题僧语录后》的说法⑤，同样以语言、行事和祸福死生之际来衡量禅师修为。而在《普同塔记》中，惠洪比较了儒、释、道三家的生死观，认为佛家不仅最深刻而且说透了情状：生死循环往复，没有不死而生者，也没有不生而死者，生死好比在圆轮中寻找开端和结尾，在虚空中觅求正面和背面⑥。彻悟生死，这是禅僧修道的重要动力。《禅林僧宝传》就记载了很多禅师面临死亡的态度和迁化后的祥瑞，展现出禅师的内在修证。

最后，惠洪追仰前代禅师典范，而对当时的丛林风气多有批判。作为文字禅的实践⑦，其撰写《禅林僧宝传》，通过兼载言事和记录入道、死生之际这些体现出前辈为道精微之处的地方，试图令学人取法，同归佛道。惠洪声称，自己见到丛林中那些优异杰出的、能够荷担佛法大任的僧

① 惠洪：《禅林僧宝传》卷首《重刊禅林僧宝传序》，《卍续藏经》第 137 册，第 439 页。
② 惠洪：《禅林僧宝传》卷首《重刻禅林僧宝传序》，《卍续藏经》第 137 册，第 440 页。
③ 惠洪：《石门文字禅》卷二五《题韶州双峰莲华叔侄语录》，四部丛刊初编影明径山寺本，第 280 页。
④ 班固撰，颜师古注：《汉书》卷四八《贾谊传》，北京：中华书局，1962 年，第 2253 页。
⑤ 惠洪：《禅林僧宝传》卷二七《金山达观颖禅师》"赞"，《卍续藏经》第 137 册，第 549－550 页。
⑥ 惠洪：《石门文字禅》卷二二《普同塔记》，四部丛刊初编影明径山寺本，第 239 页。
⑦ 周裕锴：《惠洪文字禅的理论与实践及其对后世的影响》，《北京大学学报（哲学社会科学版）》，2008 年第 4 期。

侣，必定要编排其言行并收藏起来，可见其有明确的撰史意图①。该书为之立传的都是丛林高僧。他多次勉励学人通过诵习《禅林僧宝传》来继踵前辈的言行，所谓"古人岂难到哉""古人不难到也""然能穷究其所自，使所言所履如《传》八十一人者，则可谓出家知恩者"都说明了这一点②。戴良《重刊禅林僧宝传序》对此说得更明白："欲使天下禅林，咸法前辈之宗纲。而所言所履，与《传》八十一人者同归于一道。"③

二、《补禅林僧宝传》对《禅林僧宝传》撰述体例的因循

如第一章第一节所论，庆老属于文章僧，常常被拿来与惠洪、慧休、祖秀、居简等僧相提并论，以词章华赡、能够为丛林增光添彩而为人所知。这也意味着其《补禅林僧宝传》很可能被世人视为文学作品。该传不仅为《禅林僧宝传》未立传的丛林高僧立传，而且续写了《林间录》曾有记载、但不够完整的禅师的生平行实，使之成为体例上更为完备的传记，继承了《禅林僧宝传》的做法。

以《南岳石头志庵主传》为例，本传称惠洪论撰传主生平行迹，又列之于《林间录》中，认为惠洪有所感慨④。相互比照可知，本传就取材于惠洪《林间录》等撰述。但《林间录》多得自听闻，庆老对此未考证；另外，《林间录》主要记载怀志弃经论南游的故事，以及庵于石头期间的一些言谈，还包括惠洪本人与怀志的诗偈往来，却未记叙怀志出家经历、住持因缘、入灭时间、僧腊、塔址等内容，对怀志随克文学道的经历只一笔带过，如果单纯抄录，并不完全符合惠洪所立僧传体例。

《南岳石头志庵主传》开端出现了怀志籍贯、俗姓、出家经历等内容，接下来讲述了《林间录》已载的怀志弃经论南游之事，成为前后关联的故事。接着，本传又叙述了怀志在克文门下开悟之因缘。由于讲述这一入道因缘，《南岳石头志庵主传》就补写了惠洪《林间录》未讲述的内容，更

---

① 惠洪：《石门文字禅》卷二六《题佛鉴僧宝传》，四部丛刊初编影明径山寺本，第287页。

② 惠洪：《石门文字禅》卷二六《题珣上人僧宝传》《题其上人僧宝传》《题端上人僧宝传》，四部丛刊初编影明径山寺本，第288、289页。

③ 惠洪：《禅林僧宝传》卷首《重刊禅林僧宝传序》，《卍续藏经》第137册，第439页。

④ 庆老：《补禅林僧宝传·南岳石头志庵主禅师》"赞"，《卍续藏经》第137册，第568页。

符合惠洪《禅林僧宝传》的撰述体例。然后，本传又讲述了怀志悟道后的行踪（《林间录》亦未详细记载）：克文预言怀志的禅风虽属逸格（语出《景德传灯录》卷二一《福州大章山契如庵主》），可惜缺缘，怀志识其意，拜赐而行，袁州、潭州先后请其居杨歧、北禅，皆不受，庵于衡岳二十余年。克文的预言与怀志的理解内在关联，怀志屡次不受迎请、不甚顾答都与此有关，从而解释了言语、事件背后的原因，成为具有连续性的故事。之后，本传又抄录《林间录》所载怀志诗偈，展现其山中生活和高僧形象。最后，本传又详细叙述了怀志示寂前后的言谈、行事：怀志于崇宁元年（1102）冬，遍辞山中之人，曳杖径去，想一见龙安惠照禅师。惠照禅师听闻怀志肯来，派人自长沙迎接，居于最乐堂。第二年（1103）六月末，怀志问侍者天时早晚，侍者说是夜晚，他乃笑着说人生都是一梦，大家在梦里相逢，不过他已觉醒，告诫侍者不要对不住丛林，就是报佛恩德。说完就迁化。阇维后以其骨石起塔于乳峰下，世寿六十四，僧腊四十三①。相比而言，《林间录》等惠洪关于怀志的记载并未详细叙述怀志的迁化。惠洪《闻志公化，悼之三首》倒是赞怀志视生死为平常，无恋生之念，泊然而化。但从诗题看，惠洪是听闻怀志之殁，并非目见；诗中又用《庄子》所谓以死生为夜旦、庄周梦蝶等典故，并非纪实。《补禅林僧宝传》则进一步说，怀志死于夜晚，其最后留下的言语将人生比作梦境、将死亡比作觉醒，这就表现出其面对死亡的旷达、超脱。传记本文结束后，撰者又作赞，将怀志与那些讨好别人、贩卖佛祖而谋取利益的人对比，称赞怀志敬慎守持克文之言，不出世说法，好比云行鸟飞，无所阻碍，当时达官贵人无法亲近他，不是常人②。

可以看出，本传叙述传主一生始末，强调入道因缘、生死之际，注重语言和行事的相互关联，叙事简要、完整，传后系之以赞，将传主塑造为高隐一般的禅师。为做到这些，庆老续写了一些内容，不仅用典，还可能包括传说、想象或自己对《闻志公化，悼之三首》的附会，其结果是使本传更符合惠洪《禅林僧宝传》的撰述体例，但部分内容未必完全可信，尽

---

① 庆老：《补禅林僧宝传·南岳石头志庵主禅师》，《卍续藏经》第137册，第567—568页。
② 庆老：《补禅林僧宝传·南岳石头志庵主禅师》"赞"，《卍续藏经》第137册，第568页。

管南宋一些灯录都依照了本传的记载。《补禅林僧宝传》另外两篇传记也是如此，说是《禅林僧宝传》的续作是完全符合的。不过，在赞辞方面庆老基本上是褒扬传主，这与类似史官那样有褒有贬的惠洪有所不同，而与后来的祖琇较为相似（详后）。

三、惠洪《禅林僧宝传》与祖琇《僧宝正续传》撰述体例之比较

如第一章第一节所论，祖琇《僧宝正续传》是为传续正宗的禅僧立传；正贤更是认为祖琇《僧宝正续传》是补续惠洪《禅林僧宝传》而作。晓莹《云卧纪谈》卷上、卷末《云卧庵主书》、正受《嘉泰普灯录》卷七《筠州清凉寂音慧洪禅师》、昙秀《人天宝鉴》等亦称该书为《续僧宝传》或《正续传》。那么，《僧宝正续传》与《禅林僧宝传》的撰述体例是否相同？

（一）从传记本文的撰述体例来看，《僧宝正续传》运用文体不同的各种史料，形成言事兼备、始末具载的禅僧传

首先，《僧宝正续传》部分材料来自惠洪的撰述，又因这些材料并非典型的传记体，故增补某些来自其他材料的记叙，形成完整的传记。《僧宝正续传》卷一《潜庵源禅师》就采用了惠洪《潜庵禅师序》的大部分内容，不过在文字上略有删改。而惠洪撰序时，清源禅师尚未去世；祖琇为清源立传，就补写了清源示寂后的种种瑞相，以及年寿、僧腊、塔址等信息，又采用了《建中靖国续灯录》卷一二《庐山清隐源禅师》所载清源的说法开示。《僧宝正续传》卷二《宝峰准禅师》主要取材于惠洪《泐潭准禅师行状》，但行状主要叙述文准的生平始末，尤其是入道因缘、住持、迁化等事，作为行状又未录、也不一定需要录其禅语；祖琇为文准立传，录其机缘语句，又提到文准的语录和遗编，当是利用了这类材料。《僧宝正续传》卷二《花药英禅师》记叙传主的生平行迹主要取材于惠洪《花药英禅师行状（代）》。行状称进英留存有《报慈》等三部语录，流行于世，但同样可能鉴于所撰为行状故并未具体收录进英的说法语句；而《僧宝正续传》则记载了一些说法语句，其内容今天虽不能与《报慈》等语录比较，但仍可与《建中靖国续灯录》的相关记载互证。

其次,《僧宝正续传》其他传记并不来自《禅林僧宝传》,但在撰述体例上仍沿袭了后者。卷二《开福宁禅师》所载传主去世前所述生平和机缘语句,虽未明确说明来源,却可与《开福道宁禅师语录》参证。卷三《龙门远禅师》采用李弥逊《宋故和州褒山佛眼禅师塔铭》所载传主生平,但后者不录传主说法语句,祖琇则抄录其语录,他在本传后的赞辞中亦予以说明,自称曾反复阅读龙门语录①。卷三《禾山方禅师》采用《超宗慧方禅师语录》中的法句,又载其行事和入灭后的舍利祥瑞。卷五《云居真牧禅师》,祖琇本是传主正贤禅师的弟子②,又称正贤有语录和偈颂行于世③,本传载有正贤入道因缘、机缘语句、与士大夫交往、示寂前后情况等内容。卷二《明白洪禅师》、卷四《圆悟勤禅师》、卷六《径山杲禅师》等传,鉴于传主的丰富经历、重要地位,采用铭、自序、传记、塔铭、语录、笔记乃至丛林传说,记叙内容更多;不少传主的生活时代与祖琇相近,今虽无法一一追溯其材料来源,但从撰述体例来看基本与惠洪一致。至于卷五《宝峰清禅师》《云居如禅师》,较少利用或根本不载法语,难以判定是撰者未见语录还是未利用语录的缘故(如《续古尊宿语要》天集有《草堂清禅师语》,可见善清有语录传世),但从记载内容来看,大体上与《禅林僧宝传》的撰述体例相同。

最后,惠洪所赞许的文体一致,实际上是指古文散语④;他用古文散语撰写《禅林僧宝传》,不仅熔铸众说以成文⑤,而且常常再加工,以讲述具有情节性的故事。典型例证是,《禅林僧宝传》卷三《汝州风穴沼禅师》利用《景德传灯录》卷一三《汝州风穴延沼禅师》、《天圣广灯录》卷一四《守廓上座》、《天圣广灯录》卷一五《汝州风穴山延昭禅师》和延沼的语录、丛林传说,再加入自己的某些想象,熔铸成文。但是,惠洪并未看到虞希范《风穴七祖千峰白云禅院记》所载延沼本名"匡沼"、本浙东

---

① 祖琇:《僧宝正续传》卷三《龙门远禅师》"赞",《卍续藏经》第 137 册,第 589 页。

② 魏元旷辑:《南昌文征》卷一三《重修澄心寺佛殿碑记》,台北:成文出版社,1970 年,第 454 页。

③ 祖琇:《僧宝正续传》卷五《云居真牧禅师》,《卍续藏经》第 137 册,第 608 页。

④ 黄启江:《北宋佛教史论稿》,台北:台湾商务印书馆,1997 年,第 319 页。

⑤ 陈垣:《中国佛教史籍概论》卷六,上海:上海书店出版社,2005 年,第 136 页。

处州松阳县人、出家于护国寺等重要史实①，这也导致该传未记载传主的某些基本情况。

《僧宝正续传》中同样存在这种情况，最典型的就是该书第一篇传记《罗汉南禅师》。本传与《禅林僧宝传》撰述体例基本一致，先叙系南法名、籍贯、出家得度寺院、性情志气、参学、悟道、往谒常总、出世罗汉、得外号小南等情况或事件，这些情况或事件往往相继而起，相互关联（尽管未载系南入道的机缘语句）。从材料来源看，本传利用了《建中靖国续灯录》卷二一《庐山罗汉系南禅师》、《禅林僧宝传》卷二四《东林照觉总禅师》：

> 本汀州人，俗姓张氏。少依城下金泉寺出家。识性纯淡，志节高远。披缁受具，遍历丛林。参道林祐禅师，密契心地。后归庐山，出世住持。道誉远播，四方学者皆谓小南。②

> 罗汉系南禅师，祐公之子。有禅学，未为丛林所信。至东林，总大钟横撞，万指出迎于清溪之上。于是诸方传之，号小南。其成就后学又如此。③

祖琇强调"文所以纪实也"，批评惠洪《禅林僧宝传》叙事失实④。当他利用《建中靖国续灯录》和《禅林僧宝传》的材料时，也并非完全接受，而是重新书写。《建中靖国续灯录》单纯记载系南入道和出世说法的经历，但并未说明系南享誉丛林和出世罗汉的原因，而《禅林僧宝传》则讲述了一个常总出迎系南以成就其名的传说故事（又载于惠洪《林间录》卷上），这个故事充分表明，在当时丛林来自前辈禅师的揄扬对一位后生晚辈的成名来说多么重要。祖琇的创造性体现在，他不但将两种材料结合起来叙述，而且删去《禅林僧宝传》"有禅学，未为丛林所信"这类语言，

---

① 虞希范：《风穴七祖千峰白云禅院记》，转引自温玉成：《读碑杂录——碑刻资料对佛教史的几点重要补正》，《法音》，1984 年第 3 期。

② 惟白：《建中靖国续灯录》卷二一《庐山罗汉系南禅师》，《卍续藏经》第 136 册，第 304 页。

③ 惠洪：《禅林僧宝传》卷二四《东林照觉总禅师》，《卍续藏经》第 137 册，第 537 页。

④ 祖琇：《僧宝正续传》卷七附《代古塔主与洪觉范书》，《卍续藏经》第 137 册，第 621、624 页。

又将与常总弟子五百人或七百人的记载①相矛盾的"万指"改成"五千指"（即五百人），并加入一些言语，称系南获元祐禅师印可后欲遍游诸方，听说常总宗风鼎盛，便去参谒，常总预知其来，备盛礼迎接于虎溪之外，于是系南名重于世，不久应请出世罗汉。其中将《禅林僧宝传》中的迎接场所"清溪之上"改为"虎溪之外"，可能联系到东晋高僧慧远足不过虎溪等典故。惠洪数次在诗文中用此典故，不过并未用在《禅林僧宝传》中；祖琇《隆兴佛教编年通论》卷三亦叙慧远隐居山中不入凡俗，送客以虎溪为界，以及慧远与陶渊明往来，谢灵运求入社不纳等事，称赞其为"天下宗师""犹孔门之孟子"②，评价极高；卷八又载陆修静访慧远之事，则向来足不过虎溪的慧远送陆修静过虎溪，乃是赏识、礼遇陆修静的体现，陆修静因此也非常人。因此，《僧宝正续传》本传叙常总备盛礼迎系南于"虎溪之外"，其中暗藏有慧远送陆修静过虎溪的典故，来表示当时很有声望的常总对系南的极高礼遇，系南名重于世、出世说法可"据此"得到解释。换言之，祖琇在这里不只是简单地叙述，而且可能在叙述中包含着一种富于佛教意义的解释，而这种解释对于熟悉佛教典故的读者来说是一目了然的。当然，祖琇在本传中是否有此明确意图并未明言，笔者在这里揭示的只是一种解读的可能，表明对祖琇来说过虎溪有着礼遇特殊客人这一重要意义，而礼遇系南这一点也体现在本传叙事中，因此足以引发关于这种关联的推测。

然而，祖琇的叙事突出了一个原因，并没有利用系南塔铭和其他相关记载，其完整性存在一些问题。其实，李之仪《庐山承天罗汉院第九代南禅师塔铭》早就记载了系南的法名、籍贯、俗姓、出家参游经历，以及系南入道和出世说法的经过。据此《塔铭》，系南至长沙道林寺参元祐得到印可，不复参游，元祐迁庐山罗汉，系南随往为首座，为众僧说法，学人甚多；元祐退席后，系南继任住持。据此，系南的声望是他随元祐开悟、为首座而逐渐提升的。后来，晓莹《云卧纪谈》又称，允平根据系南门人行初所撰之事做出的记录更为完备。《云卧纪谈》补充了具体时间的记载，

---

① 惟白：《建中靖国续灯录》卷一二《江州东林兴龙禅寺照觉禅师》，《卍续藏经》第136册，第182页；惠洪：《禅林僧宝传》卷二四《东林照觉总禅师》，《卍续藏经》第137册，第536页。

② 祖琇：《隆兴佛教编年通论》卷三，《卍续藏经》第130册，第450、451页。

并强调了系南辅助元祐住持的贡献。据此记录，元丰己未（1079），系南至道林寺参礼元祐，顿时消除疑情。元祐退院，前往庐山，系南随往侍奉。至元祐丙寅（1086），元祐住罗汉，系南辅助他建立丛林，雄冠江表。元祐告老，系南继任住持。晓莹讥讽《僧宝正续传》以系南为首，却不得其生平出处之详，就像是瞎子摸象①。另据《建中靖国续灯录》卷一三《南康军云居山真如禅院元祐禅师》，元祐先后住道林、罗汉、云居，与《塔铭》《云卧纪谈》所载可互证，而与《禅林僧宝传》本传关于元祐先后住道林、玉涧、云居的说法看似不同。惠洪自称少年时亲见元祐于玉涧寺，在其他地方也曾称元祐为"玉涧祐"，言之凿凿；而从《建中靖国续灯录》《大慧普觉禅师语录》等禅籍来看罗汉或为禅院，惠洪曾提到的"玉涧林"在其他一些禅籍中也作"罗汉林"，均在庐山任住持，同样在《建中靖国续灯录》中也出现过"庐山罗汉寺"的说法，玉涧寺当即罗汉寺（院）之异名。

无论如何，《僧宝正续传》本传所叙看似完整，实则不够详备；系南"既膺最后付嘱，将复遍扣诸方"之语来自祖琇为形成故事而按照丛林惯例、传闻或想象做出的叙述；《禅林僧宝传》所叙常总盛礼迎接系南的故事本是禅林传闻，而祖琇关于常总到虎溪之外欢迎系南的记叙则进一步暗示了与佛教典故的联系，尽管从时间、地点、人物上说系南谒庐山东林寺住持常总②是可能的。可以说，《僧宝正续传》这种撰述体例下的叙事也一样存在难以完全征信的问题，尽管在祖琇看来是在"纪实"。

（二）从传记赞辞来看，《僧宝正续传》自具特点

尽管祖琇《佛运统纪》效仿左丘明寓褒贬之法③，其《隆兴佛教编年通论》也称赞欧阳修"师仰《春秋》略例纪事褒贬之妙"④，其《僧宝正续传》同样立赞辞，但祖琇对《春秋》、史传赞辞的看法与惠洪不尽相同。惠洪《禅林僧宝传》以史传为典范，在"赞"中对禅师言语、行事、生平始末等加以评议，不单是通过赞辞来展现古人的妙处，而且有褒有贬，又

---

① 晓莹：《云卧纪谈》卷上，《卍续藏经》第 148 册，第 11—12 页。
② 惠洪：《禅林僧宝传》卷二四《东林照觉总禅师》，《卍续藏经》第 137 册，第 536—537 页。
③ 志磐：《佛祖统纪》卷首《修书旁引》，《大正新修大藏经》第 49 册，第 132 页。
④ 祖琇：《隆兴佛教编年通论》卷二八，《卍续藏经》第 130 册，第 702 页。

杂以自己所作的诗偈①，时为后人诟病，甚至被评为其中多为个人无根据的说法，其谬误影响了后学②。而在祖琇看来，惠洪《禅林僧宝传》不仅违背圣人之道，而且不同于世俗典籍，大肆施行褒贬，猜度他人并作讥评，如毁谤常总不取悟新（不知何据，《禅林僧宝传》中无此记载）、不合文体，可见祖琇反对僧传包含太多个人性、贬斥性的评判。另外，他还反对一味借重《春秋》位号朝仪的非宗教化、非道德化历史批评③。他主张以内外典为矩范，深探《春秋》之旨、圣人之道，行为中正，在撰述中以列圣大中之道定正邪得失，做到无过不及，不偏不倚④。赞本有辅助之义，作为文体偏于赞颂，像惠洪那样讥评传主的做法不免被视为失体。但宋代盛行《春秋》褒贬之法，像惠洪那样做也有其学理根据，破体为文的现象在宋代那样一个注重文化整合的朝代不鲜见。

而从《僧宝正续传》的赞辞来看，有其自身的特点。

首先，祖琇在赞辞中多考虑佛教兴衰、佛教教化、时代背景、丛林现状，以及传主的修为、行事、开悟机缘、说法语句，较为全面。典型例证是《僧宝正续传》卷六《黄龙震禅师》"赞"，叙述当时有人大量奉上香信请求善清赐予法语法衣，善清打算给他，而道震屡次进谏，认为不可；善清不纳，道震便逃到其他地方。祖琇认为，通过此事可知道震的行为必将有助于丛林教化，可见他赞同道震劝谏。卷六《鼓山珪禅师》"赞"，祖琇从言行、气节、佛法弘扬、与士大夫的交往等角度来高度评价士珪禅师。《僧宝正续传》卷三《龙门远禅师》"赞"比较法演两位弟子克勤、清远，认为二人都担荷正传，批评学者怀疑清远的门庭施设不同于克勤、以为是因他受到惟清熏染所致的说法非常鄙陋，从说法接引、偈颂语句、悟入之门、平生践履等方面来为清远正名。卷一《泐潭照禅师》"赞"引用佛教教义中以七地以前菩萨的福德智慧为修行所得、八地以后的福德智慧为福

———————————

① 如胡仔就批评说，《禅林僧宝传》中的赞辞杂以诗句，不合史法褒贬之意，而是驰骋文字才华，从言语文字中看到的是才华性格，而不关禅门本分事。在胡仔看来，语言文字与禅无关。但这不尽合事实，因为惠洪的的确确通过语言文字获得了证悟；当然《禅林僧宝传》"赞"中杂以诗偈确为事实。见胡仔：《苕溪渔隐丛话后集》卷三七《洪觉范》，北京：人民文学出版社，1962年，第295—296页。

② 惠彬：《丛林公论》，《卍续藏经》第113册，第904页。

③ 祖琇：《隆兴佛教编年通论》卷二八，《卍续藏经》第130册，第702页。

④ 祖琇：《僧宝正续传》卷七附《代古塔主与洪觉范书》，《卍续藏经》第137册，第624页。

报所致的说法，称惟照五迁大寺，所至兴起丛林，在其法席之下参禅的学人甚多，并未遣化而宴饮珍奇、衣物器用完新，这是福报所致。又称当时丛林崇尚奢侈生活，惟照因时制宜，阔达大度，顺应学者的需求。但在禅法上毫不松懈，辱骂诸方，教导学人学禅要像大死人一样。① 应该说，禅宗在传统上较注重简朴生活，而惟照的做法却有不同。但祖琇不是简单批判，而是考虑到各种因素，其实是为惟照的行为辩护。

其次，尽管有褒贬，但祖琇不像惠洪那样常讥评传主，而是常褒扬传主并以之为典刑，借此批判、矫正丛林内外之弊病，其中寄寓了自己的感慨。如称赞善悟、法顺：

> 呜呼，盖循道而亡私之效也。比夫异时怙势肆奸、刻众奉己者，何殊粪壤哉。②

如第一章第二节所论，祖琇不满丛林弊端，试图将强调救治时弊、经世致用的新春秋学等理论融入注重典范的禅门话语以纠正之，即此亦可见一斑。当然，惠洪《禅林僧宝传》在体例上本来是强调以传主为典范，但在具体传记中因捍卫临济宗旨和禅宗教外别传之旨等缘故而批判承古等传主，未能完全贯彻其体例，倒是祖琇的做法更符合《禅林僧宝传》的体例。

最后，不像《禅林僧宝传》那样杂以惠洪自己所作的诗偈，《僧宝正续传》中的"赞"往往引述文人、官员和高僧之语评价传主，试图体现公论。

卷二《宝峰准禅师》"赞"以正贤和惠洪之语来评价文准，祖琇表示认同。同卷《明白洪禅师》"赞"引用张商英对惠洪的高度评价，但也说自古以来多有高僧以才学闻名于世，可与惠洪并驾齐驱③。张商英对惠洪评价很高，而祖琇的评价则有保留。卷六《径山杲禅师》"赞"引吕本中将从谂说禅比作项羽用兵之语，称宗杲说禅也是如此。《僧宝正续传》"赞"中亦出现诗偈，均非祖琇自己所作，而是借用他人的诗偈来评价禅

---

① 祖琇：《僧宝正续传》卷一《㳂潭照禅师》"赞"，《卍续藏经》第 137 册，第 576－577 页。

② 祖琇：《僧宝正续传》卷四《白杨顺禅师》"赞"，《卍续藏经》第 137 册，第 602 页。

③ 祖琇：《僧宝正续传》卷二《明白洪禅师》"赞"，《卍续藏经》第 137 册，第 582 页。

师。如卷六《鼓山珪禅师》"赞"，录宗杲为士珪所作画像赞，称世人以为的当之论①，就体现出时人对士珪的评价。

第二节　史料取舍与撰写手法

除了文体、叙事、赞辞，从史料取舍和撰写手法入手亦是考察南宋禅僧传的重要途径。南宋禅僧传在这些方面同样与《禅林僧宝传》存在联系，但也有自身的特点。

一、记叙的详略与错时

如果我们知道南宋禅僧传没写什么，那么我们就可更清楚它们写了些什么。从南宋禅僧传来看，我们很难发现有关禅师出家缘由、隐居修行、寺院管理、经济劳作、道德教化、著述、交游、处理宗派关系和政教关系等方面的详细记载，常常只是简略提及。如进英禅师的作息饮食与众人相同，丛林信任其真诚，民众风俗因其而得到教化，坚持操守几十年，无任何改变②。但这是概述，他究竟如何教化，如何度过寺院生活，并无详细记载。法顺禅师擅长偈句，纵笔便能完成③，但本传并未抄录其任何一首诗偈。正贤禅师住云居时，当时那些贤者士大夫都拿心里的疑问来问他，而参政张寿与他以诗偈往来酬唱，交情很深④，但人们究竟如何问道，正贤与张寿唱和法偈内容如何，并无记载。惠洪一生行迹甚广，于丛林内外交游甚多，这从《石门文字禅》中可以很明显地看出来，但《僧宝正续传》并未多加提及，只是简单叙述其与郭天民、张商英等交游的经历。至于宗杲这样名重当时的禅师，与士大夫有着相当深入的联系，《僧宝正续传》只是略有涉及；宗杲入闽居洋屿时，哀悯诸方学者为默照禅所困，作《辨邪正说》来纠正弊端⑤，这当然属实，但再次体现出撰者的学说特点：

---

① 祖琇：《僧宝正续传》卷六《鼓山珪禅师》"赞"，《卍续藏经》第 137 册，第 610 页。
② 祖琇：《僧宝正续传》卷二《花药英禅师》，《卍续藏经》第 137 册，第 581 页。
③ 祖琇：《僧宝正续传》卷四《白杨顺禅师》，《卍续藏经》第 137 册，第 602 页。
④ 祖琇：《僧宝正续传》卷五《云居真牧禅师》，《卍续藏经》第 137 册，第 608 页。
⑤ 祖琇：《僧宝正续传》卷六《径山杲禅师》，《卍续藏经》第 137 册，第 612 页。

主张学说为纠正现实弊病而作。因此，他赞同宗杲显然有学说上的原因。尽管这种说法多少深入禅师的意图层面，但宗杲与默照禅的交涉究竟如何，"默照"所指对象是谁，没有交代，依然属于一种概述。另如清远传，称其悟道后隐居于四面山大中庵①，只是一笔带过。这固然是因为本传采用的李弥逊《宋故和州褒山佛眼禅师塔铭》原文如此，但也可能是因为没必要详记这期间发生的事件，也没有特别交代这座庵本身的背景。另如惠方得到印可后韬晦于众，但声望很高，注意隐居与其他事件的关联，而对隐居本身一笔带过，可知这已成为该书叙事的惯例。从这些事例中，都可看出撰者对传主出家缘由、隐居修行、寺院管理、经济劳作、道德教化、著述、交游、处理宗派关系和政教关系等方面的记载并不详细，并且往往侧重于外部观察视角下的一般概述。

　　南宋禅僧传的记载内容有详有略，这与宋代禅僧传所采用的撰述体例有重要关系。惠照传重点记载惠照的入道因缘、说法语句、生平主要行事、生死之际等基本内容，至于其他内容则付诸阙如。这可能有材料不足的原因，但本传史料并非来自惠洪，而在叙述内容的详略上却与《禅林僧宝传》一致，可知这已是一种模式化的叙述方法，并非偶然。为进一步说明这一点，笔者再具体以《云居如禅师传》为例②。本传开端对传主法号、籍贯进行了介绍，接着转入其参禅过程的叙述，尤其是对其参谒清远禅师开悟的过程记叙比较详细，言事兼备，其中也不乏神异化的描写，也可看出清远反对一味追求学识、主张妙悟的禅学特点。清远命法如担任负责大众斋粥的典座一职，法如推辞，清远告诉法如自有人为他讲法。不久，法如果然因望见僧堂中央放置的圣僧像而开悟。这里的"居一日""未几"等措辞就是时间省略的标记，甚至清远"又尝问曰"的问话与之前的叙事也不是连续的。不过，正是这样的省略，以及围绕传主开悟展开的主题，其叙事反倒显得紧凑。不止如此，本传又对法如参克勤的经过加以叙述。法如并非嗣法克勤，因此这一方面可见法如的证悟程度，另一方面也为接下来所言克勤推举其任首座提供了某种解释：法如故意否定他曾参清远，而是说他见到的都是法如自己，可看出法如对禅的觉悟。然后，

---

① 祖琇：《僧宝正续传》卷三《龙门远禅师》，《卍续藏经》第 137 册，第 586 页。
② 祖琇：《僧宝正续传》卷五《云居如禅师》，《卍续藏经》第 137 册，第 605－606 页。

本传对法如先后住持上蓝、隐于白水庵、住持云居的叙述，属于对其生平大事的概述；但这种概述不是泛泛而论或故意减缩的，因为这都表明在当时丛林住持制度下来自高僧大德的推重和文人士大夫的任用对传主出世住持问题上起到的关键作用，另外这里也叙述和比较了当时政治军事形势对传主和其他僧人行动的影响。之后，本传描述了法如的性格作风，虽并不推动叙事的发展，但称其能十余年间修建出壮丽的寺院，可见其作为。最后，一如《禅林僧宝传》之体例，本传记录了法如临死之际和舍利瑞相等情况，虽简洁，但交代了圆寂时间、圆寂前的举止、姿态、世寿、僧腊、葬地等。可以看出，本传主要注重的还是按照时间顺序记载禅师的入道之缘、生死之际、语言、行事等基本内容，而其他方面，像与官府、僧众的往来和寺院管理等内容则较为简略，甚至不加叙述。

相反，祖琇在某些本无必要的地方详细记载，很可能是为了塑造人物形象。例如应端传载，郭三益、徐俯请应端住持洪州观音寺，应端不得已而赴任，洪州人准备盛情迎接他，他听说了这件事，乃故意避开，走小路前往观音院，由此可看出其不喜排场的性格特征。而本传的叙述也表明，这种事情反倒令他得到道俗的欢迎，包括礼请他的郭三益和徐俯与他也有很多禅学上的交流。

一如史传和《禅林僧宝传》，南宋禅僧传并非一味按照时间先后顺序，而是常常会出现叙事时间与历史时间的"错时"。最典型的是追述手法的运用，这一手法具有多种功能。如德逢传开端已经记叙了德逢与悟新交流禅学的事实；传记之末再度追叙悟新对惟清几位弟子的评价，以说明德逢的出类拔萃，一般来说悟新这样的大德所予的极高评价有助于僧人确立自己在丛林中的地位，但本传将之与德逢的早逝并叙，因此撰者的说法寄托了深深的惋惜之情。又如道旻传：本传记叙道旻居住在圆通寺十二年，顺应机缘说法，忠心耿耿，力行佛法，但不允许他人记录其语言，其门人私下编集，道旻告诫他们，如果一定要违背其向来的志向，要等到三十年之后方可拿出；后通惠禅师公之于世，陈瓘览其小参语而加叹，乃为之作序，其他士大夫也很称赞其法句。在这里，祖琇追叙了道旻语录的编纂过程，这一追叙也解释了本传前面何以收录道旻的说法语句，还表明高僧大德恪守不立文字的宗训，语录的盛行多少带有不得已而为之的意味，是对当时丛林内外重视通过语言文字习禅的禅学风气的反映。又如《潜庵源禅师传》，同样在记叙完清源一生后，追叙了一个他反对未能在他门下开悟的学人嗣法于他的故事①。这个故事出自惠洪《潜庵禅师序》，不过后者撰写于清源生前，亦非追叙。而祖琇撰写本传时，清源已经圆寂，又追叙此事，表明清源在嗣法传承问题上的诚挚态度：师资相契方可为法嗣。叙述此事后，加上"其主法有体，类如此"这样评论性的话，这种写法无论是在史传还是在《禅林僧宝传》中都屡次出现，可见祖琇撰次僧传，同样依循类似的撰写手法。《圆悟勤禅师》在叙述完传主一生后，又追述王汉之请益重显所谓三员无事道人孰胜并作赠诗刻石之事，称克勤反对知解，乃令藏之，又说赠诗因宣扬美德而王汉之只是讥评讽刺，不宜拿出；不久另有给事入山，题诗有误，亦为克勤指出。有人劝克勤不应与王臣争论，恐致祸，克勤自称不得已，哪怕诗句写得好也不敢苟同，只能表达自己的反对意见。一方面，这样的故事属于逸闻轶事，故只是加以追叙；另一方面，这些逸闻轶事并不占据传主人生的重要位置，并不促使传主命运出现重大转变，即便追叙重点也不在叙事本身，而是为了刻画人物的某些宗教性格，也就是祖琇评价的"临机有断"。类似的情况也出现在善清传的追叙中：善清不语世故，听到别人谈论类似的事情，便自称听觉迟钝、听不清；但他热衷于接引学人、应机酬酢，都无疲倦。这样的叙述重点同样并不在于故事本身，而是要由此来表现善清不语世故、善于应机接物、修行孜孜不倦的高僧品格②。

同时，追叙中也并不一定都是叙事，而是存在描述、评价等方面的因素。正贤传在讲述完传主一生后，又追叙其不用寺院常住之物，即便其个人所得衬利也以三分之一归之常住，出行则草鞋竹杖，平居则破衣恶食，来说明节操孤高、实践苦行等宗教信仰方面的性格特征；不仅如此，追叙中还直接描述传主性格、作风③。又如士珪传描述士珪外貌、风度、性格等方面的特征，宗杲传称赞宗杲的佛教地位、禅法特点等方面内容。由此可见，《僧宝正续传》的追叙方式相当多样化。

---

① 祖琇：《僧宝正续传》卷一《潜庵源禅师》，《卍续藏经》第137册，第575页。
② 祖琇：《僧宝正续传》卷五《宝峰清禅师》，《卍续藏经》第137册，第603页。
③ 祖琇：《僧宝正续传》卷五《云居真牧禅师》，《卍续藏经》第137册，第608页。

二、传记书写中的撰者观念

南宋禅僧传并不仅仅简单地抄录史料。事实上，由于书中的史料是撰者根据各种材料搜集、撰写而成的，经过了取舍、删改，因此我们可从中发现一些撰者本人所认同的某些东西。

首先看语言运用。《僧宝正续传》中不少语句是惠洪等人采用过的套语。例如叙述法顺禅师任首座，称之为"户外之屦满矣"①，以此来表现参谒者甚多的盛况，而此语在惠洪笔下多次出现，由鞋履众多转指参禅者众多。而这种写法并不始于惠洪，在苏轼《宸奎阁碑》等文中早有出现，更早的佛典事例则出现在《宋高僧传》中（可能也出现在与传主生平相关的唐代传记史料中），当然有外典也用此语，但最早的出典是《庄子·列御寇》。因此，这是一种修辞性的纪实说法。又如《禅林僧宝传》颇为重视记叙禅师的舍利祥瑞，以此作为禅师修为的表征和立传的重要依据。但正如无愠所说，禅宗注重的是宗通说通，为人解粘去缚，谓之传法度生，其他都是末事，《景德传灯录》《禅林僧宝传》等禅籍中有舍利的并不多②。而《僧宝正续传》中有舍利祥瑞的包括道旻、惠照、清源、惟照、文准、道宁、惠懃、清远、惠方、应端、景祥、善悟、法顺、善清、法如、正贤、士珪、文演、道震，共19位禅师，占传主一大半（该书共28位禅师）。可以推知，这些舍利祥瑞同样也是祖琇判断传主道行并为之立传的重要依据，并且相比于惠洪《禅林僧宝传》，其重视程度有过之而无不及。不仅如此，《僧宝正续传》还注意描述禅师舍利的物质性，多次描述眼睛、齿舌、数珠、顶骨等不能烧毁的现象。这同样沿袭了前代佛教典籍对这一现象的描述方式。另外，《僧宝正续传》亦将传主的圆寂神圣化，特别是道震传叙其圆寂后荼毗时的情况更是惊心动魄，仿佛自然也有人的意识；而道俗争求舍利，也可见人们的虔信。自然和人相互感应，这是佛教典籍经常叙述的情况。类似描述早就出现在《禅林僧宝传》卷二五《隆庆闲禅师》中，而《禅林僧宝传》的描述又本诸苏辙的《闲禅师碑》。当然，我们不能单凭文字上的相似判断祖琇沿袭苏辙、惠洪并进而认为祖琇

① 祖琇：《僧宝正续传》卷四《白杨顺禅师》，《卍续藏经》第137册，第601页。
② 无愠：《山庵杂录》卷上，《卍续藏经》第148册，第329页。

的叙述不真实，因为舍利祥瑞本就可能相似。

此外，有证据表明祖琇对惠洪笔下的文字加以删改。在惠洪《泐潭准禅师行状》中，昙演称慕喆、克文为亚圣大士，而在祖琇《僧宝正续传》中，昙演称慕喆、克文为大开士。"亚圣"这一儒家术语是对慕喆、克文的极高赞誉，试图将高僧与颜回联系起来，而这种做法在前代僧传特别是在《宋高僧传》中有突出表现；而"大开士"虽同样是尊称，但属于佛教术语。考虑到祖琇《代古塔主与洪觉范书》认为儒禅本有区别、因《宝镜三昧》依仿《周易》离卦建立五位而判定其为伪作的看法，可推知他的这一改动可能是故意的。当然，祖琇也信奉儒家，《僧宝正续传》有时也用儒家语言，像"非躬""忉忉怛怛""知言""国步""翔集""叔世""将命""罔极""视履考祥"等就典出儒书，但这些典故偏于行为、事件、心理、精神和其他一般性描写，并不侧重儒家那些注重知识、礼仪、道德、家庭的文辞，也未成为《僧宝正续传》中压倒一切的语言模式。

其次，如前所述，祖琇认同唐代以来盛行的新春秋学，注重"权""宜""时"，强调禅学救治时弊、教导学人等方面的功用，反映出重整禅林秩序的诉求。在《僧宝正续传》的史料选择上，也体现出他这方面的倾向。如《龙门远禅师传》，抄录清远禅师针砭参学者禅病和其他宗师教导学人的错误方法等方面的语句，区分真实方便、善巧方便两种方便，认为二者同属一法；又录清远对问答语言的看法，认为问乃自问，答乃自答，并无意指，这显然有所激发，具有教导学人不要寻言觅句的意味：正如祖琇评论的那样，清远的禅法通达广大，切中禅病[①]。祖琇是清远的再传弟子，清远的观点与祖琇所注重的新春秋学观点颇有契合之处。可以说，在清远数万言的语录中摘抄其切中禅病的语句，而这些语句表达的态度又与祖琇本人的看法相近，意味着本传的史料选择不是偶然的，而是祖琇根据自己所认同的观念做出的选择。

祖琇还根据时代背景评判传主的某些行为。如卷一《泐潭照禅师》"赞"不是批判惟照的作风和独特的禅法，而是考虑到那个时代丛林的状况，注意现实，这与其认同的新春秋学观点颇为一致。反过来，祖琇叙述其"奢华"，一方面未隐瞒史实，另一方面也给予了合理的解释，可见叙

---

① 祖琇：《僧宝正续传》卷三《龙门远禅师》，《卍续藏经》第 137 册，第 589 页。

事和评论之间的一致性。不同的是，惠洪《泐潭准禅师行状》说"方是时，禅林以饮食为宗，以软暖为嗜好，以机缘为戏论，师悲叹之"①，文准这种对丛林奢靡作风的批判态度实际上也是惠洪本人赞同的，故写入行状。而祖琇在文准传和其他传记中都未采用此类文字，不仅更为简洁，而且可看出祖琇本人对此并不持特别的批评立场，正如他对惟照"奢华"作风的评论那样。

再次，祖琇重视嗣法传承。《僧宝正续传》在叙述传主出世开法时，特别采用诸如"嗣法某某""唱某某之道""开某某法要"这类措辞。清源传追叙说，清源禅师反对并未在其法席下开悟的侍僧嗣法于他，而祖琇也认为需根据悟道因缘而向禅师称法嗣，如此方才得体。文演悟道于克勤，后来出蜀，与宗杲颇为相得，但他最后还是继嗣克勤，而祖琇也称赞这种做法，认为理当如此。而在《智海勤禅师传》"赞"中，祖琇还讲述说，怀深本已嗣法于崇信，后来听惠勤讲法而大悟，便想改嗣，为后者所拒绝。祖琇评论此事也颇为感慨，借此事对末法时代丛林的丑陋作风加以鞭挞，可见祖琇本人是赞同惠勤这种态度的。《僧宝正续传》中反复出现上述措辞并非偶然，而是表现出祖琇对嗣法传承问题的重视。事实上，这也是丛林传统：学人所随禅师中最早令其透彻了悟的，一般被视为其传法师，无论后来跟随谁也获得了觉悟。

由于禅僧参学诸方，最终嗣法于谁也出现了一些疑问。《僧宝正续传》记载说，善清禅师先得道于祖心禅师，后又与悟新禅师周旋近二十年，悟新去世后，善清继之住黄龙，宣称自己嗣法于祖心；善果禅师听闻禅者举悟新之语而豁然大悟，即趋黄龙，不巧的是悟新已谢事，便指见道宁禅师，师资契会，后来出世，便向道宁称法嗣。可见，师承还是要注重自己实际接触的禅师，特别是最先的师从者，而悟新很不幸地在此过程中失去了优秀的学人。不过，祖琇虽叹息悟新法嗣乏人，但又认为祖心、善清和道宁、善果的师徒授受后来都能有所效验，还是认可后者师承的"合法性"。事实上，可能正是由于现实中存在这类问题，祖琇才在《僧宝正续传》中特别标明禅师最终嗣法于谁。

① 惠洪：《石门文字禅》卷三〇《泐潭准禅师行状》，四部丛刊初编影明径山寺本，第336页。

　　最后，祖琇还有重视公论的一面。除了上节提到的"赞"，他在传记正文中也多次引用丛林大德的话来评价传主。例如在惠方传中，祖琇引用当时名盖天下的克勤具有形容性、修辞性的言论来赞扬惠方善于谈辩、通达天理人性，称这一说法为精当之论，这很可能也成为祖琇将惠方写入《僧宝正续传》的一个根据。又如德逢传称黄龙从惠南开始，先后有祖心、惟清、悟新三代禅师住持传法，丛林视之为法窟；德逢以惠南的曾孙身份担任该寺住持，得到人们称道，认为他是能继承家业者①。注重传承，这是僧团内部的一个重要特点，这里的叙述表明祖琇为德逢立传有相当合理的依据。另外，这里似乎有将黄龙寺视为一家宗派祖庭的意味，而先后四代担任一寺住持的做法似乎意味着十方住持制和甲乙住持制的某种合流，尽管在形式上还是遵循了十方住持制。

第三节　文体的混合与区分

　　晁公武依照文体标准②在《郡斋读书志》史部传记类中著录《僧宝传》三十二卷；厥后，尤袤《遂初堂书目》子部释家类著录《禅林僧宝传》《僧宝正续传》，陈振孙《直斋书录解题》子部释氏类著录《禅林僧宝传》三十卷。然而，晁公武之说多少忽视了宋代禅僧传的记言特征；尤袤、陈振孙将宋代禅僧传与灯录、语录等佛教典籍均归入一类，也很难看出各自文体上的异同。事实上，南宋禅僧传糅合了很多材料以撰写言事兼备的传记，但也存在保留其语录、灯录特征的传记③，本节将对这些文体特征进行重点分析。

一、文体混合

　　笔者以《僧宝正续传》卷六《径山杲禅师》为例，并在史料基础上说

---

　　① 祖琇：《僧宝正续传》卷三《黄龙逢禅师》，《卍续藏经》第137册，第594页。
　　② 晁公武撰，孙猛校证：《郡斋读书志校证》卷九《传记类》，上海：上海古籍出版社，2011年，第359页。
　　③ 有研究者注意到僧传和语录、灯录等文体特征相同，但对它们之间的区别缺少辨析。参Mario Poceski, *The Records of Mazu and the Making of Classical Chan Literature*. New York：Oxford University Press，2015，p. 119.

明这个问题。

本传开端记叙宗杲爵里、家世、早年学习情况和游方求道的经历，这些经历后来在《云卧纪谈》中有过详细记载，又声称是宗杲本人所述。这些叙述被祖琇书写成传记式的，言事兼备。接着，本传叙述宗杲谒绍珵、文准以及在文准入灭后与张商英交往的一系列事件。祖琇与宗杲生活年代相近，而宗杲在当时丛林内外声名显赫，祖琇必定熟知其人其事。考史料记载，《大慧普觉禅师宗门武库》已记叙宗杲参谒绍珵、文准的经历；而宗杲请求张商英为文准撰写塔铭一事，在张浚《大慧普觉禅师塔铭》、道谦《大慧普觉禅师宗门武库》等史料中都有记载。接着，本传记载了宗杲参克勤而开悟的机缘语句，这在《大慧普觉禅师语录》卷一七中可找到来源。由此，宗杲早年入道因缘得到比较详尽的叙述。

然后，本传记叙了靖康之变后宗杲的经历，这在张浚《大慧普觉禅师塔铭》中有明确记载；又提到韩驹写给徐俯的一封信，高度赞扬宗杲；接着大量抄录宗杲住径山后的说法语句，这些语句基本上在《大慧普觉禅师语录》中可找到来源，属于语录体。之后本传叙述说宗杲因谶记而遭贬的故事，这呼应了本传开端丁生佛像毁坏则来僧亦遭难的预言，解释了宗杲为何受难。这在僧传等佛教典籍中经常可以见到，不只是一种解释程式，而是那些佛教徒往往的确相信这一点。因此，这是传记体式的，尽管具有神化色彩。接下来，本传叙述宗杲编《正法眼藏》、移置梅州、北还、恢复僧人身份、住明州育王山、改住径山等经历，张浚《大慧普觉禅师塔铭》中有大致相同的记载。然后，本传记载了宗杲的诗偈，以及宗杲圆寂前天地异象、临终之际的言语行为等内容，可与《大慧普觉禅师语录》《大慧普觉禅师塔铭》相互参证。最后，祖琇对宗杲的生平进行了总结性的评论，并明确说，宗杲撰写的那些偈赞、颂古、与文人士大夫来往的信件和上堂普说、法语等一共五帙，行于世①。可见，祖琇清楚关于宗杲的一手材料，不过我们难以确定这些材料是否已经变成今天看到的蕴闻所编《大慧普觉禅师语录》的情况。

可以看出，与《禅林僧宝传》撰述体例一致，本传言事兼备，注意记录传主入道因缘和生死之际，混合了塔铭、语录、书信、诗偈、笔记等不

---

① 祖琇：《僧宝正续传》卷六《径山杲禅师》，《卍续藏经》第137册，第611页。

同文体，又采用了丛林传闻。其中的内容，有的是通过他人的评议看待宗杲及其在丛林内外的地位，如书信；有的是宗杲本人的自述，如本传开端所述神异故事；有的是祖琇本人的评论；有的是宗杲本人的说法语句；至于其生平行事，张浚《大慧普觉禅师塔铭》和道谦《大慧普觉禅师宗门武库》等已有记载。并且，祖琇不是简单拼合史料，而是多少加入自己的推测。如本传记载，张商英令宗杲参克勤，宗杲乃游襄汉、会道微，不久游汴京。克勤住汴京天宁，宗杲庆幸地说，这是天赐，不辜负文准、张商英的指引，便前去①。《大慧普觉禅师宗门武库》记载文准病重时，叫宗杲去依克勤；张浚《大慧普觉禅师塔铭》记载张商英津致行李，叫宗杲去天宁寺谒克勤。而本传对宗杲这样的心理描写，表明文准、张商英的指引和宗杲对克勤的向往促成了宗杲参谒克勤的行动，于是《大慧普觉禅师宗门武库》《大慧普觉禅师塔铭》《大慧普觉禅师语录》或其他材料记载的相关内容得以连缀起来：不同文体的材料为了连贯地叙述传主的行迹而形成了融合。当然，这是根据现存材料而论，我们完全可设想在当时还存在其他为祖琇见到的材料；但可以肯定地说，其中同样会存在不同文体的融合，除非还存在一个被口头讲述的完整故事。

二、灯录参照下的禅僧传

除了《僧宝正续传》卷六《径山杲禅师》，该书其他传记也基本因循《禅林僧宝传》言事兼备、强调入道因缘和生死之际的撰述体例，混合了语录等多种文类，与行状、塔铭、传记等以记人记事为主、极少或不载禅师说法语句的文体存在明显差别。然而，这还不能使我们完全明白该书与灯录之间的区别所在。循名求实，追溯史料来源，以及以灯录为参照系进行比较，可帮助我们进一步认识《僧宝正续传》的文体特征。

（一）南宋禅僧传中的灯录因素及区分

《僧宝正续传》卷六《福严演禅师》提供了这样一个典型范例。本传开端记载了传主文演的法名、爵里、出家游方和出世说法的经过：文演乃新都县人，俗姓扬（一说姓杨）。年十八出家于广寿院，到成都大慈寺习

---

① 祖琇：《僧宝正续传》卷六《径山杲禅师》，《卍续藏经》第 137 册，第 611 页。

经论。后参正法明禅师，闻举文偃禅师糊饼话有所醒悟。见雅首座，后者指引他参克勤。二人师资契合，文演达到了完全的彻悟。克勤圆寂后，文演出蜀参宗杲，彼此相能。此后他游南岳，于福严担任首座。恰逢勾龙漕使摄师潭州，命他出世智度，乃唱克勤之道①。

这里的时间顺序表现得十分明显，而其内在线索是要说明文演的悟道以及出世说法的前后。但我们所能理解的，只是文演由于雅首座的指见而谒克勤。至于文演为何要出家？为何到大慈寺？为何弃经论而谒正法明禅师？如何省悟糊饼话的？如何在克勤法席下彻悟的？如何与宗杲交往的？为何游南岳？由于内容的欠缺，文演的这些行动都不能为人所理解（或许是因为史料来源不足）。如果说其中还有某种意义的话，那就是祖琇在赞辞中以文演嗣法克勤来表现其"有道者"形象：文演早先已有所觉悟，但其定师承还是根据其最终的彻悟，而这一师承还要等到文演出世说法才能公开确定，而此时克勤早已去世。另外，尽管祖琇的叙述本身很简略，但这其实也蕴藏着一些重要信息，如为新都人，俗姓扬；蜀僧到大慈寺学习，这在该书和其他佛教典籍中多有记载，实际上该寺在当时被视为重要的佛教学基地，特别是在同卷士珪传中有明确说明，因此本传不需要再特意说明；参正法明禅师也值得注意，因为该僧也在成都，文演前往参礼，这也表明当时成都不只是流行义学，而且也有出色的禅师，从而有助于我们理解当时成都佛教义学和禅宗发展的情况；至于参克勤更是体现出禅宗的影响力，因为克勤早就盛名在外。换言之，是简略叙事还是有解释性的叙事并不完全取决于撰者的叙述，也取决于撰者在整部书中对相关事例的处理，有时甚至取决于读者对该书写作背景、文化背景等方面的了解——哪怕只是模糊的了解，也可能对原本简略的叙事有一些丰富的感受。

接着，祖琇开始抄录文演的说法语句。这些语句的开头常常是"问""答""进云""尝示众曰""又曰"等措辞。一般来说，传记只是选择禅师部分语录加以抄录，而这部分很可能是撰者赞赏或认为重要、出色的内容。从这些语句来看，文演仍然坚持禅宗宗旨并体现出宋代禅学的鲜明特征：主张反观自性，对"思"和"学"持否定态度。如前所论，祖琇本人也坚持教外别传之禅宗的优越性。然后，本传叙文演迁住福严后法席鼎盛

---

① 祖琇：《僧宝正续传》卷六《福严演禅师》，《卍续藏经》第137册，第614页。

的情况，并引其同乡旧交张浚的话来赞赏他。最后叙文演入灭前后，应僧众的请求而作诗偈，掷笔而逝的情况，交代其世寿、僧腊，要求入灭后舍利藏在寺院的三生塔。传记主要内容结束后，祖琇再次加以评论①。基于这种评论，我们再度理解了文演嗣法克勤而不是宗杲的原因，以及这样一位朴素的禅师受到有识之士尊重的原因，而这些原因并没有直接通过具有解释性的故事来体现。相比而言，这类评论在灯录中并不常见，而张浚那样的言语也甚少为灯录所援引。可以说，不是简单说明传主法名、爵里、出家游方、出世说法经过的文字和所抄录的说法语句——这在《嘉泰普灯录》卷一四《潭州福严文演禅师》中同样存在，只是稍加剪裁——而是这类评论和赞辞使得本传更像是"僧传"而非灯录。

同卷《黄龙震禅师》②则具有其他区别特征。本传开始介绍说，道震从小就为童子，但并不清楚其这样做的原因。不过，我们只要熟悉僧传，那就知道家庭传统、先天因素、家庭变故、社会氛围和个人觉悟机缘等因素都可能导致传主这样做，当然也可能还有其他一些原因。接下来，本传说明了道震为何得度具戒：恰逢淑妃选择守戒童子赐予度牒，他名列其中，得以受戒。这里的信息表明，受戒和获得度牒是相关联的，而皇室的特许会使此事变得容易。事实上，宋代为避免僧人冗滥会限制出家，有时又为了增加财政收入而贩卖度牒，因此道震被选中受戒绝非易事，这里的叙述只是看似简略。接着，道震参谒子淳禅师学习曹洞宗旨，开悟后作诗偈表达其禅悟。然后，道震游览诸方，最后至黄龙，与善清禅师相契，不再考虑到其他地方游学，只是每天取大藏阅读。而道震悟道过程也十分神秘：他是一天晚上听到晚参鼓声响之后走出经堂，忽然抬头看到月亮而有所觉悟。在禅宗话语中，月亮常被喻为明洁之心性。道震此前受到注重教理的曹洞宗的影响，此时又在阅读藏教，当深究义理。但当仰见明月，他很可能突然领悟到佛性不在藏教文字中，而是毫无遮掩地全体呈现。他向善清禅师陈述自己的领悟，得到印可。而祖琇的评论也表明道震由此大彻大悟。

开悟后，道震在善清门下为第一座，分座接衲，直到应临川太守之请

① 　祖琇：《僧宝正续传》卷六《福严演禅师》，《卍续藏经》第137册，第615页。
② 　祖琇：《僧宝正续传》卷六《黄龙震禅师》，《卍续藏经》第137册，第615-617页。

才出世说法，担任曹山住持。之后抄录传主的语录：讲述道震采用"四料简"以及曹山公案来接引学人，连缀问答的仍然是"僧问""答云""进云""尝示众曰"等措辞。接着，本传记叙说"久之"，他退隐山堂，知州请其居广寿，"未几"洪帅移其居百丈，措辞"久之""未几"表明其中省略了一些内容。禅师退院的原因也不单一，厌倦各种交往和繁杂事务、避免人事冲突、谦让有德高僧、希求专一修道或疗养疾病等都可能是重要原因。但地方官员肩负着管理当地寺院的责任，特别是一些寺院住持职位空缺之后更需高僧，而高僧大德往往有助于寺院各方面的发展，故他们往往又被官方请出住持。本传然后又叙述道震的住持规矩，因此接下来讲述道震勘验来僧的内容也就顺理成章，而"若此类甚多，衲子翕然推服"的措辞亦表明祖琇省略了那些与此类似的事件。

在祖琇看来，道震身上还具备其他一些道行。一方面说明了道震为何是慧南直下子孙：住持黄龙寺（慧南曾住黄龙，而道震属黄龙派，其他黄龙派僧如祖心、惟清、悟新等都住持过黄龙寺）；另一方面也说明了他在寺院建设方面的能力：重建为兵火所毁的寺院。然后，本传叙述了道震圆寂前后的事件，其中值得注意的是道震集众说，讲述自己参学诸方和在善清门下悟道的经历，以此勉励学人努力求法。其舍利瑞相也得到详细甚至夸张的叙述。传记本文最后，祖琇再度评论其为人，认为其有古尊宿之风。道震入灭于绍兴三十一年（1161），在本书的传主中仅比宗杲圆寂时间（1163）早，本传又提到"议者"对他的评价，可知祖琇对这位当代禅师比较了解。

像《嘉泰普灯录》卷第一〇《隆兴府黄龙上堂道震禅师》、《五灯会元》卷一八《隆兴府黄龙山堂道震禅师》等南宋灯录但载道震法系、入道因缘和说法语句，却未载其游湖湘、退隐山堂、住持百丈、兴复黄龙等方面的事件，甚至未提到其卒年、俗寿和舍利瑞相，叙事相对简略，更无具有解释性的评论，也没有赞辞。与之相比，不仅那些符合《禅林僧宝传》撰述体例的故事，而且那些具有连接作用的措辞、评论和赞辞也使得本传成为"僧传"而非灯录。

（二）《僧宝正续传》卷二《智海勤禅师》与灯录相关记载的相似性

相对而言，《僧宝正续传》卷二《智海勤禅师》[①]文体上的区别特征更模糊。本传开端叙述了惠勤出家得道、出世说法的过程，虽存在具有解释性的叙事，但对惠勤为何参谒法演、如何发明大事记载不详。事实上，《大慧普觉禅师宗门武库》对惠勤参禅悟道的前后曲折有更为翔实的叙述，《罗湖野录》卷下又记载了法演付法衣给他之事。尽管以记载禅师传法世系和说法语句为主，但灯录也常有简略叙事的成分，亦不乏对禅师入道因缘的详细记载。《联灯会要》卷一六《建康府蒋山慧勤禅师》、《嘉泰普灯录》卷一一《舒州太平佛鉴惠勤禅师》就采用了《大慧普觉禅师宗门武库》的记载，而《五灯会元》卷一九《舒州太平慧勤佛鉴禅师》更加详细地叙述了惠勤悟道并得到法演印可的前后因缘。单就此而言，这些灯录比《僧宝正续传》本传更符合《禅林僧宝传》的撰述体例。

接着，本传大量记载惠勤住太平寺时的说法语句，语句之间多以"乃云""又曰"等措辞加以联缀。然后，本传记载惠勤政和二年（1112）住东都智海，谢恩祝圣罢开堂说法的语句。而在宋代灯录中，不仅像智海禅院这类皇家所辟禅院的住持僧如此，就是那些为官方管理的地方十方寺院住持僧也如此，属于有时代特征的惯例。接下来记载惠勤晚年事迹；"赞"中又载怀深谒惠勤言下大悟，欲改嗣而未能得到他许可之事。而《慈受怀深禅师广录》卷二有《阅佛鉴禅师语录》，可见惠勤有语录传世，而怀深生活的年代早于祖琇，故本传说法语句有可能抄录惠勤语录或类似材料。最后，本传叙惠勤圆寂前后之事并加以评论，又追述惠勤向惟清禅师请教住持事宜的故事。而除了《联灯会要》卷一六《建康府蒋山慧勤禅师》，《嘉泰普灯录》卷一一《舒州太平佛鉴惠勤禅师》、《五灯会元》卷一九《舒州太平慧勤佛鉴禅师》记载的惠勤晚年事迹与本传区别不明显。

因此，宋代禅僧传是一种新的文体，而灯录编纂也存在不同的情况，难以完全用一个先在的、固定的标准来说明"禅僧传"的区别性特征。尽管《僧宝正续传》卷二《智海勤禅师》大体因循了《禅林僧宝传》的撰述体例，但灯录对惠勤入道因缘的记载更翔实，并且同样记载其说法语句、

---

① 祖琇：《僧宝正续传》卷二《智海勤禅师》，《卍续藏经》第137册，第584—586页。

生平行迹、死生之际等内容，在这些方面更像是"禅僧传"。更何况，宋代禅僧传本身就是多种文体混同的产物，与灯录一样都曾取材于禅师语录。除本传外，《僧宝正续传》卷二《宝峰准禅师》、卷三《龙门远禅师》、卷四《圆悟勤禅师》、卷五《云居真牧禅师》、卷六《径山杲禅师》等传也大量抄录禅师语录，并且在传记中成为相对独立的一部分，就此而言它们与灯录差别不大，尽管在整体上依然言事兼备，并存在评论、赞辞等区别性特征。

第四节　转生与禅宗史学观念

尽管宋代某些持有护法意图的士大夫试图为佛教转生事迹提供历史证据，但正统儒家学者往往视之为妄诞不可信之事。在禅宗内部，亦有禅僧怀疑转生事迹的真实性，或者认为随意运用神通是错误的，对此并不认同。因此，作为佛教神圣性重要标志的转生事迹与历史事实的关系究竟如何，是否因为尊崇历史事实而排斥转生事迹，成为宋代禅宗史上有待考察的问题。在此背景下，笔者将视点聚焦于南宋禅僧传，考察它们是否叙述和认同转生事迹，所采用的原始材料中是否记载了转生事迹，与材料运用方式、理性精神、佛教观念、宗派立场是否存在关系，抑或真正可以验证等问题。对这类问题的考察将有助于我们认识宋代禅僧传的特质，并进一步厘清宋代僧史家的史学观念。

一、"再来人"身份的叙述与认同

这里首要的问题是：原始材料中是否存在对转生事迹的叙述？而像惠洪《禅林僧宝传》、祖琇《僧宝正续传》这类仿效史籍赞辞，行褒贬之法①的禅僧传，如果叙述了神化事迹，惠洪、祖琇等又如何看待？有何异同？

---

① 祖琇：《僧宝正续传》卷七附《代古塔主与洪觉范书》，《卍续藏经》第137册，第624页。按，此乃祖琇批评惠洪《禅林僧宝传》之语。而从《僧宝正续传》来看，祖琇同样行褒贬之书法。他评论惠洪就是如此。见祖琇：《僧宝正续传》卷二《明白洪禅师》"赞"，《卍续藏经》第137册，第582－583页。

　　典型事例是《禅林僧宝传》卷二六《法云圆通秀禅师》，撰者将麦积山僧的故事与法秀本人的故事合成一股，揭示了佛教转生观念：出生在竹铺坡前、铁强岭下的那个小孩就是法秀，其前身即麦积山僧。法秀圆寂后一个月，惠洪曾到过其生前住持的东京法云寺。而在惠洪《禅林僧宝传》之前，《建中靖国续灯录》卷一〇《东京法云寺圆通禅师》已简要记载了这一转生故事，并强调其为"麦积山诵经老僧"后身。从佛教观念看来，对法秀乃麦积山诵经老僧后身的记载，可能是暗示法秀得诸经精义乃宿习所熏。据昙秀《人天宝鉴》，法秀的《语录》也曾记载此事，不过未明言法秀前身为谁。史料还表明，神宗年间，法秀奉诏入内升座，讲演宗乘，麦积山瑞应寺（即应乾寺）因获赐田①；而在元丰七年（1084），越国大长公主和张敦礼奏请法秀住法云寺②。麦积山向来被视为富有神异色彩的佛教福地，法秀又正是在麦积山应乾寺出家，为该寺最有名的高僧之一。据今人考证，麦积山石窟东崖下现编第 50 窟内主尊宋塑高僧像即法秀之像③，亦可见法秀在麦积山僧众中的崇高地位。惟白所编《建中靖国续灯录》，体现了因得到皇室礼敬而兴于西北的云门宗的权威地位。惟白正是法秀的嗣法弟子，法秀在真州长芦任住持，惟白为首座④，二人又先后受诏住持东京法云寺。

　　如果说本传还未表明惠洪本人的评议，那么我们接下来将会看到，他不仅叙述，而且以转生故事为事实。据惠洪《禅林僧宝传》卷二九《云居佛印元禅师》等记载，苏轼乃五祖师戒的后身。惠洪不仅记载此事，而且在《跋东坡仇池录》中确信此事属实。《信州天宁寺记》同样肯定了转生之说的真实性。另外，惠洪还认为蔡卞乃木叉后身之说荒诞不稽，但因为蔡卞舟次泗州时出现的种种异象之预兆、后来果然病死之验证，惠洪相信了传言的真实性⑤。

---

　　① 张维编：《陇右金石录》卷四《麦积山捐田碑》，甘肃省文献征集委员会校印，1943 年，第 48 页。

　　② 惟白编：《建中靖国续灯录》卷一〇《东京法云寺圆通禅师》，《卍续藏经》第 136 册，第 155 页。

　　③ 屈涛：《麦积山宋僧秀铁壁考》，载郑炳林、花平宁主编：《麦积山石窟艺术文化论文集》（上），兰州：兰州大学出版社，2004 年，第 309 页。

　　④ 晁说之：《嵩山文集》卷二〇《高邮月和尚塔铭》，四部丛刊续编影旧钞本。

　　⑤ 张伯伟编校：《稀见本宋人诗话四种》，南京：江苏古籍出版社，2002 年，第 97 页。

　　与惠洪一样，庆老也相信转生故事的真实性。据其《补禅林僧宝传》记载，弘忍曾有遗记，称其手启则他再出世间；法演住东山，拜法演塔，乃以手指，称今日重来①。据此，法演乃弘忍后身。而"原始材料"、法演门人惟庆所编《黄梅东山演和尚语录》就已载此事，法演另一位弟子道宁去世前也回忆说，他到白莲峰再来庵参法演而得法②，均可证法演"再来"绝非传说。其实，尽管《宋高僧传》本传的确记载说，弘忍的法身得到保留并在易国之际出现种种异象，但弘忍的遗记不载于《补禅林僧宝传》之前关于弘忍的材料，当属传言，《补禅林僧宝传》中甚至隐藏了一个出自《论语·泰伯》的带有孝道意义的语典，表示不可损害其法身。因此，这个故事再度表明僧人用孝道观念证明弘忍和法演之间的前后身关系，并且相比于《宋高僧传》那个为南唐亡国而流泪的弘忍，这个故事更契合宋代儒家复兴的时代特征。

　　在丛林中，同一道场先后住持被视为前后身关系的故事在宋代屡屡被叙述，堪称惯例。惠洪的批评者祖琇也是如此。尽管祖琇批评惠洪的撰述不合事实，声称自己要审定其虚假之处③，然而这些看法与其说证明了《僧宝正续传》一书完全记录事实，毋宁说这是一种尊重事实的编纂态度。实际上，祖琇一如其批评对象惠洪一样，不断地叙述着转生故事，尽管这些故事常有其来源。

　　据《僧宝正续传》卷一《圆通旻禅师》，道旻因见佛像而开口说话，表明他天生就具有某种佛教徒的资质，时人也感到不同寻常。本传接下来又载，道旻于迁住庐山圆通寺。又追叙说，缘德禅师临终时预言：其塔以青石砌成，今后塔变成红色，其转生再来。巧合的是，缘德到达那天晚上，塔为之变红，远近皆知，认为他就是缘德的后身，因此宗风鼎盛。④缘德的这个谶记载于《禅林僧宝传》卷八《圆通缘德禅师》，故《僧宝正续传》的记载明显承续了《禅林僧宝传》，表明缘德的谶记得到了应验。而在《禅林僧宝传》之前，《宋高僧传》《景德传灯录》等佛教史籍都没有

---

　　① 庆老：《补禅林僧宝传·五祖演禅师》，《卍续藏经》第137册，第566页。

　　② 善果集：《开福道宁禅师语录》卷下，《卍续藏经》第120册，第479页。

　　③ 祖琇：《僧宝正续传》卷七附《代古塔主与洪觉范书》，《卍续藏经》第137册，第624页。

　　④ 祖琇：《僧宝正续传》卷一《圆通旻禅师》，《卍续藏经》第137册，第571—572页。

记录这一谶记。因此，这个预言当是晚出的传言，而到道旻出世圆通寺时已广为人知，不然不会远近惊叹，将塔变红与转生两件事联系在一起。据《僧宝正续传》本传后的"赞"，可知李彭所撰行状就记载此事，而祖琇不但再度叙述，而且认可这一转生神迹①。

对转生事迹的认同，亦可从人们赞誉禅师是"再来人"的说法中得到证明。如法如禅师住云居有古代尊宿之风，得到道俗拥戴，又创设庙宇，但他性格谦让，并不因此矜夸自己，故有识之士认为他很高尚，以为本山晚唐高僧道膺之后身②。事实上，丛林似未流传道膺转生再来的故事，该说法不过是根据法如与道膺存在某些相似性而赞誉他。法如与祖琇之师正贤为同门，他圆寂于绍兴十六年（1146），距祖琇撰《僧宝正续传》时间不远。从现存记载看，祖琇的说法最早。而在《僧宝正续传》卷四《宝峰祥禅师》"赞"中，祖琇还对转生进行了解释：有两位尊宿夜谈，举古德偈，景祥感悟而流泪，称近来梦中得此偈，以为是前身所作，老宿乃根据古德偈，预言他为渤潭主人。其后景祥果住渤潭，又至天台，圆寂于德韶禅师庵，亦如其古德偈言。从佛教"愿力"观念出发，祖琇还认为传主的行迹都是注定的，是过去世的愿力所致，显然相信此事属实。

南宋佛教徒不仅从惠洪、祖琇等人那里接受了这类神异事迹，而且还常常提供可靠的讲述人——当事人自己。祖琇《僧宝正续传》卷六《径山杲禅师》记载，东山慧云院塑佛像（1078），有奇人丁生对寺僧说：立像十二年，当生一导师兴佛。佛像有难，此人便来。佛像毁坏，此人也会遭难。他的预言得到了验证：崇宁三年（1104），盗贼盗取佛像中物，恰好这一年宗杲来到该院师从慧齐，而宗杲乃元祐四年（1089）生人，距立像正好十二年。这表明，宗杲就是那位"导师"。祖琇声称，宗杲从此智慧与才辩相辅相成，超越同辈③。之后，晓莹《云卧纪谈》又称这个故事实际上是由其师宗杲本人自述而首载于祖琇《僧宝正续传》，后又为祖咏《大慧普觉禅师年谱》所采用；不徒此事，《大慧普觉禅师年谱》所载尽出《僧宝正续传》。不过祖琇并未说明宗杲是在何种情况下、何种缘由讲述此

---

① 祖琇：《僧宝正续传》卷一《圆通旻禅师》，《卍续藏经》第137册，第573页。
② 祖琇：《僧宝正续传》卷五《云居如禅师》，《卍续藏经》第137册，第606页。
③ 祖琇：《僧宝正续传》卷六《径山杲禅师》，《卍续藏经》第137册，第611页。

事的，而据晓莹法兄"兴国军安兄"的说法，这是宗杲对秦桧的亲戚所说，表示他之所以不怨恨秦桧将他贬到衡阳，是因事属前定，非人力：计算时日，丁生的预言与其平生事正好相合。晓莹认为《大慧普觉禅师年谱》"为定上座普说而说"的说法很荒谬，但并未认为这个神异故事本身虚假①。

此外，晓莹在《云卧纪谈》中还讲述过宗杲的另一个转生故事。宗杲于大观丁亥（1107）经太平州隐静寺，与二僧游杯渡庵。有犬怒叫，二僧心生惧怕而返。宗杲径直向前，犬则如迎故客。杯渡庵主僧盛情款待他，宗杲便问：自己是晚生，岂能配得上如此盛情？主僧回头看寺院之土偶，说道：昨夜梦见此人告诉自己今日文悦禅师来，告诫我好好接待。宗杲回到隐静寺，读到文悦的语录，开卷恍然，过目不忘。从此以后，丛林中人就传说其为文悦之后身。而宗杲自己也认可这一说法②。晓莹还承认，此事也是宗杲本人于绍兴丙子（1156）秋讲述给他的，于是就详细记录下来③。晓莹还不满于《大慧普觉禅师年谱》未收录这个转生故事，认为宗杲屡次谈及此事，丛林中也有很多人知道④，可见他认为这个宗杲亲口道出、丛林盛传的故事属实。

如上所述，传记、笔记的原始来源中就已充斥着转生事迹。像惠洪、祖琇、晓莹这样的禅史书写者，以及像宗杲这样的当事人，乃至当时的一些士大夫，尽管他们对事实的看法可能不无差异，但他们都认为禅师的转生事迹属实。这种认同与史料明确记载、众人传说、谶记应验、两人先后住持同一寺院、宗派观念、"愿力"观念、可靠的讲述人、僧人之梦、时日计算等因素相关；而当事人对自己前身的认识也与他人，尤其是僧人的看法相关，从而以转生为故实（如宗杲乃文悦后身一事）。

二、佛教观念中的证据与"事实"

到宋代，对"事实"的尊崇已蔚然成风⑤。这一风气在丛林世界中同

---

① 晓莹：《云卧纪谈》卷下附《云卧庵主书》，《卍续藏经》第 148 册，第 48 页。
② 晓莹：《云卧纪谈》卷上，《卍续藏经》第 148 册，第 153 页。
③ 晓莹：《云卧纪谈》卷下附《云卧庵主书》，《卍续藏经》第 148 册，第 48—49 页。
④ 晓莹：《云卧纪谈》卷下附《云卧庵主书》，《卍续藏经》第 148 册，第 49 页。
⑤ 参杜维运：《中国史学史》，北京：商务印书馆，2010 年，第 571 页。

样表现出来。例如惠洪，他不信希迁舍身饲虎的传闻，而是以玄泰祭石头明上座文来辨明此事的真伪；不信文益临终因侍者用米囊压身而没的传说，而以《宋高僧传》本传的记载辨明此事；又以良价、师备等人的生平史实和天资德行说明有关二人不孝的传说没有依据，不可信①。晓莹声称其《罗湖野录》得自前辈高僧、友人或碑碣、书简，希望后来者撰僧宝史采用其书。昙秀《人天宝鉴》采录碑传、"实录"及诸遗编。圆悟的《枯崖和尚漫录》中也出现过类似措辞。从这些方面看，惠洪等宋代禅宗史家具有注重证据和史实的倾向。

明确表明僧传须"纪实"的是祖琇的《代古塔主与洪觉范书》②。祖琇认为，佛教的地位和影响力来自宗师的维持，故称赞惠洪撰写僧传，将高僧大德的典范事业留传下去；但同时，他认为僧传首要的是纪实，而只知根据自己主观看法进行评价和驰骋文采是与事实相互对立的东西。在这里，祖琇暗示自己了解事实，他有资格判定惠洪的记载有误。但在上文论述的基础上，我们需要重新认识这一表述——祖琇同样会叙述缘德这类转生事迹，当然其事可从《禅林僧宝传》和其他原始材料中找到依据，而祖琇认同禅师的转生神迹。更明显的例子是该书卷七"德山木上座""临济金刚王"这两位子虚乌有的寓言人物的传记，为了说明撰述缘由，祖琇特意从儒家经典中寻找依据：《左传》就详细记叙过"神降于莘，石言于魏榆"那样的神异故事③。

除了《僧宝正续传》，祖琇《隆兴佛教编年通论》的论述亦可进一步证实笔者的这一论断。如卷七认为《旧唐书·方伎传》所载达摩只履西归的故事是"实录"——对事实的记录；卷一二记载说，僧伽是观音大士之化身，其神化事迹，有蒋之奇立传。蒋之奇曾撰写《泗州大圣明觉普照国师传》，或即祖琇所指。祖琇以该传为证，明显认为僧伽的"神化事迹"属实。又如卷一八记载了沙门崇慧履刃梯而上等事，祖琇认为此事见《佛道论衡》和《高僧传》，是可信的。检视可知，此处《高僧传》指《宋高僧传》。总之，史传、别传和其他佛教史籍都记载了神变事迹，因此是可

---

① 惠洪：《林间录》卷下，《卍续藏经》第 148 册，第 617 页。
② 祖琇：《僧宝正续传》卷七附《代古塔主与洪觉范书》，《卍续藏经》第 137 册，第 621 页。
③ 祖琇：《僧宝正续传》卷七《临济金刚王》"赞"，《卍续藏经》第 137 册，第 620 页。

信的事实。其实就这一点而言，祖琇未超越赞宁《宋高僧传》：赞宁宣称实录就是要有根据，而《宋高僧传》里的小说也常常被视为事实。

但是，宋代僧史家受到某些儒家理性精神影响，已经不完全相信前代史籍的记载。惠洪就认为道宣所作《二祖传》不能明辨是非，所谓慧可"遇贼斫臂"之事不可信。道宣叙述说，无臂林与慧可一日同饭，奇怪慧可亦以一手吃饭。惠洪认为这不合情理：岂有同游之人被奸贼砍断手臂而不知，反而相问的呢？批评说这是将二人之事混为一谈，诬蔑先圣。为了说明道宣《二祖传》的不可信，他还引用了孟子"尽信书，不如无书"的说法为自己作证①。宋代有不少禅师都持这种态度。例如，惠洪甚为推崇的契嵩在其《书文中子传后》一文中也引用了孟子此语来说明典籍是否有记载不足取信，类似情况也出现在晓莹的《云卧纪谈》中。祖琇在《隆兴佛教编年通论》卷二七中也比较《旧唐书》《新唐书》对唐宣宗朝事实的记载，认为二者非常不同，只有《旧唐书》与《资治通鉴》相合；《新唐书》则贬斥唐宣宗，认为后者以察为明，无复仁恩之意。祖琇因此感叹，是是非非，莫衷一是，无论宽厚还是精勤都可能遭受批评，所以他也以孟子的这句话为证，同样表现出对史传的怀疑精神。

当涉及禅师（尤其是禅宗祖师）的转生事迹时，惠洪、祖琇等人不信从前代史料记载的立场显得尤为明显。据惠洪《栽松庵记》记载，对弘忍乃栽松道者后身一事，唐代以来的学者有怀疑也有相信的，他质疑契嵩《传法正宗定祖图》为何也不能分辨，认为僧侣不当根据常理怀疑此事②。可见唐宋以来的学者对弘忍的转生神迹并不完全确定；而惠洪暗示僧人应从佛教角度出发看待此事。因此，在佛教视野中，转生与其说是故事，不如说是信奉的理念。但禅师并不一定都采取这样的说法，而是根据问者根机回答：据惠洪说，当时士大夫也认为，弘忍的前身栽松道者与周氏女三缘不和合，他们怀疑这一转生故事的真实性，后听闻祖心举树伽和伊尹的例子方才相信③。

惠洪曾游双峰，见栽松道者全身；又至东山，见周氏全身。他以《僧

---

① 惠洪：《林间录》卷下，《卍续藏经》第 148 册，第 627 页。
② 惠洪：《石门文字禅》卷二二《栽松庵记》，四部丛刊初编影明径山寺本，第 241 页。
③ 惠洪：《林间录》卷上，《卍续藏经》第 148 册，第 595 页。

史补》为据，称弘忍乃栽松道者之后身，托生于周氏女，这是人所共知的事情，就连小孩子也能言说其事。他认为圣人可以不通过父母缘合而托生①，批评赞宁《宋高僧传》关于弘忍出生祥瑞的叙事十分妄诞，甚至闾丘均所撰塔碑也不过是文字而已②。也就是说，就弘忍的出身的晚出记载和传说是事实（管见所及，《僧史补》只见于惠洪笔下），而更早的史料记载（如闾丘均所撰塔碑和《宋高僧传》）则是虚妄不实的。不仅如此，惠洪《栽松道者真身赞》又认为生死变灭都是妄生分别，本为空无，而有道者能觉悟前身后身，出入生死，自在无碍，因此前身栽松道者和后身弘忍的真身都存在，并无矛盾，凡夫众生为自己的肉眼所暗障，他要替人抉去眼膜，清楚地看到转生神迹。这实际上是为弘忍夺胎转世的转生神迹做了一番具有浓厚佛教色彩的解释，而从以上论述看来，这种解释还是他对丛林内外评议的回应。本来，惠洪曾批评诸方轻视目睹而遵从相信传说，故不见佛道大全、古人根本③，似乎重视目睹所见，并不一味相信传说；但这里惠洪却相信晚出的记载和传说，原因在于其适合于用佛教观念来为转生故事的真实性提供解释，这种真实性已经超出"俗眼"目击其事的层次，或者说是一种更高层次的目击。如上篇所论，唐代以来已发展出一种强调目睹，强调信息来源的可靠性、直接性而非间接性的史学观念，在惠洪那里同样体现出类似趋势，但作为一位僧人，他最终还是更重视信仰观念，而从他的角度看这简直就是超越了世俗观念。

祖琇同样曾批评赞宁的《宋高僧传》的某些谬误，而其《隆兴佛教编年通论》卷一四与惠洪一样引述了弘忍的转生故事，同样认为弘忍是栽松道者的后身，托生于周氏女，无父而生，原本嫌弃栽松道者年老的道信也特别等待他转生以付与大法，只有像弘忍这样证得果位的至圣之人方能这样出生入死，游戏自在。可见祖琇不仅认为弘忍的转生神迹属实，而且用佛教观念解释这个传说。

因此，惠洪、祖琇等人对历史事实和转生事迹问题的看法并不单一。首先，宋代僧史家注重事实，对失实的记录加以批判。然而，这并不意味

①　惠洪：《石门文字禅》卷二二《栽松庵记》，四部丛刊初编影明径山寺本，第241页。
②　惠洪：《林间录》卷上，《卍续藏经》第148册，第591页。
③　惠洪：《石门文字禅》卷二六《题隆道人僧宝传》，四部丛刊初编影明径山寺本，第290页。

着转生事迹就是与事实相互对立的东西。在惠洪、祖琇那里，转生事迹仍然包含在事实之中。如果说二人有所不同的话，那么就在于惠洪不仅叙述、认同，而且制造禅师的神化事迹，客观上为后来的临济宗僧寻求本宗"兼统五宗"的正统地位提供了某些依据①。其次，宋代僧史家接受了儒家的某些理性精神，但这同样并不导致他们否定转生事迹，而是表现为开始不完全相信前代史料记载，转而寻求在他们看来更为可靠的证据，这使得当事人的口述、世所共知的传说和晚出的记载进入了禅史编纂的视域，转生事迹的真实性恰恰从中得到证实。总之，他们的纪实精神与相信传闻的观念相通，这与孟子等儒者的影响有关，但后者没有导向对书面材料或传闻的一手性、直接性的严格审查，更没有发展出来一种完全崇信一手材料的史学观念。例如，宋云于葱岭见达摩，门徒发墓但见只履这类故事，尽管记载于《旧唐书·方伎传》，但已相当晚出，不见于宋云《行记》，很可能是禅僧为显示达摩不可毒死之神异而故意附会的②，但这并不妨碍其盛传于宋代禅林。最后，当判定转生事迹属实的时候，惠洪、祖琇等宋代禅宗史家的理据往往是他们的佛教观念，体现出鲜明的宗教立场和宗派立场（如禅宗五祖弘忍乃栽松道者后身一事），这影响了他们对事实的判断。在他们看来，作为历史事实的转生事迹不仅存在于史传、传说中，更重要的是存在于佛法观照之中——这意味着，宗教信仰成了最根本的历史"证据"。

三、以佛理反对谶记及以隐语为实：作为反讽的禅史批判

上述结论亦有缺陷。《僧宝正续传》出现了一个例子，可看出祖琇在传记正文中记录转生神话，但在"赞"中保持了某种怀疑态度。据《僧宝正续传》卷一《圆通旻禅师》记载，道旻入灭前曾嘱咐说：葬其全身，三百年后兴佛事。道旻本人又认为，佛道虚寂，能脱去根尘，绝去光境，无所去来，超越死生，真实常住。而祖琇虽记载了道旻的预言，又赞同道旻是缘德后身的说法，但并不认为这一预言是真实的，而是猜测它属于好事者所为。他认为道旻乃悟道者，彻悟则无往不是道旻，乃引用先佛所言说

明空间时间均在一念之中的道理，以批评必以三百年为限方才转生的预言落入小乘。"赞"中提到的李彭所撰行状现已不能看到，无法用来比对。祖琇不相信预言是道旻所说，或许是为道旻讳，但也的确表明他对这种预言持有怀疑态度。

显然，我们可以认为祖琇是在"信则传信，疑则传疑"，显示了他作为一位佛教史家注重事实的立场。然而，传记正文和"赞"中的批评的确形成了反差——叙述不等于认同。同样具有反讽意味的是，缘德的转生预言与道旻的"三百年后当兴佛事"实无本质区别，同样可以用大乘佛理来加以批评——既然法身遍在，那就根本不用预言转生。然而祖琇却认同缘德应验。

更具反讽意味的是《僧宝正续传》卷七《德山木上座》《临济金刚王》。这两篇传记实际上是寓言，所谓的"传主"木上座是对手杖的隐语，金刚王宝剑则是对"临济喝"的比喻，并非真有其人。然而祖琇在"赞"中的议论却颇有意味。第一，他自称在无尽藏中获得罕见的书籍，见到木上座等之机缘、始末。所谓"无尽藏"是一个历见于佛教经典和宗门语录的佛教术语，比喻法性能够包罗万象，并非说具体的某个地方。如果有所谓打开"无尽藏"的说法，那么也是佛教徒采用的修辞手段，比喻领悟自身之法性。身为佛教徒的祖琇不可能不知道这一点，然而他却将其坐实，自称从中获得异书，记载了本无其人的木上座、金刚王宝剑的生平始末和世系，表面上看来荒谬无稽，实际上是说这两篇传记乃是祖琇领悟法性后的产物。第二，宋代禅僧乃至士大夫对德山木上座、临济金刚王的所指都非常熟悉，常常用来作为具有戏谑意味的修辞手段或说法工具、门庭施设，然而祖琇却认为近世所言都不雅驯，因此自己要专门编撰、记述其始末，仿佛真有木上座、金刚王其人一般，而这又模仿了《史记·五帝本纪》叙黄帝之事文不雅驯的说法，故意郑重其事。当然，这一点也可能反映了他对禅林文字鄙俚问题的诙谐看法。第三，祖琇还引用《左传》所载"神降于莘，石言于魏榆"这两个颇有神异色彩的故事。前者被周大夫内史过认为是国家兴衰的征兆[1]；至于后者，晋乐官师旷认为或是有物凭依之，或是传闻所误，或是施政不合时，百姓产生怨恨诽谤之情，故有不能

---

[1]　杨伯峻：《春秋左传注·昭公八年》，北京：中华书局，1990年，第251—252页。

言之物也能言，因此石头有言也是很恰当的事①，赋予了其政治讽谏的功能。然而祖琇未理会这些内容，仅以《左传》甚至连这两件事都详细记载为依据，批评赞宁《宋高僧传》没有为"独冠古今，光明硕大"的金刚王这位寓言人物立传，故意无视赞宁《宋高僧传》乃是为高僧立传这一编纂体例，何况后者依仿的也是《史记》《三国志》，倘若因是"俗学"而加以批判就相当无稽，因为祖琇本人就寻找儒典等外典为其做法提供依据。其实，在宋代这个疑古朝代里，一些儒者（如欧阳修）曾质疑《左传》的这类记载不符事实，而祖琇这样一位僧侣居然比儒者更尊重儒家经典，可见祖琇的宗教信仰与儒学一定意义上是合流的。第四，在祖琇之前，惠洪就已批评赞宁博学而无见识②，而祖琇却先称赞赞宁，然后却批评他为俗学蒙蔽，不能探无尽藏。仔细检视可知，祖琇撰写这两篇传记所使用的材料，乃是像《尚书》《周易》《左传》《论语》《庄子》《战国策》《史记》《云门录》《临济录》这样的书籍，而祖琇却偏偏说是珍贵罕见的书籍，这无疑加强了其讽刺意味——号称博学的赞宁为世俗之学所蔽，不悟自性，故不能发现金刚王的生平本末。这种说法其实同样也有无稽的成分，因为赞宁的博学恰恰体现在他对经史的熟稔上；赞宁也清楚禅门语录的存在和流行，至于为何《宋高僧传》不载，上篇第四章第三节已有论证，此不赘。

因此，无论是以佛理批评转生预言，还是以隐语为实，祖琇的禅史批判都首先以禅佛教观念为基本出发点，同时又试图寻找来自儒道经典和世俗史传的依据，这种做法与他批评的赞宁等人其实并无根本区别。而在其批判过程中，种种反讽现象不断显现出来。

---

① 杨伯峻：《春秋左传注·昭公八年》，北京：中华书局，1990 年，第 1300 页。
② 惠洪：《石门文字禅》卷二六《题佛鉴僧宝传》，四部丛刊初编影明径山寺本，第 287 页。

第三章　传主的个人史

正如上一章所论，《补禅林僧宝传》《僧宝正续传》对禅师生平行实的记载尚有谬误，不乏推测、想象，存在口头传说与书面文字糅合、事实与虚构并存的情形，不可尽信。鉴于古代和当代的一些禅宗史撰述利用了这些记载，有进一步考证的必要。为此，笔者运用相关史料，尤其是在史料来源、叙述者等方面更可信的史料来与二书相互参证，以便考察传主的生平行实。

第一节　法演生平行实新考
——兼论"二勤一远一宁"的相关行迹

法演，俗姓邓，绵州巴西（今属四川绵阳）人，南岳下第十三世白云守端禅师法嗣，属临济宗杨岐派。法演生前虽名不甚显，对后来的禅宗发展却影响甚大，其门下四位弟子克勤、惠懃、清远、道宁（世称"二勤一远一宁"）在禅宗史上占有重要地位。然而，尽管一些思想史撰述和单篇论文都涉及法演，但缺乏对《补禅林僧宝传》《僧宝正续传》等相关史料的考察，在叙述其生平行实的过程中也有疏失甚至谬误①。有鉴于此，笔

---

① 杨曾文《宋元禅宗史》（北京：中国社会科学出版社，2006 年，第 358—375 页）专门论述了法演及其禅法，并介绍了法演弟子清远、惠懃、道宁等人的生平和禅法，但对他们的生平行实尚欠缺一些考证。冯焕珍《五祖法演禅师及其禅风略述》（《世界宗教研究》，2011 年第 4 期）也叙述了法演的生平和禅法，而在游方、开悟、各处住持时间的具体问题上语焉不详。另有张兆勇《五祖法演评述》[《淮北煤炭师范学院学报（哲学社会科学版）》，2007 年第 1 期] 一文根据《古尊宿语录》《五灯会元》等史料勾勒法演的行迹，但对游方、开悟、各处住持等时间亦缺乏具体考证。

者对此重新加以考证，并在考证结果的基础上进一步考察其四位重要弟子的相关行迹。

一、法演禅师生平行实考述

（一）生卒年

据法演的弟子清远所述，法演三十五岁时方落发为僧，然后学习经论，因讲师不能回答自己关于佛理的疑问，乃游方学禅，先后到汴京、两浙，此后在法远门下住一年，法远自觉年老，乃推荐他到守端门下，如此方才大悟①。又据法演自述，他是游方十多年，到海上参寻尊宿，自谓已经彻悟，结果到法远会下，无从开口。后到守端门下，方才开悟②；又用达摩的著名典故，自称游方十五年，先后参迁和尚、其他尊宿、法远、守端，得其毛、皮、骨、髓，方敢为师③，可见法演共游方十五年，此后方才出世说法。综合起来看，法演似乎三十五至四十九岁间都在参学④。但考虑到法演出家时间和游方时间不详，二者之间可能还存在一定的时间间隔。

法演乃守端弟子。守端熙宁五年（1072）卒于白云山海会寺，寿四十八，因此守端当是天圣三年（1025）生人⑤。而《宗门武库》中法演转述法远的言语指教法演参守端，称守端为"小长老"，故法演年岁或长于守端。据《白云守端禅师广录》卷二，守端住白云山海会寺时，法演在其门下任首座，法演后受四面山之迎请，时在秋初。《白云守端禅师广录》前二卷按照守端先后住持道场的时间编排，而"演首座受四面请"之后只收录有守端寥寥数语，根据其描写秋天景色和提到收获稻谷之事，可推知时在同一年秋季，不久后守端便已圆寂。另外，守端有诗偈《送四面演长老》，而据《禅林宝训》卷四记载，守端送法演住四面，声称考虑到自己

---

① 赜藏主编集，萧萐父、吕有祥、蔡兆华点校：《古尊宿语录》卷三二《舒州龙门（清远）佛眼和尚普说语录》，北京：中华书局，1994 年，第 606 页。

② 赜藏主编集，萧萐父、吕有祥、蔡兆华点校：《古尊宿语录》卷二〇《舒州白云山海会（法）演和尚初住四面山语录》，北京：中华书局，1994 年，第 371 页。

③ 赜藏主编集，萧萐父、吕有祥、蔡兆华点校：《古尊宿语录》卷二二《黄梅东山（法）演和尚语录》，北京：中华书局，1994 年，第 408 页。

④ 参冯焕珍：《五祖法演禅师及其禅风略述》，《世界宗教研究》，2011 年第 4 期。

⑤ 参陈垣：《释氏疑年录》卷七，北京：中华书局，1964 年，第 224 页。

光景不长，不能再度见面，故有此嘱咐。考虑到高僧往往能准确预言自己的圆寂日期，亦可推断法演出世四面时，先于守端圆寂时间不久。守端圆寂于熙宁五年（1072），法演出世四面亦应在是年左右。

从熙宁五年（1072）上推十五年，法演游方应是从嘉祐三年（1058）开始，是年法演至少三十五岁。因此，法演当是天圣二年（1024）前后生人。又据《补禅林僧宝传》本传，法演入灭于崇宁三年（1104）六月二十六日，盖年八十余，年寿似不确定；据此推算可知法演生卒年约天圣二年（1024，或稍早）至崇宁三年（1104），享年约八十一岁（或稍长）①。《补禅林僧宝传》这一记载又见于《舒州龙门佛眼和尚语录》《续古尊宿语要·东山五祖演禅师语》，后者为法演弟子清远讲述，应有可信度。

（二）参游顺序和时间

据《补禅林僧宝传·五祖演禅师》，法演一开始学习经论，但后来感到这是胶柱鼓瑟，便开始游方参谒各方尊宿，但一直没找到合意的禅师，最后参谒法远、守端，方才开悟。而据《宗门武库》记载，法演会尽古今因缘，唯独不领会存奖"打中间底"公案，法演就此向宗本请益，宗本指出这是临济门风，叫他去问临济子孙，于是法演便到浮山参谒法远，以此公案相问，法远提示他应关注一己之事而非无关之事。但法远年高，乃令法演参谒守端②。据此，在行脚的最后阶段，法演先后参谒了宗本、法远、守端。《雪堂行和尚拾遗录》也记载说，法演南游时参宗本、法远，法远知其根器不同常人，令其指见守端，法演此后也常对学者谈论守端开示之语③。尽管在情节叙述上有所不同，《宗门武库》与《雪堂行和尚拾遗录》所载法演参游顺序却一致，当为可信。

据《宗统编年》卷二〇记载，治平二年（1065），法演离开宗本所在的瑞光抵浮山，遂参法远而领悟，分座，又到白云山参谒守端，守端传法给法演。《宗统编年》的记载与《佛祖纲目》卷三六相同，但未说明确定这一时间的依据，可能只是推测。

关于这一点，我们需分别考察宗本住持瑞光，法远住持浮山，以及守

---

① 参陈垣：《释氏疑年录》卷七，北京：中华书局，1964年，第224页。
② 道谦：《大慧普觉禅师宗门武库》，《卍续藏经》第142册，947页。
③ 道行：《雪堂行和尚拾遗录》，《卍续藏经》第142册，第957页。

端住持白云的时间，以便加以验证。据载，治平初，义怀推荐宗本住瑞光①。义怀圆寂于治平元年（1064），故他荐宗本住瑞光当不迟于是年。又据《云卧纪谈》卷上，法远曾先后两次住浮山，第一次任住持是从庆历六年（1046）到皇祐三年（1051）。此后谢事直到皇祐五年（1053），虽未担任住持，但法远仍在浮山卓庵。第二次任住持是在至和年间（1054—1056），直到治平四年（1067）二月去世②。

如前所述，法演从嘉祐三年（1058）开始游方，其到瑞光参宗本必在此之后。而宗本治平元年（1064）首次开法于瑞光，故法演参宗本当在此之后。法演离开瑞光参法远又在治平二年（1065），在法远门下又有一年，此时法远虽已衰老，但尚未去世，因此不会是在治平四年（1067）二月六日（据《云卧纪谈》卷上，法远是日去世）后。而由于在法远门下一年，因此法演到白云山参守端当在治平三年（1066）左右。但是，据《丛林公论》引《东山拾遗》，法演、义青都曾在法远门下；而义青离开法远是在治平元年（1064），如果法演和义青不是先后在法远门下而是同时在法远门下，那么法演只能在是年之前就在浮山见到义青，而这与《宗统编年》等的记载相矛盾。但如果按照前面《禅林僧宝传》的记载，宗本治平元年（1064）方开法瑞光，既然法演先到该寺参宗本，那么此后法演不大可能与义青同时在法远门下。而《禅林僧宝传》记载的准确性常常遭到诟病，《宗统编年》晚出，其说法存疑。其实据《吴郡图经续记》卷中，（宗）本住瑞光禅院是在嘉祐年间（1056—1063）而非治平初③。该书比《禅林僧宝传》《宗统编年》先出，参考过诸多典籍和传闻，其说或许更准确。据此，则法演或在嘉祐年间（1056—1063）就已至瑞光禅院参宗本，因此也就更可能在治平元年（1064）之前抵达浮山，从而见到义青。

（三）住持各处的顺序和时限

据《补禅林僧宝传》本传，似法演先后住四面、白云、太平、东山。但据《法演禅师语录》，法演先后住四面山、太平、海会、东山四处。《法演禅师语录》乃法演门下弟子所编，其说法当更可信。鉴于该语录并未明

---

① 惠洪：《禅林僧宝传》卷一四《慧林圆照本禅师》，《卍续藏经》第137册，第500页。
② 晓莹：《云卧纪谈》卷上，《卍续藏经》第148册，第24页。
③ 朱长文纂修：《吴郡图经续记》卷中，《宋元方志丛刊》第1册，北京：中华书局，1990年，第657页。

确记载法演各处住持的具体时限，笔者对此加以考证，以便弄清这位北宋中后期重要的临济宗禅师的生平行实。

据《罗湖野录》卷上，法演于元祐三年（1088）由太平迁住海会，七年后，法演仍在海会。又据朱元衬于绍圣二年（1095）十一月初十为法演的语录所作的序，亦可证法演先后住四面、太平、海会，并且直到是年（1095）还在白云山海会院任住持①。而据同年十二月二十四日刘跂所作之序，克勤在海会曾为"三提宗印，二纪于兹"的法演"录其语要"②，可见海会院是法演担任住持的第三处道场；二纪即二十四年，由是年（1095）上推二十四年，亦可证法演约于熙宁五年（1072）应请住舒州四面山双泉禅院。但是，像二纪这样的说法文献中多见，有时只是大概的说法，未必完全准确。因此，还有必要与其他文献记载相互核查。

迁住蕲州东山后，法演于开堂之日烧香云："在舒郡二十七年，三处住院，诸人总知。"③ 由熙宁五年（1072）下推二十七年，法演约于1072—1098 年住舒州四面、太平、海会三处道场，其住东山当在此后。另据《禅林宝训》卷一引耿延禧与高庵书，可知惠懃住舒州太平先于法演迁东山，又到东山省觐法演。耿延禧曾参法演，其说或有所据。又据《罗湖野录》卷下，惠懃元符二年（1099）住太平④，法演住东山亦当在是年或略后。而《黄梅东山演和尚语录》记载："圣节上堂云：'十二月初八日，今上皇帝降诞之辰，不得说别事。'乃高声云：'皇帝万岁！皇帝万岁！'"⑤ 据《宋史·礼志》，宋哲宗生日为十二月七日，为避僖祖忌日，故定十二月八日为"兴龙节"，即这里所谓的"圣节"；而哲宗去世于元符三年（1100）初⑥，此后法演不得再称之为"今上皇帝"，亦可证元符三年（1100）之前法演已迁东山。综上，法演迁东山当在元符二年（1099）。

① 颐藏主编集，萧萐父、吕有祥、蔡兆华点校：《古尊宿语录》卷二二《黄梅东山演和尚语录·附录序文》，北京：中华书局，1994 年，第 428 页。
② 颐藏主编集，萧萐父、吕有祥、蔡兆华点校：《古尊宿语录》卷二二《黄梅东山演和尚语录·附录序文》，北京：中华书局，1994 年，第 428 页。
③ 颐藏主编集，萧萐父、吕有祥、蔡兆华点校：《古尊宿语录》卷二二《黄梅东山演和尚语录》，北京：中华书局，1994 年，第 408 页。
④ 晓莹：《罗湖野录》卷下，《卍续藏经》第 142 册，第 994 页。
⑤ 颐藏主编集，萧萐父、吕有祥、蔡兆华点校：《古尊宿语录》卷二二《黄梅东山演和尚语录》，北京：中华书局，1994 年，第 411 页。
⑥ 王称：《东都事略》卷九《哲宗本纪》，济南：齐鲁书社，2000 年，第 63、70 页。

再据"在舒郡二十七年",可推知法演熙宁五年（1072）左右住四面。

从后来的佛教史籍来看，《佛祖纲目》也采用了《罗湖野录》的说法①。又据《宗统编年》卷二一记载，道颜称法演初住四面山，五年间有僧宝良和道士闻道得法，乃逐渐为人所知，又称丁巳十年，法演住太平②。可知法演于熙宁十年（1077）迁住太平。《宗统编年》所引道颜之语见陆游《入蜀记》卷五；道颜事具《联灯会要》卷一八《江州东林道颜禅师》、《五灯会元》卷二○《江州东林卍庵道颜禅师》。道颜乃宗杲弟子，曾参谒法演弟子克勤，其说应有所据。

因此，法演住持四处道场的顺序和时间如下：熙宁五年（1072）—熙宁十年（1077）间，住舒州四面山双泉禅院；熙宁十年（1077）—元祐三年（1088）间，住舒州太平寺；元祐三年（1088）—元符二年（1099）间，住舒州白云山海会院；元符二年（1099）—崇宁三年（1104）间，住蕲州东山寺。

二、"二勤一远一宁"的相关行迹

上述考证结果不仅关涉法演本人的生平行实，而且关涉其最杰出的四位弟子克勤、惠懃、清远、道宁的生平行实，尤其是他们参谒法演和出世说法的时间、地点等因素。下面，笔者分别对此进行考察。

（一）克勤、惠懃

克勤（1063—1135），彭州崇宁人，俗姓骆。惠懃（1059—1117），舒州怀宁人，俗姓汪。据《僧宝正续传》卷四《圆悟勤禅师》记载，克勤见太平（法）演道者，与法演争锋，法演不悦，认为不可敌生死，克勤乃辞去。到苏州定慧寺，生病几乎亡故，方觉得法演之语非虚言。等到病好转，便束包而返③。照此说法，克勤见法演的地点是在舒州太平寺④。同样，《僧宝正续传》卷二《智海懃禅师》也记载说，惠懃"参太平演禅师，发明大事"⑤。

---

① 朱时恩编：《佛祖纲目》卷三七，《卍续藏经》第 146 册，第 712 页。
② 纪荫编：《宗统编年》卷二一，《卍续藏经》第 147 册，第 311、313 页。
③ 祖琇：《僧宝正续传》卷四《圆悟勤禅师》，《卍续藏经》第 137 册，第 595 页。
④ 杨曾文：《宋元禅宗史》，北京：中国社会科学出版社，2006 年，第 372 页。
⑤ 祖琇：《僧宝正续传》卷二《智海懃禅师》，《卍续藏经》第 137 册，第 584 页。

但《僧宝正续传》记载有误。据《大慧普觉禅师宗门武库》记载，克勤、惠懃，久不悟而离去。法演预言他们染上热病时会思量他。克勤到金山，惠懃在定慧，均患伤寒，克勤苏醒后经定慧，拉惠懃同归淮西①。《僧宝正续传》与《大慧普觉禅师宗门武库》的记载多少相似而略有不同。《大慧普觉禅师宗门武库》乃克勤再传弟子道谦所编，编撰时间也比《僧宝正续传》更早。

但是，《大慧普觉禅师宗门武库》没有明确说明克勤、惠懃参谒法演的地点和时间，只是以法演最后住持的道场"五祖"称呼他。而据孙觌《圆悟禅师传》，克勤的嗣法弟子宗达将去黄檗，吴人感到惋惜，就建议最了解克勤的孙觌撰公文刻留山中，以备史官采用，于是以其所见闻者补而为传②。可见孙觌非常了解克勤的生平始末。《圆悟禅师传》云，克勤"最后见演公于龙舒白云，演诃之，师不顾趋出。去抵吴中，已而复还"③，可知克勤是在白云山海会院参法演。《圆悟禅师传》的记载还可以由《圆悟佛果禅师语录》卷一三中克勤本人的自述得到证明：克勤自称离开法演后，心中疑情终不能安乐，又上白云再参法演。可见克勤前后两度参法演的地点均是在白云山。《圆悟佛果禅师语录》卷七也记载说，克勤自述在白云山海会院开悟。在《示普贤文长老》中，克勤亦称自己在法演门下未入，下山两年后返回，始于"频呼小玉元无事"处开悟，所下之山即白云山。

此后灯录亦多持此说。如《嘉泰普灯录》卷一一《舒州太平佛鉴惠懃禅师》也记叙惠懃、克勤返回地是白云山，而非《僧宝正续传》所说的太平。另据《佛祖纲目》卷三七，克勤离开法演时在元祐癸酉（1093）。此时法演尚在白云山海会院，可见该书同样认为这是克勤返回之处。《佛祖纲目》又记载说，甲戌年（1094）法演传法给克勤④，是年法演尚在白云山海会院。《佛祖纲目》还说是年惠懃开悟，亦当在此山。实际上，《僧宝

---

① 道谦编：《大慧普觉禅师宗门武库》，《卍续藏经》第142册，第925—926页。
② 孙觌：《圆悟禅师传》，载曾枣庄、刘琳主编：《全宋文》第160册，上海：上海辞书出版社，2006年，第438页。
③ 孙觌：《圆悟禅师传》，载曾枣庄、刘琳主编：《全宋文》第160册，上海：上海辞书出版社，2006年，第437页。
④ 朱时恩编：《佛祖纲目》卷三七，《卍续藏经》第146册，第718页。

正续传》卷四《圆悟勤禅师》"往见太平演道者……演迁五祖"①的说法就不可信，因为如上所论，法演先后住持的是舒州四面、舒州太平、舒州海会、蕲州东山四处。考虑到《僧宝正续传》与《补禅林僧宝传》的次序一致而后者先出，前者可能受后者误导。

总之，克勤、惠懃都是在绍圣元年（1094）领旨，时在白云山海会寺法演禅师门下。

此外，惠懃出世说法的时间也与法演的史料记载相关。按照《僧宝正续传》卷二《智海懃禅师》的记载，惟清继法演住太平，惠懃为首座；惟清退院，惠懃乃继任住持，嗣法法演；据本传推算还可知，惠懃八年间住持太平（1105—1112）②，政和二年（1112）应诏住持汴京大相国寺智海禅院。照此而论，惠懃出世太平时（1105），其师法演已经圆寂（1104）。但其说有误。如前所述，法演迁住五祖寺（1099）之前是在海会院（1088—1099）而非太平寺，因此惟清继法演住太平寺之说可能有误。据黄庭坚《答清长老》，可知惟清元符元年（1098）正住太平。另据《罗湖野录》卷下，元符二年（1099）惟清离开太平、赴黄龙任首座，正在五祖山法演门下任首座的惠懃继任太平寺住持，法演付与法衣。而《大慧普觉禅师宗门武库》等史料同样记载了惠懃出世太平时曾礼辞法演一事，《罗湖野录》的记载当有所据。

这一点还可以得到更早史料的佐证。据惠洪《禅林僧宝传》卷三〇《黄龙佛寿清禅师》，淮南使者朱京请惟清住舒州太平，惟清后又迁住黄龙，不久祖心入灭。惠洪与惟清交谊甚笃，其叙述当可信。而从朱京的仕宦经历看③，其请惟清住持舒州太平寺当在其迁国子司业（1098）之前。又据《黄龙心禅师塔铭》，祖心元符三年（1100）十一月十六日圆寂。祖心既已圆寂，而惟清离开太平、居黄龙又距祖心圆寂不久，故《罗湖野录》所载惟清元符二年（1099）赴黄龙之说大抵可从。因此，惠懃继惟清住持太平寺亦当在元符二年（1099）左右，并非崇宁四年（1105）才出世于太平寺。

---

①　祖琇：《僧宝正续传》卷四《圆悟勤禅师》，《卍续藏经》第 137 册，第 595—596 页。

②　杨曾文：《宋元禅宗史》，北京：中国社会科学出版社，2006 年，第 372 页。

③　脱脱等：《宋史》卷三二二《朱京》，北京：中华书局：1977 年，第 10453 页。

（二）清远

清远（1067—1120），临邛人，俗姓李。据《僧宝正续传》卷三《龙门远禅师》记载，清远十四岁出家，先习戒律学，读《法华经》语句不能理解，讲师不能回答，乃放弃义学南游，听闻舒州太平演道者而前往参学，深受法演器重。清远参学七年，一日因拨火而有所契，从此彻悟而富有机辩。

除了拨火机缘，《僧宝正续传》的上述叙述基本上重复了李弥逊《宋故和州褒山佛眼禅师塔铭》（以下简称《塔铭》），似乎清远七年间在法演门下，而法演一直在舒州太平寺。据《塔铭》，清远的同门法兄克勤撰写清远的行状，请曾师从清远、知之甚深的李弥逊撰写塔铭。故《塔铭》的史料来源应属可靠。但需进一步说明的是，据清远自述，他最初游方时，见法演偈颂深觉佩服，以为似古圣人，便十年间问学①，可见清远在法演门下大概有十年时间。这一说法是清远本人所述，当可信。而《塔铭》《僧宝正续传》强调清远在法演门下七年都是指其觉悟之前的时间，并未说明觉悟后清远是否还在法演门下，另外也未说明他参法演的地点。

晓莹《罗湖野录》卷下更加详细地叙述了清远在法演门下悟道的过程，并且说这是清远至海会后的事②。据此，清远"拨火有省"实在白云山海会院。又据《罗湖野录》卷上，可知清远最初的确是在舒州太平寺参法演，后者于元祐三年（1088）迁往海会，清远不愿前往，便离去；坐夏钟山，见到惟清，后者勉励清远回法演处，于是清远乃赴海会，后七年，方才领悟禅旨③。据此，则清远开悟于绍圣二年（1095）年左右。

据《大慧普觉禅师宗门武库》，清远辞别法演，曾上庐山归宗寺参克文；法演对克勤说，克文波澜阔，弄大旗手段，预言清远与克文机缘不契。事实正是如此，可由清远写给克勤的信证明。清远又谒"云居清首座"，一见相契。第二年回到祖山，却说心性禅④。《大慧普觉禅师宗门武库》不少内容乃宗杲所述，而宗杲的老师克勤与清远曾同在法演门下，此

---

① 赜藏主编集，萧萐父、吕有祥、蔡兆华点校：《古尊宿语录》卷三二《舒州龙门佛眼和尚普说语录》，北京：中华书局，1994 年，第 611 页。
② 晓莹：《罗湖野录》卷下，《卍续藏经》第 142 册，第 997 页。
③ 晓莹：《罗湖野录》卷上，《卍续藏经》第 142 册，第 978－979 页。
④ 道谦编：《大慧普觉禅师宗门武库》，《卍续藏经》第 142 册，第 925 页。

类记载或有所据。考惠洪《云庵真净和尚行状》，克文绍圣之初住庐山归宗寺，绍圣四年（1097）迁住石门，清远参克文当是此段时间中事。"云居清首座"当指惟清，因了元住云居时，惟清曾任首座①。由此可见，清远先参克文，再到云居参惟清。据周裕锴先生考证，克文绍圣元年（1094）迁住庐山归宗寺②。而从克文住归宗的语录来看，有"今日乃是第二个四月"③之语，指闰四月。绍圣年间，闰四月者唯有绍圣元年（1094）④，亦可证克文是年闰四月之前已住归宗。又据《云卧纪谈》卷上，进英往云居，了元任命其为首座，绍圣元年（1094）秋，进英出世开福⑤，可证了元是年正住云居，则惟清是年秋方有可能接替进英为云居首座。综合起来推测，清远参谒克文、惟清当在 1094 年，是其第二年（1095）回海会院"拨火有省"、领悟禅旨之前的事。

据清远自述，他在开悟后，"后来十年外始领他事"⑥，"领他事"当指领住持事。清远初住舒州天宁时还自述说，"十来年接物利生，何尝出世"⑦，亦可证明其出世之前将近十年都在接物利生。但这两种说法略有出入，无法确定具体时间。如从绍圣二年（1095）起算，应在崇宁二年（1103）左右方才出世。通过考察其他相关史料，可得出大致相同的结论。据《僧宝正续传》本传，清远开悟后隐居四面山大中庵，属天下新崇宁寺，方择人以处，舒守王涣之迎其住持。而据《塔铭》，"属天下新崇宁万寿寺"，舒州知州王涣之请他出来担任住持⑧。所谓"崇宁寺"，据当事人黄裳《崇宁万寿寺记》，"上即位之四年，岁行癸未，九月十七日，大臣奏言：'……臣等伏请天下为赐寺额，以崇宁为名。'敕如其请。十月十五

---

① 惠洪：《禅林僧宝传》卷二九《云居佛印元禅师》，《卍续藏经》第 137 册，第 560 页。

② 周裕锴：《宋僧惠洪行履著述编年总案》，北京：高等教育出版社，2010 年，第 22 页。

③ 赜藏主编集，萧萐父、吕有祥、蔡兆华点校：《古尊宿语录》卷四三《住庐山归宗语录》，北京：中华书局，1994 年，第 819 页。

④ 陈垣：《二十史朔闰表》，北京：古籍出版社，1956 年，第 131 页。

⑤ 晓莹：《云卧纪谈》卷上，《卍续藏经》第 148 册，第 14 页。

⑥ 赜藏主编集，萧萐父、吕有祥、蔡兆华点校：《古尊宿语录》卷三二《舒州龙门佛眼和尚普说语录》，北京：中华书局，1994 年，第 611 页。

⑦ 赜藏主编集，萧萐父、吕有祥、蔡兆华点校：《古尊宿语录》卷二七《舒州龙门佛眼和尚语录》，北京：中华书局，1994 年，第 502 页。

⑧ 赜藏主编集，萧萐父、吕有祥、蔡兆华点校：《古尊宿语录》卷三四《舒州龙门佛眼和尚语录·宋故和州褒山佛眼禅师塔铭》，北京：中华书局，1994 年，第 651 页。

日，臣与其属奉诏……后一月，俄奉崇宁之诏"①。"上"指宋徽宗，元符三年（1100）即位；即位第四年岁次"癸未"，即崇宁二年（1103），是年九月，诏敕天下赐寺额名崇宁寺。另据《罗湖野录》卷下，寺额名又以万寿配纪元崇宁②。而据《宋会要辑稿·礼五》，以崇宁为名虽始于崇宁二年（1103）九月，次年（1104）二月方诏于崇宁寺上添入"万寿"二字③。若依《塔铭》，清远住舒州崇宁当在崇宁三年（1104）二月后。

但据程俱所撰王涣之墓志④，可知王涣之于崇宁二年（1103）、三年（1104）初知舒州⑤；《续资治通鉴长编拾补》卷二三又载，王涣之列"落职知州人"中，于崇宁三年（1104）四月降授承议郎⑥。另据《舒州龙门佛眼和尚语录》，清远住舒州天宁（即崇宁万寿寺）开堂日的法语和此后所作诗偈均写秋景，而他不可能于崇宁三年（1104）秋或之后应王涣之之请出世；语录然后又记载说，坐夏期间法演迁化，清远收到其遗书⑦。自秋至夏，已是第二年，而法演圆寂于崇宁三年（1104）六月二十六日，而语录中这条记载说法演是"昨朝"去世，可证清远在此之前已出世舒州崇宁。上述材料都推导向一个结论，那就是清远在法演圆寂前一年，即崇宁二年（1103）秋出世舒州天宁，而不是在崇宁三年（1104）二月后方出世舒州天宁。

总之，清远约绍圣二年（1095）领旨，时在舒州白云山海会院法演禅师门下，崇宁二年（1103）秋于舒州崇宁寺出世说法。

（三）道宁

在法演的弟子中，道宁也是十分著名的一位。道宁（1053—1113），

---

① 黄裳：《崇宁万寿寺记》，载曾枣庄、刘琳主编：《全宋文》第103册，上海：上海辞书出版社，2006年，第328—329页。

② 晓莹：《罗湖野录》卷下，《卍续藏经》第142册，第993页。

③ 徐松辑：《宋会要辑稿·礼五》，北京：中华书局，1957年，第472页。

④ 程俱：《北山小集》卷三〇《宝文阁直学士中大夫致仕太原郡开国侯食邑一千四百户食实封一百户赠正议大夫王公墓志铭》，四部丛刊续编影宋写本。

⑤ 李之亮《宋两淮大郡守臣易替考》（成都：巴蜀书社，2001年，第437页）据《宋会要辑稿·职官六七》，认为王涣之1102—1104年知舒州。杨曾文《宋元禅宗史》（北京：中国社会科学出版社，2006年，第366页）据《宋史》卷三四七《王涣之传》，推断其崇宁一二年间知舒州。说法不一，但均承认其崇宁二年（1103）在知舒州任上。

⑥ 黄以周等辑注：《续资治通鉴长编拾补》卷二三，北京：中华书局，2004年，第798页。

⑦ 赜藏主编集，萧萐父、吕有祥、蔡兆华点校：《古尊宿语录》卷二七《舒州龙门佛眼和尚语录》，北京：中华书局，1994年，第501、502、503页。

徽州婺源人，俗姓汪。据《僧宝正续传》卷二《开福宁禅师》，道宁尝居崇果山，读《金刚般若经》而豁然省悟，便前往白云山海会院参法演，说出自己的领悟，得到印可，又在"狗子无佛性"的公案下大彻。其中的叙述不仅将道宁开悟与参谒法演两件事联系起来，而且在时间上也非常接近（"即趋"）。但《僧宝正续传》的叙述未必完全准确，因为《开福道宁禅师语录》卷下中道宁本人的自述与之不同。据语录，道宁读到《金刚经》而获得解脱是其初为道人时的事情，此后他到处参游，在太平寺参惟清后，又到白莲峰，遇到法演举慧忠古佛净瓶、从谂狗子无佛性话，方才当下解脱，领悟本心。道宁生于 1053 年①，其游方光是交代的时间要素就有"二年""十载""二载""一年"，可见他在参法演之前有十五年之上的参游经历；而道宁所谓白莲峰，是指东山白莲峰（见《黄梅东山演和尚语录》），法演所居的再来庵就在此山，鬈头老人当即法演，可知所述游方时间当有省略。

总之，从道宁的自述来看，其是在黄梅东山（而不是在白云山海会院）参谒法演。法演住黄梅东山约元符二年（1099）至崇宁三年（1104）间，而惟清元符二年（1099）年离开太平寺，因此道宁离开太平寺到东山也当在元符二年（1099）左右。

第二节　悟新生平考

悟新，号死心叟，韶州曲江人，南岳第十三世晦堂祖心禅师法嗣，属临济宗黄龙派。悟新在当时名声籍甚，与黄庭坚、惟清等士大夫、禅师过从甚密，又曾接引过很多禅林学人。从史料记载来看，庆老《补禅林僧宝传》首先为悟新立传，但对其生平行实的记载存在一些模糊不明之处，史料来源亦不明确。通过考察其他相关史料，笔者试图纠正传记中存在的错误和缺失，以便更准确地把握这位北宋中后期杰出禅师的生平行实。

---

① 陈垣：《释氏疑年录》卷七，北京：中华书局，1964 年，第 239 页。

一、悟新参谒祖心的时间

据《补禅林僧宝传》本传记载，悟新先至庐山栖贤寺谒法秀，后到黄龙祖心门下而开悟，依之甚久，后离开去游湘西。但晓莹在《云卧纪谈》卷下引《死心行状》时说，悟新先是至黄龙参祖心，十八年后方离开，而至栖贤谒法秀。《嘉泰普灯录》卷六《隆兴府黄龙死心悟新禅师》说，悟新熙宁八年（1075）至黄龙谒祖心，两年后领悟，执侍辅佐祖心前后共十八年，始担任首座之职，与《云卧纪谈》一样亦称悟新在祖心门下共十八年，故时间是从熙宁八年（1075）到元祐七年（1092）。若以出现时间早晚论，应以《补禅林僧宝传》为准；若以行状而论，则应以《云卧纪谈》为准。其中关键的问题是法秀住持栖贤寺的时间不明。据《山谷外集诗注》卷八《金陵》"巨浸朝百川"注引吕大防所撰法秀塔铭，元丰二年（1079）王安石请法秀居钟山兴国寺。法秀住栖贤在其住钟山之前，故不会早于是年（1079）。关于栖贤寺住持，据《建中靖国续灯录》卷九《庐山栖贤智迁禅师》，智迁晚年住持庐山栖贤寺，元祐元年（1086）去世；又据苏轼《与佛印》等文，苏轼元丰年间谪居黄州期间（1080—1084）曾与栖贤寺住持智迁交往。法秀住栖贤当在智迁之前。据《宗门武库》，法秀迁栖贤，法演接替他住持四面。如前所考，法演于熙宁五年（1072）应请住舒州四面山双泉禅院，因此法秀住栖贤亦当在是年。据此可知，法秀熙宁五年（1072）至元丰二年（1079）间住庐山栖贤寺，因此悟新只可能在此段时间内参法秀。至于祖心住黄龙在其师惠南去世之后，也就是熙宁二年（1069）；其住黄龙十二年（1069—1080），后退居庵头二十余年直到去世（1100）。因此，悟新似不可能像《云卧纪谈》所说的那样在黄龙参祖心十八年然后到栖贤参法秀，《补禅林僧宝传》的记载很可能是相对准确的，并且它还可容纳《嘉泰普灯录》悟新先游方、熙宁八年（1075）至黄龙参祖心之说。

二、悟新的各处住持

关于悟新先后住持之道场和时间，僧传、灯录叙述有异。《补禅林僧宝传》本传说，悟新初住云岩，不久迁翠岩，不久再住云岩，晚居黄龙，因生病而退居，表明悟新曾先后两度住持云岩，但并无具体时间记载。《嘉泰普灯录》则记载说，悟新"元祐七年（1092）出住云岩，绍圣四年（1097）徙翠岩，政和初居黄龙"①，似乎悟新未第二次住云岩。有鉴于此，笔者对悟新先后住持的道场和时间再加考辨。

（一）元祐七年（1092）至绍圣四年（1097），悟新住分宁云岩寿宁禅院

据《补禅林僧宝传》本传，悟新曾先后两次住持云岩，并且在第二次住持期间建经藏，黄庭坚为作记。此说不确，盖黄庭坚之文即《洪州分宁县云岩禅院经藏记》，乃是为悟新第一次住持云岩所建经藏而作。据该文，悟新得道于祖心禅师，隐约山间二十余年，自称不通世务，无出世意。但分宁县的贤士大夫和年高有德者都认为，要想振兴云岩法席，悟新是最佳人选，于是逼迫他出世。悟新最终受请，数月后，策划建转轮莲华经藏。文中黄庭坚自称责授涪州别驾、戎州安置，考其生平，其母元祐六年（1091）去世，他于元祐七年（1092）护其灵柩抵家居丧，元祐八年（1093）九月服除，其在此期间当曾见到悟新；绍圣元年（1094）黄庭坚被谪涪州别驾，黔州安置，元符元年（1098）又迁戎州②，故该文当作于是年后。如前所叙，《云卧纪谈》和《嘉泰普灯录》都认为悟新在祖心门下十八年。如果从悟新于熙宁八年（1075）到黄龙山参谒祖心起算，那么他出来担任云岩禅院住持的时间应是元祐七年（1092）。另据《死心悟新禅师语录》所载悟新首住云岩期间说法语句的最后一条，可见悟新至少在云岩住持六年③。而按照《嘉泰普灯录》所述，悟新绍圣四年（1097）住翠岩，因此也应在元祐七年（1092）左右开始住云岩，与《死心悟新禅师语录》的记载相符。

---

① 正受撰，秦瑜点校：《嘉泰普灯录》卷六《隆兴府黄龙死心悟新禅师》，上海：上海古籍出版社，2014年，第157页。

② 刘琳、李勇先、王蓉贵校点：《黄庭坚全集》附录二《年谱》，成都：四川大学出版社，2001年，第2371-2374页。

③ 惠泉编：《死心悟新禅师语录》，《卍续藏经》第120册，第245页。

（二）绍圣四年（1097）至崇宁元年（1102），悟新住西山翠岩广化院；崇宁元年（1102）至大观元年（1107），悟新再住分宁云岩寿宁禅院，但无史料明确记载住持起止时间

《嘉泰普灯录》卷六《隆兴府黄龙死心悟新禅师》称悟新绍圣四年（1097）徙翠岩。晓莹《罗湖野录》卷下也说悟新绍圣间住江西翠岩，可与《嘉泰普灯录》并按。黄庭坚《与范长老》云："新公云岩经藏、看经堂像，缘事遂崇成，已移住翠岩。虽壁立千仞，比来人稍稍爱慕之矣。"①此信写于戎州时期，当在元符元年（1098）至三年（1100）年间。新公即悟新，此时已住翠岩。又黄庭坚《答清长老》称"翠岩"道行之时《云岩藏经记》已撰成。而如前所述《洪州分宁县云岩禅院经藏记》作于元符元年（1098）后，则悟新迁往翠岩当在此前。李之仪《重修云岩寿宁禅院记》也与黄庭坚的《与范长老》有类似说法。据成书于建中靖国元年（1101）的《建中靖国续灯录》卷二〇《洪州翠岩广化悟新禅师》，亦可证悟新曾住翠岩广化。据徐铉《洪州西山翠岩广化院故澄源禅师碑铭》，可知翠岩广化在五代宋初为一院。但到南宋更晚时候，它又被称为禅寺。

悟新的同门惟清在写给惠懃的信中还提到，悟新闲居后欲归故乡韶阳，过潭州为人所留，乃寓居长沙道林寺（据《建中靖国续灯录》，可知该寺全名为道林广慧寺，广慧当为赐额），又自称前后两处住持，接东山师兄书信四五回，叙述语气还表明他当时在黄龙②。惟清所谓"东山师兄"，指惠懃之师法演，后者元符二年（1099）任黄梅东山住持。考《禅林僧宝传》卷三〇《黄龙佛寿清禅师》，可知惟清所谓"某两处住持"，即太平、黄龙；祖心退院，时为首座的惟清继任黄龙住持，祖心于元符三年（1100）十一月圆寂，惟清"到黄龙次，得言云"当在此前；法演写给惟清的信中有"今年""一夏"语，应在元符三年（1100）下半年。而惟清的叙述是追述语气，因此他写信给惠懃的时间当更晚。总之，悟新闲居期间，曾寓居其他寺院，打算回乡，又曾寓居长沙道林寺。

---

①　刘琳、李勇先、王蓉贵校点：《黄庭坚全集·续集》卷六《与范长老》，成都：四川大学出版社，2001年，第2049页。

②　惟清：《与佛鉴禅师》，载曾枣庄、刘琳主编《全宋文》第128册，上海：上海辞书出版社，2006年，第413页。

《死心悟新禅师语录》有《退翠岩》二首，可证悟新确曾退翠岩住持一职。但他退翠岩似不止一次。晓莹《罗湖野录》卷下又记载说：惠方元符戊寅（1098）至翠岩参悟新，五年后悟新谢院事，寓靖安祐圣琚公席下。晓莹曾亲见惠方禅师①，其说法或有所据。据黄庭坚《与死心道人书》，可证悟新退翠岩后确曾寄居祐圣。祐圣属隆兴府。

《死心悟新禅师语录》记载了悟新住云岩、翠岩广化、云岩、黄龙四处的说法语句，亦可证悟新的确先后两次住持云岩。其中一处语录曾提到，有禅僧问悟新"远离祐圣，近届云岩，如何是不动尊"②，亦可证悟新再住云岩前的确在祐圣。黄庭坚《与分宁萧宰书》又云悟新复还云岩，复留惟清西堂坐夏，可见悟新确如《补禅林僧宝传》所叙，曾先后两度住持云岩，再住云岩的时间当在崇宁元年（1102）谢事翠岩、寓居祐圣之后，崇宁四年（1105）黄庭坚去世之前。祖琇《僧宝正续传》卷五《宝峰清禅师》亦记载悟新再住云岩，又《大慧普觉禅师宗门武库》亦称分宁云岩虚席、知州命时为黄龙住持的悟新举荐禅师补住，可见悟新赴黄龙前在云岩担任住持。

（三）大观元年（1107）至圆寂期间，悟新住黄龙崇恩禅院，其间曾谢事

在第二次住云岩后，悟新又居黄龙。据《罗湖野录》卷下，悟新于大观元年（1107）九月应洪帅李景直之命住黄龙山。李景直知洪州的记载见《宋会要辑稿·职官六八》；另据《宋史·徽宗纪》，大观元年九月，李景直等因罪编管岭南，李景直知洪州当在此之前。有禅僧问悟新"别云岩法席，坐黄龙道场，如何是不动尊"③，可佐证此事。黄龙为山名，是黄龙宗派的祖庭，在豫章。据张商英《黄龙崇恩禅院记》，可知该寺院全名为黄龙崇恩禅院，"崇恩禅院"为大中祥符八年（1015）官方赐额。在南宋后期的一些禅籍中，该寺院已被称作崇恩禅寺。

悟新大观元年（1107）后亦曾退黄龙。据祖琇《僧宝正续传》卷五《大沩果禅师》，善果趋黄龙，不巧悟新退院，悟新乃指其参道宁，可见悟

---

① 晓莹：《云卧纪谈》卷下附《云卧庵主书》，《卍续藏经》第148册，第49页。
② 惠泉录：《死心悟新禅师语录》，《卍续藏经》第120册，第248页。
③ 惠泉录：《死心悟新禅师语录》，《卍续藏经》第120册，第249页。

新曾谢事黄龙；晓莹《罗湖野录》卷下亦云，政和辛卯（1111）悟新谢事黄龙，后复住黄龙。又李之仪于政和二年（1112）七月撰《重修云岩寿宁禅院记》，称云岩寿宁禅院经过了重修，落成于政和二年（1112）夏，又称悟新时在黄龙任住持，可知悟新再住黄龙的时间不会迟于政和二年（1112）。

三、悟新的生卒年

关于悟新的生卒年，《补禅林僧宝传·云岩新禅师》记载说，其政和五年（1115）十二月十五日圆寂，阅世七十二，坐四十五夏。据此，悟新生于庆历四年（1044）。其后的一些禅籍也持类似说法，如祖琇《僧宝正续传》卷五《宝峰清禅师》。

但这一圆寂时间可能是错误的。据《禅林僧宝传》卷二五《云盖智禅师》，守智政和五年（1115）三月七日（或云七月七日）迁化。惠洪曾依止守智二年，守智圆寂后，惠洪又曾撰写《云盖智和尚设粥》等文，亦云守智于政和五年三月七日圆寂。晓莹《罗湖野录》则称：悟新政和甲午（1114）十二月十五日入灭，时守智住开福，得其报丧文书。可知悟新圆寂时守智还在世。晓莹还宣称，悟新的法嗣弟子惠方令福唐祖一书记编《死心行状》，与《补禅林僧宝传》所说不同①，从材料来源的角度看似乎行状更可靠。照此而论，悟新的圆寂时间当在政和四年（1114）。又据《嘉泰普灯录》卷六《隆兴府黄龙死心悟新禅师》，悟新生于庆历三年（1043）二月二十九日。陈垣《释氏疑年录》称悟新是韶州曲江人，俗姓黄，《补僧宝传》（即《补禅林僧宝传》）作王氏，其说当据《嘉泰普灯录》；又称悟新去世于政和四年，世寿七十二（1043—1114），并以《五灯全书》的相关记载为证②，其实晓莹《罗湖野录》已指出这一点（《五灯会元》卷一七《潭州云盖守智禅师》亦持此说），其说法还可与《禅林僧宝传》的记载相互印证，应属可靠。

---

① 晓莹：《云卧纪谈》卷下附《云卧庵主书》，《卍续藏经》第 148 册，第 49 页。
② 陈垣：《释氏疑年录》卷七，北京：中华书局，1964 年，第 232 页。

第三节 克文弟子文准、进英生平考

一、文准生平考

(一)文准的出家和参游

文准(1061—1115),兴元府唐固(今陕西城固)人,俗姓梁氏,号湛堂。据《僧宝正续传》本传,文准从小就亲近佛教,八岁随虚普出家金仙寺,则时在治平四年(1067)。元丰年间,因年少不得籍名。陕西经略范公过金仙寺,喜之,度以为僧。剃发后,往依梁山乘禅师,受具足戒于唐安律师。遍游成都讲肆,法师昙演喜其才智超群,称之为法船,劝他向南方的慕喆、克文求学①。本传的这些记载抄录惠洪《湛潭准禅师行状》,而惠洪与文准乃同门昆仲,了解文准生平行事。据此,文准南游时,慕喆正住沩山,克文正住九峰。考二人生平,慕喆住沩山十四年,绍圣元年(1094)有诏住大相国寺智海禅院②,则慕喆约于元丰四年(1081)至绍圣元年(1094)住沩山;而克文于元祐三年(1088)住九峰投老庵③,绍圣初迁庐山归宗寺④。因此,元祐三年(1088)后文准方有可能南游。据本传,文准与同学至大沩山,与慕喆不契。乃至九峰见克文。克文以机语接引之,宣称一切现成,文准铭记在心,十余年间均跟随克文。克文晚居湛潭,文准因举杖疏通沟渠、水溅衣服而开悟⑤。则其先到沩山参慕喆,后到九峰参克文,时间限定在元祐三年(1088)至绍圣元年(1094)方有可能;文准在克文门下余十年,先后随之住九峰、归宗、湛潭,而克文于

---

① 祖琇:《僧宝正续传》卷二《宝峰准禅师》,《卍续藏经》第 137 册,第 578 页。
② 惠洪:《禅林僧宝传》卷二五《大沩真如喆禅师》,《卍续藏经》第 137 册,第 537、538 页。
③ 周裕锴:《宋僧惠洪行履著述编年总案》,北京:高等教育出版社,2010 年,第 13 页。
④ 惠洪:《石门文字禅》卷三〇《云庵真净和尚行状》,四部丛刊初编影明径山寺本,第 335 页。
⑤ 祖琇:《僧宝正续传》卷二《宝峰准禅师》,《卍续藏经》第 137 册,第 578 页。

绍圣四年（1097）迁沩潭，崇宁元年（1102）迁化①，则文准约于元祐八年（1093）参克文于九峰投老庵，并在后者住沩潭宝峰禅院时大悟。

（二）文准的住持经历

关于文准的住持情况，本传记载说：

> 待制李景直守豫章，仰其风，请开法于云岩。未几，殿中监范公帅南昌，移居沩潭。师辞辩注射，迅机电扫，衲子畏而慕之。槌拂之下，常数千指。自号湛堂。②

惠洪《沩潭准禅师行状》亦载此事。据《罗湖野录》卷下记载，大观元年（1107）九月悟新应洪帅李景直之命迁住黄龙。其说时间是否准确值得进一步考察。据《宋会要辑稿》职官六八，李景直以显谟阁待制知洪州，于大观元年四月三日落职，差提举舒州灵仙观。据此，不可能到是年九月洪州安抚使李景直方才邀请悟新。另据《宋史》徽宗纪记载，是年九月，李景直等编管岭南，也可确证这一点。故大观元年（1107）九月这一时间可能有误。《大慧普觉禅师宗门武库》又记载说：分宁云岩禅院虚席，知州命时住黄龙的悟新举荐其所知者，悟新虽不认识文准，但见其有偈颂，颇为赞许，便向知州举荐了文准，知州乃邀请文准开法于云岩。《大慧普觉禅师宗门武库》乃宗杲所述，道谦所编，而宗杲曾久依文准，文准入灭后又曾请惠洪撰写行状，后来又请张商英为文准撰写塔铭，其述应有所据。关于这一点，还需与文准、李景直行履中涉及的其他时间相互核实。据程俱为王涣之所撰墓志铭，王涣之大观元年（1107）后黜知洪州，又移知滁州；《乾道临安志》卷三则称，潭州知州王涣之于大观二年（1108）三月知杭州。而从《沩潭准禅师行状》《宋会要辑稿》《宋史》《罗湖野录》《大慧普觉禅师宗门武库》等记载看，王涣之知洪州当在李景直之后，范坦之前，故王涣之当于大观元年（1107）四月之后知洪州。而文准于大观元年（1107）左右住分宁云岩寿宁禅院，若为李景直所请，具体时间当在是年四月前。又据《续古尊宿语要》天集《湛堂准和尚语》，文准曾自称"云岩"或"云岩长老"，这一禅林称谓惯例亦可证文准确曾出

---

① 惠洪：《石门文字禅》卷三〇《云庵真净和尚行状》，四部丛刊初编影明径山寺本，第335页。

② 祖琇：《僧宝正续传》卷二《宝峰准禅师》，《卍续藏经》第137册，第578页。

世云岩。

不久之后，"殿中监范公"为南昌帅，请他住泐潭。"范公"当指范坦。《宋史》本传记载，范坦迁殿中监后曾知洪州。据范坦同时人范冲（字致虚）《压江亭挹翠亭记》，范坦大观二年（1108）帅江西；而大观元年（1107）十二月癸巳，"以江宁、荆南、扬、杭、越、洪、福、潭、广、桂并为帅府"[①]；又大观二年（1108）十二月叶祖洽知洪州[②]。故范坦请文准住泐潭宝峰禅院应在大观二年（1108），亦与本传所云文准未几移居泐潭的记载相符。《续古尊宿语要》天集《湛堂准和尚语》乃志端（文准弟子）按文准先后住持道场的时间顺序编排，据此语录，文准上堂有"立秋日""八月九月""四月"等语，自秋至夏，已是第二年，此时他尚住云岩。因此，其迁住宝峰当在大观二年（1108）四月后、大观三年（1109）之前。由此反观，也可确证文准不大可能在大观元年（1107）九月之后方才出世云岩，因为这已过了该年的立秋日，与《湛堂准和尚语》的记载不符。

据惠洪《请准和尚住黄龙》，可见文准住泐潭宝峰禅院时，又受请住黄龙崇恩禅院。但惠洪《泐潭准禅师行状》不载此事，《请准和尚住黄龙》应是为礼请而事先撰写之疏文，事当未果。另据《续古尊宿语要》天集《湛堂准和尚语》，李彭序云文准"两坐道场"，语录中文准自称"云岩""云岩长老""宝峰"，亦可佐证文准先后住云岩、宝峰两处道场，未尝开法黄龙。

（三）文准的身后事

关于文准的身后事，据本传记载，可知文准圆寂于政和五年（1115）七月二十二日，塔于石门南原，张商英撰写碑文，洪刍为其语录作序，李彭撰次逸事，惠洪撰写行状（即《泐潭准禅师行状》）。据惠洪《题准禅师语录》，文准政和五年（1115）殁后百余日乃有语录传世，惠洪从宗杲那里得见此语录。其实据《大慧普觉禅师年谱》，文准不许弟子记录其说法语句，此语录乃宗杲凭借其记忆诵出，其又携语录谒惠洪，故惠洪为题其后。又据《罗湖野录》卷下，宗杲诵出文准《十二时颂》，认为其家风不

---

① 脱脱等：《宋史》卷二〇《徽宗》，北京：中华书局：1977年，第379页。
② 黄以周等辑注：《续资治通鉴长编拾补》卷二八，北京：中华书局，2004年，第951页。

减从谂禅师，而不见语录，乃命侍者了德录数本，送与众寮僧人。则文准之语句有宗杲令侍者了德所录者。

宗杲所编文准禅师语录今佚。《续古尊宿语要》天集有《湛堂准和尚语》，李彭于政和六年（1116）六月七日为作序，称文准弟子志端编拾文准上堂警众机缘，请其为序，该语录与惠洪《题准禅师语录》、祖咏《大慧普觉禅师年谱》、祖琇《僧宝正续传》等所说语录的编纂者、编纂时间、作序者不同，当非同一本子。

又据《大慧普觉禅师年谱》所引文准《塔铭》，文准门下弟子志端、宗杲和李彭等人商量塔铭撰写人选，李彭认为，与克文、从悦、文准等禅师有大法缘的张商英能为行解相应的文准撰写塔铭，这有助于取信于后世；李彭又愿录文准行状献上，而宗杲愿往谒张商英求塔铭。惠洪《泐潭准禅师行状》亦宗杲所请；宗杲又得惠照禅师的书信介绍，往荆南谒张商英求塔铭，称文准圆寂后阇维有各种祥瑞，尊宿都希望张商英能作塔铭以激励后昆，故特地前来，张商英答应此事①。惠照禅师俗姓郭，南安人，住龙安山兜率院，事具《建中靖国续灯录》卷二四《洪州龙安山兜率惠照禅师》、《僧宝正续传》卷一《兜率照禅师》。惠照与张商英乃同门，二人皆嗣法于从悦，从悦迁化后，张商英以惠照继其席②，而宗杲为晚学后生，又不识张商英，故请惠照写信介绍。《大慧普觉禅师年谱》亦记载说，宗杲于政和六年（1116）请惠照禅师书信介绍，往荆南求张商英撰文准塔铭。《禅林宝训》卷三载李彭语亦称赞宗杲此事。凡此均可见宗杲为处理文准身后事做出的贡献。

二、进英生平考

进英（？—1122），字拙叟，俗姓罗氏，其先吉州太和人。《僧宝正续传》卷二《花药英禅师》的叙述本惠洪《花药英禅师行状（代）》，文字略有不同。据此，进英幼年失父，性格聪明，通《诗》《书》大义，为书生则生病，其母怀孕时梦见有人在空中称其儿出家则病愈，乃使其至集善寺为童子。年十八得度受戒，欲游方，母有难色。庵于母室之外，名曰精

---

① 道谦编：《大慧普觉禅师宗门武库》，《卍续藏经》第142册，第928页。
② 祖琇：《僧宝正续传》卷一《兜率照禅师》，《卍续藏经》第137册，第574页。

进，事母甚孝。据《花药英禅师行状（代）》，则此类故事乃是螺川父老或士大夫所传闻。

其母殁后，进英心丧三年，修善业以为亡母祈福。进英后游江淮，见克文禅师，克文以希运接义玄、文偃接守初机缘为入道之要，摘其疑处以启问，进英大悟，得到克文印可①。惠洪《华药英禅师赞》认为进英胆气与其师克文相似，故克文授付大法，乃克家之子②。《僧宝正续传》卷二《花药英禅师》亦称进英能努力实行而博施克文之道，得语言三昧，可见其与克文的禅法一脉相承。

另据《云卧纪谈》卷下，进英为江之湖口李氏子，与惠洪《花药英禅师行状（代）》所说不同。但进英与惠洪都是克文的弟子，惠洪所撰行状乃代孙承之所作，而孙承之又为进英弟子禀淳所托，因孙承之于进英知之甚深③，其说或可从。而行状说进英的祖辈乃吉州太和人，指祖籍，《云卧纪谈》之说乃指其籍贯，二说似可并存。

又据《云卧纪谈》卷下推断，进英是在绍圣元年（1094）秋之前参谒克文。考克文生平，其于绍圣元年（1094）由九峰投老庵迁住庐山归宗寺④。进英谒克文，或在后者住九峰投老庵（1088—1094）期间。

进英受克文印可后，往云居，在了元禅师法席下任首座。进英善于机辩，了元喜之，故丛林呼为"英铁嘴"⑤。"英铁嘴"之说虽为传闻，但惠洪《花药英禅师行状（代）》也有类似记载。惠洪《花药英禅师生日，其子通慧设斋作此》，王庭珪《英和尚赞》《请智老住东山疏》《送风雅长老》等亦提及此事，可与《云卧纪谈》所载相互佐证。本传又载：

> 元祐中，出世长沙之开福。阅十年，殿阁崇成，宗风鼎盛。又五年，弃之，北游五台，遍览圣迹。复还庵于梁山，衲子益犇趋之。⑥

① 祖琇：《僧宝正续传》卷二《花药英禅师》，《卍续藏经》第 137 册，第 580 页。

② 惠洪：《石门文字禅》卷一九《华药英禅师赞》，四部丛刊初编影明径山寺本，第 205 页。

③ 惠洪：《石门文字禅》卷三〇《花药英禅师行状（代）》，四部丛刊初编影明径山寺本，第 337—338 页。

④ 周裕锴：《宋僧惠洪行履著述编年总案》，北京：高等教育出版社，2010 年，第 22 页。

⑤ 晓莹：《云卧纪谈》卷上，《卍续藏经》第 148 册，第 14 页。

⑥ 祖琇：《僧宝正续传》卷二《花药英禅师》，《卍续藏经》第 137 册，第 580—581 页。

　　据惠洪《花药英禅师行状（代）》，进英住长沙开福禅院①十五年，但不载进英住开福始于何年。本传晚出，却称时为"元祐（1086—1094）中"，不知何据。又据惠洪《夹山第十五代本禅师塔铭》序，智本于大观元年上元圆寂于夹山，两年后，门人处晓以"开福英禅师"所撰行状来求其撰写塔铭②，所谓"开福英禅师"即进英禅师，据此，似乎大观三年（1109）进英尚任开福寺住持。但据《开福道宁禅师语录》卷首之《疏》，大观三年（1109）二月，潭州知州席震请道宁住开福禅寺；又据《乾道临安志》卷三，席震于是年二月改任杭州知州。从时间上看，进英先于道宁住开福禅院，退院当在是年（1109）二月之前。另据《云卧纪谈》卷上，绍圣（元祐九年四月改为绍圣）元年（1094）秋，进英在云居应邀出世开福。据此，进英住持开福禅院的时间跨度约为绍圣元年（1094）秋至大观二年（1108），前后十五年，最晚于大观三年（1109）二月前已经退院。

　　《云卧纪谈》卷下还记载说，克文示寂前，以僧衣嘱咐进英。克文殁于崇宁元年（1102）十月十六日③，其嘱咐进英当在此前不久，应是进英住长沙开福禅院时事。晓莹《云卧纪谈》对进英生平的记载虽晚出，但据其所述，乃是宗杲所说④。从现有史料看，宗杲未尝亲见进英。但宗杲遍游诸方，曾参惠洪，平生多次提及惠洪所撰文字，又久依进英同门文准，可能知晓进英之故事。

　　政和甲午（1114），衡阳道俗迎进英居花药山天宁寺。宣和三年（1121）冬谢事，复庵于常德梁山。第二年（1122）腊月圆寂⑤。其有三处语录盛行于世。其中《报慈》即开福禅院（寺）所说语录，报慈当为赐额，谭章《潭州开福报慈禅寺道宁师语录序》可证。语录今不存，《僧宝正续传》卷二《花药英禅师》载其说法语句，皆同于《建中靖国续灯录》

---

　　① 据《建中靖国续灯录》卷二《潭州开福禅院从受禅师》，可知建中靖国元年（1101）之前开福为禅院。但稍晚的《开福道宁禅师语录》已称之为"开福报慈禅寺"，而道宁禅师是在大观三年（1109）住开福的。
　　② 惠洪：《石门文字禅》卷二九《夹山第十五代本禅师塔铭》序，四部丛刊初编影明径山寺本，第 327 页。
　　③ 惠洪：《石门文字禅》卷三〇《云庵真净和尚行状》，四部丛刊初编影明径山寺本，第 335 页。
　　④ 晓莹：《云卧纪谈》卷上，《卍续藏经》第 148 册，第 14 页。
　　⑤ 惠洪：《石门文字禅》卷三〇《花药英禅师行状（代）》，四部丛刊初编影明径山寺本，第 337 页。《僧宝正续传》卷二《花药英禅师》记载略同。

卷二三《潭州报慈开福进英禅师》，可知乃进英住开福报慈时所说。南宋灯录如《嘉泰普灯录》卷七《潭州报慈进英禅师》、《五灯会元》卷一七《潭州报慈进英禅师》所载，亦与《建中靖国续灯录》相同。

第四节　惟清弟子应端、德逢生平考

惟清，字觉天，号灵源叟，临济宗黄龙派祖心禅师弟子，事具《石门文字禅》卷二三《昭默禅师序》、《禅林僧宝传》卷三〇《黄龙佛寿清禅师》。《僧宝正续传》为其两位弟子应端、德逢立传。笔者利用相关史料稽考二人的生平行实。

一、应端生平考

应端（1069—1129），南昌人，俗姓余氏。据《僧宝正续传》本传，应端世寿六十一，僧腊四十二，则其出家落发，当在元祐三年（1088）。他先游庐山圆通寺，后至归宗寺谒克文，克文迁往泐潭后又至罗汉院参系南。而克文绍圣元年（1094）住归宗，绍圣四年（1097）迁泐潭①，应端谒克文当是此段时间中事，谒系南当是绍圣四年（1097）后事。但据李之仪《庐山承天罗汉院第九代南禅师塔铭》，系南已于绍圣元年（1094）三月圆寂（《云卧纪谈》卷上记载与此同）。据此，应端不可能像《僧宝正续传》所说那样，在克文迁往泐潭后（1097）方参已经去世的系南，而只能在绍圣元年（1094）之前参系南。

惟清在云居任首座，应端前往问法而开悟。如前所考，绍圣元年（1094），惟清正在云居了元法席中任首座；绍圣四年（1097）左右，惟清出世舒州太平寺。又据本传，悟新出世云岩，惟清遣门人前往佐助，其中就包括应端；应端为悟新侍者，参禅时其机锋丝毫不逊色，领悟超群，悟新颇为喜爱和重视。如前所考，悟新禅师元祐末（1092）至绍圣四年（1097）间住云岩，应端为其侍者当在此期间。本传又称，惟清出世太平、迁黄龙，应端都在身边。而惟清约于绍圣四年（1097）出世太平，据黄庭

---

① 法深、福深编：《云庵真净禅师语录》，《卍续藏经》第120册，第213页。

坚《送章上人南游序》，其元符元年（1098）已归黄龙为首座，二年
（1099）住持黄龙，则应端均随之而往。此后，应端游京浙，历讲肄，学
佛教经论。崇宁中回南昌看望父母，以精妙义理注《金刚经》经文。朱彦
守临川，创昭默堂迎致惟清，惟清举应端代行。朱彦虚明水院以待，为应
端谢绝①。考朱彦生平，其于崇宁五年（1106）知抚州②，后知洪州，大
观元年（1107）五月知杭州③，其请应端出世明水院应在崇宁五年
（1106）左右。

大观中，范坦知洪州，请住双岭，应端宵遁他境，久之归云岩，首众
分座。范坦于大观二年（1108）知洪州④，其请应端住双岭当在是年。本
传又载，政和末，张司成请应端出世百丈。司成为官名，未详张司成是何
人。据本传"赞"，可见张司成知洪州时，曾请景祥、善清、应端出世说
法，后归朝。据《僧宝正续传》卷五《宝峰清禅师》，政和五年（1115）
他正在洪州知州任上。又据王称《东都事略》卷一二二《僭伪》，张邦昌
曾为大司成，知洪州，入为礼部侍郎、翰林学士。《宋史》卷四七五《叛
臣上》亦有类似记载。张邦昌为礼部侍郎时曾有上奏，作于政和八年
（1118）⑤。据此，张邦昌曾累官至大司成，政和年间曾知洪州，约政和八
年（1118）入朝，先后任礼部侍郎等职，与《僧宝正续传》所载生平行实
颇相符，"张司成"当即此人，其请应端出世百丈当在政和八年（1118）
或稍前。张邦昌既为洪州知州，其请应端所住当为洪州百丈山。

据本传，应端住百丈六年，后退居西庵；宣和中，枢密郭三益帅豫
章，与徐俯合谋，请应端住洪州观音院，应端不得已而往；后稍迁上蓝
寺；建炎初，郭三益镇长沙，再迁南岳法轮寺。由政和八年（1118）或稍
前下推六年，则应端退居西庵当在宣和五年（1123）或稍前。郭三益字慎
求，宣和六年（1124）知洪州⑥，靖康元年（1126）六月改知潭州⑦，请

---

① 祖琇：《僧宝正续传》卷三《法轮端禅师》，《卍续藏经》第137册，第592—593页。
② 周裕锴：《宋僧惠洪行履著述编年总案》，北京：高等教育出版社，2010年，第115页。
③ 周淙纂修：《乾道临安志》卷三，《宋元方志丛刊》第4册，北京：中华书局，1990年，第3249页。
④ 吴廷燮：《北宋经抚年表》卷四，北京：中华书局，1984年，第305页。
⑤ 脱脱等：《宋史》卷一四八《仪卫六》，北京：中华书局，1977年，第3463页。
⑥ 吴廷燮：《北宋经抚年表》卷四，北京：中华书局，1984年，第306页。
⑦ 汪藻撰，王智勇笺注：《靖康要录笺注》卷八，成都：四川大学出版社，2008年，第842页。

应端住观音寺、上蓝寺当在宣和六、七年（1124、1125）左右。又据《建炎以来系年要录》卷四，建炎元年（1127）四月，郭三益在湖南安抚使任上；据该书卷一〇，建炎元年（1127）十月，郭三益已为刑部尚书，同知枢密院事①。既然郭三益在建炎元年（1127）十月已由湖南安抚使回朝，他必是在此前已请应端住潭州南岳法轮寺。据本传后"赞"，可见郭三益、徐俯之所以力请应端住洪州观音院，原因在于张邦昌回朝后的称许。

应端住法轮寺约三年，于建炎三年（1129）六月十一日迁化。后二年，门弟子奉灵骨舍利，于百丈山大雄峰起塔安葬②。

二、德逢生平考

（一）德逢的参游

德逢（1073—1130），豫章靖安人，俗姓胡。据《僧宝正续传》本传可知，德逢依上蓝居晋禅师，十七岁得度，时在1089年。后至泐潭山宝峰禅院参应乾禅师。考应乾生平，常总受命迁东林，应乾继住泐潭法席，于绍圣三年（1096）九月示寂③，德逢谒应乾的时间当在此前。其后德逢游吴中，不满于义学，往依时住太平的惟清而得到印可；惟清迁黄龙，德逢随之而往，并与悟新禅师交往。惟清约于绍圣四年（1097）出世舒州太平寺，元符二年（1099）迁洪州黄龙崇恩禅院，元符三年（1100）祖心圆寂后又退居昭默堂。据李之仪《炤默堂记》记载，惟清退黄龙而居此，来学者依然很多。悟新约绍圣四年（1097）至崇宁元年（1102）间住洪州西山翠岩广化院，其间惟清曾分座接衲④。因此，惟清当在元符三年（1100）后方有可能在悟新法席下任首座。又据本传，德逢在黄龙时与悟新交往，大概始于元符二、三年。

（二）德逢的住持经历

据本传，道楷禅师弘法汴京天宁，德逢任首座，不久道楷得罪编管临

---

① 李心传：《建炎以来系年要录》卷一〇，清广雅书局刻本。
② 祖琇：《僧宝正续传》卷三《法轮端禅师》，《卍续藏经》第137册，第593页。
③ 惟白编：《建中靖国续灯录》卷一九《洪州泐潭山宝峰禅院应乾禅师》，《卍续藏经》第136册，第274、275页。
④ 黄庭坚撰，任渊等注：《黄庭坚诗集注·山谷诗集注》卷二〇《代书寄翠岩新禅师》，北京：中华书局，2003年，第700页。

淄，知州虚天宁请德逢住持，德逢乘夜南归，在新吴山中立庵。考道楷生平，崇宁三年（1104）有诏住东京十方净因禅院，大观元年（1107）冬移住天宁寺。不久，开封尹李孝寿奏道楷道行高卓，应加以褒崇宣扬。即赐紫衣，号定照禅师。道楷上表辞之，徽宗怒，收付有司，著缝掖编管缁州①。因此，德逢至东京天宁寺为首座约在大观元年（1107）冬或稍后，知州请其住天宁，以及南归洪州新吴约在大观二年（1108）。

据惠洪《昭默禅师序》，大观四年（1110）春，惟清的嫡子德逢寄信给惠洪，称惟清卧病，惠洪述惟清生平大略以授德逢，让他请邹浩撰文刻石于山中，以传信于后世。又据惠洪《涟水观音画像赞》序，大观四年（1110）三月，南州德逢上人来书云云，南州即豫章，为德逢之籍贯。可知德逢在大观四年（1110）曾与惠洪、邹浩等人交往，但尚未出世开法。本传亦载，政和初，德逢出世云岩。考李之仪于政和二年（1112）七月所撰《重修云岩寿宁禅院记》，提到该禅院今长老为德逢，又于其后作灵源方丈，则德逢住分宁云岩寿宁禅院当在政和元年（1111）左右。

据本传，宣和初，江西帅徐任道请德逢居天宁。据载，重和元年（1118），朝奉郎徐惕知洪州②。宣和元年（1119）四月十一日，朝奉郎直秘阁权知洪州徐惕有奏③。时间、差遣与徐任道的情况相符，徐惕当字任道，请德逢住天宁寺者当即此人。宣和三年（1121），尚书胡直孺又请德逢住洪州分宁黄龙崇恩禅院；宣和六年（1124），有诏移汴京报恩寺；靖康元年（1126），德逢南归，郭三益请其居长沙开福报慈禅寺④。郭三益于靖康元年（1126）六月改知潭州，他请德逢住开福寺当在此月之后。

德逢住开福报慈禅寺甚久，后因病迁小庐山。小庐山在今湖南益阳，因似庐山而得名。建炎四年（1130）十月，德逢说偈辞众，吩咐将自己的

①　惠洪：《禅林僧宝传》卷一七《天宁楷禅师》，《卍续藏经》第137册，第512、513页。
②　吴廷燮：《北宋经抚年表》卷四，北京：中华书局，1984年，第306页。
③　徐惕：《乞督责马递铺依条限传送文字奏》，载曾枣庄、刘琳主编：《全宋文》第142册，上海：上海辞书出版社，2006年，第87页。
④　祖琇：《僧宝正续传》卷三《黄龙逢禅师》，《卍续藏经》第137册，第594、595页。"靖康"，卍续藏经本《僧宝正续传》作"晴康"，今据日本国立国会图书馆藏南北朝刊五山版《僧宝正续传》。

灵骨葬在本山海会塔，言罢而逝①。

第五节　克勤弟子生平考

祖琇在《僧宝正续传》中为景元、文演、宗杲这三位克勤的弟子立传，不少记载仍不够明确，亦有谬误，笔者利用相关史料对他们的生平行实加以稽考。

一、景元参游、住持考

景元（1094—1146），永嘉楠溪张氏子，号此庵。笔者以《僧宝正续传》景元传的记载为基础，对景元参谒克勤的时间及出世说法的情况加以考证。

（一）景元参谒克勤的时间

据《僧宝正续传》本传，景元十八岁（1111）剃度，受具足戒，通天台学说，后游方，参蒋山克勤。因听傍僧举悟新机锋语而开悟，克勤喜之，以为侍者，前后十四年。克勤归蜀，以木锦僧衣授之。《罗湖野录》卷上、《应庵昙华禅师语录》卷七也称景元参克勤于蒋山。而克勤在政和末移住蒋山②，宣和六年（1124）住汴京天宁③。与克勤相关的诸多史料均载是年克勤迁住汴京天宁寺，其说可信。据此，克勤住持蒋山当于政和末至宣和六年（1124）间，而景元至蒋山谒克勤亦当在此数年间。

《僧宝正续传》本传称景元在克勤门下为侍者十四年后，克勤归蜀。因此，景元最初参克勤的时间，可根据克勤归蜀的时间而定。据《僧宝正续传》卷四《圆悟勤禅师》记载，建炎初克勤住金山，乞云居山终老，明年返蜀。据孙觌《圆悟禅师传》，克勤约于建炎元年（1127）住金山龙游寺，后改住云居，而其在云居时间甚久。孙觌了解克勤生平，其说当可

---

① 祖琇：《僧宝正续传》卷三《黄龙逢禅师》，《卍续藏经》第 137 册，第 595 页。"海会塔"，卍续藏经本《僧宝正续传》作"海仓塔"，今据日本国立国会图书馆藏南北朝刊五山版《僧宝正续传》。

② 祖琇：《僧宝正续传》卷四《圆悟勤禅师》，《卍续藏经》第 137 册，第 596 页。

③ 祖琇：《僧宝正续传》卷六《径山杲禅师》，《卍续藏经》第 137 册，第 611 页。

信。《圆悟佛果禅师语录》卷六则明确记载说，建炎元年（1127）十一月十七日，克勤得到高宗接见，改住云居山真如禅院。另据《云卧纪谈》卷上，建炎三年（1129）初克勤还在云居，其返蜀应在是年之后。孙觌《圆悟禅师真赞》又称克勤在云居住三年，上奏祈请归蜀，得到恩准；克勤归蜀后再住成都昭觉院，六年后圆寂。孙觌《圆悟禅师传》、祖琇《僧宝正续传》卷四《圆悟勤禅师》、祖咏《大慧普觉禅师年谱》等皆云克勤圆寂于绍兴五年（1135）八月，上推六年，则克勤约于建炎四年（1130）归蜀，住昭觉院。而据《大慧普觉禅师年谱》，克勤于建炎三年（1129）闰八月退云居住持之职。克勤《示普贤文长老》亦自称退院后居云居东堂，时为是年闰八月。东堂，乃本寺前住持居处。可知克勤退院后，曾闲居真如禅院之东堂一段时日，并未立即归蜀。另据《宋临济正传虎丘隆和尚塔铭》，建炎四年（1130），克勤因为战乱未平而还蜀，亦可证克勤于建炎四年（1130）回到四川。上推十四年，则景元当是在政和七年（1117）参克勤于蒋山。

但克勤住持蒋山的这一时间是根据《僧宝正续传》的说法推论出来的结果，只是孤证，而如前所论，《僧宝正续传》时间上的错误不止一处，因此尚需与克勤相关的其他史料继续证明，这些材料之间亦应达成一定的融贯并能相互佐证和解释，故有必要考证克勤在北宋后期的住持情况。据《圆悟禅师传》，克勤住蒋山在政和年间，未说明具体时间。按克勤得法于法演，归蜀后住六祖院和昭觉寺，后再次出蜀，先后住持夹山、道林、蒋山。据张浚《天宁万寿禅寺置田记》和孙觌《圆悟禅师传》，克勤自述住昭觉八年后再度出蜀。据《圆悟佛果禅师语录》卷一，克勤住昭觉时为时住五祖山的法演拈香，可见此时法演尚未去世，也就是时在崇宁三年（1104）六月之前；语录此后提到时间八月秋；后又记昭觉寺改为崇宁寺，如前所考这件事发生在崇宁二年（1103）九月，但克勤接到敕书可能还需一段时日，从史料来看当时寺院改名崇宁寺也的确有时间先后，并不一定都在是月，因此不能仅仅据此确定时间；此后克勤得到法演去世的消息，则当在崇宁三年（1104）六月之后，而根据法演所居湖北五祖山与成都之间的距离，以及当时的交通和信息传递条件，克勤得到这一消息距法演去世必定已有一段时间，但不会太久。因此可以推断，克勤住昭觉寺约在崇宁二年（1103）或稍后。克勤住昭觉寺八年，则他当在大观四年（1110）

或政和初（1111）退院，此后出蜀。据《圆悟佛果禅师语录》卷二，克勤此后寓居公安天宁，并在此受邀住夹山。相关史料表明，"天宁"同样是朝廷下令所改，各寺改寺名的时间并不一致，与政和相关的时间出现在多种文献中，吴栻《成都府天宁万寿观碑》、惠洪《信州天宁寺记》均称政和元年（1111）八月改崇宁为天宁，故克勤住夹山要到此后方有可能。而《圆悟佛果禅师语录》卷二此后记载，克勤入院所说法语中出现了春景，故其住夹山不可能在政和元年（1111），而可能在政和二年（1112）春之后。又《圆悟禅师传》和《嘉泰普灯录》卷一一《东京天宁佛果克勤禅师》等都说其出蜀至荆南见张商英，张商英请其居夹山碧岩，《僧宝正续传》卷四《圆悟勤禅师》却说是澧州刺史请。政和元年（1111）张商英罢相，是年冬十月后于衡州安置，二年（1112）四月放令逐便①，故政和元年（1111）十月后似无权请克勤出任住持；而放令逐便后张商英自可归荆南，似不必晚至政和三年（1113）之后，因此认为克勤住碧岩在是年（1113）似需其他旁证②。另据《雪堂行和尚拾遗录》，可证克勤在夹山碧岩至少三年，故其住道林最早得在政和四年（1114）后。据《僧宝正续传》卷二《开福宁禅师》、卷五《大沩果禅师》，道宁政和三年（1113）十一月圆寂后，善果隐迹于道林，恰逢克勤来担任住持，以其为首座，故克勤住道林当距道宁去世已有一段时间。据《嘉泰普灯录》卷七《潭州道林了一禅师》，了一住大明，迁智度及道林，政和四年（1114）二月去世，其既圆寂于道林寺，故克勤当在此后方有可能继任道林寺住持。而据克勤《示民知库》，其住道林甚久。《圆悟佛果禅师语录》卷四记载说，克勤受请住蒋山，辞众时自称住持道林三年。又据《圆悟佛果禅师语录》卷三，克勤住道林时，邓洵武奏到紫衣、师名，克勤上堂拈香，称呼其为"两府枢密相公"。而邓洵武于政和六年（1116）五月壬寅除正奉大夫、知枢密院事③，故至少是年（1116）五月克勤尚在道林寺。从《圆悟佛果禅师语录》此后的记载来看，尚有克勤在道林的说法语句，又有"解夏"之语；

---

① 详见罗凌：《无尽居士张商英研究》，武汉：华中师范大学出版社，2007年，第299－303页。

② 罗凌：《无尽居士张商英研究》，武汉：华中师范大学出版社，2007年，第304页；释演法主编，段玉明等著：《圆悟克勤传》，北京：宗教文化出版社，2012年，第65、70页。

③ 脱脱等：《宋史》卷二一二《宰辅三》，北京：中华书局，1977年，第5523页。

而其迁住蒋山后，先后有"入院""结夏""五月初二日"之语。按照丛林规制，僧侣一般于每年四月十五日开始坐夏（结夏），该年七月十五日解夏，故解夏至坐夏（结夏）已是第二年，亦可证克勤不可能于政和六年（1116）迁住蒋山。何况政和年间住蒋山者有克勤同门惠懃，后者于政和七年（1117）十月八日迁化①。据载惠懃迁化后，克勤继任住持②。再据《圆悟禅师传》《僧宝正续传》的相关说法，克勤当是在政和七年（1117）十月后方有可能移住蒋山，景元到蒋山参克勤当在此之后方有可能；而上推三年，克勤住道林当在政和四年（1114）或次年（1115）。

（二）景元的四处住持

据《僧宝正续传》本传，可知景元约于绍兴初回到故乡，此后耿延禧请他出世南明山仁寿院。另据《罗湖野录》卷上，可见事情的起因是：克勤归蜀后，景元回到故乡，隐居韬晦。耿延禧阅读克勤语录，看到后者送给景元的题像，知其为人，便派人搜寻景元，终于在台州报恩寺的寮舍中找到了景元，迫使其受命。显然，晚出的《罗湖野录》比《僧宝正续传》对事件的前因后果讲述得更为清楚。另外，克勤归蜀在建炎四年（1130），按照《罗湖野录》的记载，景元还浙东当在此后。

据《应庵昙华禅师语录》卷七，可知景元在绍兴四年（1134）左右开始出世说法。昙华乃绍隆的弟子，他又曾参克勤于云居，景元亦在会中，其说当有所据。而耿延禧于绍兴三年（1133）十二月为《圆悟佛果禅师语录》作序，时知处州，《罗湖野录》所谓耿延禧阅语录而得景元当在此前后；又据耿延禧《括苍刊本战国策序》，可见直到绍兴四年（1134）十月，耿延禧还在处州知州任上③，与《应庵昙华禅师语录》景元绍兴四五年间出世说法的记载亦相吻合。

另据《雪堂行和尚拾遗录》，可知景元住持处州南明山仁寿院的时间将近两年，故应在绍兴五年（1135）左右离任。景元离开南明山后，退居

---

① 祖琇：《僧宝正续传》卷二《智海懃禅师》，《卍续藏经》第 137 册，第 586 页。

② 正受撰，秦瑜点校：《嘉泰普灯录》卷一四《建康府华藏密印安民禅师》，上海：上海古籍出版社，2014 年，第 389 页。

③ 耿延禧：《括苍刊本战国策序》，载曾枣庄、刘琳主编：《全宋文》第 148 册，上海：上海辞书出版社，2006 年，第 345 页。

永嘉护国，后因宪使明橐、知州吕丕问多次邀请而出世处州连云①。据李心传《建炎以来系年要录》卷七四，监察御史明橐提点两浙东路刑狱公事，赴任应在绍兴四年（1134）三月后。又据该书卷九二、卷一〇五的相关记载，可知吕丕问任处州知州时限是从绍兴五年（1135）八月至绍兴六年（1136）九月。另据考证，明橐于绍兴六年（1136）正月致仕②。因此，景元住处州连云当在绍兴五年（1135）八月至绍兴六年（1136）正月内。

在景元住处州连云期间，昙华从绍隆会下来，景元命其为首座。据《应庵昙华禅师语录》卷一〇《松源和尚普说》，可知昙华离开绍隆时，景元已任连云住持。而景元住连云在绍兴五年（1135）八月后方有可能，绍隆圆寂于绍兴六年（1136）五月③，昙华离开绍隆、赴连云当在此期间。

景元后又住持台州真如、台州护国，昙华随之前往任首座。据本传，景元绍兴十六年（1146）一月九日示寂。据居简《护国元此庵碑阴》，可见昙华不但分座说法，而且为景元处理身后事。《应庵昙华禅师语录》卷十有《辞此庵和尚塔》《为此庵和尚入塔》，可证此事。

总之，景元约在政和七年（1117）后到蒋山参谒克勤，开悟后为侍者，直到克勤建炎四年（1130）归蜀。此后景元回到故乡，约于绍兴四年（1134）开法处州南明山仁寿院，绍兴五年（1135）八月至绍兴六年（1136）间出世处州连云，后又住台州真如、护国，绍兴十六年（1146）一月圆寂。

二、文演参游、住持、交游考

文演（1092—1156），成都新都县（今新都区）人。笔者以《僧宝正续传》的记载为基础，对文演参游、住持的时间，以及他和张浚的交往加以考证。

① 正受撰，秦瑜点校：《嘉泰普灯录》卷一五《台州护国此庵景元禅师》，上海：上海古籍出版社，2014 年，第 419 页。

② 徐文明：《圆悟克勤门下最出色的弟子此庵景元禅师》，2010 年 11 月 22 日，网址：http://fo.ifeng.com/special/zhaojuesi/lunwen/detail _ 2010 _ 11/22/3192716 _ 1. shtml。

③ 嗣端等编：《虎丘绍隆禅师语录·宋临济正传虎丘隆和尚塔铭》，《卍续藏经》第 120 册，第 803 页。

（一）文演的参游和住持

据《僧宝正续传》本传，文演在大观三年（1109）得度受戒，后谒正法明禅师、雅首座，又见克勤于昭觉寺，克勤圆寂后到径山参宗杲。如前所述，克勤在建炎四年（1130）归蜀住昭觉院，绍兴五年（1135）八月圆寂，因此文演参克勤当在此数年间，而其出关当在绍兴五年（1135）八月后。据《大慧普觉禅师年谱》，宗杲于绍兴七年（1137）五月离开泉州云门庵，七月至径山寺，故文演到径山参宗杲当在绍兴七年（1137）七月之后方有可能。

据本卷后的"赞"，可知文演在宗杲门下甚久。谒宗杲之后，文演游南岳，于福严任第一座，有"勾龙漕使摄潭师（帅）"，命住智度，文演住此十二年，迁福严①。文演出世具体时间不详，而"勾龙漕使"亦不详其人。南宋时有勾龙如渊，其绍兴七年（1137）至绍兴二十四年（1154）虽无知潭州事，但《宋史》勾龙如渊传也提供了一条重要信息，那就是勾姓出古勾芒，为避高宗名讳而改姓为勾龙氏，换言之"勾龙如渊"本作"勾如渊"。可见，考察这一时期的勾龙氏时也应考察勾姓，但南宋时勾姓避高宗讳的方式很多，并不都改姓勾龙。尽管日本国立国会图书馆藏南北朝刊五山版和卍续藏经本《僧宝正续传》卷六《福严演禅师》均作"勾龙漕使"，但从史料看，这一说法可能不尽准确。绍兴八年（1138）有勾涛除荆湖北路安抚使、知潭州②，不过既然文演绍兴七年（1137）后到径山参宗杲并在其门下很久，绍兴八年（1138）其应尚未游南岳。又据魏了翁《潭州州学重建稽古阁明伦堂记》，可知勾光祖绍兴十四年（1144）在潭州知州任上（曾任利州路转运副使）。今人李之亮《宋两湖大郡守臣易替考》推算勾光祖于绍兴十三年（1143）七月至绍兴十四年（1144）间知潭州③。又据《嘉泰普灯录》卷一四《眉州中岩华严祖觉禅师》，张浚请克勤另一弟子祖觉住长沙智度寺，后者于绍兴十三年（1143）八月退院，文

---

① 祖琇：《僧宝正续传》卷六《福严演禅师》，《卍续藏经》第 137 册，第 614、615 页。卍续藏经本《僧宝正续传》作"师"，日本国立国会图书馆藏南北朝刊五山版《僧宝正续传》作"帅"，后者是。

② 脱脱等：《宋史》卷三八二《勾涛》，北京：中华书局：1977 年，第 11773 页。

③ 李之亮：《宋两湖大郡守臣易替考》，成都：巴蜀书社，2001 年，第 254 页。

演出世智度当在此后方有可能。而文演"初住智度，晚迁福严"①，可知文演晚年住福严，时间应不久。由绍兴十三年（1143）下推十二年，则文演迁福严在绍兴二十四年（1154）左右，直到圆寂（1156）。

（二）文演与张浚的交游

张浚与文演为同乡故交②。据张浚《天宁万寿禅寺置田记》，张浚靖康初就与时任东京天宁寺住持的克勤熟识。这一点也为克勤弟子宗杲《紫岩居士画像赞》证实。张浚绍兴三年（1133）罢官归蜀，时克勤任昭觉寺住持，冒着大暑远来慰劳③。后张浚出蜀，临别时，克勤拜托他举荐宗杲出世，张浚遂以临安府径山寺延请宗杲；宗杲得知克勤圆寂的消息，亦是张浚遣僧人报知④。张浚罢官归蜀期间，或曾与时在克勤门下的文演交往。

文演首众僧和住持的福严寺、智度寺均在潭州（治所在今长沙），而张浚自绍兴七年（1137）后数次贬永州，宗杲贬衡州时（1141），张浚亦在长沙⑤，绍兴二十六年（1156）又曾居长沙⑥。从《僧宝正续传》本传的记载看，文演圆寂于绍兴二十六年（1156）十一月二十六日，而在本传中张浚称文演年老时更为振作，则在文演晚年，二人似还有交往。

三、宗杲参游、住持考

宗杲（1089—1163），宣州宁国（今安徽宣城）奚氏子。尽管《僧宝正续传》为之立传，但尚有疏误和不够明确之处，其参游和住持情况尚需考证。

（一）宗杲的参游

据《僧宝正续传》本传，宗杲出家东山慧云院，师从慧齐，在参游过

---

① 正受撰，秦瑜点校：《嘉泰普灯录》卷一四《潭州福严文演禅师》，上海：上海古籍出版社，2014年，第401页。

② 祖琇：《僧宝正续传》卷六《福严演禅师》，《卍续藏经》第137册，第615页。

③ 张浚：《天宁万寿禅寺置田记》，载曾枣庄、刘琳主编：《全宋文》第188册，上海：上海辞书出版社，2006年，第128页。

④ 祖咏：《大慧普觉禅师年谱》，《禅宗全书》第42册，第480、481页。

⑤ 法宏、道谦编：《大慧禅师禅宗杂毒海》卷下，《卍续藏经》第121册，第89页。

⑥ 祖咏：《大慧普觉禅师年谱》，《禅宗全书》第42册，第490页。

程中先谒绍珵，闻重显禅旨，然后至宝峰参文准，文准令其为侍从。文准即将迁化，令其参克勤。不久他请张商英撰写塔铭，归宝峰后再次回见张商英，后者令其参克勤，于是放浪襄汉，见道微而授曹洞宗旨，不久至汴京。宣和六年（1124），克勤迁住汴京天宁。宗杲前往问法，获得证悟。①也就是说，宗杲先后参问了绍珵、文准、张商英、道微、克勤。

但据《大慧普觉禅师宗门武库》记载，宗杲先参绍珵，的确领悟了重显的机缘语句；后游郢州大阳，见元首座、道微、坚首座，宗杲周旋三公座下甚久，尽得曹洞宗旨，后依文准，文准病重时，让宗杲去参克勤②。另外，《大慧普觉禅师宗门武库》还记载了文准病重时宗杲请张商英撰塔铭之事。也就是说，宗杲先后参谒了绍珵、元首座、道微、坚首座、文准、张商英、克勤，与《僧宝正续传》所说次序不同。按照晓莹的说法，可证《大慧普觉禅师宗门武库》中的一些记载是宗杲的自述，有依据③。另据张浚《大慧普觉禅师塔铭》，亦可知宗杲先后参谒曹洞宗诸僧、文准、张商英、克勤，与《大慧普觉禅师宗门武库》所说次序基本一致，但《塔铭》叙宗杲见张商英一次就北上，不确。据晓莹《云卧纪谈》卷下，宗杲曾讲述其先后两次参谒张商英之事④。

而祖咏《大慧普觉禅师年谱》则记载说，宗杲自述发蒙于奉圣初禅师门下，初行脚时曾参绍珵，问道于道微，参究曹洞宗旨；又称在郢州大阳见元首座、道微、坚首座，正是引《武库大慧普觉禅师宗门》之语。稍有不同的是，《大慧普觉禅师年谱》还提到宗杲在大观三年（1109）至舒州依海会从禅师，不久到宝峰⑤。海会从当即守从，嗣元祐。而政和五年（1115）文准圆寂后，宗杲开始了又一段漫游参学的经历。他不仅参张商英，还曾于政和八年（1118）参清源，宣和元年（1119）参善清、惟清、惠洪等禅师，宣和二年（1120）春复见张商英，是年十月宗杲离去。宗杲于宣和四年（1122）到东京，依佛照杲、普融平，又居太宰庵。宣和六年（1124）克勤迁汴京天宁，但宗杲并非在是年就有机会参克勤，而是在次

① 祖琇：《僧宝正续传》卷六《径山杲禅师》，《卍续藏经》第137册，第611页。
② 道谦编：《大慧普觉禅师宗门武库》，《卍续藏经》第142册，第940-941页。
③ 晓莹：《云卧纪谈》卷末《云卧庵主书》，《卍续藏经》第148册，第47页。
④ 晓莹：《云卧纪谈》卷下，《卍续藏经》第148册，第35页。
⑤ 祖咏：《大慧普觉禅师年谱》，《禅宗全书》第42册，第466页。

年（1125）四月方抵天宁挂搭，五月十三日悟道，掌记室，分座接衲。①
《年谱》初刊本多有疏脱而遭到晓莹批评，今本经过了宗杲另一弟子宗演
的校订，其中删入六十余处，此处又多引宗杲的自述、书信和《大慧普觉
禅师宗门武库》的记载，应较可信。

相形之下，《僧宝正续传》对宗杲参游的次序做了错误的叙述。按照
《僧宝正续传》的叙述，宗杲再度谒见张商英后，放浪襄汉，会大阳道微
禅师，大阳山与张商英所居荆州在地理位置上接近，可"解释"其行程；
克勤迁住汴京天宁，宗杲就前去参谒。这些看起来合理的叙述构成了关于
宗杲入道故事的一部分，仿佛事件一个接一个地发生，在时间上也是前后
相接。张商英津致行李、助宗杲谒克勤，事在宣和二年（1120）（而非
1116年），而此时克勤在蒋山，尚未住持东京天宁寺。

总之，对于宗杲的参游经历，《僧宝正续传》《塔铭》的记载不够准
确。从史料来源、叙述者、校订者等方面看，《大慧普觉禅师年谱》的记
载比较可靠。

（二）宗杲的住持、贬谪经历

靖康之变后，克勤先后住金山、云居，宗杲曾居虎丘。宗杲于建炎二
年（1128）十月到云居山真如禅院探望克勤，任首座，直到后者建炎三年
（1129）闰八月退院②。建炎四年（1130）春，宗杲迁海昏云门庵。南宋
初，金兵南下，盗贼出没，九月，宗杲抵长沙，访法泰于谷山。

据《僧宝正续传》本传，其后宗杲至仰山见士珪，一同回到云门庵，
著《颂古》百余篇。后入闽，住洋屿，泉南给事江常创庵请其住持③，无
明确时间记载。据《大慧普觉禅师年谱》，宗杲、士珪绍兴元年（1131）
见于仰山，宗杲二月还云门庵。绍兴三年（1133）四月，士珪至云门庵，
与宗杲同坐夏，著《颂古》110篇。绍兴四年（1134）二月，宗杲作七闽
之行，居洋屿。绍兴五年（1135）正月，应蔡子应天宫庵之命，江常创新
庵于小溪之上请其住持④。

张浚离蜀时，克勤曾托之寻访宗杲。张浚还朝，请宗杲出世径山寺。

---

① 祖咏：《大慧普觉禅师年谱》，《禅宗全书》第42册，第470—473页。
② 祖咏：《大慧普觉禅师年谱》，《禅宗全书》第42册，第475页。
③ 祖琇：《僧宝正续传》卷六《径山杲禅师》，《卍续藏经》第137册，第612页。
④ 祖咏：《大慧普觉禅师年谱》，《禅宗全书》第42册，第476—479页。

绍兴七年（1137）五月，宗杲离泉南，七月抵临安，开法于径山能仁禅院。绍兴十一年（1141）五月，因与张九成交往得罪秦桧，编置衡州。据《僧宝正续传》本传，其后宗杲的经历是：移居梅州，居六年北还，第二年恢复僧人身份，不久接受朝廷任命住明州阿育山，逾年改住径山，绍兴三十一年（1161）退居明月堂，隆兴初八月十日圆寂，世寿七十五[①]。《塔铭》的记载与此略同，但具体时间尚不明确。据《大慧普觉禅师年谱》，宗杲于绍兴二十年（1150）六月移梅州。二十五年（1155）冬，蒙恩自便。二十六年（1156）十一月，应请住持明州阿育王山广利禅寺。二十八年（1158）正月初十迁住径山，三月九日入院。三十一年（1161）四月退院，居明月堂。隆兴元年（1163）八月十日示寂，以全身葬于明月堂后[②]。基于同样的理由，应依《年谱》。

据此，则宗杲曾于绍兴二十六年（1156）十一月至绍兴二十八年（1158）正月间住阿育王山广利禅寺，又曾先后两次住径山能仁禅院：第一次是在绍兴七年（1137）七月至绍兴十一年（1141）五月间，第二次是在绍兴二十八年（1158）三月至绍兴三十一年（1161）四月间。

第六节　清远弟子生平考

清远，临邛人，俗姓李。清远在法演禅师门下领旨，崇宁二年（1103）秋于舒州崇宁寺出世说法。后住舒州龙门寺十二年[③]，政和八年（1118）九月住和州褒禅寺[④]。由政和八年（1118）上推十二年，则清远约于大观元年（1107）迁住舒州龙门寺。迁褒禅寺一年后（1119），他因病辞职，时同门兄克勤居蒋山，前往依之，宣和二年（1120）圆寂[⑤]。在《僧宝正续传》中，祖琇为清远的五位弟子善悟、法顺、法如、正贤、士

---

① 祖琇：《僧宝正续传》卷六《径山杲禅师》，《卍续藏经》第137册，第613页。
② 祖咏：《大慧普觉禅师年谱》，《禅宗全书》第42册，第487-496页。
③ 赜藏主编集，萧萐父、吕有祥、蔡兆华点校：《古尊宿语录》卷三四《舒州龙门佛眼和尚语录·宋故和州褒山佛眼禅师塔铭》，北京：中华书局，1994年，第651页。
④ 赜藏主编集，萧萐父、吕有祥、蔡兆华点校：《古尊宿语录》卷二九《舒州龙门佛眼和尚语录》，北京：中华书局，1994年，第646页。
⑤ 祖琇：《僧宝正续传》卷三《龙门远禅师》，《卍续藏经》第137册，第588、589页。

珪立传。笔者利用相关史料来对他们的生平行实加以稽考。

一、善悟参游、住持考

善悟（1074—1132），洋州兴道人，俗姓李，号高庵。《僧宝正续传》最早为善悟立传，但尚有疏误和不够明确之处，尤其是参游和住持情况尚需考证。

（一）善悟的参游

据《僧宝正续传》本传，善悟初闻冲禅师举达摩"廓然无圣"之语而有疑，冲奇之，命其南参。善悟往来淮甸，后抵龙门，参清远而悟，命其为第一座。宣和初，出世吉州天宁。而据《嘉泰普灯录》卷一六《南康军云居高庵善悟禅师》，善悟十一岁出家，则时在元丰七年（1084）。又据《禅林宝训》卷二引《云居实录》，善悟自称见惠懃小参而求挂搭。据《禅林宝训》卷四，善悟年少时曾参惠懃于舒州太平寺，惠懃迁汴京智海禅院后，善悟又到龙门参清远。如前所考，惠懃于元符二年（1099）左右继惟清住太平寺，政和二年（1112）住东京智海禅院，善悟参惠懃当在此段时间内。而根据清远住龙门寺的时间，善悟参清远当在政和二年（1112）至政和八年（1118）间方有可能。

（二）善悟的住持经历

对善悟的住持情况，据《僧宝正续传》本传，他宣和初住吉州天宁，第二年徙云居，七年后，克勤住云居，移其住金山，因病辞谢；第二年克勤归蜀，善悟复为云居住持，不久又因战争退院，至天台。这一记载在时间上有诸多不够明确之处。据《禅林宝训》卷二，可知善悟一开始不愿出世云居，其师清远写信劝其应命。因清远圆寂于宣和二年（1120）冬至前一日①，清远写信给善悟只能在此前。另据《禅林宝训》卷三，善悟住云居时，法顺为藏主。清远去世、舍利入塔后法顺方至云居，应在宣和三年（1121）正月后②。又据本传，善悟住云居七年后，克勤住云居。如前所

---

① 赜藏主编集，萧萐父、吕有祥、蔡兆华点校：《古尊宿语录》卷三四《舒州龙门佛眼和尚语录·宋故和州褒山佛眼禅师塔铭》，北京：中华书局，1994 年，第 651 页。

② 赜藏主编集，萧萐父、吕有祥、蔡兆华点校：《古尊宿语录》卷三四《舒州龙门佛眼和尚语录·宋故和州褒山佛眼禅师塔铭》，北京：中华书局，1994 年，第 651、652 页。

述，克勤住云居在建炎元年（1127）十一月之后。上推七年，善悟当于宣和三年（1121）或稍前迁云居；则其出世天宁，当在前一年（1120）。

建炎元年（1127）末，克勤住云居。据《禅林宝训》卷三引宗杲语，善悟此后并未离开云居，而是退居东堂，而分别尊奉克勤、善悟之人互不相和。宗杲曾赴云居，在克勤法席下任首座，其说或有所据。而如前所考，克勤于建炎三年（1129）闰八月退云居并闲居东堂一段时日，建炎四年（1130）归蜀。善悟不久又因战争退院，或因建炎三年（1129）冬金兵犯江西①或此后的战乱。因此，善悟再住云居可能是在建炎四年（1130）。

此后，善悟离云居，避地天台。据本传，善悟于绍兴二年（1132）六月受邀住浮山鸿福寺，未成行，七月圆寂。正如《僧宝正续传》卷四《宝峰祥禅师》所载，善悟受命，未入寺而示寂②。

综上所述，善悟约宣和二年（1120）出世天宁，约宣和三年（1121）或稍前至建炎元年（1127）间住云居，后退居云居东堂；建炎四年（1130）再住云居，不久避地天台；绍兴二年（1132）六月受命住舒州浮山鸿福寺，未及赴，同年七月示寂于德韶国师庵。

二、法顺参游、住持考

法顺（1076—1139），绵州魏城人，俗姓文。据《僧宝正续传》本传，法顺七八岁时出家。得度受具后游成都大慈寺，先习经论，因不悟《起信论》之语而游方，先到襄州参静觉，再到龙门参清远，因后者举傅大士《心王铭》而开悟。据《嘉泰普灯录》卷一六《抚州白杨法顺禅师》，法顺年十八（1093）得度受具，崇宁初（约1102）开始云游。清远约于大观元年（1107）至政和八年（1118）住龙门，而法顺参清远亦在大观年间。又《古尊宿语录》卷三〇《舒州龙门佛眼和尚语录》有《顺知藏求赞》，据其中禅语，可证法顺开悟因缘。"顺知藏"即法顺，其在清远门下任知藏一职。

据本传接下来的记载，清远舍利入塔后，法顺方才出任云居首座。考李弥逊《宋故和州褒山佛眼禅师塔铭》，清远宣和二年（1120）冬至前一

---

① 李心传：《建炎以来系年要录》卷二八，清广雅书局刻本。
② 祖琇：《僧宝正续传》卷四《宝峰祥禅师》，《卍续藏经》第137册，第599页。

日迁化，其门人装置其灵骨归龙门，宣和三年（1121）正月塔成。《禅林宝训》卷三又引道行语，称善悟住云居，法顺为藏主。讲述此事的道行是善悟、法顺的同门，此说或有所据。如前所述，善悟约于宣和三年（1121）或稍前迁云居。法顺当是在宣和三年（1121）正月后方有可能离开龙门，在善悟禅师法席下为知藏，后又任首座。本传接下来记载：

> 建炎初，有旨应寺院之为神霄者，悉还旧贯。于是漕使张公琮首辟临川之广寿，迎师开法。绍兴改元，太守蒋公宣卿徙住白杨。①

宣和元年（1119）正月，徽宗下诏改革佛教，其中就包括以寺为宫，以院为观②。其实所谓"以寺为宫"在此之前已经发生，惠洪已提到过发生在政和五年（1115）的相关史实③。这些措施对当时丛林也产生了一定影响，如《僧宝正续传》卷三《文殊道禅师》就曾记载心道禅师对此的反应。

建炎初寺院恢复原状后，江南西路转运使张琮请法顺住临川广寿院。据《建炎以来系年要录》卷二五，可知张琮建炎三年（1129）尚任江南西路转运使。绍兴元年（1131），抚州知州蒋璨请法顺住临川白杨寺。据蒋璨《书简帖（四）》、孙觌《宋故右大中大夫敷文阁待制赠正议大夫蒋公墓志铭》和《建炎以来系年要录》卷六〇，可证绍兴初蒋璨曾知抚州，绍兴二年（1132）十一月方改知台州。

法顺住白杨期间，李纲曾请他到黄龙崇恩禅院担任住持，不赴④。李纲于绍兴五年（1135）十月至七年（1137）十一月任江南西路安抚制置大使，兼知洪州，其受命赴任时在绍兴六年（1136）正月⑤，其请法顺住黄龙当在是年（1136）或次年（1137）。

总之，法顺年十八（1093）得度受具，崇宁初（约1102）遍参丛林，大观至宣和年间依清远于龙门寺，宣和三年（1121）后在善悟禅会中任知藏、首座，建炎年间住临川广寿院，绍兴元年（1131）迁住白杨，绍兴九

---

① 祖琇：《僧宝正续传》卷四《白杨顺禅师》，《卍续藏经》第137册，第601页。
② 脱脱等：《宋史》卷二二《徽宗》，北京：中华书局：1977年，第403页。
③ 惠洪：《禅林僧宝传》卷三〇《保宁玑禅师》，《卍续藏经》第137册，第563页。
④ 祖琇：《僧宝正续传》卷四《白杨顺禅师》，《卍续藏经》第137册，第601页。
⑤ 赵效宣：《宋李天纪先生纲年谱》，台北：台湾商务印书馆，1980年，第182、186、215页。

年（1139）圆寂①。

三、法如参游、住持考

法如（1080—1146），台州临海人，俗姓胡。据《僧宝正续传》本传，法如圆寂于绍兴十六年（1146）三月，世寿六十七，僧腊四十二。则法如约于崇宁四年（1105）受具。其后遍参，至龙门谒清远，命为典座，不久顿悟其旨。又曾参克勤。善悟、克勤相继住云居，法如均为第一座。如前所考，善悟宣和三年（1121）或稍前至建炎元年（1127）间住云居，克勤于建炎元年（1127）十一月奉敕住云居、建炎三年（1129）闰八月退院，故法如当在此期间任云居首座。

又据本传，建炎初胡直孺请其出世上蓝，不久金兵围城，乃退居白水庵。据李心传《建炎以来系年要录》卷一三，建炎二年（1128）二月，知洪州胡直孺曾奏事；卷二〇又载，三年（1129）二月，另有人接替他知洪州。法如建炎元年（1127）十一月后既仍在克勤法席中任首座，其出世洪州上蓝寺应在次年（1128）前后。又据《建炎以来系年要录》卷二八，建炎三年（1129）十月金兵趋洪州，法如退院隐居当在此前后。

绍兴初，法如又受江南西路转运副使曾纡之请，出世云居，十年间，原先被毁的寺院重新得到修建。曾纡（1073—1135），字公衮，号空青先生，抚州南丰人。汪藻《右中大夫直宝文阁知衢州曾公墓志铭》提到隆祐皇后之崩，曾纡知抚州，逾年除江南西路转运副使，第二年九月除司农少卿，改福建路提点刑狱，第二年二月进直宝文阁，寻移衢州而卒，寿六十三。据李心传《建炎以来系年要录》卷四三，隆祐皇太后去世于绍兴元年（1131）三月；卷八八记直宝文阁曾纡绍兴五年（1135）夏四月事；卷九四记他卒于绍兴五年（1135）冬十月。据此推算，曾纡约于绍兴元年（1131）知抚州，三年（1133）除江南西路转运副使，四年（1134）九月除司农少卿，改福建路提点刑狱，五年（1135）进直宝文阁，移衢州。故曾纡请法如住云居应在绍兴三四年（1133 或 1134），这也与法如住云居"阅十余年"，直到绍兴十六年（1146）归寂的记载相符。

---

① 据本传，他去世于绍兴九年（1139）五月一日。见祖琇：《僧宝正续传》卷四《白杨顺禅师》，《卍续藏经》第 137 册，第 601—602 页。

总之，法如大观、政和年间参清远，宣和三年（1121）或稍前至建炎二年（1128）间任云居首座，约建炎二年（1128）应洪州知州胡直孺之请出世上蓝寺，后隐居高安白水庵，绍兴三四年（1133 或 1134）应江南西路转运副使曾纡之请住云居，绍兴十六年（1146）迁化。

四、正贤参游、住持考

正贤（1084—1159），潼川郪县人，俗姓陈，号真牧。早年依三圣院海澄，得度具戒。据本传，正贤僧腊五十七，可知正贤约于崇宁二年（1103）得度具戒。后赴成都大慈寺，从重透法师听经论，凡典籍，过目成诵。又谒正觉显禅师，嘱令负荷正法眼。此后他的经历是：克勤出世昭觉，他前往参谒而有悟，克勤劝他南游，他出川后先后参悟新、惟清、文准，最后到龙门参清远而大悟，后再度参克勤，得到高度认可。

克勤语录记克勤出世昭觉，后该寺改为崇宁寺，而这件事发生在崇宁二年（1103）九、十月，但由于寺院收到敕命改名先后时间不一，故成都昭觉寺不一定都在此月改名，也可能稍后。而据张浚绍兴三年（1133）所撰《天宁万寿禅寺置田记》，克勤自述住昭觉八年而出蜀，几乎二十年后才返回，此后又过了四年。由绍兴三年上推四年，则克勤约于建炎四年（1130）归蜀；再上推二十年，则克勤约于政和元年（1111）出蜀南游；再上推八年，则克勤约于崇宁三年（1104）出世昭觉。二者时间略有出入。但考虑到古人的算法，以及古人撰述中有时会不作交代省略某些时间，我们也不必认为两种说法不可调和。无论如何，正贤至昭觉寺谒克勤当在崇宁二年（1103）九、十月后方有可能。其后，正贤出关南游，到黄龙参悟新禅师（1107—1114 年住黄龙），后参文准（1107—1115 年住宝峰①）、清远（1107—1118 年住龙门）。据《僧宝正续传》卷二《宝峰准禅师》"赞"，可见正贤曾讲述其参游经历，本传的叙述应有所据。

据《禅林宝训》卷三，正贤在发明大事后曾在云居善悟法席下为维那。善悟约宣和三年（1121）或稍前至建炎元年（1127）间住云居，建炎四年（1130）再住云居，不久避地天台。正贤充维那一职当在此期间方有可能。又据本传，绍兴初宗杲将所居云门庵留给他（当在云居毁于劫火之

---

① 祖琇：《僧宝正续传》卷二《宝峰准禅师》，《卍续藏经》第 137 册，第 580 页。

后）。但该记载可能让人产生误解，因为《大慧普觉禅师年谱》记载宗杲
建炎四年（1130）春迁海昏云门庵，绍兴前三年在云门庵，并未让给
正贤。

事实上，正贤到云门庵一开始是避难。据《禅林宝训》卷三引《真牧
集》可知，正贤曾与韩驹、道震等人避难于云门庵，其中提到道颜曾被李
成俘虏、因降雪而逃脱之事。据《大慧普觉禅师年谱》，建炎四年（1130）
九月，宗杲因盗贼猖獗而避地湖湘，局势好转后回江西，曾与韩驹相见于
丰城；绍兴元年（1131）于仰山见士珪，二月回云门庵①。考李心传《建
炎以来系年要录》卷三八，建炎四年（1130）冬十月，李成扰江西；又据
《宋史》卷三六九《张俊传》，绍兴元年（1131），李成据东南十余州。韩
驹绍兴元年（1131）寓居洪州；其曾同道颜、智俱居洪州武宁明心寺，因
避贼而逃亡于严阳山中，绍兴三年（1133）再度相见于临川广寿寺，他也
在诗中提到道颜被俘之事，如"天寒"可证时在冬天，可与《禅林宝训》
的记载相互印证②。

正贤与韩驹曾一同避难于云门庵，又与士珪同出清远禅师门下。本传
称韩驹曾赠诗给他，其中提到正贤高卧一庵而非担任住持。本传所引韩驹
之诗题为《送贤上人归云门庵》，据诗中内容，可证正贤和韩驹曾相见，
正贤后又归云门庵。又据《大慧普觉禅师年谱》，绍兴三年（1133）九月，
宗杲与士珪同访韩驹于临川，馆于韩驹西斋，绍兴四年（1134）二月作七
闽之行。故正贤虽一直寓居在云门庵，但宗杲正式将云门庵让给正贤，应
在绍兴三年（1133）九月后。

又据《僧宝正续传》本传，李公懋与邑官于绍兴十九年（1149）请正
贤住归宗，而正贤住云门庵将近二十年，上推近二十年，亦可证正贤于建
炎四年（1130）或绍兴元年（1131）居云门庵。李公懋，字子勉，南康军
建昌人，绍兴十一年（1141）秋直宝文阁，为福建路提点刑狱公事③。正
贤住归宗五年，后迁云居，则为绍兴二十三年（1153），后于绍兴二十九

---

① 祖咏：《大慧普觉禅师年谱》，《禅宗全书》第 42 册，第 475—476 页。
② 韩驹：《昔与道颜智俱二僧居武宁明心寺未几与俱避贼山中颜几不免绍兴三年复会于广
寿寺偶作一首》，载傅璇琮等主编：《全宋诗》第 25 册，北京：北京大学出版社，1995 年，第
16603 页。
③ 李心传：《建炎以来系年要录》卷一四一，清广雅书局刻本。

年（1159）示寂。

五、士珪参游、住持考

士珪（1083—1146），成都人，俗姓史，字粹中，号竹庵，又号老禅。士珪诗、禅兼擅①，又"以儒生弃缘""贯穿经史，下至诸子百家之说，可与论古今天下事"②，与文人士大夫和高僧多有交游。其于两宋之际辗转江西、福建、浙江等地寺院担任住持，能探讨禅学宗旨，确立丛林规范，从事寺院建设，吸引信众，对临济宗的发展起到相当的作用。然而，尽管宋代以来包括僧传、灯录在内不少材料都提及士珪其人其事，但相关记载较为分散，这些记载本身也有不够清楚之处，故笔者加以考证，以厘清其人生平基本线索。

（一）士珪的参学

据《僧宝正续传》本传，士珪年十三（1095）依大慈寺宗雅首座落发，执经讲筵，志在《楞严经》。据《嘉泰普灯录》卷一六《温州龙翔竹庵士珪禅师》，士珪的伯父在士珪出家问题上起到了重要作用：父母不同意士珪出家，于是士珪不食，并在其伯父帮助下得以出家。

士珪早年所依大慈寺义学最盛，但他此后却出蜀，成为禅师。关于士珪南游的原因说法不一，值得注意的是以下三种观点。首先，据惠洪《禅林僧宝传》等记载，蜀僧往往未因学习佛教经论而解决思想或学理上的疑问，受到他人（尤其是曾南游参禅的僧侣）指点或影响遂出蜀参禅，最终开悟。惠洪的禅教一致说向来为学者注意，需要说明的是，在他那里二者之间的关系并非完全平等，他认为教外别传之禅优越于义学，反对用义学

---

① 在宋代，士珪以"文章僧"为士大夫所知（《枯崖和尚漫录》卷中《铁牛印禅师》），乃至有人用"有竹庵之文采"评价僧侣（《双溪类稿》卷二七《请智老住广福疏》）。今《全宋诗》卷五七四据《续古尊宿语要》等录其诗偈1卷，卷一四七七"珪粹中"名下又录诗1首，朱刚、陈珏《宋代禅僧诗辑考》续辑19首，另《全宋文》卷三七七三录其文2首。在禅学方面，士珪曾与宗杲定临济宗旨、著《颂古》110篇、集《禅林宝训》，又《联灯会要》卷一七《福州鼓山士珪禅师》、《续古尊宿语要·竹庵圭和尚语》等载其说法机语；士珪住鼓山时，还曾重勘同门善悟所编清远之语录。关于其诗禅方面的具体成就须另做探讨，鉴于本书内容，此不赘。

② 程迈：《重修涌泉寺碑》，载曾枣庄、刘琳主编：《全宋文》第137册，上海：上海辞书出版社，2006年，第282页。

衡量禅①。另外，惠洪乃江西人，其生活年代江西禅宗很兴盛，江西也被公认为是禅宗法道之源②，《禅林僧宝传》八十一位传主中几乎半数人的籍贯、得法地或驻锡地在江西，地方意识甚明。因此《禅林僧宝传》的相关记叙即便有事实依据，也能代表惠洪本人的看法。祖琇《僧宝正续传》某些传记也有类似倾向，但没有这样解释士珪南游的原因，只是说士珪在大慈寺学经论五年后，伯父持一居士劝他南游。其次，行秀《万松老人评唱天童觉和尚颂古从容庵录》卷六说，士珪对《楞严经》有自己的领悟，其伯父很是赞赏，于是鼓励他南游。此说强调了士珪反对二元对立、主张心意识为空的观点，并以士珪出世后的说法语句为证，没将义学修养与参禅对立起来，而是认为士珪不仅有义学修养，而且见解超出教意外。此说还被收入《佛祖纲目》《楞严经宗通》《楞严经疏解蒙钞》等佛教典籍中，是就士珪出蜀原因的解释中最有影响的一种。最后，到清代，自融等人提供了一种具有文化意味的解释。据其《南宋元明禅林僧宝传》卷一《龙翔竹庵珪禅师》，宗雅察觉士珪器度宏大，意其南询，乃盛赞真歇（清了）之为人；撰者又进一步解释说清了未出蜀时，亦习讲于大慈寺。宗雅劝士珪依清了虽无确证，却可以发现这种说法考虑到器度、为人、同乡、先后在同一寺院学习等文化因素而不是单纯注重宗教因素。问题在于，撰者的进一步解释容易使人以为清了早于士珪出蜀。其实根据二人行迹推算，士珪出蜀早于清了：士珪十八岁后出蜀，大概在元符三年（1100）；而清了的生卒年虽有不同记载，但各种材料都表明他十八岁方才得度具戒、赴大慈寺听经论，后东行出蜀，而他到邓州丹霞山参子（德）淳的时间无论如何也不可能早于子（德）淳住丹霞之始的崇宁三年（1104）③。因此，自融的这种解释可能有误。当然，士珪出蜀后的确得到清了的帮助，宋人对此早有记载（详后）。

　　士珪出蜀后饱参诸方，特别是到今湖北、湖南、江西、浙江等地参谒过多位丛林大德。其上述行迹有两个重要特点：一是参禅对象多属"黄龙

① 惠洪：《禅林僧宝传》卷一一《天衣怀禅师》"赞"、卷二三《泐潭真净文禅师》"赞"，《卍续藏经》第 137 册，第 489、534 页。

② 惠洪：《石门文字禅》卷二二《吉州禾山寺记（代）》，四部丛刊初编影明径山寺本，第 243 页。

③ 韩韶：《随州大洪山十方崇宁保寿禅院第四代住持淳禅师塔铭》，载杨守敬：《湖北金石志》卷一〇，谢承仁主编：《杨守敬集》第 5 册，武汉：湖北人民出版社，1988 年，第 803 页。

宗派"（语见张商英《黄龙崇恩禅院记》），如守智、元肃、惟清、惠洪，盖该宗派北宋中后期势头正盛，龙象辈出；二是参禅对象或为蜀僧，或与蜀僧、蜀地有密切关系，如玉泉勤、元肃、归正。上述僧侣生平多见于宋代佛教典籍。其中特别值得一提的是"玉泉勤"。玉泉寺位于荆门军当阳县，历史上该寺或教或律或禅，宋真宗时期改额"景德禅院（寺）"①，始定制为禅林。宋代盛行三国蜀将关羽以神力助智者大师造玉泉寺之类传说，而"黄龙宗派"祖师惠南用关羽打供之事启发曾到该寺的蜀僧领悟心法②。还值得注意的是，元丰辛酉（1081），张商英应承皓之请为后者新建的玉泉寺关王祠堂为记，将关羽的忠义精神与佛教联结，首创关羽护法之说③。该寺当楚蜀之交，是僧人出蜀参禅的常游之地，对禅宗的发展也有贡献：勤禅师虽不详其人，但他担任该寺住持不迟于元符至崇宁年间，当时像士珪这样出蜀后先参"玉泉勤"的不乏其人；而在勤禅师之前，谓芳、承皓等蜀僧也曾在此担任住持、接引学人。另一位值得注意的僧人是元肃。元肃乃惠南禅师法嗣，在当时颇有道望。绍圣四年（1097）张商英时知洪州，"闻肃师者，南之高弟，住百丈山，恢复大智规模。会黄龙主僧求去，予谓继南者非肃不可，乃持疏山中，檄遣县令佐敦请，师三辞不听，不得已而至院"④，则元肃是年由百丈迁住黄龙。《建中靖国续灯录》所列元肃弟子像"汉州清泉道隆禅师""绵州法教疑禅师""嘉州月殊神鉴禅师""彭州永宁信诠禅师""邛州凤凰山有璪禅师"等驻锡地都在巴蜀。《嘉泰普灯录》列"黄龙元肃禅师法嗣"六人，三人见录，其中齐辅禅师为阆苑（在今四川阆中）人、北宋丞相陈尧叟之孙，又受惟胜禅师指令南游；而惟胜亦蜀人，与元肃同为惠南禅师弟子，曾继惠南住黄檗，后弘法于成都昭觉寺，影响蜀人甚著。惠洪云"崇宁间，蜀僧文慧嗣百丈元肃禅师说法此山"⑤，亦可证元肃弟子有蜀僧。可见，元肃禅师与巴蜀之间的关联非同寻常，士珪参元肃不是偶然。

---

① 参汪圣铎：《宋代政教关系研究》，北京：人民出版社，2010年，第517页。

② 惠洪：《禅林僧宝传》卷二九《禾山普禅师》，《卍续藏经》第137册，第557—558页。

③ 参蔡东洲、文廷海：《关羽崇拜研究》，成都：巴蜀书社，2001年，第91页。

④ 张商英：《黄龙崇恩禅院记》，载曾枣庄、刘琳主编：《全宋文》第102册，上海：上海辞书出版社，2006年，第205页。

⑤ 廓门贯彻注，张伯伟、郭醒、童岭、卞东波点校：《注石门文字禅》卷二一《资福法堂记》，北京：中华书局，2012年，第1308页。

另一位名僧惠洪写过《珏粹中与超然游旧，超然数言其俊雅，除夕见于西兴，喜而赠之》一诗，珏粹中即士珏，粹中乃其字①。可见士珏出川之后，曾与惠洪相逢。又据惠洪《陈莹中自合浦迁郴州，时余同粹中寓百丈，粹中请迓之，以病不果。粹中独行，作此送之》，惠洪与士珏曾一同寓居洪州靖安县百丈山，士珏又曾前往迎接陈瓘。陈瓘崇宁五年（1106）春迁郴州②，此时士珏正在百丈山，《僧宝正续传》本传说他"晚依百丈归正首座"当在此前后。另外，《云卧纪谈》卷下还记载了西蜀政书记居百丈山、赠诗给士珏之事，与归正当即同一人，可与《僧宝正续传》的记载相互印证。

因闻归正之语，士珏抵龙门参清远，时间当在后者大观元年（1107）住龙门后。士珏参清远前后，其主要参学对象有了一些变化：出现了更多的杨岐宗派的禅师。据《僧宝正续传》本传，清远认为士珏知解水平已经很高，只是还未开眼，遂加磨砺，启发士珏，既曰"绝对待"，则破除二元对立的知解。士珏乃释去疑情，不再怀疑"东山铁酸馅"。"东山铁酸馅"指清远的老师法演"铁酸馅"公案③，比喻无意义的语句，为的是启发学人摒弃知解。二人对话中出现了几位僧侣，其中不仅士珏为蜀僧，清远（临邛人）和法演（绵州巴西人）也是蜀僧。按照祖琇《僧宝正续传》黄龙宗、杨岐宗的分法，法演、清远、士珏属杨岐宗，这与士珏早期所参主要为黄龙宗不同。早在北宋后期悟新就注意到川僧辅助乡人住院的现象④，士珏也喜接近蜀人⑤，这从士珏的交游对象上也可体现出来。当然，按照禅林常规，僧人最终还是根据禅法机缘决定宗派法系，而士珏嗣法于清远显然符合这一要求。

（二）士珏的住持和交游

据《僧宝正续传》本传，政和末，清远迁褒禅山，士珏随其前往，和州知州钱公请其开法天宁；清远谢事，士珏继席；七年后，九江知州赵公

---

① 周裕锴：《宋僧惠洪行履著述编年总案》，北京：高等教育出版社，2010年，第65页。

② 周裕锴：《宋僧惠洪行履著述编年总案》，北京：高等教育出版社，2010年，第108页。

③ 赜藏主编集，萧萐父、吕有祥、蔡兆华点校：《古尊宿语录》卷二〇《舒州白云山海会（法）演和尚初住四面山语录》，北京：中华书局，1994年，第371页。

④ 惠泉集：《死心悟新禅师语录》，《卍续藏经》第120册，第251页。

⑤ 惠洪：《石门文字禅》卷三《珏粹中与超然游旧，超然数言其俊雅，除夕见于西兴，喜而赠之》，四部丛刊初编影明径山寺本，第33页。

请其住东林。如前所述清远政和八年（1118）九月住和州褒禅寺，士珪随其前往当在此后；和州知州为钱景述。清远于宣和元年（1119）退职，士珪继席当在是年。据《圆悟佛果禅师语录》卷四，褒山士珪为"先师"清远设斋办素食，亦可证清远宣和二年（1120）迁化前，士珪已住褒禅。七年后迁庐山东林，则时在靖康元年（1126）。祖琇师从士珪的同门正贤，而士珪先后领天宁、褒禅、东林住持事也记载于《续古尊宿语要·竹庵圭和尚语》中，可佐证。本传又载：

> 未几胡马南渡，退居分宁之西峰，结茅于寺旁竹间，号竹庵……及圆悟禅师归蜀，送别次，圆悟剧称杲妙喜，师恨未之识。俄避地造仰山，适妙喜亦至，遂相与定临济宗旨，偕还南康之云门庵。妙喜曰："昔白云端师公谢事圆通，约保宁勇禅师夏居白莲峰，作颂古一百一十篇，有'提尽古人未到处，从头一一加针锥'之语。吾二人同夏于此，虽效颦无愧也。"遂取古人公案一百一十则，各为之颂。发明蕴奥，不开知见户牖，不涉言语蹊径。①

关于士珪的自号"竹庵"，晓莹《云卧纪谈》称士珪住褒禅时种竹，后退居，称为竹庵，与《僧宝正续传》的说法不同②。士珪好与高僧和士大夫交游，特别是与晓莹之师宗杲交往甚多，晓莹的记载或另有所据。又据《大慧普觉禅师年谱》引士珪所跋颂古，士珪于靖康元年（1126）居分宁西峰，建炎四年（1130）迁仰山。迁仰山的大背景，当是金兵建炎三年（1129）十月径趋洪州、十二月逼近分宁。克勤建炎四年（1130）归蜀，与士珪临别前称许宗杲，当在此年或稍前。其后，宗杲、士珪相会于仰山，但并非如《僧宝正续传》所叙，之后一起返回南康军云门庵。据《大慧普觉禅师年谱》，建炎四年（1130）九月，宗杲到湖湘避难，绍兴元年（1131）于仰山见到士珪，二月还云门庵。绍兴三年（1133）四月，士珪自仰山来云门庵，与宗杲同坐夏，著《颂古》110篇。《古尊宿语录》卷四七收有《东林和尚、云门庵主颂古》，亦可证此事③。另外，宗杲和士

---

① 祖琇：《僧宝正续传》卷六《鼓山珪禅师》，《卍续藏经》第 137 册，第 609 页。
② 晓莹：《云卧纪谈》卷下，《卍续藏经》第 148 册，第 43 页。
③ 按，此处"东林和尚"即士珪，《全宋诗》编者认"东林和尚"为道颜，误。见朱刚、陈珏：《宋代禅僧诗辑考》，上海：复旦大学出版社，2012 年，第 402 页。

珪还曾在云门庵共集《禅林宝训》，在仰山定临济宗旨，前者强调丛林规范，后者注重禅学宗旨，都是禅宗史上不可忽视的重要事件。

据《大慧普觉禅师年谱》，绍兴三年（1133）九月，宗杲与士珪同访韩驹于临川，馆于韩驹西斋；绍兴四年（1134）二月，宗杲作七闽之行，三月至长乐，馆于广因寺，因游雪峰，同年又居洋屿。据吕本中《东林珪、云门杲将如雪峰，因成长韵奉送》，可知当时战火不熄，盗贼纵横，宗杲、士珪闻闽粤颇静，故欲入闽游雪峰。据韩驹《送东林珪老游闽五绝句》之三句意，可知士珪入闽前在临川与韩驹相处逾年；又据韩驹《示珪上人》句意，亦可知士珪乃是与宗杲一道入闽。而据李纲《龙眠居士画十六大阿罗汉赞》和《许崧老赋〈三友篇〉以遗东林珪禅师……余方罢帅事，屏居长乐。珪禅师自江西见过，阅箧中，得崧老二诗，相与读之怆然，因复追和其韵》，亦可证绍兴四年（1134）三月士珪已至长乐并拜访李纲。

李纲曾游庐山东林寺，与士珪为故交。二人后又相遇于临川等地，相互唱和。李纲于建炎四年（1130）夏赴闽中，绍兴元年（1131）夏携家寓长乐[1]。绍兴四年（1134）二月，李纲撰《雪峰真歇了禅师一掌录序》，可知清了正居雪峰。据正觉《崇先真歇了禅师塔铭》，可知清了亦蜀僧，早年亦曾在大慈寺听经论，后出蜀，得法于曹洞宗子（德）淳禅师，建炎四年（1130）十一月至绍兴五年（1135）间住雪峰。雪峰寺位于候官县西百余里嘉祥东里，晚唐时有高僧义存任住持，为禅宗名刹，太平兴国三年（978）赐名崇圣院。从《东林珪、云门杲将如雪峰，因成长韵奉送》来看，士珪、宗杲二人应是受清了之邀，故明确说是去雪峰。据《大慧普觉禅师年谱》，绍兴四年（1134），宗杲游雪峰，清了请他为众普说。因此，士珪当于是年与宗杲一道游雪峰。本传又载：

> 已而入闽，闽帅参政张公宋以圣泉处师，稍迁乾元。俄给事张公致远移师鼓山，授道元余，创新栋宇。[2]

---

[1]　李纲：《汀州南安岩均庆禅院转轮藏记》，载曾枣庄、刘琳主编：《全宋文》第 172 册，上海：上海辞书出版社，2006 年，第 218 页。

[2]　祖琇：《僧宝正续传》卷六《鼓山珪禅师》，《卍续藏经》第 137 册，第 609－610 页。按，"元余"，日本国立会图书馆藏南北朝刊五山版《僧宝正续传》作"之余"。

　　据宗杲《答圣泉珪和尚》，亦可证士珪曾得王臣之请而住圣泉院。圣泉院位于福州闽县瑞圣里。李纲《福州圣泉院斋僧疏》称其为圣泉禅老，其住圣泉当在绍兴四年（1134）。张宋，当指张守①，"宋"乃形近而讹，张守时为福建路安抚大使，知福州。据《中兴小纪》卷一三、《建炎以来系年要录》卷五六，张守于绍兴二年（1132）七月知福州。据《建炎以来系年要录》卷三〇，张守建炎三年（1129）十二月已除参知政事；卷九三又称绍兴五年（1135）九月，张守自福州入见。《淳熙三山志》卷二二则称其于绍兴二年（1132）九月知福州，绍兴五年（1135）八月赴阙，略有不同。综合来看，士珪住圣泉院当在绍兴四年（1134）年三月之后方有可能。

　　其后，士珪又住乾元寺。据李纲绍兴五年（1135）所作《茅斋成，乾元珪老以拄杖旄牛拂见遗，成二绝句以报之》②，可知士珪是年已迁乾元寺。而据荣嶷《随州大洪山第六代住持慧照禅师塔铭》，庆预于绍兴癸丑（1133）秋入闽，先住乾元；清了禅师方谢事，庆预乃继住雪峰。而《崇先真歇了禅师塔铭》记清了于绍兴五年（1135）退居东庵，则庆预当于是年方有可能由乾元移住雪峰。以此顺推，士珪当于绍兴五年（1135）方有可能继庆预之后住乾元；而考虑到张守的离任时间，士珪住乾元当在是年八月前方有可能。另外，吕本中也于绍兴四年（1134）秋入闽，六年（1136）四月召赴行在，故吕本中在闽中只可能于五年（1135）过夏③。士珪、清了与吕本中相往来，屡次约他同庵而居④。吕本中《荔子》一诗称"南征未苦厌关山，荔子今年已厌餐""门前炎暑三伏旱，坐上冰霜六月寒"⑤，荔枝既熟于夏日，而其《简乾元珪老》一诗云"漫有经旬别，频思一笑开。庭前荔子熟，尚要著诗催"⑥。据此可进一步推算，绍兴五年（1135）六月前士珪已住乾元寺。

　　此后，士珪又应张致远之请住鼓山。张致远，字子猷，绍兴五年

　　① 此说承复旦大学中文系朱刚教授赐教，谨致谢忱。
　　② 赵效宣：《宋李天纪先生纲年谱》，台北：台湾商务印书馆，1980年，第184页。
　　③ 王兆鹏：《两宋词人年谱》，台北：文津出版社，1994年，第400、406页。
　　④ 吕本中：《东莱先生诗集》卷一五《乾元、真歇数约它日同庵居》，四部丛刊续编影宋本。
　　⑤ 吕本中：《东莱先生诗集》卷一五《荔子》，四部丛刊续编影宋本。
　　⑥ 吕本中：《东莱先生诗集》卷一五《简乾元珪老》，四部丛刊续编影宋本。

（1135）除给事中。《建炎以来系年要录》卷九五称他绍兴五年（1135）十一月试给事中，卷九九称他六年（1136）三月知福州，卷一〇一又称他为福建安抚使，当是以知福州兼充福建安抚使。据《淳熙三山志》卷二二，其于绍兴六年（1136）五月知福州，说法略有不同。其请士珪住鼓山的时间不详，同样需通过其他史料来加以考证。最直接的史料是程迈于绍兴十二年（1142）五月十五日所撰《重修涌泉寺碑》，碑文称绍兴乙卯（1135）福唐大旱，主僧谢事而去，前帅给事张公迁乾元长老士珪继任住持①。"前帅给事张公"当即张致远。但张致远知福州是在绍兴六年（1136），因此，士珪任涌泉寺住持并非始于绍兴五年，碑文中当有时间省略，即省略了涌泉寺住持空缺的那段时间；而《重修涌泉寺碑》称士珪住持涌泉寺六年，恐亦是概数。绍兴六年（1136）四月，吕本中赴行在，其《将发福唐》一诗提到此事，但真正启程要到是年五月②。据其《别后寄珪粹中（一作鼓山）》一诗，可见吕本中、士珪在闽中相聚二年，诗当作于二人别后不久，而此时士珪已住鼓山。又吕本中《奉呈鼓山、云门二老》："汝水相逢今几年，只今同住海南偏。"③ 此鼓山当代指士珪，盖"汝水相逢"指绍兴三年（1133）吕本中与士珪、宗杲江西临川之会（汝水经临川），"只今同住海南偏"当指同住福州。据此，吕本中绍兴六年（1136）五月离开福州之前，士珪就已由乾元寺迁鼓山涌泉寺。

涌泉寺位于鼓山里，始名华严寺。梁开平二年（908），神晏居之，号国师馆。乾化五年（915），改为鼓山白云峰涌泉院。④ 据《古尊宿语录》卷三四，士珪本人亦称之为"福州鼓山白云峰涌泉禅院"。因得士大夫之助，士珪初到鼓山就将寺院整治一新。据《重修涌泉寺碑》可知，士珪于绍兴七年（1137）修五百罗汉阁，八年（1138）创前资涌泉寮，九年（1139）复立老僧阁、设长生度僧会，十年（1140）建法堂，十一年（1141）修白云老宿窝，可见其住鼓山期间在寺院建设上很有功绩。另据

---

① 程迈：《重修涌泉寺碑》，载曾枣庄、刘琳主编：《全宋文》第137册，上海：上海辞书出版社，2006年，第282—283页。

② 王兆鹏：《两宋词人年谱》，台北：文津出版社，1994年，第413页。

③ 吕本中：《东莱先生诗集》卷一五《奉呈鼓山、云门二老》，四部丛刊续编影宋本。

④ 梁克家纂修：《淳熙三山志》卷三三《寺观类一·僧寺》，《宋元方志丛刊》第8册，北京：中华书局，1990年，第8158—8159页。按，据《鼓山志》，入宋之后相关碑文习惯上仍多称"涌泉（禅）寺"。

张元幹《奉同黄蘗慧公、秀峰昌公丁巳上元日访鼓山珪公，游临沧亭，为赋十四韵》，亦可证绍兴丁巳（1137）上元日，士珪居鼓山。士珪本人曾撰有《书鼓山国师玄要广集后》，可证绍兴戊午（1138）三月士珪仍在鼓山任住持。又，李纲有《游山拙句奉呈珪老，并简诸公》，提到鼓山景物，鼓山新阁亦成于初秋，其中"师""珪老"当即士珪。冬日重访，又作《冬日来观鼓山新阁，偶成古风三十韵》一诗，亦可见士珪住鼓山之作为。张浚绍兴十二年（1142）撰有《重修鼓山白云涌泉禅寺碑》，乃程迈篆额，碑文亦可证士珪是年正住鼓山。

此外，士珪还一度住越山。据本传，士珪又曾应闽帅张浚（字德远）之请修福州越山殿阁，数月事成，又回鼓山住持。史料表明，绍兴九年（1139）二月，张浚复资政殿大学士，充福建路安抚大使，兼知福州①；绍兴十一年（1141）十一月，进检校少傅、崇信军节度使，充万寿观使②。《淳熙三山志》卷二二记载略同，不过称其于绍兴九年（1139）三月知福州、绍兴十一年（1141）十二月奉祠。又据《僧宝正续传》卷五《大沩果禅师》，亦可证张浚于绍兴九年（1139）充福建路安抚大使，曾请善果禅师住鼓山，则鼓山正虚席方可能有此举，而士珪当于是年赴越山；善果禅师未至，士珪复归鼓山。据《淳熙三山志》卷三三，乾元寺东北有越山吉祥禅院，当即士珪所居者。

又据本传，士珪分别于绍兴甲子（1144）、乙丑（1145）住能仁禅院、龙翔寺。能仁禅院位于温州乐清县雁荡山，初赐名承天寺。后以禁中有承天寺改能仁寺，绍兴十二年（1142），郡守闾丘昕奏改能仁禅院，遂为雁山大道场③。《云卧纪谈》卷上记载雁荡能仁禅院遭火灾一事，称士珪用诗偈送枫桥温禅师，其中内容亦可证士珪离鼓山后迁雁荡能仁。《嘉泰普灯录》卷一六《温州龙翔竹庵士珪禅师》也说他移雁荡能仁，绍兴十五年（1145）补江心龙翔。另据《丛林公论》和《五灯会元》卷二〇《温州龙翔竹庵士珪禅师》等记载，士珪绍兴间开山雁荡能仁，清了居江心，以九拜等特别的礼节来欢迎他，人们因此敬仰他。龙翔寺本名江心寺，在温州

---

① 李心传：《建炎以来系年要录》卷一二六，清广雅书局刻本。

② 李心传：《建炎以来系年要录》卷一四二，清广雅书局刻本。

③ 朱谏：《雁山志》卷二《寺院》，《中国佛寺史志汇刊》第 2 辑第 10 册，台北：明文书局，1980 年，第 136 页。

永嘉县江中，因建炎四年宋高宗驻跸更名龙翔寺。江中二峰对峙，有断流截其中，建二寺于其上。据《崇先真歇了禅师塔铭》，可知清了于绍兴八年（1138）至绍兴十五年（1145）间住龙翔寺，绍兴十五年（1145）四月赴临安径山，其迎士珪归雁荡方丈当在绍兴十四年（1144）；而士珪绍兴十五年（1145）"补江心"，当是继清了住龙翔寺，一年后（1146）迁化。

下篇结语

南宋禅僧传以禅师为主体（而不是以某段历史时间作为主体），这继承了中国古代史传的传统。由于有当时盛行于丛林的《禅林僧宝传》作为参照，我们可将南宋禅僧传视为其影响下的产物。然而，与塑造了不少栩栩如生的禅林典范的《禅林僧宝传》相比，南宋禅僧传尤其是《僧宝正续传》却缺乏这一点。一般来说，采用逸闻轶事、注意叙事等是丰富传主性格、塑造形象的重要手段，《禅林僧宝传》正是模仿了《史记》的这类做法而得以成功。而《僧宝正续传》并不着力于此，因此传主的形象相对而言较苍白，仿佛只是按部就班地讲述传主参学访道、出世说法、临化入灭等内容而已，难以唤起对传主的主导型印象，甚至像法演、克勤、宗杲等高僧也是如此，在后来的历史上似乎也未能像《禅林僧宝传》那样能够激发读者或参禅者去效仿书中高僧的言语行事。《禅林僧宝传》还以某些具有狂逸色彩的禅师为传主，采用流畅的语言，善于视角转换、错时，发挥想象，注重描写传主的肖像、心理、行为举止，吸收丛林传说，融合各类材料，表现空间经验，发掘历史意义；与之相比，《僧宝正续传》在这些方面淡化了很多，在文学性方面并未多加注意。这一点很可能与祖琇的史学观念有关——他将"纪实"和"事实"放在更为重要的位置上，反对像惠洪那样不顾事实，"高下其心，唯骋歆艳之文"。此外，《僧宝正续传》在撰述体例上的某些特点（如赞辞）同样值得注意，祖琇的禅学观念也有自身的特色——他融合儒释、认同新春秋学的禅学倾向尽管在整个宋代并不显眼，但在丛林中还是别有特色，这也体现在《僧宝正续传》的某些传记中。南宋以降，《僧宝正续传》虽未得到与《禅林僧宝传》一样的重视，缺少书目著录和评价，但仍在流传。

此外，《禅林僧宝传》所选传主生活年代的跨度也更大，所选材料与

《宋高僧传》、《景德传灯录》、碑志、塔铭等史传材料多有交涉，相互比较亦可凸显《禅林僧宝传》禅史书写的诗性。而《僧宝正续传》所选传主生活在北宋后期至南宋初期，对祖琇来说这是近代史的内容，其中的不少传记如今很难明确史源，因此常常不能不缺少一个相互比较的维度。尽管如此，我们依然可以看出后者具有某些诗性，例如捏造故事、人物话语；某些传记具有杂交性，例如混合不同文体，与灯录因素交织在一起；某些传记还采用了多种修辞手段，例如充满滑稽荒诞、穿凿附会意味的《德山木上座传》和《临济金刚王传》。用今天的眼光看来，南宋禅僧传依然是文学性、历史性、宗教性的传记，其与《禅林僧宝传》的差别不是根本性的，而只是某些层面和程度上的差别。

《禅林僧宝传》没有像《景德传灯录》等灯录那样，按照传主所属法系来编纂。南宋禅僧传同样因循了这一点。不过，不像力图调停各家冲突的惠洪，南宋禅僧传极力凸显临济宗杨岐派的正统性。我们可从中看到时代的变化：惠洪所处时代还不是临济宗独盛的时代，而是云门宗中兴并占据名山大刹、政治中心，曹洞宗出现道楷等高僧而走出存亡绝续的险境，沩仰宗虽已衰微但其创始人依然受到崇拜、神化的时代，惠洪的文字禅也具有糅合作为"正传"的禅林各家宗风的特点。而庆老、祖琇所处时代已经是南渡之初，临济宗杨岐派出现"二勤一远一宁"，其中克勤门下有宗杲这样后来声名赫奕的高僧，清远、道宁的继嗣者也不乏法中龙象，故庆老、祖琇尽管没有按照传主所属法系编纂禅史，实际上却体现出凸显杨岐派正统性的诉求。

因此，南宋禅僧传撰者的自我声明不能避免对其是否"纪实"的怀疑。然而，"纪实""事实"等措辞同样是历史化的，我们不应脱离这些措辞的具体用法和相关语境来解读其含义。典型例证是，祖琇将"神化事迹"视为确然发生的事件，并寻求很多证据来加以证实，但这与其说他是在实证意义上考察"事实""证据"，不如说这是注重"事实"的时代风气与宗教观念、宗派观念联合驱动下的产物，并非纯然客观，而是具有实际意图。同样重要的是，这些"神化事迹"也是被认同为事实的——它们得到明确记载，并且它们始终不能离开当时僧人群体和士大夫群体关于"事实"的具体观念，因此才能得到认同。

如果说"神化事迹"还处在宗教观念的范围内，那么南宋禅僧传中还有相当多的记载可根据其他史料考证其真实性。南宋禅僧传常常囿于撰述体例，主要注重禅师的入道因缘、生平行事、说法语句、死生之际，在内容上有所详略，又有取材等问题，其记载存在或清楚或模糊的情况，某些记载（特别是时间上）还存在错误。笔者依靠超出南宋禅僧传之外更大范围的史料来考证，更加明确地对该书禅师生平行迹的时间、空间、住持、交游等因素加以确定，以便加强对传主生平的认知。在考证过程中，笔者不仅注意单个史料自身是否可靠属实，而且注意史料的相互关系并在这种相互关系中来确定历史事实，可搞清不少历来并未得到认真考察的问题。同时，细小的考证还有助于将史事相互关联起来，可结合官方史料和禅林史料并相互验证，从而为从事宋代禅宗史其他方面的研究打下基础。当然，由此我们也可进一步发现南宋禅僧传撰述体例上的某些局限——我们较少发现有关禅师出家缘由、隐居修行、寺院管理、经济劳作、道德教化、处理宗派关系和政教关系等方面的详细记载。实际上这些局限也正好凸显了其特点，体现出南宋禅宗史家有关如何选择传主、什么是传主生平中的重要事件、什么材料只需简单记叙、什么材料不必要写入传记等方面的观念；我们还可以发现，由于记载的缺失或模糊，某些事件难以完全确定，这也提醒我们注意研究本身的局限性。在这一过程中笔者遵循了一个基本的考证前提，那就是同一宋代禅寺在同一时间只存在唯一一位住持，由此我们可根据一位寺院住持退职或住持期间去世的时间来证明该寺院的继任者和其他相关寺院的住持情况，而这一考证前提本身也许不是没有例外，因为它只是一个通常情况下人所共知的不需论证的惯例事实。

总之，南宋禅僧传具有与史传、《禅林僧宝传》、灯录、语录等文体相同、相似的一面，也具有其自身的特点。当然，这里只是对南宋禅僧传进行专门研究，如要在更大范围内考察宋代禅学的某些问题，就需要更多的史料和学识，这一点尚需时日。

附录一 宗派、宗风与北宋中后期
曹洞宗的传承①

关于宋代曹洞宗的传承，下列说法已为人熟知：警玄②无法嗣继承，乃委托法远代为物色，并将直裰等交给他作为信物，又作传法偈以为证明；法远得义青，令后者继嗣警玄，义青以下高僧辈出，一度衰微的曹洞宗遂得以复兴。不过，其中尚有不少值得重新探讨的问题。笔者将重点考察曹洞宗这一传承故事本身的真实性问题，相关当事人的言行、思想和意图性问题；最关键的问题则是，导致曹洞宗复兴的因素究竟有哪些？宗派、宗风等为禅宗史研究者关注的因素在此过程中起到了什么作用，北宋后期的僧传编纂与之有何关系？提出这些问题，一方面是因为它关涉一段禅宗思想史的梳理，另一方面是希望通过更广阔的历史文化情境来看曹洞宗的这段传承故事，使之摆脱较为单一的面貌而有更多的维度。其实古人已发觉曹洞宗这一传承故事存在一些问题，今人的相关研究也有一些成果，笔者将在此基础上继续加以考察。

一、义青宗派传承故事的诸层面

关于义青（1032—1083）的师承，最初只有一些零星的叙述。义青的语录记载说，义青住白云山海会禅院开堂时为警玄奉一瓣香，称警玄委托其寻找法嗣，最终传给他，他虽不认识警玄，凭法远宗法识人以为警玄续嗣，因为（按照禅宗八祖佛陀难提尊者和《华严经》等的说法）父母、诸

---

① 原文发表于《中华文化论坛》2017 年第 10 期，收入本书时有修改。
② 警玄，大中祥符年间曾因避国讳改名警延，见惠洪撰：《禅林僧宝传》卷一三《大阳延禅师》，《卍续藏经》第 137 册，第 495 页。所谓避国讳，当指避宋圣祖赵玄朗之名讳。见李焘撰：《续资治通鉴长编》卷七九，北京：中华书局，1980 年，第 1797、1798、1800、1801 页。

佛并非亲人，信徒以法为亲①。据此，法远对义青讲述了警玄委托其寻找法嗣一事。这里未提到皮履、直裰，不过小参时有来僧提到警玄的偈颂，请义青垂示。义青归寂后（1084），李冲元为其语录作了序，值得注意的是他在序言中特别强调了警玄没有继承人的悲伤、托法远以警玄皮履和无缝布衫寻找法嗣的故事。再后来，《建中靖国续灯录》卷二六《舒州投子山义青禅师》称义青因外道问佛因缘而开悟，得法远印可，法远乃以警玄真像、直裰、皮履和谶偈授之，以继其宗，但该书中警玄还有其他弟子，义青并非其唯一的法嗣。此后，道楷住芙蓉山时（约 1108 年之后）所编《投子义青禅师语录》又记义青开悟得法的前后过程，以及法远授以信物和"洞下宗旨"、一十八般妙悟等内容。

对义青师承的前后过程讲述得最为详细的是其行状。据此行状，法远参警玄数年，得到印可，警玄以信物付与法远，法远因自己已有师承，不敢应承，乃建议警玄若年老没有继承人，便由自己为其寻找继承人，警玄赞同这种做法，乃作谶偈和谶记以为证明。义青应警玄之谶参法远而开悟，故法远命他续警玄宗风②。然而，这篇行状出现得很晚。行状下文提到义青两位弟子相继住随州大洪和汴京，宗风大振，又称行状作于语录编成之后。而报恩、道楷均于崇宁年间诏住汴京。收录义青行状的语录乃汴京净因禅院住持自觉所编，自觉于大观元年（1107）继道楷之后住净因③。故行状的撰写不可能早于是年（1107），距义青去世已超过二十年，曹洞宗不仅已走出存亡绝续的险境，而且传播渐广，宗风复兴，法嗣众多，警玄的谶偈也得到印证。在此背景下，行状出现了法远梦见青色俊鹘等内容，强调了警玄年老无人嗣法、委托法远寻找法器授以正宗密旨等内容。

这些说法与早期灯录所载不一致。李遵勖《天圣广灯录》卷二五"郢州大阳山警延明安禅师法嗣"有归喜、审承等九人，则警玄并非没有传人。李遵勖在书中自列为蕴聪（蕴聪曾参警玄）的法嗣，他与楚圆等为方外友，一向好慕禅悦，对当时丛林内部情况多有了解，所编《天圣广灯

---

① 自觉重编：《投子义青禅师语录》卷上，《卍续藏经》第 124 册，第 444 页。
② 自觉重编：《投子义青禅师语录》卷下，《卍续藏经》第 124 册，第 475—476 页。
③ 关于自觉禅师的行迹，详见闫孟祥：《宋代佛教史》（下册），北京：人民出版社，2013 年，第 517—526 页。

录》一书经过了广泛搜集材料的过程①。《宗门武库》的记载也表明，据称李遵勖曾施钱助丧，可推见李遵勖与警玄在后者生前曾有交往。《天圣广灯录》本就注意记录宗门传承世系，李遵勖与警玄又有交往，该书所记警玄的法嗣情况当有所据。另外，法远与李遵勖等文人士大夫也有来往。警玄于天圣五年（1027）迁化，十年后（1036）《天圣广灯录》最后完成。而法远去世时间（1067）距《天圣广灯录》编成已过去三十余年。史料表明《天圣广灯录》敕随大藏，传布天下②，因此从该书完成时间、传布情况、法远与该书编者的交往等看，法远生前不大可能对该书一无所知。当然，我们毕竟没有材料证明法远看到过该书，因此无法据此认为法远知晓书中所载内容。

那么，法远宣称警玄托付其宗，是否是因为警玄的这些弟子先于警玄去世，从而导致警玄无人继嗣呢？据僧传，警玄的确遭遇了两位杰出弟子早逝的不幸③。但是，是否《天圣广灯录》所载警玄所有弟子都先于警玄迁化，这一点却缺乏证据。从宋代禅籍的记载来看，警玄法席下颇有门弟子，其圆寂后塔铭乃门弟子所撰，而按照书写惯例，塔铭多少会提及其门弟子的情况，而法远曾在警玄禅会中，有可能知道这些人的存在。还需指出的是，随着禅宗的发展，同一禅师门下参学僧越来越多，而同一位参学僧也可能得到不止一位禅师的印可，于是丛林中出现了一种新的做法，即弟子得法或出世后自己公开宣布师承，因此警玄的这些门人日后也可能自称为警玄的法嗣。再从《天圣广灯录》所收禅师来看，好些人在该书编成后尚在世（多为临济宗僧）④，这也可从侧面质疑警玄的法嗣均已辞世的猜测。又《建中靖国续灯录》卷二六列警玄法嗣十人，除了处仁，警玄的其他弟子并未出现在《天圣广灯录》中；其中郢州大阳山祈禅师当是在警玄圆寂之后方有可能住持大阳，虽然祈禅师出世时才会公开宣布他是警玄的法嗣，但警玄生前当有认可，而其他人对这种认可不可能一无所知，否则无法承认其身份。如前所述，其实《建中靖国续灯录》并未说警玄无义

---

① 参杨曾文：《宋元禅宗史》，北京：中国社会科学出版社，2006年，第544—555页。

② 惟白编：《建中靖国续灯录》卷三〇《上皇帝书》，《卍续藏经》第136册，第410页。

③ 惠洪撰：《禅林僧宝传》卷一三《大阳延禅师》"赞"，《卍续藏经》第137册，第496页。

④ Albert Welter, *Monks, Rulers, and Literati: The Political Ascendancy of Chan Buddhism*. New York: Oxford University Press, 2006, p. 198.

青之外的其他法嗣。其后《联灯会要》等灯录也有类似说法，《嘉泰普灯录》录警玄法嗣六人，其中五位见于北宋禅宗灯录，另有惠州罗浮（显）如禅师也首次名列灯录，都可证明警玄的法嗣不少。金代曹洞宗僧行秀认为包括清剖在内十五位弟子都先于警玄去世①，其说无据。

但是，问题或许并非如此简单。其实研究者已经发现，警玄的确本有法嗣，只不过警玄认为那些弟子难当大任，故求法远代寻法器②。这类推断有合理之处，我们可以据此继续考察警玄当时所处情境而做进一步推论，即警玄虽有门人，但意识到整个曹洞宗早已呈现的颓势，像他这样的得道者也完全可能根据自己现有弟子的情况，在传承危机尚未到来之前就预见到将来的危机，希望找到能真正荷担宗门重任的继承人，故于法远有所托付。在这种肯定法远超时空功绩的说法之外，首先，我们还需进一步考察法远令义青继嗣警玄前后面临的多方面情况。契嵩嘉祐年间所进《传法正宗记》中，数次明确提到或引用《天圣广灯录》，当知书中载有警玄法嗣；契嵩又称缘观禅师下法嗣有警玄，而警玄下未列法嗣，但称"曹洞者仅存"，可以肯定曹洞宗已接近断绝，但这是警玄圆寂（1027）后三十多年间出现的情况，即便如此也不像沩仰宗那样已无传人③。义青治平初（约1064）见法远，距《天圣广灯录》编成（1036）近三十年，义青那些从未谋面的师兄或许已经圆寂，即便尚未去世，他们大多也名望有限，法嗣不详，宗风不振。而法远早年曾得到多位高僧印可，为究竟嗣法善昭还是归省而犹豫不决，不想辜负任何一人，最终根据从师觉悟先后原则而宣布嗣法归省④，可见他采取的是弟子自己宣布师承的做法，那么他在《天圣广灯录》等明载警玄诸多法嗣的情况下说警玄后继无人，原因为何？在这里，我们不仅应相信一位丛林高僧的基本素养和品质，而且应看到法远的师承情况和义青的师承情况并不相同。或许法远就只是接受警玄的说

---

① 正觉颂古，行秀评唱：《万松老人评唱天童觉和尚颂古从容庵录》卷三，《大正新修大藏经》第48册，第255页。

② 吴立民主编：《禅宗宗派源流》，北京：中国社会科学出版社，1998年，第446页；杨曾文：《宋元禅宗史》，北京：中国社会科学出版社，2006年，第470页；毛忠贤：《中国曹洞宗通史》，广州：花城出版社，2015年，第228、230页。

③ 契嵩：《传法正宗记》卷八，《大正新修大藏经》第51册，第763页。

④ 惟白编：《建中靖国续灯录》卷四《舒州浮山圆鉴禅师》，《卍续藏经》第136册，第80—82页。

法，即警玄托付他寻找法嗣继承曹洞宗的那一时间的确没有确立法嗣，而不去猜测警玄对此有何考虑，更不论警玄身后禅林各种复杂纷乱的变化，也就不同于处理他本人嗣法问题的做法。当然，义青同样也没必要考虑更多。其次，义青入道机缘故事在义青行状中添加了更多的东西。根据相关禅籍记载，警玄托法远续宗风的传说到义青弟子辈已为人熟知。而义青行状则明确昭示义青所传为"正宗秘旨"，是在曹洞宗日益兴盛、警玄谶偈得到应验的背景下证明义青独得"正宗"。最后，据早期南禅宗文献记载，是祖师确立法嗣以付嘱，尤其是到神会那里，凭借袈裟为信和以心印心的一脉单传模式将慧能立为第六代正宗传人，借此排除得法于祖师、得到皇室承认但没有袈裟和传授付嘱的北宗禅师。而义青行状称警玄以信物托付法远寻求法嗣，与早期南禅宗强调一脉单传的传统一致；义青被付与此"衣信"，意味着他从此进入了佛法正宗传人的行列。就此而言，或许法远是为了实现传付快要断绝的曹洞宗风这一目的而遵循警玄的说法：他将曹洞宗的传承危机限定在警玄托付他寻找法嗣的那个时期，因此得此托付的义青继承曹洞宗也就理所当然；同时也应看到，这一传承方式得到后来相当一部分人的认同，否则义青的身份不可能得到承认。

义青不仅仅是曹洞宗脉的传承者，他的言行表明他同样在证明其传承的正宗性。辞别法远前，义青写了一首《辞浮山和尚》，提到了作为佛教世界中心的须弥峰，而达摩、慧能也成为其意向所指。离开法远后，义青饱参诸方，遍礼祖塔①。考虑到祖塔遍布南北、相去甚远，宋代南方道路缺乏维护、糟糕天气影响行路②，以及禅僧行脚往往意味着徒步行旅（也可能乘舟或采用其他交通工具）等情况，义青的朝圣热情无疑会遇到考验。当然，对这位得道者来说，我空法空等大乘佛教基本教义无疑能为他提供一些面对环境的精神武器。而在这样遍及南北的朝圣之旅中，义青写了不少诗偈，某些诗偈可证明他熟悉禅宗祖师以法衣为信、一脉单传的传统③。此外，曹洞宗部分禅师和师父/转授者法远，他都撰有真赞。鉴于之前义青所受付嘱，这样做非同寻常：它同样清楚地表明了与义青相关的

① 自觉重编：《投子义青禅师语录》卷下，《卍续藏经》第 124 册，第 476 页。
② 张聪：《行万里路：宋代的旅行与文化》，李文锋译，杭州：浙江大学出版社，2015 年，第 84—91 页。
③ 自觉重编：《投子义青禅师语录》卷上，《卍续藏经》第 124 册，第 461 页。

宗教身份。

遍礼祖塔后，义青到庐山慧日寺遍览藏教①。11世纪时，在义青活动的庐山等江南地区寺院往往建立经藏②，这又关系到经藏的抄写或刊刻。有的研究者认为，北宋时印刷术的运用使书籍的传播越来越迅速，越来越易见，从而与思想、学术产生了越来越大的关联③。尽管这种说法未免乐观④，但从义青的情况看，无论是抄本还是刻本，的确都可能对他的思想产生影响：他最初是义学僧，因研治《华严经》方面的才能而被称为"青华严"，参禅期间又广历诸方，对宗门传承情况不可能一无所知；他到庐山读大藏本是有意为之，何况大藏在信徒看来具有神圣性，因此他当以相当虔诚的态度阅藏。此外，《天圣广灯录》成书后不久就被《景祐新修法宝录》著录，又随大藏而得到广泛传播；这一被现代学者称为开宝藏的大藏如今大多残缺，但在其覆刻版赵城金藏中的确就有《天圣广灯录》⑤，可进一步证明该书的确在当时就被收入大藏。其他史料也可证明该书在当时就得到流通或阅读：除了前面提到的契嵩曾读过该书，北宋中期日僧成寻来华时（1073）宋朝官方赐其成立于《天圣释教总录》（1027）之后的"新经"中也包括《天圣广灯录》⑥。因此，合理的推测就是，义青早就听闻甚至看到过《天圣广灯录》一书，包括庐山慧日寺大藏中或许就有《天圣广灯录》，而义青既然遍览藏教，那么可能会看到该书⑦。义青嗣法前后那些带有宗教身份归属感和目的性的行为表明，如果他看到《天圣广灯录》，他势必会注意其中所载警玄的法嗣名单，并清楚地意识到自己的身

① 自觉重编：《投子义青禅师语录》卷下，《卍续藏经》第124册，第476页。

② 参椎名宏雄：《宋元时期经藏的建立》，载方广锠主编：《藏外佛教文献》第二编，总第十三辑，北京：中国人民大学出版社，2010年，第315—351页；曹刚华：《〈大藏经〉在两宋民间社会的流传》，《社会科学》，2006年第10期。

③ 相关研究参看王宇根：《万卷：黄庭坚和北宋晚期诗学中的阅读与写作》，北京：生活·读书·新知三联书店，2015年，第3—8页。

④ 宋人对印本权威的怀疑和对前印刷文化的留恋，参 Susan Cherniack, "Book Culture and Textual Transmission in Sung China", *Harvard Journal of Asiatic Studies*, 1994, Vol. 54, p. 55.

⑤ 何梅：《历代汉文大藏经目录新考》，北京：社会科学文献出版社，2014年，第1312页。

⑥ 成寻著，王丽萍校点：《新校参天台五台山记》卷八，上海：上海古籍出版社，2009年，第681页。

⑦ 当然也有另一种可能，即慧日寺大藏不包括天圣之后成立的新经，其中并无《天圣广灯录》；或虽有该书但因各种原因而出现漫漶、缺损、脱落等情形。但在笔者看来，假如义青终其一生从未看到或听闻过已传布天下、与自己宗教身份有关的《天圣广灯录》，这恐怕同样是一种值得探讨的情况。

份所面临的问题。其实，义青曾应法远之命到法秀禅师门下参学，法秀问他曾见何人，他只回答说是法远，还未特别强调自己是警玄的法嗣。但当他熙宁六年（1073）于白云山海会禅院出世开堂、按照丛林规矩须公开宣布自己的身份时，义青就明确宣称自己是有着正宗传承的禅师；他接下来就借助无子者以养子过继其家的宗法原则，以此证明义青身份的合法性及其与警玄和更早的祖师围绕佛法而形成的同一宗族成员般的关系①。既然清楚这一传承的宗法含义，又提到禅门的衣法传承，那么同样的问题就是：义青是否会意识到警玄本有法嗣，就像弘忍本有神秀等弟子一样？义青从未表露过对他而言这是否是个问题，他只宣布自己就是警玄的嫡子。根据他的另一次说法，可见他也非常清楚袈裟作为传法信物的重要性②，一般来说这足以消解僧人对嗣法问题的疑问。

因此，从发生机缘看，或许正是因曹洞宗在某一时段面临传承危机，而义青自身作为警玄法嗣的身份属于转授，故义青、其弟子和周围的士大夫强调宗法原则和信物、偈颂等的证明。义青等人的这些做法表明，禅林内部实行的宗教证明方式的权威性超越了《天圣广灯录》这一官修文献记载的权威性，无论义青或周围人是否知道该书的相关记载③。这不是说义青法系的成员和周边的文人士大夫伪造了这一排他性的宗门秘传，他们可能只是特别传播了法远的说法；而如前所论，法远很可能也只是接受警玄的托付，并不需考虑警玄那个时代禅林的各种复杂状况。不过，后来的禅者显然考虑得更多：义青的嗣法问题在丛林中引起了争论，这些争论折射出禅者处理这类新现象的不同看法。

二、宗派斗争与义青的宗风传承

义青代法远续大阳宗风，但义青实得法于法远，而法远乃临济宗僧，

---

① 早有研究者注意到中国佛教的内部组织具有宗法性、家庭性，特别具有代表性的是 John Jorgensen, "The 'Imperial' Lineage of Ch'an Buddhism: The Role of Confucian Ritual and Ancestor Worship in Ch'an's search for Legitimation in the Mid-T'ang Dynasty", *Far Eastern History*, 1987, Vol. 35, pp. 89-133；近来较为系统的研究参看张雪松：《佛教"法缘宗族"研究：中国宗教组织模式探析》，北京：中国人民大学出版社，2015年。

② 自觉重编：《投子义青禅师语录》卷上，《卍续藏经》第124册，第446页。

③ 不仅义青自己，其周围人亦不乏读过藏经者。如据杨杰《大宋光州王司士传》，其熙宁末年（1077）曾读过大藏教典；据天圣十年（1032）李镈所撰《海会寺建经藏记》，可知义青住持过的海会寺早有藏经，故该寺僧众亦可能接触过藏经。

关于义青的宗风问题后来也出现了争论。据惠彬《丛林公论》所引《东山拾遗》，法演、义青都曾参学于法远，法远告诉法演，他受托付与义青大阳宗旨，但义青并不懂临济宗旨；文中又称法演撰有《投子传》，载义青因外道问佛因缘而开悟。按照惠彬的说法，《东山拾遗》是为了证明义青并不懂得临济宗旨而指定事实，但达摩之道本无区别。他还认为，《东山拾遗》是世谛流布，而《投子传》可能是后生伪托法演之名而作①。的确，外道问佛因缘本身谈不上是临济宗旨还是曹洞宗旨，而义青在法远门下前后长达六年，这期间他学到的并不只是曹洞宗旨。

义青从法远处受曹洞宗禅法，偈颂和说法过程中经常涉及曹洞宗禅法②。但义青并非仅仅懂得曹洞宗禅法，也没有强烈的宗派斗争意识。从他写过的偈颂来看，他显然也清楚包括临济宗在内其他宗派的宗风。当他回答学人问题时，他暗示自己继承的是警玄（曹洞）、法远（临济）两家宗风，但归根结底一样是佛法妙理③。其《识自宗》虽批驳了佛祖言语和一些临济宗禅师常用的门庭施设，但此"宗"并非指曹洞宗，而是指心宗、心法。

其实，所谓五家宗派，是北宋中期才开始流行起来的说法，这一说法不仅是史实，而且有语言建构的意味，并通过禅师的言说、传记书写和其他传播途径得到越来越多的禅僧承认。义青为北宋中期人，有正宗意识，尽管他逐渐吸引到越来越多的参学者，但总的来看在他生前影响力还较有限，孙觉撰于元丰三年（1080）的《玄沙广录序》称近来禅风流行，却根本未提及曹洞宗或时住白云山的义青，只说独传云门、临济二家④；在义青圆寂八年后（1090）这种状况也未得到多少改观：秦观《庆禅师塔铭》同样只提到云门、临济二家。其实，义青声望的进一步提升与其弟子的崛起有关。无论《东山拾遗》还是《投子传》都是临济宗文献，作《投子传》的法演于崇宁三年（1104）去世，此时义青的弟子报恩、道楷等道誉日隆；《东山拾遗》当为法演的门人后学所作，出现时间更晚，而崇宁之

---

① 惠彬述：《丛林公论》，《卍续藏经》第 113 册，第 900—901 页。
② 杨曾文：《宋元禅宗史》，北京：中国社会科学出版社，2006 年，第 473—474 页。
③ 陈东：《浮山法远代传曹洞宗法脉考述》，《安庆师范学院学报（社会科学版）》，2012 年第 4 期，第 103 页。
④ 智严集：《玄沙师备禅师广录》卷首《序》，《卍续藏经》第 126 册，第 351 页。

后曹洞宗的发展虽因道楷受罚遭遇一定波折，但总体上呈上升趋势。法演既为临济宗僧，门下多高足，宗枝繁盛，他早年也和义青一样曾师从法远，如果说义青一人独得临济、曹洞二家宗旨，则法演及其法嗣的地位岂不令人怀疑？《投子传》《东山拾遗》所记，当是曹洞宗崛起、僧人宗派意识增强之后临济宗内部的传闻，带有门户之见。在更晚出现的《大光明藏》里，也出现了义青请求法远传授临济宗旨的说法，而法远认为临济宗旨传承的是达摩的骨髓，义青这样的后生小德小智根本无法理解。义青对此不能回答。《大光明藏》的撰者宝昙是临济宗僧，曾依宗杲于育王、径山①，他称赞法远"临大节而不可夺"②，就明确表露了自己的宗派立场。《大光明藏》不仅提倡宗派说，而且标榜临济为正宗，书中包括自己的老师、"看话禅"的代表宗杲在内的诸多临济宗禅师，而警玄、义青以下曹洞宗禅师却无记载，"默照禅"的代表更是不见踪影，都可看出撰者的正宗意识和宗派意识在禅史撰述中起到的作用。像那样贬斥义青、抬高临济（义玄）的话前所未见，是否出自受警玄委托的法远之口难以确定，但可以确定其目的是针对义青以下的曹洞宗发动言论攻击，否定后者的正宗资格。

但是，后来发生的事情很可能是宋代临济宗僧始料不及的：明清之际临济宗僧宣称临济独统五家，不再强调临济宗与曹洞宗的高低，而是强调曹洞宗乃临济宗的一支③。于是，原先被视为不懂临济宗旨的曹洞宗传人义青，如今则被归入临济宗。但无论如何，临济宗的正宗都是其中被强调的内容。其实如前所论，义青的禅法并非单纯的曹洞禅法，也没有狭隘的宗派立场，他本人更重视的是传承的正宗性而非宗派性，他甚至没有明确自称归属于"曹洞宗"或"洞上宗"，故《禅灯世谱》《南岳单传记》这样的临济宗文献同样反映的是后来的宗派立场和需求加诸历史之上的一些说法，而不是义青身前死后一段时间内的实情。

---

① 圆悟录：《枯崖和尚漫录》卷上，《卍续藏经》第 148 册，第 152 页。
② 宝昙述：《大光明藏》卷下《舒州浮山法远禅师》"赞"，《卍续藏经》第 137 册，第 898 页。
③ 弘储表：《南岳单传记》卷末《南岳单传表后序》，《卍续藏经》第 146 册，第 952 页。

三、构建警玄、义青以下曹洞正宗的新路径

北宋后期，义青弟子、再传弟子不断涌现，曹洞宗逐渐度过了传承危机。在此过程中，该宗僧人也在重新整理文献，开始强调自己的宗派传承。最重要的是报恩所集《曹洞宗派录》三卷。这部作品如今已经佚失，但报恩禅师塔铭的开头就提到"曹洞一宗"与慧能、行思的关联，因此《曹洞宗派录》若将警玄、义青以下曹洞宗派追溯到历代祖师，恐怕实属正常。曹洞宗风也重新得到传播。张守从清了那里得警玄语录，认为警玄的禅风继承了曹洞宗风，得佛祖心印①。事实上早有关心义青以下曹洞宗风的现象，至于曹洞宗僧以佛祖传法偈和五家宗派宗旨勘辨弟子的情形也很常见，他们还特别看重偏正回互等宗旨的传授，甚至还注重传授之际的仪式行为，这都表明曹洞宗风的复活。

但是，这并不意味着宗派或宗风在曹洞宗复兴过程中起到了至关重要的作用。现存史料很少表明那些玄奥的曹洞宗旨特别能吸引道俗，倒是高僧整体的禅学修养、道行名望、拥有的住持职位和相应的住持能力，以及来自各方面的认同和支持在吸引学人、推动曹洞宗复兴方面起到了重要作用，其背景是宋代禅林逐渐盛行的十方住持制。十方寺院不是按照宗派师徒相承，而是由官方请高僧、文人、檀信等根据"道眼""德行"等标准遴选住持，或者直接由地方官员迎请高僧，有的甚至由朝廷直接下诏任命。由于十方寺院是官方管理下的佛教机构，官方干预程度较深，而身居高位的僧侣、地方文人也有一定的荐举权，因此欲出任十方寺院住持，得到他们的认可和支持就很重要。而一位禅师是否有禅学修养、是否有"道

---

① 张守：《毗陵集》卷一〇《大阳明安禅师古录序》，影印《文渊阁四库全书》第1127册，第785页。

眼""德行",同样离不开官僚、文人和其他僧人、檀信的评价①。可以说,似乎很"实"的住持职位其实是依存于似乎较"虚"的道行德望及其评价因素的。义青的情况就很典型:义青因奉法远之命而向法秀参学,得到后者的赏识而拥有了名声,熙宁六年(1073)还舒州,知州杨公、郡人邀请他担任白云山海会禅院住持一职。北宋中后期,法秀不仅在僧人,而且在公卿士大夫群体中有很高声望②,他的高度评价就对义青的名望和前途产生了重要影响。而归省、法远一系与义怀、法秀一系有交错的师承关系或同学关系③,渊源甚深,故法远绝非随便命义青前往法秀门下参学,可能先有意图,甚至可能对参学的结果已有预料。当然,无疑法远也知晓法秀的禅学水平。如果再考察杨杰与义怀、法远、义青、守端(义青之前的海会禅院住持)、道楷等僧的交游,我们就会发现这种多线的参学关系也延伸到文人士大夫那里,义青得到杨杰等的支持不是偶然。杨杰少举进士,有名于时,他的地位和名望也有助于义青一系的崛起。杨杰曾以诗偈发明曹洞宗旨而颇得守端赞赏,可见他早知曹洞宗风,他后来赞赏义青无疑也有禅学上的理由。至于舒州知州杨公④,他迎请义青也是因为听闻后者的德望。总之,在舒州一带,义青与法远、法秀等禅师和杨杰等奉佛的

---

① 对十方住持制的研究甚多,参看高雄义坚:《宋代佛教史研究》,陈季菁等译,台北:华宇出版社,1987年,第59—78页;黄敏枝:《宋代佛教社会经济史论集》,台北:台湾学生书局,1989年,第305—313页;刘长东:《宋代佛教政策论稿》,成都:巴蜀书社,2005年;Morten Schlütter, *How Zen became Zen: The Dispute over Enlightenment and the Formation of Chan Buddhism in Song-Dynasty China*. Honolulu: University of Hawaii Press,2008, pp. 31 – 54,69 – 74. 但十方住持制对宗派发展的作用同样不宜夸大。尽管宋代十方寺院受官方管理,住持与官方、文人打交道很重要,但高僧往往不满于僧人身为户籍之民受官方管辖的卑下地位,认为不合佛制,是否出任官方寺院住持也不被高僧视为法门兴盛的必要条件。关于这一点,契嵩《广原教》、惠洪《禅林僧宝传》卷二三《黄龙宝觉心禅师》等都有阐述。就曹洞宗而言,像道楷就深得道俗拥戴,但《续古尊宿语要》地集《芙蓉楷禅师语》也说他明确反对"利养",他因谢绝紫衣而受罚也表明了这一点。

② 参 Robert M. Gimello, "Marga and Culture: Learning, Letters, and Liberation in Northern Sung Ch'an", in Robert E. Buswell, Jr., Robert M. Gimello eds., *Paths to Liberation: The Marga and Its Transformations in Buddhist Thoug*. Honolulu: University of Hawaii Press,1992, pp. 384 – 409.

③ 道谦编:《大慧普觉禅师宗门武库》,《卍续藏经》第142册,第921页;晓莹集:《罗湖野录》卷上,《卍续藏经》第142册,第970页。

④ 石井修道以为杨公即杨杰,见石井修道:《宋代曹洞宗禅籍考——投子义青的二种的语录》,《驹泽大学佛教学部研究纪要》,1977年第35号,第196页。但《续资治通鉴长编》卷二四〇记熙宁五年(1072)十一月杨杰尚为礼院检详文字,杨杰《采衣堂记》证明熙宁六年(1073)九月他在京师,现存史料并无这期间他知舒州的记载,杨公究竟为何人俟考。

文人士大夫形成了一个地方性的宗教文化网络，这有助于其声望的提升，并继而使得义青得到地方官员的礼遇出任十方寺院住持。本来，禅悟并不需要机构，丛林大德与文人士大夫接触也不是为了名利，但依托寺院存在、作为宗教实体存在的禅却不能不与当时的官方发生接触。义青如此，他的几位弟子都不仅有禅学和名声，而且颇具材器，能得到多方面的支持，所到之处兴起丛林，构筑寺宇。尽管道楷因坚持不受利名而受罚，但这反而激发了信徒的皈依心。到道楷弟子、再传弟子，出任十方寺院住持者或至千人以上，曹洞宗从此大为兴盛①。

但是，道楷以降曹洞宗的复兴并未使义青以降曹洞宗的名分问题得到彻底解决，这个问题逐渐引来了禅学家惠洪的注意。在惠洪关注当时正在复兴的曹洞宗的初始阶段，他就曾记载道楷的生平行事，并逐渐与曹洞宗僧有了来往。惠洪《禅林僧宝传》记警玄托法远以皮履直裰寻找继承人的故事，对义青、道楷父子中兴曹洞宗深表钦佩，并用"为之后者为之子"这一儒家礼制看待义青因法远所托而追嗣警玄②。儒家经典强调大宗不可绝、同宗可以为后、为人后者为人子等原则，这类原则在儒家复兴的宋代颇受重视；惠洪借助权威的儒家礼制来将从未谋面的警玄、义青之间的嗣法关系比作父子相承关系，从而将义青作为警玄法嗣的身份正当化。惠洪又称道楷得到了义青所传警玄皮履、直裰等信物③，这表明曹洞宗一脉单传的传衣传统继续存在。

不过，从义青的情况看仅仅强调信物还不够——在很长一段时间里人们都在质疑义青的师承④。惠洪还采取了构建"曹洞正宗"的其他途径。第一，他为警玄以上的传法世系寻求道声显赫的宗祖。《禅林僧宝传》称警玄嗣法于缘观，缘观嗣法于观志，观志嗣法于道丕，道丕嗣法于道膺，

---

① 王彬：《随州大洪山崇宁保寿禅院十方第二代楷禅师塔铭》，载杨守敬：《湖北金石志》卷一〇，收入谢承仁主编：《杨守敬集》第5册，武汉：湖北人民出版社，1988年，第810页。

② 惠洪撰：《禅林僧宝传》卷一七《天宁楷禅师》"赞"，《卍续藏经》第137册，第513页。

③ 惠洪撰：《禅林僧宝传》卷一七《天宁楷禅师》，《卍续藏经》第137册，第513页。

④ 范域：《随州大洪山十方崇宁保寿禅院第一代住持恩禅师塔铭》，载杨守敬：《湖北金石志》卷一〇，收入谢承仁主编：《杨守敬集》第5册，武汉：湖北人民出版社，1988年，第800页；惠洪集：《林间录》卷上，《卍续藏经》第148册，第604页。关于墓志如何建立和转化身份提供证据，参陆扬：《从墓志的史料分析走向墓志的史学分析——以〈新出魏晋南北朝墓志疏证〉为中心》，《中华文史论丛》，2006年第4期。

道膺为良价之高弟，以见其来有自，为"洞上正脉"①。其实，这一传法世系很可能是晚出的，在《景德传灯录》中观志不是道丕的法嗣，而是同安威的法嗣，而同安威为普满的法嗣，普满为良价的法嗣。不过，相比于少为人知的普满，良价"道遍天下"的高弟道膺可能被认为更适合作为警玄、义青以下曹洞宗的宗祖，或许这就是普满被排除在这一传法世系外的原因②。其实惠洪曾在其他地方指出道膺法系已绝，并将原因归咎于道膺的传法方式③，这与惠洪将警玄以下曹洞宗传法世系追溯到道膺的说法自相矛盾，可见惠洪自己也很清楚这一说法的不实之处。

第二，惠洪以五位君臣、偏正回互等宗风为义青、道楷以下曹洞宗正名，并改写信衣的传授情况以便将法成等僧的身份正当化。宣和元年（1119），惠洪依法成于道林寺，又应邀撰写多篇关乎法云一系曹洞宗僧的文章，同年撰成《禅林僧宝传》初稿④。惠洪还认为法成得到了警玄所传的那些信物，这与惠洪在《禅林僧宝传》里的说法自相矛盾，似乎是为了特别证明法成才是道楷的真正传人——《禅林僧宝传》明言警玄的直裰等信物传给了道微，但道微殁于双林小寺，法系不振，信物被取回鹿门山⑤，倒是法成一系颇为兴旺。

显然，惠洪对曹洞宗派、宗风重要性的强调服务于各种现实目的。于此，我们可从这些角度进一步来看《宝镜三昧》⑥这部早有争议的作品的

---

① 惠洪撰：《禅林僧宝传》卷一三《大阳延禅师》"赞"，《卍续藏经》第 137 册，第 496 页。

② 详见 Morten Schlütter, *How Zen became Zen: The Dispute over Enlightenment and the Formation of Chan Buddhism in Song-Dynasty China*. Honolulu: University of Hawaii Press, 2008, pp. 93-95；对禅宗传承系谱的解构，参马克瑞：《审视传承——陈述禅宗的另一种方式》，《中华佛学学报》，2000 年第 13 期；关于禅宗传法谱系中"徒子徒孙生祖师"的回溯性创造，参陈金华：《东亚佛教中的"边地情结"：论圣地及谱系的建构》，《佛学研究》，2012 年第 1 期。另一个原因也许在于，惠洪依据了达观（昙）颖的《五家宗派》、报恩的《曹洞宗派录》或其他曹洞宗文献。《嘉泰普灯录》卷一《隆兴府凤栖同安第二代志禅师》据《湖州宗派》《曹洞宗旨》所列世系与《禅林僧宝传》一样，如果《湖州宗派》《曹洞宗旨》不是因袭惠洪的说法，则惠洪的确另有所据。

③ 惠洪撰：《禅林僧宝传》卷六《澧州洛浦安禅师》"赞"，《卍续藏经》第 137 册，第 469 页。

④ 详见周裕锴：《宋僧惠洪行履著述编年总案》，北京：高等教育出版社，2010 年，第 243—246 页。

⑤ 惠洪撰：《禅林僧宝传》卷一七《天宁楷禅师》，《卍续藏经》第 137 册，第 513 页。

⑥ 惠洪撰：《禅林僧宝传》卷一《抚州曹山本寂禅师》，《卍续藏经》第 137 册，第 443—444 页。

真伪问题，以及其中所谓昙晟、良价等僧秘密传承曹洞旨趣的目的。首先，我们可从惠洪自相矛盾的说法中发现一些问题。《禅林僧宝传》称《宝镜三昧》大观三年（1109）得于朱彦，后者又得自白华岩老僧。大观年间曹洞宗已然兴起，义青的语录也正是在此期间得到编纂，这部作品的出现不可谓是巧合。其实惠洪大观元年（1107）刊行的《林间录》就已提到《宝镜三昧》，却未明言从何得来，内容为何。而《禅林僧宝传》的说法不仅与《林间录》所说在时间上矛盾，而且白华岩老僧的身份也是一个未解之谜。另外，《禅林僧宝传》称朱彦授他《宝镜三昧》，但朱彦政和三年（1113）已去世①。

更多的疑点来自《宝镜三昧》的语言。第一，《禅林僧宝传》卷一二《荐福古禅师》等明确将"银碗盛雪"视为云门宗僧颢鉴语，与《宝镜三昧》将该语归于曹洞宗古德语的说法相矛盾。惠洪赞赏"活句"，而该语出自《宝镜三昧》更能为其"活句"说提供来自曹洞宗先祖的"权威认证"。第二，《宝镜三昧》"夜半正明，天晓不露"体现出曹洞宗偏正回互之旨，在《建中靖国续灯录》中曾有僧用该语问道楷，《禅林僧宝传》卷二七《金山达观颖禅师》又说那是警玄的话，而曹洞宗先祖希迁《参同契》也有类似说法，因此《宝镜三昧》能够为警玄以下曹洞宗风提供古德传承的根据，从而彰显了其根本性、重要性。第三，《宝镜三昧》有"汝不是渠，渠正是汝"，而良价渡水见影偈有"渠今正是我，我今不是渠"②，《宝镜三昧》似乎改"我"为"汝"，却正好能证明该曹洞纲宗乃昙晟付与良价，父子相承，代代相传——据惠洪《云岩宝镜三昧》的描述，良价的禅偈与昙晟、世尊在旨趣上是一致的。第四，《宝镜三昧》用《周易》解偏正五位，祖琇批评说良价传达摩宗旨，与《周易》旨趣相去甚远，前者乃惠洪所立③。但惠洪提倡洞山五位，也有针砭丛林学风、标举正法的考虑④。他还指出，五位偏正等曹洞宗风与希迁《参同契》、佛

---

① 相关考证见周裕锴：《宋僧惠洪行履著述编年总案》，北京：高等教育出版社，2010年，第115页。

② 道原：《景德传灯录》卷一五《筠州洞山良价禅师》，《大正新修大藏经》第51册，第321页。

③ 祖琇撰：《僧宝正续传》卷七《代古塔主与洪觉范书》，《卍续藏经》第137册，第624页。

④ 惠洪撰：《智证传》，《卍续藏经》第111册，第221页。

心宗在旨趣上是一样的①。《宝镜三昧》附会《周易》解偏正五位，则是在儒家复兴的时代以儒家经书为禅宗文献提供"权威认证"。第五，《宝镜三昧》"佛道垂成，十劫观树"出自《法华经》关于大通智胜佛十劫坐道场而不成佛道的典故。有的研究者据此怀疑《宝镜三昧》非良价或其先辈所作，认为这是试图从良价的禅法中为主张坐禅的默照禅法寻找根据，但在各种早期文献中良价都没有特别强调坐禅②。其实《宝镜三昧》那几句话并不意味着将坐禅本身放在至高的位置上——《禅林僧宝传》中的那位"本寂"禅师已批评了这种坐禅方式③。惠洪又认为，长久坐禅和言说本不可说的本体都不能见佛法，只有偏正回互等曹洞纲宗才能见佛法，才能成无上菩提④。至于《宝镜三昧》的其他一些说法，同样能为君臣五位、四宾主等曹洞宗风提供"权威认证"。

通过以上考察可以发现，《宝镜三昧》颇有疑点，可能是惠洪撰写⑤，或他人撰写而经过了惠洪的修改。由于惠洪撰写《禅林僧宝传》等书时曹洞宗已经兴起，但曹洞宗一度面临存亡绝续的险境，义青又不是警玄亲授而是法远转授，丛林内外又极度重视亲授，对义青颇多质疑，因此下列证明似非多余：一方面要继续通过各种信物证明其宗派世系乃直承警玄以上曹洞宗禅师、石头（希迁）一宗，最终追溯到佛祖，是"正脉"，为此甚至篡改师承关系和信衣传授；另一方面要通过《宝镜三昧》证明义青以下依然传承的禅风同样直承曹洞宗宗祖乃至佛祖，表明曹洞宗风"明佛心宗"，乃"正传"。可以设想，这种信物和禅法的双重证明试图帮助义青以降曹洞宗的传承得到道俗的进一步认可，一定程度上缓解人们对其宗教身份的质疑。当然，可能经过惠洪修改的《宝镜三昧》不大符合文献原貌，

---

① 惠洪：《石门文字禅》卷二五《题清凉注参同契》，四部丛刊初编影明径山寺本，第279页。

② Morten Schlütter, *How Zen became Zen: The Dispute over Enlightenment and the Formation of Chan Buddhism in Song-Dynasty China*. Honolulu：University of Hawaii Press，2008，pp. 157-158.

③ 惠洪撰：《禅林僧宝传》卷一《抚州曹山本寂禅师》，《卍续藏经》第137册，第445页。

④ 惠洪撰：《禅林僧宝传》卷七《筠州九峰玄禅师》，《卍续藏经》第137册，第471-472页。

⑤ 此说承蒙四川大学周裕锴教授赐教，谨此致谢。南宋人祖琇《代古塔主与洪觉范书》已经指出惠洪自述《宝镜三昧》，但并无太多分析。近年来也有禅学研究者怀疑《宝镜三昧》乃宋人所作，亦未作考证，见 Ross Bolleter, *Dongshan's Five Ranks: Keys to Enlightenment*. Boston：Wisdom Publications，2014，p. 215.

从禅学上来说体现出他对曹洞宗风的理解。另外，惠洪这样做也符合其借教悟宗、标举正法、调和各家宗风、批驳丛林学风等观念，鉴于这些方面已为学界熟知，此处不再赘述。

附录二 般若、坐禅与道元对"娑婆世界大宋国"临济宗的批判①

相比于中国曹洞宗，日本曹洞宗更为兴盛，而这种局面也与宋代佛教发展情况有关。特别为人熟知的，是被公认为日本曹洞宗始祖的道元在其中做出的重要贡献。从中日佛教交流、传播的视角来看，道元是本着为解答自己在佛法方面疑问的目的来到中国的，在参学过程中他领悟到佛法真谛，并在返日后发展出自己的禅法、接纳学人，最终成为日本曹洞宗的开创者，其思想成就如今已得到公认。这类看法的确可得到文献的支持，但也偏重于对道元中国之行情况的叙述和影响效果的总结，往往根据佛教后来情况选材以构成单一的富于历史意义的传承叙事，而多少忽视或低估了道元本人的意图与他入宋之后的实际见闻、对南宋禅宗的看法之间的差别在其著述中所起的作用②。

应该说，道元不限于从修学者身份出发看待南宋中国，而是还有一个佛教世界观的视角，这与他在日本国内受到的影响和历史、现实情势结合起来，构成了另一种观照尺度。本文将要探讨的是，道元不仅重视坐禅，

---

① 原文发表于《中华文化论坛》2018 年第 9 期，收入本书时有修改。

② 如忽滑谷快天：《中国禅学思想史》，朱谦之译，上海：上海古籍出版社，1994 年，第 620—630 页；杜继文主编：《佛教史》，南京：江苏人民出版社，2008 年，第 489—490 页；滕军等编著：《中日文化交流史：考察与研究》，北京：北京大学出版社，2011 年，第 210—211 页；杨曾文：《中华佛教史·中国佛教东传日本史卷》，太原：山西教育出版社，2013 年，第 278—293 页。

而且用般若思想来看待宋朝临济宗，其中关系到诸多重要问题①。在此过程中，道元对中国禅宗思想给予了自己的批判和解释，发展了自己的禅学，并通过重新讲述中国禅文献中的公案服务于其带有攻击性的论争目的。不过，道元的批判也是单方面的，并未注意批判对象对相关问题的多层面探讨。本文将论证，临济宗思想中有诸多方面足以回应，从而提醒我们注意中国禅宗思想和道元思想中更多交错的层面。

一、般若与坐禅

在早期作品《办道话》（1231）②中，道元探讨了般若和坐禅等主题。道元宣称，自己是正传、正门，而端坐参禅又是正门、正道。在他看来，"大宋国"禅门五家都是一佛心印，但仅有"只管打坐，得身心脱落"③才是宗门正传，因为如来三世乃至西天东地诸佛都由坐禅而得道。他还特别指出，中国人见达摩面壁九年而称之为坐禅为宗之婆罗门或"坐禅宗"，简称"禅宗"，其实这是错误的称呼，坐禅实际上是正法，不可与六度三学之一的禅定并称。道元的说法并不完全准确：应该说禅宗这一名称虽出

① 道元对宋朝佛教的批判问题已有所探讨，如石井修道：《曹洞宗的东传和演变》，杨曾文译，载杨曾文、源了圆主编：《中日文化交流史大系 4 宗教卷》，杭州：浙江人民出版社，1996年，第250－252页；杨曾文：《日本佛教史》，北京：人民出版社，2008年，第377－392页；Steven Heine，"Dōgen's Appropriation of Chinese Chán Sources：Sectarian and Non-Sectarian Rhetorical Perspectives"，in Christoph Anderl ed.，*Zen Buddhist Rhetoric in China*，*Korea*，*and Japan*. Leiden：Brill，2012，pp. 315－343；Ishii Shudo，"Dogen Zen and Song Dynasty China"，Albert Welter，trans.，in Steven Heine ed.，*Dogen: Textual and Historical Studies*. New York：Oxford University Press，2012，pp. 139－166；何燕生：《十二至十三世纪东亚禅宗与儒教：试论道元关于三教一致说批判的对象及其背景》，《台湾东亚文明研究学刊》，2014年第1期。

② 道元：《正法眼藏》，何燕生译注，北京：宗教文化出版社，2003年，第1－18页。以下所引《正法眼藏》文字若无特别说明均出自该本。

③ 道元从如净那里听到的是"身心脱落"，还是故意修改了其措辞，这个问题一直存在争论。事实上如净和同时代的禅师都没有提过"身心脱落"，在《如净和尚语录》中只出现过带有二元论意味的"心尘脱落"，道元有可能混淆二者。道元也可能进行创造性的误读，或故意修正如净的措辞以避免二元论的暗示，从而在倚重如净的权威的同时宣示自己的独立性。见 Steven Heine，*Did Dogen Go to China？：What He Wrote and When He Wrote It*. New York：Oxford University Press，2006，p. 175. 也有研究者认为，这后面的差别在于中国禅宗注重"心"而日本佛教注重"身"。见李聪：《中日禅学"坐禅"思想之比较：以道一与道元为主》，《日本研究》，2006年第4期。何燕生总结了日本学界的相关研究，认为不能偏于道元独创说或继承如净说。详见何燕生：《论道元与如净的修证思想异同》，张文良译，载吴言生主编：《中国禅学》第4卷，北京：中华书局，2006年，第75－87页。

现于中国，但它最初与达摩无关①，它被用来指称达摩以下禅僧经历了漫长的过程。但道元的目的在于，他是要通过般若和达摩所传坐禅正法证明修证一等的禅学。其观点简要归纳起来就是，坐禅（正法）是有般若正种的结果——只有般若正种才能得道、传承正法；通过坐禅修行而证悟得道，则转大法轮，开演般若。

关于《办道话》在道元的著作中扮演的角色，学界有各种看法，要么强调《办道话》与道元此后著作之间的一贯性，要么强调二者之间的割裂。真相也许在两端之间②。仅就般若和坐禅主题而言，道元在《办道话》中暗示，般若本是普遍、先在具有而非特殊团体或某人具有的，但承当或不承当会导致区别；而对于坐禅，道元后来还是持类似看法并加以强化。据《正法眼藏》卷一六《行持下》（1242），那些将达摩和一般经论师、律师等相提并论的都是愚蠢之人，正传衣法只有宿殖般若种子能传。那些自称祖师远孙的徒弟，玉石不辨，还想齐肩于经论师，这是缺少闻见和解会的缘故，"无宿殖般若之正种，彼等不得为祖道之远孙"③。应该说达摩所传确有般若思想④，但道元说的其实是，达摩的传人过去世就种下般若智慧，乃在后来世中得以传坐禅之正法。这意味着，不是前生"宿殖"的般若正种则不知坐禅，而不知坐禅的僧人都不是般若正种。这是带有神秘性、排他性的论调，按照他的说法，历代不坐禅的人很多，当然也就不在般若正种之列。

同样据《正法眼藏》卷一六《行持下》，达摩若不西来，东土众生不能见闻正法，但他面壁九年，燕坐而已，并非习禅，而人称其为壁观婆罗门，"史者"（此指道宣）乃将其置于诸行之一的"习禅"之列，其实达摩

---

① 唐代道宣《续高僧传》才出现"禅宗"一词，但用来指称的不是达摩（达摩所传被称作"禅教"），而是慧思等禅僧的法系或禅定法门；其后杜朏、神会等将达摩所传视为法宝、正法心印，宗密《圆觉经略疏之钞》卷九首次提出"达摩禅宗"，而李朝正《重建禅门第一祖菩提达摩大师碑阴文》则将达摩、禅宗始祖、传心印等整合起来。到宋代，类似说法已成禅林常谈。

② Steven Heine, *Did Dogen Go to China?: What He Wrote and When He Wrote It*. New York: Oxford University Press, 2006, pp. 128-132.

③ 《正法眼藏》，第 154 页。

④ 道宣撰，郭绍林点校：《续高僧传》卷二一"论"，北京：中华书局，2014 年，第 811 页；汤用彤：《汉魏两晋南北朝佛教史》（增订本），北京：北京大学出版社，2011 年，第 432-438 页；马克瑞：《北宗禅与早期禅宗的形成》，韩传强译，上海：上海古籍出版社，2015 年，第 128 页。

乃是佛佛嫡嫡相传之正法眼藏。道元这一看法来自惠洪《林间录》卷上。但惠洪并不是第一个提出此类观点的人；这其实代表了唐宋以来禅门壮大后反对将达摩所传限定在仅仅作为修行方法的"习禅"范围内、主张达摩所传为整个佛教正法的看法①。契嵩《武陵集叙》早有类似论调，这一思想在唐代裴休《圭峰禅师碑铭》等文中也有体现。不过，尽管惠洪等人宣称达摩所传的乃是正法，但他们都未将坐禅本身放在首要位置，惠洪甚至认为长久坐禅不能见佛法，只有禅门纲宗才能见佛法、成无上正等正觉②，这与道元所谓正传之正法眼藏即坐禅的观点不同，后者显然意在借助祖师重新提升坐禅的地位。

无论如何，道元这一般若、坐禅之间的循环不仅限定了历史和现实中的佛法传人，而且强化了坐禅代表佛法的性质。那么，道元理解的般若、坐禅究竟指什么？

众所周知，般若是对客体、真谛的洞见。在般若文献中，般若被视为非概念性的觉悟：自我和诸法本质为空；在另外一些大乘佛经中，般若被视为对不二、同一、无固定本质等的觉悟。无论般若有何种含义，佛教传统都主张般若是觉悟的前提，而佛陀又有最大限度的智慧③。道元个人的般若思想则集中体现在《正法眼藏》卷二《摩诃般若波罗蜜》（1233）中④。简单归纳其观点就是：以此般若观照，色、空平等不二；般若照见的是诸法空相，般若即空；般若是觉悟、神通的来源或根本；守护般若就是受持读诵、如理思惟。尽管道元的其他作品也涉及般若思想（如《办道话》立足于空思想，反对将无上正等正觉实在化），但除了本文他并未专门论说般若，因此本文的观点更基本⑤。

———————

① 参 T. Griffith Foulk，"Myth, Ritual, and Monastic Practice in Sung Ch'an Buddhism"，in Patricia Buckley Ebrey, Peter N. Gregory, eds. ，*Religion and Society in T'ang and Sung China*. Honolulu：University of Hawaii Press，1993，p. 160.

② 惠洪撰：《禅林僧宝传》卷七《筠州九峰玄禅师》，《卍续藏经》第 137 册，第 471b—472 页。

③ Roger R. Jackson，"Prajna（Wisdom）"，in Robert E. Buswell, Jr. ，ed. ，*Encyclopedia of Buddhism*. New York：MacMillan Reference，2004，pp. 664—666.

④ 《正法眼藏》，第 25—28 页。相关研究参赖住光子：《〈正法眼藏〉"摩诃般若波罗蜜"卷に关する一考察》，《驹泽大学佛教学部论集》，2015 年第 46 号，第 23—52 页。

⑤ 石井修道已注意到，道元的佛教方法主要基于般若（和学问）而非禅定。见 Steven Heine，*Did Dogen Go to China?：What He Wrote and When He Wrote It*. New York：Oxford University Press，2006，p. 214.

　　至于道元对坐禅的看法，据《普劝坐禅仪》(1233)，尽管道本圆通、不假修证，但因失心或历劫轮回、拟议一念等导致与佛道产生差别，故须坐禅而得身心脱落、本来面目现前。此文并未摆脱本觉思想，但通过心佛之别、证上之修为坐禅修行提供了根据，并说明各种具体的坐禅方法。其后，《正法眼藏》卷一二《坐禅箴》(1242)①继续主张修证一等，又论及渐修式的具体坐禅方法，也就是证上之修，另外还论述了般若思想。随后，道元通过解释正觉禅师的《坐禅箴》和他在此基础上改写的同名作品，强调坐禅的各种超越现象和具有直觉体悟意味的特征。

　　由此，我们可简要总结一下道元的论点。第一，般若是诸法的来源或根本，是觉悟的前提；第二，般若正种方能传正法眼藏，而般若正种有先在普遍具有和具体环境中特殊具有的区别，这取决于是否承当；第三，所谓正传之正法眼藏，就是坐禅，而坐禅之身心脱落超越各种名相区别，可开演般若。这也是一个相互印证相互支持的、带有时间性却无始无终的双向循环：通过作为正法的坐禅可觉般若智慧，而具有般若智慧才能传承正法，亦即般若和坐禅也是不二的。那么，道元的这些思想与宋代中国的禅思想有何关联？接下来笔者将进入这一主题，借此具体考察道元的观点。

二、道一和"临济余流"：外道抑或正传？

　　尽管道元在《办道话》中指出"只管打坐，得身心脱落"是宗门正传，但他又说五家均得佛心印，并未特别强调曹洞宗更为优越。直到《正法眼藏》卷九《古佛心》(1243)，他还承认南岳一系和青原一系都是正传。但是，道元面对着复杂变化的情势。在南宋，临济、曹洞两宗之间的竞争是这一时期佛教的重要主题。在当时的日本，临济宗具有很大的势力。此外，道元还吸收了日本达摩宗的信徒，后者出自中国临济宗大慧派。道元对马祖道一及其后裔临济宗采取了各种前后并不完全一致的立场态度——由于道一及其禅学是唐宋以来僧侣，尤其是其后裔临济宗僧尊崇的对象，因此道元对道一禅学的看法和他对宋代临济宗和日本禅的看法往往不无关联。

---

① 《正法眼藏》，第 97－108 页。

　　首先是他对马祖道一禅学的批判。在《正法眼藏》卷五《即心是佛》（1239）①中，道元指出"即心是佛"不是西天思想，而是在震旦中国听闻。在论述印度外道思想后，道元引用慧忠国师与南方僧人关于"即心是佛"的讨论：该僧称，南方知识认为离此见闻觉知之性更无别佛，身有生灭而心性未曾生灭，身无常而其性常在，慧忠国师指出"南方宗旨"就是外道之见。道元认为，应参究慧忠国师所示宗旨以为参学的借鉴。应该说以"即心是佛"为代表的如来藏思想在中古时代颇为流行，并不是某个人的发明，但慧忠与道一同时，而道元曾明确指出道一只是道得此语，因此道一至少是道元的重点批判对象之一②。

　　道一的"即心是佛"有将佛性实有化的倾向，的确也导致一些学人执着此类信条，从而在禅林中引发了批判或争论③。道元亦以空思想看待"即心即佛"，将之视为水中之月。但是，道元称道一仅道得"即心是佛"、将之视为外道"灵知""真我"之说，这肯定简化了道一的禅学。和达摩一样，道一所传的亦是《楞伽经》的如来藏思想④。而《楞伽经》说如来藏乃"善巧方便"，是"无我如来之藏"⑤。道一的弟子亦称"即心即佛"是方便说⑥。又据权德舆《唐故章敬寺百岩禅师碑铭》，道一一方面持有

　　①　《正法眼藏》，第 58－62 页。其中先尼外道之说的来源无法一一寻绎，但《涅槃经·憍陈如品》记一先尼论作身无常而"我"常在，如人失火烧宅，其主出去；而佛陀以我、色、无色不二论批判了这种二元论的说法。慧忠国师的相关论议则见《祖堂集》卷三《慧忠国师》、《景德传灯录》卷二八《南阳慧忠国师语》等。

　　②　参何燕生：《失宠的偶像——二十世纪八〇年代以来日本的佛教研究及其困境》，《普门学报》，2006 年第 36 期，第 7 页。

　　③　相关探讨详见 Mario Poceski, *Ordinary Mind as the Way: The Hongzhou School and the Growth of Chan Buddhism.* New York：Oxford University Press，2007，pp. 168－177；土屋太祐：《北宋禅宗思想及其渊源》，成都：巴蜀书社，2008 年，第 32－67 页。

　　④　释印顺：《中国禅宗史》，北京：中华书局，2010 年，第 13－23 页。但道一并不是照搬《楞伽经》，而是根据般若思想作发挥。另外道一的如来藏思想还受到《涅槃经》《胜鬘经》《大乘起信论》等的影响。见邢东风辑校：《马祖语录》，郑州：中州古籍出版社，2008 年，第 4、95、96、119 页。

　　⑤　正受撰，释普明点校：《楞伽经集注》卷二，上海：上海古籍出版社，2015 年，第 94－96 页。另外，《涅槃经》《胜鬘经》等中的如来藏或受婆罗门教"神我"之说的某些影响，但毕竟不像后者那样是一个最高实体或轮回主体。参姚卫群：《佛教与印度哲学研究》，北京：中国大百科全书出版社，2016 年，第 14－23 页；周贵华：《如来藏与唯识思想中之 dhātu 类概念——与"基体说"之"基体"概念的一个比较》，载方立天、末木文美士主编：《东亚佛教研究》第 1 辑，北京：宗教文化出版社，2013 年，第 84－102 页。

　　⑥　静、筠二禅师编撰，孙昌武、衣川贤次、西口芳男点校：《祖堂集》卷一六《南泉和尚》，北京：中华书局，2007 年，第 705 页。

实在倾向的如来藏思想，另一方面是以空的思想看待诸法。而在道一的思想中，很重要的一点还在于：他认为见闻觉知、语言动作等生灭诸法都是作为根本的心、佛性或如来藏等涉外因缘或随缘应用的体现，而诸法性空、色心不二、心本无生灭，本自空寂。可见道一并非将心实在化或执着于见闻觉知，而是始终有空思想的基调，亦有亦非有，亦空亦非空①。

应该说，道元还注意到并赞同道一一切施为尽是法性的思想②，但又认为还有很多道一没能道出。《正法眼藏》卷三《佛性》（1241）说弘忍"佛性空"之空是道取无的力量，"色即是空"之空是"空之空"，这种行为化的"空"比道一"即心是佛，即色是空"中的性质之"空"更有扫除空性实在化的意味。但道元或许没注意到道一门下一些弟子关于空思想的激烈表述，特别是普愿的"不是心，不是佛，不是物"其实就用遮诠方式否定了任何实在性；而庞居士的"但愿空诸所有，慎勿实诸所无"同样属于行为化的、彻底扫空一切有无的"空"，以至于有陷入另一种偏执"空见"的危险。另外，道元受慧忠身心一如、心外无余论和《大般若波罗蜜多经》等性相不可分别论（性相不二）的影响，认为外道所谓离身常住之心乃生死本因，否定因果差别，反对分别身心、性相、生死涅槃（《办道话》），这样的不二论（或曰"佛性显在论"）看似也与道一分别身心、身生灭而心无生灭的身心二元论（或曰"佛性内在论"）③不同。但从道一的禅学思想来推断，他所谓的轮回六道、四大假合之色身不仅与不生不灭、应物现形之法身/心/如来藏根本上没有区别，而且色身留下的死灰更能验证本心④。据此，道一又并非持什么身心二元论，并不是要离色身而另寻佛心，不过站在了与道元不同的从各种生灭现象看作为根本的佛心、佛性或如来藏的层面上看到了不二中的差别、差别中的不二。在这个问题上，

---

① 袴谷宪昭在《本觉思想批判》中指出，"不二"的根据仍然是"空性"，仍然承认了一个终极实在，这与原始佛教主张缘起说、否定第一因、否定绝对主体存在的立场相背离。转引自张文良：《"批判佛教"的批判》，北京：人民出版社，2013年，第136页。其实原始佛教的相关论述并不像"批判佛教"说的那样单一。参吕真观：《中国传统佛教与日本"批判佛教"》，《湖南大学学报（社会科学版）》，2010年第1期。

② 《正法眼藏》，第420、421页。

③ 关于"佛性内在论""佛性显在论"，见松本史朗：《如来藏思想与本觉思想》，肖平、杨金萍译，载方立天、末木文美士主编：《东亚佛教研究》第1辑，北京：宗教文化出版社，2013年，第144—177页。

④ 邢东风辑校：《马祖语录》，郑州：中州古籍出版社，2008年，第52、94、106页。

道元服膺的慧忠还以《维摩诘经》"法不可见闻觉知"批判以见闻觉知为佛性的说法，但《维摩诘经》此段文字意在消除求实法之心，与慧忠的用意有所不同。道一曾说过"今见闻觉知，元是汝本性"，这一说法很可能来自《楞严经》卷三"见闻觉知，本如来藏"，在道一这里并不是说要执着此见闻觉知或作为根本的如来藏本身，而是就见闻觉知作为本性或心的体现而论的，盖心体不可指示而只可凭语言动作等验证①。从禅学发展的角度来看，由于从"作用"见"性"，道一比《维摩诘经》的"法不可见闻觉知"推进了不二法门的实际运用。

道元虽批评道一的禅学，但并未摒弃"即心是佛"，而是对四个字拆开来分别重新解释，其解释同样不乏非根源性、非实在性的空思想。他还特别注意到心的不足，这与认为一切法皆是心法、心为万法之根本的道一的确有所不同，尽管道元也不无矛盾地主张心的根本性、普遍性，而在道一那里心也不是实在化的。道元宣称，即心是佛就是发心、修行、（证）菩提、（得）涅槃之为诸佛，否则就不是即心是佛。总之，道元通过批判和重新解释道一"即心是佛"思想而将之纳入自己强调心佛之别、修证一等的禅学中。

其次，我们从道元对怀让、道一"磨砖作镜"公案的颠覆性解读中②还可看到他看待道一的禅学及其临济宗后裔的另一种方式。道一从即心是佛、色心不二的观念出发，认为道不用修，不假坐禅，任心即是。道元则从主张悉有佛性、修证一等的行佛观念出发，认为学道参究的就是坐禅办道，其榜样宗旨有不求作佛之行佛（修行成佛）。道元的理解和怀让的说法本有不同乃至相反之处，但经过他的重新解读后，"磨砖作镜"公案的含义不再是怀让对坐禅成佛的批驳，而是肯定了坐禅的正面价值③。他又称坐禅即坐佛，其实是从修证一等的观念出发强调坐禅修行的必要性。另外，他还多次引怀让"修证即不无，污染即不得"为修证一等张本，主张坐禅乃"不污染之修证"④。

---

① 邢东风辑校：《马祖语录》，郑州：中州古籍出版社，2008年，第52、150页。
② 《正法眼藏》，第97—108页。
③ 怀让这一公案最早似见于《宝林传》佚文。笔者注意到，其实《宋高僧传》怀让传并未强调这一说法，倒是说怀让深入寂定。考虑到怀让不废弃修证，可认为这两种记载都是成立的，但道元显然不是从史料角度出发解读的。
④ 《正法眼藏》，第96页。

在重新解读"磨砖作镜"公案的同时，道元还窜改了中国既有文献对这一公案的记载。与《景德传灯录》卷五《南岳怀让禅师》等中国文献关于道一的说法不同①，道元称道一密受心印后常坐禅，则坐禅根本不是初心晚学所修。道元的这类窜改和颠覆性解读不仅说明坐禅乃正传，而且可能旨在打击那些否定坐禅的临济宗僧的影响力。此外，日本的达摩宗也继承了道一、宗杲否定坐禅必要性的禅学思想，其信徒在遭到迫害后投奔了道元，为说服这些信徒相信曹洞宗的优越性，道元不仅批判道一和临济宗，也可能借此重新解读这类公案，以整合这些新的信徒②。

通过这些方法，道元的正传系谱变得更加值得玩味。他用空思想和身心不二论批判道一，将之视为外道的同流，同时重新解释这一思想。但他又重新塑造了道一，将坚持坐禅的"道一"视为正传。道元在《正法眼藏》卷一六《行持上》（1243）中说得特别清楚，即认为坐禅不是被传心印所否定的东西，而恰恰是传心印的密旨所在，即便已得道也要坐禅（证上之修），所以道一得道后同样令人坐禅，而后来的临济宗正是道一的后裔③。于是，不仅道一，而且临济宗也重新得到肯定，但肯定的理由是道元式的、曹洞宗式的，目的可能是借助在中日禅学界都有号召力的道一宣传自己的禅学。其实如学界熟知，慧能、道一以下南宗禅僧往往并不执着于坐禅本身，而是强调一切言行都是禅，都是修行，包括下文中道元批判的宗杲也是这种立场。

三、道元与宗杲：批判视野中的禅思想

相比于对道一的批评，道元对宋朝临济宗的批评更为尖锐④。不过，道元并不是本着现代所谓民族主义的立场来批判的。事实上，他越来越清楚自己入宋经历的重要性，极力鼓吹他从宋朝带回日本的各种寺院礼仪、规则和禅法，尤其尊崇他的老师如净和更早的默照禅的提倡者，这有助于

① 道原：《景德传灯录》卷五《南岳怀让禅师》，《大正新修大藏经》第51册，第240页。

② Steven Heine, *Did Dogen Go to China?: What He Wrote and When He Wrote It*. New York: Oxford University Press, 2006, p. 99.

③ 《正法眼藏》，第135页。

④ 道元对临济宗开山祖师义玄也有批评，参 Carl Bielefeldt, "Recarving the dragon: History and dogma in the study of Dogen", in William R. LaFleur ed., *Dōgen studies*. Honolulu: University of Hawaii Press，1985，pp. 34—36.

道元将其所属宗派与日本的其他对立派别区别开来①。可以说，在道元的自我认识中，他是作为一位由宋返日、承担着传法使命的佛教僧侣来处理佛教问题的。在此过程中，道元批判了以宗杲为代表的临济宗僧，这主要围绕以下几个问题展开。

（一）证悟与面授嗣法、嗣书问题

道元强调师承，无师承者被他视为天然外道。《正法眼藏》卷五一《面授》（1243）宣称如净面授给他②。此外，他还强调如净面授给其正法眼藏的唯一性、优越性，甚至说这是日本优于他国的地方③。这样，他通过宋僧的面授嗣法获得了其禅法超越宋朝禅宗的根据。其潜台词是，宋朝各家宗派——有可能还包括日本的其他宗派——所传都不是正法眼藏。

在这个问题上，宗杲被他视为反面例子。据《正法眼藏》卷六九《自证三昧》（1244），宗杲本是经论之学生，参曹洞宗道微禅师并未得到认可，道微称他未具眼，而宗杲以为本具正法眼藏自证自悟，岂有不妄付授？道元的说法与中国本土禅宗文献，尤其是临济宗文献的记载不同。根据这些中国禅宗文献的记载，宗杲得到丛林各宗禅师印可。当然，这最初往往是宗杲自己说给自己的门人或其他人，而由其门人记录下来的④。考虑到一位高僧的基本素养和当时禅林曹洞宗、云门宗等的反应，这类自述应有真实性，事实上宗杲之后的佛教文献也基本上沿袭了类似说法。道元的说法明显不同于中国本土文献的记载，形成了另一种看待中国佛教的视角，但道元距宗杲的年代已过去近百年，却没有提供相关说法的确凿文献依据，其说也值得怀疑，很可能出于传说、臆造或存在文献纂集的问题。

道元接下来讲述了宗杲参文准的经历⑤。其大体上语出《宗门武库》，

---

① Steven Heine, *Did Dogen Go to China?: What He Wrote and When He Wrote It*. New York: Oxford University Press, 2006, p. 194. 道元对宗杲的批判，参石井修道：《〈正法眼藏偈评〉について：道元の大慧宗杲批判を中心に》，《印度学佛教学研究》，2010 年第 58 卷第 2 号，第 716—721 页。

② 道元没注意到此公案其实是中土晚出伪经所为，参黑丸宽之：《〈正法眼藏〉における拈华付法：道元禅师にみる嗣法论の一断面》，《驹泽大学佛教学部论集》，1972 年第 3 号。

③ 《正法眼藏》，第 439—446 页。

④ Miriam L. Levering, "Dahui Zonggao (1089—1163): The Image Created by His Stories about Himself and by His Teaching Style", in Steven Heine, Dale S. Wright, eds. , *Zen Masters*. New York: Oxford University Press, 2010, pp. 91—116.

⑤ 《正法眼藏》，第 548 页。

《僧宝正续传》卷二《宝峰准禅师》等也有类似记载，其中的文准虽尚未完全许可当时还执着于佛典的宗杲，但还是肯定他。这与《正法眼藏》中道元的说法明显不同①。道元的意思是：文准并不认可宗杲。如果不是因为语言问题误解，则道元是窜改了相关记载重新叙述②，借助他所塑造的"道微""宗杲"和"文准"等人来攻击宗杲的禅学水平和师承。

道元又称，宗杲此后即便在克勤门下有觉悟程度也不高，只懂得记忆和陈述《华严》《楞严》等佛经文句。这似乎表明，他坚持了达摩以降禅宗教外别传、不立文字的宗旨。其中涉及宗杲的入道机缘，事出张浚《大慧普觉禅师塔铭》，但其中只记载了宗杲最重要的开悟经历，其实宗杲经历的开悟次数很多，他将是否重视妙悟视为禅法正邪与否的标准；他对默照禅的批判重点之一，就在于认为后者完全不重视开悟，一味枯坐③。宗杲还认为一味看经不利于参禅，主张先参究，开悟后再看经，则佛经均为妙用。他运用佛教经论的其中一个原因，也在于借此表述本自具足但却因妄想颠倒执着而现行无明、故需证悟的思想，其"始觉合本之谓佛"、强调自证自悟、对证悟境界的说明等，往往从华严思想中找根据④；其表达迷妄状态和证悟境界的观念往往来自《楞严经》，尤其是《示妙智居士》对"安楞严"读《楞严经》依义不依语的赞许恰可证明，道元批评宗杲只是暗诵、传说《楞严经》文句的说法没有根据⑤。道元还认为，主张自证自悟、反对传授、自称参得云门、曹洞、临济诸家宗旨的宗杲，恰恰缺乏得到高僧印可的妙悟。这一说法亦无根据。据《嘉泰普灯录》卷一五《临

---

① 95卷本《正法眼藏》与75卷本《正法眼藏》的说法略有不同，但对宗杲的贬斥很明显。见道元：《正法眼藏》卷七五《自证三昧》，《大正新修大藏经》第82册，第254页。

② 存在一种"重新描述"的修辞手法，详见昆廷·斯金纳：《霍布斯哲学思想中的理性和修辞》，王加丰、郑崧译，上海：华东师范大学出版社，2005年，第143—189页。

③ Morten Schlütter, *How Zen became Zen: The Dispute over Enlightenment and the Formation of Chan Buddhism in Song-Dynasty China*. Honolulu: University of Hawaii Press, 2008, pp. 122—143.

④ 相关研究参 Miriam L. Levering, "Dahui Zonggao and Zhang Shangying: The Importance of a Scholar in the Education of a Song Chan Master", *Journal of Song-Yuan Studies*, 2000, No. 30, pp. 130—132；小川隆：《禅思想史讲义》，彭丹译，上海：复旦大学出版社，2017年，第107—111页。

⑤ 关于《楞严经》对禅宗的影响，参吴言生：《禅宗思想渊源》，北京：中华书局，2001年，第154—200页；此经对宋人的广泛影响，参周裕锴：《法眼与诗心：宋代佛禅语境下的诗学话语建构》，北京：中国社会科学出版社，2014年，第102—116页。

安府径山大慧普觉宗杲禅师》，克勤曾举文偃"东山水上行"公案，其代语令宗杲开悟①。道元没有明确提到这一公案，但其《正法眼藏》数次引用《嘉泰普灯录》，有可能清楚这一记载。道元还曾用不二法门（还可能包括一多相即的华严思想）解读文偃这一公案②，同时批评宋代有一类人认为这是"无理会话"，无关念虑，不知念虑是语句，不知语句透脱念虑③。因此，道元与宗杲的分歧并不在于是否重视开悟、是否主张不立文字，而在于道元对禅语的具体领悟有更多理性思维色彩，并通过语言消解理性。如前所论，道元以般若为本，主张如理思惟，或许正导致了他的这些思想；此外他还修习佛典和天台思想，这都可能导致他的思想不像宋代临济宗那样往往否定思虑、强调直觉开悟。

此外，道元还强调嗣书的重要性④。他清楚临济宗也有嗣书，但他认为当时的临济宗僧贪图名誉，嗣法文书往往名过其实，并不一定真正代表开悟得法。而曹洞宗的嗣书与临济宗不同，是前代祖师合血书写下来的，似乎更为神圣⑤。道元的这些说法有事实的成分：根据中国南禅宗的传统，法衣、传法偈等作为得法信物被传给下一代；而到宋代，其他物品也能成为信物，典型代表是嗣书。但是，道元还用世俗通行的合血之说来证明青原一系乃正传，为正传提供了一个更为严格的标准，而宋代禅文献只是多提及师徒之间的嗣书，至于所谓祖师合血的论调却似乎不见于道元之前的中国文献，难以判断其真实性。

（二）说心说性问题

《正法眼藏》卷四二《说心说性》（1243）⑥称说心说性乃佛道根本，拈花微笑、祖师入梁、夜半传衣等都是说心说性，佛佛祖祖所有功德都是说心说性。而宗杲却反对说心说性，认为这会导致难以得道。道元认为，这是因为宗杲"但知心为虑知念觉"，实则"不学虑知念觉亦是心"；只是

---

① 正受编：《嘉泰普灯录》卷一五《临安府径山大慧普觉宗杲禅师》，上海：上海古籍出版社，2014年，第410页。

② Hee-jin Kim, "The Reason of Words and Letters: Dogen and Koan Language", in William R. LaFleur, ed., *Dōgen studies*. Honolulu: University of Hawaii Press, 1985, p.74.

③ 《正法眼藏》，第265—266页。

④ 《正法眼藏》，第551页。

⑤ 《正法眼藏》，第352页。

⑥ 《正法眼藏》，第365—371页。

"妄计性为澄湛寂静，而不知佛性、法性之有无"①。其实宗杲多次论及"即心是佛""心佛不二""如来藏即此心此性""无常者，即佛性也"等佛性思想，也清楚知解、语言作为方便的作用，但又认为这是不得已而言之。从般若思想出发，他认为般若波罗蜜多能生一切诸佛法，能成就一切法，这意味着般若具有根源、生成功能；至于非实在性的空思想，他也多有论述。而心不在内外中间等思想（出自《维摩经》和《楞严经》）表明，宗杲的佛性思想不属于道元批评的"佛性内在论"或道元本人所持的"佛性显在论"；他指向的是心无实体的迷妄/开悟论。宗杲还坚持南禅宗的立场，认为佛法不是语言和思量所能说明的，主张以心传心、虚心求悟，而任何言说都是表面功夫，反对沉迷于语言②。宗杲还曾用狮子尊者的说法批判知见，认为需消除知见而觉悟本心。他还用普愿、悟新的观点反驳宗密"灵知"说和神会"知之一字，众妙之门"说③，其中的批判虽可能不是完全理解了二人的说法，但也可看出宗杲的确反对那种分别意识之知④。

应该说，道元的佛性说和宗杲基本一致，不过说法、侧重点有所不同。但二人的确也存在一些重要的不同点。第一，如前所论，道元更重视正知正见的作用，不是一味从摒弃理性的角度去理解心、佛。就此而言，道元不仅不同于宗杲，也不同于宋代禅林盛行的不立文字、教外别传的风气。第二，道元不像宗杲那样用"狗子无佛性"等公案发起疑情、促发开悟，而是试图揭示与佛性问题相关的禅话多方面的、有时不免相互矛盾的含义⑤。他曾引用沩山灵祐"一切众生无佛性"之说，认为众生从本以来并非具足佛性，如有佛性则不是众生，因此说有佛性、无佛性都是毁谤，

① 《正法眼藏》，第366页。
② 参杨曾文：《宋元禅宗史》，北京：中国社会科学出版社，2006年，第431-443页。
③ 蕴闻等编：《大慧普觉禅师语录》卷一六，《大正新修大藏经》第47册，第879页。
④ 葛兆光：《增订本中国禅思想史：从六世纪到十世纪》，上海：上海古籍出版社，2008年，第299-303页；胡建明：《宗密思想综合研究》，北京：中国人民大学出版社，2013年，第149-178、280-291页。这也是马祖禅、临济禅的传统。参何燕生：《现代化叙事中的临济以及〈临济录〉——一种方法论的省察》，《汉语佛学评论》，2017年第1期，第265页。
⑤ Steven Heine, *Like Cats and Dogs: Contesting the Mu Koan in Zen Buddhism*. New York: Oxford University Press，2014，pp. 169-212.

这就摆脱了有佛性与无佛性之间的二元对立①。另外，这里的"不二"还意味着众生与佛存在差别、需要修证，由此而论，就与宗杲心佛不二、不强调坐禅而重视开悟的思想存在差别。显然，我们从中可以看到南宋中国默照禅和看话禅的对立在日本禅学界的延续。

在这个问题上，道元与宗杲禅学思想的不同还体现在对二祖慧可参达摩因缘的不同解读上：道元重视说心说性在证悟中的作用，而宗杲将说心说性视为证悟的障碍。应该说《景德传灯录》卷三《第二十八祖菩提达磨》所载慧可参达摩因缘公案确有否定说心说性的倾向，宗杲的理解是正确的，而道元的解读是一种有创造力的、但有其他理据的解读，体现了与将语言视为善巧方便而反对执着语言、强调心地之禅悟的宗杲禅学不同的另一种禅学倾向：将言说心性视为佛道根本而更重视其在修证过程中的作用。其理据可能是《华严经》"佛说菩萨说，刹说众生说，三世一切说"或"无情说法"之类佛教思想，即认为大千世界里无情有情无不言说心性，正如其敬重的慧忠国师主张的那样②。换言之，这里可再次看出道元受教乘影响的痕迹，按照宋代禅学术语来说这属于合乎理路的死句而非活句，宋僧往往视之为文字、知见而加以批判，比如洪英就批驳学人用《华严经》此类思想理解祖师的机锋语言，认为若是如此，那么看教乘就够了，何必问祖师意旨③？可见宋代禅者坚持教外别传的宗旨。这与道元的看法有所不同：后者显然认为，对得道者来说教乘已消除知见和文字色彩，是在理性思维指引下通向禅悟，因此任何语句、行为都是禅的体现。但是，宗杲重视的正是参禅者的证悟，因此他与道元也有相近之处，不过不像道元那样强调证悟前后理性因素的直接作用，而主张证悟本身应排斥任何理性因素，尽管他同样认为理性因素属于根本性的因素。事实上，批评将佛法视为实法、反对以有思惟心求实法，这不仅是宋代临济宗禅师常见的看法，而且可追溯到义玄、全豁等唐代南岳系禅师和一些包含般若思想的佛教经论疏、禅宗灯录。宗杲在语录中也批驳将佛法视为实法、执着

---

① Masao Abe, *A Study of Dogen: His Philosophy and Religion*. Steven Heine, ed., Albany: State University of New York Press, 1992, p.54.

② 道原编：《景德传灯录》卷二八《南阳慧忠国师语》，《大正新修大藏经》第 51 册，第 438 页。道元《正法眼藏》的"溪声山色"一章曾论说"无情说法"，但其对"有情""无情"的解释不同寻常，见《正法眼藏》，第 264、271 页。

③ 惠洪撰：《禅林僧宝传》卷三○《宝峰英禅师》，《卍续藏经》第 137 册，第 561 页。

于"万法归一"之类追寻根源的观点，认为说法不过是方便说，不可着意。其般若思想不仅破除通常之物的实在性，而且反过来破除佛法、禅法自身的实在性，特别是考虑到宗杲追述其关系到《金刚经》"不生法相"的一次早年悟道经历时却偏偏赞同守芝的方便善巧和实法批判①，这都可能导致佛法里那些理性因素在实际参禅过程中无以为用而强调忽然、临时的顿悟。

（三）因果问题

与早期作品《办道话》等重视"只管打坐"不同，道元在后期更强调因果报应②。在这个问题上，道元同样批评宗杲等宋僧不明佛理、不知不落因果是邪说。在 12 卷本《正法眼藏》卷七《深信因果》中，道元先引百丈怀海"不昧因果"公案，再引祖师为自己的观点作证明，认为古德高僧都明因果，而近世晚近则惑于因果。他批评说，宗杲的颂古主张"不落不昧"，略有自然外道之趣。③ 应该说，佛教的确将因果视为基本教义，而将拨无因果视为邪见。在这个问题上，道元并不持般若经典那样的空思想④，而是持一种实有不虚的立场。不过这不意味着道元的后期思想发生了重大变化：早在《宝庆记》中道元就已强调业报不空，这可能为 12 卷本《正法眼藏》所继承⑤。关于 12 卷本《正法眼藏》的主旨和意图有各种看法，通常以为，禅宗那套跨越善恶之别的"不二"法门的说辞被用来支持不道德行为，道元对此很失望，故撰写该书以解释业力、因果等基本的佛教教义⑥。从历史上看，"不二"法门并不是佛教的发明，而是与吠陀－奥义书传统有一致性⑦。但业报观念也不是佛教创立，同样可追溯到

---

① 祖咏：《大慧普觉禅师年谱》，《禅宗全书》第 42 册，第 470 页。

② Steven Heine, *Did Dogen Go to China?: What He Wrote and When He Wrote It*. New York：Oxford University Press, 2006, pp. 202－203.

③ 《正法眼藏》，第 659－664 页。

④ 松本史朗：《缘起与空——如来藏思想批判》，肖平、杨金萍译，北京：中国人民大学出版社，2006 年，第 223 页。

⑤ 伊藤秀宪：《〈宝庆记〉之问与答》，林鸣宇译，载吴言生主编：《中国禅学》第 4 卷，北京：中华书局，2006 年，第 99 页。

⑥ Steven Heine, *Did Dogen Go to China?: What He Wrote and When He Wrote It*. New York：Oxford University Press, 2006, pp. 56－60.

⑦ 吴学国：《奥义书与大乘佛教的产生》，《哲学研究》，2010 年第 3 期。

吠陀－奥义书传统，不过做了改造①。也有研究者认为，道元这样做的道理在于，真正的无因无果只能通过在因果范畴内不断完善的道德净化才能达到，这同样是大乘佛教涅槃、生死不二论的回响②。无论如何，道元在这里的确将无因无果之论视为外道，主张参学首先要懂得什么是因果；而宗杲等僧则凭借禅宗秉持的大乘佛教法门超越"不落"与"不昧"这两种对立情形，体现出灭除世间生灭法的禅悟。

其实，在这个问题上二人之间也不像道元说的那样水火不容。在 75 卷本《正法眼藏》卷六八《大修行》中，道元也曾认为大修行人证果圆满谈不上落不落因果、昧不昧因果。当然这是从最高的修证层面上说的，这与他言说业报因果等基本教义并无矛盾。而宗杲也不认为空一切相就能立即消除业报，哪怕佛陀也是如此；未彻根源就认为已超越一切分别观念，这只是豁达空、拨因果。于此，宗杲同样主张不昧因果，强调通过修行消除恶业，或主张发心透脱生死。但二人的区别在于，二人针对众生或学人的方便施设有所不同。道元觉察到了空思想导致的弊端而强调深信因果，反对仅仅凭借禅悟消除业因的观点，亦反对大乘佛教当体即空的观点，认为若作业障就不是空，只不过保留了不二法门。宗杲当然知道类似的问题，告诫说从《华严经》的一些说法中为"无梵行"找根据将入地狱，但他出于诱导众生趋佛乘的目的依然坚持空思想。他发挥《维摩经》罪性不在内外中间的说法，认为造罪来自妄想心，都无实体，业报虽不可逃避，但受报也是妄受，要消除罪孽，只需发起菩提心。这意味着，业报的存在并不实在，因为在幻化的世间本来就没有什么实体造业和承受业报。就此而言，我们不妨将宗杲关于因果的空思想的表述视为一种善巧方便：试图呈现空思想积极的一面，劝勉众生发起心的修行。

---

① 姚卫群：《佛教与印度哲学研究》，北京：中国大百科全书出版社，2016 年，第 250－260 页。

② Steven Heine, *Did Dogen Go to China?: What He Wrote and When He Wrote It*. New York：Oxford University Press，2006，p. 212.

附录三　惠洪、张商英对临济宗正统
地位的塑造及影响[①]

通常认为，宋人理性精神增强，普遍尊崇历史事实，这一风气在宋代的禅林世界中亦得到体现。而就转生而言，宋代正统儒家学者往往视之为妄诞不可信之事。在禅宗内部，亦有禅僧怀疑神化事迹的真实性，或认为随意转生是错误的，并不认同[②]。从宋代的灯录来看，也往往"有意识地消解掉僧传系统中神化性的色彩，把祖师和佛的形象人间化"[③]。不过，在宋人惠洪和张商英等人的笔下，仍然会出现对禅师转生的叙述，其中非常重要的是关系到临济宗系谱源流的"小释迦"转生再来一事。笔者将通过考察惠洪、张商英所运用的原始材料说明这一叙述的特质，并以此为基础，考察惠洪、张商英这一叙述与历史语境、宗教观念、宗派立场之间的联系，探讨这一叙述所表露的意图、达到的效果，以及其在历史上造成的实际影响。

一、"小释迦"转生：惠洪的整合叙述

"小释迦"仰山慧寂的转生故事最早出现在惠洪的《智证传》中：

> 昔黄檗尝遣临济驰书至沩山。既去，沩山问仰山曰："寂子，此道人他日如何？"对曰："黄檗法道赖此人，他日大行吴、越之间。然遇大风则

---

①　原文发表于《中华文化论坛》2012年第3期，收入本书时有修改。

②　惠洪：《禅林僧宝传》卷一《抚州曹山本寂禅师》，《卍续藏经》第137册，第446页；道谦编：《大慧普觉禅师宗门武库》，《卍续藏经》第142册，第943页。

③　龚隽：《禅史钩沉：以问题为中心的思想史论述》，北京：生活·读书·新知三联书店，2006年，第357页。按，龚隽将禅宗内部有关禅者行传的资料一律称为"灯录"，以区别于历代僧传系统。

止。"沩山曰："莫有续之者否？"对曰："有。但年代深远，不复举似。"沩曰："子何惜为我一举似耶？"于是仰山默然，曰："将此身心奉尘刹，是则名为报佛恩。"风穴暮年，常忧仰山之谶已躬当之，乃有念公，知为仰山再来也。①

据《智证传》，慧寂预谶希运的法道将会"遇大风则止"，此后有人嗣之，但年代久远。灵祐让他说出一人，慧寂便说："将此身心奉尘刹，是即名为报佛恩。"延沼害怕慧寂的谶记在自己身上应验，晚年得法嗣省念，知道他正是慧寂的后身。南宋禅僧惠彬在《丛林公论》中引述了《智证传》的这一记载，认为《智证传》的记载违背了佛祖的意思，希望学者仔细审视②。

从《智证传》来看，其中关系到希运、义玄、慧寂、延沼、省念等禅宗史上重要人物的相关史实，距惠洪的生活时代已相去遥远。那么不可避免的问题就是，惠洪采用了哪些史料？

首先值得注意的是《天圣广灯录》卷一〇《镇州临济院义玄惠照禅师》的记载："师又因栽松次……檗云：'吾宗到汝，大兴于世。'沩山举前因缘问仰山：'黄檗当时只嘱临济一人，更有人在？'仰云：'有。只是年代深远，不欲举似和尚。'沩云：'虽然如是，吾且要知。汝但举看。'仰山云：'一人指南，吴越令行，遇大风即止（谶风穴）。'"③ 从字句上看，惠洪《智证传》叙述的前半部分与此相似。

《天圣广灯录》接下来记录了另一次对话，说义玄将要离开希运，希运问他到何处去，义玄回答说："不是河南，便归河北。"希运便打，义玄接住给了一掌。希运大笑，乃唤侍者，将怀海的禅板几案拿来。而义玄却叫"侍者将火来"，要烧掉怀海的禅板几案。这样激烈的行为表明，他已领悟不立文字、不落言筌的禅宗旨趣。希运便说："虽然如是，汝但将去，已后坐却天下人舌头去在。"说明他对义玄将来的传法已有信心。此后灵祐问慧寂："临济莫辜负他黄檗也无？"慧寂认为并非这样，"知恩方解报恩"。灵祐又问："从上古人还用相似底也无？"慧寂云："有。只是年代深

---

① 惠洪：《寂音尊者智证传》，《大藏经补编》第 20 册，第 780 页。
② 惠彬：《丛林公论》，《卍续藏经》第 113 册，第 913 页。
③ 李遵勖编：《天圣广灯录》卷一〇《镇州临济院义玄惠照禅师》，《卍续藏经》第 135 册，第 684 页。

远，不欲举似和尚。"灵祐让他举出一人，慧寂便说："只如楞严会上阿难赞佛云，'将此深心奉尘刹，是则名为报佛恩'，岂不是报恩之事？"① 阿难这两句诗偈出自《首楞严经》卷三，是其听闻佛陀说法开示后的说偈赞佛，按照北宋学者的理解，其含义是：发誓将以此深心承顺无量国土诸佛的教化，传法度生，这就是报答佛恩②。而慧寂举阿难的诗偈是为了说明：阿难这一报恩之事与义玄的举动相似。

宋仁宗于景祐三年（1036）为《天圣广灯录》作序时说，该书"迹其祖录，广彼宗风。采开士之迅机，集丛林之雅对。粗裨于理，咸属之篇"③，指出其材料来源包括禅门祖师的语录和机缘语句，而《天圣广灯录》卷一〇《镇州临济院义玄惠照禅师》正关系到临济宗、沩仰宗开山祖师。此后，收入《马祖百丈黄檗临济四家录》中的《镇州临济惠照禅师语录》中也有上述两节材料，文字基本一致④。据杨杰《马祖百丈黄檗临济四家录序》，可知慧南曾点检道一、怀海、希运、义玄的语录，而该本在丛林中流传甚广。

惠洪乃临济宗黄龙派创始人慧南之法孙，他平生多称说上述四位禅宗祖师之语，曾撰写《临济宗旨》，阐述义玄、延沼、善昭等临济宗禅师的纲宗法要，在《题宗镜录》中又极力推崇道一、怀海、希运等禅宗祖师的语句⑤。另外，惠洪曾说自己手校《断际禅师语录》⑥。他还将道常重编的《大智广录》与当世所传者相互校对，指出后者多所讹略，可见他有《大智广录》的多个本子；尤其值得注意的是，惠洪还提到"黄龙无恙时客"

---

① 李遵勖编：《天圣广灯录》卷一〇《镇州临济院义玄惠照禅师》，《卍续藏经》第135册，第686页。

② 此处参照子璿的笺释："上句同佛化。上求下化悲智二心，一一先悟妙觉明性。从深理生，故名深心。以此二心承顺尘刹诸佛化行，无二无别，故名为奉。下句结报恩。大论云：假使顶戴经尘劫，身为床座遍三千。若不传法度众生，毕竟无能报者。"见子璿集：《首楞严义疏注经》卷三，《大正新修大藏经》第39册，第872—873页。

③ 李遵勖编：《天圣广灯录》卷首《御制天圣广灯录序》，《卍续藏经》第135册，第607页。

④ 后收入《古尊宿语录》卷五的《镇州临济（义玄）慧照禅师语录·行录》中亦记载了上述两节材料，文字亦基本一致。但据柳田圣山考证，该语录乃是南宋咸淳三年（1267）新增入《古尊宿语录》。见赜藏主编集，萧萐父、吕有祥、蔡兆华点校：《古尊宿语录》前言，北京：中华书局，1994年，第27页。

⑤ 惠洪：《石门文字禅》卷二五《题宗镜录》，四部丛刊初编影明径山寺本，第275页。

⑥ 惠洪：《石门文字禅》卷二五《题断际禅师语录》，四部丛刊初编影明径山寺本，第278页。

知琼为其"言黄龙住山作止甚详",说慧南"尝手校此录于积翠",与杨杰所说甚合①。除此之外,惠洪所编《禅林僧宝传》一书中,卷三《汝州风穴沼禅师》《汝州首山念禅师》《汾州太子昭禅师》,卷一一《洞山聪禅师》、卷一六《广慧琏禅师》的部分材料都可与《天圣广灯录》相互参证。惠洪《林间录》还记载说,义玄临终《付法偈》本为"离相离名如不禀,吹毛用了急须磨",而传者作"急还磨"②。尽管惠洪没有指明存在这处错误的文献,但《天圣广灯录》卷一〇《镇州临济院义玄惠照禅师》正作"急还磨"③。

相互比对可知,《天圣广灯录》卷一〇《镇州临济院义玄惠照禅师》或《镇州临济惠照禅师语录》虽在《智证传》中留下了痕迹,但未像《智证传》那样集中了上面两节材料,认为这是慧寂预言自己的后身。《景德传灯录》卷一三《汝州风穴延沼禅师》称延沼应沩仰之悬记,《天圣广灯录》卷一〇《镇州临济院义玄惠照禅师》和《镇州临济惠照禅师语录》的小注也说明"遇大风即止"是"谶风穴",但都没有像《智证传》那样彰显延沼的主体意识,即认为延沼担心自己应慧寂之谶。

而据比《天圣广灯录》更早出现的灯录《景德传灯录》的记载,"黄檗曰:'吾宗到汝,此记方出'",可知应谶之人乃义玄,但并未说明谶记内容。该句下小注云:"沩山举问仰山:'且道黄檗后语但嘱临济,为复别有意旨?'仰山云:'亦嘱临济,亦记向后。'沩山云:'向后作么生?'仰山云:'一人指南,吴越令行。'南塔和尚注云:'独坐震威,此记方出。'又云:'若遇大风,此记亦出。'"④可见所谓"遇大风"是光涌对慧寂谶记的注解,但并未明确说明应谶之人。有位延沼在《临济慧照禅师塔记》中提到"师正旺化,普化全身脱去,乃符仰山小释迦之悬记也"⑤,可见

---

①　惠洪:《石门文字禅》卷二五《题百丈常禅师所编大智广录》,四部丛刊初编影明径山寺本,第278页。

②　惠洪:《林间录》卷下,《卍续藏经》第148册,第634页。

③　李遵勖编:《天圣广灯录》卷一〇《镇州临济院义玄惠照禅师》,《卍续藏经》第135册,第690页。

④　道原编:《景德传灯录》卷一二《镇州临济义玄禅师》,《大正新修大藏经》第51册,第290页。

⑤　赜藏主编集,萧萐父、吕有祥、蔡兆华点校:《古尊宿语录》卷五《临济慧照禅师塔记》,北京:中华书局,1994年,第87页。

他知道慧寂谶记的内容①，但应谶之人并非他自己，而是义玄和普化和尚；何况这位延沼是"住镇州保寿嗣法小师"，乃义玄的弟子②，不是惠洪等人笔下那位慧颙的弟子、住汝州风穴寺的延沼③。另如《汝州首山（省）念和尚语录》亦记载说，延沼担心"不幸临济之道，至吾将坠于地矣"，可与谶记联系起来，但按延沼的说法，却是觉得门下弟子"虽敏者多，见性者少"④。事实上，南宋时《联灯会要》的编撰者悟明就怀疑说，尽管"丛林皆以风穴沼禅师当是记"，但延昭与廓侍者一同坐夏，后者曾见到与义玄同时代的禅师宣鉴，因此延昭虽不及见到义玄，但已致身禅林很久，"安得年代深远乎"？他推测说"吴越令行，遇大风而止"乃是预谶宗杲，因为宗杲"为临济十二世孙，可谓年代深远。先住吴之径山，后住越之阿育王，可谓吴越令行也"。不过悟明最后还是说，这是"贤圣谶记，故不可得而知"，可见其同样不敢确定谶记的含义⑤。

至于省念嗣法于延沼，这同样已经记载于《景德传灯录》卷一三《汝州首山省念禅师》、《天圣广灯录》卷一六《汝州实应禅院省念禅师》、《汝州首山（省）念和尚语录》等佛教史籍，却都没有像惠洪这样，以此说明慧寂转生誓愿的实现。

因此，《智证传》记载的慧寂转生一事存在疑问——尽管《智证传》中这一转生事迹往往可找到某些更早的、并非虚构的材料来源，但惠洪不是原文抄录，而是将记录不同时间、不同对话场景、不同事件的分散材料联缀在一起，从而形成了联系。凭借这种联系，惠洪构造了与既有材料记载不同的禅宗史。然而，这只是就材料比对而言，问题是，只有惠洪还是另有他人同样这样写？是否有其他动因或依据？

---

① 据《古尊宿语录》，延沼所说的慧寂之悬记应是指："但去已后，有一人佐辅老兄在。此人祇是有头无尾，有始无终。"见赜藏主编集，萧萐父、吕有祥、蔡兆华点校：《古尊宿语录》卷五《镇州临济（义玄）慧照禅师语录·行录》，北京：中华书局，1994 年，第 82 页。

② 柳田圣山已注意到这一点，相关讨论参 Albert Welter, *The Linji Lu and the Creation of Chan Orthodoxy: The Development of Chan's Records of Sayings Literature*. New York：Oxford University Press，2008，pp. 123−124.

③ 关于风穴延沼的生平，除了宋代灯录，还有一块碑刻《风穴七祖千峰白云禅院记》值得注意，该碑记延沼本名"匡沼"、本浙东处州松阳县人、出家于护国寺等史实。参温玉成、杨顺兴：《读〈风穴七祖千峰白云禅院记〉碑后》，《中原文物》，1984 年第 1 期。

④ 赜藏主编集，萧萐父、吕有祥点校：《古尊宿语录》卷八《汝州首山（省）念和尚语录》，北京：中华书局，1994 年，第 134 页。

⑤ 悟明集：《联灯会要》卷九《镇州临济义玄禅师》，《卍续藏经》第 136 册，第 592 页。

二、"小释迦"转生故事与观念解释

北宋时，不止惠洪一人提到仰山慧寂的转生故事。据《罗湖野录》记载，张商英登右揆后，于政和元年（1111）二月为从悦禅师撰祭文①云，"昔者仰山谓临济曰：'子之道佗日盛行于吴越间，但遇风则止。'后四世而有风穴延沼，沼以谶常不怿，晚得省念而喜曰：'正法眼藏今在汝躬，死无遗恨矣。'……风穴得一省念，遂能续列祖寿命"②，已将慧寂的谶记、延沼的担忧和省念承嗣延昭三件事联系起来，并声称省念传得正法眼藏。张商英是从悦的弟子，而从悦与惠洪同为克文的弟子，同属临济宗黄龙派。惠洪大观四年（1110）、政和元年（1111）亦在东京，并且是张商英的门客，有证据表明他在这期间曾为张商英代笔撰文③。惠洪宣和元年（1119）所作《岳麓海禅师塔铭》亦云："临济纲宗，遇风则止。昭忧其谶，得念而喜。"④ 与张商英的说法完全一致。不仅如此，后来行秀禅师还引述说，张商英同样提到了慧寂的转生故事：

> 师云："无尽居士（按，指张商英）举临际辞沩山，仰山侍其傍。沩曰：'此人他日法道如何？'仰曰：'他日法道大行吴越，遇风即止。'又问：'其嗣之者何人？'仰曰：'年代深远，未可言耳。'沩固问之曰：'吾亦欲知。'仰云：《经》不云乎：将此深心奉尘刹，是则名为报佛恩。'居士曰：'吾以此知：风穴，仰山之后身也。'"⑤

张商英讲述的转生故事与《智证传》很相似，不同的是，张商英认为慧寂的后身是延沼而非省念。行秀在《万松老人评唱天童觉和尚拈古请益

---

① 按，《罗湖野录》云"公登右揆之明年，当宣和辛卯岁二月，奏请悦谥号"，误。宣和无"辛卯岁"，张商英登右揆、为中书侍郎，事在大观四年庚寅（1110），明年即政和元年辛卯（1111），故"宣和辛卯"当作"政和辛卯"。见张商英：《祭真寂大师文》注（一），载曾枣庄、刘琳主编：《全宋文》第 102 册，上海：上海辞书出版社，2006 年，第 248－249 页。
② 晓莹：《罗湖野录》卷上，《卍续藏经》第 142 册，第 972 页。
③ 周裕锴：《宋僧惠洪行履著述编年总案》，北京：高等教育出版社，2010 年，第 147－166 页。
④ 惠洪：《石门文字禅》卷二九《岳麓海禅师塔铭》，四部丛刊初编影明径山寺本，第 331 页。
⑤ 正觉颂古，行秀评唱：《万松老人评唱天童觉和尚颂古从容庵录》卷二，《大正新修大藏经》第 48 册，第 246 页。

录》中对此说得更简洁："风穴应小释迦谶，无尽居士谓仰山后身。"① 而惠洪在《蕲州资福院逢禅师碑铭》序中再度叙述了慧寂的这一转生故事："昔临济北归，仰山叹曰：'此人它日道行吴越，但遇风则止。'沩山问：'有续之者乎？'对曰：'将此深心奉尘刹，是则名为报佛恩。'故世称念法华为仰山后身。"② 这篇文章值得注意的信息是，慧寂的转生故事到北宋晚期已流传于世，惠洪、张商英并非始作俑者。但从现存史料看，这一转生故事正是最早出现在惠洪、张商英二人的著述或言论中，并且他们又多次讲述此事，亦与二人的佛教观念相吻合。

北宋时期《首楞严经》"市工贩鬻遍天下"③，讲家疏论亦多，成为盛行于世的佛典之一，而惠洪、张商英亦熟稔《楞严经》。惠洪本是主张"借教以悟宗"④ 的代表人物之一，认为"祖师是佛弟子，若穷得佛语，祖师语自然现前"，曾撰写《楞严尊顶义》，通过笺释《楞严经》融会禅教。不过，惠洪反对义学，对在他之前的讲家疏论并不满意，"倚恃宗眼，一笔抹杀，目为义解讲师"⑤。同样地，如果说《智证传》讲述了转生故事的话，那么其中出现的"将此深心奉尘刹，是则名为报佛恩"这两句《楞严经》诗偈就只能被理解为发愿转生，并且所去随愿。显然，这不是依文解义，而是与佛教"愿力"的观念相关。事实上，"愿力"一词在惠洪《禅林僧宝传》《石门文字禅》等撰述中多次出现，常被用来解释历史事件或禅师的身世，是惠洪经常运用的佛教观念之一。与惠洪一样，"无尽居士"张商英在《护法论》和文章中也采用过这一观念。

据柳田圣山分析，《天圣广灯录》卷一〇《镇州临济院义玄惠照禅师》在记录希运和义玄的问答之后，又出现灵祐和慧寂，"这很可能是因为临济宗必须借重于比自己更早开宗的沩仰宗的权威而造成的结果。换而言之，很有可能临济宗当时仍然没有得到社会的完全承认，因此它仍然不得

---

① 正觉拈古，行秀评唱：《万松老人评唱天童觉和尚拈古请益录》卷上，《卍续藏经》第117册，第819页。

② 惠洪：《石门文字禅》卷二九《蕲州资福院逢禅师碑铭》序，四部丛刊初编影明径山寺本，第330页。

③ 惠洪：《林间录》卷下，《卍续藏经》第148册，第623页。

④ 惠洪：《禅林僧宝传》卷七《筠州九峰玄禅师》"赞"，《卍续藏经》第137册，第472页。

⑤ 钱谦益撰，钱曾笺注，钱仲联标校：《牧斋有学集》卷二一《楞严志略序》，上海：上海古籍出版社，1996年，第866页。

不仰仗于沩仰宗的盛名"①。如果我们同意这一论断，那么就可进一步说，到北宋晚期张商英、惠洪对延沼或省念乃慧寂后身的叙述，固然将临济宗祖师的生平事迹神圣化了，但这同样是借助沩仰宗的权威塑造起来的。

放在更大的历史语境中看这个问题，可发现古代中国强调正统的观念同样构成了早期禅的特征，唐代南宗北宗之间的争执就是典型②。北宋士大夫对这一问题的争论尤为热烈，其中特别重要的是欧阳修所撰《正统论》，其后章望之、苏轼、陈师道、司马光等人亦曾分别阐述正统之说③。作为儒家学者，欧阳修、章望之、黄晞、李觏等人还以恢复儒家道统为己任，掀起排佛思潮。在佛教内部，义学讲师亦怀疑达摩一系的正统性。在禅门内部，契嵩力主正统之说，认为"得天命者谓之正统也"，"古之所谓正统也者，谓以一正而通天下也"，强调天命所归和道德之"正"。④ 他撰述《辅教编》，阐述儒释之道一贯之说；又撰述《传法正宗记》《传法正宗论》《传法正宗定祖图》，以《禅经》等书为证，为达摩一系的正统地位张本，指出达摩和迦叶乃佛陀直下之相承者，"推一其宗祖，与天下学佛辈息净释疑，使百世知其学有所统也"⑤，实际上是与义学讲师争夺佛门的正统地位。契嵩还指出，"正宗至大鉴传既广，而学者遂各务其师之说，天下于是异焉，竞自为家……而云门、临济、法眼三家之徒，于今尤盛。沩仰已熄，而曹洞者仅存，绵绵然犹大旱之引孤泉。然其盛衰者，岂法有强弱也，盖后世相承得人与不得人耳"⑥，说明了五家分灯后云门、临济、法眼三家的兴盛和家风的差异，而沩仰宗法脉无人继承，已经断绝。

惠洪平生多次提到契嵩其人其事，非常清楚契嵩撰写上述著作所面临的历史背景以及为禅宗做出的重要贡献。还有证据表明，惠洪亦受世俗正

---

① 柳田圣山：《临济录》，大藏出版社，1972 年，第 195 页。转引自石井修道：《宋代禅宗史的特色——以宋代灯史的系谱为线索》，程正译，载吴言生主编：《中国禅学》第三卷，北京：中华书局，2004 年，第 183 页。

② 伯兰特·佛尔：《正统性的意欲：北宗禅之批判系谱》，蒋海怒译，上海：上海古籍出版社，2010 年，第 5 页。

③ 参饶宗颐：《中国史学上之正统论》，上海：上海远东出版社，1996 年，第 39—44 页。

④ 契嵩：《镡津文集》卷五《说命》，四部丛刊三编影明弘治本。

⑤ 契嵩：《镡津文集》卷九《再书上仁宗皇帝》，四部丛刊三编影明弘治本。

⑥ 契嵩：《传法正宗记》卷八，《大正新修大藏经》第 51 册，第 763 页。

统史观的影响①。惠洪亦有自居释门正统、排斥异端的倾向，其撰写《智证传》一书的原因正是"悯后生之无知，邪说之害道"。此外，《智证传》一书往往先举经论或先德公案，然后在"传"中加以诠释，这一体例似仿照儒家经书《春秋左氏传》，以标榜该书的权威性和正统性。而为该书作序的许颉亦以孔子"知我者其唯《春秋》乎，罪我者其唯《春秋》乎"之语说明《智证传》与《春秋》的关系，甚至认为"犹未若此书有罪之者，而无知之者也""宁使我得罪于先达，获谤于后来，而必欲使汝曹闻之"，极力称扬惠洪勇于护持正法的用心②。

上文所述慧寂的这一转生神迹出现在《智证传》的"传"中，而正文首先引述了省念在延沼法席下时师徒之间的机锋语句③。据正文，延沼升座，用佛陀"以青莲目顾迦叶"（即"拈花微笑"）的公案问学人："正当是时，且道说个什么？若言不说，又成埋没先圣。"话还未说完，省念就下去。延沼知其已领悟，对侍者说："渠会也。"第二天省念与真上座俱诣方丈，"风穴问真（上座）曰：'如何是世尊不说？'⋯⋯乃顾（省）念曰：'如何？'对曰：'动容扬古路，不堕悄然机。'"省念的意思是，行为与大道冥合，不落任何心机。接下来，惠洪在"传"中进行了诠释。他首先引用了省念法嗣善昭的"一字歌"："诸佛不曾说法，汾阳略宣一字。亦非纸墨文章，不学维摩默地。又曰：饮光尊者同明证，瞬目钦恭行正令。"然后评论说："真漏泄家风也。""拈花微笑"公案在北宋中后期甚为流行，据这一公案的说法，摩诃迦叶印得正法眼，后来被尊为禅宗初祖。惠洪的诠释无异于点明：不说而说、非言非默是临济宗风，破颜微笑（摩诃迦叶）、瞬目钦恭等动作亦是临济宗风，而这在延沼、省念、善昭那里代代相传，都契证了佛陀、摩诃迦叶以心传心之旨。照此而论，临济宗自为佛门正统。不仅如此，惠洪在《智证传》中"离合宗教，引事比类，折衷五家宗旨"④，表现出会合、折中禅教和诸家宗风的倾向，并且常援引类似

---

① 曹刚华以惠洪《禅林僧宝传》中的纪年为证，指出惠洪谈到五代十国时，"冠后梁、后唐以'伪梁'、'伪唐'之称，可见他并不承认后梁、后唐的正统之说"。见曹刚华：《宋代佛教史籍研究》，上海：华东师范大学出版社，2006年，第148页。

② 许颉：《寂音尊者智证传后序》，《大藏经补编》第20册，第828−829页。

③ 惠洪：《寂音尊者智证传》，《大藏经补编》第20册，第780页。

④ 真可：《重刻智证传引》，《大藏经补编》第20册，第778页。

故事，出现在"传"中的慧寂这一转生故事就是如此："仰山默然，曰：'将此身心奉尘刹，是则名为报佛恩。'"在他看来，慧寂的语句、行为与省念相似，省念就是仰山慧寂的后身。鉴于惠洪和宋代临济宗黄龙派其他禅僧都清楚"小释迦"慧寂及其"沩仰宗枝不到今"的事实①，这无异于为延沼、省念的法系传承寻求到一个神圣的渊源，而延沼、省念续佛祖寿命的意味同样是很明显的。

惠洪乃延沼七世孙，他正是通过领悟延沼、善昭的偈颂而发明大事②。惠洪后编撰《禅林僧宝传》，卷三就为延沼立传，延沼也是该书中首位临济宗禅师，同卷还包括其法子省念、法孙善昭，灯灯相传的意味非常明显。在惠洪看来，正是延沼、省念、善昭的"哲人事业"使临济宗得以兴起③，可见三人在临济宗系谱中的重要地位和作用。惠洪亦再次叙述说，"风穴每念大仰有谶，'临济一宗，至风而止'，惧当之。熟视座下，堪任法道，无如念者"，接着叙述了延沼、省念师徒之间的机锋语句④。同样将慧寂的谶记、延沼的忧虑和省念承嗣延沼三件事联系起来，与详言示人的《智证传》相比，这不过是没有直接说破转生故事而已。

禅宗注重自身宗派系谱，作为从悦禅师弟子的张商英同样不例外。在他看来，"仰山、南岳及高山，佛佛同道无异化"⑤。慧寂生前多神异事迹，驻锡仰山时曾有山神让居，这也记载于张商英《仰山庙记》中⑥。张商英在《护法论》中还论述说，慧寂曾感罗汉来参，并受二王戒法，从此号称"小释迦"⑦。历来的禅宗系谱都追溯到释迦牟尼等西天诸佛，而"小释迦"这一称谓的由来表明慧寂证果于罗汉，因此张商英在证明神迹不诬的同时，无疑也彰显了沩仰宗的正统性。其《祭真寂大师文》亦云："师于念公为六世孙，于云庵为嫡嗣。住山规范，足以追媲首山。机锋敏妙，初不减风穴……今龙安诸子乃尔其盛，岂先师灵骨真灰烬无余耶？盖

① 惠洪：《禅林僧宝传》卷二四《仰山伟禅师》，《卍续藏经》第137册，第535页。
② 晓莹：《罗湖野录》卷上，《卍续藏经》第142册，第977页。
③ 惠洪：《禅林僧宝传》卷三"赞"，《卍续藏经》第137册，第456页。
④ 惠洪：《禅林僧宝传》卷三《汝州首山念禅师》，《卍续藏经》第137册，第453页。
⑤ 张商英：《重建当阳武庙记》，载曾枣庄、刘琳主编：《全宋文》第102册，上海：上海辞书出版社，2006年，第181页。
⑥ 张商英：《仰山庙记》，载曾枣庄、刘琳主编：《全宋文》第102册，上海：上海辞书出版社，2006年，第189页。
⑦ 张商英：《护法论》，《大正新修大藏经》第52册，第645页。

其道行实为丛林所宗向，有光佛祖，有助化风，思有以发挥之。为特请于朝，蒙恩追谥真寂大师。"① 这种追溯从悦以上临济宗系谱的做法，表明渊源有自，从悦对光大佛教、教化众生起到了重要作用；而作为世俗政权认可标志的追谥，则被有"外护之志"的张商英视为有力的宣扬方式。沩仰宗本是最早开宗、最具盛名的禅宗派别，而张商英强调其师从悦乃延沼、省念的法孙，延沼又以"正法眼藏"付嘱省念——这正是与"拈花微笑"公案中释迦牟尼以"正法眼藏"付嘱摩诃迦叶相比②——省念又被视为"小释迦"慧寂的后身，因此临济宗（乃至临济宗黄龙派）的神圣性、正统性也就不言而喻了。

张商英与惠洪关系密切、相互影响，除了《祭真寂大师文》，《护法论》的某些观点与惠洪亦有相似之处③。在对慧寂转生神迹的叙述上，张商英与惠洪所采用的材料也很近似。另外，惠洪本人还的确提出过"临济正宗"④的说法，而这一说法在当时已盛行于世（例如克勤的《临济正宗记》）。综合以上论述，我们可以得出的结论是：鉴于沩仰宗与临济宗本就同出马祖道一法系下⑤，因此可以理解，当宋代沩仰宗衰微、临济宗兴起之后，临济宗（包括张商英、惠洪所属的临济宗黄龙派）的正统性就可以从这一转生故事中找到更有神圣意味和更有权威性的根据，尽管张商英和惠洪都没有直接点明这一点。

三、"小释迦"转生故事与明清之际的禅宗论争

这一转生神迹对后来的禅宗史产生了实际的影响——明清之际，临济宗内部圆悟与法藏一系的论争就关联到此事，并最终付诸政治解决。法藏

---

① 晓莹：《罗湖野录》卷上，《卍续藏经》第142册，第972页。

② 张商英在文章中数次强调这一点。如其《东林善法堂记》："其究竟也，以清净法眼，涅槃妙心，无相实相，正法眼藏，拨去文字，教外别传，嘱付欲光，宛转传授，以至今日。"《洪州宝峰禅院选佛堂记》："世尊拈花，迦叶微笑，正法眼藏，如斯而已。"见曾枣庄、刘琳主编：《全宋文》第102册，上海：上海辞书出版社，2006年，第187、203页。

③ 南宋人俞文豹怀疑《护法论》乃惠洪假托张商英之名而作："洪觉范假张无尽名，作《护法论》以排儒，谓居士乃佛称，欧公排佛，却号六一居士，正理在人心，未尝泯灭。"见俞文豹：《吹剑录外集》，上海：上海古书流通处，1921年，第45页。

④ 惠洪：《石门文字禅》卷一九《佛印玛禅师赞》，四部丛刊初编影明径山寺本，第206页。

⑤ 惠洪：《石门文字禅》卷二三《僧宝传序》，四部丛刊初编影明径山寺本，第250页。

自称印法于惠洪，得义玄的真传，推崇惠洪《智证传》《临济宗旨》等撰述。他后来为获得正宗师承而嗣法于圆悟门下，但二人对禅的见解大相径庭。① 在《五宗原》中，法藏声称"七佛之始，始于威音王佛"，威音王佛作一大圆相，而诸佛之偈旨都不出圆相。圆相出于西天诸祖，早具五家宗旨，五宗各出一面，而临济宗为"第一先出"的正宗；沩仰宗圆相亦本于此，是所谓"无相中受圆相"②。在嗣法问题上，他声称"师承在宗旨，不在名字"，强调宗旨传承而不再看重师徒名分；又借助"沩仰自续风穴于首山，还归慧照"这一最早出自惠洪笔下的转生神迹，来说明临济宗囊括沩仰宗的关系③。法藏还说，这一转生事迹是乘愿力之人"任彼遥嘱之法，宜其再兴于今之世也"④，无异于宣称再兴临济正脉的人就是他自己。法藏弟子弘忍《五宗救》亦鼓吹其说。法藏、弘忍去世后，圆悟在《辟妄救略说》中叙述了从西天七佛到他本人的法脉传承（附法藏），并集中批判了二人的观点，认为"汉月瞒心昧己，自不觉羞。妄称仰山乘愿力再来，接续临济断脉""一味托仰山再来之名，诳惑天下后世，妄作妄说""但看首山，何尝有一字一言，自称仰山再来"，唾骂法藏是混入法门的野狐精，想要灭抹法门，故自称是仰山再来⑤。

继圆悟之后，其弟子道忞等人亦加入攻击的行列。但法藏的弟子并未接受批评，仍然极力维护师说，并明确将法藏一系立为正宗。弘储在《三峰和尚语录序》开头即认定法藏就是仰山慧寂乘愿再来，担负起纲宗重任。弘储另撰有《南岳单传记》，厘定了从始祖释迦牟尼到第六十九祖弘储本人的传法世系，并且记载了法藏"乃书《临济正宗记》付之（按，指弘储自己）"一事⑥，其以法藏、弘储一系为佛门正宗的意味非常明显，至于圆悟的其他弟子则排除在外。弘储还在《临济祖塔重建碑》中叙述了达摩以下灯灯相传的系谱，认为"临济氏挺出，集十代之大成，出古今之

---

① 杜继文、魏道儒：《中国禅宗通史》，南京：江苏古籍出版社，1993 年，第 543－545 页。

② 法藏：《五宗原》，《卍续藏经》第 114 册，第 201－202 页。

③ 法藏：《五宗原》，《卍续藏经》第 114 册，第 210 页。

④ 法藏述，退翁弘储编：《三峰藏和尚语录》卷一六《云门募造佛牙铁塔疏》，《大藏经补编》第 21 册，第 729 页。

⑤ 圆悟撰，真启编：《天童和尚辟妄救略说》卷一〇《附三峰》，《卍续藏经》第 114 册，第 365－366 页。

⑥ 继起弘储（退翁）表、南潜评：《南岳单传记》，《卍续藏经》第 146 册，第 950 页。

独断""发灵山以来未发之妙"。其《临济祖塔源流序》又将"源流之见"追溯到克勤以《临济正宗记》付与宗杲，并再度讲述了从"如来以正法眼付大迦叶"一直到清初临济宗法系辗转相承的情况，指出"至有明嘉隆，山水微茫，仅存一线。禹门禀圆通法付四人。一曰天童圆悟……天童于天启甲子付净慈法藏，丁卯付大沩如学，次第付梁山海明……天童道忞……弘储为净慈藏和尚子"。弘储自称这是"依次序述"，从正法眼藏的付嘱和灯灯相传的系谱说明了临济宗的正统性，而在法藏，则特别说明时间是"天启甲子"，乃圆悟最先付法之人。弘储的弟子南潜又撰有《临济慧照祖塔重建碑后记》，亦提到临济宗的传承，认为"临济以下，自逆而顺，而及天童、三峰，至于老师。临济之道，大行吴越，使小释迦没而不食其言"，同样排除了其他法系[①]，而单提圆悟及法藏、弘储一系应了"小释迦"仰山慧寂的谶记，神圣色彩和自命临济正脉的意味甚浓[②]。

南潜在《南岳单传表后序》中还再度讲述了这个"小释迦再来"的故事：

我临济氏，承南岳之明命，兼统五宗，以照耀南天下，于诸宗独尊。黄檗谓临济曰："吾宗到汝，大兴于世。"沩山举问仰山："黄檗当时祇嘱临济一人，更有人在？"仰云："有。祇是年代深远，不欲举似和尚。"及沩固问，仰云："一人指南，令行吴越，遇大风即止。"后风穴得念法华，咸以为小释迦再来。此临济之统沩仰宗也。[③]

按照南潜的看法，临济宗承南岳怀让之明命，在诸宗中是最为尊上的，兼统禅宗五宗，而一统沩仰宗的证据就在于"小释迦再来"这一故事。既有西天祖师以圆相付嘱仰山之说，而法藏、弘忍、弘储等人又声称法藏就是"小释迦"仰山慧寂的后身，弘储的《南越单传记》亦已确立了法藏、弘储一系的正统性，因此南潜讲述的果位圣人"小释迦再来"这一

---

① 小释迦之谶在当时同为法藏、弘储一系和圆悟、道忞一系利用。如晓青、戒显、纪荫都称法藏、弘储一系应谶。而道忞《平江灵鹫寺十方僧田记》则称弘法于吴越之地的圆澄和圆悟、道忞一系应仰山慧寂之谶。不过，明清之际法藏、弘储一系盛行于吴越，道忞在《复灵岩储侄禅师》中也承认"令行吴越"在弘储一人。
② 纪荫：《宗统编年》卷一五，《卍续藏经》第147册，第232—235页。
③ 继起弘储（退翁）表、南潜评：《南岳单传记》卷末《南岳单传表后序》，《卍续藏经》第146册，第952页。

故事不仅为临济宗，也为法藏、弘储一系的正统性提供了具有神圣色彩的"历史"证据。

圆悟和法藏之间论争的解决，最终来自皇室裁决。雍正皇帝撰写《御制拣魔辨异录》，驳斥了法藏、弘忍一系的观点。该书卷八称，弘忍"若仰山者，悬应西天祖师付嘱圆相之记，实果位圣人"之说"良属梦呓"，"圆相既是西天祖师付嘱，仰山何以又焚却？若仰山平生只此九十七圆相是者，仰山则为疑误众生"[1]。雍正取缔其法系，禁毁其著述，这一举动不单是清理禅宗门户，还针对法藏一系的影响力和反清复明的倾向[2]。论争以这样一种方式结束，而以"小释迦"转生作为法藏一系正统性之根据的禅宗史也就被视为一部外道"魔说"史。

---

① 胤禛：《御制拣魔辨异录》卷八，《卍续藏经》第 114 册，第 500 页。
② 杜继文、魏道儒：《中国禅宗通史》，南京：江苏古籍出版社，1993 年，第 581 页。

参考文献

一、中文文献

（一）古籍

班固撰，颜师古注：《汉书》，北京：中华书局，1962年。

陈寿撰，裴松之注：《三国志》，北京：中华书局，1982年。

魏收：《魏书》，北京：中华书局，1974年。

白居易：《白居易集》，北京：中华书局，1979年。

澄观：《大方广佛华严经随疏演义钞》，《大正新修大藏经》第36册。

道宣：《广弘明集》，四部丛刊初编影明本。

道宣撰，郭绍林点校：《续高僧传》，北京：中华书局，2014年。

段成式：《酉阳杂俎》，北京：中华书局，1981年。

郭朋：《坛经校释》，北京：中华书局，1983年。

韩愈撰，马其昶校注：《韩昌黎文集校注》，上海：上海古籍出版社，1986年。

李商隐撰，冯浩详注，钱振伦、钱振常笺注：《樊南文集》，上海：上海古籍出版社，1988年。

林宝撰，岑仲勉校：《元和姓纂四校记》，上海：商务印书馆，1948年。

柳宗元：《柳河东集》，上海：上海人民出版社，1974年。

浦起龙：《史通通释》，上海：上海古籍出版社，2009年。

权德舆：《权德舆诗文集》，上海：上海古籍出版社，2008年。

邢东风辑校：《马祖语录》，郑州：中州古籍出版社，2008年。

杨曾文编校：《神会和尚禅话录》，北京：中华书局，1996年。

张读：《宣室志》，北京：中华书局，1983 年。

宗密：《禅源诸诠集都序》，《大正新修大藏经》第 48 册。

宗密：《大方广佛华严经普贤行愿品别行疏钞》，《卍续藏经》第 7 册。

宗密：《圆觉经略疏钞》，《卍续藏经》第 15 册。

静、筠二禅师编撰，孙昌武、衣川贤次、西口芳男点校：《祖堂集》，北京：中华书局，2007 年。

刘昫等：《旧唐书》，北京：中华书局，1975 年。

守坚集：《云门匡真禅师广录》，《大正新修大藏经》第 47 册。

孙光宪：《北梦琐言》，北京：中华书局，2002 年。

延寿：《宗镜录》，《大正新修大藏经》第 48 册。

宝昙述：《大光明藏》，《卍续藏经》第 137 册。

曹勋：《松隐集》，民国嘉业堂丛书本。

晁公武撰，孙猛校证：《郡斋读书志校证》，上海：上海古籍出版社，2011 年。

晁说之：《嵩山文集》，四部丛刊续编影旧钞本。

陈振孙：《直斋书录解题》，上海：上海古籍出版社，1987 年。

成寻著，王丽萍校点：《新校参天台五台山记》，上海：上海古籍出版社，2009 年。

处凝等编：《白云守端禅师广录》，《卍续藏经》第 120 册。

道璨撰，黄锦君校注：《道璨全集校注》，成都：巴蜀书社，2014 年。

道谦编：《大慧普觉禅师宗门武库》，《卍续藏经》第 142 册。

道融：《丛林盛事》，《卍续藏经》第 148 册。

道行：《雪堂行和尚拾遗录》，《卍续藏经》第 142 册。

道原：《景德传灯录》，《大正新修大藏经》第 51 册。

道元：《正法眼藏》，《大正新修大藏经》第 82 册。

道元著，何燕生译注：《正法眼藏》，北京：宗教文化出版社，2003 年。

德初等编：《真歇清了禅师语录》，《卍续藏经》第 124 册。

德溥等编：《物初大观禅师语录》，《卍续藏经》第 121 册。

方秀集：《碧岩录不二钞》，《禅语辞书类聚》第 3 册，京都：禅文化研究所，1993 年。

法深、福深编：《云庵真净禅师语录》，《卍续藏经》第 120 册。

洪迈：《夷坚乙志》，北京：中华书局，1981 年。

怀深撰，陈曦点校：《慈受怀深禅师广录》，上海：上海古籍出版社，2015 年。

黄士毅编，徐时仪、杨艳汇校：《朱子语类汇校》，上海：上海古籍出版社，2016 年。

惠彬：《丛林公论》，《卍续藏经》第 113 册。

惠洪：《禅林僧宝传》，《卍续藏经》第 137 册。

惠洪：《禅林僧宝传》，日本内阁文库藏室町时代写本。

惠洪：《林间录》，《卍续藏经》第 148 册。

惠洪：《临济宗旨》，《卍续藏经》第 111 册。

惠洪：《石门文字禅》，四部丛刊初编影明径山寺本。

惠洪：《寂音尊者智证传》，《大藏经补编》第 20 册。

惠洪：《云岩宝镜三昧》，《大藏经补编》第 20 册。

惠泉录：《死心悟新禅师语录》，《卍续藏经》第 120 册。

惠泉集：《超宗慧方禅师语录》，《卍续藏经》第 120 册。

李昉等编：《太平广记》，北京：中华书局，1961 年。

李纲：《梁溪集》，影印《文渊阁四库全书》1125 册。

李焘撰，上海师范大学古籍所、华东师范大学古籍所点校：《续资治通鉴长编》，北京：中华书局，2004 年。

李心传：《建炎以来系年要录》，清广雅书局刻本。

李之仪：《姑溪居士文集》，丛书集成初编本。

李埴：《皇宋十朝纲要》，《续修四库全书》第 347 册。

李遵勖编：《天圣广灯录》，《卍续藏经》第 135 册。

吕本中：《东莱先生诗集》，四部丛刊续编影宋本。

妙俨等编：《无明慧性禅师语录》，《卍续藏经》第 121 册。

妙源等编：《虚堂智愚禅师语录》，《卍续藏经》第 121 册。

欧阳修：《欧阳修全集》，北京：中华书局，2001 年。

欧阳修、宋祁：《新唐书》，北京：中华书局，1975 年。

普济著，苏渊雷点校：《五灯会元》，北京：中华书局，1984 年。

齐己等编：《瞎堂慧远禅师广录》，《卍续藏经》第 120 册。

庆老：《补禅林僧宝传》，《卍续藏经》第 137 册。

契嵩：《传法正宗论》，《大正新修大藏经》第 51 册。

契嵩：《镡津文集》，四部丛刊三编影明弘治本。

阮阅：《诗话总龟》，北京：人民文学出版社，1987 年。

善果编：《开福道宁禅师语录》，《卍续藏经》第 120 册。

善卿：《祖庭事苑》，《卍续藏经》第 113 册。

绍隆等编：《圆悟佛果禅师语录》，《大正新修大藏经》第 47 册。

绍昙：《五家正宗赞》，《卍续藏经》第 135 册。

师明集：《续古尊宿语要》，《卍续藏经》第 118 册。

司马光：《资治通鉴释例》，影印《文渊阁四库全书》第 311 册。

司马光编著，胡三省音注：《资治通鉴》，北京：中华书局，1956 年。

守诠等编：《应庵昙华禅师语录》，《卍续藏经》第 120 册。

嗣端等编：《虎丘绍隆禅师语录》，《卍续藏经》第 120 册。

宋敏求编：《唐大诏令集》，北京：商务印书馆，1959 年。

昙秀：《人天宝鉴》，《卍续藏经》第 148 册。

汪藻撰，王智勇笺注：《靖康要录笺注》，成都：四川大学出版社，2008 年。

王称：《东都事略》，济南：齐鲁书社，2000 年。

王辟之：《渑水燕谈录》，北京：中华书局，1981 年。

王溥：《唐会要》，上海：上海古籍出版社，2006 年。

王象之：《舆地纪胜》，北京：中华书局，1992 年。

惟白编：《建中靖国续灯录》，《卍续藏经》第 136 册。

魏了翁：《鹤山先生大全文集》，四部丛刊初编影宋本。

文莹：《湘山野录》，北京：中华书局，1984 年。

悟明集：《联灯会要》，《卍续藏经》第 136 册。

悟新：《死心悟新禅师语录》，《卍续藏经》第 120 册。

晓莹：《罗湖野录》，《卍续藏经》第 142 册。

晓莹：《云卧纪谈》，《卍续藏经》第 148 册。

徐自明撰，王瑞来校补：《宋宰辅编年录校补》，北京：中华书局，1986 年。

杨万里撰，辛更儒笺校：《杨万里集笺校》，北京：中华书局，2007 年。

元悟编：《螺溪振祖集》，《大正新修大藏经》第 46 册。

元照：《四分律行事钞资持记》，《大正新修大藏经》第 40 册。

姚宽：《西溪丛语》，北京：中华书局，1993 年。

义天录：《新编诸宗教藏总录》，《大正新修大藏经》第 55 册。

尤袤：《遂初堂书目》，丛书集成初编本。

余靖：《武溪集》，长春：吉林出版集团有限责任公司，2005 年。

圆悟录：《枯崖和尚漫录》，《卍续藏经》第 148 册。

俞文豹：《吹剑录外集》，上海：上海古书流通处，1921 年。

蕴闻编：《大慧普觉禅师语录》，《大正新修大藏经》第 47 册。

赞宁撰：《宋高僧传》，宫内厅书陵部藏崇宁藏（配补毗卢藏）本。

赞宁撰：《宋高僧传》，《碛砂大藏经》第 112—113 册，北京：线装书局，
    2004 年。

赞宁撰：《宋高僧传》，《永乐北藏》第 150 册，北京：线装书局，2000 年。

赞宁撰：《宋高僧传》，国家图书馆藏径山藏本。

赞宁撰：《宋高僧传》，《中华大藏经》第 62 册，北京：中华书局，1993 年。

赞宁撰：《宋高僧传》，《大正新修大藏经》第 50 册。

赞宁撰：《宋高僧传》，影印《文渊阁四库全书》第 1052 册。

赞宁撰，范祥雍点校：《宋高僧传》，北京：中华书局，1987 年。

赞宁撰，富世平校注：《大宋僧史略》，北京：中华书局，2015 年。

湛然：《法华玄义释签》，《大正新修大藏经》第 33 册。

张商英：《护法论》，《大正新修大藏经》第 52 册。

张守：《毗陵集》，影印《文渊阁四库全书》第 1127 册。

赜藏主编集，萧萐父、吕有祥、蔡兆华点校：《古尊宿语录》，北京：中华
    书局，1994 年。

曾敏行：《独醒杂志》，上海：上海古籍出版社，1986 年。

正觉颂古，行秀评唱：《万松老人评唱天童觉和尚颂古从容庵录》，《大正
    新修大藏经》第 48 册。

正觉拈古，行秀评唱：《万松老人评唱天童觉和尚拈古请益录》，《卍续藏
    经》第 117 册。

正受编：《嘉泰普灯录》，《卍续藏经》第 137 册。

正受撰，释普明点校：《楞伽经集注》，上海：上海古籍出版社，2015 年。

志磐撰，释道法校注：《佛祖统纪》，上海：上海古籍出版社，2012 年。

智严集：《玄沙师备禅师广录》，《卍续藏经》第 126 册。

智昭集：《人天眼目》，《卍续藏经》第 113 册。

自觉重编：《投子义青禅师语录》，《卍续藏经》第 124 册。

中华书局编辑部：《宋元方志丛刊》，北京：中华书局，1990 年。

周必大：《文忠集》，影印《文渊阁四库全书》第 1148 册。

子璿录：《起信论疏笔削记》，《大正新修大藏经》第 44 册。

子璿集：《首楞严义疏注经》，《大正新修大藏经》第 39 册。

子文编：《佛果圆悟真觉禅师心要》，《卍续藏经》第 120 册。

宗杲：《正法眼藏》，《卍续藏经》第 118 册。

宗鉴集：《释门正统》，《卍续藏经》第 130 册。

周密撰，张茂鹏点校：《齐东野语》，北京：中华书局，1983 年。

祖琇：《隆兴佛教编年通论》，《卍续藏经》第 130 册。

祖琇：《僧宝正续传》，《卍续藏经》第 137 册。

祖琇：《僧宝正续传》，日本国立国会图书馆藏南北朝刊五山版。

祖咏：《大慧普觉禅师年谱》，《禅宗全书》第 42 册。

念常：《佛祖历代通载》，《大正新修大藏经》第 49 册。

普度：《庐山莲宗宝鉴》，《大正新修大藏经》第 47 册。

昙噩：《新修科分六学僧传》，《卍续藏经》第 133 册。

脱脱等：《宋史》，北京：中华书局：1977 年。

王祎：《大事记续编》，影印《文渊阁四库全书》第 334 册。

晁瑮：《晁氏宝文堂书目》，《续修四库全书》第 919 册。

大壑：《南屏净慈寺志》，《四库全书存目丛书》史部第 243 册。

焦竑：《国史经籍志》，丛书集成初编本。

祁承爜：《澹生堂藏书目》，《续修四库全书》第 919 册。

沈德符：《万历野获编》，北京：中华书局，1959 年。

徐𤊟：《徐氏红雨楼书目》，上海：上海古籍出版社，2005 年。

杨士奇：《文渊阁书目》，丛书集成初编本。

赵用贤：《赵定宇书目》，上海：上海古籍出版社，2005 年。

真可撰，德清校：《紫柏尊者全集》，《禅宗全书》第 50 册。

智旭：《阅藏知津》，《昭和法宝总目录》第 3 册。

朱棣：《神僧传》，《大正新修大藏经》第 50 册。

朱谏：《雁山志》，《中国佛寺史志汇刊》第 2 辑第 10 册，台北：明文书
局，1980 年。

朱时恩编：《佛祖纲目》，《卍续藏经》第 146 册。

朱时恩：《居士分灯录》，《卍续藏经》第 147 册。

道忞：《布水台集》，《禅宗全书》第 98 册。

道霈重编：《永觉元贤禅师广录》，《卍续藏经》第 125 册。

丁丙藏，丁仁编：《八千卷楼书目》，《续修四库全书》第 921 册。

丁丙：《善本书室藏书志》，《续修四库全书》第 927 册。

董诰等编：《全唐文》，上海：上海古籍出版社，1990 年。

法藏：《五宗原》，《卍续藏经》第 114 册。

法藏述，退翁弘储编：《三峰藏和尚语录》，《大藏经补编》第 21 册。

弘储表、南潜评：《南岳单传记》，《卍续藏经》第 146 册。

怀荫布修，黄任、郭赓武纂：《乾隆泉州府志》，上海：上海书店出版社，
    2000 年。

黄以周等辑注：《续资治通鉴长编拾补》，北京：中华书局，2004 年。

黄宗羲：《黄梨洲文集》，北京：中华书局，1959 年。

黄宗羲编：《明文海》，影印《文渊阁四库全书》第 1458 册。

嵇璜、曹仁虎等：《钦定续通志》，影印《文渊阁四库全书》第 394 册。

际祥：《敕建净慈寺志》，清嘉庆十年（1805）原刊本、清光绪十四年
    （1888）钱塘嘉惠堂丁氏重刊本。

纪荫编：《宗统编年》，《卍续藏经》第 147 册。

空成编：《诸家宗派》，《卍续藏经》第 150 册。

钱谦益撰，陈景云注：《绛云楼书目》，丛书集成初编本。

钱谦益撰，钱曾笺注，钱仲联标校：《牧斋初学集》，上海：上海古籍出版
    社，1985 年。

钱谦益撰，钱曾笺注，钱仲联标校：《牧斋有学集》，上海：上海古籍出版
    社，1996 年。

钱曾撰，瞿凤起编：《虞山钱遵王藏书目录汇编》，上海：上海古籍出版
    社，2005 年。

阮元校刻：《十三经注疏》，北京：中华书局，1980 年。

王鸣盛：《十七史商榷》，上海：上海古籍出版社，2013 年。

王棠：《燕在阁知新录》，清康熙刻本。

万斯同：《明史》，《续修四库全书》第 326 册。

许宗彦：《鉴止水斋集》，清嘉庆二十四年德清许氏家刻本。

徐乾学：《传是楼书目》，《续修四库全书》第 920 册。

徐松辑：《宋会要辑稿》，北京：中华书局，1957 年。

许应鑅等纂修：《同治南昌府志》（二），《中国地方志集成·江西府县志辑》，上海：上海书店出版社，1993 年。

杨守敬：《湖北金石志》，谢承仁主编《杨守敬集》第 5 册，武汉：湖北人民出版社，1988 年。

杨文会：《杨仁山居士遗著》第 4 册，金陵刻经处本。

胤禛：《御制拣魔辨异录》，《卍续藏经》第 114 册。

永瑢等撰：《四库全书总目》，北京：中华书局，1965 年。

圆悟撰，真启编：《天童和尚辟妄救略说》，《卍续藏经》第 114 册。

元贤：《鼓山志》，《四库全书存目丛书》史部第 235 册。

张英等纂：《渊鉴类函》，北京：中国书店，1985 年。

赵翼著，王树民校证：《廿二史札记校证》，北京：中华书局，1984 年。

周中孚：《郑堂读书记》，《续修四库全书》第 925 册。

朱彝尊：《曝书亭集》，影印《文渊阁四库全书》第 1318 册。

　　（二）专著

蔡东洲、文廷海：《关羽崇拜研究》，成都：巴蜀书社，2001 年。

曹刚华：《宋代佛教史籍研究》，上海：华东师范大学出版社，2006 年。

昌彼得：《版本目录学论丛》（二），台北：学海出版社，1977 年。

岑学吕编：《云居山志》，台北：明文书局，1980 年。

岑仲勉：《唐史余瀋》，北京：中华书局，2004 年。

陈怀宇：《动物与中古政治宗教秩序》，上海：上海古籍出版社，2012 年。

陈金华、孙英刚编：《神圣空间：中古宗教中的空间因素》，上海：复旦大学出版社，2014 年。

陈尚君辑校：《全唐诗补编》，北京：中华书局，1992 年。

陈尚君辑校：《全唐文补编》，北京：中华书局，2005 年。

陈士强：《佛典精解》，上海：上海古籍出版社，1992 年。

陈士强：《大藏经总目提要》，上海：上海古籍出版社，2008 年。

陈垣：《二十史朔闰表》，北京：古籍出版社，1956 年。

陈垣：《释氏疑年录》，北京：中华书局，1964 年。

陈垣：《史讳举例》，上海：上海书店出版社，1997 年。

陈垣：《中国佛教史籍概论》，上海：上海书店出版社，2005 年。

陈自力：《释惠洪研究》，北京：中华书局，2005 年。

戴联斌：《从书籍史到阅读史：阅读史研究理论与方法》，北京：新星出版社，2017 年。

杜继文主编：《佛教史》，南京：江苏人民出版社，2008 年。

杜继文、魏道儒：《中国禅宗通史》，南京：江苏古籍出版社，1993 年。

杜维运：《中国史学史》，北京：商务印书馆，2010 年。

方立天、末木文美士主编：《东亚佛教研究》（第 1 辑），北京：宗教文化出版社，2013 年。

傅璇琮、谢灼华编：《中国藏书通史》（第 1 册），宁波：宁波出版社，2001 年。

冯国栋：《〈景德传灯录〉研究》，北京：中华书局，2014 年。

冯时：《中国古代物质文化史：天文历法》，北京：开明出版社，2013 年。

龚隽：《禅史钩沉：以问题为中心的思想史论述》，北京：生活·读书·新知三联书店，2006 年。

葛兆光：《增订本中国禅思想史：从六世纪到十世纪》，上海：上海古籍出版社，2008 年。

葛兆光：《中国思想史》（第二卷），上海：复旦大学出版社，2013 年。

韩传强：《禅宗北宗研究》，北京：宗教文化出版社，2013 年。

何梅：《历代汉文大藏经目录新考》，北京：社会科学文献出版社，2014 年。

胡宝国：《汉唐间史学的发展》（修订本），北京：北京大学出版社，2014 年。

胡建明：《宗密思想综合研究》，北京：中国人民大学出版社，2013 年。

黄敬家：《赞宁〈宋高僧传〉叙事研究》，台北：台湾学生书局，2008 年。

黄楼：《唐宣宗大中政局研究》，天津：天津古籍出版社，2012 年。

黄敏枝：《宋代佛教社会经济史论集》，台北：台湾学生书局，1989 年。

黄启江：《北宋佛教史论稿》，台北：台湾商务印书馆，1997 年。

黄日初：《唐代文宗武宗两朝中枢政局探研》，济南：齐鲁书社，2015 年。

贾晋华：《古典禅研究：中唐至五代禅宗发展新探》，上海：上海人民出版社，2013 年。

金建锋：《弘道与垂范：释赞宁〈宋高僧传〉研究》，北京：中国社会科学出版社，2014 年。

纪赟：《慧皎〈高僧传〉研究》，上海：上海古籍出版社，2009 年。

蓝吉富编：《中印佛学泛论——傅伟勋教授六十大寿祝寿论文集》，台北：东大图书公司，1993 年。

刘长东：《宋代佛教政策论稿》，成都：巴蜀书社，2005 年。

刘琳、李勇先、王蓉贵校点：《黄庭坚全集》，成都：四川大学出版社，2001 年。

刘淑芬：《中古的佛教与社会》，上海：上海古籍出版社，2008 年。

李斌城等编：《隋唐五代社会生活史》，北京：中国社会科学出版社，1998 年。

李国玲：《宋僧著述考》，成都：四川大学出版社，2007 年。

李熙：《僧史与圣传：〈禅林僧宝传〉的历史书写》，北京：中国社会科学出版社，2014 年。

李之亮：《宋两淮大郡守臣易替考》，成都：巴蜀书社，2001 年。

罗炳良：《南宋史学史》，北京：人民出版社，2008 年。

罗凌：《无尽居士张商英研究》，武汉：华中师范大学出版社，2007 年。

罗宁：《汉唐小说观念论稿》，成都：巴蜀书社，2009 年。

钱杭：《宗族的世系学研究》，上海：复旦大学出版社，2011 年。

钱锺书：《管锥编》（第二册），北京：中华书局，1979 年。

麻天祥：《中国禅宗思想发展史》，长沙：湖南教育出版社，1997 年。

毛忠贤：《中国曹洞宗通史》，广州：花城出版社，2015 年。

欧阳哲生编：《胡适文集》第 5 册，北京：北京大学出版社，1998 年。

沈卫荣主编：《何谓密教？——关于密教的定义、修习、符号和历史的诠释与争论》，北京：中国藏学出版社，2013 年。

圣严法师：《正信的佛教》，北京：华文出版社，2015 年。

释演法主编，段玉明等著：《圆悟克勤传》，北京：宗教文化出版社，2012 年。

唐春生：《翰林学士与宋代士人文化》，北京：中国社会科学出版社，2011 年。

冉云华：《宗密》，台北：东大图书公司，2015 年。

汤用彤：《汉魏两晋南北朝佛教史》（增订本），北京：北京大学出版社，2011 年。

汤用彤：《隋唐佛教史稿》，北京：北京大学出版社，2010 年。

滕军等编著：《中日文化交流史：考察与研究》，北京：北京大学出版社，

2011 年。

田晓菲：《烽火与流星：萧梁王朝的文学与文化》，北京：中华书局，2010 年。

童玮：《二十二种大藏经通检》，北京：中华书局，1997 年。

土屋太祐：《北宋禅宗思想及其渊源》，成都：巴蜀书社，2008 年。

汪圣铎：《宋代政教关系研究》，北京：人民出版社，2010 年。

王嘉川：《清前〈史通〉学研究》，北京：社会科学文献出版社，2013 年。

王建光：《中国律宗通史》，南京：凤凰出版社，2008 年。

王瑞明：《马端临评传》，南京：南京大学出版社，2001 年。

王宇根：《万卷：黄庭坚和北宋晚期诗学中的阅读与写作》，北京：生活·
读书·新知三联书店，2015 年。

王兆鹏：《两宋词人年谱》，台北：文津出版社，1994 年。

魏道儒：《中国华严宗通史》，南京：凤凰出版社，2008 年。

魏元旷辑：《南昌文征》，台北：成文出版社，1970 年。

吴钢主编：《全唐文补遗》（第二辑），西安：三秦出版社，1995 年。

吴立民主编：《禅宗宗派源流》，北京：中国社会科学出版社，1998 年。

吴廷燮：《北宋经抚年表》，北京：中华书局，1984 年。

吴言生：《禅宗思想渊源》，北京：中华书局，2001 年。

谢承仁主编：《杨守敬集》第 5 册，武汉：湖北人民出版社，1988 年。

谢贵安：《中国已佚实录研究》，上海：上海古籍出版社，2013 年。

徐规主编：《宋史研究集刊》，杭州：浙江古籍出版社，1986 年。

徐洪兴：《唐宋之际儒学转型研究》，上海：上海人民出版社，2018 年。

徐文明：《唐五代曹洞宗研究》，北京：中国社会科学出版社，2012 年。

许明编著：《中国佛教金石文献·塔铭墓志部五 辽金卷》，上海：上海书
店出版社，2018 年。

闫孟祥：《宋代佛教史》（下册），北京：人民出版社，2013 年。

颜尚文：《隋唐佛教宗派研究》，台北：新文丰出版公司，1980 年。

杨倩描：《南宋宗教史》，北京：人民出版社，2008 年。

杨曾文：《唐五代禅宗史》，北京：中国社会科学出版社，1999 年。

杨曾文：《宋元禅宗史》，北京：中国社会科学出版社，2006 年。

杨曾文：《中华佛教史·中国佛教东传日本史卷》，太原：山西教育出版
社，2013 年。

杨曾文、源了圆主编：《中日文化交流史大系 4 宗教卷》，杭州：浙江人民出版社，1996 年。

杨曾文：《日本佛教史》，北京：人民出版社，2008 年。

杨志飞：《赞宁〈宋高僧传〉研究》，成都：巴蜀书社，2016 年。

姚卫群：《佛教与印度哲学研究》，北京：中国大百科全书出版社，2016 年。

饶宗颐：《中国史学上之正统论》，上海：上海远东出版社，1996 年。

印顺：《中国禅宗史》，北京：中华书局，2010 年。

于谷：《禅宗语言和文献》，南昌：江西人民出版社，1995 年。

余嘉锡：《四库提要辨证》，北京：中华书局，1980 年。

曾枣庄、刘琳主编：《全宋文》，上海：上海辞书出版社，2006 年。

张践：《中国古代政教关系史》（下卷），北京：中国社会科学出版社，2012 年。

张曼涛主编：《佛教人物史话》，台北：大乘文化出版社，1978 年。

张维纂次：《陇右金石录》，甘肃省文献征集委员会校印，1943 年。

张文良：《“批判佛教”的批判》，北京：人民出版社，2013 年。

张雪松：《佛教“法缘宗族”研究：中国宗教组织模式探析》，北京：中国人民大学出版社，2015 年。

赵效宣：《宋李天纪先生纲年谱》，台北：台湾商务印书馆，1980 年。

郑炳林、花平宁主编：《麦积山石窟艺术文化论文集》（上），兰州：兰州大学出版社，2004 年。

郑显文：《唐代律令制研究》，北京：北京大学出版社，2004 年。

周贵华：《世界佛教通史》第一卷《印度佛教：从佛教起源至公元 7 世纪》，北京：中国社会科学出版社，2015 年。

周裕锴：《禅宗语言》，杭州：浙江人民出版社，1999 年。

周裕锴：《中国古代阐释学研究》，上海：上海人民出版社，2003 年。

周裕锴：《宋僧惠洪行履著述编年总案》，北京：高等教育出版社，2010 年。

周裕锴：《法眼与诗心：宋代佛禅语境下的诗学话语建构》，北京：中国社会科学出版社，2014 年。

朱刚、陈珏：《宋代禅僧诗辑考》，上海：复旦大学出版社，2012 年。

朱政惠等编：《北美中国学的历史与现状》，上海：上海辞书出版社，2013 年。

（三）论文

曹刚华：《〈大藏经〉在两宋民间社会的流传》，《社会科学》，2006 年第
　10 期。

陈东：《浮山法远代传曹洞宗法脉考述》，《安庆师范学院学报（社会科学
　版）》，2012 年第 4 期。

陈金华：《东亚佛教中的"边地情结"：论圣地及祖谱的建构》，《佛学研
　究》，2012 年第 1 期。

道悟：《唐代律法与寺院安养制度》，《中国佛学》，2015 年第 2 期。

方广锠：《杨文会的编藏思想》，《中华佛学学报》，2000 年第 13 期。

房锐：《〈北梦琐言〉与唐五代史籍》，《四川师范大学学报（社会科学
　版）》，2003 年第 4 期。

冯焕珍：《五祖法演禅师及其禅风略述》，《世界宗教研究》，2011 年第 4 期。

葛兆光：《谁是六祖？——重读〈唐中岳沙门释法如禅师行状〉》，《文史》，
　2012 年第 3 期。

葛兆光：《严昏晓之节——古代中国关于白天与夜晚观念的思想史分析》，
　《台大历史学报》，2003 年第 32 期。

郭绍林：《唐宣宗复兴佛教再认识》，《洛阳师专学报（自然科学版）》，
　1990 年第 3 期。

何梅、魏文星：《元代〈普宁藏〉雕印考》，《佛学研究》，1999 年第 1 期。

何燕生：《失宠的偶像——二十世纪八〇年代以来日本的佛教研究及其困
　境》，《普门学报》，2006 年第 36 期。

何燕生：《十二至十三世纪东亚禅宗与儒教：试论道元关于三教一致说批
　判的对象及其背景》，《台湾东亚文明研究学刊》，2014 年第 1 期。

何燕生：《现代化叙事中的临济以及〈临济录〉——一种方法论的省察》，
　《汉语佛学评论》，2017 年第 1 期。

黄启江：《泗州大圣僧伽传奇新论》，《佛学研究中心学报》，2004 年第
　9 期。

黄正建：《敦煌文书中〈相书〉残卷与唐代的相面——唐代占卜之二》，
　《敦煌学辑刊》，1988 年第 Z1 期。

介永强：《唐高僧乘如生平事迹稽补》，《唐史论丛》，2016 年第 2 期。

蓝日昌：《隋唐至两宋佛教宗派观念发展之研究》，台中：东海大学博士学

位论文，2007 年。

蓝日昌：《宗派与灯统——论隋唐佛教宗派观念的发展》，《成大宗教与文化学报》，2004 年第 4 期。

李聪：《中日禅学"坐禅"思想之比较：以道一与道元为主》，《日本研究》，2006 年第 4 期。

李谷乔：《唐代高僧塔铭研究》，长春：吉林大学博士学位论文，2011 年。

李合群：《论中国古代里坊制的崩溃——以唐长安与宋东京为例》，《社会科学》，2007 年第 12 期。

刘淑芬：《经幢的形制、性质和来源——经幢研究之二》，《"中央研究院"历史语言研究所集刊》第六十八本第三分册，1997 年。

刘壮、江智利：《〈宋高僧传·译经篇〉所涉译学问题初探》，《四川外语学院学报》，2006 年第 6 期。

陆扬：《从墓志的史料分析走向墓志的史学分析——以〈新出魏晋南北朝墓志疏证〉为中心》，《中华文史论丛》，2006 年第 4 期。

陆扬：《中国佛教文学中祖师形象的演变——以道安、慧能和孙悟空为中心》，《文史》，2009 年第 4 期。

吕真观：《中国传统佛教与日本"批判佛教"》，《湖南大学学报（社会科学版）》，2010 年第 1 期。

罗凌：《〈宋史·艺文志〉子部释氏类书目考辨》，《三峡论坛》，2018 年第 3 期。

罗宁：《〈贞陵遗事〉、〈续贞陵遗事〉辑考》，《西南交通大学学报（社会科学版）》，2010 年第 2 期。

罗新慧：《周代宗法家族支庶祭祀再认识》，《历史研究》，2021 年第 2 期。

马克瑞：《审视传承——陈述禅宗的另一种方式》，《中华佛学学报》，2000 年第 13 期。

莫道才：《骈文在唐代文学史上的地位》，《广西师范大学学报（社会科学版）》，1990 年第 1 期。

牛景丽：《〈太平广记〉的成书缘起》，《古籍整理研究学刊》，2004 年第 5 期。

彭建兵：《归义军首任河西都僧统吴洪辩生平事迹述评》，《敦煌学辑刊》，2005 年第 2 期。

宋军朋：《论佛教类书的博物学特色》，《科学技术哲学研究》，2014 年第 2 期。

孙昌武：《唐代"古文运动"与佛教》，《文学遗产》，1982 年第 3 期。

孙永如：《论唐玄宗开元时期的思想文化建设》，《江海学刊》，1995 年第 2 期。

汤用彤：《论中国佛教无"十宗"》，《哲学研究》，1962 年第 3 期。

王运熙：《关于唐代骈文、古文的几个问题》，《南阳师范学院学报（社会科学版）》，2004 年第 1 期。

王振国：《略析〈宋高僧传〉、〈景德传灯录〉关于部分禅宗人物传记之误失——兼论高僧法如在禅史上的地位》，《敦煌学辑刊》，2002 年第 1 期。

温玉成、杨顺兴：《读〈风穴七祖千峰白云禅院记〉碑后》，《中原文物》，1984 年第 1 期。

吴夏平：《从行状和墓碑文看唐代骈文的演进》，《文学遗产》，2007 年第 4 期。

吴学国：《奥义书与大乘佛教的产生》，《哲学研究》，2010 年第 3 期。

项裕荣：《竹林寺传说的演变——文言小说史中佛教传说的儒道化现象研究》，《学术研究》，2009 年第 12 期。

杨富学、张田芳：《从粟特僧侣到中土至尊——僧伽大师信仰形成内在原因探析》，《世界宗教研究》，2018 年第 3 期。

于应机、程春松：《北宋僧人赞宁的译学思想》，《宁波大学学报（人文科学版）》，2008 年第 1 期。

余欣：《中国博物学传统的重建》，《中国图书评论》，2013 年第 10 期。

张森：《夜禁的张弛与城市的文学记忆》，《江淮论坛》，2008 年第 4 期。

张乃翥：《龙门〈石道记〉碑与宋释赞宁》，《文物》，1988 年第 4 期。

张培锋：《杜甫"身许双峰寺，门求七祖禅"新考——兼论唐代禅宗七祖之争》，《文学遗产》，2006 年第 2 期。

张兆勇：《五祖法演评述》，《淮北煤炭师范学院学报（哲学社会科学版）》，2007 年第 1 期。

赵青山：《唐代僧人请谒流程考》，《敦煌学辑刊》，2019 年第 4 期。

郑显文：《唐代〈道僧格〉研究》，《历史研究》，2004 年第 4 期。

郑显文、管晓立：《中国古代出行的法律制度探析》，《北京航空航天大学学报（社会科学版）》，2014 年第 1 期。

周生春：《四库全书总目子部释家类、道家类提要补正》，《世界宗教研究》，2000 年第 1 期。

周玉华：《论唐玄宗对"古文运动"发展的推动作用》，《唐山学院学报》，2013 年第 2 期。

周裕锴：《惠洪文字禅的理论与实践及其对后世的影响》，《北京大学学报（哲学社会科学版）》，2008 年第 4 期。

周裕锴：《绕路说禅：从禅的诠释到诗的表达》，《文艺研究》，2000 年第 3 期。

（四）报刊

梁启超：《诸宗略纪》，《新民丛报》第二十一号，1902 年 11 月 30 日。

梁启超：《中国佛学之特色及其伟人》，《新民丛报》第二十二号，1902 年 12 月 14 日。

（五）译著

包弼德：《斯文：唐宋思想的转型》，刘宁译，南京：译林出版社，2017 年。

彼得·N. 格里高瑞：《顿与渐：中国思想中通往觉悟的不同法门》，冯焕珍等译，上海：上海古籍出版社，2010 年。

伯兰特·佛尔：《正统性的意欲：北宗禅之批判系谱》，蒋海怒译，上海：上海古籍出版社，2010 年。

陈弱水：《柳宗元与唐代思想变迁》，郭英剑、徐承向译，南京：江苏教育出版社，2010 年。

冲本克己、菅野博史：《兴盛开展的佛教——中国Ⅱ 隋唐》，释果镜译，台北：法鼓文化，2016 年。

冲本克己、菅野博史：《中国文化中的佛教——中国Ⅲ 宋元明清》，辛如意译，台北：法鼓文化，2015 年。

高雄义坚：《宋代佛教史研究》，陈季菁等译，台北：华宇出版社，1987 年。

谷川道雄：《中国中世社会与共同体》（增订本），马彪译，上海：上海古籍出版社，2013 年。

忽滑谷快天：《中国禅学思想史》，朱谦之译，上海：上海古籍出版社，
　　1994 年。

杰拉德·普林斯：《叙述学词典》，乔国强、李孝弟译，上海：上海译文出
　　版社，2011 年。

昆廷·斯金纳：《霍布斯哲学思想中的理性和修辞》，王加丰、郑崧译，上
　　海：华东师范大学出版社，2005 年。

麦大维：《唐代中国的国家与学者》，张达志、蔡明琼译，北京：中国社会
　　科学出版社，2019 年。

芮沃寿：《中国历史中的佛教》，常蕾译，北京：北京大学出版社，
　　2017 年。

罗伯特·达恩顿：《拉莫莱特之吻：有关文化史的思考》，萧知纬译，上
　　海：华东师范大学出版社，2011 年。

马克瑞：《北宗禅与早期禅宗的形成》，韩传强译，上海：上海古籍出版
　　社，2015 年。

S. R. 戈耶尔：《印度佛教史》，黄宝生译，北京：中国社会科学出版社，
　　2020 年。

斯坦利·威斯坦因：《唐代佛教》，张煜译，上海：上海古籍出版社，
　　2010 年。

松本史朗：《缘起与空——如来藏思想批判》，肖平、杨金萍译，北京：中
　　国人民大学出版社，2006 年。

伍安祖、王晴佳：《世鉴：中国传统史学》，孙卫国、秦丽译，北京：中国
　　人民大学出版社，2014 年。

小川隆：《禅思想史讲义》，彭丹译，上海：复旦大学出版社，2017 年。

张聪：《行万里路：宋代的旅行与文化》，李文锋译，杭州：浙江大学出版
　　社，2015 年。

周绍明：《书籍的社会史：中华帝国晚期的书籍与士人文化》，何朝晖译，
　　北京：北京大学出版社，2009 年。

周一良：《唐代密宗》，钱文忠译，上海：上海远东出版社，2012 年。

（六）译文

陈金华：《"胡僧"面具下的中土僧人：智慧轮（？—876）与晚唐密教》，
　　刘学军、张德伟译，《汉语佛学评论》（第四辑），上海：上海古籍出版

社，2014 年，第 181—223 页。

何燕生：《论道元与如净的修证思想异同》，张文良译，《中国禅学》（第四卷），北京：中华书局，2006 年，第 75—87 页。

柳田圣山、俊忠：《关于〈祖堂集〉》，《法音》，1983 年第 2 期。

石井修道：《宋代禅宗史的特色——以宋代灯史的系谱为线索》，程正译，《中国禅学》（第三卷），北京：中华书局，2004 年，第 183 页。

T.格里菲斯·福科、罗伯特·H.沙夫：《论中世纪中国禅师肖像的仪式功能》，夏志前译，《中国禅学》（第五卷），北京：中国社会科学出版社，2011 年，第 270—309 页。

伊藤秀宪：《〈宝庆记〉之问与答》，林鸣宇译，《中国禅学》（第四卷），北京：中华书局，2006 年，第 99 页。

约翰·R.马克瑞：《中国禅宗“机缘问答”的先例》，刘梁剑译，《中国禅学》（第五卷），北京：中国社会科学出版社，2011 年，第 175—192 页。

斋木哲郎：《永贞革新与啖助、陆淳等春秋学派的关系——以大中之说为中心》，曹峰译，《西北大学学报（哲学社会科学版）》，2008 年第 1 期。

二、外文文献

（一）专著

Alan Cole, *Patriarchs on Paper: A Critical History of Medieval Chan Literature*. Oakland: University of California Press, 2016.

Albert Welter, *The Linji Lu and the Creation of Chan Orthodoxy: The Development of Chan's Records of Sayings Literature*. New York: Oxford University Press, 2008.

Albert Welter, *Monks, Rulers, and Literati: The Political Ascendancy of Chan Buddhism*. New York: Oxford University Press, 2006.

Albert Welter, *Yongming Yanshou's Conception of Chan in the Zongjing Lu: A Special Transmission within the Scriptures*. New York: Oxford University Press, 2011.

Bernard Faure, *The Rhetoric of Immediacy: A Cultural Critique of*

Chan/Zen Buddhism. Princeton: Princeton University Press, 1991.

Bernard Faure, *Unmasking Buddhism*. Chichester: Wiley-Blackwell, 2009.

Benjamin Brose, *Patrons and Patriarchs: Regional Rulers and Chan Monks During the Five Dynasties and Ten Kingdoms*. Honolulu: University of Hawaii Press, 2015.

Christoph Anderl ed., *Zen Buddhist Rhetoric in China, Korea, and Japan*. Leiden: Brill, 2012.

Don S. Browning, M. Christian Green, John Witte Jr. eds., *Sex, Marriage, and Family in World Religions*. New York: Columbia University Press, 2006.

Elizabeth Morrison, *The Power of Patriarchs: Qisong and Lineage in Chinese Buddhism*. Leiden and Boston: Brill, 2010.

John Jorgensen, *Inventing Hui-neng, the sixth Patriarch: Hagiography and Biography in Early Ch'an*. Leiden and Boston: Brill, 2005.

John Kieschnick, *The Eminent Monk: Buddhist Ideals in Medieval Chinese Hagiography*. Honolulu: University of Hawaii Press, 1997.

John R. McRae, *Seeing through Zen: Encounter, Transformation, and Genealogy in Chinese Chan Buddhism*. Berkeley & Los Angeles: University of California Press, 2003.

Mario Poceski, *Ordinary Mind as the Way: The Hongzhou School and the Growth of Chan Buddhism*. New York: Oxford University Press, 2007.

Mario Poceski, *The Records of Mazu and the Making of Classical Chan Literature*. New York: Oxford University Press, 2015.

Mark Halperin, *Out of the Cloister: Literati Perspectives on Buddhism in Sung China, 960—1279*. Cambridge: Harvard University Press, 2006.

Masao Abe, *A Study of Dogen: His Philosophy and Religion*. Steven Heine, ed., Albany: State University of New York Press, 1992.

Morten Schlütter, *How Zen became Zen: The Dispute over*

Enlightenment and the Formation of Chan Buddhism in Song-Dynasty China. Honolulu: University of Hawaii Press, 2008.

Morten Schlütter, Stephen F. Teiser, eds., *Readings of the Platform Sutra*. New York: Columbia University Press, 2012.

Nancy Partner, Sarah Foot, eds., *The SAGE Handbook of Historical Theory*. London: SAGE Publications Ltd, 2013.

Patricia Buckley Ebrey, Peter N. Gregory, eds., *Religion and Society in T'ang and Sung China*. Honolulu: University of Hawaii Press, 1993.

Peter N. Gregory, Daniel A. Getz Jr., eds., *Buddhism in the Sung*. Honolulu: University of Hawaii Press, 1999.

Robert E. Buswell Jr., ed., *Encyclopedia of Buddhism*. New York: MacMillan Reference, 2004.

Robert E. Buswell Jr., Donald S. Lopez Jr., eds., *The Princeton Dictionary of Buddhism*. Princeton and Oxford: Princeton University Press, 2014.

Robert M. Gimello, Robert E. Buswell Jr., eds., *Paths to Liberation: The Marga and Its Transformations in Buddhist Thought*. Honolulu: University of Hawaii Press, 1992.

Ross Bolleter, *Dongshan's Five Ranks: Keys to Enlightenment*. Boston: Wisdom Publications, 2014.

Steven Heine, Dale S. Wright, eds., *The Zen canon: Understanding the Classic Texts*. New York: Oxford University Press, 2004.

Steven Heine, *Did Dogen Go to China?: What He Wrote and When He Wrote It*. New York: Oxford University Press, 2006.

Steven Heine, Dale S. Wright, cds., *Zen Masters*. New York: Oxford University Press, 2010.

Steven Heine, ed., *Dogen: Textual and Historical Studies*. New York: Oxford University Press, 2012.

Steven Heine, *Like Cats and Dogs: Contesting the Mu Koan in Zen Buddhism*. New York: Oxford University Press, 2014.

Vanessa R. Sasson, ed., *Little Buddhas: Children and Childhoods in*

Buddhist Texts and Traditions. Oxford & New York：Oxford University Press，2012.

Wendi L. Adamek，*The Mystique of Transmission：On an Early Chan History and Its Contexts*. New York：Columbia University Press，2007.

William R. LaFleur，ed.，*Dōgen studies*. Honolulu：University of Hawaii Press，1985.

（二）论文

黑丸宽之：《〈正法眼藏〉における拈华付法：道元禅师にみる嗣法论の一断面》，《驹泽大学佛教学部论集》第 3 号，1972 年。

赖住光子：《〈正法眼藏〉"摩诃般若波罗蜜"卷に关する一考察》，《驹泽大学佛教学部论集》第 46 号，2015 年。

石井修道：《宋代曹洞宗禅籍考——投子义青の二种の语录》，《驹泽大学佛教学部研究纪要》，第 35 号，1977 年。

石井修道：《〈正法眼藏偈评〉について：道元の大慧宗杲批判を中心に》，《印度学佛教学研究》第 58 卷第 2 号，2010 年。

椎名宏雄：《〈宝林伝〉逸文の研究》，《驹泽大学佛教学部论集》第 11 号，1980 年。

椎名宏雄：《宋金元版禅籍所在目录初稿》，《驹泽大学佛教学部论集》第 14 号，1983 年。

椎名宏雄：《明代一般书目中的古禅籍》，《驹泽大学佛教学部论集》第 17 号，1986 年。

Ding-hwa Hsieh，"Poetry and Chan 'Gong'an'：From Xuedou Chongxian （980—1052）to Wumen Huikai （1183—1260）"，*Journal of Song-Yuan Studies*，2010，Vol. 40.

Ding-hwa Hsieh，"Yuan-wu K'o-ch'in's （1063—1135）Teaching of Ch'an Kung-an Practice：A Transition from the Literary Study of Ch'an Kung-an to the Practical K'an-hua Ch'an"，*Journal of the international Association of Buddhist Studies*，17/1，1994.

John C. Maraldo，"Is There Historical Consciousness within Chan？" *Japanese Journal of Religious Studies*，12/2—3，1985.

John Jorgensen，"The 'Imperial' Lineage of Ch'an Buddhism：The Role of Confucian Ritual and Ancestor Worship in Ch'an's search for Legitimation in the Mid-T'ang Dynasty", *Far Eastern History*, 1987, Vol. 35.

Mario Poceski, "Xuefeng's Code and the Chan School's Participation in the Development of Monastic Regulations", *Asia Major*, 2003, Vol. 16, No. 2.

Miriam L. Levering, "Dahui Zonggao and Zhang Shangying: The Importance of a Scholar in the Education of a Song Chan Master", *Journal of Song-Yuan Studies*, 2000, No. 30.

Morten Schlütter, "Transmission and Enlightenment in Chan Buddhism Seen Through the Platform Sūtra", *Chung-Hwa Buddhist Journal*, 2007, No. 20.

Susan Cherniack, "Book Culture and Textual Transmission in Sung China", *Harvard Journal of Asiatic Studies*, 1994, Vol. 54.

Tansen Sen, "The Revival and Failure of Buddhist Translations during the Song Dynasty", *T'oung Pao*, 2002, Vol. 88.

后　记

　　本书是对笔者立项的 2014 年度国家社科基金项目成果修改的结果。考虑到学界已有一些相关研究成果，笔者不能不另寻角度。笔者发现，僧传研究常常摒弃僧传本身既有的十科分类体例而另起炉灶；而笔者试图沿用该体例分析《宋高僧传》，以回归撰者的编纂语境和讨论相关问题为出发点。另外，撰者研究和文本校勘如何结合的问题源于笔者长期存在的一种模糊的困惑，笔者的研究尽管未必提供了完美答案，但也许提供了可能。至于文学向度和佛教发展向度的研究，既源于僧传内容，也受到国内外中国佛教研究和其他领域研究的影响或触发。笔者的研究方向原本侧重于宋代禅僧传，相关研究多围绕禅宗展开；项目申报成功后，转而研究《宋高僧传》包含的多方面的佛教内容，就禅宗研究本身而言也有助于更宏观、融贯的掌握。一个需要多方面知识素养的课题不时令自己有左支右绌之感，好在经过长期研究后渐入佳境，限于学力虽仍有不满意的地方，但至少在某些学理方面有较多论述、解释、阐发，在某些史实和相关问题方面能发现一些前人未能充分重视的材料的意义和价值。

　　该项目以笔者的博士后报告为基础申报，也就是本书下篇《南宋禅僧传研究》。鉴于历来很少有人研究南宋禅僧传，该研究内容上更全面一些，方法上主要侧重文史方面的一些考证和论述。它还受到思想史、书籍史等学术潮流的影响，因此不仅有必要在新的理论方法与材料内容之间进行调和，而且要尽量避免勉强比附导致的滑稽，好在时有收获新知、阐发学理的欣喜。

　　在复旦大学文史研究院做博士后期间，笔者曾在开题报告、中期考核和出站报告上报告过研究进程，并在博士后论坛和"交错的文化史"读书班上报告过一些章节，得到导师芮传明教授和葛兆光、李星明、徐文堪、董少新、孙英刚、王振忠等教授的匡正，颇受教益，在此深表谢意。笔者还得到王水照、朱刚、李贵、侯体健等教授的指教，一并致谢。该报告实际上是笔者博士论文的进一步延伸，感谢四川大学文学与新闻学院周裕锴教授的指导。感谢笔者任职的四川省社科院领导和文学所先后三位所长沈伯俊研究员、苏宁研究员、艾莲研究员。本书部分内容曾在所内作报告，感谢所内同仁的指正。部分内容曾以论文形式发表于《贵州社会科学》《中华文化论坛》《新国学》等刊物，感谢编辑老师。最后，感谢本书编辑罗永平老师的辛勤工作。

李　熙

2021 年 8 月 20 日